HELMUT KRAUSSER

SUBSTANZ

Das Beste aus den Tagebüchern

HELMUT KRAUSSER

SUBSTANZ

Das Beste aus den Tagebüchern

DUMONT

Helmut Kraussers Tagebücher erschienen zwischen 1993 und 2005 im Belleville Verlag. Für diese Auswahl wurden sie vom Autor durchgesehen.

Erste Auflage 2010

Umschlag: Zero, München
Gesetzt aus der Adobe Garamond und der Trade Gothic
Gedruckt auf säurefreiem und chlorfrei gebleichtem Papier
Druck und Verarbeitung: CPI – Clausen & Bosse, Leck
Printed in Germany
ISBN 978-3-8321-8093-5

www.dumont-buchverlag.de

Es ist, als ob eine Schlange ihre Häute sammeln wollte, statt sie den Elementen zurückzugeben. Aber man sieht doch einigermaßen, wie man war, und das ist sehr notwendig, wenn man erfahren will, wie man ist. Das ganze Leben ist ein verunglückter Versuch des Individuums, Form zu erlangen; man springt beständig von der einen in die andere hinein und findet jede zu eng oder zu weit, bis man des Experimentierens müde wird und sich von der letzten ersticken oder auseinanderreißen läßt. Ein Tagebuch zeichnet den Weg.

Hebbel (1843)

MAI 1992

1. Mai, Freitag

Der Mai begann fürchterlich. In einem heroisch zu nennenden Anfall von Aktionismus war ich um 11:30 aufgestanden und hatte, seit sieben Jahren zum ersten Mal, die beiden Fenster geputzt und deren Vorhänge gewaschen. Es kostete mich einige Überwindung, aber danach war ich vom Ergebnis begeistert, legte eine Platte auf und staunte, wieviel Licht nun in mein Zimmerchen drang; ich entfernte auch einige Spinnweben, die offensichtlich schon lange nicht mehr zum Fliegenfang benutzt wurden.

Plötzlich tat es einen lauten, dumpfen Schlag, der mich zusammenzucken ließ, dessen Ursache ich nicht sofort begriff. Ich trat vor die Tür. Unter dem blitzblank in der Sonne glänzenden Fenster lag eine junge Amsel, kaum ausgewachsen, gerade mal flügge geworden, rücklings auf dem Boden. Sie war gegen das Fenster geflogen, war aus vollem Flug gegen das Glas geschmettert. Sie lag da, öffnete im Takt eines langsamen Pulses den Schnabel, wie um zu schreien, brachte jedoch keinen Laut hervor; wie ein Erstickender nach Atem ringt, mit weit geöffneten Augen, bewegte das Tierchen nichts als den Schnabel, auf und zu, auf und zu, immer wieder, minutenlang. Es war kein Tropfen Blut zu sehen, auch schienen die Flügel nicht gebrochen.

Ich empfand zuerst eine starke Scheu, den Vogel zu berühren, stand erstarrt und tölpelhaft daneben und wartete, ob sie (ich denke, es war ein weibliches Tier) sich wieder erholen würde. Es ging aber zu Ende; ich bettete die Amsel in meine Hand und trug sie aus dem Schatten in die Sonne, legte sie in der obersten Schale des alten, trockengelegten Springbrunnens ab, so daß keine Katze sie erreichen konnte. Ich hatte nie zuvor etwas Sterbendes *in der Hand gehalten*; es war entsetzlich. Schuldgefühle, Hilflosigkeit, stummes Alleinsein mit der verendenden Amsel. Später begrub ich sie und zog sofort neue Vorhänge auf, damit sich ein Unglück dieser Art ja nicht wiederhole.

Meine Vermieterin hatte auf die Säuberungsaktion gedrängt, hatte vehement das Purgatorio gefordert, hatte mir sogar unterschwellig mit Rausschmiß gedroht. Sie kam vorbei und sah mich mit der Amsel in der Hand, hatte kein Verständnis für meine Trauer, sah mich sogar ein wenig schief an und wollte die noch Lebende auf den Komposthaufen werfen. Ihr bäuerisches Benehmen machte mich rasend. Scheißfenster! Wieder bekam ich Lust auf die Straße. Sauberkeit und Tod sind so nahe verwandt.

*

In alten Illustrierten geblättert. Gute Funde, z. B.:

»Alle maßgeblichen Instanzen in der ganzen Welt sind sich darüber klar, daß der Tonfilm zwar die Weltherrschaft des belichteten Zelluloids beeinflussen kann, daß aber der stumme Bildstreifen nie ganz verdrängt werden wird. Man sollte nicht vergessen, daß die stumme Sprache der Leinwand in der ganzen Welt verständlich ist und daß die rein pantomimische Wirkung des Flimmerspiels seine spezifischen und speziellen Wirkungen hat, die immer Auge und Geist packen und beschäftigen.«

(ein gewisser AROS, in *Scherl's Magazin*, Berlin, Februar 1929)

Soweit zu den »maßgeblichen Instanzen«, unter denen jede Zeit in gleichem Maße leidet. Exemplarisch hier die Unfähigkeit, zu einer so großen Erfindung wie dem Tonfilm eine so kleine, stringente Erfindung wie die Synchronisation hinzuzuimaginieren. Phantasielosigkeit – das Merkmal des Experten, er weiß alles über das Ding selbst, aber nichts über dessen Potential. Deshalb liegen die Experten mit ihren Voraussagen auch so oft falsch – und die Künstler so oft richtig.

2. Mai, Samstag

Anderes Problem der Sauberkeit: Heute mittag ging ein Mann an meinem Fenster vorbei und sah frech hinein.

*

Nachmittags traf Beatrice ein, wir gingen spazieren am Weßlinger See – und welches Schauspiel bot sich!

Auf einer Uferwiese wurde eine Ente von fünf Erpeln verfolgt, eingeholt und vergewaltigt. Das Erstaunliche: Die Erpel machten gemeinsame Sache, halfen einander. Jeweils zwei hielten die Ente fest (klingt komisch, aber so war es), zwei standen unbeteiligt links und rechts herum, und einer sprang auf. Wenn er fertig war, nahm er den Platz eines der beiden Unbeteiligten ein, dann kam der nächste an die Reihe; das Ganze ging äußerst diszipliniert vor sich wie in einer britischen Busqueue. Kein Gerangel, kein Streit, ein absolut koordiniertes Vorgehen, perfekter Teamgeist. Nach jeder Vergewaltigung schaffte es die Ente, ein paar Meter zu flüchten, bevor sich die Prozedur wiederholte – und erst als alle fünf befriedigt waren, zerstreuten sich die Erpel in verschiedene Richtungen, ließen ihr zerzaustes Opfer einfach stehen. Es war phantastisch, unglaublich, besser als jedes Kino und vom Zoologischen her doch überraschend. Ich hätte natürlich vermutet, die brünftigen Erpel wären von striktem Konkurrenzdenken geleitet, nur daran interessiert, die eigenen Gene weiterzugeben und auf Nebenbuhler einzuhacken. Ganz falsch. Vor allem war es verblüffend, daß jene Erpel, die schon abgespritzt hatten, nicht desinteressiert von dannen zogen, sondern den »Gesellschaftsvertrag« einhielten und, nach einer postkoitalen Pause, ihrer »Pflicht des Festhaltens« nachkamen. Die Ente übrigens drehte sich am Ende der Orgie zweimal im Kreis und rannte danach einem der Erpel hinterher, folgte ihm auf Schritt und Tritt. Das muß der gewesen sein, der es ihr am besten besorgt hat.

*

Ein Geschäftsmann, der mit dem Aufstellen von Kaffeeautomaten sein Geld verdiente, regte in den sechziger Jahren an, daß die Plastikbecher in seinen Geräten um ein Geringes verkleinert würden, die Füllmenge Kaffee aber gleich bleibe. So ergab es sich, daß die Automatenbenutzer, jedesmal wenn sie den gefüllten Becher der Halterung entnahmen, beim Zusammendrücken des Becherrandes von ein paar Tropfen heißen Gebräus verbrüht wurden. Die Angestellten des Geschäftsmannes schüttelten den Kopf, verstanden die Verkleinerung des Plastikbechers als skurrile und völlig uneffektive Sparmaßnahme, konnten sich keinen anderen Sinn der Aktion denken, als drei Quadratzentimeter Plastik zu sparen. Doch der Geschäftsmann hatte nichts beabsichtigt als eben jene kleine Verbrühung. Größere Becher gleichen Inhalts, so führte er aus, würden die Kunden glauben machen, ihnen würde schlecht eingeschenkt. Nein, sagte er, die Becher müssen randvoll sein, man muß den ÜBERFLUSS SPÜREN! Der geringe Schmerz muß dem Kunden Signal werden, hier preiswert und gut gekauft zu haben!

Tatsächlich verdrängte er bald alle anderen Getränkeautomatenaufsteller aus dem Geschäft.

3. Mai, Sonntag
Abbazia Pomposa

Widerlicher Traum: Ich lag auf einer Luftmatratze im Hinterhof einer Mietskaserne und hatte plötzlich Lust, von einer der streunenden, verlausten Katzen zu kosten. Zu diesem Zweck stellte ich Fallen auf. Als endlich eine Katze gefangen war, eine scheckige, genügte sie mir nicht; ich fing weitere fünf und schlachtete sie nacheinander ab, mit Hammerschlägen auf den Kopf. Die Felle warf ich fort, das Fleisch, in einer riesigen Pfanne gehäuft, trug ich hinauf in meine Wohnstatt – ein ausgebauter Speicher, oder ähnliches. Ich begann die Katzen zu braten; drauf von weit drunten die Stimme meiner Mutter: »Brätste wieder Katzen?« Ich: »Jaja …« – und mir drehte sich der Magen um.

*

Ich erwachte mit starker Übelkeit, schluckte ein Aspirin, dann lud mich Beatrice ins Auto. Die sechs Stunden bis Mantua verliefen problemlos, danach einige Staus, besonders auf den letzten zehn Kilometern vor Pomposa.

*

Ich überstieg das Seil und ging in die Krypta, in der heute eine Heldengedenktafel steht. Die Krypta ist nur noch eine flache Aushebung und machte den Eindruck einer dunklen Bauernstube – in der aber alle Möbel aus Marmor sind. Ich setzte mich auf einen Schemel und träumte vor mich hin. Höhle voller Fratzen. Nachttiere. Aus dem Fels gähnen Schlünde, feucht und gerillt, Röhren im Gestein, klaffend wie Blüten der Fleischfresserflora. Tropfsteinhöhle voller Gaumenzäpfchen. Der Rachen eines versteinerten Kriegers. In unzugänglichen Felsspalten haben sich Reste des Schreis abgelagert, mit dem er hier zu liegen kam.

*

Vor der Abbazia gab es einen Trödlermarkt, mit viel Kitsch und Nippes, aber auch brauchbaren Ständen. Ich kaufte eine wundervolle, große, schwarze, gußeiserne Pfanne, zehn Kilo schwer, mit einem Griff aus gelacktem Holz, der in einer silbernen Schlaufe endet. Ich war hingerissen von diesem wuchtigen, klobigen, archaischen Ding, es fühlte sich weich an. Der Deckel wiegt etwa vier Kilo und macht ein schönes, tiefes Geräusch, wenn man ihn aufsetzt.

Beatrice meinte schelmisch: »Gib's zu – die Pfanne hast du für die Katzen gekauft!«

*

Die Salzseen im Abendrot. Finnischer Anblick; ein Farbenrausch, der sich mit der Dämmerung abkühlt, bis nur noch Kobaltblau und Purpur bleiben. Und dann, innerhalb eines Moments, wenn man gerade nicht hinschaut, schwappt schwarze Nacht drüber weg.

Die Meeresküste dagegen banal bis häßlich. Südlich Pomposa beginnt die Touristenadria. Während der Fahrt Meditation über verschiedene Verb-Automatismen.

er- innern

re- member

sou- venir

ri- cognoscere

Wenig Ergebnis, da ich nicht methodisch werden kann an solchen Fragen. Ich denke immer, das kann auch ein anderer tun und hat es bestimmt schon. Ja, sicher, aber das gilt eigentlich für alles. Strenggenommen gibt es keine Entschuldigung für meine Arbeit.

4. Mai, Montag
Gesualdo/Avellino

Gegen 17 Uhr trafen wir in Gesualdo ein. Das Wetter war trübe, düster, dem Ort angemessen. Die dunklen Hügel geben der Landschaft einen melancholischen, depressiven Anstrich; es war in etwa, wie ich es mir vorgestellt hatte. Gesualdo ist ein größeres Dorf, rund um die Burg gebaut, die noch bewohnt ist, dennoch stark verfallen. Der Geist Don Carlos war zu spüren, überall. Die Kirche, die er hat bauen lassen, war wegen Totalrenovierung geschlossen. Ein Arbeiter erzählte uns, das (einzig authentische) Porträt Carlos, wegen dem wir die Kirche aufsuchen wollten, sei ins Museo Civico von Avellino ausquartiert.

Gerne hätte ich die Burg besichtigt, doch war das nicht möglich, man hätte brieflich anklopfen müssen. Mein Fehler.

Als wir so untätig auf der Dorfpiazza, unterhalb der Burg, herumstanden, trat ein alter Mann auf mich zu. Er fragte, ob wir die Kapelle besichtigen möchten? (Welche Kapelle?) Ich sagte ja, gerne. Er holte aus seinem Zeitschriftenladen einen riesigen Schlüssel und führte uns quer über die Piazza, wo im Eck eines Häuserkarrees wirklich ein winziges Kapellchen stand. Der Mann schloß auf und winkte uns hinein. Ich hatte alles mögliche erwartet, aber das nicht: Die Kapelle war von strahlendem Weiß, jedoch – leer. Völlig leer! Nichts darin, kein Stuhl, keine Bank, kein Kruzifix, keine Madonnenstatuette, NICHTS! Der alte Mann verbeugte sich und lächelte. Ich war unfähig zu sprechen; die Szene war mehr als gespenstisch. Ich drückte dem Mann einen Zweitausendlireschein in die Hand, worauf er noch mehr lächelte, mit einem Gesicht, das sagte: Wäre doch nicht nötig gewesen … Ja, er hat uns nur eine Kapelle gezeigt mit NICHTS darin, bzw. sehr viel Weiß. Ein leerer Raum voll – Weißheit, würde Krantz sagen. Ich war noch Stunden danach völlig perplex ob dieses Vorfalls.

5. Mai, Dienstag
Neapel

Um elf in Napoli, direkt zur Gesù Nuovo. Dort suchten wir die (rekonstruierte) Grabplatte Carlos, fanden sie aber erst mit Hilfe eines Priesters. Dieser fragte, ob wir Verwandte seien?

Die Schrift der Grabplatte ist noch gut zu lesen; sie berichtet von dem großen Beben, durch welches 1688 der Sarkophag des Fürsten spurlos im Erdboden verschwand. Diese metaphorische Höllenfahrt, das ist wieder so ein Detail aus den Melodien, das mir kein Mensch glauben wird.

Beim Einkaufen pries man uns den formaggio di oggi an, ganz jungen Käse, der wirklich vorzüglich schmeckt. Dann in die San Domenico Maggiore, wo Carlo geheiratet hat, wo die von ihm getötete Maria D'Avalos aufgebahrt war und sich angeblich ein Franziskaner an der schönen Toten verging. Neapel scheint für seine Touristika wenig übrig zu haben. Die Kirche war in einem jämmerlichen Zustand. Seltsam, wo doch sogar Thomas v. Aquin in einem ihrer Nebengebäude gewohnt hat. Hinweisschilder – so etwas gibt es hier nicht. Selbst die Broschüren im Fremdenverkehrsbüro, meist von irgendwelchen Professoren unterzeichnet, sind völlig oberflächlich oder bringen sogar falsche Daten.

Wir gelangten danach in das Innere jenes Palazzo (Severo), in dem die Morde geschahen. Er läßt sich heutzutage kaum von irgendeinem modernen Mietshauskarree unterscheiden. Wir fragten mehrere Bewohner, klingelten an mehreren Wohnungen – die meisten Befragten wußten nicht einmal, wer Carlo gewesen ist. Schließlich trafen wir so etwas wie einen Hausmeister, dem wir erst lang und breit erklären mußten, was wir hier wollten. Der Palazzo wurde in den vierhundert Jahren, die seit dem Doppelmord vergangen sind, so oft umgebaut, daß man höchstens noch die grobe Richtung des Tatortes angeben kann. Und selbst die scheint zweifelhaft. Ich erinnerte mich eines Textes von W. Hildesheimer, aus den siebziger (oder sechziger?) Jahren, in dem er den Palazzo schildert, das Stockwerk und die Räume der Bluttat und am Ende behauptet, im Bett des Mörders übernachtet zu haben. Mumpitz.

Hesses allerletztes Gedicht galt Gesualdo.

Ich fand, es sei für heute genug Feldforschung. Wir gingen hinunter zum Meer, kauften Kokosnußscheiben, gingen nach Santa Lucia, der reinste Kitsch, Ansammlung von einem Dutzend blitzblanker »Fischerhäuser«, in denen sauteure Restaurants stecken. Eine Hochzeit fand statt, zwei gemietete Rolls Royce fuhren vor. Albern.

Wir gingen dann Luftlinie retour zur Gesù Nuovo, ein ziemlich übles Viertel hindurch, die herumlungernden Kids musterten einen unverhohlen wie eine Beute ab. Ich habe deren Flinkheit unterschätzt, habe den Dieb nicht kommen gehört, obwohl ich dauernd wachsam die Gegend rasterte. Eigentlich unglaublich. Plötzlich hing er an Beas Handtasche – es war wohl ein Zufall, daß sie sie fest um das Handgelenk geschnürt hatte. Ein Riemen riß – der Dieb ergriff die Flucht, noch bevor ich ihn packen konnte, das war gut so, ich hätte ihm den Hals umgedreht in jenem Moment. Seine Geschwindigkeit war verblüffend. Nach fünfzig Metern (in fünf Sekunden) blieb er stehen und starrte uns herausfordernd an. Wozu? Ich machte das Zeichen des Kehlendurchschneidens, daraufhin verschwand er in einer Seitengasse, zusammen mit einigen Kumpanen, die während des Überfalls dort an der Wand gelehnt herumstanden, die mir im Falle einer Verfolgung sicher Probleme in den Weg gelegt hätten.

Beatrice überraschte mich. Sie war völlig ruhig und gefaßt, beinah unnatürlich ruhig, kaltblütig. In der Tasche waren 400 Mark, eine Menge Ausweise, der Autoschlüssel und und und ... Eine alte Dame auf dem gegenüberliegenden Gehsteig schlug die Hände über dem Kopf zusammen, schien sich bei uns für ihre Landsleute entschuldigen zu wollen. Meine Wut verflog rasch.

Ich habe zu lange auf der Seite der kleinen Gesetzlosen gelebt, außerdem ist keine grobe Gewalt im Spiel gewesen. Dennoch: Wäre der Überfall geglückt, würde ich dem Täter jetzt Tod und Verderben (besser umgekehrt) wünschen, ich weiß es. Die Violenz meiner Emotionen im Moment nach dem Überfall machte mich sehr nachdenklich. Wer meine Frau angreift, gegen den kenne ich keine Hemmungen.

Beatrice hatte keinen Zuspruch, keine Beruhigung nötig. Sie nahm das Geschehene hin wie eine Anekdote am Rand. Mehr war's ja auch nicht.

6. Mai, Mittwoch
Pompeii

Dreckige Viertel. Slums am Fuß der roten Berge.

Dank sei dem Dreck, der mich lehrte, die Dinge nie rein zu betrachten, reduziert, abseits des Fettfilms und Rußes und Eiters. Das Blut, das am Marmortorso klebt, die Galle im Nacken, die Scheiße, durch die der Heros waten mußte. Zeigt mir ein Denkmal – ich seh es bepißt, zeigt mir die Schönheit selbst, ich geh die Würmer kraulen, die dran nagen. Dank sei dem Dreck, der mich überzieht und allem Schrubben trotzt. Ich rieche das schwärende Gedärm im Inneren des Porzellanprinzenpaars. Jede Hoffnung ist von Anstandsdamen bewacht, die heißen: Mißtrauen, Zweifel, Erfahrung, Erinnerung und Angst.

7. Mai, Donnerstag
Pompeii

Idee für Objektkunst: Eine kleine Glastruhe, völlig durchsichtig, mit einem Schloß aus Stahl. Der Schlüssel steckt aber von innen; die Truhe (eher ein Kästchen) ist abgesperrt, man kommt nicht an den Schlüssel ran. Titel: Der Käfig (der Sarg?) des Universums.

Vorher dachte ich mir eine Geschichte aus, die im Plot noch Probleme stellt. Es geht um einen chinesischen Weisen, der von bösen Dompteuren in einem Käfig gefangengehalten wird. Der Weise macht keine Anstalten zu fliehen, im Gegenteil, er erklärt sich zum Wächter des Universums, nennt alles Außen Innen, behauptet, die Flächen seines (würfelförmigen) Käfigs schlössen das All nach allen Seiten hin ein, und er bewache die Tür, damit keiner über die Schwelle trete, in den einzig freien Raum, der von den (Außen-) Flächen seines Käfigs nicht umschlossen werde.

Was ist ein Käfig? Etwas, das ein anderes umschließt. Keineswegs muß immer ein Größeres ein Kleineres umschließen. Etwas Unendliches kann nur von einem Ding umschlossen werden, von jedem in sich geschlossenen Objekt. Denn jedes solches Objekt teilt das Universum in sich und den Rest, in Innen und Außen – wobei Außen und Innen austauschbar (eintauschbar) sind.

8. Mai, Freitag
Neapel; später Beatrice

Nacht. Ein etwas saurer Soave.

Es gibt in der gesamten Erscheinungswelt nur eines, das wesenswirklich zweidimensional existiert: den Schatten.

Ein von der Sprache belebtes Fehlendes, dabei Unabstraktes, das ist und doch, hehe, »Geworfenheit« bedingt durch ein Ding, das sich zwischen es und einen Lichtquell stellt. (Bin schon total betrunken …) Der Schatten, das Schattenspiel – die Urmutter des Films. Der Filminhalt existiert, im Unterschied zum Schatten, nicht; er reproduziert nur zweidimensional ein ehemals Geschehenes.

Was sich gleich wiederholen läßt, existiert nicht per se. (Natürlich existiert auch der Schatten nicht in sich, doch ist an jedem Punkt seiner merkwürdigen Seinszwischenform, seines »Schattendaseins«, die Einmaligkeit gewährleistet. Die Griechen wußten, warum sie die Seelen ihrer Toten als Schatten dachten.)

Der Schatten ist das aus der Sicht der Sonne Verdeckte, ist toter Winkel, ist der Freiraum, den die Existenz eines im Licht Vorhandenen hervorruft. Man spricht von Windschatten, Tonschatten. Man sagt: Er ist ein Schatten seiner selbst, was meinen müßte: Etwas ihm eigenes Wesentliches hat sich vor (außer) ihn gestellt und fängt das Licht ab, das ihm zusteht. Kann mich erinnern, hatte diesen Gedanken so ähnlich schon mal, im Munch-Museum in Oslo.

9. Mai, Samstag
Pompeii

Fuhren ziellos durch die Gegend, Lust auf Besichtigungen sank gegen Null. Fanden einen idyllischen Olivenhain, aßen, lasen, schmusten, spielten Backgammon. Nichts mehr ist wichtig. Fühlte mich herrlich gelöst. Ein Rotkehlchen posierte vor uns, Omen der Liebe.

Als wir um acht Uhr abends zu unserem Campingplatz zurückkehrten, stand vor den Bungalowanlagen eine Schlange von sieben, acht Autos, alle mit jungen Pärchen bestückt. Die Bungalows werden, sofern sie frei sind, an Samstagabenden stundenweise vermietet. Kann man gut verstehen, eine Beischlafkultur unter freiem Himmel ist in dieser Landschaft kaum möglich.

(Beim Anblick der Autoschlange notiert: »Bemannte Frauen; stahlummantelt«)

Eines fiel mir schon lange auf, habe seither darauf geachtet und fand meine Wahrnehmung untermauert: Italienische Hunde bellen nur, wenn es wirklich einen Grund gibt. Kaum ein Kläffer. Die Mentalität des Landes schlägt sich bis zum Haustier durch.

*

Gedanke: Glaube, ich bin ein sehr moralischer Autor – aber immer durch die Hintertür; halte niemandem den Zeigefinger an den Kopf und drücke ab. Der Vorwurf des Zynismus trifft mich hart.

*

Ich kam dahinter, woran mich in Jüngers Spätschriften, insbesondere »70 Verweht«, seine Erwähnungen von Schlachten – Orte und Daten des ersten Weltkriegs – erinnern: an sich nach langer Zeit wieder treffende ExPaare, die da und dort einmal miteinander geschlafen haben und sich gleich nostalgisch die speziellen Umstände ihrer Liaison in Erinnerung rufen: »Da und dort sind wir zusammen gewesen … und wir haben es so und so gemacht …«

*

Die ganz großen Widersacher einer Epoche umarmen, ergänzen einander im nachhinein, so Nietzsche und Wagner, so auch Jünger und Céline, die nebeneinander zu lesen ein fast vollständiges Bild des Jahrhunderts liefert. Solchen posthumen Umarmungen entspricht im Leben oft ein Haß, der der Ehrfurcht gleichzusetzen ist an Intensität. So verweigerte Jünger bis dato stur jede Auskunft über »Merline« Céline. Dies soll sich in letzter Zeit geändert haben. Jünger bezeichnet seine Abneigung gegen Céline inzwischen als übertrieben. Sieh an.

*

Eine Zeile nur, still und tief, die aller Sehnsucht Ausdruck gäbe, eine Zeile nur, sechs bis acht Zentimeter breit –

10. Mai, Sonntag
Rom

Im *Abruzzi* einlogiert, wie schon in der Flitterwoche. Liegt dem Portal des Pantheons gegenüber. In den höheren Stockwerken Aussicht auf Berninis Elefanten. Schön schmuddelig, dennoch ein Hotel mit Ausstrahlung. 75 000 Lire. Beim ersten Spaziergang sahen wir einen Gehsteigmaler, der mit Caravaggios *Vocazione di S. Matteo* beschäftigt war, dem Gemälde, das in den *Melodien* eine gewisse Rolle spielt, und wegen dem wir, unter anderem, hierhergekommen sind. Seit Beginn der Arbeit an *Melodien* haben sich so viele Koinzidenzen ereignet, daß es schon unheimlich wird. Immer, wenn ich eine Information gebraucht habe, flog sie mir zu, ohne daß ich lange suchen mußte. Picos Neffen nannte ich im ersten Entwurf Galeotto – dann stellte sich heraus, er hieß wirklich so. Castiglios Porträt war genau dort, wo ich es beschrieben hatte. Das Höchste war neulich die *Italienische Messe* von Gasparo Alberti. Fast im selben Jahr geboren wie Castiglio, hat jener Alberti im Messetext einen Gruß an Alban hinterlassen. (Nulla Albane tuum delebunt saecula nomen/ sed tibi magnanimo fama perennis erit.)

Das MUSS in den Roman!

*

»Das grundlegende Kriterium des Zufalls ist, daß man seine Möglichkeit nie hundertprozentig ausschließen kann.«

Der Satz ist gar nicht so banal, wie er im ersten Moment klingt.

11. Mai, Montag
Rom

Am Fenster. Der Moment, da Hannibal Lecter zuschlägt: Langsam auskostend, bewußt, verzückt, die *Goldberg-Aria* im Hintergrund – eine kultische Handlung, in kontrollierter Ekstase. Man kann hier von einem Typus des Magiers sprechen, der mit jeder Leiche an spiritueller Kraft gewinnt. *Silence of the Lambs* war, das kann jetzt niemand mehr bestreiten, der zeichensetzendste Film seit *Kuckucksnest*. In der Oscarnacht saß ich bis halb acht Uhr morgens vor dem Fernseher und erlebte den Triumph mit, toll, ich empfand, als würde man jeden dieser Oscars mir geben. Das kam, ich empfahl (und verteidigte) ihn mit äußerster Leidenschaft gegen viele dumme, falsche, nichtsahnende Beurteilungen. Das deutsche Feuilleton hatte wieder mal wie eine zickige, weltfremde Mutti reagiert. Selbst in meinem Freundeskreis wurde der Film oft billig herabgewürdigt, mit dämlichen Anti-Hollywood-Sprüchen. Auch M. F. hat, auf seinem ureigensten Gebiet, krass versagt. In *Lettre* war ein hochinteressanter Artikel zum Thema, Verweise auf Bild-Archetypen, noch eine Brücke geschlagen zu Caravaggio, der mir zur Zeit andauernd über den Weg läuft, egal, jedenfalls: Hannibal Lecter – Die Sucht nach Thrill und Gewalt, der Ekel an der Ödnis der demokratischen Stagnation und Korrumpierung, der Wunsch, jenseits der Norm dem Leben ein Stück vom großen Fest wiederzugeben, macht den Serial Killer zum Heldentypus Nummer Eins der neunziger Jahre, nicht nur in USA, bald auch bei uns. Wenn man dann (im Gegensatz zu *Henry – Portrait of a Serial Killer*) das Monster noch mit Intellekt, Bildung und Charme, sogar mit einem gewissen Sex Appeal ausstattet, ist eine Ikone geschaffen.

*

Melodien – anfangs sind die Sätze simpel, ehrlich, ohne doppelten Boden. Sie sagen genau das, was sie meinen, und lassen nirgends den Verdacht von etwas anderem aufkommen. (Merkwürdig: Indem sie ehrlich sind, wirken sie manchmal manieristisch. Kennzeichnend für die Décadence.)

Mit der Entwicklung des Melodienmythos ändert sich peu à peu auch der Grad der Naivität in der Sprache, bis hin zum 6. Buch, dem anderen Extrem: Pasqualini. Dort meint kein einziger Satz mehr, was er sagt, die totale Umwertung hat stattgefunden, die Umwortung aller Worte.

12. Mai, Dienstag
Rom/Peschiera

Heimwärts. Toskana – hier hocken, versteckt in den Büschen, wilde Kilometer. Wenn man nicht aufpaßt, mischen sie sich unter die Straßen, verlängern die Reisestrecke.

*

Am Gardasee läßt sich außerhalb der Saison spottbillig wohnen. Letztes Jahr fanden wir von Privat ein halbes Palais, für grade 40 Mille.

Klar, die Gegend ist touristenverseucht, ist Karikatur geworden, dennoch, im Spätherbst oder im März muß es hier ganz angenehm sein. Pizzaessen in Peschiera – war fasziniert vom neuerrichteten Dorfkern, steril, hochglanzpoliert, deutsch-englisch-niederländisch. Eine Mixtur aus Fischerhafen, Burgmauer, Kleenex und Fertighäusern. Nichts ist echt, nur Kulisse und Klischee, Disneyland.

Hier in der Nähe, auf einem Campingplatz, habe ich beachtliche Teile meiner Kindheit abgeleistet. Hatte das Bedürfnis, auf die Straße zu pissen. Hab's auch getan. Auf dem Mittelstreifen.

*

Würde meine Geliebte mir nicht immer wieder sagen: Ich liebe dich TROTZDEM – diese Liebe würde erheblich an Wert verlieren. Etwas Liebenswertes zu lieben ist ja nun wirklich nichts Besonderes.

13. Mai, Mittwoch
Gilching

Einladung zur L.-Party. Werde hingehen, glaub' ich, obwohl es meist langweilig war. Er versammelt haufenweise unnatürliche (skurril ist als Wort zu schade) Leute, in deren Sonderbarkeit keine besondere Qualität zu finden ist, die nichtmal phantasieanregend wirkt. Außerdem geht mir seine Flippigkeit auf den Sack. Wann hätte er je mit mir ernsthaft über etwas geredet? Ein Pop-Junkie, zuviel mit banalem, modischem Firlefanz beschäftigt. Ein Trenddackel.

14. Mai, Donnerstag

Ein Mädchen redete sehr allgemein über filmische Ästhetik, ließ ein Klischee nach dem andern los und das in rasender Eile, breitete vor mir alle denkbaren Gemeinplätze aus, derer sie sich erinnern konnte. Ich sagte immer jaja, schon, aber – weiter kam ich nie, da ihr wieder etwas Neues eingefallen war. Nach einiger Zeit machte ich nur Hmmm und Hmhmmm, und dann, nach zwanzig Minuten Monolog, stand sie auf, sagte: »Ich will dich ja nicht belabern!« – und ging. Was das Schlimme dran war – ich kam mir fast schuldig vor, einen Disput nicht wirklich angestrebt zu haben, wieder arrogant gewesen zu sein. Bin viel zu freundlich in letzter Zeit, hätte die Tussi einfach stehenlassen sollen.

*

Kurz mit T. M. geplaudert und ihn endgültig abgeschrieben. Zu allem, was ich erzählte, meinte er entweder – »Ooh, das ist aber doch guuut –!« oder »Nein, das ist schlecht, neinnein!« Es beeindruckt mich, jemandem gegenüberzusitzen, der soviel weiß, der immer, fast ohne zu überlegen, ein Urteil bei der Hand hat.

Wie man munkelt, sprach er mal beim städtischen Verkehrsamt wegen einer Festanstellung als Straßenschild vor und erhielt nur aufgrund seiner Frostanfälligkeit eine Absage.

Ich finde, lang hingestreckt, hätte er zu einem passablen Pannenstreifen getaugt.

*

Als ob der Freaks noch nicht genug sind: Spät in der Nacht noch mit I. telefoniert. Sie kokettiert wieder mit dem Gedanken, sich umzubringen, und weist hundert aberwitzige Gründe nach. Sie hat sich in den vergangenen Jahren wegen so vieler Dinge umgebracht ... Ein Hypochonder, wie er im Buch steht. Meist steht in ihren Briefen: »Die Treppe stürzte mich hinab«, oder: »Das Messer hat mich geschnitten« oder »Die Sonne hat meinen Rücken verbrannt, als ich gerade schlief ...« (Wie heimtückisch!)

Nie zeichnet sie selbst verantwortlich. Und den Suizidgedanken, den wird sie niemals in die Tat umsetzen, es wäre in der Tat zuviel Aktivität erforderlich. Irgendwann wird das Gras in sie beißen.

16. Mai, Samstag

Wolfgang ruft an, verweist etwas schelmisch darauf, daß bald wieder ein Fest auf der Praterinsel stattfindet. Ich hatte die Geschichte schon fast vergessen, wahrscheinlich, weil ich damals kein Tagebuch geführt habe und die Geschichte zwar sehr witzig ist, aber alles, das ich nicht für irgendeinen Text verwenden kann, bald von mir vergessen wird.

Ich lief mit Beatrice am Isarufer entlang, es war ein warmer Samstagabend im Juni, und wir hatten uns um acht mit Wolfgang auf der Praterinsel verabredet. Uns war langweilig gewesen; Wolfgang, der überall und immer dabei ist, der sich auskennt, erzählte uns, auf der Praterinsel sollte ein großes Fest sein. Absolventen der Kunstakademie feierten. Das Völkchen war mir egal, aber ich hoffte darauf, daß es bunte Lampions gab, denn ich hatte plötzlich eine unerklärliche Lust, Reihen bunter Lampions zu sehen. Als wir hinkamen, war da auch ein Fest – nur durften wir nicht hinein. Der Türsteher verlangte unsere Einladungskarte, wir hatten keine, standen noch eine Weile herum und warteten auf Wolfgang. Um halb neun hatte er sich immer noch nicht blicken lassen – und wir gingen Billard spielen.

Am nächsten Tag rief Wolfgang bei mir an. Sein Tonfall klang leicht säuerlich, er fragte, warum wir denn nicht auf das Fest gekommen seien? Ich antwortete, wir seien schon dort gewesen, aber es hätte einer Einladung bedurft – woher er denn eine gehabt hätte?

Da lachte er lange, lange und dreckig, und kriegte sich kaum mehr ein. »Ich hab' dem Türsteher gesagt, ich bin ein Freund von Helmut Krausser, dem Schriftsteller – schon war ich drin!«

München …

19. Mai, Dienstag

Ich erzähle überall laut herum, daß ich zur Zeit ein Tagebuch führe, und ich betone, ein überaus präzises. Sofort verhalten sich die Leute um einiges freundlicher, höflicher, vorsichtiger. Die Zeugenschaft schreckt sie auf.

*

Ein Ehepaar – beide über 80 Jahre alt, sie sterbenskrank – wollte sich mittels Auspuffgasen gemeinsam töten im Wald.

Der Kerl, der dreist dazukam und beide mit Gewalt aus dem Auto zerrte, wird von der Presse als Held gefeiert.

Die Unverschämtheit gegenüber dem Freitod hat beängstigende Formen angenommen.

20. Mai, Mittwoch

Mir fällt grad' ein, heute ist es in etwa ein Jahr her, seit P. an den Baum gerast ist. Er wird mir immer in Erinnerung bleiben, aufgrund einer Szene bei der T.-Party. Ich hatte damals wohl etwas reichlich mit seiner Frau geflirtet, obwohl ich funktionierende Beziehungen niemals störe, aus Prinzip nicht, egal, jedenfalls bat P. mich auf den Balkon und sagte dort, wörtlich: »Wir sind zivilisierte, gebildete Menschen und haben gelernt, einige der vielen Zeichen zu deuten. Deshalb sag ich dir jetzt, ruhig und sachlich, als eine simple, sehr konkrete Feststellung: Wenn du weiter meine Frau anmachst, schlag ich dich zum Krüppel. Hast du den Informationsgehalt dieses Satzes in seinem gesamten Ausmaß erkannt und aufgenommen? Gut. Dann gehen wir jetzt wieder hinein.«

Das fand ich echt stark.

*

Könnte eigentlich mal seine Witwe anrufen.

*

Es ist nichts einfach, und wenig kann mit kurzen Worten abgehandelt werden. Deshalb muß, wo nicht genügend Zeit vorhanden ist, etwa im Fernsehen, auf knifflige Fragen nicht jene Antwort gegeben werden, die der Wahrheit am nächsten kommt, sondern diejenige, die am wenigsten Schaden anrichten kann durch tendenziöse Auslegung oder einfaches Mißverständnis.

Ich bin doch ein Moralist, zweifellos – allerdings weiß ich, daß es ziemlich egal ist, was man sagt; die Boshaftigkeit hat ihre eigenen Wege, zu lesen und zu hören, den Satz nach ihrem Geschmack zu rezipieren. Eindeutig sein, das kann man höchstens – wie Brecht in seinen entsetzlichen Lehrstücken – auf Kosten der Magie. Aber die Magie allein erhält ein Werk am Leben.

22. Mai, Freitag

Nachmittags um drei in den Club gefahren, die S-Bahn war ziemlich voll, bis auf ein einziges Abteil, in dem saß nur ein Pärchen mit einem sieben, acht Jahre alten Jungen. Ich setzte mich da hinein und begann im Heidegger zu lesen, als ich plötzlich eine Ahnung bekam, warum das Abteil derart leer war. Der Junge preßte sich nämlich eine blecherne Mundharmonika zwischen die Zähne und entlockte ihr fürchterliche Geräusche. Das ging durch Mark und Bein, ich ertrug es stumm zwei Minuten lang, dann drehte ich mich um und bat den Jungen, er möge doch bitte damit aufhören. Er ignorierte mich einfach. Nach weiteren zwei Minuten, in denen ich erfolglos probierte, mich mit verschiedenen Selbsthypnosetechniken vor dem grauenhaft knirschenden Lärm zu retten, wendete ich mich an die Eltern, die stumm wie Ölgötzen neben ihrem Balg saßen und keine Miene verzogen, geschweige denn irgend etwas unternahmen. Ein Ökopärchen; Bart er, Zöpfe sie, Latzhosen beide, Häßlichkeit pur.

He, sagte ich, hab' ich nicht freundlich um ein bißchen Ruhe gebeten – können Sie Ihrem Kind nicht diese Folterharmonika abnehmen?

Das Kind sah mich haßerfüllt an, und die Eltern – sie ignorierten mich einfach, sahen aus dem Fenster. Jetzt platzte mir der Kragen, ich stellte mich vor die Eltern hin und wiederholte meine Bitte, in etwas harscheren Worten vielleicht. Da sieht mich der Müslipapa an (sein Fratz röhrt unterdessen unvermindert weiter) und sagt wörtlich: »Der Junge soll doch einmal kein Faschist werden!« Ich: »Wie bitte?« Er: »Ja, das ist doch bewiesen, daß autoritär erzogene Kinder zum Faschismus neigen!« Ich: »Sie können ihm ruhig ein bißchen Demokratie beibringen! Leben und leben lassen, das muß er zuerst kapieren!« Da unterbricht mich Müslimama (Nickelbrille, Schlabberklamotten, spröd-fransige Haare) und sagt: »Bitte – wenn Sie mit Kindern nicht umgehen können, dann gehen Sie doch!« (Mundharmonika quietscht fortissimo im Triumph)

Und ich ging tatsächlich, ich Schwächling wechselte in Geisenbrunn das Abteil, vertrieben von bärtigen Schlabberfaschisten und ihrem kleinwüchsigen Musikkorps. War sicher das beste so, dennoch: Ich hätte so gern dieses kleine Monster gepackt, mitsamt seiner Mundharmonika aus dem Fenster geschleudert und seine Erzeuger gleich hinterher … ich half mir mit einigen Phantasien. Es gibt Tage, da kann ich mir einen Fratz wie den einfach nicht ästhetischer vorstellen als mit zerschmetterter Schädeldecke an die Wand gepappt. Ich hätte es tun können. Im ganzen Abteil waren nur die drei und ich, niemand sonst. Keine Zeugen. Ich wäre in

Germering ganz seelenruhig ausgestiegen – und wieder wäre eine Wohnung frei.

23. Mai, Samstag

Endlich einmal *Emil und die Detektive* gesehen – ich war ziemlich entsetzt. Ein durch und durch kryptofaschistischer Film. Hier ist nichts anderes dargestellt als die Hitlerjugend, bzw. die Volksgemeinschaft, die den Volksschädling in einer großen Treibjagd zur Strecke bringt, durch Bespitzelung, Denunziation, polizeiliche Organisation. An diesem Film (1931) wird wieder deutlich – das Zeitklima war lang vor der Machtergreifung faschistoid, geprägt von der Sehnsucht nach Führung, nach staatlicher Sinngebung. Die Nazis kamen an die Macht, weil sie der Zeitströmung am ähnlichsten waren. Wirtschaftliche Faktoren nur Zuträger, nicht eigentlich Ursache. Mythische Prägung? Sehr schwierig.

In diesem Sinne noch einmal über den Disput mit M. F. nachgedacht, der in *M – eine Stadt sucht einen Mörder* ähnliche Tendenzen erkannte und dafür heftigen Widerspruch erntete; niemand wollte Fritz Lang in Faschistennähe rücken, man reagierte wie eine betuliche Tante des deutschen Feuilletons. Natürlich hat M. F. recht. Den Langschen Film durchzieht eine faschistoide Ästhetik, ganz klar, man denke nur an die langen, ledernen (Gestapo-)Mäntel, die hier zum ersten Mal filmisch auftauchen und ungeheure Wirkung hinterlassen. Und das Grundthema ist wieder gleich: Über alle »Parteien« hinweg wird ein Notkonsens getroffen, um die »Ratte« aus dem Volksorganismus zu entfernen. Langs Größe ist darin zu sehen, daß er unvermutet Mitleid mit dem Mörder zuläßt; der Monolog Peter Lorres vor seinen selbsternannten »Richtern« macht alles Vorangegangene vergessen, rettet den Film nicht nur, sondern heiligt ihn.

*

15 Uhr. Beatrice. Woge der Leidenschaft, prompt saturiert, zweimal – dann hatte ich rasendes Kopfweh, aber es ergab sich ein herrlicher Dialog.

Ich: Hab' Kopfweh!

Sie: Oh …

Ich: Ja. Der Wein gestern … war ziemlich schwer …

Sie: Oh … Hat dich das Trinken wieder zu sehr angestrengt?

Ich: Konnte das Glas kaum heben, so schwer war der …

Sie: Hängst du deshalb so rum jetzt, du Senkblei?

Ich: Genau. Laß mich in Ruh … mir platzt der Schädel.

Sie: Geh endlich runter von mir, du Faultier!

Ich: Uff …

Sie: Faultiere bewegen sich mit einer Geschwindigkeit von anderthalb bis zwei Kilometern in der Stunde. Aber wenn sie den Hilferuf ihres Jungen hören, können sie ihre Geschwindigkeit auf bis zu vier Stundenkilometer steigern.

Ich: Echt? Was willst du mir damit sagen?

Sie: Du kannst mir die Schokolade aus dem Kühlschrank holen. Du kannst es. Wenn du dich ganz fest konzentrierst und es wirklich aus der Tiefe deines Herzens willst, dann schaffst du es.

Ich: Meinst du?

Sie: Bin mir ganz sicher.

Ich: Und wenn mir unterwegs was passiert?

Sie: Behalt ich dich in ehrendem Angedenken.

Und fünf Tonnen schwer vor Glück machte ich mich auf zu den eisigen Zonen des Kühlschranks.

*

Habe telefonisch El Conde nach dem pathetischsten Moment seines Lebens befragt, für die Neufassung von *Durach*. Er nannte sofort das Cramps-Konzert, '86 in München, als er in der ersten Reihe stand. Lux Interior beugte sich zu ihm hinab, packte ihn beim Schopf und sang ihm ins Gesicht: »YOU'RE THE MOST EXALTED POTENTATE OF ROCK!«

Für einen Gitarristen sicher ein divinatorisches Erlebnis. Mir fiel wieder ein, daß ich damals keine Karte mehr bekommen hatte und dreist zur Abendkasse marschiert war, um die Pressefreikarte für Andreas B. zu verlangen. Alle drei? fragte die Kassiererin. Klar, sagte ich, fast ohne nachzudenken. Und sie gab sie mir! Das war toll. Zwei der Karten verhökerte ich für 50 Piepen pro Stück, mit der dritten ging ich hinein. Eins der besten Rockkonzerte, an die ich mich erinnern kann. Ich mußte nichtmal ein schlechtes Gewissen haben, denn Andreas B. und Begleitung wurden trotzdem reingelassen, nach einem kurzen Donnerwetter.

24. Mai, Sonntag

Was mich an Typen wie Perceval so maßlos aufregt, ist die fehlende Demut, Ehrfurcht, wie man's auch nennen mag, vor jeder Art Tradition in der Kunst. Eine Beleidigung, eine Herabsetzung aller gewesenen Menschen. Ob es nun Boccaccio, Monteverdi, Mussorgski, Hercules Seghers oder sonstwer ist – von jedem liest er, wenn man ihn dazu auffordert, ein paar Seiten, hört sich eine halbe Platte an, betrachtet ein, zwei Bilder – um dann ein für allemal ein und dieselbe unbeirrbare Meinung darüber zu haben, und, was viel schlimmer ist, gleich am nächsten Tag diese Meinung in irgendeiner Zeitung der Welt zu verkünden.

25. Mai, Montag

Weiter in *Melodien* gelesen. Alptraum. Bin am Boden zerstört. O je … Das 5. Buch – totale Kacke – geschludert, hingeworfen. Dreck. Muß es nochmal schreiben – ganz neu, darf mich nicht von ein paar gelungenen Sätzen zu einer bloßen Korrektur verleiten lassen. Das ist sehr deprimierend. Ganz neu … 160 Seiten. Zeit: fünf Wochen. Das wird, in meiner momentanen, müden, saturierten, ›fertig‹ geglaubten Stimmung, problematisch. Dazu noch der Ovid. So eine Scheiße … Ich hatte mich so auf den reinen Genuß des Sommers gefreut. Komme mir nun vor wie ein Fabrikarbeiter. Wo ist meine Faul- und Freiheit hin? Schachturnier ist gestrichen. Die gesamte Personenkonstellation Nicole – Täubner – Mendez – Stancu muß anders strukturiert werden, *so* wirkt es nicht logisch genug.

Werde versuchen, T. P.s Essay *Im Trickstudio* einzubauen, obwohl – es ist zu lang für ein Motto. Was tun? Wem es in den Mund legen? Alles Scheiße. Hätte Lust, den ganzen Kram hinzuschmeißen und Kritiker zu werden.

*

Das narrative Schreiben kommt mir manchmal so hofnärrisch vor. Dabei – ich wollte immer Hofnarr werden … Aber die nehmen nur Zwerge.

26. Mai, Dienstag

Scheußlich langweiliger Tag. Kurz mit M. F. telefoniert; vereintes Schimpfen auf Alles und Jeden. Hab Lust, mir ein Gewehr zu kaufen und in Darmstadt ein wenig herumzuwüten, das würde Spaß machen, das korrupte Viehzeug vom Literaturfonds einzeln abzuknallen. Gespräch lief ungefähr so: Die Demokratie wird zunehmend dirigistisch; weil allen verboten ist, was nur auf *viele* schädlich wirkt, werden die kreativen Freiräume der Eliten gekappt, eine große Nivellierung findet statt, aus der für alle Unheil droht. Am erfolgreichsten beschneidet man die Freiheit unter dem Vorwand, irgendwas beschützen zu wollen. Auf der Suche nach einem kämpferischen Lebensinhalt, einer ideologischen Beschwichtigung der Seins-Ödnis, schießen Verbände jeden denkbaren Zwecks aus dem Boden – und schützen Spatzen mit Kanonen. Überall liegen die Scharfschützer im Hinterhalt. Stichwort: Gesundheitsfaschisten. Sowie ausgereiztes Pflichtprogramm: Meldepflicht, Schulpflicht, Wehrpflicht, Versicherungspflicht, sogar die Pflicht, auf einem Friedhof begraben zu sein. Die Zensur, getarnt als »Jugendschutz« (zensiert sind aber meist Werke, die trotzdem erst ab 18 freigegeben sind ...). Angeblich soll, ich würde mich krank lachen, wenn das geschieht – die Mutzenbacherin wieder auf den Index kommen. M. erzählt vom Ärger, den Buttgereit in Berlin mit einer schrecklich betroffenen Richterin erlebt. Die arme Schockierte will seinen Film PHYSISCH vernichten, will alle Exemplare EINSTAMPFEN. Ich finde, wenn es dahin kommt, muß auch sie eingestampft werden, dann sind Fanale nötig. Wir werden zu Tode geschützt. Neues Beispiel: Vergewaltigung des Ehepartners soll strafrechtlich genau wie jede andere Vergewaltigung verfolgt werden. Absurd. Das kommt einer Abschaffung der Ehe gleich. Neinnein, keine Verharmlosung des Tatbestands, Quatsch – aber die Ehe, das war von jeher ein Stück Freiraum gegenüber der Staatsgewalt, z. B. wird das archaische Recht hinfällig, gegen seinen Ehepartner nicht vor Gericht aussagen zu müssen. Verdammt nochmal, wer den Fehler begeht, einen potentiellen Vergewaltiger zu heiraten, hat eben einen Fehler begangen, traurig, kann den Täter ja verlassen, basta, sollen sich halt länger prüfen, die sich fesseln. Was ist daran falsch? Hauptproblem: Beweislast. Die Basis des demokratischen Strafrechts, das in dubio pro reo, gilt anscheinend nicht mehr. Indizienherrschaft. Und die Nazi-Feministinnen (»Kauft nicht bei Männern!«) johlen begeistert. M. Tyson muß sechs Jahre in den Knast, Desirée Washington konnte vor Gericht überzeugender heulen als er, das ist der einzige Grund. Bloß weil Tyson ein Arschloch ist, soll dieser Fakt hinweggewischt werden? Und ich kenne Frauen, die nennen sechs Jahre noch zuwenig! Das ist der Moment, von dem ab ich für die weibliche Empfindsamkeit wirklich kein Verständnis mehr aufbringe. Sechs Jahre! Die sollten sich mal eine Woche lang in die Zelle setzen, um ein Gefühl für Gitterzeit zu bekommen. Höhepunkt der Perversität: Desirée werden 15 Millionen Dollar Schmerzensgeld verschrieben; jetzt suchen natürlich jede Menge Nachahmer nach ihrem prominenten Vergewaltiger. Ich wette, das wird der neue Sport werden: Fuck&Cash. Am besten: Sich vor dem Fick eine Beischlafseinverständniserklärung unterschreiben lassen.

*

Telefonat tat gut, hab es in Stichpunkten notiert – und denke mir: Das gleiche würde ich so keiner Zeitung sagen, das wäre unklug – was wiederum zeigt, welches Labyrinth aus Tabus über die öffentliche Diskussion gestülpt ist. In Deutschland existieren extreme Unterschiede zwischen dem Jargon im Freundeskreis und dem im Medium. Bedenklich. Natürlich nimmt man am nächsten Tag immer viel von dem zurück, was man im Zorn hinausposaunt hat, ganz klar; die Frage ist aber vielmehr, ob durch das Kondom der Vorsichtigkeit der Gesellschaftstalk nicht so verlangweilt und geglättet wird, daß dadurch weit größerer Furor entsteht – Verdrossenheit an der Glätte und Raffinesse, am Understatement, an dämpfenden Präambeln. Zu jeder Aussage wird gleich eine Abwertung derselben mitgeliefert. Niemand will mehr Feinde haben. Viel Feind, wenig Geld.

30. Mai, Samstag

Laut Beschluß des obersten Gilchinger Revolutionstribunals ist der Mai von diesem Jahr an nur noch dreißig Tage lang. Der ehemals 31. Mai wird ab sofort dahin verlegt, wo Mai am dringendsten benötigt wird – Ende Februar. Habe keine Lust mehr auf Tagebuch. Ist Blödsinn, so ein Tagebuch, hab' auch keine Zeit dazu. Und am Ende siegen die Bakterien, wenn überhaupt irgendwer …

JUNI 1993

1. Juni, Mars

Intensiver Traum ohne Menschen, noch auffällige Dinge: Schillernde Netze, die die Sonne auf dem blaugekachelten Grund des Bassins auswirft. Tanzende Lichtseile, glitzernde Schlangen. An der Wasseroberfläche dagegen: Sonnenölfilme, fette Schlieren, treibende Kastanienblätter.

*

Heute ist der letzte Tag von Beas Urlaub. Um 15 Uhr unterzeichneten wir den Mietvertrag unserer ersten gemeinsamen Wohnung. Die Nebenkosten waren plötzlich um 300 Mark höher als vorher annonciert. Ich war ziemlich sauer deswegen, es gab einen kleinen Streit, ich wollte dem Immobilienhai schon an den Kragen. Dann, notgedrungen, beruhigte ich mich, es hilft ja nichts, es wäre äußerst lästig, jetzt noch nach was anderem zu suchen. Und Beatrice muß endlich zu Hause raus.

Der Makler war so widerlich ... Ich tat ihm Weisheit aus der Zukunft kund, daß dereinst ein wütendes Volk ihn aus dem Bett zur Laterne tragen werde, wo er dann hinge und verfaule. Allein, er tat das sehr gelassen ab, der Tag sei lang noch nicht gekommen.

*

Ich: Ich hab' doch gar nichts gesagt.

Bea: Dein Gesicht hat gesprochen. Du hast mal wieder dein Gesicht nicht halten können.

*

Die CDs im Schließfach abgelegt. Um 20 Uhr in der Riemer Charterhalle, Konzert meiner alten Lieblingsband, des Gun Club. Das neue Album *(Lucky Jim)* ist allerhöchstens ordentlich. M. Fuchs-Gamböck erzählt mir von seinem Interview mit Jeffrey Lee Pierce, er soll erschreckend aussehen, ausgelutscht und abgewrackt. Ich entgegne, daß er so schon seit 10 Jahren aussieht. Und wirklich springt Jeffrey mit einer ungeheuren Energie auf die Bühne, *I hear your Heart singing,* er trägt Nickelbrille und Maoistenkappe, geriert sich wie ein Derwisch. Das Konzert ist längst nicht ausverkauft, im Gegensatz zur großen Nachbarhalle, wo INXS spielen. Eine nostalgische Mücke schwirrt um meinen Hals. Es gibt Unmut im Publikum, wenn Songs der neuen Platte gespielt werden, kaum wird dann geklatscht. Jeffrey macht seinem Ärger darüber mit obszönen Gesten Luft, kündigt die alten Fetzer in verächtlichen Worten an (»Here's for you, suckers …«). Die letzte Zugabe, den Titelsong des neuen Albums nennt er: »The best song I've ever wrote«. Das hat etwas rührend Trotziges, Junggebliebenes, und natürlich stimmt es nicht, aber das macht nichts, er hat trotzdem recht.

*

Gedanke: Es wird eine Musik geben aus elektrisch-chemischen Impulsen, die direkt ›ins Blut‹ geht, die nicht nur auditiv, sondern auch, und vor allem, neuronal funktioniert, eine Mischung aus Musik und Nervendroge, eine interaktive Giftsymphonie.

2. Juni, Merkur
(seltsam, daß so viele Geschäfte am Mittwoch
Nachmittag geschlossen sind)

Mythos – ein von der Linken sehr mißtrauisch beäugtes Wort, bedeutet bei mir einfach nur: die Wirkung des Gewesenen auf die Rezeption des Gegenwärtigen.

Ein Küchenmesser des späten neunzehnten Jahrhunderts gewänne stark an Wert, wüßte man, daß es sich um das von Jack the Ripper handelt. Die Bedeutung, die ein Objekt nach Bekanntgabe seiner ›Prominenz‹ (finde grad kein besseres Wort) hinzugewinnt, nenne ich dessen Mythosgehalt. Mythos ist die Differenz von Ding und Sprache, von Sein und Sage, ist immer etwas Zugetragenes. Lange Meditation über die Verbbildung ›sich zugetragen haben‹ für ›geschehen sein‹, ›passiert sein‹.

*

Hänge viel herum und träume. Der Trubel war so groß, daß ich jede Minute Ruhe ausnutzen muß. Morgen nach Leipzig, kotz auf Leipzig, die Lesungen werden immer unerträglicher, aber darf man sich beschweren? Von den bisher geplanten 40 Terminen sind erst 17 abgeleistet. Die ersten 10 haben Spaß gemacht. Andere Städte, in die es einen nie verschlagen hätte, Menschen, viele verwertbare Anekdoten. Noch habe ich nichts von dem Bielefelder Freak gehört, seltsam; ich sandte ihm *Fette Welt*, und noch nicht mal ein Dankeskärtchen kam zurück. Wir waren mit Günther Butkus flippern, dort war ich mit ihm ins Reden gekommen, er erzählte von seiner Freundin, die er, welch grandioser Zufall, schon in seinem letzten Leben gekannt und schmählich an die Nazis verraten hätte – weshalb er ihr im jetzigen Leben dienen müsse, um ein wenig seiner Schuld abzutragen. Er selbst, sagte er, könne sich an jene Sache nur noch sehr undeutlich erinnern, aber seine Freundin, die wisse alles noch ganz genau, naja, schließlich sei sie ja damals ins KZ gekommen, nicht er, und was sie davon vergessen hatte, das sei ihr nach Rückführungshypnose wieder eingefallen. Dies alles erzählte er mit traurigem Ernst. Günther und ich hatten uns angesehen, und, obwohl wir schon reichlich getrunken hatten, zusammengerissen. Erst später, als sich die Runde aufgelöst hatte, brach das Gelächter aus uns hervor, wie aus berstenden Deichen, und wir tranken noch einen auf die Frauen der Welt.

3. Juni, Jupiter

Der erste Tag der Messe. Am Abend finden in Leipzig 22 Lesungen statt, dennoch ist die kleine Buchhandlung im Messebau gefüllt bis auf den letzten Platz, was heißt: 24 Hörer. Ich lese eine Pasqualini-Passage, danach ergibt sich eine politische Diskussion mit dem Publikum, die Ch. für mich beendet, weil sie Hunger hat und in Auerbachs Keller ein Tisch reserviert ist. Die Jungs von Wist & Ressel stellen sich vor, bei denen, in Potsdam, les' ich irgendwann im September. Nette Kerle.

Auerbachs Keller – wohl unvermeidlich. Wie vieles ›Unvermeidliche‹ eher enttäuschend. Gutbürgerliche Küche in leicht morbidem, feintuendem Herrensaal. Biedermeierlich, doch wie mit zarten schwarzen Schleiern verhängt; es wirkt einfach merkwürdig, wenn ein befrackter Kellner, die Serviette schulmäßig über dem angewinkelten Arm, einen Teller Gulasch an den Tisch bringt.

Rauchen ist Liebe.

Je unglücklicher ich bin, desto kitschiger werd' ich.

Sie fragten den Verurteilten, ob er noch etwas sagen möchte. Er antwortete ja, etwas, das er schon sein ganzes Leben lang einmal hätte sagen wollen – aber ausgerechnet jetzt fiel es ihm ums Verrecken nicht ein.

M. versteht übrigens nicht, wie ich mich entschließen konnte, nach Klagenfurt zu fahren. Meine Begründung ist äußerst simpel:

Neugier. Wenn ich nicht fahren würde, würde ich mich ein Leben lang fragen, wie das wohl geworden wäre. M. stimmt schließlich zu: Klagenfurt könne niemandem ernsthaft schaden.

4. Juni, Venus

Anruf bei einer Wiener Theaterdirektorin. Höre eine laszive Stimme: *»Ich bin die Anrufbeantworterin. Sprechen Sie auf mich drauf ...«* Hab vor lauter Lachen aufgelegt.

*

Hier in Gilching gibt es kaum noch eine junge Frau, die nicht durch ein Kind entstellt ist. Tatsächlich steht in der Zeitung, es wäre die gebärfreudigste Gemeinde im ganzen Landkreis. Furchtbar ... Überall Kinderwägen, kreischende Bälger, abgestempelte Frauen, nur noch Mütter gibt es hier, Mütter, es ist widerlich. Für das ganze Gewürm braucht es Kindergärten, Schulen, Supermärkte, Häuser – und irgendwann Friedhöfe. Vielleicht nehm' ich mir bald wieder 'ne Stadtwohnung.

*

Mit einem meiner Schachschüler diskutiert über Elitarismus und Demos. Es störe ihn an der Demokratie, daß jeder Idiot genau wie er eine Stimme habe, die er bei Wahlen abgeben dürfe. Diese Auffassung von Egalität hielt er für bedenklich, ja fatal und stellte ein Ständewahlrecht in den Raum, das die Zahl der abzugebenden Stimmen nach Bildungsgrad differenziert, z. B. bei Hauptschulabschluß eine, bei mittlerer Reife zwei, bei Abitur drei, bei einem akademischen Grad vier Stimmen o. ä. Diese Gedanken hatte ich als Sechzehnjähriger auch. Ich antwortete ihm, er dürfe nicht übersehen, daß numerische Egalität nur formal bestünde, daß gebildete

Menschen auch über die viel größeren Möglichkeiten verfügten, andere zu beeinflussen, daß von daher alles schon ganz in Ordnung sei, solange sich die Gebildeten nur engagieren.

*

Man geht an der Öffentlichkeit zugrunde wie ein an Land gezerrter Fisch. Es sei denn, man gehört zur seltenen Gattung, die sowohl über Lungen wie über Kiemen verfügt (Beatrice: »Dipnoiformes«).

5. Juni, Saturn

Beatrice betreibt magische Hypochondrie, indem sie nämlich eine ihrer kleinen Magenverstimmungen nacheinander für ein Sympton von Mumps, Gelbsucht, Salmonellenvergiftung, Schwangerschaft etc. hält. Sie meint, wenn man alles Mögliche in Erwägung zieht, tritt alles das nicht ein. Sehr schlau. Übrigens ein Glaube, dem man häufig begegnet. Die Vorgehensweise des Schicksals wird für ziemlich hinterfotzig gehalten, wo es uns doch sowohl mit dem Erwarteten als auch dem Unerwarteten in die Pfanne hauen könnte.

*

Opferstellen der Zensur (Folge I):
Da sprach Gott, der Herr, zu der Schlange: Weil du das getan hast, seist du verflucht, verstoßen aus allem Vieh und allen Tieren auf dem Felde. (Und Gott fesselte die Schlange und hieb ihr mit einer scharfen Axt beide Beine und Arme ab. Und er sagte:) Auf deinem Bauche sollst du kriechen und Erde fressen dein Leben lang.

(1. MOSE 3,14)

*

Schattenspiele: Wand wird in Leinwand verwandelt.

6. Juni, Sol

Beatrice erzählt einen Satz, den sie aufgeschnappt hat: Die Zeit gibt es, damit nicht alles im selben Moment geschieht. Sie sagt, das leuchte ihr ein. Mir, widerstrebend, auch.

7. Juni, Luna

Heute 150. Todestag Hölderlins. Vor zwei Wochen las ich in Tübingen, besuchte zum ersten Mal den Turm, schrieb auch einen Gruß ins Buch. Gedanke: Starke Vision entsteht aus starkem Unbehagen an der jeweiligen Gegenwart.

Zu spät Geborene, die man ›später‹ zu früh Geborene nennt, weil ihre Energie reichte, die Zeit in ihre Richtung zu ziehen.

Umwertung oder Abwertung. Ist der u. der zurückgeblieben? Oder steht er kurz davor, die anderen Läufer zu überrunden?

Habe im Wald ein Glas auf den Jubilar getrunken.

Auf dem Steinberg. Landschaft, menschenleer. Inhuman schön. Die heftigen Märzstürme haben mehr als die Hälfte der Bäume geknickt. Der Wald bietet ein Bild völliger Verwüstung. Allerdings werden durch die kreuz und quer liegenden Stämme auch viele Spaziergänger abgehalten. Man muß in allem Positives sehn.

Ich kämpfte mich mühsam durch den Fichtenfriedhof, die Augen auf den Boden geheftet. Plötzlich standen drei Rehe vor mir. Hier, fünf Kilometer von der Stadtgrenze, sind Rehe ziemlich selten. Nun gleich drei auf einmal. Keine fünf Meter entfernt. Rehe sind sehr feige Tiere. Diese drei aber standen da und sahen mich an und liefen nicht weg. Ich machte einen Schritt auf sie zu. Möglicherweise hatten sie das veränderte Ambiente noch nicht realisiert, oder wollten es einfach nicht wahrhaben. Die Bäume, die ihnen vorher als Deckung gedient hatten, streckten ihr nacktes Wurzelwerk in den Himmel. Vielleicht hatten die Rehe die Schnauze gründlich voll vom Verstecken und Weglaufen.

Wir sahen einander eine Zeitlang an.

Dann endlich sprangen sie fort. Zierlich, ästhetisch, wie man das so kennt.

Ich bin beinahe froh, daß sie mich nicht angegriffen haben.

Lustig: die Jägerstände sind durchweg unbeschädigt. Die Förster haben sie alle an gesunde Bäume montiert.

Schlaue Kerlchen sind das. Es sieht wirklich sehr komisch aus. Der ganze Wald besteht aus Jägerständen.

8. Juni, Mars

Abends sehr unerfreuliches Treffen mit R. K. in den Fraunhoferstuben. Wirkte violent und gefährlich (»... jetzt mußt du ganz vorsichtig sein ...« »Wieso – schlägst du mich sonst?« »Ach ...« Ich hatte das Gefühl, daß er die Idee erst verwarf, als ich sie zur Diskussion stellte.). Wir sprechen nicht die gleiche Sprache. Ich bot ihm von meinem Wein an, er tat, als wär' das ein Affront gegen den Antialkoholiker in ihm (»... warum versuchst du, mich zu verändern?«). Bernhard kam und erlöste mich. Wir ließen K. sitzen und gingen. Er rief uns nach: »He – ich kann aber nicht für euch mitbezahlen!« – dabei hatten wir längst bezahlt. Und für ihn mit.

*

Ein Buch, das mir viel gegeben hat, als ich sechzehn war, ist nicht deshalb schlechter geworden, weil ich heute achtundzwanzig bin. Sich nachträglich für einen überwachsenen Jugendgeschmack zu entschuldigen ist ein häufiges wie dummes Unternehmen. Nicht die Zeit des Buches, meine Zeit für das Buch ist vorbei. Im Zweifelsfall leben die Bücher immer länger als ihre Bestatter. Ein Buch, das mir einmal wichtig war, behalte ich in ehrendem Angedenken. Wenn es mir beim Wiederlesen mißfallen sollte, trage ich die Schuld, niemand sonst. Beschämt stelle ich es ins Regal zurück und lasse es in Ruhe.

*

Anders verfahren viele Feuilletonkritiker, die ihre Ranglisten oft aus einer etwas überreifen Haltung heraus kreieren, welche sich klüger glaubt, wo sie nur älter ist.

9. Juni, Merkur

Ich war freitags vom Flughafen zurückgekommen, hattte die S-Bahn genommen und war am Hauptbahnhof umgestiegen. Weil mir ein paar Minuten Zeit blieben für den nächsten Zug, schlenderte ich durchs Bahnhofsuntergeschoß. Plötzlich sah ich den Lottokiosk und begriff, daß ich zu spielen vergessen hatte. Freitag, 18:59. Tja, scheiße. Dann begriff ich, daß jener Kiosk Münchens einzige Annahmenstellenausnahme bildet und man dort bis 19 Uhr seinen Schein abgeben kann. Ich griff mir einen, füllte ihn in rasender Eile aus und stellte mich in die Schlange, war der letzte, der, Punkt 19 Uhr, drankam. Am nächsten Tag sagte ich zu Beatrice: »Wenn wir heute was gewinnen, wär's eine echte Anekdote.« Und wir hatten einen Fünfer, einen hochdotierten dazu: 11000 Mark. Ich saß die ganze Zeit still im Sessel und dachte, wie es gewesen wäre, wenn ich nicht, zufällig, am Bahnhof … Unglaublich: seit Jahren dieselben Zahlen gespielt, niemals einen Termin vergessen, ich wäre am Boden zerstört gewesen, ausgetrickst und ausgelacht. Ich bin dem entgangen, das zählt, viel mehr als das Geld.

*

Wollte man die deutsche Literaturkritik grob in zwei Hälften zerteilen, und wer wollte das nicht, so könnte man von einer Popfraktion und einer Klassikfraktion sprechen. Die eine, die Popfraktion nämlich, versucht, immer hip und up to date zu sein. Süchtig nach Neuem, durchsucht sie die Zeitgeistmagazine nach Trends und Symptomen von Trends. Diese Fraktion hat schreckliche Angst, alt zu werden, sie bebt vor dem Moment, an dem sie sich eingestehen muß, daß sie irgendeinen Trend der Folge-Generation nicht mehr nachvollziehen und assimilieren kann. Das wichtigste Kriterium, das sie an Literatur legt, ist das des Originären, schnell ereifert sie sich, begeistert über den größten Quatsch, solang er ihr tricktechnisch vorgaukelt, formal neu zu sein. Und es gibt die andere Fraktion, die Klassikfraktion, die Goethe- und Thomas-Mann-Liebhaber, die im Grunde nichts lieber möchten als immer neue Thomas-Mann-Romane. Ihr Geschmack ist eingefroren, 30 bis 40 Jahre aufholbedürftig, dünkt sich aber zeitlos. Sie hält viel auf Tradition, weil nur die Tradition ihr eine Stellung gibt, ihr ein Überleben ermöglicht. Die Klassikfraktion ist unfähig, über junge Literatur zu schreiben, geschweige denn zu urteilen. Wenn sie dennoch einmal dazu gezwungen ist, kommt es regelmäßig zu den unglaublichsten Peinlichkeiten.

10. Juni, Jupiter

Anruf bei Biller: ob er meine Erzählungen schon gelesen hat? Er will erst gar nicht reden, wir hatten zuletzt, wie jedesmal, über Wagner und Jünger gestritten. Biller gibt sich sehr, sehr ermüdet. Wenn man mit ihm über Antisemitismus spricht, kommt regelmäßig ein Satz wie: »Du, ich erleb' das nun seit 2000 Jahren ...«

Diesmal gab ich ihm ziemlich scharf Kontra, um rechtzeitig vor Klagenfurt die Positionen zu klären, aber alles blieb merkwürdig unbestimmt, so als wäre da etwas, von dem ich nichts weiß. Um 17 Uhr dann ruft Biller zurück: Er habe inzwischen die Erzählungen gelesen; *Wege des Brennens* gefalle ihm sehr, sei ganz großartig, das müsse ich unbedingt nehmen. Selbst hatte ich eigentlich zu *Fragen – Fragment einer Arbeitsunfähigkeitserklärung* tendiert.

11. Juni, Venus

Ich rufe Michael an, teile ihm mit, daß die Wahl auf *Wege des Brennens* gefallen ist. Er hält die Geschichte für ein wenig zu komplex; in Klagenfurt liebe man einfache Sachen, die etwas Überschaubares focussieren, und sich im zentralen Detail verlieren. Er hat schon recht, *Wege* … ist eigentlich ein 20-Seiten-Kurzroman. Was soll's? Viele Alternativen gab es ja gar nicht. *Kuppelgeschoß* geht nicht, wegen der Rückgriffe auf einen anderen Text, *Rekontraktach* und *Die Auswahl* … sind schon veröffentlicht. *Der Förster, der Mörder & Ich* ist der mir vielleicht liebste Text, aber von dem rät mir jeder ab, Klagenfurt habe für Symbolismus nichts übrig, die Ironie darin würde bestimmt auch keiner verstehen. Ja, aber – wenn das so ist – alle meine Sachen sind doch ironisch … Vielleicht ist es wirklich ein Fehler, dahin, nein, dorthin zu fahren.

*

Neuen Term entworfen, sowohl im Deutschen wie im Englischen einsetzbar: UNID (= Unnatürlicher Informativdialog).

Das ist, wenn zwei Schauspieler zur Aufklärung des Zusehers ein Faktum erwähnen, welches sie in realiter nie erwähnen würden, weil es ihnen selbstverständlich ist.

Beispiel:

Mike: Er ist mein bester Freund, und er steckt tief in der Klemme …

Donna: Falls du es nicht weißt, Laura war meine beste Freundin …

(Dialog aus Pilotfilm *Twin Peaks*)

Oder:

»Dich mag dein Job im Hospiz vielleicht nerven, aber mich kotzt meine Arbeit als Krankenpfarrer regelrecht an.« (Mann im Bett zu seiner Frau; in Chabrols *Alle Vöglein sind schon da*)

*

Oft entscheidet über das Urteil, das man sich über ein Buch bildet, die Musik, die beim Lesen im Hintergrund läuft. Wenn sie paßt, unterstützt, ergänzt, Fehlendes ausgleicht – gewinnen die mittelmäßigsten Werke. Wenn sie stört, dazwischenschreit, ametrisch pulst, wirkt das Beste oft schräg. Selbst wenn man bei absoluter Stille liest, klingt noch die Musik von gestern nach.

Die Welt ist der Torso des Gesamtkunstwerks.

*

Feintaktil, wie der Jagdgang eines Insektes auf der Haut, haptisch nur zu ahnen, kleinste Einheit des Unangenehmen.

Bin auf eine fiebrige Weise apathisch, verplempere die Tage, weiß das und kann die Verschwendung nicht einmal genießen. Bin wie ausgedünnt von feinen Sieben.

Warum mir bloß alles so gleichgültig ist? Äußerlich merkt es mir bestimmt niemand an. Auf meinem Hemd steht ›Hektik‹, auf dem Schal ›Passion‹, auf dem Hosenlatz ›Inbrunst‹ – mehr und mehr vorgeschützte Begriffe. Habe schreckliche Angst, weil mein Gedächtnis immer öfter aussetzt, weil mir Wörter nicht einfallen wollen, weil ich irgendwann wieder zu Drecksjobs gezwungen sein könnte, Beatrice nicht frei sein würde etc.

Und dann – ist mir wieder alles so egal, blick ich kühl in meinen Abgrund, leiste eine Libation, sage: Fallen ist ein Flug ins Gewisse, mehr nicht.

*

In sich eingekrümmt, zum Zehennägelkauen biegsam – gebogen, Kopf auf dem linken Knie, die Hände auf dem rechten, in hoheitsvoller Ruhe, die eine Begnadigung des Delinquenten aussprechen könnte, aber es nicht tut, in schroffer, unbestechlicher Dunkelheit. Warten auf die Erkaltung des Körpers, es müssen, so stellt er sich vor, Zehen und Fingerkuppen zuerst absterben, taub müssen sie werden, pelzig und grau, und auch in der Bauchmitte, glaubt er, erschiene solch ein grauer, kalter Fleck und wanderte auf- und abwärts. Das Hirn wird zuletzt einfrieren, das Hirn ist stark und wehrt sich, schaut traurig auf den verlorenen Körper, wähnt sich unabhängig von ihm, bereitet die Flucht der Seele vor, das Exil – und plötzlich bricht die Kälte auch ins Heiliggeglaubteste ein, Koffer werden fallen gelassen, das Entsetzen im Moment des Todes beschwört ein verlogen diabolisches Gelächter herauf, selbst die letzte Wahrnehmung ringt sich nicht durch zu jämmerlichem Geschrei.

Türen werden geöffnet, Licht bricht ein und durchsucht den Raum nach Stehlenswertem. Ihm folgen Müllentsorger nach, reinigen den Boden vom gekrümmten Kadaver und bereiten das karge Bett für den Neuen, der nichts weiß von dem, was geschah, aber Zeit haben wird zu ahnen, genug.

12. Juni, Saturn

Mir sind starke Epigonen allemal lieber als schwache Originäre. Warum gerade heute in der Kunst das technische Fortschrittsprinzip so brachial Geltung sucht, ist mir unklar. Es gibt Zeiten, da

Originäres nicht nur nicht erwünscht, sondern auch von Nachteil ist, indem es nämlich zur Unzeit Verwirrung in nichtausgestandene Prozesse trägt. Antizipation ist manchmal sinnlos. Beispiel: Was hätte sich geändert, hätte Büchner seinen *Woyzeck* fünfzig Jahre später geschrieben? Nichts, höchstens, daß der Autor um einiges glücklicher hätte werden können.

*

Im Autor findet der Konvent seiner Ahnen statt, für die er, im günstigsten Fall, Zeremonienmeister spielen darf. Der Dichter ist immer ein Anachronismus; wenn er Glück hat, zu beiden Seiten der Zeit hin.

14. Juni, Luna

Habe Ch. das Wort ›Rekontraktach‹ erklärt. Eines Tages war ich blau und hatte eine Vision. Ein Engel erschien mir und sagte: »Rekontraktach. Schreib das.« Und ich fragte: »Na schön, aber was soll das?« Und er sagte: »Ist völlig egal. Schreib das, und alles wird gut.« Daraufhin mußte ich das Wort irgendwo unterbringen, hab einen Roman mit Französin geschrieben – *Melodien* –, dort brachte ich es unter, Seite 545 (»Ich dacht', du würdest dir haben letzte Anstand bewahrt und unsre Kontrakt achten!«).

Manche Romane haben wirklich eine merkwürdige Konstruktionsgeschichte.

*

Jussi Björling zu hören heißt mit den Ohren zu schlürfen.

Es ist wieder mal Zeit, zu begreifen, welche Gnade es ist, nur auf zwei Knöpfe drücken zu müssen, und Musik nach Wahl erklingt, Stimmen, deren Lungen längst zu Staub zerfallen sind.

*

Wege des Brennens fertig getippt. Wenn dieser Text gewinnen sollte, wäre es ein Wunder, wenn er nicht gewinnt, die übliche Frechheit.

*

Vision fußt auf Tradition. Da halt ich es mit den Romantikern. Ich liebe den Dichter, der der Tradition Tribut zollt, ohne sich restaurativ in ihr abzuschotten. Ich liebe auch den Visionär, wenn er mir wirklich Neues unter der Sonne zeigt und mir nicht irgendwelches verkrümmte Gewäsch, formale Attitüden, verquaste Bauchspiegelei als originären Meilenstein verkaufen will.

Noch einmal, in aller Deutlichkeit: Alles, was heute in den Literaturen der abendländischen Kultur entsteht, ist zwangsweise epigonal; was nicht epigonal scheint, das ist nur eine besonders raffinierte Mixtur des Gewesenen, und was tatsächlich nicht epigonal *ist*, das ist unnötiger, verkrampfter Mist. Es wird bald wieder Zeiten geben, die originäre Schübe ermöglichen, doch treten die eben nur periodisch auf. Zwischen ihnen liegen Phasen des Manierismus. In diesen hat es der Literat am schwersten, Gutes und Bleibendes zu schaffen. Er muß die bisherigen Mittel vollständig adaptieren und die Ergebnisse seiner Vorgänger, unangreifbar musealer Spötter, noch übertreffen, muß sie alle in sich haben und aufeinanderprallen lassen, die beste, aufregendste Mixtur finden aus der Kollektion der Duftstoffe. »Das Parfum« ist ein symptomatischer Buchtitel.

*

Die Avantgarde war, von wenigen Großen abgesehen, zu lange eine Kolonie von Künstlern, die aus ihrer Mittelmäßigkeit in die Unüberprüfbarkeit geflohen sind. Sie haben Stäbe ohne Maßeinheit gesetzt, wollten nicht mehr Beste sein, nur Erste. Das krampfhafte

Originalitätsprinzip unseres Jahrhunderts hat zu einem starken Qualitätsverlust geführt. Jetzt, im Manierismus, wird Tradition zum Schlüsselwort. Alle Mätzchen sind durchprobiert. Avantgarde ist Mundgeruch.

17. Juni, Jupiter

Wahrheit hat in der Kunst nichts zu suchen. Ein Synonym für Wahrheit wäre: keine Kunst, nicht die geringste. Wenn einer über seine schlechte Geschichte sagt, so sei es eben passiert, heißt das nur, daß die Realität meist unerträglich ist. Wenn die Literatur ein Spiegel der Realität sein sollte, müßte sie kitschig, grausam, absurd und unglaubwürdig sein und enorm sexuell.

Zur Zeit ist die Literatur allerdings ein Stück zu weit von der Realität entfernt.

*

In Deutschland parodistisch zu arbeiten, mit leiser Ironie, das ist ein Kreuz, da kann man eingehen dran. Für sowas gibt es in Deutschland keine Tradition, die Kritiker verstehen keinen Spaß. Aber ich auch nicht. Wer mich schlecht rezensiert, der stirbt. Früher oder später.

19. Juni, Saturn

Die Heisenbergsche Unschärfe-Relation (daß die Messung eines Phänomens das Phänomen bereits verändert) gilt auch für das Schreiben eines Tagebuchs. Im Moment der schriftlichen Aufzeichnung ist das Gefühl des erzählten Momentes schon nicht mehr rekonstruierbar, längst haben sich dem Eindruck Mechanismen zur

Nutzbarmachung des Geschehenen aufgestülpt. Bezugnahme und Auswertung heißen die Phasen II und III des Sehens. Heutzutage sind diese Phasen schon beinah ineinander verschmolzen. Das Sehen ist nicht mehr Erkennen, das Sehen ist Glorifizieren und Fälschen geworden. Siehe zweites Motto zu *Fette Welt*: Aus der dauernden Übung einer Verstellung entsteht zuletzt Natur: Die Verstellung hebt sich am Ende selber auf, und Organe und Instinkte sind die kaum erwarteten Früchte im Garten der Heuchelei. (Nietzsche; Morgenröte) Hier wird ein Kardinalproblem der Kultur angesprochen: Der Identitätsschwund des Menschen beim Reflektieren virtueller Welten. Das schon, bevor es ein Kino gegeben hat. (Das Buch ist einmal mindestens so stark gewesen, daran zweifle ich nicht.) Kultur schwächt, geht zwangsläufig in Décadence über. Das gehört sich so, der Untergang ist die Krönung des Systems. Nur wer stirbt, wird beerbt.

20. Juni, Sol

Vorm Schlafengehn Gedanken über eine künstliche, robotoide Mutter gemacht – eine Art Plastikkörper/Brutkasten, in den man Sperma und Eizelle einlagert und nach 9 Monaten die ›Ernte einfährt‹. Wird es sowas geben? Was frag ich? Ich denke daran, also wird es das geben.

21. Juni, Luna

Der PRINZ-Redakteur weckt mich um 10:30. Über 5 Stunden Schlaf komm' ich einfach nicht mehr hinaus. Wie weit der Artikel sei, will er wissen, ich sage, fast 12 Manuskriptseiten, ich schicke sie ihm noch heute ab. Er verlangt, ich solle um 40 % kürzen, ich antworte, er solle doch erst mal lesen.

*

Danach gleich Anruf von Ch. – ob ich heut schon in die SZ geguckt hätte. Nee, sag' ich, versuche wieder einzuschlafen, aber das Telefon steht nicht mehr still. Wenn man mal denkt, jetzt ist grad nix los, passiert die nächste Schweinerei. Maxim (Ahasver) Biller, der für meine Einladung nach Klagenfurt verantwortlich zeichnet, hat sich in der SZ von mir distanziert, einzige Begründung: »Der ist über seinem Erfolg verrückt geworden.« Was ist nun das? Bis 12 Uhr mittags riefen mich deswegen schon vier Leute an, wollten wissen, was los sei, was ich denn angestellt hätte. Keine Ahnung, antwortete ich. Will mir einreden, daß es mich nicht interessiert, aber es interessiert mich doch. Schließlich, um 16 Uhr, ruf' ich bei Biller an. Er ist überraschend freundlich, kichert die ganze Zeit, tut, als sei Dreckschmeißen das Normalste auf der Welt. Ich sage, hör mal, du kannst dich, einen Tag vor Klagenfurt, nicht einfach von dem Autor, den du einlädst, distanzieren. Er antwortet, Quatsch, das sei doch gut – Hauptsache, im Gespräch bleiben! Ich sage, für solche TV-Maximen habe ich nichts übrig, er lacht bloß, ich kann mich nicht dazu durchringen, den Hörer auf die Gabel zu knallen und Klagenfurt abzusagen. Wenigstens erfahre ich den Grund für seine Äußerung: Jene SZ-Redakteurin vom Wochenendmagazin, die mich vor knapp zwei Wochen aufgefordert hatte, am kleinen literarischen Wetthuren teilzunehmen (»Sechs Gäste lud sich Guggenheim usw.«), beklagte sich bei ihrem Freund Maxim, wie arrogant ich sei, weil ich für DM 500 nicht mal 40 Zeilen abgesondert hätte. (Dabei bin ich noch so höflich zu ihr gewesen.)

Ist das alles lächerlich. Biller redet davon, wie TODESNERVÖS er ist, Fuld, mit dem er gestern geredet habe, sei auch TODESNERVÖS, ob ich nicht auch TODESNERVÖS bin? Ich verneine, er nennt mich einen Schwindler. Was soll ich machen mit ihm?

Im Hotel Moser-Verdino angekommen, reicht mir der Portier sofort das Telefon. Der Prinz-Redakteur ist dran. Er will den Artikel nun doch komplett drucken, ist ganz begeistert, stockt meine Gage noch auf, behauptet, man hätte wegen mir das ganze Heft umgeschmissen.

Spaziergang in Klagenfurt, reizende Stadt, Mischung aus vielem, hier italienisch, da slowenisch, dort noch ein wenig k.u.k.-Ambiente. Auf der großen Piazza ein Karussell sowie ein Zelt, in dem Bücher verkauft werden; genau so ein Bücherzelt sah ich letztes Jahr in Neapel. Warmfarbige Häuser, meist ocker- und sandfarben, ab und an rosa. Viel Stuck, viele Giebel. Als müßte es so sein, nochmal E. F. auf der Straße getroffen; wir gingen in den Wienerwaldgarten. Mit ihm zu reden, hebt meine Stimmung ungemein. Nach zwei schnellen Bieren zum ORF, um 19 Uhr ist Auslosung, ich treffe Biller – und Altenburg, der keinen Schnauzer mehr trägt, wie noch auf den Photos. Wirkt recht freundlich. Bei der Auslosung ziehe ich »Samstag – 10.00 Uhr«. Ein gutes Los, wie jeder mir versichert. Als ich für die Photographen posieren muß, bin ich plötzlich ganz aufgeregt, seltsam. Frau Friesnegger ist sehr nett, läßt mich von ihrem Büro aus telefonieren, ich führe sieben kurze Gespräche, gebe den Termin durch. Im Garten des ORF ist ein riesiges, exquisites Büffet aufgebaut, leider hatte ich keinen Hunger, trank zu schnell drei Bier und wurde ein bißchen stumpf. Michael ist da, Antje, Peter, Hajo, Asma, sie sitzen an einem der äußersten Biertische, ich halt' es nicht aus, herumzusitzen, muß aufstehn, mir alles ansehen. Michael ist traurig, weil er meine Lesung nicht hören wird, er muß Samstag in aller Frühe nach München zurück, seine kleine Tochter hat ein Kindergartenfest und trägt was vor. Ein glatzköpfiger junger Mann kam her, sagte: »Tag, ich bin Thomas Hettche – der ohne Semikolon.« Ich sagte nur: »Hallo« und fragte mich den ganzen Abend, frage mich noch: Was meinte er bloß damit?

Weit nach Mitternacht mit Moser und Steiner im *La Vogue*, einer kleinen, etwas schmierigen Kneipe (halblegale Spielchen im Hinterzimmer), Diskussion über neue linke Utopien; gerät die Linke je wieder aus ihrer momentanen Defensive heraus oder benötigt sie dazu einen neuen Namen? Ein besoffener Achtzehnjähriger, der die grade bestandene Matura feiert, quatscht dauernd dazwischen. Als ich das Wort ›Linkstotalitarismus‹ partout nicht mehr in einem Zug über die Zunge bringe, geh' ich ins Hotel, trink' noch eine Flasche Chianti allein mit mir, höre die Nyman-Oper: ein Rausch, eine musikalische Ekstase.

Ärgerlich: Das Hotel hat Kabelanschluß, aber 3sat ist nicht im Menü gespeichert. Ich öffne das Gerät mit dem Schraubenzieher, bastle und pfusche daran herum, bis endlich das 3sat-Logo auftaucht, so kann ich morgen früh die Lesungen im Bett verfolgen. Ach, ich bereu' es nicht, hierhergekommen zu sein, es könnte ein Fest werden. Und was soll mir denn schon passieren? Jörg Fauser, der beste deutsche Literat der 70/80er Jahre, ist auch hergekommen, man hat seinen Text vernichtet, hat ihm gesagt, daß er nicht hierhergehöre. Und? Es ist alles nicht wichtig. In den frühen Morgenstunden, wenn ich pathetisch aufgelegt bin, denke ich manchmal, es müsse irgendwann ein Strafgericht geben; diese und jene, die sich aufführen, als seien sie die zeitgenössische Reichsschrifttumskammer, müßten zur Verantwortung gezogen werden für ihre Verbrechen an der deutschen Literatur. Aber das hieße, ihnen einen größeren Rang zuzumessen, als sie verdienen.

100 Kilometer weiter südlich tobt der Krieg.

*

Der Schock der Todeserkenntnis löst Furcht aus, Furcht strukturiert sich im Denken. Alles Denken ist eine Anti-Furcht-Strategie.

Die Zivilisation, die Intelligenz, der Fortschrittsexploit, all das basiert auf Angst. Die Hoffnung ist ihr Schatten.

23. Juni, Merkur

Die Lesungen des Tages, soweit ich sie verfolge, sind langweilig oder dilettantisch. Biller legt sich sofort mit den restlichen Juroren an, stolpert von einem Fettnapf in den nächsten. Was er sagt, ist zwar im Kern meistens wahr, aber er stellt sich argumentativ so ungeschickt an, daß er mit jedem Satz ins offene Messer läuft. Immerhin kann man sich über ihn wenigstens ärgern, während die anderen aalglatt zu Werke gehn, ungeheuer selbstkontrolliert.

Als Biller es zu bunt treibt und den restlichen Juroren die Fähigkeit abspricht, über jüdische Literatur, im konkreten Fall Benjamin S. (das Talentvakuum wölbte sich beklemmend um diesen Text), zu reden, platzt Demetz der Kragen: Ob es nicht genüge, seine Mutter in Auschwitz verloren zu haben, ob er sich das alles weiter anhören müsse? Folgen einige metaphorische Blutgrätschen. Biller muß schwer einstecken, schluckt, schweigt pikiert eine Viertelstunde, aber länger auch nicht.

*

Vom Bachmann-Wettbewerb an sich bin ich nicht enttäuscht; es ist genauso gruselig, wie ich es mir ausgemalt habe. Eine tote Kultur. Man muß nichts dagegen tun. Was so schnell fällt, braucht gar nicht mehr gestoßen zu werden. Doch das Drumrum ist ganz in Ordnung, kann mich ja auch nicht beschweren, kriege 5 Tage im Hotel bezahlt und 1000 Mark Antrittsgeld plus Reisespesen. Klagenfurt ist der Feind, aber man bringt sich um zuviel Genuß im Leben, wenn man zu ideologisch denkt. Man sollte alles mal mit- und das Beste daraus machen.

Kritiker sind Kunstpfaffen.

Stilkriterien, die hier an die Texte gelegt werden, sind altbacken, akademisch oder elfenbeinern, die eingeladenen Autoren haben zu 80 % keine Zukunft, meist auch jene nicht, (gerade nicht), die hier ausgezeichnet werden. Tatsächlich gilt ein erster Platz in Klagenfurt als Stigma und Fluch – aus den 1.-Preis-Trägern ist selten etwas geworden, höchstens Wolfgang Hilbig – der ist eigentlich nicht so übel, der könnte als halbe Ausnahme gelten. Zudem beginnt die Crux schon bei der Namensgebung: einen Preis, der nach der blöden Ingeborg benannt ist, möcht' ich sowieso nicht. Die Bachmann steht für alles, was ich in der Literatur verachte.

Die Juroren scheinen zum großen Teil Proust-Leser (»Bettpfannen-Prosa« sagte René immer) zu sein, ach – ich habe mit allem hier so wenig am Hut – ich lese am letzten Tag – vielleicht sollte ich mir bis dahin eine schöne Zeit machen und dann auf die Lesung verzichten? Genau, das ist gut …

*

Nein, das ist doch nicht so gut, das wäre unhöflich gegenüber dem ans Licht drängenden Dichter, dem ich so den Platz weggenommen hätte. Auch wäre es Feigheit vor dem Feind. Wenn, dann müßte ich spätestens morgen abreisen. Und würde nie wissen, wie mein Text beurteilt worden wäre. Es hilft nichts, man muß der Jury ja wenigstens die Chance geben, einmal über ihren Schatten zu springen.

24. Juni, Jupiter

Knospen, in Buchdeckel gepreßt. Die blühen nicht mehr auf. Wieviele zu früh aus ihren Höhlen gezerrte Talente, wieviele Dilettanten, Scharlatanten und anderes tantenhafte Gesocks.

*

Einige hier mögen die *Melodien*, andere die *Fette Welt*, manche keins von beiden, aber jemandem, der beide toll findet, bin ich noch nicht begegnet. ›Flau Fliedl‹ (Kosename stammt von Altenburg) zählt zur *Fette-Welt*-Fraktion – wer hätte das gedacht? Sie fragt mich unverblümt, warum ich *Melodien* geschrieben hätte, warum bloß. Ich antwortete nicht. So eine Frage finde ich impertinent.

*

Mittags Essen im *Wienerroither Hof*. Antje aß eine nach grüner Kotze aussehende Spinatcreme und wurde so deftig geneckt, bis sie die Hälfte davon stehen ließ. Ich fühl mich schrecklich dumpf und eloquent wie Brot, bin wirklich kein guter Gesellschafter. Aber wozu auch? Bin hier nicht als Ententrainer angestellt. Alle diskutieren, aber es sind blutleere Streitereien ohne Verve, wirken seltsam abgesprochen. Ihr seid soo hohl, sagen die Spaghetti zu den Makkaroni. Das Geschimpfe und Gekeife, es ist lächerlich. Am Ende gehören sie doch alle zusammen.

*

Zur Frage, ob Philosophie mit der uns geläufigen Sprache überhaupt betrieben werden darf: Das Wesentliche eines Satzes ist die Bindung des Subjekts an das Verb. Ohne dieses System, das immer eine Unterwerfung darstellt, gibt es keinen Satz, was genau genommen heißt: das Subjekt ist Objekt des Systems (analog: »Was wärest du, Sonne, ohne die, denen du leuchtest?«). Subjekt wird Supra-Objekt, ebenso verfährt die Sprache. Sie ist (alles Denken entstand aus Angst) der Gegenentwurf zum Sein, die illusionäre Bändigung des Gesichteten zur Formel. Die Sonne pfeift auf uns.

*

Stumme Taxifahrt mit Hettche, den ich noch immer nicht nach dem Semikolon gefragt hab'.

Luc Bondy nennt (im TV) die Wilde'sche Salome einen banalen Text. Unglaublich, was man heutzutage alles ungestraft daherplappern darf.

Verzocke im Hinterzimmer des Café *Bermuda* (Nomenomen) 7000.– Schilling binnen einer Stunde, am Pokerautomaten.

25. Juni, Venus

Am frühen Abend las ich *Wege* ... noch einmal laut auf meinem Zimmer, stoppte mit und war entsetzt, als ich auf die Uhr sah: 45 Minuten, trotz sehr flüssigen Vortrags. Eine Katastrophe. Wir haben ein Limit von 30 Minuten; nimmt man guten Willen an, werd ich um höchstens 5 Minuten überziehen dürfen. Streichen läßt sich nichts, ohnehin liegt der Text im Safe. Was mach ich bloß? Es gibt nur eine Möglichkeit, ich werd' noch schneller sein müssen. Oje. Um die zu Anfang sehr geschachtelten Sätze sicherer herunterhaspeln zu können, verseh' ich sie mit Akzenten.

Jetzt bin ich doch nervös.

26. Juni, Saturn

Drei Stunden geschlafen, aber tief. Viel Orangensaft getrunken, Stimme war sehr trocken.

Beim Lesen und bei der Diskussion kamen mir dauernd Zitate aus der *Ariadne* in den Sinn:

»Es ist alles vergebens, ich fühlte es während des Singens.«

»Habe meinerseits keine Ursache, wegen meiner Leistungen vor Ihnen zu erröten.«

»Dero mißhelliges Betragen kann ich belächelnd nur einer angenommenen Gemütsaufwallung zurechnen.«

Wurde verrissen. Nur drei Juroren waren für mich, Demetz, Praesent und Biller, letzterer leider mit Vehemenz (»Die absolut beste Geschichte des Wettbewerbs!«). Die anderen trieben dafür ein böses Spiel mit mir, das völlig abgesprochen schien und bar jeder Argumentation blieb.

Schoeller: »Ich bin maßlos enttäuscht.«

Auffermann: »Ich habe alle meine maskulinistischen Sinne zusammengenommen, aber leider ist die Geschichte mißglückt.« (Warum muß sie bei einer Parodie auf pathetisch-elitären Pubertätsschwulst maskulinistische Sinne zusammentragen? Sie kann das doch nicht für ernst genommen haben?)

Hage: »Dieser Autor kann ja überhaupt keine Dialoge schreiben.« (In der Geschichte kommen sehr wenige Dialoge vor, aber darum ging es ihm wohl nicht, eher darum, daß fast alle Rezensionen ausdrücklich meine hervorragenden Dialoge erwähnt hatten. Symptomatisch für diese Prokrustesmaßnahme ist, daß er nicht »diese Geschichte«, sondern »dieser Autor« sagt.)

Leonhard äußerte sich überhaupt nicht. Fuld wandte an mir seine abscheuliche Methodik in exemplo an. Erster Satz: »Diese Geschichte ist nicht schlecht, weil Biller sie gut findet.« (Plumpe Refutatio) 2. Satz: »Sie ist schlecht, weil sie haufenweise obsolete Wörter enthält, z. B. ›Gespielin‹.« (Welche Leistung, in einer Geschichte, die im Wald, bei Hölderlin, Alkaios und Retsina elegisch verzückte Jugendliche vorführt, obsolete Wörter zu entdecken! Hält er mich für einen restaurativen Krempelritter? Dennoch: ›Gespielin‹ ist ein schwaches Beispiel, ist doch ein schöner, im Kontext auch sehr präziser Begriff. Was maßt sich Fuld eigentlich an, den deutschen Sprachschatz so zu reduzieren?) 3. Satz: »Ein Wort wie ›Drahtesel‹ habe ich zum letztenmal bei ›Emil und die Detektive‹ gelesen.« (Hier zuckte ich leicht zusammen, denn tatsächlich hatte ich etwas übersehen: das Wort ist zwar beabsichtigt obsolet, besitzt aber zudem einen infantilistischen Beiklang, der tatsächlich nicht ganz passend ist. Trotzdem ist das natürlich ein idiotisches Argument, denn wäre es das, was er zu bekritteln hätte, würd' ich eben Drahtesel gegen Sattel tauschen. Ist es dann für Fuld eine gute Geschichte?) Ähnlich niveaulos auch die anderen drei. Eitle Angeber, denen die Sprache vor allem als eine Art Drüse zur Reviermarkierung dient.

Iso Camartin: »Gute Literatur ist wie Champagner. Hier aber ist es bei Coca-Cola geblieben.« (Soll das Literaturkritik sein?)

Klagenfurt hat endlich den Skandal, auf den jeder gewartet hatte. Die allergrößte Dreistigkeit geschah am Schluß, als ich mich wehren wollte. Der Diskussionsleiter »vergaß«, mir die Möglichkeit zu einem Schlußwort zu geben und löste die Versammlung mit guten Wünschen fürs Mittagessen auf. Wie von der Tarantel gestochen erhoben sich alle; ich war für einen Moment zu perplex, um zu protestieren. Es gibt den Mund der Wahrheit, der steht in Rom. Dann gibt es noch den Arsch der Lüge, der furzt hier durch die Flure …

Das Publikum, anfangs völlig Anti-Biller eingestellt, ist nun ziemlich verunsichert; natürlich hat fast jeder die Sauerei bemerkt. Robert Schindel sagt zu mir: »Wir [er meint sich und seine Freundin] saßen unten im Café, und als du fertig warst, dachten wir: Jetzt haben sie ihren König. Was dann passiert ist, ist unglaublich.« Hajo meint, er habe mit meinem Text auch Probleme, aber eine so bitterböse, unter die Gürtellinie zielende ›Hatz‹ habe er hier selten erlebt. Dann geschieht etwas sehr Schönes: Dirk Brauns kommt vorbei, klopft mir auf die Schulter und sagt nur: »Toller Text!«, mehr nicht. Aber das hatte so gar nichts von einer Beiläufigkeit, war keine Höflichkeitsfloskel und Revanche … Plötzlich ist das Ärgste überstanden. Die Spannung sinkt ins Erträgliche.

*

Ich wette mit jedem, um so ein bißchen von dem hier verschleuderten Geld zurückzugewinnen, daß Drawert den Preis kriegt. Die meisten sagen: »Nein, bestimmt nicht, das wäre zu durchsichtig.« Ja eben. Aber leider sind sie alle keine Spielernaturen, kein Wetteinsatz geht höher als 10 Mark, wie soll man davon leben? (Meistenfalls wird auf Reinhard Kaiser getippt; Brauns, der noch nie ein Buch veröffentlicht hat, kann schon aus diesem Grund nie den ersten Preis bekommen, ansonsten scheint er aber ganz gut im Rennen zu liegen.)

*

Abends war ich mit mehreren Autoren essen, darunter Jan-Peter Bremer, Christina Günther, Bettina Klix, Thomas Hettche und Dirk von Petersdorff, der einen faszinierend überfrachteten und so bildungsprotzigen Text gelesen hat, daß ich dachte, es müsse Ironie sein. Während ich mit ihm rede – über Augustinus, die Orphiker, Renaissance und Tischfußball –, denke ich, das könnte mal ein guter Historiker werden oder ein Philosoph – aber ein Dichter? Rechter Hand sitzt Wittstock, dem ich Motive und Topoi des Splatterfilms erläutere, was Hettche sichtlich amüsiert. Der redet fast gar nicht. Ich merke übrigens doch, daß einige Autoren nun, da ich der diesjährige Marsyas geworden bin, befreiter zu mir reden, weil ich in ihren Augen keine Konkurrenz mehr darstelle, und ich denke dabei, sie wissen nicht, daß Klagenfurt aus Verlierern keine Sieger macht und umgekehrt.

*

Michael geht mir ab. Ich rufe bei ihm zu Hause in München an und frag' ihn nach seiner Meinung. Er sagt, daß er so eine bösartige Treibjagd nicht für möglich gehalten hätte, daß das andererseits das

Beste war, was mir hätte passieren können, viel besser jedenfalls als nur ein sanfter Verriß. Auch hätte ich indirekt etwas erreicht: nämlich der Jury ihre Grenzen aufzuzeigen. Denn völlig unabhängig von der Qualität meines Textes – die könne man so und so bemessen – sei doch die darauffolgende Diskussion erbärmlich gewesen, auffallend erbärmlich.

Abends im Fernsehen sehe ich, daß die Kamera mir über die Schulter geguckt hat, groß erscheinen die Akzentstriche im Bild, was mir irgendwie unangenehm ist, ich weiß nicht genau, warum.

27. Juni, Sol

Die Auszeichnung von Drawert, Johansen und Kellein, drei der schwächsten hier vorgetragenen Texte, weil ohne Vision, Modernität noch Risiko, ist immerhin ein durchweg konsequenter Schlag ins Gesicht der Literatur. Positiv überrascht hat mich Volker Hage, mit seinem sehr entschiedenen Votum für Hans-Ulrich Treichel. Treichel geht leer aus, wie ich, wie Laher, wie Habringer, wie alle anderen, die etwas getaugt haben (preislos geblieben übrigens auch Petersdorff und Kaiser); Dirk Brauns, der das 3sat-Stipendium einheimste, ausgenommen. Wenn man dessen großartigen Text *Paradebeispiel* (die – frei nach M. Koeppel – *stärckeste von denen Gescheuchten*) gegen die weinerliche Zersetzungsprosa Drawerts abwägt, werden die Waagschalen zum Katapult.

[Nachtrag: Na, so schlecht ist Drawerts Text nicht. Ich bin zornig und nicht ganz gerecht. Es bietet sich nur gerade nichts Schlechteres an.]

*

Beatrice holte mich vom Zug ab, ich zog sie gleich beiseite. Während wir die Autobahn Lindau hinausfahren, wird im Radio die Nachricht vom Tode Wolfgang Grams' durchgegeben, er ist bei einem Feuergefecht mit der Polizei erschossen worden. Er war der Bruder von Beas bestem Freund, Rainer. Der behauptete immer, er hätte zu seinem Bruder keinen Kontakt mehr. Aber wahrscheinlich stimmt das nicht.

Wir gingen Essen, zum Gautinger Vietnamesen, ich mußte alles ganz genau erzählen, Beatrice hat im Fernsehen nichts verfolgt, nicht mal die späten Zusammenfassungen im Österreicher. Sie sei müde gewesen, hätte an den letzten beiden Tagen je 14 Stunden arbeiten müssen. Das relativierte alles, was ich eben noch gedacht oder gefühlt hatte. Nichts ist wichtig, außer, daß sie bald nicht mehr schuften muß.

30. Juni, Merkur

M. L. (29) ist tot, seit Wochen schon. Ich konnte ihn nicht ausstehen, er war einer der drei Menschen, mit denen ich mich irgendwann einmal heftig geprügelt habe. Sein Tod bewegt doch. Selbstmord. C. F. weiß Genaueres: M. hat der Mutter erzählt, daß er mit dem Vater in Urlaub fährt – und umgekehrt –, so war er sicher, nicht zu früh gefunden zu werden. Dann legte er sich in die Badewanne und hielt sich ein Stromkabel ans Herz.

Wie groß muß sein Haß auf den unbekannten Mitmenschen gewesen sein, der das Pech hatte, zwei Wochen später die aufgequollene grün-braune Fleischmasse zu entdecken. Es ist unhöflich, wie der Sprung vor die U-Bahn in der Stoßzeit.

Ich überlegte, wie ich mich umbringen würde. Ja, wie? Vielleicht würde ich mich in einen leeren Kühlschrank setzen dazu, da bliebe man frisch, kaum Gestank beleidigte den Finder. Ich, den Arsch im Gemüsefach, drüber ein blaugefrorenes Grinsen – mir gefällt auch, daß ein Licht aufginge beim Öffnen der Tür.

JULI 1994

1. Juli, Freitag

Traum:
In wechselnden Lichtverhältnissen sah ich die Schuhe der Menschen jener, meiner, Stadt. Sie alle bewegten sich in schnellem Rhythmus fort, hatten zu tun, oder wenigstens zu hoffen, mein Neid begleitete sie Schritt auf Schritt.

Das Kellergitter mußte sehr einladend wirken, unzählige Passanten schmissen ihre unvollendeten Zigaretten hindurch – so hatte ich zu rauchen.

*

Semele – Blättern in den Sagen.

Die Schändung des Marsyas – schwärzester Moment der Mythologie – wenn ein Gott spaßunverständig Rache nimmt, dem Künstler Flötentöne beibringt, wo das Grammophon längst noch nicht erfunden war – das hat was kleinbürgerlich Blockwärtiges. Als Kind, beim Lesen der Schwabschen Ausgabe wurde ich auch zornig beim Lesen des sinistren Kapitels, da Achill den Hektor um die Mauern Trojas schleift, zu dieser Tat nur durch Apolls heimliche Hilfe fähig.

*

Das Zurückliegende entgleitet meinem Gedächtnis immer leichter, als gehörte es zu einem anderen Leben. Manchmal blitzen Sekunden auf, wie Anekdoten, die jemand in die Überlieferung gerettet hat. Ihnen haftet Fälschung an, da atmet nichts mehr. Sekunden, schwer von ihrer Etikettiertheit. Ein überteuerter Preis steht auf dem Bleischild, krümmt jede Sekunde zu Bögen.

Leute, die behaupten, sich erinnern zu können, lügen. Zwar kann jeder Moment zurückgezwungen werden, von der richtigen Musik oder einem Duft unterstützt – aber zusammen wollen die Momente nie mehr, sind Standbilder eines zerstückelten Filmes.

*

Eine Kunst, die nicht fähig ist, ihre Gegenwart zu besiegen, hat jeglichen Sinn verloren.

*

Es existiert ein feiner Unterschied zwischen Bös-Artigkeit, also böser Kunst, und Zynismus – dem Zynismus ist die Wahrheit egal, das Böse will sie befördern, subterran.

2. Juli, Samstag

Wer sich selbst in einer Tradition sieht, erlebt das Phänomen der Verwandtschaft – man ist nicht mehr allein, tausende Ahnen lugen einem über die Schulter, sind Last und Hilfe zugleich. Die Kunst wird vom solitären Veitstanz zum verantwortungsvollen Mannschaftssport, in der Kabine muß man Rechenschaft ablegen gegenüber Vorgängern und Nachläufern.

3. Juli, Sonntag

Kapitel 14 des zweiten Buches *Thanatos*. Zwanzigmal den Anfang geschrieben. Keine Anrufe. Liste fürs Fest: Wird jemand uns helfen? Hitze, kühles Gras, Überblick über den Roman völlig verloren. Dem Aussehen nach schönes altes Kinderbuch auf dem Flohmarkt gekauft: *Karlchen Knirps und sein Storch-Gespann* von Ludwig Hynitzsch, Ludwig-Verlag, Charlottenburg, 1915. Band 1: Die Errettung des großen Christoph aus der Fremdenlegion. Am Schluß des Buches folgendes Nachwort:

Karlchen Knirps hat uns, als ich ein Junge war, noch viele derartige Geschichten von seinen Abenteuern in fremden Ländern erzählt. Ich will sie auch noch alle aufschreiben, wenn ich mal wieder Zeit habe. Vorläufig muß ich aber erst mal wieder hinausgehen, um nach den Franzmännern zu gucken. Hoffentlich haben sie es nun bald satt und halten Ruhe, damit ich wieder an das Schreiben komme.

Der Verfasser

Würde mich interessieren, ob Hynitzsch gefallen ist.

4. Juli, Montag

Thanatos, ein Buch, das sicher nicht arg viel gekauft werden wird, mit dem ich aber recht glücklich sein könnte – zum ersten Mal nach langer Zeit glaub ich wieder dran. 300 fertige Seiten wollt' ich schon dem Müllmann anvertraun, jetzt glimmt ein Funke Hoffnung, seh ich das Weiter, fühle mich wunderbar, trinke mir Prost zu, schöner kann keine Nacht sein.

*

Alle romantischen Motive, auch deren Hybris, vom Schönheitskult bis zur Ästhetik des Untergangs, sind vorhanden, aber unaufdringlich, unscheinbar, in soz. ›privater‹ Atmosphäre. Wieder geh' ich in die Grauzone, bin advocatus diaboli.

Mitten in der Polternacht zur neuromantischen Bewegung versteht sich das Buch als Warnung, als respektvolle Warnung, die ohne zu heucheln eingesteht, selbst romantisch infiziert zu sein.

»Ich habe Schönheit gesehen und das Furchtbare auch.

Je länger ich hinsah, umso schöner wurde das Furchtbare auch. Je länger ich hinsah.«

Dieser Schlüsselmonolog Johansers aus dem vierten Buch beinhaltet im Grunde den gesamten Diskurs.

Ich weiß nicht, ob ich mit Vorwürfen fertig würde, mit meinem Buch jene Neoromantik erst heraufzubeschwören, vielleicht möchte ich ja nur nicht, daß dieses von vielen herbeigesehnte ›Neue‹ ausschließlich der Rechten überlassen wird, verunstaltet von deren widerwärtigen (Tot-)Schlagwerten, Kirche und Heer, Volksgeist und Familie, Sauberkeit, Prüderie, Vaterlandsgehorsam.

*

Bedenklich ist die verharmlosende Haltung vieler Intellektueller zur Hausse des Islams. Mein Denken entstammt einer Tradition der Aufklärung, die sich jahrhundertelang gegen das Christentum gestemmt hat, erfolgreich. Nun eine virilere, fast ebenso menschenfeindliche Religion wie den Islam auf europäischem Boden zu hofieren, ihr gegenüber Toleranz zu zeigen, wo sich im Hintergrund Fanatiker und Fundamentalisten dafür bedanken, da sträubt sich mir alles. Religionsfreiheit darf kein Basiswert an sich sein. Religion ist Gewalt, und Gewalt steht nicht frei.

Thanatos – eine Auseinandersetzung mit tiefdeutscher Wesenstradition, von der Prämisse ausgehend, daß alle relevanten Kunstparameter des zwanzigsten Jahrhunderts Entwürfe und Relikte aus der Romantik waren, oder zumindest Auflehnungen gegen jene Epoche, also auch wieder Annäherungen.

6. Juli, Mittwoch

Viele tragen ihre Überzeugung als Perücke auf dem Kopf, politisch korrekt frisiert, Paradeuniform, die sie nur im engsten Kreis beiseite legen. Dann aber wird unter großem Gestöhne die Kopfhaut gekratzt – unheimliche Näherungen werden möglich, wie seit der Kindheit nicht mehr. Freundschaften knüpfen sich aufgrund gegenseitig entglittenen Geheimniskrams, remisträchtiger Entblößungen.

Wir brauchen mehr Wundertüten. Plaudertaschen, Sauertöpfe und Spruchbeutel gibt's genug.

Fühle mich ohne Energie, ohne Ziel. Der Wille, die nächste Stufe zu betreten, fehlt. Richte mich zugrunde ohne viel Sinn, außer dem der Bequemlichkeit, des routinierten Genusses.

Was unsere Zeit am meisten entbehrt, ist die Souveränität des Denkens und die Heiterkeit der ehrgeizlosen Ästheten. Nie war Intoleranz so berufsmäßig gut gemeint, nie die Äußerung so sehr auf Publikum bedacht.

7. Juli, Donnerstag

Um Probleme einfacher Leute sollen sich einfache Leute kümmern, die wissen da besser Bescheid.

8. Juli, Freitag

Ich lese: Man läßt einem Häftling Wasser auf den Kopf tropfen, Wassertropfen auf den kahlgeschorenen Schädel. Nach vierundzwanzig Stunden jener Folter soll der Häftling erst wahnsinnig, dann tot sein. Das wirft einige Fragen auf. Kann man sich vielleicht mit Kopfmusik retten, indem man zum Takt der Tropfen eine Musik entwirft oder paraphrasiert, ein Brucknersches Adagio etwa, voll ›himmlischer Längen‹? Außerdem interessiert mich, woran stirbt der Häftling zuletzt? Ruft der Wahnsinn einen Herzstillstand hervor, oder was? Man sagte früher ja auch den Indianern nach, sie würden in Gefängniszellen keine drei Wochen überleben – aber auch hier gibt niemand eine medizinische Todesursache an. Neugeborene, die man bestens versorgt, aber ohne Hautkontakt und Zuspruch läßt, sterben. Friedrich II. stellte das im Großversuch fest. Auch hier dieselbe Frage: woran genau? Wen frag' ich danach?

9. Juli, Samstag

Fuhren zu viert aufs Germeringer Volksfest, das hatte aber noch nicht eröffnet, fuhren deshalb weiter in den Kreuzlinger Forst, zeigten, weil D. und A. es wünschten, Tempel, Amphitheater und Altar aus *Wege des Brennens*. Wie sich der Weg dorthin verändert hat! Der Großteil des Waldes ist von den 93er Märzstürmen umgelegt worden. Statt düsterer Fichten-Monokultur nun eine bunte Heidelandschaft, voll roter Zwergebereschen und gelbem Johanniskraut. Hier und da ein paar Eichen, in zwei Meter hohem Riedgras. Ich fand mich in ›meinem eigenen‹ Wald nicht mehr zurecht, das war mir etwas peinlich. Aber er ist jetzt nicht mehr meiner, gehört anderen.

Nach Sonnenuntergang zurück. Die beiden haben den Platz kaum kommentiert, das war gut, ich hätte nicht gerne viel darüber geredet.

Nostalgie ist gepolstertes Erinnern. Glück bedeutet: Nichts wiederhaben wollen, doch froh sein, daß es da war.

10. Juli, Sonntag

Thomas mit Elke. Marcel u. Birgit, Franz und Lemmy, schließlich H. R. Schwab. Alle wollen Fußball gucken: Deutschland – Bulgarien 1:2. Die Stimmung ist geknickt, ich habe Mühe, die Gäste auf den Balkon zu komplimentieren, die Grillkohle glüht erst nach langem Zureden, es ist zu eng, alles viel zu eng. Michael und Susanne, später Beatriz und Eberhard, die einen sonderbaren Ami mitbringen, der greift sich gleich meine Trompete und versucht, ihr Töne zu entlocken, geht allen auf die Nerven. B. S. kommt und wirft im vollbesetzten Raum mit meinen Dartpfeilen, ziemlich ziellos, ich laufe dauernd von einem zum anderen, bediene hier, bediene dort, keiner kapiert, daß man dem Kühlschrank nicht nur Flaschen entnehmen, sondern ihn auch auffüllen kann. Lars und eine Blondheit namens Anne, die beiden schenken mir einen Guglhupf mit Lichterkette. T. – Die Schnelligkeit in der Abfolge seiner Affären – es wirkt wie eine ständig erneuerte Schutzimpfung gegen die Liebe. Liebe – ein Wort, das er bis zum Überdruß im Mund herumträgt, aber nie herunterschluckt. Um elf stößt Bernhard zu uns, produziert sich in fragwürdiger Weise, wühlt im Erdbeergelee, mit obszönem Gestöhne – »So weich und warm und rot!« –, scheint eine neue Frau dringend nötig zu haben. Er und Petra – Herzen mit zehn Pferdestärken, aber das Lungenvolumen eines Mäuschens. Jedem Tiefendruck verständnislos, so endete das.

Einige aschen in die Blumen, und, was schlimmer ist, ins Terrain der Wasserschnecken, die in einem kleinen Balkontümpel hausen. Niemand geht ans Telefon, wenn's klingelt. B. S. hat das Luftgewehr entdeckt und will es, im nun noch viel volleren Raum – ausprobieren. Heute sind einige neben sich. E. macht einen relativ teuren Wein auf – plötzlich wollen alle Wein trinken, bin darauf nicht vorbereitet. Irgendjemand öffnet eine wirklich teure Flasche und läßt sie nach kurzem Nippen in einem dunklen Winkel stehen. Eberhard berichtet, daß man in Argentinien eine gute Literaturkritik kaufen kann, für ca. 400 Dollar. Die Kritiker veröffentlichen sogar Anzeigen, in denen sie ihre Dienste anbieten und ihren Preis nennen. Das ist immerhin ein ehrliches System.

24 Uhr: ›Today I am thirty,
tomorrow I'll be just dirt.‹

Die Party plätschert lustlos dahin, kein Vergleich zu letztem Jahr. Schon um halb zwei lichten sich die Reihen, ich trinke mit D. noch ein paar über den Durst, komme ins Räsonnieren, was er mir zum Glück nicht krumm nimmt. Bin völlig erschöpft. 30 Jahre.

Im Eck steht, abgestanden, eine sauteure Flasche Wein. Die Wasserschnecken leben noch.

11. Juli, Montag

Man kann unsrer Zeit vieles nachsagen, nicht, daß sie unbewußt oder unwissend ist, o nein, man schlage eine Zeitung auf, sofort ist man umgeben von Wissenden, die sagen einem alles – und jeder hat recht, das ist das Schlimmste, das kommt erschlagend hinzu – nie war die Dummheit so wertvoll wie gestern.

Ich hingegen lauf im Sommer gern ohne Meinung, komme damit durch, mich fragt ja keiner viel.

Ich suchte ein Wesen, in dessen Gegenwart ich dumm sein durfte und zärtlich, albern, nicht zitierfähig, peinlich bis zur Ehrlichkeit, kitschverdächtig, in unverstellter Liebe, unmaskiert, wahrhaftig, häßlich. Unter den Ohren der Geliebten furzen zu dürfen, ohne auf der Schmachtskala abzufallen – diesen Grad der Vertraulichkeit erreichen …

12. Juli, Dienstag

Schräg über mir (multipler Wortsinn) lebt ein altes Geschwisterpaar. Sie geht mittags zum Supermarkt, wir grüßen uns freundlich. Und sie lächelt aus ihrem roten, zerrissenen Gesicht, zieht einen

Handwagen hinter sich her. Er verläßt so gut wie nie die kleine Wohnung. Beide tragen tagsüber Sonnenbrillen, in der Nacht trinken sie und fluchen, halblaut, unverständlich. Beide sehen Geister, begegnen denen mal mit Angst, mal mit Spott. Mehr weiß ich nicht, mehr zu wissen drängt mich nichts. Sie haben meinen Respekt. Kein Nachbar sonst kann das behaupten.

*

Wer hat wohl die geniale Metapher von den »hochgeklappten Gehsteigen« erfunden? Beispiel für eine herrliche Wendung, der der Alltagsgebrauch alle Poesie geraubt hat.

13. Juli, Mittwoch

Fuhr in die Stadt, kaufte Schachzeitungen, setzte mich ins Café im Müllerschen Volksbad. Vor der Muffathalle werden die Fußballspiele auf Großleinwand übertragen. Traf Bernhard, Bubi und Peter, später Lars, der sich bei Luchterhand als Verlagsassistent beworben hat. Italien – Bulgarien 2:1

Schweden – Brasilien 0:1. Mein Finale-Tip ist wahr geworden. Hätt ich bloß Geld drauf setzen sollen! Wir fuhren noch zu Bernhard, tranken Bier bis vier Uhr früh. Taxifahrt nach Hause, in der Morgendämmerung. Unwirkliche Farben vor Sonnenaufgang, so fett und plastisch, zugleich gebrochen. Ich wäre beinah auf halber Strecke ausgestiegen, aber im stärker werdenden Licht verlor sich der Zauber binnen Minuten. Vielleicht ist es genau das, was mir fehlt in letzter Zeit: Sonnenaufgänge erleben, Nächte im Wald, mit Bäumen sprechen, mit Bäumen schweigen. Ist mein Sicherheitsbedürfnis zu groß? Warum zieht es mich nicht mehr in die Absturzkneipen? Hab ich Angst? Oder geht mich das einfach nichts mehr an? Weil ich es literarisch auch gar nicht ausschlachten könnte?

Weil es Fake wäre, vom Bodensatz der Städte zu erzählen, wenn man selbst längst in der Nische hockt? Ich vergreise. Ich sollte verreisen. Wohin und wozu? Eine leidenschaftliche Affäre haben? Mit wem und warum? Heute habe ich Leute beneidet, die ein Attentat planen. Das muß eine Spannung sein, ein Hochgefühl, der Zwang zur Konzentration, dazu eine Angst, die angenehm sein dürfte, denn noch ist ja nichts geschehen, man lebt in der Freiheit, sich im letzten Moment noch umentscheiden zu können. Erst mit der Tat wird alles entsetzlich.

*

Der Bildungskanon hat sich völlig verändert. Die Löffler hat irgendwann im Literarischen Quartett gesagt, man müsse heute nicht mehr Peter Weiß gelesen haben, um als gebildet zu gelten. Mußte man dieses Zeug denn jemals lesen? Um Himmels willen, was für Zeiten sind das gewesen? Die alten Kritiker wie Reich reden über die junge Literatur ganz einfach deshalb nur Unsinn, weil sie sie mit obsoleten Parametern bemessen. Wir haben andere Helden, andere Filme. Und Comics. Wenn ich zu entscheiden hätte, welches Tandem verschwinden müßte – Joyce und Proust oder Reiser und Goscinny –, die Entscheidung fiele leicht wie eine halbe Entendaune.

14. Juli, Donnerstag

Um 12 Anruf einer Barbara Neu/Fischer Verlag, die neue Lektorin. Bringt gute Nachrichten: Lederfresse wird in Nürnberg, Stuttgart, Kassel und Brandenburg gespielt werden, vom Freien Schauspielensemble Frankfurt sowie vom Jungen Theater in Göttingen – da soll angeblich schon Premiere gewesen sein, was ich nicht glauben kann, die müßten mich doch eingeladen haben, oder nicht? Dänische und niederländische Rechte sind auch schon verkauft. Ist doch gut, werde im Herbst rumreisen können.

15. Juli, Freitag

Tatsächlich hat *Lederfresse* am 1. 7. in Göttingen Premiere gehabt – die hatten es nicht nötig, mich zu informieren –, und jetzt sind Theaterferien, erst im Oktober wird wieder gespielt. Frankfurt fragt an, ob sie das Stück unter dem Titel *Leatherface* herausbringen dürfen. Habe abgelehnt. Kann ja was werden ...

Ärgere mich immer noch, daß ich im Thalia-Theater vor den Vorhang getreten bin. Ich dachte, meine Güte, was hab ich da Lausiges verbrochen. Inzwischen ist mir klargeworden, was alles falsch gemacht wurde mit dem Stück. Seltsam, daß ich im Moment der Uraufführung den Blick dafür in keinster Weise besaß. Es war so aufregend, selbstverfertigte Sätze aus fremden Mündern zu hören, auf einer großen Bühne, vor 400 Leuten, es war, so klischiert das klingt, wie in der Anfangsszene von *Barton Fink*, in der John Turturro hinterm Vorhang steht und jeden Satz mitspricht. Jeder Satz wirkte peinlich auf mich, wie ein Filmkuß peinlich auf mich wirkte, als ich fünf oder sechs war.

16. Juli, Samstag

Abends im Soft-Research, wo sich Freunde Fausers zu einer Gedenkveranstaltung versammelt haben. Kurz mit Rainer Weiß geplaudert, zum ersten Mal von Gesicht zu Gesicht, dabei schrieben wir uns schon vor zehn Jahren. Carl Weißner ist jünger, als ich ihn mir vorgestellt hätte. Antje war so nett, mir eine Karte zu schenken. Auf Bildschirmen liefen Interviews Fausers, u. a. mit Karasek

(1983). Darin sagte er, mit Vehemenz: »Deutschland wird nie wiedervereinigt sein, nie!« Tja. Wird der Zukunft bewußt sein, daß diese Meinung damals von 99 Prozent der Intelligenz geteilt wurde und eine Selbstverständlichkeit darstellte, nicht nur auf der Linken? Vor ein paar Jahren hätte diese Frage noch kindisch geklungen.

Andi Neumeister hat in der AZ Fette Welt empfohlen. Wir unterhielten uns über die neuesten Auswüchse des Pop, ich war etwas provokativ, nannte Hip-Hop keine Musik, sondern eine Form rhythmischer Kommunikation unter Zuhilfenahme musikalischer Zitate. Anne (22), die Blondheit, die Lars mit zum Fest gebracht hatte, war auch da. Konnten uns gut unterhalten, über das Nibelungendrama, ein Thema, von dem ich dennoch dauernd weg wollte.

Andi schleppte einen sehr merkwürdigen Suhrkamplyriker namens Walter mit sich herum, für den er sich »irgendwie verantwortlich« fühlte. Wie es hieß, ein Mensch vom verschneitesten Dorf, für den Städte etwas Fremd-Exotisches sind. Wir fuhren zu viert in Annes Auto zu Maria Pisagne, war bereits zu – und weiter ins Muffat-Café. Dort überschlugen sich die Dinge. Andi, Anne und ich führten die Pop-Diskussion fort, als Walter, der sich bis dahin stumm besoffen hatte, auffuhr und fauchte: »DU BISCH A KATZENKALTS WEIB!!« Wir sahen ihn alle fragend an. »KATZENKALT BISCH! KOMMSCH JETZ MIT?« Wozu denn? »JA FICKEN HALT! ICH BRAUCH FLEISCH FÜR DIE NACHT!« Andi, der sich für diesen schnurrbärtigen Bergbauern noch immer irgendwie verantwortlich fühlte, begann mit ihm zu tuscheln, man verstand nicht alles. »ABA SIE HAT UNS DOCH ALLE INS AUTO GNOMMEN!« – »Du Walter, das bedeutet in der Stadt noch nicht, daß ...« – »KATZENKALT! UND DIE KLEIDER!« – »Aber hier sehen viele Frauen so aus, das ist ganz normal ...« Anne selbst war zu perplex, sich wirklich zu wehren, ich amüsierte mich dabei, hatte nur etwas Angst, dieser Einödmensch könne handgreiflich werden. Er verzog sich an die Bar, während Annes Freund W. das Café betrat. Wir entschlossen uns, das Lokal zu wechseln, den Lyriker Walter kaltherzig dem Dschungel der Großstadt zu überlassen. Draußen stellte W. fest, daß man ihm, während der fünf Minuten, in denen er im Café war, das Rad geklaut hatte. Anne sagte, dieser Abend sei endgültig für sie gestorben, sie wolle Andi und mich am Hauptbahnhof absetzen, wir fügten uns, zwängten uns ins Auto, fuhren den Altstadtring entlang – und was passiert? Auf Höhe der Blumenstraße, neben dem Marionettentheater, sagt W. plötzlich, ziemlich trocken: »Da vorne fährt mein Rad.«

»Ernsthaft?« Wir waren schon zwei Kilometer vom Muffatcafé entfernt.

»Der weiße Reifenrahmen – hab ich gestern erst draufgemacht.«

Anne tritt das Gaspedal durch, bremst mit quietschenden Reifen vor dem herrlich erschrockenen Dieb, nimmt ihm den Weg, wie in einem Gangsterfilm springen wir alle raus, muß für den Dieb ein ziemlich fieser Moment gewesen sein.

»Das da ist mein Rad!« sagt W.

»Hey, das hab ich eben an der Muffathalle für 20 Mark nem Türken abgekauft!«

Kein sehr kräftiger Typ, keine sehr schöne Ausrede, aber ihm ist anzusehen, daß er bereit ist, sich für das Rad zu schlagen, und seis nur aus Scham, vielmehr verletztem Stolz. Ich entschärfe die Situation, drücke ihm einen Zwanziger in die Hand und sag ihm, er soll sich schleichen, wozu er sich nach kurzem Überlegen auch entschließt. Anne versteht das nicht. Wir seien doch zu viert gewesen! Aber dafür ist sie auch erst 22, ein Grüner nicht die Welt und die Geschichte viel besser so. Nahm mit Andi dann ein Taxi, wir unterhielten uns über Rise and Fall of the House of Suhrkamp. Andi stieg in Pasing aus, und noch etwas Schönes geschah. Der Taxifahrer, der uns zugehört hatte, drehte sich um und fragte, ob wir bei Fausers Fünfzigstem gewesen wären. Ich antwortete: ja, und wir diskutierten über Whiskey-Sorten. Fausers bevorzugte waren Chivas Regal und Knockando, der Taxifahrer schüttelte den Kopf, wie über eine Geschmacksentgleisung, dann fragte er mich nach meinem Namen, ich nannte ihm den, nach sekundenlangem Zögern. »Ah«, sagte er, »ich lese grade Ihr MAI.« Und das war wirklich so, er bewies es anhand von ein paar Stellen, das machte mich glücklich. Ob er irgendwas für mich tun könne? Eine Blanko-Quittung, für die Steuer, die bekam ich, wir wünschten uns noch viele gute Nächte. Was den Moment so mystisch machte, war das Fehlen jedes störenden Details, wie irgendwelcher kataloghafter Fragen, die man Literaten gerne stellt. In solchen Begegnungen sehe ich immer mehr als nur Zufall, das hat etwas von einem Zeichen. Noch um vier Uhr früh setzte ich mich hin und schrieb – schreibe das alles auf.

19. Juli, Dienstag

Beatrice: »Du solltest deine Lebensweise ändern.«

»Du mußt dich dran gewöhnen, daß du mich überlebst.«

*

Die Kraft, sich während eines Ozeanflugs an die Tragfläche zu klammern. Wenn der Speichel im Mund gefriert und der Wunsch nach Mohnstreuselkuchen übermächtig wird.

Nach dem Abgrund
tut sich wieder was anderes auf.

*

Die Nacht abschöpfen, im Innersten wühlen, der kleine Triumph, klein und massiv, wenn Jäger nach dem Herz erlegter Tiere greifen, um es der Sonne zu zeigen – sie glänzt so schön im Muskelfleisch, spielt Kino, das vertrocknet.

20. Juli, Mittwoch

Krisis. Beatrice und ich gestehen einander schlechte Gewohnheiten, Unaufmerksamkeiten ein. Die Faulheit gegenüber dem andern ist ein bösartiger Virus. Man tut zuwenig dagegen, daß sich die Tage wie Eier gleichen, hat die eigene Reizbarkeit oft nicht mehr unter Kontrolle. Begreift die Liebe zu sehr als Trophäe denn als immer neue Aufgabe. Wir sprachen offen alles an, versprachen uns einander neu, gelobten Achtsamkeit. Tiefer Moment.

*

Limmy rief an. Will mich Samstag treffen, berichtet von einer üblen Urindusche im *Falter* (Wien). Den Artikel kenn ich schon, wirklich großartig, man müßte meinen, ich hätte des Rezensenten Töchterlein vergewaltigt. Soviel Haß und Galle, argumentfreie Aversion, das macht schon was her. Leider in sehr mäßigem Deutsch geschrieben – bis auf die Stellen, die von Seibt geklaut sind. Ich habe mich seltsam schnell gewöhnt daran. Das große Klo verkraftet viel. Auch das. Bemerkenswert ist aber, welche Ausmaße es annimmt, z. B. die Tiervergleiche – wie zu besten »Stürmer«-Zeiten.

*

Könnt ich unter fünf Mahlzeiten wählen, wär ich gern der Mitternachtsimbiß. Ein Vergehen gegen die schlanke Linie, die das Gestern trennt vom Morgen.

Traum: Ein Berg wie ein Kegel, dem man die Spitze abgeschnitten hat. Unten einen halben km breit, oben nur noch 20 Meter. Höhe: in etwa ein km. Er erhebt sich aus flachem Land, man kann in der Ferne eine Meeresküste erkennen. Der Berg ist stark bewachsen mit Buschwerk und wildem Wein. Kiesserpentinen schlängeln sich hinauf. Hin und wieder eine idyllische Laube aus Pergola, dennoch ein Platz der Furcht. Oben auf dem Plateau schwankt man wie ein Höhenkranker, den im obersten Stockwerk eines Wolkenkratzers das Beben überrumpelt. Ich fühle mich, als sollte ich abgeschüttelt werden, hinausgeschleudert, ich halte mich am Wein fest (am Wein fest – nein, so simpel ist das nicht!).

Frage: Hat Angst etwas mit der Möglichkeit der Rettung zu tun? Oder verliert sich die Angst, wenn klar wird, es ist endgültig aus? Z. B. ein Fallschirmspringer, der während des Flugs entdeckt, daß ihm sein kleiner Sohn statt des Schirms einen Teddybär eingepackt hat – fühlt der noch Angst? Mit der Gewißheit des Todes vor Augen? Die Angst hat ja eine biologische Aufgabe – Ausschau halten und Vorsichts- bzw. Gegenmaßnahmen einzuleiten.

*

Einige CDs gekauft, darunter den *Don Giovanni* von Giulini, der endlich wieder auf dem Markt ist.

Danach übers Germeringer Volksfest geschlendert. Der Horoskopautomat spuckte denselben Spruch aus wie letztes Jahr. Beatrices Dünnhäutigkeit multipliziert sich mit meiner Starrsucht zu eruptiven kleinen Szenen, die sich aber immer in Versöhnung zerlösen. Bei der Wohlfahrtstombola gewinnt sie den Hauptpreis – eine monströse Wasserspritzpistole, neudeutsch Pump-Gun, Reichweite bis zu 25 Meter. Hätt ich sowas bloß als Fünfjähriger besessen, als man im Hochhaus Krieg führte und dauernd ein Problem mit dem Nachladen hatte. (Weshalb man auf Erbsenpistolen umstieg.)

*

Im Besitz der Worte sein heißt überhaupt nichts. Man muß sich ihrer an der richtigen Stelle entledigen können.

22. Juli, Freitag

Zwei Stunden am Schreibtisch, danach in den Club, mich austoben. Spiele wie ein Besessener bis zur völligen Erschöpfung. Zwinge mich dann an den Schreibtisch zurück, höre dabei Suor Angelica, ein Werk, das noch soviel Sympathie mit dem Komponisten nicht zu retten vermag.*

23. Juli, Samstag

Ich kann nicht zur Ruhe kommen. Schwebe in flüssigem Blei. Die Mechanismen der Betäubung funktionieren nicht mehr. Die Wände zweifeln auf mich herunter. Noch mindestens ein Jahr bin ich eingesperrt in diesem Buch. Und das Schwerste steht noch bevor.

*

* Anmerkung 2010: Der dümmste Satz, den ich je geschrieben habe. Um mich zu bestrafen, habe ich ihn in diesem Buch nicht unterschlagen. Vielleicht mußte ich erst 40 werden, um dieses großartige Werk zu begreifen, das heute zu meinen Lieblingsopern überhaupt zählt.

Aschentonnenschwere Versagensgewißheit. Immerhin – das Wollen scheitert nicht am Können, einzig an Faulheit und Unlust. Warum bloß mußte ich Johanser erfinden? Diese hochnotpeinliche Trantüte, der alles schief und halb gerät, Konzession aus Wahrhaftig-Allzumenschlichem. Den Göttern wird beim Mahlen das Handgelenk nicht schwach werden an ihm.

*

Schreckliche Nacht. Sprachlosigkeit, materialisiert – Parasit, der Zeilen stiehlt, Zensorvieh, das der Zunge Blut absaugt und schwer wird, schwer, bis es mitsamt dem Wirt durch die Erdkruste bricht, in die wortlose Hölle. Die Wahrnehmung geht in die Brüche. Jeder Tag ist Fragment des vorangegangenen, alles Leben ist Fragment der Vorausgeeilten. Die Toten nehmen Platz.

24. Juli, Sonntag

Die Lust zur Verballhornung der Sprache im vertrauten Gespräch ist ein wesentlicher Faktor ihrer natürlichen Entwicklungsmotorik, davon bin ich überzeugt. Winziges Beispiel:

Vor Wochen bat mich Beatrice, ihr die Butter zu reichen.

Sie: »Dunke.«

Ich: »Butte.«

Wir mußten soviel lachen, daß wir jetzt fast immer Dunke und Butte sagen, auch im Beisein von Freunden, die das aufgreifen und weitertragen.

*

Der Sonnenuntergang heute war so einladend – Kommt ihr noch mit? – schien er zu fragen – und wär er nicht so schnell gewesen …

25. Juli, Montag

Petra will nach Bolivien, in Sachen Entwicklungshilfe. Könnte ihrer Entwicklung tatsächlich nicht schaden, so ein bißchen fremdländische Härte.

*

Bolivien … »Um irgendwas zu tun!« – Naja … Die meisten Menschen hier könnten locker ein paar hundert Mark im Monat entbehren und damit irgendwo auf der Welt ihnen Unbekannten ein Existenzminimum ermöglichen. Sie tun es nicht – ich auch nicht, aber das Geplärre: »Ich kann ja nichts tun!« macht mich wild. Man muß es sich bewußt machen, laut sagen: »Ich WILL es nicht tun!« Es ist mir wichtiger, hier gut zu leben, als mich um entfernte Artgenossen zu kümmern. Das schafft wenig Sympathien, aber die Reaktionen bleiben verhalten; keiner, der sich mit irgendwas übertrieben brüsten könnte, beinahe jeder fühlt sich ertappt.

»Ich will nicht« oder wenigstens: »Eigentlich will ich nicht …« Ein Satz, den nahezu alle denken, aber nicht sagen würden. Das mühsame Aufrechterhalten der Soziabilitätsillusion. Ob Bolivien unbedingt eine Petra braucht? Petra nicht viel eher Sinnstiftung und Abenteuer? Jedenfalls bin ich auf gewisse Weise fast froh, wenn im Winter das Geld aufgebraucht sein wird. Ein leerer Geldbeutel ist das beste Gewissen.

26. Juli, Dienstag

»Angenommen, wir hätten einen Atomkrieg gehabt, und alles, was noch übrig ist, wäre ein Videorecorder, ein Fernseher und das Wissen, wie man Strom erzeugt. Wär es uns möglich, Strom mit der exakt richtigen Spannung zu erzeugen und sowas wie eine Steckdose zu bauen, damit wir den Videorecorder anschließen und den Film sehen können? Was meinst du?«

»Ich weiß nicht. Was für ein Film ist es denn?«

*

Spaziergang durch den Nachtwald. Heute weiß ich nicht, wofür alles gut ist, auch wenn es gut ist.

Als ich sechzehn war, schrieb ich mein erstes Theaterstück: *Cassius*, ein historisches Drama in Brechtscher Manier mit Songeinlagen und zwei langen Monologen vor zwei Selbstmorden. Ich schrieb es heimlich (meine Eltern hätten es zerfetzt), im Winterurlaub, hatte mir für jede Nacht zwei Zigarren gekauft, die rauchte ich zwischen den nächtlichen Schreibeinheiten auf dem Balkon eines Schwarzwaldhotels, hörte *The Lamb lies down on Broadway*, sah hinaus in den Schnee, fror mich blau, und einmal brannte in der Ferne ein großer Bauernhof ab, die ganze Nacht hindurch. Das war schön …

27. Juli, Mittwoch

Man fand ihn mit einer Salatgurke im Rachen, der Tod trat durch Ersticken ein.

Wie die Obduktion erwies, war es dem Opfer zweimal gelungen, von der Tatwaffe abzubeißen.

30. Juli, Samstag

Mitternacht: Anruf E., äußerst wütend: Das Haus ist leer, ausgeräumt vom Gatten, wie in einer schlechten Fernsehserie. Ich will mich da nicht einmischen, könnte ja auch nicht helfen. E. hat zuerst bei Nic. angerufen, dann bei Mufti, waren beide nicht da, deshalb erwischt's mich, aber warum erwähnt sie das explizit? Um mir zu sagen, daß ich jetzt zuhören *muß*, weil sonst niemand zum Abregnen da ist? Oder, damit ich mich nicht zu wichtig nehme? Das einzige, was mich wirklich nervt, ist die ständige Frage: »Nervt's dich?«, die mit einem Nein nicht genügend beantwortet ist, man muß mit Verve das Gegenteil behaupten, um keine Mißstimmung aufkommen zu lassen.

*

Die Hemingway-Epigonen, die über fehlende ›große‹ Themen klagen und sich Fronten wünschen, wo sie als Kriegsberichterstatter reüssieren können, unterschätzen diese Zeit in ungeheuerlicher Weise. So viel ist im Umbruch und Aufbruch, dagegen mutet der Rest dieses Jahrhunderts wie ein historistisches Spektakel an, letzte Pomp-Inszenierung einer zum Untergang verdammten Ära.

Wäre ich fünfzig Jahre früher geboren, ich wäre vermutlich 1933 nach Australien emigriert und hätte, fernab des europäischen Infernos, über Känguruhs geschrieben, die Koalabären sodomieren. Muß auch für sowas jemanden geben.

*

Ein Punkt in der Vergangenheit entfernt sich um eine gewaltige Historisierungsstufe, wenn dessen letzter Zeitzeuge gestorben ist. So war z. B. *Vom Winde verweht* kein Historienfilm. Denn der Premiere wohnten noch vierzig überlebende Soldaten des amerikanischen Bürgerkriegs bei. Interessant, daß dieses Kriterium in die Zukunft fortzuwirken scheint. Auch heute käme niemand auf die Idee (sei denn der Provokateur, der kommt auf alles), *Vom Winde verweht* in die Gattung des Historienschinkens einzugliedern. Mit dem Bewußtsein dieses Faktums muß Penn, der Regisseur von *Little Big Man*, die Rolle des 120 (!) Jahre alten Adoptiv-Indianers (gespielt von Dustin Hoffman) erfunden haben.

In Jüngers Tagebüchern werden damit etliche Zeit-Relativierungs-(Diminuierungs-)Charaden unternommen; eine ist (sogar doppelt) dabei: *So heiratete der Marschall Richelieu mit achtundachtzig Jahren ein sechzehnjähriges Mädchen und lebte noch acht Jahre in glücklichem Ehestand. Die Marschallin schien von ihm die Langlebigkeit geerbt zu haben, denn sie erstaunte eines Abends Napoleon III. durch den Satz: »Sire, wie der König Ludwig XIV. einmal zu meinem Gatten sagte …«* (Strahlungen, 24. 1. 44, sowie Siebzig verweht, 20. 2. 72) Das spielt ein wenig mit der Unkenntnis des Lesers, der, obwohl *Marschall* R. (* 1692) dasteht, zuerst an den sehr viel bekannteren *Kardinal* († 1642) denkt, was das Kuriosum doch sehr aufbläht.

*

Von einem gewissen Schandpunkt an neigt man dazu, sich am ehesten von dem beeinflussen zu lassen, was einem Rechtfertigungen für Versäumnisse liefert. Daran ist nicht nur Negatives. Aus den meisten wird genau das, was sie sind. Je schneller die Kostüme fallen, desto weniger Schmierentheater.

*

H. ist ein Wesen, das in allem zuallererst die schlimmsten Motive vermutet. Dieser Form des vom Film erzogenen Skeptizismus begegnet man immer häufiger. Urbane Stahlbemantelung, wird nach wenigen halben Stunden widerlich.

31. Juli, Sonntag

Der mütterliche Fanatismus der optimalen Absicht.

Wenn Eltern von ihren Erzeugnissen um nichts in der Welt gehaßt werden wollen, züchten sie Überfluß heran. Das Opfer, überwunden werden zu können, muß man seinen Kindern schon bieten.

*

Ich denke mir für jeden meiner Freunde die passendste Begräbnismusik aus. Ist das pervers?

AUGUST 1995

2. August, Mittwoch

Arbeit an *Helle Nächte*. Es ist sehr schwer, die Geschichte von Aziz und Aziza in eine nicht peinliche Bühnenform zu bringen. Moritz weiß nicht, was er mir antut, wenn er auf solchen Stoffen besteht. Die Elemente, die ihn dabei interessieren, kämen bei einer Performancegruppe sicher besser zur Geltung als in einer Oper.

3. August, Donnerstag

Nietzsche-Nachlaß Herbst 1869 aufgeschlagen und gelesen:

»Die Entwicklung der Opernmelodie ist Heidenthum in der Musik.«

Das hätte bestens als Motto zu Melodien getaugt, in diesem einen Satz konzentriert sich der Kerngedanke des ganzen Buches: Die kryptische Kulturgeschichte des Abendlandes muß die Geschichte der Überwindung des Christentums aus dem Geiste der Musik sein. Wenn es mal eine Neuauflage gibt, an jenes Motto denken.

6. August, Sonntag

Mahler hat – angeblich – Bruckners Neunte den Gipfel allen Unsinns genannt. Kann ich nicht glauben. Und wenn? Großer Menschen Toilettenpapier wird für zu voll genommen.

7. August, Montag

Die *Liebenden von Pont Neuf.* Wohlstandsleidende Ästhetikscheiße im Quadrat. Denis Lavant spielt einen widerlich ver*kümmerten* Typen, den es nichtmal *kümmert,* daß wegen seiner Zündeleien ein Mensch verbrennt. Dem Regisseur wars wahrscheinlich auch egal. Bei sowas werd ich zum Pfarrer! Ich mag es nicht, wenn ein schnelles, aufregendes Leben gepredigt wird, dessen Exaltiertheit nur darin besteht, anderen auf die Nerven zu gehen. Spaß, der über Leichen hüpft und sich allein dadurch zu legitimieren sucht, daß man sich selbst genauso respektlos und unvorsichtig behandelt wie den Rest der Menschen. Das Leben ist ein zu großes Geschenk, um es so leicht zu nehmen.

9. August, Mittwoch

Anruf bei Conde. Schön und trist zugleich. Er gratuliert mir zu Thanatos, hat das Buch, wie er sagt, verschlungen. Schlechte Nachricht: Er überlegt, die Band aufzugeben. Die zweite Platte – eine der besten Pop-Platten, die in Europa je gemacht wurden – hat nur 600 Stück verkauft. Es ist ein Trauerspiel. Jeder saudumme Ami-Scheiß wird beachtet, jeder Drecksfurz aus dem Ghetto, gehypt von einer Generation, die ihre Herkunft vergessen und sich an Amerika verkauft hat. Es muß doch Gerechtigkeit geben, wenn nicht auf Erden, dann in der Kunst. Elitär darf nicht weiter zum Schimpfwort verkommen. Muß mich zur Elite bekennen, nur so läßt sich Qualität als Maßstab bewahren, nur Qualität beschützt uns vor der Vergewaltigung durch den Markt. Dummheit darf niemals Verständnis finden. Die Dummheit ist das Böse. Europa leidet unter Amnesie, weiß seinen Namen nicht mehr, ist sich langweilig, weil es verlernt hat, die eigene Größe zu verstehen. Der Pop-Knigge wird von viertelgebildeten Zombies verfaßt.

*

Kampfansage gegen die Spaßkultur, gegen Kunst, deren Warenwert sich über Geld definiert. Schluß mit Toleranz und Verständnis, weg mit Geducktheit und Understatement. Neues europäisches Selbstbewußtsein. Bildung und Intelligenz als oberste Werte. Natürlich ist Kunst Unterhaltung, aber es gibt Unterhaltung auf diversem Niveau. *Kunst ist ein aristokratisches Phänomen, kein demokratisches, und erst recht kein plebejisches.* (Gottfried v. Einem)

Den absurden und wichtigtuerischen Pop-Diskurs lächerlich machen, wo immer möglich.

10. August, Donnerstag

Beendet: Alfonso di Nola – *Der Teufel* – Laut Eco angeblich eine »Bibel«. Erstaunlich lückenhaft gerade im Bereich der Moderne. Und ziemlich geschludert. Die sagenhafteste Stelle:

S. 432 (dtv 4600): (...) *Er (Charles Manson) bereitete sich vor allem darauf vor, den Penis von Richard Burton an Eddy Fisher, den Schachweltmeister, zu schicken.*

Zuerst einmal: Eddy Fisher besteht darauf, daß sein Name mit SCH geschrieben wird. Zweitens heißt er Bobby. Zum dritten wurde er erst 1972 Weltmeister, drei Jahre nach dem Mord an Sharon Tate.

*

Wo gehn wir denn hin? Immer nach Hause. (Novalis)

Wo gehn wir hin? Ich weiß nicht, aber wir müssen los. (Kerouac)

11. August, Freitag

Anruf in Venedig. M. macht mich wahnsinnig. Nachdem er *Gesangs*text bestellt hat für die Rahmenszene, will er, was ich ihm geliefert habe, *sprechen* lassen. Hoppladihopp. Und gekürzt! Er scheint nicht zu begreifen, daß ich dann den Text ändern müßte. Ist ihm egal. Ich mach gerne den Sklaven für gute Musik, aber nicht für Aleatoriker, die sich nicht vor sich selbst beschützen lassen. Noch eine Schnapsidee: Es soll vier Darsteller für Nagel und Dagny geben, nämlich die beiden Sprecher und die beiden Sänger. Wozu? Haarsträubend. Wenn das so weitergeht, schmeiß ich den Auftrag hin oder ziehe mindestens meinen Namen zurück. Nie mehr. Nie, nie, nie mehr.

*

Jeder ist heute unschuldig. Die Fähigkeit zu Schuld und Scham ist verloren. Für jede noch so üble Tat stehen Kataloge von Erklärungen, Entschuldigungen, Ausreden parat. Das ist allzu menschlich, als daß sich dagegen etwas einwenden ließe, dennoch bleibt das flaue Gefühl, die Entwicklungsgeschichte des Individuums in der Dissoziation läuft auf eine Nivellierung hinaus, auf eine moralische Gleichgültigkeit, die das Glück ebenso wie das Leiden unmöglich macht.

Die Spielfelder für große Gefühle weichen einer normierten Plattform, auf der das Leben, an dem nichts mehr original ist und alles verfilmt, nach vorgestanzten Mustern von sich geht. Vor sich geht. Vor sich hergeht. Herold ohne Heer. Die virtuelle Wirklichkeit aus der zum Körperorgan gewordenen Stilisierungsmaschine – ihren Sieg sagte schon Nietzsche voraus. Meine Welt ist ein Film. Wenig Handlung, umso exakterer Abspann. Fühle mich … abgespannt.

13. August, Sonntag

Nach dem Aufwachen ins Dritte geschaltet und *Kriemhilds Rache* erwischt. Ärgerte mich, wollte den Film unbedingt aufnehmen, wo ich letzten Sonntag schon *Siegfried* verpaßt habe. Rufe Bea an, ob sie dran gedacht hat. Nein, hat sie nicht. Mißstimmung, weil sie es auch noch fertiggebracht hat, die Reservierung in Venedig zu versauen. Hat zur Zeit nur noch ihre Pflanzen im Kopf. Lieblingssatz: »Daran hab ich nicht gedacht.« Inzwischen nur noch: »Daran hab ich nicht ...«, weil sie weiß, wie mir der Satz den Nerv tötet.

Kriemhilds Rache (1924) – sicher einer der besten Filme überhaupt, auch ohne den Bonus, ›nur Stummfilm‹ zu sein. Dem Mythos adäquat, erst Prophetie, später Parabel deutscher Geschichte. Ich war auch beim fünften Sehen ergriffen, hingerissen, wieder versucht, den Plan vom Nibelungenstück aus der ›Verworfenheit‹ hervorzukramen.

Nach einer halben Stunde beleidigten Schweigens: Versöhnung. Beatrice holt ›ihre‹ auf dem Balkon gezogene Erdbeere (in der Tat, es ist nur eine geworden) und teilt sie mit mir. Sakraler Moment.

14. August, Montag

Habe beschlossen, mich gegenüber M. zurückzuhalten mit Kritik. Irgendwie müssen wir da jetzt durch, und ich hoffe darauf, daß er mit der Zeit selbst einsieht, was gut ist und was nicht.

Darf auch nicht vergessen, welcher Druck auf ihm liegt. Henze sagte zu ihm – in meinem Beisein –, daß es auf diese Oper wirklich ankomme – sehr bedrohlicher Satz, klang wie: Abgrund oder Durchbruch, letzte, oder wenigstens für lange Zeit beste – Chance.

Ob er sich dessen bewußt ist? Er tut so unbekümmert, verschwendet Zeit, gibt Konzerte in Mexiko, an denen er nichts verdient.

17. August, Donnerstag

Abends in die Stadt, traf Katharina im *Baader*, tranken sechs Bier zusammen, d. h. zwölf.

Sie erzählt von kruden chinesischen Speisezetteln: Eben geborene Mäuse, die man lebendig auf eine glühende Nadel spießt und roh verzehrt – sind noch kaum Knochen dran oder Haare. Die chinesische Essensphilosophie lautet: Je lebendiger, desto gesünder. Das mit dem Affenhirn, das man roh aus der Schädeldecke löffelt, stimmt, und Lorenz hat in Hongkong ja (ganz sicher war er sich nicht) Plazentasuppe gegessen. K. erzählt vom Fisch, dessen Kopf man in kalte, feuchte Tücher einschlägt. So kommt er auf den Grill, und das Essen ist nur gelungen, wenn der Körper schön durchgebraten ist, die Kiemen aber noch schlagen. Grausamer noch die Geschichte vom Hahn, der lebendig in der Erde vergraben wird, um eine besondere Art von Würmern anzuziehen, die Aas verschmähen und den Hahn bei lebendigem Leib auffressen. Diese Würmer gelten als große Delikatesse. Was der Mensch der Kreatur antut – seltsam – in einem Land, in dem viele an Wiedergeburt glauben, also an die Möglichkeit, selbst einmal Hahn, Maus, oder Fisch zu sein. Wie man bei der Vorstellung solcher Qualen überhaupt leben kann?

19. August, Samstag

Beatrice kämpft sich durch Proust und giftet den Nachmittag über, welch eine weinerliche Scheiße das sei (besonders die Szene, wo der junge M. flennend-flehentlich auf den Gutenachtkuß der Mutter wartet), kann nicht glauben, daß es Menschen gibt, denen sowas gefällt. Ich glaubs ja auch nicht, aber es muß so sein.

Bernhard warnt, daß ein Buch wie dieses das Leben verändern könne: »Zwei, drei Bände lang wehrt man sich noch, schreit, weigert sich, will *leben* – danach – Heiko zum Beispiel, der war ja vorher schon recht schlurchig (sic!), aber nach Proust ... war mit ihm überhaupt nichts mehr anzufangen ...«

*

Gegen acht fahren wir Bernhard zur S-Bahn, uns selbst zum Hügel, der inzwischen in eine Pferdeweide umfunktioniert ist, elektrisch umzäunt. Das Gras ist sehr hoch, alle fünf Meter eine Nacktschneckenfamilie von ca. 6–10 Exemplaren. Unser alter Spazierpfad ist überwachsen von Schilf und Brennesseln.

Schweigeminute für die tote Meersau († '94).

Bea: »Sie war die beste Meersau, die ich je kannte. Kam sogar auf Zuruf herangehoppelt, das ist – bei einem IQ von 2 – außergewöhnlich.«

Auf dem Kiesweg gibt es jetzt eine Solarlaterne. Sprang nicht an, trotz fortgeschrittener Dämmerung. Wir sahen großes Himmelstheater. Wie ein geöffneter Bühnenvorhang war aus dem Spätblau ein tieforangener Fleck herausgerissen. Bea: »Wie ein gebänderter Achat.«

Ich: »Aha.«

Wir zeigten uns Wolkenfiguren: Sphinxen, Greife, Löwen.

Am Wegrand rote Dahlien. Hierher, zur Gärtnerei, kam ich früher manchmal, wenn ich nachts viel Hunger hatte – dann stahl ich Kopf- und Endiviensalat. Heute könnte man hier Kürbisse mitgehen lassen, Zuccini und Gurken. Spät, viel zu spät. Beas Melancholie mindert sich.

Probierten das Ralph's – einziges amerikanisches Restaurant der Stadt, oder wenigstens des Branchenbuchs. Klassische Szene.

Ich: Ich nehm den Burger mit Fries und Coleslow.

Bea: Ich auch.

Ich: Nimm doch was anderes, und wir teilen, dann können wir zwei Sachen probieren.

Bea: Na schön. (Bedienung kommt, ich geb meine Bestellung auf.)

Bea: Ich brauch noch fünf Minuten. (Bedienung geht ab.)

Ich: Nimm doch das da, klingt gut! (Rindfleisch mit Maiseintopf nach Indianerart)

Bea: Hmm, nein, ich glaub, ich nehm die vegetarische Platte.

Ich: Du willst ausgerechnet beim Ami vegetarisch essen?

Bea: Na und?

Ich: Abgesehen von allen anderen Kriterien – wenn wir tauschen sollen, könntest du schon irgendwas bestellen, was mir auch schmeckt.

Bea: Also gut (Lippenverhärtung), dann nehm ich das.

Ich: Was?

Bea: Was du mir rausgesucht hast.

Ich: Ich hab dir nichts rausgesucht. Vergiß es, iß, was du willst.

Bedienung: Haben Sie's?

(Bea studiert mit bebenden Wangen die Speisekarte, gibt keine Antwort. Die Bedienung bleibt stehen mit gezücktem Stift.)

Ich: Sie sehn doch, die Frau hat sich noch nicht entscheiden können. Kommen Sie später wieder!

(Bedienung irritiert ab)

Bea: (Die Tränen beginnen zu laufen.) Ich hab überhaupt keinen Hunger mehr.

Ich: Bestell dir endlich deine vegetarische Platte.

Bea: Nein, ich hab wirklich keinen Hunger mehr.

Ich: Nimm den Hamburger! Ich flehe dich an!

(Kellnerin geht vorbei, blickt erwartend in Beas Richtung.)

Bea: Dann nehm ich auch einen Krautsalat.

Kellnerin: Das ist alles?

Ich: Ja.

Bea: Ich heul nicht absichtlich. Kann nichts dafür. Wenns mal läuft, dann läufts.

Ich: Nimm meine Serviette.

Bea: Ich hab noch.

Die Kellnerin bringt meinen Hamburger, monströses Ding mit viel Salat, dazu eine Gigantenportion Fries, die Szene löst sich in Koseworte und Liebesschwüre auf.

Bea: Jetzt brauch ich doch deine Serviette. Meine hat die Kellnerin mitgenommen.

Plötzlich beugt sich jemand über meine Schulter. Hebt mit einem Finger das Oberteil meines Burgers an. Es ist die (andauernd seltsam summende) Kellnerin.

»Tut mir schrecklich leid, mein Herr, das ist wirklich peinlich, aber – der Koch hat vergessen, das Fleisch reinzulegen!«

Ich: ????

Kellnerin: Ich bring Ihnen einen neuen.

(Geht kopfschüttelnd mit dem Teller ab. Ich hatte vom Fleischdefizit noch nichts gemerkt bzw. auf die hinter dem Salat versteckten Territorien vertraut. Bea kichert. Keine Minute vergeht, und der neue Burger kommt – er ist doppelt so hoch wie der alte – reicht locker für uns beide. Dafür fehlen diesmal Cheddar und Bacon.)

22. August, Dienstag

Im *Spiegel* ein wirklich widerlicher Verriß RRs des neuen Grass. Nicht, daß ich glaube, das Buch würde viel taugen, aber die heuchlerisch freundschaftliche Art – könnte einer Kishon-Satire entstammen –, mit der RR jedem Verdacht von Häme & Wollust vorbeugen will – um dann doch mit beiden Händen in Eingeweiden zu wühlen.

Fast überliest man (weil man hier mit RR d'accord geht), daß er Grass falsche politische Ansichten vorwirft. Wann hat man das zuletzt in einer Literaturrezension erlebt?

Das Maß des Clowns ist endgültig voll. Das Riesenreich Ranicki bröckelt – ein quasi stalinistischer Unterdrückungsapparat aus strategisch plazierten Speichelleckern. Niemand wird einmal glauben, daß so etwas möglich war.

23. August, Mittwoch

Schöner Satz im Fernsehen: »*Als durch die Erfindung der Photographie dem Künstler die Last der visuellen Aufzeichnung genommen wurde …*«

Dagegen das kleinliche: »*Fast der gesamte Berufsstand der Porträtmaler wurde arbeitslos.*«

24. August, Donnerstag

Fuhren stundenlang hinter einem Leichenwagen her. Morbide Gespräche über Doppelselbstmord bzw. den Zeitpunkt, da man, wenn man zu zweit ist und sich als zwei definiert, dem/den Leben ein Ende setzen könnte. Schwierige Probleme in der Praxis.

Über verschiedene Techniken. Allesamt unbefriedigend. Oberste Priorität: Keiner soll den andern tot oder sterben sehen, und beide müssen absolut einverstanden, im gleichen Maße bereit sein.

»… so blieben sie am Leben.« (Morgenstern)

Mir fällt zum ersten Mal der Text der Straßenschilder auf: ›In caso di nebbio‹ – ›Im Falle von Nebel‹.

Nach Verona: Die Scheunen mit den offenen Arkaden, den Säulen, den geziegelten Dächern.

Die schlichte Magie der Emilia – Schilf an der Straße. Die Wassertürme. Gefühl, als träfe man eine alte Freundin.

Bea: »Ist kein Schilf, ist Pfahlrohr. Arrundo donax.«

Wie auch immer. Hörten *Madame Butterfly*, das, gut dirigiert (muß nachsehen, ob es die tolle Santini-Aufnahme mit Björling auf CD gibt) über jeden Kitschverdacht erhaben ist und, in der instrumentatorischen Raffinesse, durchaus zu den besten Werken Puccinis zählt.

Thalatta! Thalatta!

Wieder denke ich an Heiner Müller in Bayreuth, wohl weil er in einem seiner Interviews erzählte, er sei im Leben in zwei Opern gewesen, *Tristan* und *Butterfly*, letztere sei – er meinte durchaus die Musik! – purer Kitsch gewesen. Wie kann man jemanden musikalisch so Ungebildeten dilettieren lassen, während sonst überall gefordert wird, daß ein Regisseur fähig sein müsse, Partitur zu lesen?

Abends um sieben in den Sümpfen um Chioggia. Über den kilometerlangen Damm zu fahren, bei angebrochener Dämmerung, ist herrlich – links und rechts Meer, durchwachsen von Inseln auf denen lila Gras blüht. Unwirklich schön. Was für Gras? Bea weiß es nicht genau, irgendwelche Sauergräser.

Das Jahr, in dem die *Butterfly* uraufgeführt wurde, begann auch mit einer 19. Seltsam. Eigentlich ganz nah, und doch unvorstellbar fern. Wenn ich zu Beatrice sagte: Es ist ein schöner Tag, um zu sterben – ich glaube, sie würde okay sagen und überlegen, was sie dazu anziehen soll.

Wollen wir ausgehn? Wie zueinander Kerzen sagen.

Apropos: Unterhalb Padova hieß es plötzlich ›Con nebbio‹ – ›bei Nebel‹ – die umständliche Formulierung ist also grammatikalisch nicht vorgeschrieben.

Norditalien wird immer sauberer, es ist fast unheimlich. Als wir vor drei Jahren zum letzten Mal in der Gegend waren, hatte wenigstens Chioggia noch ein bißchen Dreck zu bieten – die Stadt mit der höchsten Vespa-Dichte Europas – vermute ich mal. Jeder hier fährt so ein Ding. Man bekommt ein Brummen im Kopf, als hätten sich Hornissen in den Schädel verflogen.

*

Trattoria al buon pesce auf der Piazza Grande – das Haus hält, was der Name verspricht. Bea – ein Wunder! ein Wunder! ißt zum erstenmal in ihrem Leben eine Platte fritierter Fische, nachdem sie früher alles, was aus dem Wasser kommt, verabscheut hat (außer Thunfisch, der kommt ja aus der Dose).

Bea: »Das muß unbedingt ins Tagebuch, daß ich dieses Krabbelzeug gegessen hab.« Nur nicht die kleinen Sepia, mit den Saugnäpfchen.

25. August, Freitag

Haben beide schlecht geschlafen – in völlig durchgelegenen Betten.

Ich brachte es daher fertig, um dreiviertel acht aufzustehen, ging in den Supermarkt, Grapefruitsaft kaufen, ein paar Fressalien, ging Richtung Meer, wollte dann aber nicht alleine in der Gischt wühlen.

Der Strand ist in hoteleigene Abschnitte separiert. Die Ausnahme bildet ein umzäuntes Grundstück, nicht direkt am Wasser, auf dem Melonen, Kürbisse und Zuckerrüben wachsen. Der Ertrag kann in keinem Verhältnis zu dem stehen, was man mit einem weiteren Strandbad erwirtschaften könnte. Sofort entsteht die Geschichte eines eigensinnigen Alten – und wirklich: da hockt er, zwischen den Melonen, und gräbt seinen Boden um.

Fahrt nach Venedig. Stellen das Auto im Tranchetto ab, fahren mit dem Boot (Linie 1) bis San Tomà, wo uns Moritz erwarten will. Moritz ist nicht da. Auch nach einer halben Stunde nicht.

Wir fragen uns zum deutschen Institut durch, kein Moritz dort, also auf eigene Faust die Pensione Guerrato gesucht, zum Glück hilft uns am Fischmarkt ein freundlicher Mensch.

Die Pension hat einen Stern weniger als das Albergo von gestern, ist aber ungleich besser. Schönes altes Zimmer (Nr. 12) mit großem Bad und Freskofragmenten an der Wand. Steinboden von der Zeit geschrägt.

Spaziergang der Nase nach, zwischen Rialto und San Marco. Die Schweigsamkeit italienischer Hunde fällt uns diesmal in extremo auf: ein noch sehr tolpatschiger Dalmatinerwelpe, mit dem sein Besitzer wild spielte, war trotz aller Ausgelassenheit nicht zu einem Wuff bereit.

Nahe dem Institut einen Glasbläser entdeckt, gegen das alles Murano/Taiwantalmi wertlos wird. Kunstwerke, Unglaublichkeiten. Alle vorstellbare Fauna, vom kleinsten Insekt über Meeresgetier (besonders gelungen) bis zum Tyrannosaurus. Ich entzückte mich an einem filigranen, sehr fleischlich wirkenden Hummer und so ausgefallenen Motiven wie: *Tote Spinnen* (liegen, halbvertrocknet, auf dem Rücken) oder *Fledermaus mit Schmetterlingsflügeln im Maul.*

*

Nach der Siesta *Thanatos* durchgeblättert und von einem Entsetzen ins andere gefallen. Überflüssige Satzteile en gros entdeckt. Wie Gräten in einem sonst schmackhaften Fisch.

Moritz ruft an, entschuldigt sich, wir verabreden uns um 19 Uhr vor der Pension. Wünsche ihm im stillen einen starken Regenguß auf den Weg.

Zweiter Spaziergang um halb fünf. Überall hängen hier die neuen FCB-Trikots, Fälschungen für 25 000 Lire = 25 Mark. 100 % Polyester, ungestreckt.

Wollten nicht über das Sechstel San Polo hinaus, wurden aber, wie die blödesten Touristen, vom Strudel mitgezogen, bis wir zwischen den Tauben standen, unter dem Löwen, vor der Seufzerbrücke etc. Muß wohl so sein.

Mir ist ein Schluß zu *SpätWeitWeg* eingefallen!

Gerade rechtzeitig vor dem Regen zurück im *Guerrato*.

19 Uhr: Moritz und Naomi stehen vor der Tür, beide triefnaß, im Fall Naomis tut's mir leid.

Gingen, vom Portier mit großen Regenschirmen ausgestattet, in eine winzige Trattoria, die angeblich guten Fisch bietet. Essen war aber mittelmäßig. Eher schleppender Abend, Naomi versteht nicht arg viel Deutsch, langweilt sich dann, man muß ein englisches Intermezzo einlegen, auf Themensuche gehen. Moritz zeigte uns das deutsche Institut – angeblich der einzige Palazzo am Canale Gande mit großer Terrasse, setzten uns auf ebendiese. Sehr malerischer Palast, herrliche Sicht. Unten sangen die Gondolieri, zum Vollkitsch war es nur zu windig und kühl.

Es hat auf dieser Terrasse mal einen Empfang gegeben für 200 Leute, Weizsäcker darunter – aber plötzlich hat das Gebäude zu schwanken begonnen, wirklich zu schwanken – man mußte die Gäste notevakuieren.

Das Wasser wirkt relativ sauber, jedenfalls sauberer als zehn Jahre zuvor, als ich zum letzten Mal da war. Aber baden darin? Moritz erzählt, er habe einen Gondoliere beobachtet, der das Handy eines Touristen vom Grund heraufgetaucht hat.

Danach die Geschichte vom Taxifahrer mit Kehlkopfkrebs, der in Rom einen von Moritz' Komponistenkollegen beraubt hat. Als der ihm, von dessen Pistole beeindruckt, all sein Geld ausgehändigt hatte, fuhr ihn der Taxifahrer tatsächlich noch bis vor die Villa Massimo.

Urbane Mythen. Das Witzigste war, als Moritz die Stimme nachmachte, die metallische, durch dieses Gerät am Hals verstärkte Stimme : »Giffe me alle your money!« (Money mit o gesprochen.)

*

Die Terrasse wurde in früheren Zeiten von venezianischen Fräuleins zum Trocknen ihrer mit Salzwasser gebleichten Haare benutzt.

Als es gar zu kühl wurde, Aufbruch, Barsuche. Auf dem Weg eine Sonderbarkeit: Gingen durch eine Unterführung, deren Steinbogen bunt intarsiert schien, mit Muscheln. Waren aber Kaugummis in allen Farben. Angeblich muß, wer mit einem Kaugummi im Mund durch diese Gasse geht, mit schrecklichen Folgen rechnen, (welcher Art, darüber wird noch gestritten), deshalb wird jeder Kaugummi an eben jene Mauer gepappt. Man kommt aus allem raus, aus dem Staunen nie.

Moritz war gerade auf Konzerttour in Mexico City – erzählt eine unglaubliche Anekdote vom Heimflug – kurz nach dem Start auf dem Flughafen von M.C. – Deutsche Frau fragt einen Mexikaner: »Wo kommen Sie denn her?« Mexikaner: »Aus Mexico City.« (Deutet nach unten.)

Deutsche Frau: »So ein Zufall, da komm ich auch grad her!«

Warum erleb ich nie sowas? (Vielleicht denkt sich Moritz das alles aus?)

26. August, Samstag

Vormittag im Palazzo Ducale, ausgerüstet mit einem ›Light-Man‹ – einem Empfänger, der die in jedem Raum per Infrarot gesendeten Informationen – englisch, französisch oder deutsch – in den Kopfhörer leitet.

Säle, Waffen, Rüstungen. Immer wieder der Gedanke: Es war alles genau wie in den Historienfilmen.

Schwache Tintorettobilder zuhauf. Moritz sinnierte gestern noch darüber, warum Tizian so berühmt geworden sei und Pordenone nicht. Er glaubt, Pordenone war schwul, haßte Frauen und konnte sie deshalb nicht malen – alle, die er doch gemalt hat, sahen komisch oder schrecklich aus.

Eine zwanzigläufige Arkebuse, Vorläufer des Maschinengewehrs.

Der Keuschheitsgürtel, der beide Körperhöhlen behütet – aus Stahl und Leder. Daß sowas tragbar gewesen sein soll? Wenn das Leder feucht geworden ist, ein Bazillenfort, die Infektionen – und der Stahl rostete sicher …

In den Gefängniszellen sehr kunstvolle – keine Tafel wies drauf hin – Steinschleifereien, Selbstporträts als Relief in den Fenstersimsen, Lamenti angeblich unschuldig Inhaftierter. Berührte mich stark.

*

M. – Genie in der Kampfzeit, in der man sich oft viel verbaut, zu dessen Öffnung nur ein wenig Geduld nötig wäre. Er ist mir nicht unähnlich. Viel an ihm mag ich, und der Rest kommt mir auch bekannt vor.

*

Murano – Bin sehr enttäuscht, hatte die Insel ganz anders in Erinnerung, sandiger, farbenprächtiger, jahrmarktähnlicher. Ein steriles Geschäft am nächsten, die Ware meist teurer als in Venedig, das meiste tatsächlich aus Taiwan importiert.

In einer Kirche (Santi Maria e Donato) sahen wir einen lebensgroßen, mundgeblasenen Jesus aus schwarzem und weißem Glas – unvorstellbare Scheußlichkeit. Der Kreator, ein gewisser Nasón († 1975) ist daneben mit einer Tafel verewigt.

Moritz: »Stell dir vor, in 2000 Jahren wird man das ausgraben und sagen: Ein echter Nasón!«

Ein echter Nasón – das wird sofort zum Flügelwort.

Kauften nichts, obwohl es teilweise Bizarres gab – einen Glas-Zombie, oder eine gefolterte und arkanen Mächten geopferte Glasfrau zwischen Glassäulen …

*

Um sechs, schon fußwund, zurück nach Venezia. Stiegen aber vorzeitig aus, auf Drängen Moritz', am alten Ghetto, nach wie vor jüdisch dominiert. Sehr eigenes Flair. Beklemmende Gefühle beim Anblick einer jüdischen Buchhandlung, die auf großen Transparenten diesen uralten, ultrarechten New Yorker Rabbiner (Name fällt mir nicht ein) als Messias begrüßt.

Auf einer Synagoge eine Tafel, die mir sagt, was ich schon immer wissen wollte: In Italien wurden 8000 Juden Opfer des Faschismus, davon 200 aus Venedig. Ein Orthodoxer kreuzt den Weg, schwarzes Gewand, Bart, Schläfenlocken, Hut, ich kann mir nicht helfen, das sieht für kleine Kinder (der ›schwarze Mann‹) furchterregend aus. Wahrscheinlich ist diese Tracht eher Auslöser von Antisemitismus gewesen als vieles andere. Das simpel Bildliche, abseits von Religion und Ideologie, wird als meinungsbildender Faktor kraß unterschätzt.

Auf dem Campo Santa Margherita gibt es eine Gelateria *Il Doge*, die vielleicht das beste Granita-Eis der Welt hausmacht. Besonders gut: Pfirsich und Kirsche. Nur Zitrone war nicht ganz so … Fast alle Apotheken Venedigs (M. braucht ein Antihistamin) sind im August geschlossen, wir irren lange herum, werden erst in der Nähe des Bahnhofs fündig.

Als wären wir noch nicht genug unterwegs gewesen, danach durch die Nacht, bis wir (Zattere Ponte Lungo) gegenüber der alten Nudelfabrik (Ruine ist Kulturdenkmal) an einem Ufercafé landeten.

Moritz erzählt (er hat für sowas ein unglaubliches Erinnerungsvermögen, um das ich ihn beneide) Anekdoten von diesem und jenem Pianistenkollegen, hübsch die von Justus Frantz, dem peinlichsten musikalischen Phänomen seit – ja, wem?

So spielte J. F. einmal (auswendig, wie im Konzertbetrieb üblich) die Mondscheinsonate, wiederholte (das kann man machen) die Exposition, wiederholte sie erneut und nochmal, fand nicht in die Durchführung, hatte einen Blackout (kann passieren). Was macht Justus? Bricht ab, steht auf, sagt: »Auf so einem schlecht gestimmten Klavier spiele ich nicht!« Und geht. Besonders fies: Der Klavierstimmer, dem so der schwarze Peter zugeschoben wurde, saß in der ersten Reihe: Kochsieg, Papst seiner Zunft.

*

Venedig offeriert dem Betrachter Vergänglichkeit in dezenter Verpackung. Der Tod ist ein geduldig wartender Einwohner dieser Stadt. Wartet, bis wir kommen, fordert auf, die Zeit, die uns bleibt, zu genießen. Leicht impertinente Form der Großzügigkeit.

*

Eine alte Dame erzählte gelegentlich ihr aufregendstes musikalisches Erlebnis: als ihr Igor Stravinsky nach einem Konzert die Tür aufgehalten und vor ihr einen Diener gemacht habe.

Niemand hatte je Grund, an ihrer Darstellung zu zweifeln, bis ein Idiot fragte, wann genau das gewesen sei. Sie nannte das Jahr 1978 – als Stravinsky längst unter der Erde lag. Woher sie wisse, daß er es war, fragte der Idiot weiter, und sie, leicht entrüstet, fragte zurück, ob man ihr nicht zutraue, den großen Stravinsky zu erkennen. Niemand, nichtmal der Idiot, besaß Mut oder Bösartigkeit genug, der alten Dame zu sagen, daß sie sich getäuscht hatte, und ein kleines, melancholisches Schweigen senkte sich über den Tisch. Und in dieses hinein seufzte sie, im Tonfall der Verklärung: »Stravinsky – das war noch ein gepflegter Mensch … Wißt ihr … er war damals bereits sieben Jahre tot – aber er hat überhaupt nicht gerochen.«

27. August, Sonntag

Die Liebe der Deutschen zur Kunst ähnelt dem Zwiespalt eines Mannes, der ein Hotel geerbt hat, eigentlich aber Fremde nicht ausstehen kann.

*

Das Leben ein Hotel, in dem man durch die Gänge hetzt, viele Türen vergeblich beklopft, zuletzt zur Einsicht gelangt – (auf diesem Allgemeinplatz treffen sich Beschlagene und Behämmerte gerne zur Versöhnungswehmut) – es sei ein Stundenhotel, das Glück würde dort in handlichen Portionen verteilt und gegen Vorauskasse allein.

Die einzige wirklich vorzeigbare Trophäe der Intelligenz ist die gesteigerte Reproduzierbarkeit der Ekstase – wird schnell mit Langeweile und Überdruß bestraft, von anderen abgetan als hybrides Problemchen.

Fuhren von San Marino aus nach Rimini, gingen dort auf den Markt, aßen Pizza zum Frühstück, tranken Kaffee, kauften Pfirsiche und Feigen, fuhren dann Richtung Norden, zur Minimundus.

Italien, bzw. seine Sehenswürdigkeiten, en miniature, im Maßstab 50:1, recht bezaubernd, darüber eine Schwebebahn, man kann aber auch, ganz Gulliver, zwischen den Modellen herumtrotten. Teilweise mit großer Detailliebe gemacht. Dies nachgeprüft anhand der kleinen Abbazia Pomposa. Groteskes Element: In den Nachbauten wohnen Eidechsen – wenn die sich auf den Miniaturtreppen sonnen, wirken sie drachengleich, oder zumindest von alligatorischem Ausmaß, man muß an den Anfang von *Day of the Dead* denken.

*

Pop ist zur Musik der Reaktion geworden. Die jungen E-Hörer vollführen eine Art distinguierter Revolution, ohne viel Bildersturm und Propaganda. Teens und Twens brauchen Pop, den Zauber der Stromgitarre und des Schlagzeugs, keiner will ihnen das wegnehmen. Erst danach tritt Leere und Langeweile ein. Auffälliges Problem: So spät, um die 30, orientiert man sich nicht mehr gerne um, wird ungern vom Kenner zum Schüler, gibt sich nicht mehr die Mühe, die es braucht, fremdes Terrain zu erobern, draus resultiert oft Spezialisierung oder Stagnation. Allein aus diesem Grund sollte drauf hingearbeitet werden, daß die Jugend sozusagen *zweisprachlich* aufwächst.

*

Bea erzählt, daß alle Tamponsorten inzwischen vor Nebenwirkungen warnen. Es gibt eine sehr, sehr seltene Infektionskrankheit, die durch einen Tampon verstärkt werden und zum Tod führen kann.

Zeitalter der Nebenwirkung und des Pfirsich-Eistees. DAS Getränk der 90er Jahre.

(Heute entdeckte ich schon die 9. Marke, die mit Pfirsich-ET auf den Markt stürmt und noch Anteil abhaben will. Pfanner bleibt unerreicht.) Karl hat mich neulich geschockt: »So ein Blödsinn, Eistee zu kaufen, kann man doch leicht selber machen!« Was für eine Aussage! Wo leben wir?

*

Fuhren zum Abendessen weit hinaus in die menschen- und lichterleere Prärie. Sahen in der letzten Dämmerung Hunderte von Fledermäusen, über einer einsamen Allee. Unheimlich schön, genau so. Beatrice konnte sich nicht satt sehen.

Eistee selber machen. Unglaublich.

Verirrten uns in der Weite. Nirgends eine Straßenlampe. Alles schwarz.

Dann ein Schild.

Das Restaurant, kaum erleuchtet, in einer riesigen Ebene von Schwarz und Schilf.

Als ob man nach einer langen Reise irgendwo ankäme, einen festen Punkt fände, eine Insel im Meer, die nur Adepten offensteht. Sehr gespenstisch.

*

Daß 3 Akkorde, melodiös gesetzt, oft mehr Geld einspielen, als irgendein wichtiger Komponist zeitlebens verdienen kann; so pervers, so verabscheuungswürdig.

Ein gewisses Maß an Bösem in der Welt zu dulden, als spannenden Beitrag … (so ähnlich stehts in Fette Welt) – darum scheint man sich inzwischen nicht mehr streiten zu müssen, aber eine nicht-zynische Moral draus ableiten zu wollen … Leiden ist ein Symptom für ein Defizit an Intelligenz. Wenn ich daran nicht glaubte, woran?

Die Mehrheit meiner Ichs blieb in der Sache unentschieden. Der Rest war gespalten und zu heftigen Debatten bereit.

Dienstag, 29. August

Kurzentschlossen und sehnsüchtig nach der Serenissima fahren wir morgens Richtung Parkhaus Tronchetto. Ich nehme die Liste der Hotels auf dem Lido, fange zu telefonieren an – und – ob man's glaubt oder nicht – bei der ersten Nummer *(Villa Edere)* war schon ein Doppelzimmer frei. Obwohl morgen die Biennale beginnt. Moritz hatte behauptet, es sei völlig unmöglich, in dieser Zeit auf dem Lido Zimmer zu bekommen, pff …

Quartier ein wenig heruntergekommen (schwammig-rissige Wände), aber okay, relativ groß, mit Bad und Wanne, was will man mehr? Gang zum Sala Grande, Hotel des Baines, es ist nicht viel los, Fernsehstationen bauen ihre Zelte auf, die Gärtner werden bis zur letzten Minute mit den Dekorationen beschäftigt sein. Fuhren rüber, in die City.

*

Spätnachmittags, beim Bummeln, – die Welt ist ein Dorf – treffen wir unweit von S. Marco Michael, Susanne und die Kinder, die sitzen da beim Abendessen und rufen unsre Namen in die Menge – im Ausland immer ein angenehmes Schockerlebnis –, und das bei gut einer Million Touristen in der Stadt. Muß man mal stochastisch bedenken.

Hab mich mit M. für morgen elf Uhr zur Pressekonferenz verabredet.

Gingen nach Norden, bis wir der Toteninsel gegenüberstanden. Rund um das Pier jede Menge Trauergondeln und Begräbnisunternehmen. Entdeckt: Die edle Druckerei, bei der sich u. a. Hugh Grant und Donna Tartt Visitenkarten drucken ließen. Sahen eine kleine Katze, die auf den Markisen saß und maunzte, die so gerne von der Dachrinne gesprungen wäre, sich aber nicht traute – drei Meter – eigentlich nicht viel, gibt Katzen, die springen aus dem dritten Stock. Immer wieder setzt sie an, schreckt in letzter Sekunde zurück. (Das Ganze spielt natürlich in einem idyllischen Hinterhof.) Im Erdgeschoß die Besitzerin des Tiers, die kennt das schon, weiß, ihre Katze springt am Ende doch nicht und hievt sich durchs Fenster ins Zimmer zurück, so kommt's auch wirklich.

*

Abends zurück am Lido sehen wir ein paar italienische Kids (je zwei Jungs u. Mädchen), die eine in die Falle geratene Gottesanbeterin triezen, mit den Spitzen ihrer Turnschuhe. Die Gottesanbeterin ist grellgrün und bleistiftlang erhaben. Ich belle die Kids an, Beatrice geht beherzt dazwischen, greift das Tierchen mit beiden Händen, die Mädels kreischen vor Ekel (als ob da was dabei wäre).

Wir tragen die Gottesanbeterin (eher mit den Schaben verwandt als mit den Heuschrecken) in einen Busch, setzen sie auf einem Blatt ab. Beatrice hat noch nie eine in natura gesehen, ist ziemlich stolz auf sich, und ich bin sehr stolz auf sie, und die Gottesanbeterin ist schön und noch ziemlich benommen, erholt sich aber schnell.

Im Di Nola hab ich gelesen, daß die Gottesanbeterin den Buschmännern als Trickster-Demiurg galt und gilt. Ein sehr femininer Demiurg. Bemerkenswert.

Makaber: Der letzte deutsche Film, der die Biennale eröffnet hat, war 1944 *Jud Süß*, mit *Heinrich* George, Götz' Papa.

Aßen mit Michael im Stadtteil Castello zu Mittag – nahezu touristenfreie Gegend. Venedig ist das schlagende Beispiel, daß das Wort Kitsch nicht viel bedeutet.

Um 16 Uhr setzt Regen ein, um 17 Uhr Elke samt Gefolge, ich geb ihr zwei Karten (= 50 DM), es stellt sich dann raus, daß sie von irgendwem soviel Karten umsonst bekommt, wie sie nur haben will, alles fliegt ihr vor die Füße, ich dagegen hab mein Geld ausgegeben und bleibe sogar noch auf einer Karte sitzen, grmbl ... Wie gut, daß es Deppen wie mich gibt, auf die man sich verlassen kann ... falls doch mal was schiefgeht.

Moritz, Romuald und ich standen ein paar Minuten beisammen, das ist mir ein natürlicherer Konvent als das Herbeigerede, wir bräuchten eine »Gruppe 48«.

Die 48er – so heißt in Wien die Straßenreinigung.

*

Der Film ist sehr gut. Vielleicht um zehn Minuten zu lang. Auch die Kamerafahrt, die Haarmann und den Psychiater umkreist, ist mit sechs Minuten etwas überzogen. Langweilig war es keinen Moment. Einhelliger Beifall. Ein Triumph für Götz George, dem der Darstellerpreis (Coppa Volpi) so gut wie sicher ist, da wett ich drauf, trotz Nicholson und Hanks und Costner und was weiß ich wem noch.

Danach standen wir, von der Crew abgeschnitten, draußen im Regen, in kaltem, heftigen Wind, verlassen, zum Glück kam Romuald vorbei und nahm uns ins Schlepptau (Elke samt Gefolge hatte natürlich in der Loge residiert und kümmerte sich einen Scheißdreck drum, ob wir wußten, wo's hingeht), in eins der örtlichen Spezialitätenrestaurants, das *L'Artigliere*. Nach anfänglichen Platzproblemen – Moritz und Naomi (und wir auch) wollten beinah schon woanders einkehren – wird uns ein achtgängiges Fisch-Diner aufgetragen – Wunder geschehen – Beatrice ringt sich durch, Meeresfrüchtesalat und Muscheln zu essen, schmeckt ihr auch noch, man hält's nicht für möglich. Pure Schlemmerei. Der Himmel. Für Moritz die Hölle, da er nichts ißt, was mit Meer oder Fluß zu tun hat. Nach Stunden reicht man ihm etwas Salat und ein paar Scheiben Schinken.

Götz George sieht Aug in Aug vitaler und jugendlicher aus als auf der Leinwand. Er und ein admiralsjackettierter Wichtigmacher vom Verleih(?) wetten um einen VW Käfer, ob der Film in Japan soundsoviel Zuschauer kriegt. Schühly, dem Namen nach Produzent, glüht vor Seligkeit, außerdem stand heute in der Zeitung, daß sein Erzfeind Eichinger (beide haben *Name der Rose* produziert und seither Streit) hausdurchsucht wurde.

31. August, Donnerstag

Ich bin überzeugt davon, in irgendeinem der großen Archive (Wien z. B.), im hintersten verstecktesten Regal, ließe sich Monteverdis vorletzte Oper finden, *La Nozze di Enea e Lavinia*, von 1640. Man müßte Kolonnen von Studenten anwerben, um nach ihr zu suchen. Was mich so sicher macht – ich weiß es nicht, und sollte mein Gefühl mich trügen – bestimmt fände man einiges andere, ungeahnte Schätze im Staub.

*

Auf der Höhe von Rovereto gesehen: Einen Laster der Firma Müßiggang (Wien).

*

In Garmisch deutsche Zeitungen gekauft: Auf der Fahrt gelesen: Th. Strittmatter (33) ist tot. Herzversagen. Kannte ihn kaum, wir waren mal in Berlin in größerem Kreis beim Essen. Hat mich von seiner Gänseleber probieren lassen. Hab ihm zudem mein einziges Stipendium zu verdanken. Das Gesualdo-Stück hat er mir bis heute nicht geschickt.

*

Einladung zur dänischen Erstaufführung *Lederfresse* – Aarhus, am 17. Oktober – wird die 28. Inszenierung. Ich werde europaweit bekannt mit einem in zwei Nächten heruntergehauenen Stück. Daß InterNationes sich geweigert hat, die Übersetzung von *Melodien* zu subventionieren, ist ein so unglaublicher Skandal, wem ich's erzähle, glaubt es nicht. Die Mafia wirkt noch bis ins Ausland. Lob und Dank den Holländern, die als einzige die Übersetzung dennoch zu finanzieren wagten. Daß für den Reclam-Jahresüberblick *Deutsche Literatur 1993* einer der ganz wenigen Verrisse ausgewählt wurde (dazu noch ein schlecht geschriebener), gehört zu diesen Dingen, nur zu ertragen, weil man weiß: Es geht langsam vorüber.

*

Im Fernseher: Horst Janssen †

Im Teletext: Sterling Morrison †

Der Schnitter ist gierig heut.

*

Gegenwart ist ein roher Haufen noch oftmalig umzuschreibender Geschichten, aus der schließlich eine als Sieger hervorgeht.

SEPTEMBER 1996

1. September, Sonntag

Morgen voller Neurosen, böser Gedanken und Lamenti, die Dummheit überall, die Schönheit, in Gefahr geraten, Freunde, die sich als blöd erweisen, jeden Morgen derselbe Mist, Galle kotzen, Flüche senden, etwa eine halbe Stunde lang, danach Auflockerung.

*

Habe mit B. den Solti-*Falstaff* gehört. Unglaublich, welchen Entwicklungssprung der achtzigjährige Verdi hier noch vollführt hat. Der 1. Akt – mit seiner vielschichtigen Instrumentierung, den warm-gebrochenen Farben, der angeschrägten Harmonik, dem komplex verflochtenen melodischen Material – eine Welt für sich, neben der Puccini nicht wie ein Enkel, eher wie ein jüngerer Bruder wirkt. Was hat Verdi in den acht Jahren, die ihm nach Falstaff blieben, noch gemacht? Die *quattro pezzi sacri*, quälende Spiritualmusik eines Agnostikers. Aber sonst? Nichts? Kein Fragment hinterlassen, keine Skizze?

T. P. hat sich neulich geweigert, den Dualismus von U- und E-Musik anzuerkennen, wie immer argumentlos und eigentlich nur deshalb, weil er sich in E-Musik nicht auskennt. E-Musik – Was ist das? Keiner weiß es, aber wenn man sie vor sich hat, weiß man, das ist sie. Hängt nicht unbedingt mit klassischem Instrumentarium zusammen, auch nicht mit akademischer Ausbildung oder dem Überbau aus Tradition. Nichtmal mit thematischer oder struktureller Komplexität. Aber womit? Wenn man sagen würde: *Qualität*, müßte man zugeben, im Besitz des *Kriteriums* zu sein, im Besitz der Wahrheit. Na gut. Die Allermeisten würden sie mir sowieso nicht stehlen wollen, weil sie gar nicht wüßten, was das ist und wem sie das verkaufen sollten.

Für die Musik könnt ich zum Mörder werden. Meine Freunde wissen das, und die, die darauf keine Rücksicht nahmen, waren meine Freundschaft nicht wert.

Aufhören mit den Fraternisierungen! Her mit dem Selbstbewußtsein! Wir sind die Elite, sind es gerne! Wir haben den besten Sex, weil die beste Musik.

Gnadenlos gegen Ignoranz und Dummheit vorgehen. Dummheit wieder zum Verbrechen erklären.

*

Der Pegasus entsprang dem Rumpf der geköpften Medusa, wo er aus dem Samen des Poseidon gewachsen war. Perseus, Geburtshelfer per Schwerthieb.

Bellerophontes hat als einziger Sterblicher den Pegasus geritten, mit dem Zaumzeug der Pallas Athene. Das Flügelpferd schleuderte ihn, der sich in den Olymp drängen wollte, auf die Erde hinab. Merkwürdig genug, überlebte er den Sturz, nur um (Duplex-Vermeidung zu Ikarus?), einsam umherirrend, Menschen und Göttern verhaßt, in hohem Alter zu sterben.

Das Grauen und der Ozean, Eltern der Kunst. Schöne Metapher.

*

Nach Mitternacht, nach langer Zeit, Anruf von E. War vier Tage in Lissabon, hat sich einen Stierkampf angesehen. Obwohl in Portugal die Stiere nicht getötet werden, gab's sehr viel Blut, nicht nur das des pikierten Stiers, auch zwei Picadores bekamen Verletzungen ab. E. erzählt, sie sei nahe am Kotzen gewesen, wollte hinaus, die Türen seien aber verschlossen gewesen, so blieb sie sitzen, voller Ekel, Widerwillen, mit Hitzewallungen und Schweißausbrüchen. Und dann – ihre Stimme hob sich um eine halbe Oktave – sei etwas Unglaubliches in ihr vorgegangen, sie habe plötzlich hinsehen können, habe begriffen, was Roberto mit Kunst meinte, worin die Kunst und überdies ihr Sinn besteht, ein archaisches Gefühl habe sie überwältigt, sie habe den Matador bewundert wie ihren ersten Teenieschwarm, sei aufgesprungen, der Ekel sei unbändiger Begeisterung gewichen, sie habe noch nie zwei so extrem weit auseinanderliegende Gefühle so kurz hintereinander gespürt.

2. September, Montag

Guter Spruch: »Eine Frechheit, zu sagen: Man kommt *vielleicht* – und kommt dann doch!« (Heike)

*

Spät im ZDF: *Die tödliche Maria* von Tom Tykwer. Verquer und aufwühlend, ein Alp aus schweren, kalten Farben. Beachtenswerte Musik. Heut werd ich filmisch verwöhnt. Beatrice hat den Film schon vor einem halben Jahr gesehen, aber mir nichts von Marias Hausmückensammlung erzählt, Motiv, das auch in *Thanatos* erscheint – und vermutlich in noch tausend andern Büchern. Ich war vorab mißtrauisch gegen den Film, weil der Name Tom Tykwer unsympathisch klang, gekünstelt. Ausgerechnet ich spotte über manches Kriterium der Kritikasten.

3. September, Dienstag

In Premiere ein Film mit Mädchen Amick. Sie wäre, vom Visuellen her, eine gute Besetzung für die Callas gewesen, ich kann mir nicht vorstellen, daß Meryl Streep diese Rolle glaubhaft geben kann.

Toy ist fertig, sollte also im Frühjahr kommen, aber Marcel spreizt sich, hat sich scheinbar schon auf nächsten September festgelegt. Das könnte fatal sein. Jetzt wird bald in ganz Deutschland Terence McNallys *Meisterklasse* gespielt werden. Belanglose Kolportage, die ihren Autor kaum mehr als einen halben Tag Arbeit gekostet haben dürfte – wird aber sicher ein Erfolg. Ich will Galionsfigur sein, Vorreiter auf der Callas-Welle, nicht als ›gerade noch aufgesprungen‹ gelten, oder gar hinweggespült werden im Kielwasser. (C. – die letzte unausgeschlachtete Ikone des Jahrhunderts.) M. läßt mich deutlich merken, daß er zur Zeit Wichtigeres zu tun hat, als mit mir zu debattieren.

Guter Werbespruch für *Toy*: *Gott und der Teufel in ihrem letzten gemeinsamen Buch.*

4. September, Mittwoch

Postkarte von D&A aus Norwegen: *Wir vergessen ständig: Sonnenbrillen, Stadtpläne, Kleider (im Hotel), Autoschlüssel auf der Toilette. Ich habe meine Börse verloren (mit Geldkarten, Ausweisen etc.), das muß Urlaub sein. A. hatte Pilzvergiftung – das Auto mit Melone vollgekotzt. Unsre Hütte hat kein Wasser (weder fließend noch kalt). Wir liegen an Fjordstränden, von Enten umlagert, und meistens bin ich impotent. A. träumte, man hätte meinen Bruder erhangen aufgefunden. Das Auto verliert mehr Öl, als uns lieb ist. Hoffen das Beste – herzlich –*

5. September, Donnerstag

Goldhagen-Debatte im TV. Bubis hält Goldhagens These, es mußten zum Holocaust nur zwei Faktoren zusammenkommen (tiefverwurzelter Antisemitismus und eine zum Völkermord bereite Regierung), entgegen, daß dies »nicht nur die Deutschen, sondern alle

Völker beleidigt, in denen es Antisemitismus gab« (Eigentor per Fallrückzieher) und daß »der Holocaust unerklärbar bleibe, bleiben müsse«. Warum? Mysterium des Schreckens, eine Mystifikation, die die Aura des Mythos noch stärkt, ist das etwa wünschenswert?

Habe gleich wieder über den Nibelungenstoff nachgedacht, Kind, das mich nicht losläßt.

Freud, der den Antisemitismus als Projektion sah, als aus dem latenten Haß des Wotansvolks gegen die christliche Mission entstanden wähnte, hätte seine ›Freude‹ an einem Typus wie Heydrich gehabt, der offen herausposaunte, die Ausrottung des Judentums sei nur eine Übung, ein Vorspiel, der große Kampf danach gelte dem Kreuz, nicht dem Davidsstern. Wer so etwas heutzutage in irgendeiner Weise für relevant hält, riskiert leicht den bösen Vorwurf, er hätte behauptet, die Juden würden ihre Rolle im Holocaust überbewerten.

*

Der Holocaust – Grenzerfahrung eines Jahrhunderts, das, auf Teufel komm raus, die in uns tiefgefrorenen Möglichkeiten erkunden wollte.

Aber: Mit der historischen Distanz wird das Phänomen Hitler von der Jahrhundertkatastrophe zum bizarr-schrillen Zwischenspiel, zum kurzen, zwölfjährigen Wahnsinn, zum ekstatisch-bewußtlosen Totentanz, wie es ihn einst in von der Pest befallenen Städten gab. Die tiefgreifendere Jahrhundertkrankheit war Kommunismus jeder Spielart.

Hitler lieferte, um es zynisch zu sagen, wenigstens großes Kino.

*

Henry V – St.Crispins-Day-Monolog, des Königs Ansprache an seine müde, zahlenmäßig weit unterlegene Soldatenschaft, kurz vor der Schlacht von Agincourt.

Unterstützt von der Musik Patrick Doyles erreicht Branagh, daß man die Worte, diese verlogen-bellizistisch-pathetischen Blähsätze, laut mitsprechen möchte vor Begeisterung. Habe nachgedacht, bis es in Ordnung war. (Natürlich stand das Urteil vor der Urteilsfindung fest.) Shakespeare feiert hier die Übermacht des Wortes über Material und Statistik – auf abstrakter Ebene ein korrektes Fest – dazu ein bißchen Kaltenberger Ritterturnier, was solls …

6. September, Freitag

Schönes Wort sucht Mitbewohner für einen kraftvoll wahren Satz. Längerfristige Bindung erwünscht, spätere Floskel nicht ausgeschlossen. Satzunerfahrene Wörter werden bei gleicher Eignung bevorzugt.

7. September, Samstag

Tiefhängende Wolken, in den Bergen besonders deprimierend. Bea: »Man hat das Gefühl, etwas drückt von oben herab.«

Dann, inmitten des Grau-in-Grau, plötzlich ein Lichttableau, eine Schneise, Gemälde aus strahlendem Weiß, aus Schnee und hell angeleuchtetem Fels, wie im Traum, oder im Märchenbuch. Götterburg. Das Bild wirkt sakral, weil oben von einer schnurgeraden Linie begrenzt, scharf ausgeschnitten aus einem dunklen Rahmen.

Gebilde für Minuten. Verschwindet, vermischt sich.

*

Bea: »Da oben liegt weißes Zeug im Gras.«

»Schafe.«

»Oh.«

Auf dem Zirler Berg, vom Stau aus beobachtet: Almabtrieb. Früh im Jahr. Kühe folgen, willig und verfroren, dem Hirten. Der wilde Wein trägt bereits glutrotes Blattwerk.

Bea, mein süßer Vanilla-Rabe. (Trägt mein Lieblings-T-Shirt, vanillefarben, schwarzgesprenkelt.)

»Die sind lecker, die Vanilla-Raben. Übrigens, die Fotos im Südfrankreich-Bildband sind alle spätnachmittags aufgenommen. Wahrscheinlich ist es dort nur zu dieser Uhrzeit schön. Und die Gebäude sind alle sehr schattig photographiert, daß man von den Gebäuden kaum etwas erkennt. Wahrscheinlich ist das Kunst.«

*

Im Radio *Locomotion* – Little Eva, *Barbara-Ann* – Beach Boys, *Sweet Home Alabama* – Lynyrd Skynyrd, Ferienmusik. Auf dem Klassiksender kommt eh nur Brahms, drittes Klavierquartett, klingt wie mittlerer Schubert, nur kälter, härter, bärbeißiger.

Es ist warm, die Sonne unverstellt. Auf der herrlichen Bergstraße zwischen Trient und Arco türkisfarbene Seen, bekränzt von Schilf und Felsmassiven, Weinspaliere in jeder ausgesparten Ebene, dann wundersame alte Gebäude, schlanke Kirchen, steinerne Scheunen oder deren Ruinen, junge Olivenbäume, riesige Zypressen.

Der Oleander blüht.

Limone – teurer Ort voll älterer deutscher Ehepaare, 140 000 Lire für ein Doppelzimmer ohne Fernseher. Wollten uns in Gardone die D'Annunzio-Villa ansehen, war schon zu spät, fuhren weiter und weiter, nach Brescia und dann, in der Hoffnung auf die dortige Hoteldichte, nach Desenzano. Dämmerung. Nacht. Eine Katastrophe – im Ort findet Europas größtes Biker-Treffen statt, die Straßen sind voll mit silberpolierten Maschinen, die Hotels mit deren Reitern. Wir fahren eine Ewigkeit kreuz und quer durch die Gegend am Arsch des Lago di Garda, suchen in Peschiera, Bardolino, Sirmione.

*

Beatrice, inzwischen seit neun Stunden am Steuer, kann kaum noch aus den Augen sehn, das Benzin geht bald aus, ich verfluche den Urlaub.

*

Endlich, um 22 (!) Uhr, in der City von Verona, ein Vier-Sterne-Hotel *(Leopardi)*, 200 000 Lire, dafür ein schönes Bad, mit riesigen, gegenüberliegenden, einen Schacht ins All treibenden Spiegeln, in denen ich jetzt mich, und 20 bis 30 andere Helmuts, in der Ferne verschwinden seh.

8. September, Sonntag

Beim Aufwachen nach mieser, unruhiger Nacht schönes Fensterbild: Links unten ein rotes Ziegeldach mit Katze, ansonsten blauer Himmel. Könnte man so als Poster verkaufen.

B: »Guck, wie verknüllt ich ausseh, wie aus der Mülltonne gezogen.«

Rief gestern um elf noch bei Albert an, er wußte alle Fußballergebnisse, auf ihn kann man sich verlassen. Leider hatte ich fast alles falsch getippt.

Fahrt nach Mailand, bei zähflüssigem Verkehr. Keine Wolke zu sehn. Viel wilder Hopfen. Der Himmel ist azurn, am Rand etwas dunstig. Gute Fernsicht.

Zur Rechten das Val Camonica, das wir bei der Melodien-Recherche zu besuchen versäumten. Mangoldfelder, Mais, Pferde. In Wien gabs des öfteren Imbißbuden mit Pferdeleberkäs'.

B: »Lieber Bergamo als Berg am Laim.«

*

Im Mailänder Dom recht beeindruckend: Eine Steintafel, auf der alle Erzbischöfe der mailändischen Kirche verewigt sind, 142 Stück, vom Jahr 51 n. Chr. bis zum jüngsten, dem Kardinal Martini, gewählt 1980. Bei genauerem Hinsehen scheint der Beginn der langen Reihe ein wenig gemogelt, der 4. bis 6. Bischof soll jeweils 52 Jahre, der 3. immerhin 40 Jahre geherrscht haben. Aus dieser Zeit waren wohl einige Daten einfach nicht vorhanden.

Standen ehrfurchtsvoll am Grab des Carlo Borromeo, gest. 11.10.1631.

Es war gerade Messe. Die große Orgel besaß einen weichen, sanften Klang, ihr Spektrum enttäuschte ein wenig im Schlußforte der Marcia, wo sich der Organist, ein Virtuose, zu ungestümer Leidenschaft aufschwang.

Den Leib Christi gibt es nur, solange Oblaten vorhanden. Der Rest der Schlange wird zurückgeschickt.

Danach mit dem Ascensore vierzig Meter hinauf, aufs Dach des Doms. Schreckliche Entdeckung: Ich bin höhenkrank. Auf der kleinen Treppe zur höchsten Ebene bekam ich Schweißausbrüche und Schwindelgefühle, mußte mit den Händen die Stufen vor mir berühren. Obwohl ein Hinunterstürzen, selbst bei vorhandener Absicht, geradezu unmöglich war. Das gibt's doch nicht – ich bin im 8. Stock eines Hochhauses aufgewachen und hatte nie Probleme damit. Sogar die Treppe hinabzusteigen (man sah zwischen Stufen und Geländer die winzigen Spielzeugbuden und Liliputaner unten auf dem Domplatz) machte mir Angst, ich schaffte es schließlich, weil von hinten gedrängt wurde. Komme mir wie behindert vor, sehe Vertigo plötzlich mit anderen Augen. Bea tröstet mich: »Das weckt meinen Mutterinstinkt. Früher hatte ich das auch, jetzt nicht mehr, hat mir überhaupt nichts ausgemacht da oben. Superfrau hätts da noch lange ausgehalten, aber Schwachman mußte wieder runter.«

Überall in der Galleria (die viel kleiner ist, als ich dachte) Asiaten, die über den Boden robbende batteriebetriebene Blechsoldaten verkaufen.

*

Gegen drei Uhr Weiterfahrt nach Pavia, auf einer kleinen, frischgeteerten, tiefschwarzen Straße, sehr hübsch – der längst trockene Mais wird bei tiefer Sonne zum Flammenmeer.

Wollten eigentlich den berühmten Mailänder Friedhof ansehen, aber die Zeit drängt. Warum eigentlich? Zeit: »Ich kann nicht anders.«

Beatrice erzählte, daß ihr Vater, der weiß, wo sich manche niederbayerische Radarfallen verbergen, vor denen immer besonders langsam fährt, damit andere ihn überholen und prompt reinrasseln. Könnte von Polt stammen.

Immer beim Vorüberfahren an den ersten Häusern eines Dorfes – man könnte sich in einem dieser Häuser nieder- und eine Geschichte beginnen lassen. Oder ein völlig neues Leben. Die Welt besteht aus Billionen von Plätzen, an denen etwas geschieht, und wir haben davon keine Ahnung. Wieviele Möglichkeiten es gibt, gemessen an der Aussicht, daß von keiner etwas bleibt. Wirklich großzügig.

*

Die Kirche der Certosa von Pavia enthält in ihren Sockeln eine kleine Weltgeschichte – runde Portraitreliefs von Nebukadnezar, Alexander Magnus, Romulus und Remus, Julius Caesar, dem Perserkönig Darius und einiger römischer Kaiser – Nero, Galba, Vespasian, Domitian, Nerva –, was nahelegt, daß zuerst die Kaiserreliefs vorhanden waren, das andere dazugefertigt wurde. Was sich auch in der handwerklichen Qualitätsdifferenz niederschlägt.

Sehr beeindruckende Kulisse. Das erste und dritte Kreuzgewölbe nach dem Portal ist bemalt mit blauem Grund und gelb-goldenen Sternen – wie das Mosaik in Pasqualinis Keller. Wieder ein Kreis, der sich schließt: In Pavia traf Castiglio mit Agrippa zusammen. Ich hätte viele Stunden hier verbringen können, wir hetzten aber nur durch, gedrängt, diesmal nicht nur von der Zeit, auch von Tausendschaften Bustouristen. Der Zahl der Klausen nach müßte die Kartause für nur 32 Mönche (und ein paar Novizen) gebaut gewesen sein.

Safrangelb die Hirsefelder. Ist es Hirse?

Lange kein Hotel in Sicht, deswegen in Alessandria das erstbeste genommen *(Londra)*, gingen essen in einem kleinen, sauberen Restaurant *(Conca d'Ore)* zwei Straßen weiter. Die Speisekarte war reichhaltig, aber auch hier gab es keine Bagna Cauda, angeblich das Piemonteser Nationalgericht, dazu noch in Alessandria, sagt man, erfunden.

Die Stadt bietet nicht viel, kannte, bevor wir kamen, Touristen nur vom Hörensagen. 1800 fand in der Nähe die Schlacht von Marengo statt, in der Napoleon die Österreicher besiegte.

Gingen früh schlafen, lagen wie erschossene Pferde im Bett, 12 Stunden am Stück.

9. September, Montag

Am Morgen bezahle ich das Zimmer und vergesse, mir eine Quittung geben zu lassen. Während ich die Koffer ins Auto bringe, geht Beatrice los, das Versäumnis nachzuholen. Und was probiert diese Schnepfe von Portiersfrau? Doppelt zu kassieren. Behauptete, ich hätte nicht bezahlt, aber weil ich dazukam und ihr ja erst fünf Minuten zuvor das Geld überreicht hatte, hielt sie den Schwindel nicht durch und gab auf.

*

In einem ordinären Supermarkt sahen wir ein kleines Paradies: Ähnlich wie bei uns in der Obst- und Gemüseabteilung gab es dort Fisch und Meeresfrüchte aller Art, mit dem Schöpflöffel in Tüten abzufüllen. Die Meeresfrüchte waren teils vorgewürzt, der Fisch sinnvoll portioniert.

Saßen dann eine Weile am Meer. Ein riesiger Welpe kam vorbei, vermutlich Sennerhund oder ähnliches, der beschnupperte einen in Relation zu ihm winzigen Yorkshire-Terrier.

Bea – »Was für ein Getüm!« – fragte sich, ob trotz verschobener Proportionen der Terrier den Senner noch als Welpen erkennen und ihm Welpenfreiheit gewähren würde. Kam jedenfalls zu keinem Konflikt.

In San Remo sang Maria Callas nur einmal, im Jahr 53, zusammen mit Benjamino Gigli, ein Konzert diverser italienischer Arien.

Abendbrot mit Abendsalami und Abendkäse auf dem Zimmer.

Später die Via Aurelia westwärts nach Monte Carlo. In Menton hab ich vieles wiedererkannt, in Monaco kaum etwas. Glanzvoller, auch hybrider Anblick, ich wäre lieber in den Fünfzigern hier gewesen, oder vor hundert Jahren. Das Café Paris hat angebaut, ist riesig geworden und unpersönlich. Hier gibt es Black-Jack-Tische, im großen Spiel nicht. Die Decke des Casinos begeisterte mich. Sah beim Spielen ständig nach oben. Ansonsten war es todlangweilig, kein Vergleich etwa mit Velden. Eine der Slot-Machines spuckte 1000 Francs aus, das minimierte unsere Verluste beim Roulette.

Schon um 23 Uhr zurück, diesmal Autobahn. Beas neues Lieblingswort, wenn unten an der Küste eine Stadt mit Beleuchtung um sich wirft: »Sehr lichtig.« Klingt, wenn ich es aufschreibe, wie aus einem Chinesenwitz.

Sahen, noch auf französischer Seite, einen Mann, der sich, mitten in tiefdunkler Pampa, auf dem Pannenstreifen fortbewegte, schnell gehend, aber nach jedem zweiten Schritt mit beiden Händen die Leitplanke berührend. Was wollte er da oben? Die nächste Gelegenheit, die Fahrbahn zu verlassen, bot sich ihm erst nach ein paar Kilometern. Wollte er sich umbringen? Von einer der Brücken stürzen? Betrunken sah er nicht aus, um Hilfe bat er ebensowenig.

10. September, Dienstag

Morgens um halb neun geh ich Zeitungen holen, und zwei Leichenwagen biegen um die Ecke der Strada Giorgio Pallavicino, laden vor der Kirche an der Piazza zwei Särge aus.

Kurz vor zehn Aufbruch nach Frankreich. Blättere im Bildband *Provence*, Begleittext von Hermann Schreiber. Auf den ersten Seiten Zumutungen wie diese:

›Die durch einen *unerforschlichen Ratschluß zum Spinnenmoloch gewordene* Stadt Nimes‹ (...) oder, noch schöner: (...) ›blieben dieser Südpforte Mitteleuropas auch treu, als sich die *Humuswoge aus Mauren und spanischen Juden* verlaufen hatte.‹

oder: ›*Die Sonne einer gewissen Zärtlichkeit* liegt selbst auf den politischen Formen‹ (...)

oder: (...) ›kommt aus einem in *Jahrtausenden gespeisten Potential beträchtlicher Beharrungskräfte.*‹

Aufzählung wäre beliebig fortzusetzen. Wenn Volkshochschullehrer Stilisten sein wollen ...

*

Ich werde jedenfalls nicht, wie irgendwelche bekloppten Lyriker, auf den Mont Ventoux steigen. Dieses Wallfahrtsgeschwafel kotzt mich an. Diese pseudohumanistische Schwülstigkeit, dieses innere Nachbeben, Nachbeten, Mit-fremden-Federn-Fliegen. Für Petrarca war die Besteigung des Mont Ventoux ein Abenteuer, für die andern ein Stück Erbauungstourismus. Mein verehrter Petrarca – der Titel *poeta laureatus* muß ihm wie Hohn geklungen haben – Laura in Person wär ihm sicher lieber gewesen. (Sie hieß mit Nachnamen, behauptet man, De Sade – verwandt mit dem Marquis?)

Um elf Uhr Ankunft in Nizza. Das Verkehrschaos größer als in jeder italienischen Stadt.

Den ganzen Vormittag ging mir eine Melodie im Kopf herum, erst am Mittag bekam ich heraus, was es war: Beginn des Finales *Kleine Dreigroschenmusik* von Weill. Hatte sich beim Anblick der Leichenwagen eingestellt.

Sahen uns die Altstadt an, gingen auf den Markt, es gab erstaunlich viele Milchreizker *(Lactaires)*, die bei uns gerade mal so eben als genießbar gelten. Sehr farbenüppig: Die Stände mit den kandierten Früchten. Entzückende Gemüsezüchtungen, Kreuzungen aus Blumenkohl und Broccoli, Radieschen in Zigarilloform. Man möchte sofort eine Wohnung mieten, vielmehr: ein paar Kochplatten. Mopse scheinen die beliebteste Hunderasse. Deckten uns mit Oliven und Chorizo ein. Aßen in einer winzigen Brasserie eine superbe Pizza *à quatre fromages* sowie mit Hackfleisch und Thunfisch gefülltes Gemüse.

*

Auf der Suche nach der Autoroute Richtung Aix fahren wir eine halbe Stunde lang einen steilen Berg hinauf, eine halbe Stunde lang die andere Seite des Berges wieder herunter, um Luftlinie etwa einen Kilometer zurückgelegt zu haben.

Gen Westen viel roter Sandstein, fällt durch die Überwachsung wenig auf, nur eben an den Böschungen der Fahrbahn. Schilder dort weisen nicht etwa auf die nächste Ausfahrt, sondern auf Sehenswürdigkeiten in der Landschaft hin, so z. B. auf den Montagne St. Victoire, als der aber noch lange nicht zu sehen ist. Hmm.

In Aix einlogiert im Pierre&Vacances, danach kreuz und quer

durch die Stadt spaziert, Place de la Rotonde, Boulevard Mirabeau, Cathedrale Saint Saveur, Place de la Comuno – mit dem Glockenspiel. Beim rechten Maß an Spätlicht eine Delikatesse von Stadt.

Der Flair der Plätze liegt in ihrem großzügigen Ausmaß begründet, bei relativ kleinen Häusern und den Platanen mit ihren Weißflächen im Stamm. Der Rest ist Licht und eine gewisse Auswahl bei den Farben des Mauerputzes.

Muß meine Kenntnisse französischer Mittelaltergeschichte dringendst vertiefen.

Auffällig: Warum gibt es bei uns eigentlich keine Drehlitfaßsäulen? Zuviel Energiekosten?

Abendbrot im Zimmer.

Beatrice hat in San Remo eine Plastiktüte liegen lassen, mit einem ihrer Pflanzenbestimmungsbücher darin und den Steckdosenadaptern fürs Notebook. Ich sagte ihr am Morgen: Schau dich nochmal im Zimmer um! Tatsächlich blieb die Tüte neben dem Auto auf dem Hotelparkplatz stehen. Am Nachmittag, ich bin froh, fuhr sie in der engen Tiefgarage eine Schramme in den Kotflügel, die Zierleiste brach ab. Froh, weil – so lange kein Unfall – und dann so läppisch.

Das hiesige Spielcasino ist der Rede nicht wert. 500 Franc gingen drauf. Rest des Abends mit einer Literflasche *Kronenbourg* vorm Fernseher – Valencia-Bayern, 1. Runde Uefa-Cup, verschneite Zusammenfassung auf Eurosport, der Ton ist kaputt. 3:0.

11. September, Mittwoch

Wollen die Reise langsamer angehen lassen.

Haben idyllisch gefrühstückt auf einer der herrlichen Autobahnraststätten, die es hier gibt, unglaublich großzügig angelegt, mit etwa sechzig Sitzgruppen, jede mindestens fünfzehn Meter von der nächsten entfernt, jeweils im Schatten eines Olivenbaumes oder einer Ölweide. Bea wirkt nicht mehr so mißmutig.

Einfaches Mahl aus Thunfisch-Ei-Oliven-Baguette, Schoko-Croissants, Wasser, Apfelsaft und Espresso aus dem Automaten (leidlich in Ordnung)

Richtung Avignon. In der Peripherie dieser Stadt unterbieten sich Hotels mit Billigangeboten.

Erwischten (Hotel *Christol*) einen Bungalow mit Bad und Kabel-TV (nur franz. Sender) für 200 Francs die Nacht, etwa 65 Mark.

Dann ins Centre de la Ville, durch die Markthallen (Les Halles), glotzten fassungslos die dargebotene Vielfalt an. Ich wußte nicht, daß Deutschland kulinarisch ein solches Entwicklungsland ist.

Komme mir steinzeitlich vor. Deprimierend das Pilzangebot. Deprimierend, weil man nichts davon probieren kann. Totentrompeten heißen hier entsprechend *Trompetes des morts*, an anderen Ständen aber *Tronquettes des Maures* = »Maurenstämmchen«. Bei uns unbekannt sind die Chanterelles, vielleicht ein Baumpilz.

Die Reizker mit dem roten Saft, die auch in deutschen Büchern als einigermaßen schmackhaft gelten, heißen *sanguins. Pieds bleues* – »Blaufüße«. *Pieds des Moutons* – Semmelstoppelpilze.

Sur le pont d'Avignon. Nirgends ist nachzulesen, wann dieses Lied entstand, aber T-Shirts mit dessen Noten drauf, die werden sorglos verkauft. Vor dem *Palais des Papes* spielt ein begabter Querflötist das Ave Maria zu Klavierbegleitung vom Band, beweist so die gute Akustik des Platzes.

B. hatte wenigstens einen Urgroßvater, der wohlhabend war, dann aber alles verlor. In meiner Ahnenreihe gibt es nur Tagelöhnerinnen, bis auf einen Professor der kath. Theologie und Philosophie, Hans Jäger, der bzw. dessen Witwe *(im Prozeß)* meinen Großvater nicht legitimierte, obwohl der Richter sie fragte, ob sie bei der Ähnlichkeit, die er mit ihren ebenfalls anwesenden Söhnen besaß, »guten Gewissens sein könne«.

Warum denke ich daran? Wohl weil ich ein schönes Haus sah, viele schöne Häuser, und dachte: Kann es so schwer sein, sich ein Haus zu erwerben? Ein Stück eigenes Land?

Avignon ist noch bezaubernder als Aix. Störend steril nur der Straßenbelag des Einkaufssviertels – geleckte Marmorböden, dazu profillose Allerweltsgeschäfte, wie Duty-Free-Shops am Flughafen.

*

Fürs Abendessen eingekauft, nahe dem Hotel, im Einkaufszentrum Géant. Die Lebensmittelabteilung deprimierte uns noch viel mehr als die Markthallen am Morgen.

So müssen Fische gestaunt haben, als sie im Devon aufs Land zu kriechen begannen. Was es alles gibt! Und wie man es verpacken und/oder kombinieren kann.

Allein an Brotsorten gab es ca. 400 zur Auswahl, alles andere stand dieser Relation in kaum etwas nach, z. B. an die 100 Sorten Bier. Andererseits gab es, das fand ich äußerst arrogant, bis auf je eine Sorte Chianti und Valpolicella, nur französischen Wein, weder Rioja noch Retsina, geschweige denn Zweigelt. Auch fand sich kein Meerrettich für den Rote-Bete-Salat.

Wir nahmen etliche Forschungsobjekte auf gut Glück mit und hatten eher Pech. Die *Andouille*, eine teure, in dünnen Schichten aufgerollte (Baumkuchenprinzip) Wurst mit geräucherter Haut, sah schmackhaft und interessant aus – und schmeckte ekelhaft, roch ekelhaft, wie verwestes, an manchen Stellen angekokeltes Pferd. *Andouille* muß allerdings ein so dehnbarer Begriff sein wie etwa Salami, er kommt auch in der Cajun-Küche häufig vor. Ingredients: *Chaudins de Porc, Estomàc de Porc,* und diverse *Éspices.*

Chaudins steht nicht im kleinen Lexikon, klingt nach Kaldaunen, mit der Assonanz liegt man vermutlich richtig. Den *Champignons à la Grecque* fehlte es an Würze.

In Sachen Wurstsalat kann die französische der bayrischen

Küche auch nichts vormachen. Der *Cervelas Sauce Vinaigrette* schwamm in einer Art wäßrig-essigen Erbswurstbrühe mit Kräutern, die (waghalsige Idee) Zwiebeln zu ersetzen nicht imstande war. Der *Museau de porc à la provençale* schmeckte fad. (*Museau*, schlägt Beatrice nach, bedeutet Schnauze. Also ein Schweinemaulsalat.)

Wirklich gut nur das Walnußbrot und die Himbeertörtchen mit einer Füllung aus Vanillepudding. Dazu ein billiger Grenache/Vin de Pays D'OC – schmeckt ordentlich und leuchtet rubinrot wie ein zum Puff umgebauter Leuchtturm.

*

Später vorm Bungalow gesessen, Tagebuch geschrieben. Dank des Notebooks ist die Arbeit tatsächlich mit dem Monatsende erledigt. Man tippt auch mehr in dieses Ding, als man auf Zetteln notieren würde. Aber ein einziger Regentropfen auf die falsche Stelle in der Tastatur, und das Ding stiege aus.

*

Die Leichen der Feinde treiben vorbei –
ich wink ihnen zu, vergeb ihnen allen.
Flußabwärts hockt einer,
der wartet auf mich.

12. September, Donnerstag

Morgens halb zehn Aufbruch nach Orange, bei wolkenfreiem Himmel.

Am Chateauneuf du Pape vorbei.

Lila und minzgrün gestrichene Fensterläden bei ockerfarbenem Putz.

Orange hat uns beim Durchfahren wenig begeistert, es fand sich auch kein günstiges Hotel, also eines, das zugleich billig ist, mir aber Nachtarbeit ermöglicht, ohne daß ich Beatrice die Schlafluft vollqualme. Fuhren weiter Richtung Nimes, verfehlten die Abzweigung, fuhren nach Arles. Nie zuvor sah ich so fette Elstern. Eine Schulklasse kreuzt die Fahrbahn, alle tragen Wurfspeere. Seltsamer Schulsport für ca. Zehnjährige.

Dabei fiel mir ein – mein letztes Auftreten als Statist am Nationaltheater fand im *Liebesverbot* (Wagner) statt, unter der Regie von Ponnelle. (War's nicht auch eine seiner letzten Inszenierungen?) Jedenfalls hielt Ponnelle eines Vormittags einen Vortrag, daß der Kampf eines Schwertes (oder Degens) gegen eine Lanze sinnlos sei, weil das Schwert keine Chance habe, deshalb wolle er für diese und jene Szene eine andere Lösung blabla …

Habe drüber nachgedacht und bin zu einem ganz anderen Ergebnis gekommen. Das Schwert, mit einiger Wendigkeit geführt, müßte sogar Vorteile besitzen, zumal mit Unterstützung eines Schildes. Auch spricht, wie B. richtig einwendet, gegen Ponnelles These, daß im römischen Circus der Schwertkämpfer gegen den Dreizack eine beliebte Paarung bildete, wobei der Dreizack zusätzlich noch über ein Fangnetz verfügte. Wie man durch Asterix oder Spartacus weiß. Wieviel Zeit man mit solchen Problemen vertut! (Warum nicht?)

*

Arles atmet griechische Helle. Häuserputz oft creme-beige, oder milchfarben, dazu hellblaue Türen und Fensterläden.

Überall Auslagen voller Van-Gogh-T-Shirts. Mit dem übermäßigen Erfolg eines Künstlers, selbst eines Giganten wie Van Gogh, setzt sich in der Schicht der Kunstbeflissenen ein Mechanismus in Gang, den zum Logo mutierten Künstler herabzusetzen. Auch ich fände es peinlich, ein Van-Gogh-T-Shirt zu tragen, aber wieso?

Aufbruch nach Nîmes. Nach nur 20 Minuten Fahrt ein abschrekkendes Stadtbild aus Hochhäusern und Autobahnkreuzen. Hier will ich nicht bleiben.

Sahen uns das Maison Carré an, den Tempel des Augustus und der Livia, und, von außen, die Arena. Danach Richtung Meer, um den Tag zu verdümpeln.

Ist man italienische Fülle gewohnt, gibt es hier verdammt wenig Tankstellen.

Fahrt durch Saint-Gilles. Hübsches Städtchen, das mehr unsrer Aufmerksamkeit verdient gehabt hätte. Sind aber in den letzten Tagen viel zuviel gelaufen.

Beeindruckend hohes Pfahlrohr, über die Straße gewölbt wie eine gemalte Woge.

Endlich eine Koppel mit schwarzen Stieren. Dazu bald darauf weiße Pferde, als hätte sie jemand für Reisende dorthin drapiert. Spießrutenfahrt durch nickenden Bambus von rechts, wehendes Schilf von links. Richtung Aigues Mortes. Ab und an Steineichen, von vorne der strenge Mistral. Zwei Kuhreiher fliegen knapp über unsre Windschutzscheibe hinweg. Schnurgerade, schmale Straße, zwischen rauschendem Grün, an glitzernden Kanälen vorbei. Überwältigender Eindruck, nichts vergleichbar, paradiesisch. Habe gestern, zu Probierzwecken, eine Flasche Vin Rouge sans alcool eingekauft. Trinken war nie trauriger.

Erhebend dagegen: die Wälle von Aigues Mortes – massiv, brachial und so frisch, daß man sich ins Mittelalter katapultiert glaubt, zur Einweihungsfeier. Imposant bis bedrückend. Wie verträgt sich das mit der Salzluft? Hier – im Tour de Constanze – hat man die Templer eingekerkert, hier trafen sich Europas Ritter zu den späteren Kreuzzügen, hier dreht man bestimmt etliche Historienfilme pro Jahr.

Kamen günstig in einem privaten Landhaus unter (200 Fr.), wo wir eine angebaute Maisonette bewohnen.

Fuhren hinaus, durch ein Labyrinth sandiger Straßen, zur Küste. Manche Strandfliederpflanzen waren über und über mit Achatschnecken befallen. Entlegenste Fauna. Der Wind weht Salz auf die Lippen. Mancherorts Zeugen wilden Campings – hinterbliebene Gasflaschen, Plastikbecher, Federn einer gerupften Gans. Über labile Holzstege gelangten wir an den Strand, Sicht ringsum frei von irgendeiner menschlichen Bewegung. Ein Schwarm Flamingos im Binnenmeer.

Salzablagerungen glitzern weiß. Der Meeresgrund ist rostrot gefärbt von (ungiftigen) Eisenoxydablagerungen. Überall tote Möwen, eine wirkt im Sand versteinert, eines Photos wert. Der Strand ist übersät mit Knochen. Wahrscheinlich sieht das eben so aus, wenn sich morgens nicht irgendwelche Bademeister drum kümmern. Und die Möwen werden wohl vergiftet oder abgeknallt, weil sie als Schädlinge angesehen werden. (Rauben den Flamingos Eier und Küken.) Hübsch: Formationen verfestigten Sandes. Gaukeln Burgen, Zinnen, Türme vor. Fanden eine Kralle, an der ein Stück dünnes Seil hing. Anscheinend der Überrest eines Köders für – weiß nicht, Füchse?

Abgegrenzt von der Hauptgruppe: der Kindergarten der Flamingos. Sie halten, wenn wir näher kommen, Abstand, ohne Hektik, immer etwa 200 Meter, erheben sich dann aus uns unbekanntem Grund, fliegen nach Süden. Die ausgewachsenen Vögel kümmern sich nicht darum.

Irgendwann kreuzt ein Lastwagen am Horizont, ansonsten keine humanoide Einmischung ins Sichtfeld. Hier und da rote Hülsen von Schrotpatronen.

Umliefen das gesamte Binnenmeer binnen zwei Stunden. Gingen dann einen Weg zwischen Meer (links) und Fluß (rechts) entlang. Ein dicker, armlanger Fisch sprang zweimal aus dem Wasser, bis auf doppelte Körperlänge hoch. Vielleicht ein neurotischer Karpfen, der glaubte, Delphin zu sein.

*

Clinton wandert vor der Wahl immer weiter nach rechts. Diesmal trifft es, in blühender Einigkeit mit den Republikanern, die Homosexuellen. Was hätte dieser Präsident alles tun können, hätte er nicht so früh an seine zweite Amtszeit gedacht. Und wirft man ihm das vor, kommt einem unausweichlich der Sieg Netanjahus in den Sinn.

*

Bossi will am 15. September den neuen Staat Norditalien (Pandania) ausrufen, der sich von Turin bis Triest, von Bologna bis Südtirol spannen würde.

Nun schafft auch Spanien die Wehrpflicht ab, den dunkelsten Schandfleck der Demokratie.

*

Abends noch einmal an die Küste. Im Westen leuchten weiß zwei Salzhügel der Salinen, dazwischen, camparirot, die Sonne. Wir fütterten ein paar Schimmel mit jungem Gras. Ein auf dem rechten Hinterlauf lahmender Schäferhund bebettelte uns, wir hatten nichts dabei für ihn. Wohin er gehörte? Er schlich sich traurig in die Wildnis davon, mir ging es wie Johanser – ich ahnte, daß dieser Hund nicht mehr lang zu leben hätte.

Sahen Kormorane.

Tote schwarze Katze auf dem Mittelstreifen. Spurwechsel, links dran vorbei, das bringt Glück.

*

Hatte einen üblen Traum. Fuhren zum Pont du Gard – und ausgerechnet heute hatten Christo und Jeanne-Claude ihn eingepackt. Feist grinsend saßen sie davor und verkauften Postkarten und T-Shirts. Glücklicherweise hatte ich eine Maschinenpistole bei mir, konnte beide ohne Probleme erschießen, aber wir waren noch stundenlang beschäftigt, das Klopapier vom Aquädukt zu kratzen.

*

Grau du Roi, La Grande Motte, Port Camargue – häßliche Touristenhochburgen, billig in der Massentouristenhaltung, teuer auf der windgeschützten Seite, wo es *marinas* zu mieten gibt, Appartements, vor deren Terrasse sich der eigene Bootsanlegeplatz befindet. Die drei Orte liegen, Camps Außerirdischer ähnlich, in Sichtweite von Aigues-Mortes, wo wir noch einmal spazierengingen und den Tour de Constanze besichtigten. Sehr bedrückend. Templer-, später Hugenottenkerker, noch später reines Frauengefängnis. Anhand einer Liste der letzten Gefangenen kann man feststellen, daß die weibliche Namensgebung im Frankreich des frühen 18. Jahrhunderts nicht sehr einfallsreich war. 50 % Maries, 25 % Suzannes, 15 % Annes.

Im Auto ist es heiß. Steigt man aus, bekommt man die Nachteile der Gegend um die Ohren geweht. Wollten die wunderschöne kleine Straße zwischen Aigues-Mortes (›Tote Gewässer‹) und St. Gilles (= St. Egidius) noch einmal entlangfahren, fanden sie nicht, disponierten um, gelangten dabei in ein namenloses Geisterstädtchen. Der Hauptplatz war sauber, die Tische der Cafés mit Decken und Besteck belegt, nur sah man nirgendwo einen Menschen. Alle Häuser waren grau, alle Fensterläden schwarz. Keine Verkehrsschilder. Alle Autos standen leer auf Parkplätzen. Erst am Ortsrand hatte der Spuk ein Ende, mit einem Wegweiser nach Nîmes, dann mit einem schlafenden Hund, dann mit einem entgegenkommenden Porsche.

Beatrice möchte die Ockerbrüche bei Roussillon sehen, ich morgen den Stierkampf in Saintes-Maries. Nicht einfach zu koordinieren. Bei Apt, in der Nähe Roussillons, sind auch die beiden Schlösser der Familie De Sade.

*

Auf dem Pont du Gard lacht jemand, man hört – er ist Deutscher, aber wodurch wurde das hörbar? Gibt es ein ›nationales Lachen‹? Eine unverwechselbare Regionalgutturalität?

Die Hälfte des Pont du Gard war eingerüstet, die Ehrwürdigkeit des Bauwerks verlor um einiges. Restaurationsarbeiten, wird man ihrer ansichtig, wirken immer ein wenig wie Fälschungsversuche. Merkwürdig: Die untere Ebene ist überhaupt nicht abgesichert. Wenn ein Kind sich dem Abgrund näherte, und eine Bö die Näherung vervollkommnete, niemand könnte das als allzu kuriosen Unfall beklagen. Spüre wieder Höhenangst, auch eine telepathische Verknüpfung mit Beatrice – immer wenn sie sich hinunterbeugt, wird mir schwindlig, sogar, wenn ich nicht davon weiß.

An eine Säule gelehnt, die Füße frei baumelnd in der Luft, döst ein Rucksackmensch. Angenommen, er schläft ein, träumt unruhig, wälzt sich ein bißchen herum – oder man kitzelte ihn, er schreckte hoch – und gleich darauf ganz tief herab …

*

Lieblicher Talblick zu beiden Seiten. Ein spektakulärer Selbstmord wäre, mit einem Doppeldecker gegen die Abendsonne in den Aquädukt zu fliegen.

*

Kamen auf Avignon zurück, auf das Hotel Christol, hätten es gleich zu unsrem Basislager machen sollen.

Werbeplakat für einen luxuriösen Liegesessel: »Pour les vrais amateurs de comfort.« – *Amateurs* bedeutet in diesem Fall: ›Liebhaber‹ – eine Erstbedeutung, die dem deutschen Wort abhanden gekommen ist. Unsere boshafte Sprache.

*

Noch ein Spätspaziergang in Avignon. In einem Antiquariatsschaufenster sehe ich die belgische Erstausgabe der *Voyage au bout de la nuit* von Céline. Leider ohne Preisangabe, und leider macht der Laden erst am Montag wieder auf.

Inzwischen sollte die Übersetzung von *Pont du Londres* doch fertig sein? Muß mal nachfragen im Verlag. Eine Céline-Gesamtausgabe wäre überfällig.

J. reagierte mit beleidigtem Schweigen, als ich ihm die Céline-Jünger-Collage schickte, bestehend allein aus Stellen dieser beider Autoren, die ein provokant-amüsantes Wechselspiel bildeten. Ich weigerte mich, selbst irgendein Wort beizusteuern. Der *Spiegel* lehnte diese Collage nach langer Diskussion als nicht Spiegelüblich ab. Ich hatte aber meine Arbeit getan, war überzeugt davon und wollte nichts anderes. Zuletzt erschien nur der Jünger-Brief an mich, mit einem Rahmentext von Hage. J. ließ über seinen Sekretär ausrichten, mit diesem Text sei er ganz zufrieden gewesen. Ich hatte ihm aber gar nicht ans Bein pinkeln wollen. Ihn regte vermutlich auf, daß ich Céline als einen meiner Säulenheiligen bezeichnete. Am nächsten Tag stand in der SZ eine peinliche

Glosse Busches, der behauptete, in den *Strahlungen* sei schon seit der Erstausgabe der Name Céline (statt dem Pseudonym Merline) aufgetaucht, die Gleichsetzung böte von daher gar nichts Neues. Das war der Gipfel journalistischer Frechheit, denn selbstverständlich kam der Name Céline hier und da unchiffriert vor, aber nur an unverfänglichen Stellen. Warum ich damals keine Gegendarstellung drucken ließ, keine Ahnung. Wahrscheinlich, weil ich dachte, daß Busche und Konsorten keine Mark Porto wert sind, daß sich mit der Zeit alles von selber gibt. Manchmal zweifle ich daran.

15. September, Sonntag

Habe in der Nacht lange über Babel gebrütet, vier Stunden quasi über einer Zeile, die nicht kommen wollte wie gewünscht.

Landstraße nach Apt. Viele Säulenpappeln.

Im Ockermuseum von Roussillon liegen allerhand theurgische und alchemistische Bücher aus, darunter auch *De re metallica* von G. Agricola. Ich kaufte zwei Paletten natürlicher Farbpigmente, die man noch mit Öl anrühren muß. Der Ort sieht sehr malerisch aus. Johanser, der in seiner Landschaft den Rotstich vermißte, würde hier Purzelbäume schlagen.

Am Eingang zu den Ockerbrüchen ein Piktogramm, das bedeutet: Es ist verboten, Herzen in den Fels zu ritzen. An den Postkartenständen hängen Handtücher, um sich den Ocker von den Fingern zu wischen. Der Weg durch die Ockerbrüche ist ein ziemlich unwirklicher Trip aus gelben, roten und braunen Farben, die in der Sonne glühen, darüber ein mittelblauer Kitschhimmel, wie von hinten aufgehellt. Und ich hatte Zweifel gehabt, ob sich die Fahrt hierher lohnen würde.

Zugabe: Vor uns in der Luft steht eine Wespe, trägt unter ihrem

Leib eine Beute, groß wie sie selbst, ein Käfer, denk ich, verschwindet damit in einem winzigen Erdloch.

Ein Zoo aus Farben! An einem tiefroten Felsabhang fällt mir die traurige Legende ein, die den Ort umkränzt. Sermonde, Gattin des Grafen Raymond d'Avignon, verliebte sich in den Troubadour Guillaume de Gabestaing. Ein Hofmann plauderte, so kam es zur tragischen Wendung. Als Sermonde gesagt wurde, sie habe soeben das Herz des toten Geliebten verspeist, lief sie davon und stürzte sich von den Zinnen der Burg. Und ihres und des Troubadours Blut färbte die Felsen der Gegend …

*

Irgendwo in der Nähe liegt Camus begraben.

Auf der Weiterfahrt ein wunderschönes Kürbisfeld, viele orangene Leuchtkugeln zwischen tiefbraunem Acker. Panoramablick von Gordes aus über den Naturpark Luberon.

Eine der beliebtesten Zierheckenpflanzen ist der Feuerdorn, noch orangener als die Kürbisse.

Die Sonnenuhren hier sind auf Winterzeit gestellt. Hinter Fontaine-Vaucluse das erste Hinweisschild auf Chateau-Saumane, den Stammsitz der Familie De Sade. Verirrten uns auf der Berganfahrt, kamen so zu einem nicht geplanten Waldspaziergang. Ich grub einen Schößling wilden Rosmarins aus, vielleicht überlebt er in der Wasserflasche. Könnten unseren Gästen dann *Pommes de Terre Romarin à la Sade* anbieten, das machte doch was her.

Das Schloß ist, wie der Name impliziert, geschlossen und betrachtet sich wohl selbst nicht ganz als Sehenswürdigkeit, scheint auch bewohnt zu sein. Vielleicht gibt es, irgendwann am Tag, eine spezielle Führung, keine Ahnung.

Isle des Sorgues ist ein entzückendes Wasserstädtchen, zwischen Tümpel, Bäche und Kanäle gebaut. Man müßte sich für den Luberon viel mehr Zeit nehmen.

Gegen 13:30 passieren wir Salon, Heimatstadt des Nostradamus, der er mit einer desinfizierenden Salbe gegen die schwarze Pest half. Ein Theaterstoff wäre die tragikomische Biographie des ältesten Nostradamus-Sohnes Michel, der unter der Last seines großen Vaters zugrunde ging. Auch er versuchte sich an Prophezeiungen, die sämtlich nicht eintrafen, und als die belagerte Stadt Pouzin, deren Brand er vorausgesagt hatte, dann doch nicht in Flammen aufging, zündete er sie selbst an und wurde dafür hingerichtet.

*

Hat man sich eine Straßenkarte kleineren Maßstabs besorgt, kommen einem die Routen gleich viel kürzer vor.

Interessante Idee für kommende Urlaube – man könnte sich mit einem anderen Paar verabreden, das, z. B. in Barcelona, unseren Wagen übernimmt und seinerseits damit einen Autorlaub bis nach Hause macht. Jedes Paar hätte nur einen einfachen Flug zu bezahlen, und das Übersättigungsgefühl, das man bei der Rückfahrt oft bekommt, wäre aus der Welt geschafft.

Vor Saintes-Maries – überall am Wegrand gibt es Pferde zu mieten, die Flamingos stehen nah an der Straße, sind gar nichts Besonderes mehr, die Straßen voll Pferdescheiße.

Wir leisteten uns ausnahmsweise ein Drei-Sterne-Hotel *(Petit Mas de Barres)*, drehten ein paar Runden im eiskalten Pool, machten Picknick und fuhren ins Zentrum. Die Attribute der Camargue gewinnen hier hybride Züge. Fast nur Schimmel, es fällt auf, wenn mal ein Falbe drunter ist. Die Pferdeställe in solcher Häufung, daß es einen unangenehmen Beigeschmack bekommt (was man auch von der Luft behaupten kann).

Saintes-Maries hat seinen Namen von einem ganzen Boot voller Heiliger, die hier an Land gegangen sein sollen, darunter zwei Marien und der auferstandene Lazarus (erste Christianisierungswelle, eine Art religiöser D-Day).

16:30 Corrida. Die Arena ist klein, schmucklos steinern, dreiviertelvoll, gebaut für etwa 1500 Menschen. Die achtköpfige Blaskapelle sitzt mitten im Publikum.

Sehr lässige Atmosphäre, wie bei einem Feierabendvergnügen, das regelmäßig goutiert wird.

Soweit ich's beurteilen kann, wenige Touristen, viele autochthone Aficionados. Dagegen ausnahmslos spanische Matadore. Sitzt man ganz oben und blickt sich um, gähnen einem Sandstrände und Meer entgegen. Angenehm: kein Souvenirshop, keine Fan-Artikel, nichtmal Posterverkauf. Beatrice ist nicht mitgekommen, fuhr in die Sümpfe, Flamingos zu beobachten, hatte Angst, der Stierkampf, sie hat noch keinen gesehen, könnte ihr nicht gut bekommen. War vermutlich gut so.

Hier wird nach spanischem Ritual – *jusqu'à mort* – gekämpft. Die zahme Variante hätte mich eher interessiert. Der erste Stier, sehr schlank und flink, brüllt die ganze Zeit, von Anfang an, weit vor den Banderillas, danach noch lauter. Seltener Anblick: Er windet sich durch den Spalt zwischen Bretterzaun und den Schutzbarrikaden der Matadore, rennt plötzlich durch den Innenraum, wühlt mit den Hörnen in den Uniformen und Trinkvorräten der Mannschaften, wird dann aber schnell in die Arena zurückgelockt.

Die Lanzenstiche des Picadors (zu Pferd) scheinen mir die abträglichste Einzelheit des Rituals. Dem Stier werden mehrere stark blutende Wunden zugefügt, nur mit dem Zweck, ihn für den Torero zu ermüden, während die bunten Banderillas ihn reizen sollen, Wechselbad diverser Schmerzen. Der Torero (Vasquez) trifft mit dem Degen gut, treibt ihn bis zum Heft hinein, dennoch dauert es fast drei Minuten, bis der Stier umfällt. Und immer noch muß ihn jemand mit dem Dolch abstechen. Das hätte Beatrice sicher nicht gefallen, ich war auch weit weg von der Begeisterung, die ich als Kind für Stierkämpfe aufbrachte. (Den ersten sah ich mit zehn in Barcelona.)

Der zweite Kampf bot eine Unglaublichkeit: der Stier, größer und schwerer als sein Vorgänger, suchte nicht erst den Umweg – er *sprang* über den Bretterzaun, der immerhin einen Meter sechzig hoch war. (Ohne Folgen, auch diesem Ausreißer wurde der Weg zurück gewiesen, indem man den Zaun an einer Stelle öffnete.)

Der Rest des Kampfes war unerträglich. Der Torero (Caro) konnte viermal den Degen nicht setzen, der Stier war schon so müde, daß er zusammenbrach und abgestochen werden mußte, erbärmliches Schauspiel, das Publikum pfiff und buhte. Im Kampf darauf das Gegenteil. Manuel Arelate, ein weißhaariger Mann von ca. sechzig Jahren, bot eine Glanzvorstellung, ging dabei zweimal zu Boden, der Stier kam über ihn, stieß zu, verfehlte nur knapp, gerade noch rechtzeitig wurde er abgedrängt. Danach brachte Arelate die Sache ungerührt zu Ende, mit einem präzisen Todesstich, der so gut saß, daß der Stier praktisch sofort umfiel. Stehende Ovationen. Arelate wurden beide Ohren gewährt, er schritt eine Ehrenrunde ab, und die Leute warfen ihm Geschenke zu, die er jeweils höflich zurückwarf, Lederjacken, Hüte, Füller, sogar ein Schuh, ein lebender Hahn (den behielt er), ein BH (den behielt er auch, warf der Spenderin dafür eines der Stierohren zu), bis dato hatte der Nachmittag schon fast alles geboten, was es bei der Corrida zu erleben gibt. Der vierte Torero (Caro-Maya) ist ein kaum sechzehnjähriger Junge, bietet einen mittelmäßigen Kampf, verliert den Degen zweimal.

Dann setzt er ihn gut, bis zum Heft, der Stier taumelt, fällt aber nicht um, greift NACH ÜBER DREI MINUTEN (!) noch einmal an, zwei Matadore winken ihn mit ihren Muletas müde, bis er zusammenbricht. Von hier an fand ich das Spektakel langweilig, saß ohnehin schon mit recht ambivalenten Gefühlen davor. Man hat mir immer erzählt, daß ein Stier, der einen Torero tötet, den Rest seines Lebens in Frieden auf der Weide verbringen darf. Das scheint weitenteils Legende zu sein, wäre aber genau der Punkt, der mich vom archaischen Wert des Rituals überzeugte. Und alle großen Matadore sind in der Arena gestorben. Wäre der Stierkampf, abseits der Kunstform, die er zweifellos darstellt, nur eine langgezogene Hinrichtung, mit unausweichlichem, feststehenden Ende, würde ich es vorziehen, keinen mehr zu besuchen.

17. September, Dienstag

Richtung Genua. Gespräch über immoralistische Züge in griechischen Sagen. Über Täter, die nicht bestraft, über Menschen, die von den Göttern wie Puppen benutzt werden oder, ohne eigene Schuld, allein widrigen Umständen zum Opfer fallen – ganz lebensnah.

Geschah ein Totschlag aus Versehen oder Verwechslung, war bei den Griechen kein sühnefordernder, von Institutionen zu verfolgender Tatbestand erfüllt.

Gestern im Fernsehen ein Dokumentarfilm über forensische Methodik. Ein Fall drehte sich um fahrlässige Körperverletzung mit Todesfolge. Ein junger Mann rempelte im Streit einen anderen, der fiel so unglücklich gegen die Zimmerwand, daß er starb. Daß der Täter hierfür drei bis vier Jahre hinter Gitter soll – schwierig – wo beginnt denn Fahrlässigkeit? Mit einem Rempler? Mit einer Bananenschale, die man auf dem Boden liegen läßt? Mit einem Nagel, den man in Kopfhöhe in die Wand schlägt, ohne ein Bild dran aufzuhängen?

*

Beatrice erwähnt ein Parergon der Argonautensage: Iason und Gefolge landen auf einer Insel, werden gastfreundlich empfangen, speisen mit den Einheimischen, verabschieden sich wieder, geraten nachts in einen Sturm, der sie zurück auf ebenjene Insel spült. Die sich am Tag geeinigt haben, erkennen sich in der Dunkelheit nicht, die Argonauten richten unter ihren gestrigen Gastgebern ein Blutbad an, vergießen danach Tränen bitterer Reue und segeln davon, bei geglättetem Meer. B. findet das eine sinnlose Appendix-Geschichte, »nicht der Sage wert«.

Diskussion über den komisch wirkenden Auftritt des Riesenkrebses während Herkules' Kampf mit der Hydra und über das ethische Problem der Bestrafung Niobes.

*

An Lucca sind wir bisher aus irgendwelchen Gründen immer nur vorbeigefahren. Das war sehr ungerecht und – in Anbetracht meiner Puccini-Verehrung – seltsam. Das Bronzedenkmal des Meisters ist recht gelungen, zeigt ihn sitzend, ein Bein übers andere geschlagen, mit Zigarette, nachdenklich halb und halb zufrieden sieht er einen an, nicht arrogant, aber selbstbewußt distanziert.

Durch das Gegeneinander von Grün- und Braunfärbung der Mauern entsteht der Stadt ein eigenes Flair. Der Torre Guinigi, Wahrzeichen Luccas, oben mit Bäumen bepflanzt, ist fest in teutonischer Hand. Lärmige Busladungen voller Shortsträger, die uns die Turmbesteigung miesmachten. Anruf bei Marcel, wie so oft befindet er sich in einer Besprechung. Möchte wissen, was die da oben treiben. Die Aushilfskraft, die an den Apparat ging, wußte nichtmal, wer ich war, mußte ihr alles ganz genau erklären, derweil lief die Telefonkarte durch.

Die Kathedrale, nicht von Sieneser oder Ferrareser Klasse, macht auf sich aufmerksam durch die eigenartige Stellung des Campaniles, der nicht freisteht, sondern das Vorderschiff durchbricht, so daß es wirkt, als habe ein Riese ihn in die Kirche hineingerammt.

Eine alte Frau auf den Stufen, mit einem Tausend-Lire-Schein, den sie monstrant zwischen ihren Fingern reibt, wie ein Kind, das Geld für den Eisladen bekommen hat. Wahrscheinlich ihre Nachmittagsbeschäftigung: Für 1000 Lire eine Kerze stiften, davor knien, beten, in die Flamme sehn. Das muß toll sein.

Bea behauptet, Ving Rhames (*Marcellus Wallace* in *Pulp Fiction*) spielt in Dave mit, mit Haaren auf dem Kopf und Schnauzbart. Erschien neben Demi Moore auf einem Kinoplakat *(Striptease)*. Für Demi käm ich nicht mal am Tag der offenen Tür. In *Ghost* sah sie noch recht niedlich aus, danach fing sie mit Bodybuilding an, vermutlich kann sie jetzt vaginal Walnüsse knacken und spielt im Terminator III den Androiden.

Am Tag von Puccinis Tod wurden alle Opernvorstellungen in Italien abgesagt. Heute gäbe es niemanden mehr, dem eine solche Trauer zuteil werden würde. Was eher gegen die Gesellschaft als gegen die Künstler spricht.

18. September, Mittwoch

Auf nach Rom.

Stehen im Stau. Vor uns ein Toyota Corolla mit dem Aufkleber: *Frangn is subba!* Daneben das Erkennungszeichen der Ichthyioten.

Bei Kilometer 120 verlassen wir das kommende großpadanische Reich. Bossi amüsiert mich sehr. Daß sowas heute noch möglich ist, Mischung aus Don Quichote und Garibaldi für – Reiche.

*

Die Ikonisierung Thomas Manns entstand erst aus dem Zusammenspiel seiner penetranten politischen Korrektheit und einer Zeit, die nach weißen (aber nicht allzu linken) Westen gierte, um Deutschland nicht ganz so braun sehen zu müssen, wie es gewesen war.

Beatrice: »Ist das Pendant zu Bläue eigentlich die Gräue?«

Brauchen für die 250 Kilometer zur Villa Massimo sieben Stunden, vier davon Irrfahrt durchs römische Verkehrschaos bei Regen. Um den Stadtkern ein Tortursystem aus Einbahnstraßen (welche Römer ungerührt in beide Richtungen befahren).

Wir mußten, wie sich herausstellte, froh sein, um 17 Uhr überhaupt noch ein Hotel zu finden. Ein sehr freundlicher Portier half – und telefonierte für uns herum. Landen im *Globus* *** 220 Mille, sauteuer, aber geräumig. Wir wollten Moritz nicht auf die Nerven fallen, später, ganz beiläufig, erwähnt er, die Villa Massimo enthalte auch Gästeappartements für 25 Mark die Nacht, wir ›*hätten doch bloß was sagen müssen*‹.

Wieviel Platz er hier hat! 150 m^2 für Schlafzimmer, Küche, Gästezimmer und Studio – mit riesigen Fenstern in der Dachschräge – ich würde hier jeden Abend den Himmel ansehen können beim Arbeiten, vielleicht sogar einem Sturm zusehen. Und nur Gedichte schreiben.

*

Ob ihm nicht langweilig sei? Nein, er könne den ganzen Tag ungestört arbeiten, das komme ihm wie Ferien vor. Ich verstehe, was er meint. So gut.

Die Oper ist in der Partitur auf Seite 321 angelangt. Moritz spielt uns (nach einer sehr weichen Goldbergaria) eine Passage aus dem Dieb vor, danach den Gesang der Hexen und das Schlußduett Nagels und Dagnys. Letzteres machte besonders großen Eindruck. Akkorde, die einen schier davontragen.

Hettche, M.s supersensibler Suhrkamp-Nachbar, beschwere sich dauernd über die laute Musik.

*

Gingen essen in ein kleines Kellerristorante nahe der Piazza Bologna *La Stiva* – der ›Schiffsladeraum‹. Gutes Essen, superb die Fettucine Porcini.

Moritz erzählt, ich würde bei den ihm bekannten Dichtern als reich gelten, alle wären neidisch auf mich. Ich war ihm dankbar, daß er die Rechnung übernahm, wären sonst in die Bredouille geraten. (Mit der Einladung ist die 50-Mark-Wette vom letzten August abgegolten.)

Gegen den Vorwurf, reich zu sein, wehrt man sich am besten, indem man reich wird, bis er stimmt.

M. erzählt von der Claus Grossner-Party, 200 Gäste, in einer engen Villa. Unglaublich: ein Mikrophon kreiste, jeder Gast mußte sich kurz vorstellen und zwei, drei Sätze über sich sagen. Das habe zwei Stunden beansprucht. Hettche habe später seine Lesung aus Nox sehr witzig beendet, mit leiernder Stimme vor atemlosen älteren Damen: *»… spritzte er ihr den heißen Samen ins Gesicht, dankeschön.«*

*

Nette Geschichte über M.s Probleme mit der Schweizer Flughafenpolizei. Er war in Sachen *Hämmerklavier* von Winterthur nach Hamburg unterwegs. Führte die Sirenen mit sich, die im siebten Stück des Zyklus unter dem Flügel angebracht und dort auch gespielt werden. Für diese Sirenen hatte er letztes Jahr in Mexiko, weil es kein Klebeband gab, einen Plastikklebstoff gekauft, mit dem er nirgends auf der Welt Probleme hatte, bis auf Zürich eben. Der Beamte nahm ihn ins Verhör. Wozu er diesen Plastikklebstoff brauche? Was er von Beruf sei?

»Pianist.«

»Und wozu die Sirenen?«

»Naja, die kommen in einem Stück von mir vor.«

»Also, was spielen Sie jetzt? Klavier oder Sirenen?«

»Meistens Klavier, aber manchmal eben beides.«

»Was ist das für Musik?«

»Moderne Klaviermusik.«

»Sowas wie Clayderman?«

»Nein, moderne *klassische* Musik.«

»Also sowas wie Clayderman.«

»Nein, klassische, moderne E-Musik.«

»Wozu brauchen Sie dann Sirenen?«

»Weil die in der Partitur stehen.«

»Sirenen, hmm?«

»Schauen Sie, hier, in dieser Musikzeitschrift ist ein Foto von mir, wie ich unter dem Flügel die Sirenen bediene!«

»Warum unter dem Flügel?«

»Da ist mehr Platz.«

»Wissen Sie was? Ich glaub' Ihnen kein Wort.«

Und der Beamte ließ den Sprengstoffhund und einen großen Analyseapparat herbeischaffen, Sirenen und Klebstoff wurden durchleuchtet und chemisch analysiert, der Flug wurde eine Stunde lang aufgehalten, 200 Leute saßen derweil im Warteraum und stierten M. mißtrauisch an, starrten auf die ›Bomben‹-Sirenen, die aufgereiht hinter der Glaswand auf dem Tisch lagen und nur mit Spezialwerkzeug angefaßt wurden.

»Das ist die Geschichte. Hat keine Pointe, aber lustig ist sie doch.«

*

Ich erzählte ein bißchen von unserer Reise, von Arles über Roussillon bis zum Corriere della Sera-Artikel über Puccinis Tod.

Moritz: »Man müßte wieder ein unproblematisches Verhältnis zum Schönheitsbegriff finden.« Richtig. Es brauchte nicht religiös gefärbt zu sein, aber sinnstiftend, somit spirituell.

Über den Zynismus unsrer Zeit, die Unkollegialität. Naomi hätte dafür einen Namen – *Poppy-Syndrom* –, dort, wo sie herkommt, Australien, wird, ein heimliches Gesetz, alles fertiggemacht, was in irgendeiner Weise bekannt, gar berühmt geworden sei.

Kleingeisterei und Futterneid, alles wird angesprungen, was nur ein wenig über den Tellerrand hinausguckt. In kulturellen Fragen war ich schon immer konservativ.

M. erzählt von Hamburg, vom heute nur noch durch Liedtexte bekannten Dichter Dehmel, dem seine Freunde aus Verehrung in Blankenese ein Haus gebaut hätten, wo er glücklich und zufrieden starb (was nicht dasselbe ist, wie ich am besten weiß). Heute sei sowas unvorstellbar. M. schwärmt von den Künstlerfreundschaften im Paris der Zwanziger.

Halte dagegen, daß die Vergangenheit grundsätzlich verklärt werde und die Gegenwart heute (wie wohl damals auch schon) voll subventionierter Schaschas sei, zu denen man einfach nicht nett sein dürfe.

(Schaschas – schamlose Scharlatane)

*

Wir fuhren schon um halb elf ins Hotel, ich tippte keine Stunde mehr, schlief wie ein Stein.

Träumte einen sonderbaren Traum namens Gustav. Er war sehr fett und wenig lustig und hatte nichts zu bedeuten, außer irgendwas mit Tempeln. Und Finnland.

19. September, Donnerstag

10 Uhr morgens. Heimwärts. Ausblick auf römische Kleinslums, in den Grünflächen zwischen zwei Autobahnzufahrten. Wohnwagen, dürftig zusammengezimmerte Bretterbuden, Feuerstellen, ein Hauch von Mexico-City-Stadtrand. Böses Auspizium. Ähnliches in leicht gehobener Form sahen wir gestern am Lungo Tevere Aventino. Unwirklich anmutende Wellblechbauten, deren Bewohner mit jeder Art von Autoteilen handeln. An den Dachrinnen, an

dünnen Schnüren, hingen Lenkräder, Auspuffrohre, Kotflügel, wie Requisiten eines Voodoozaubers.

Las: *Die Erblindende* von Rilke. Mir wurden die Augen naß, dennoch, pedantisch wie ich bin, mäkelte ich an der zweiten Strophe und ihrer halben Stopfzeile herum.

Rilke ist fast nie mittelmäßig. Immer entweder göttlich – oder unsäglich. Das wundert mich vor allem beim Handwerklichen – manchmal geht ihm jedes Formempfinden verloren, das doch, in gewissem Maß wenigstens, unabhängig der Tagesform immer vorhanden sein müßte. Aber dasselbe ließe sich auch von Heine und Brecht behaupten, alle drei lieferten hin und wieder Knittelverse, daß es eine tote Sau graust. Gerade Brecht hat oft geradebrecht.

*

Irgendjemand sagte neulich, es gebe seit zehn Jahren auf allen Gebieten der Kunst nichts Neues. Auch das ist ein Teil der Faszination an Sprache: Ein wie großer Haufen Scheiße sich mittels eines kurzen Satzes in alle Welt transportieren läßt. Zur Zeit geht die Vorbereitung einer Ära vor sich, alles sammelt sich, lädt sich auf. Aber vielleicht sind die Zeichen dessen wirklich nur sichtbar für jene, die aktiv mitgestalten.

Siebzigjährige haben selbstverständlich jedes Recht, über die Arbeit der Jungen zu reden. Raus kommt dabei leider meist Unsinn, das muß so sein, ist Naturgesetz. Gesetzmäßig ist auch, daß man die neue Ära nur voraussagen, nicht beschreiben kann. Man ahnt, wie sie aussehen könnte, aber die Ahnung wird erst Wort im Moment, da irgendwer die Tore öffnet.

*

Nachdenken über Freunde, die aufgehört haben zu lernen. Man kann es ihnen zehnmal sagen, sie sehen es vielleicht sogar ein, doch es nützt nichts, sie sind zu müde.

I take the bus this time – Jonathan Richman.

Wie vielfältig die Menschen sind – klingt banal – aber: zwei, drei Bücher nicht gelesen, zwei, drei Musiken nicht gehört, und man lebte in einer völlig anderen Welt, mit anderen Gesetzen, anderer Ästhetik. Es *ist* banal, und doch unfaßbar in seiner Tragweite.

*

Das Schlimmste an Techno: Nicht das Simple, Kunstlose, nicht einmal das Sektenhafte der Massenbewegung. Aber diese *lahmarschige* Musik, die sich mit schnellen Beats zu übertünchen sucht.

In den Achtzigern amüsierten wir uns über Frisuren, Glockenjeans und Koteletten der Frühsiebziger, dachten, wie konnte je etwas so Häßliches common sense werden? Wie wird man erst in zwanzig Jahren über Piercing, die zu langen Hosen der Ghetto-Rapper und ihr affiges Bewegungsrepertoire denken?

*

Bea (deutet auf einen Falken): »Guck, Raubgeflügel!«

Wollten um vier am Brenner sein, jetzt ist es halb sechs, und 90 Kilometer fehlen. Autobahngebühr: 63 500 Lire. Wir haben noch 60 000 Lire und vier Mark. Großzügig geben wir die 50 Pfennig, die wir rausbekämen, als Trinkgeld.

Um 19 Uhr Rast unterhalb des Zirler Bergs. Lese Beatrice Rilke-Gedichte vor.

Am Himmel eine langgezogene Wolke, wie eine Gänsefeder. Leuchtet, erlischt binnen einer Minute. Der Himmel hat den Kragen hochgeklappt und schmollt.

*

21 Uhr 15. Ankunft zu Hause. Ein riesiger Berg von Post, an die 50 Briefe, einige von Lesern. Die werden sich gedulden müssen. Schöne Briefe von H. R. und einem Passauer Germanisten. Auch Kurioses: Der Cellerar von Andechs lädt mich zum monatlichen Prominentenstammtisch. Das Finanzamt gibt uns Geld zurück! Isolde schickt Super-Photos vom letzten April in Hamburg. Noch ein Schwung *Thanatos*-Rezensionen: Hymnen, Verrisse, kaum Neues. Dem Buch kann man schon nichts mehr anhaben. Merkwürdig: Anika von Greve-Dierfeld (schreibt, wie sie heißt) hat ihren völlig bescheuerten Text nun schon bei der dreißigsten Kleinzeitung untergebracht. Lustig: In der Hamburger Rundschau wird die Frage gestellt, ob ich nicht nur ein »Elefanten fickender Moskito« bin. Bald haben wir die ganze Fauna durch. Hut ab! die einen, Kopf ab! die andern.

Ein Kritiker (M. Braun vom Saarländischen Rundfunk) moniert an den schönsten, perlendsten und vor allem: ironischsten Stellen, sie seien frei von jeder Ironie und nah am Kitsch. Extemporiert, daß es die reinste Gaudi ist, z. B.: *Krausser denunziert den Lokalpatriotismus der Provinzbewohner durch heimtückische Namensgebung, (…) z. B. Henlein, der Name jenes chauvinistischen Politikers also, der einst als Führer der sudetendeutschen »Heimatfront« den Vernichtungskrieg der Nazis mit provoziert hat.*

»Ich wußte gar nicht, daß du *so* raffiniert bist.«

»Kann man mal sehen …«

(Ich dachte in meinem begrenzten Wissen nur an den Erfinder der Taschenuhr, Anspielung auf den im ›Ei‹ behüteten Chronos.)

20. September, Freitag

Kurioser Brief vom DeutschlandRadio: *Am 9.5.96 wurde Ihr Buch ›Thanatos‹ in unserer Sendereihe GALERIE von unserem Rezensenten*

H. D. Heimendahl vorgestellt. Irrtümlicherweise haben Sie das Honorar in Höhe von DM 383 erhalten, das dem Rezensenten zusteht. Wir bitten Sie höflichst, den Betrag auf das Konto xxxxx zu überweisen.

Mal nachsehen. Wenn's ein Verriß war, lass ich mich zweimal mahnen.

21. September, Samstag

In der SZ ein passionierter Bericht (H. Lachner) vom Wipers-Konzert in der (laut AZ) bedrückend leeren Muffathalle. »So bleibt er (Greg Sage) der ewige Außenseiter, das ewig verkannte Genie und der erleuchtete Anatom der Melancholie.« Aber ein Genie ist nicht verkannt, sobald es nur von einem Menschen genial genannt wird.

Ein, so schließt HL, »von der allgemein geschätzten *Pest der Fröhlichkeit* erfrischend freier Abend«.

*

Michael berichtet von deprimierender Pflichtarbeit, der Neubearbeitung einer Bestsellerlieferantin, deren Buch von hinten bis vorne aus Scheiße besteht: »Da ist dann so ein Satz wie: *Wenn die Frau ihre inneren Ströme entdeckt, wird sie zum ekstatischen Wandergesell.* Ich geh zur Verlagschefin, zeig ihr das, sage: ›Das müssen wir irgendwie umschreiben‹, und sie sagt dann: ›Ja, da haben schon einige Frauenverbände angerufen, daß es *Wandergesellin* heißen muß.‹«

22. September, Sonntag

Biß auf ein bleiernes Schrotkorn, es verbarg sich in der Wildschweinsalami aus Arles. Das Vieh ist tatsächlich abgeknallt worden. Kann auch sein, man streut hin und wieder Schrotkugeln in die Wurstmasse, um diesen Schluß nahezulegen.

24. September, Dienstag

Beatrice, die inzwischen sowas wie ein Archiv betreibt, bringt die Auswertung der fast 300 *Thanatos*-Kritiken vorbei. 57 % Hymnen, 27 % Vermischtes, nur 16 % Verrisse, weniger als erwartet. Die aber dafür haßerfüllter und unverschämter als je zuvor. Der saudumme *Spiegel*-Artikel war eigentlich nur deshalb ein Ärgernis, weil das Pamphlet drei (Rekord!) Wochen vor Erscheinen des Buches kam. Während dieser Zeit mußten die Luchterhand-Vertreter durchs Land reisen, und den Buchhändlern erklären, warum der Roman trotzdem gut ist. Das hat uns sicher 5000 Stück gekostet. Hoffnung schöpfen ließ die enorme Solidaritätswelle, die jenem Totschlagsversuch geantwortet – widersprochen hat.

Was diesen Kulturbetrieb so unerträglich macht, sind u. a. Phänomene wie dieser S., gewissenlos, naiv, ehrgeizig und blöde, aber unendlich von sich überzeugt. Eine Art negativer Nachwuchsalchimisten, die per Maulfäule versuchen, Gold in Scheiße zu verwandeln.

26. September, Donnerstag

Sehr intensiver Traum, spielte in einem alten, dämmrigen, französischen (?) Krankenhaus, ewig breite Flure (eigentlich fußballfeldgroße Plätze) mit grauen Linoleumböden, der Bau erinnerte an ein klobiges Gymnasium der Jahrhundertwende. Kleinere Operationen wurden, das sah perspektivisch sehr nach mittelalterlichen Marktbildern aus, von Schwestern in Nonnentracht auf den Fluren durchgeführt.

Später zeigte mir jemand das Totenzimmer – ein dunkler Raum mit Kuppel, deren eine Hälfte ein Glasfenster enthielt. Sternenhimmel. Im Raum sechs oder sieben Betten, riesig, jeweils zweieinhalb Meter hoch, turmähnlich. Darauf, mit viel grau-beige-dunklem Faltenwurf, in einem Wust aus Laken und Kissen, kaum sichtbar, die Leichen. Alle trugen ein graues Stirnband.

Gefühl beim Erwachen kein Entsetzen, eher angenehme Verblüffung.

*

Die Behauptung, nach Joyce könne man nicht mehr auktorial erzählen, stammt von jenen, die weder auktorial noch sonstwie erzählen können.

Autoren, die schlecht schreiben, weil sie zuviel wissen, das gibt es nicht. Autoren, die viel wissen, nur nicht, wie man gut schreibt, das gibt es.

*

Im Hinblick auf *SpätWeitWeg* bin ich wirklich sehr gespannt. P. meinte, es sei ein schlechtes Wedekindimitat. F. sagte, es sei eins der besten Stücke, die er je gelesen hat. Allerdings fragte er im Satz darauf, ob ich ihm einen größeren Betrag leihen kann.

27. September, Freitag

Tagesschau 13 Uhr: Kabul ist gefallen, Afghanistan wird islamischer Gottesstaat. Nadschibullah und sein Bruder wurden öffentlich gehängt. (Man verschleppte ihn aus einem UNO-Gebäude.) Hinrichtung wird vom UNO-Beauftragten *bedauert.* Beim Anblick der bärtigen Mullahs in Siegesekstase Ekel und Haß. Beatrice' ehemalige Lateinlehrerin Kioschus wurde von denen erschossen, weil man sie für eine Amerikanerin hielt. Das war 1979. So lange gärt das schon. Immerhin wurde ihr nicht die Haut abgezogen oder bei lebendigem Leib der Darm um einen Baum geschlungen, wie es vielen russischen Soldaten passiert ist.

Grausame Meldungen gibt es heute in viel höherem Maß als in Antike oder Mittelalter. Wenn die Nachwelt davon auf unseren Alltag schließen würde, folgerte sie wahrscheinlich einen immerwährenden Alptraum aus Blut und Gewalt. Umgekehrt läßt sich schließen, daß das Mittelalter lang nicht so schlimm war wie in unsrer Vorstellung, in der die Bäume mehr Gehängte trugen als Äpfel und Birnen. Man hört oft: *Damals war das Leben nicht viel wert.* Den Eindruck bekommt man heute genauso, wählt man für das Statement nur den passend-schaurigen Hintergrund. (Z. B. wurden in Südafrika allein im letzten Jahr 300 Frauen als Hexen verbrannt.)

*

Hörten, wie ein Triumphgeheul, die Vokalise der Sängerin, die Moritz aus der Goldschmied-Szene extrahiert und für Oktett gesetzt hat. Ein Wahnsinn von Musik.

Wird die ganze Oper nur halb so gut wie dieser Song, das Genre könnte sich über jedes Krisengeschwätz lustig machen.

Bruckner hat Beethovens Neunte zu Ende gedacht. Wer aber hat Ähnliches mit Bruckner getan? Mahler zu eigen. Simpson vielleicht? Glaub ich nicht. Aber das kommt schon noch. Pärts Miserere ist ein Schritt. Das hieße, es würde wieder angeknüpft am Wegkreuz vor Schönberg, alles ginge weiter. Ich trinke mir verminderte Schuldfähigkeit an, vorsichtshalber, wie jeden Tag.

Das Ende des 2. Jahrtausends – zum ersten Mal wird in der Kunst, in der Tonkunst vor allem, ein Rückgriff gefeiert – quasi ein Irrtum eingestanden. Die neue Schlichtheit, die Wiederkehr von Dur und Moll, eine gedruckste Revolution, die sich mit aller Rhetorik gegen den Verdacht wehrt, *reaktionär* zu sein. Vergebliche Müh, es gibt keinen Grund zur Rechtfertigung.

Rückgriff auf Bewährtes muß, kombiniert mit dem Wissen um zwischenzeitlich Errungenes, nichts Restauratives an sich haben.

29. September, Sonntag

Lazy Sunday bei angenehmem Fernsehprogramm.

Immer wieder nett: *The Commitments.* Joey Fagens letzte Worte: »Sicher, wir hätten Platten machen und berühmt werden können, aber das wäre normal gewesen. So ist es Poesie geworden.«

Right. In einer Band gewesen zu sein, ist eine Erfahrung, die mit nichts vergleichbar ist. Denke so oft an die Touren mit Genie& Handwerk, die Konzerte im Alabama, im Allgäu, Mannheim, den allerersten Auftritt als Vorgruppe der Legendary Pink Dots in der Manege (die schon lange zugemacht hat). Wir waren die helle Seite des Pop. Diese Zeit: 1985–88, die wäre einen Roman wert. Als es noch Phänomene wie die Sex Trash Girls gab, die Dachauer Hallen, The Politicians, Sage&Schreibe. Spex gelesen wurde, Rainald Götz, Zeit vor den Rucksäcken, nach den Palästinenserschals. Die Bodega Bar und ihre Spaghetti Diavolo waren eher mein Ding als Baader-Café und Tanzlokal Größenwahn – von heute aus gesehen wird zur Melange, wo früher feine Unterschiede herrschten.

*

Durch den Mörder Dutroux und den Fall Natalie zieht sich eine breite Bürgerfront zusammen, um das Strafrecht für Kinderschänder zu verschärfen, dem Gefängnis künftig die Priorität vor der Therapie zu geben. Aber damit läßt sich doch erst rechts nichts verhindern, und für Mörder gibt es ohnehin lebenslang. Die Hysterie wird nur zur Folge haben, daß jeder kleine Exhibitionist für Jahre hinter Gitter muß. Die Vermütterung der Gesellschaft schreitet immer schneller voran.

*

Ein Fotoreporter, dem eine mystisch-morbide Aufnahme vorschwebte, fragte K., ob er zufällig einen Totenschädel im Haus habe. »Schon«, sagte K. und deutete auf die eigene Stirn. »Er ist nur noch nicht ausgepackt.«

30. September, Montag

Waldgang mit Beatrice. Extremer Pilzreichtum. Lackbläulinge, undefinierbare Reizker, Hexenröhrlinge, Boviste. Wir haben Termine, um bestimmte Arten zu ernten. Am 25. Juli ist der Schopftintling fällig, der Parasol kam meistens sehr pünktlich zum 20. September. Wir wähnten uns zu spät, kamen aber genau rechtzeitig, wohl wegen des Kälteeinbruchs. Gute Funde: In einer Stunde fünf große, sieben kleine Parasole, drei Maronen, 12 Rotfußröhrlinge.

Dazu Ritualwerkzeug der örtlichen Wotanisten.

Bea: »Vielleicht wars nur eine Schnitzeljagd.«

»Wotanisten klingt besser.«

Warmer, sonniger Herbsttag. Gewohntestes erscheint fotografierenswert, so das im Licht schillernde Laub der Allee, unten am Steinberg. Wenige Cirruswolken, stark zerfasert. Herbstzeitlose im Gras.

Das Geschrei zweier Eichelhäher ging uns schwer auf die Nerven. So schöne Federn, so häßliche Stimmen.

Beatrice entdeckte eine Hirschlausfliege, Parasit mit sehr einseitiger Ernährung: Nur Hirsche. Höchstens, wenn weit und breit kein Hirsch, ersatzweise ein Mensch.

*

Soviele Zerfleischungsgefechte mit Unwürdigen.

Morgen abend beginnt schon wieder die Buchmesse. Werde hinfahren mit gemischtem Gefühl, werde Freunde treffen, auch Feinde, die aber nicht tödlich genug. Werde, Toy, dem Teufel zuliebe, das elend-eitle Spiel mitspielen um die Meisterschaft im Schattenvorauswurf.

OKTOBER 1997

1. Oktober, Mittwoch

Beim Tippen von Kapitel 19 der *Schweine* 80er-Jahre-Flashback, Gedanken u. a. an die Spex-Typen. Die nicht schreiben, die nicht denken konnten, nix zu ficken, aber immer so viel zu sagen hatten. Destructo-Anarchos propagierten Poprevolution im Milch- und Honigland. Mutierte Glockenjeanswohlstandsbengel. Mutwillige Paranoiker. Die Entpolitisierung der Jugend in den Achtzigern hatte u. a. den simplen Grund, daß es in der BRD ganz gemütlich war. Sozialstaatsbemutterung pur. Um das, was sich noch ändern mußte, kümmerten sich irgendwelche Verbände. Alles lief, und es gab keinen Grund, es nicht laufen zu lassen.

Ein dumpfes Schädeltrauma wie Alf B. schrieb bisher für Spex-Tempo-Prinz – das nächste wird, wie Marcel hübsch gesagt hat, irgendein Stadtmagazin sein, das umsonst verteilt wird. Der natürliche und logische Weg. Hätte dieser demutslose Dreck nur einen Hals, ich fräße mich da durch, von Ostern bis Neujahr, wenns sein muß.

*

Was ist das Thema der Neunziger? Die Entwertung des Pop als dominantem Kulturcode und der Mut zur Bürgerlichkeit nach Aufgabe der politischen Utopien.

Pop wurde ekelhaft, als, nach dem Punk, das Schwimmen im eigenen Saft, die Selbstreflexion, das kulturpolitische Definieren der laufenden Ereignisse begann, kurz: das Geschwafel. Als die Bürokratie endgültig die Revolution vereinnahmt hatte. Als die Diskurse kamen, die zusammengezimmerten Terminologien, die Geschmacksanweisungen, die Denkverbote. Als Leute, die keine Musik machen konnten, trotzdem im Pop irgendwie ihr Auskommen suchten, eben, indem sie drüber redeten und Platten auflegten. Und – in einer geglückten Verschwörung plattenauflegender Familienväter, den DJ zum Künstler stilisierten, zum Pop-Archivar und -Priester in Personalunion.

Als man die Parole ausgab, daß alles, was groß und artig, komplex und mühsam, ambitiös und auf Sinnstiftung aus sei, also Kunst, verdächtigt und verworfen werden müsse. Als man jede Popmusik verfemte, die den Stempel des Kunstverdachts trug. Damals wurde supertolle Platten, *Ummagumma*, *Yessongs* oder *The Lamb lies down on Broadway*, als Mega-Scheiße diffamiert. Und es ging durch, weil die Zahl der Ärsche ohne Ohren die der anderen naturgemäß übersteigt. Pop war nach dem Punk nichts anderes als DDR im lockeren Stil. Verfeinerte Prollkultur, übermantelt von wichtigtuerischen, pseudowissenschaftlichen Debatten. Verbotene Musik wurde fortan heimlich gehört.

Bis dahin hatte sich der Pop als, mit den Großvätern gesprochen, Leichte Muse verstanden, sich nicht gegen die maßgeblichen Werte der Kultur und ihrer notwendigen Hierarchien aufgelehnt. Jetzt verstand und machte sich der Pop zum weltumspannenden Code, aber es war nicht mehr nur ein Emblem, ein Signal für Spaß und Abtanzen, es war bereits ein Code gemeint wie der Code Napoleon, ein Gesetzbuch, oder wenigstens ein Knigge, Kanon.

Nun mußte die Billigkeit, der Verzicht auf mögliche Größe (Haßwort: Elite), eine verbale Uniform, ein Fundament aus Ästhetik und systemimmanenter Wissenschaft erhalten. Kriterien mußten her, von denen abzuleiten war, wann ein Popprodukt gut genannt werden durfte. Zu definieren war, warum das oberste Gut der Popkultur, meinetwegen eine Velvet-Underground-LP, gut war, und so zweifellos gut. Dieses ›Gut‹ mußte im groben diffus, in den Details dennoch eindeutig bestimmt werden, damit einerseits auch in der Popkultur das elitäre Bewußtsein der Stilbildner möglich war, sie also ihre Lieblingsmusik benennen, puschen und etablieren konnten, andererseits mußte dieses Gut-Kriterium jeden Vergleich mit E-Musik überleben können, um nicht von den Vertretern der traditionell-abendländischen Werte an die Wand geredet zu werden. Ein Seilakt, ein Eiertanz. Aber lange kein Problem, weil kaum Leute zweigleisig fuhren und, wenn doch, selten von beidem gleichermaßen und genügend Ahnung hatten. Weshalb das peinlichste Phänomen der Musik der letzten 20 Jahre Pop-meets-Classic-Veranstaltungen waren. Damit aber alle Velvet-Underground-Platten gegen auch nur eine gute Arie von Mozart eine dauerhafte Seinsberechtigungs-Chance hatten, mußte Komplexität vorgetäuscht, mußte der Spaßmusik ein künstlicher Tiefgang, ein heimlicher Ernst, ein Nimbus für die Eingeweihten aufgenäht werden. Was ganz leicht war, wenn man nur vergegenwärtigte, daß jedes Ding mehr ist, als es scheint (weil wir vom Sein nur ahnen, der Schein aber ist, weil wir ihn definieren).

Der Schein begann ein rhetorisch animiertes Leben, blühte auf, gerade wo er am wenigsten, im Sinne von augenfälliger Leuchtkraft, vorhanden war. Dieses Leben bestand aus dem eingehauchten Atem jener, die über nichts blumig zu reden verstanden. Und im nachhinein will uns Meinecke – advocatus diaboli und Schelm?, nein, ganz im Ernst – einreden, sogar die Discomusik hätte danach geschrien, gegen den Strich gelesen zu werden. Aus Scheiße wird Gold. Genau diese Haltung, diese alchemistische Lust, die letztlich jedes Faktum, jede Wahrheit negiert, macht Pop zur Kunst der Scharlatanerie, zum Geschwätz, zur Seifenblase. Jetzt tut man so, als ob das ja nichts Böses sei, Seifenblasen, die bunt schillern, bald zerplatzen, ja selbstverständlich war das nichts Böses, natürlich gab es die helle Seite des Pop, die Unschuld der frühen Jahre, vor dem Kommerzterror, und viel schlimmer, vor dem Geschmacksterror von Spex bis Zündfunk, so verkrampft, dogmatisch, wichtigtuend, denkverbietend – nichts als Agitprop –, aber das eigentlich Kranke, Unverzeihliche war – diese Typen nehmen sich immer noch ernst, halten ihre bürokratische Akribie weiter für wichtig. Aber Pop itself ist nicht mehr wichtig. Techno, Hip-Hop. Beides ist Musik für Idioten oder Feinde des Melos. Alles andere ist aufgebrühter Kamellen-Tee. Da ändert noch so viel Gelabere nix dran.

Pop war eine Revolution, und wie jede Revolution Katharsis und Seuche. Pop soll wieder Spaß sein und Musik ernst. Eine Richtigstellung, eine klare Kompetenztrennung, mehr will ich ja nicht. Der Rest ergibt sich dann von selbst. Wer das Wort Hochkultur ablehnt, glaubt nicht länger an die Mission der Kunst. Dessen Welt muß eine Wüste sein.

*

Nachmittags konzentriertes Arbeiten an *Schweine.* Vier Fünftel sind geschafft. Jetzt Pause. Sammeln fürs Feuerwerkfinale.

Schütte hat nicht angerufen. Hat R. vorgeschickt, was besser war, so durfte ich, ohne Rücksichtnahme auf die Kreativkraft, meine Meinung sagen. Was für ein Drecks-Drehbuch das ist. Klaus Richter eben.

Alles Comichafte, Überdrehte, Poetische, Romantische, Surreale ist weggelassen worden. Ergebnis: Sozialkitsch, jammervolle Pseudohärte, handwerklich schlicht schlecht, plakativ und platt, Dramaturgie sehr unproportioniert, erst zerdehnt, dann Schweinsgalopp. Unmotiviertes Unhappy End. Milieu verwechselt, zudem. Nicht die Bier-und Kornpenner werden porträtiert, sondern die Rotweinpenner, das ist die Schicht darunter. Von Hagens Schizophrenie und Kindheit ist im Drehbuch nichts drin, gut, das hätte ich auch so gemacht, aber alles andere, was möglich gewesen wäre, wurde fahrlässig verschenkt. Der Film wird mit meinem Buch so gut wie nichts zu tun haben, dem Regisseur liegt auf dem Marsch zur Kunst sein soziales Anliegen im Weg. Schütte würde am liebsten in Schwarzweiß drehen, ja, das würde allerdings zum Drehbuchinhalt passen. Meine völlig ernst gemeinte Anti-Punk-Aussage, es sei eine fette, fette Welt, im letzten Dreck blühe noch die Möglichkeit zur Poesie, wurde böswillig ins Ironische verkehrt. Da kommt dann sowas raus wie z. B. die Szene im Rohbau: Da klauen die Penner (Warum nicht Berber?) einem Hund seinen Knochen, damit das Süppchen, das sie kochen, gehaltvoller wird, Mann, in München gibt es überall Klöster, wo abends Brote und Suppen verteilt werden, für drei Mark am Tag kann man sich, wie ich es gemacht habe, von fünf Salamisemmeln ernähren, niemand, der auf der Straße liegt, muß hungern oder lefzenden Hundemäulern Knochenmark entreißen. Schütte kann wohl nicht begreifen, daß wir trotz unsrer Arbeitslosen in einer Überflußgesellschaft leben, das scheint seiner Auffassung von Kunst nicht ins Konzept zu passen. Edgar, der Liane umbringt – unglaublich, die Szene ist nichts anderes als eine fad-Fassbindersche Carmen-Doublette, usw. Nein, das wird nichts, ist alles Mist. Zuwenig Kunst, zuviel Sozialdemokratie. Hagen (Jürgen Vogel mit schwarzen Haaren kommt auf den Castingfotos ziemlich gut) hat kaum Text außer Scheiße, Saufen, Ficken, No Future – oh nein, nein, nein, sind wir in den frühen Achtzigern stehengeblieben? Nichts mehr ist glaubwürdig – wie sollte ein Typ wie der Film-Hagen eine Anstellung als Bestattungsgehilfe bekommen? Das funktioniert nur auf der Comic-Ebene, nicht bundesdeutsch-real. Und selbst die geringste Recherche hat offenbar ein enthaltsamer Idiot besorgt: Hagen ordert am Kiosk mal Johnny Walker (bäh), mal Jim Beam – was soll man da noch sagen?

Tarantino müßte *Fette Welt* verfilmen, oder wenigstens, im Rahmen des Machbaren, Schadewald oder Wolfgang Becker oder Uwe Schrader oder Tom Tykwer. R. meinte, man wollte keinen ›unangenehmen‹, sprich ›sophisticated-zynischen‹ Hagen zeigen. Eine unangenehme Hauptfigur, das ›ginge dem Markt gegenüber nicht‹.

Scheiße! Brad Pitt in *Kalifornia!* Zum Beispiel. Alles in Deutschland ist so kleinmütig, ängstlich, risikolos. Ob ich die 68 oder die 78 mehr hassen soll, weiß ich nicht. Sesselfurzer ohne Talent. Ohne Vorstellungskraft.

Dieses Drehbuch, und das ist keine Übertreibung, hätte ich in zwei Tagen schreiben können.

Und es ist ein Produkt *einjähriger Arbeit*, die *vierte Fassung*.

Ich wollte nie ein Drehbuch schreiben. Aber – und das ist das Schlimmste an der Tragödie – hätte man mir diesen Haufen Mist wenigstens noch vor drei Wochen geschickt und nicht erst zwei Tage vor Drehbeginn, ich hätte mich, sogar unentgeltlich, hingesetzt und den Film zu retten versucht. Statt dessen warteten die Herren Filmschaffenden bewußt bis ultimo, damit ich ihnen nicht in den Kreativprozeß pfusche. Für wen halten die sich? Für Fellini bei den Warner Brothers? Das Kreativste an Jan Schütte war sein Kumpel Thomas Strittmatter, und der ist tot.

*

Um acht Uhr bei Albert, dem, bei allen Hymnen, gerade die Verrisse in der FAZ und der Zeit nutzen werden, so ungewollt interessant machen sie Stück und Autor. Von der Kritiker-Karikatur Stadelmaier verrissen zu werden gehört zu den höheren Weihen jedes Dramatikers. Hierzulande ist die Perversion zum Normalfall geworden. (»Ostermaier lallt wie alle aus seiner Generation, er lallt nur härter und alerter.« Wer so einen Satz niederschreibt, sollte sich mal ernsthaft überlegen, ob ein schneller Suizid nicht die sauberste Lösung ist.)

SpätWeitWeg, relativ zum Erstling ein großartiges Stück, wurde hierzulande böswillig und substanzlos hinweggeredet. Es gibt Niederlagen, die kalkuliert sind, es gibt Siege, die nichts nutzen, und es gibt Niederlagen, die man nicht versteht. Ich dachte, geht es lustiger, schärfer? Nein, selbst der, der mit der gesellschaftlichen Kritik darin nicht übereinstimmt, wird sich totlachen, wird somit aus dem Weg geräumt sein. Und wie erwartet, die eineinviertel Stunden wirkten wie eine halbe, das Haus tobte, Buhs und Bravi, herrlich.

Dann kamen die Kritiker, haben überhaupt nichts verstanden, rührt vielleicht daher, daß Theaterkritiker in Theatern rumhocken, wenn anständige Leute fernsehen.

*

Es ist immer so mit dem Selbstlob: Wird aus einem was, kommts gut. Wird aus einem nix, ists wurscht.

*

Bayern gewann souverän in Göteborg 3:1. Das ist ein Stück Realität. Ich meine, wenn ein Sportjournalist schriebe, das Spiel sei 5:5 ausgegangen, würde er spätestens im Wiederholungsfall rausgeschmissen werden. Im Feuilleton gilt das 5:5 als kritische Sicht, vertretbare These, tiefere Analyse, ironische Brechung, weiß ich was.

Daß Kritiker sich eine ärmliche Literaturgegenwart herbeiphantasieren, um selbst, in ihrer betrauernswerten Sekundärexistenz, eine beachtete Rolle zu spielen, ist ekelhaft. Die deutschsprachige Literatur ist, wie es für eine der führenden Industrienationen mit bewegter Vergangenheit ja auch wahrscheinlich sein müßte, eine blühende, fruchtbare, vielfältige.

3. Oktober, Freitag

– Der Tag eine Folge von Ereignissen, die ihn verkürzen helfen.

– Das ist eine Definition des Sterbens, nicht des Lebens.

Es gibt keinen schlimmeren Zustand als die genaue Ahnung dessen, wie alles sein müßte – aber zu keinem Detail davon bringt man die Kraft auf. Jede Anwandlung von Disziplin zieht gleich den nächsten Sündenfall nach sich, aus Angst heraus, ausgelacht zu werden bzw. sich zu ernst genommen zu haben.

Mein Abgrund ist klein und nur für mich –
es wäre schrecklich, da unten nicht allein zu sein.

*

Das Streben nach Größe schon ist Größe. (Hermann Broch)

Da tröstet einer sich und seine Leser. Und recycelt Properz: *in magnis et voluisse sat est* – In großen Dingen genügt es auch, gewollt zu haben.

*

»Wußtest du, daß GmbH auf österreichisch GesmbH heißt?«

»Da unten liegt alles nen Halbton tiefer.«

*

Zur Zeit viel Lektüre: zum zweiten Mal *Tacitus-Annalen*, Raoul Schrott – *Finis Terrae* – liest sich mit Bruckners Vierter im Hintergrund viel besser, aber was er damit bezweckt, ist mir noch nicht klar. Altenburg – *Landschaft mit Wölfen* (beginnt stark), und eine skurrile Trouvaille – Erich Przywara. Aus dessen Aufsatz (*Widerspruch*; Oldenbourg 1965) lohnt ein Zitieren:

Dem deutschen Denker wie dem deutschen Politiker ist kaum jene Weltläufigkeit gegeben, wie sie das Charakteristikum des französischen und englischen Denkers und Politikers ist (in Richelieu, Mazarin, den beiden Pitt, Disraeli; Montaigne, Rochefoucauld, Hume). Er steht hierin in einer merkwürdigen Verwandtschaft zum Spanier wie zum Russen. Zum Spanier: Wie dieser das Abgründige liebt (man denke an

Unamuno, aber auch an das seltsame Gebilde des »Krausismo«, der verstiegensten Philosophie der Widersprüche, die Spanien, bis heute, aus deutscher Philosophie übernahm). Zum Russen: wie dieser nicht nur Abgründiges »denkt«, sondern wie in ihm immer eine jähe Explosion des Abgründigen ausbrechen kann. Aber das Abgründige des Spaniers ist gebändigt durch den strengen Stil des Dienstes der Repräsentation, während der Deutsche solchen Dienst als Unwahrhaftigkeit und Heuchelei verabscheut (um der subjektiven »Aufrichtigkeit« willen). Und das Abgründige des Russen bleibt immer noch warm eingebettet in die »Brüderlichkeit« und in seine Erde als »Mütterchen Rußland«.

So ähnlich las sich Kestings Callas-Biographie.

Immer fällt mir, wenn ich an den Indianer denke, der Türke ein. (Karl May)

*

Fundstück aus Julianus' Orationes: scapham scapham (dicere) – einen Kahn einen Kahn (nennen), also, das Kind beim Namen. Klingt wundervoll, wie ein zweimaliges Stampfen auf Holz eines uralten Saales.

Julianus – Er liebte die Götter, folgerte Gegenseitigkeit daraus, die nicht bestand – ja, ausgerechnet an ihm statuierten sie ein Exempel ihrer Unbestechlichkeit.

4. Oktober, Samstag

Ich verstehe nicht, wie ein Selbstmord mit 20 heute in Europa noch möglich ist – es gibt soviel zu sehen, zu hören, zu lesen, zu entdecken, das Abenteuer Mensch, geteert und geebnet, mit Schildern versehen, handlich portioniert – da geht mir jede Pietät verloren. (»Soll halt rübermachen, wer zu doof ist!«) Die Menschheit begeistert mich unendlich. Zu wissen, daß man irgendwann da nicht mehr zusehen darf, ist eine Bedrückung, der wir immerhin all das verdanken, was uns so bewundernswert groß macht. Perfekte Symbiose und Wechselwirkung.

Der Tod ist das Eintrittsgeld ins Zauberreich.

5. Oktober, Sonntag

Wir beschließen einen Ausflug in die Berge, muß sein, ein Bilderbuchherbsttag wartet, 21°, keine Wolke am Himmel. Apart am Straßenrand: leuchtrote Mohnblumen zwischen schillerndem Herbstkolorit. Tanz der Lichtreflexe in den Alleen: Ein Prunksterben!

Mit dem Oktober werden vom Tagebuchprojekt alle klimatisch schönen deutschen Monate abgedeckt sein. Winter kommt. Erst der April, als Abschluß, wird wieder einen Lichtblick ermöglichen, eine kleine Frühlingsfeier. Das war vom Zufall schon gut ausgewählt. Mit dem Oktober ist auch die Hälfte des Tagebuchprojektes geschafft, sechs Jahre gingen vorbei wie nichts.

Still und schön, ohne Surfer, der Pilsensee. So glatt, daß alles Land umher in ihm gespiegelt wird. Der blaue Himmel gegen die roten Bäume. Durch Herrsching über Wartaweil Richtung Peißenberg. Was für eine fette Gegend. Der allerorts gepflanzte wilde Wein knallt rot in die Augen. Besonders prächtig, wenn er an Blautannen emporwächst. Den Ammersee entlang ist die Straße über uns fast zugewachsen, ein Rausch auf der Lichtorgel.

Spaziergang am Strand. Bea: Tut richtig weh, so schön ist das.

Die Ahorne hier draußen, unten viril strotzgrün, nach oben hin gelb, rot, bis zum dunkelsten Braun am Wipfel. In der Stadt kippen, scheint mir, die Ahorne mit allen Blättern gleichzeitig farblich um. Hier diese feinen Abstufungen. Woran liegt das?

Brüllend rot auch die Essigbäume. Beim Niederschreiben kommt es mir bescheuert vor, jemandem den Herbst erzählen zu wollen, aber das Herz ist voll, geht auf wie ein Soufflé, ich will mich erinnern an diesen Tag, und überhaupt denk ich zuviel über andere nach, dieses Buch ist für mich, wenn wer dran teilhaben will, soll er, wenn nicht, ist es mir auch egal. Wer dieses Rot, dieses R O T nicht, in welcher Weise immer, für erwähnenswürdig hält, sagt Nein zum Leben.

6. Oktober, Montag

Zum Porträt der Jenny in *Schweine und Elefanten*:

Kennzeichnend für jene späten achtziger Jahre – daß so viele Begabte verlausten, unsicher treibend zwischen Kaltem Krieg und Spaßkultur, auf ihr Talent vertrauten, ohne zu ahnen, daß Talent allein nicht genügte, daß andererseits etliche Läuse die Gunst der Stunde nutzten, und ihre Begabung entdeckten, sich mit quasi Nichts günstig in Szene zu setzen. Bis irgendwann, von Zeitgeistphilosophen auf dringenden Wunsch herbeibegründet, letztgenannte Fähigkeit höher gehandelt wurde als jede Kreativität.

7. Oktober, Dienstag

Um 15 Uhr Münzauktion bei Aufhäuser. Was attraktiv war, war zu teuer, trotzdem gingen fast alle Stücke weg. Hier sitzt die Hochfinanz unter den Sammlern. Konnte mir nur zwei sehr häufige Stücke leisten, Severus und Domna, aber mit hervorragenden Porträts in Stempelglanz. Caligula wäre, aktienmäßig betrachtet, der dickste Fisch, sein Preis ist in den letzten zehn Jahren um 100 % gestiegen – dadurch, daß viele Amis nur das erste Jahrhundert n. Chr. sammeln und systematisch vom Markt wegkaufen. Sah später noch bei J. vorbei, meinem Stammdealer, kaufte eine vorzügliche Mariniana (klingt nach Droge – und hat ähnliche Wirkung auf mich) – und als ich grade gehen wollte, zeigte er mir noch etwas, das so unglaublich schön war, so unfaßbar, M wollte er haben, ich bekams 20 % billiger, es wird das Weihnachtsgeschenk für Beatrice sein, ein römisches Zahlenschloß aus dem 2. Jahrhundert, streichholzschachtelgroß, bei dem man 5 Rollen mit verschiedenen Zahlen, Lettern und Symbolen korrekt kombinieren muß, mindestens so diffizil gearbeitet wie heutige Zahlenschlösser, prächtig erhalten, Zier für jedes Museum, ich mußte das einfach besitzen, ungeachtet des Kontostandes. Und sehr sehr glücklich fuhr ich heim. Das Fertigungsniveau des Römischen Reiches, was Skulpturen, Schmuck und Glaswaren betrifft, wurde erst im 18. Jahrhundert wieder erreicht.

8. Oktober, Mittwoch

Heute ist es schon wieder ein halbes Jahr her, daß *Helle Nächte* Premiere hatte. Entweder wird gute Musik wieder populär, dann braucht man sich um diese Oper nicht zu sorgen. Oder es ist ohnehin egal. When the music's over, turn off the lights, macht der letzte das Licht aus, dann leuchten beharrlich fluoreszierende Zombies, aufgeladen mit Sehnsucht und Zorn.

Die Repopularisierung der Oper – wenn Moritz und ich es nicht schaffen, dann niemand. Bessere als wir müssen erst geboren werden, und dazu wird verdammt viel Rumgeficke nötig sein, verdammt viel.

Henze war grün vor Eifersucht – sein Zeug kann natürlich nur fortleben, wenn es keinen Qualitätssprung nach oben gibt. Lachenmann, das hätte ich nicht gedacht, zeigte Größe, zeigte neidlose Begeisterung. Warum auch nicht? Seine Baustelle liegt woanders.

J. und B. sagten nichts, zeigten nichts – zeigten ihr wahres Gesicht.

Der 8. April. Es war ein großes Datum. Die Wiedererweckung der Melodienkunst durch die Oper. Und eine Summe.

Wenn man dann, paar Tage später, in der Biennale zweite Oper geht, *Juniper Tree*, ein Haufen mieser englischer Musik, wie er schrecklicher, altbackener, spießiger, blutleerer nicht sein kann, unter einer Regie, die kaum mehr als gehobenes Schülertheater darstellt, mit einem Libretto, das höchstens von der Frau des Komponisten stammen kann (und stammt), wenn dann ein Kritiker der Deutschen Bühne auf Moritz zukommt und ihm sagt: »Sehen Sie, das ist gute Dramaturgie – die hat bei Ihrem Stück gefehlt« – liebe Güte, das ist Gegenwart – warum muß jemand, der schon Detlev heißt, auch noch so aussehen?

Wieviel Kompromisse und wieviel Demütigung haben wir hinnehmen müssen in dieser Stadt, die uns beinah, ja, man muß froh sein, froh – eingespart hätte.

Dieser Abend – ich habe geheult vor Glück. Seit *Elektra* gab es so etwas nicht mehr. Alle drei Vorstellungen plus Generalprobe hab ich mir gegeben, wie Opium, nicht die beschissenste Regie konnte mein Glück trüben, und nicht die miesesten Ratten.

Es war ein großer Publikumserfolg, bei der Kritik aber eher eine Niederlage, Moritz gilt jetzt als umstritten. Und obwohl ich die Oper in keinem Moment auch als meine Arbeit betrachtet habe – der Librettist ist nichts –, fühlte ich mit ihm, als gälte die Ablehnung mir.

Moritz – hatte mit *Helle Nächte* zwei Jahre härtester Arbeit, dann sprangen die Koproduzenten, Kotproduzenten, Augsburg und Wiesbaden ab, zuletzt zwang ihn die Stadt München noch, Stimmen und Klavierauszug selbst zu bezahlen. Der Regisseur (vor ihm hatte ich Moritz von Anfang an gewarnt – einen Blick für Menschen aber besitzt er nicht) haßte mein Libretto, ließ es unverständlich werden, die speziell auskomponierte Akustik des Prinzregententheaters wurde massiv verändert, die Partitur ausgedünnt, die Pause, die wir als unabdingbar vorgesehen hatten, gestrichen. Nach alldem – bei 16 Stunden Trotzdem pro Tag bis zuletzt – hat Moritz für die Oper kassiert: – (minus!) 44 000, und mußte sich noch haufenweise doofer Kommentare anhören.

Dieses München ist so schrecklich.

*

Abends bei Ulrike mit Sauvignon, wir plauderten über Janssen, sie zeigte mir ihre reichhaltige Sammlung, ein Konvolut von Briefen, Zeichnungen, Drucken. Lieferte einige Anekdoten und Intima dazu, die in mir schnell ein überproportioniert eindringliches Charakterbild des Menschen Janssen entstehen ließen. Fast, als hätt ich ihn gekannt. Manche Menschen besitzen posthum noch die Aura, einen das glauben zu machen. Die Pontonbrücke der Anhaltspunkte. Schauklige Sache.

Um zehn noch im Stadtcafé, mit Bernhard und Kurt, bin in ein Gespräch über die amerikanische Eishockeyliga in den 50ern geraten. Kann passieren.

Ob ich den Artikel in der Woche gesehen hätte, wo ein Witzwack mich angepißt habe?

Der Witzwack? Der nebenbei auch selber zu schreiben versucht, und das in München? Allerhand. Man bleibt von nichts verschont.

Kaum steht man mal im Menschengedränge, guckt nicht nach unten, schon wuselt ein Witzwack daher, erleichtert sich und wuselt wieder fort. Und wenn man auch gar nichts gemerkt hat davon, die Freunde erzählen's einem doch. Und Witzwacks Name wird überdauern die Zeit.

*

Man verläßt die letzte S-Bahn, vor einem her geht eine häßliche Frau, sie bleibt vor der Auslage der Buchhandlung stehen, schon begeht man den Fehler, ebenfalls stehenzubleiben, da dreht sie den Kopf, sendet einen bedrohten Blick, nun muß man sie demonstrativ überholen, schnell vor ihr hergehen, ihr zeigen, man will ihr nichts Böses, ihr, die man nicht einmal zur Rettung der Menschheit penetrieren würde.

10. Oktober, Freitag

Beim Heimkommen Zapping. Kurz im Lit. Quartett. Die in einen Sessel gebahrte Leiche des Reichsranitzkers, die mit Hilfe von Verwesungsgas Sprechblasen zustande bringt.

14. Oktober, Dienstag

»Sag, wie heißt der Schauspieler, dessen Namen ich mir nicht merken kann und den ich immer mit Lee Marvin verwechsle?«

»James Coburn.«

Diesen Dialog hatte ich mit Beatrice in fünf Jahren bestimmt ein Dutzend Mal. Es ist mein hartnäckigster Fall von Gedächtnisblindfleck.

*

Treffen mit Marcel, schlenderten durchs Westend, betraten irgendein Lokal, das Café U.S.W – ein Glücksfund. Gutes, dabei nicht allzu teures Essen. Der arme Marcel darf praktisch kein Fleisch mehr essen, ich bestellte den Fleischteller und lobte meine Wahl mit viel Gesums, war aber keine Absicht, nur Fahrlässigkeit. Sein Fisch soll auch recht gut gewesen sein.

Netter Abend, Einvernehmen in fast allen Punkten. Ohne Geheimniskrämerei. Redeten über Schweine, Kollegen, Kollegenschweine, alles mögliche. Wenn ich frage, wie er diesen und jenen Text von mir fand, gibt er immer eine ehrliche Antwort, hat man erst den Code heraus: ›Nicht übel‹ ist ›verbesserungsfähig‹, ›schwierig‹ heißt ›das geht so nicht nochmal‹, ›gut‹ bedeutet ›ganz okay‹, ›ganz okay‹ bedeutet ›als Geldarbeit akzeptabel‹ , ›ganz gut‹ ist ›eher schwach‹, ›richtig gut‹ ist dagegen gleichzusetzen mit ›super‹ und ›schön‹ das höchste Lob.

Spaziergang durch das Rotlichtviertel.

Junkienutten besorgen es ihren Freiern in den Videokabinen der Sexshops. Andere sitzen in Schrottlauben am Straßenrand und ziehen sich Crack rein, schaurig beleuchtet von ihrem auf Maximum gestellten Feuerzeug.

15. Oktober, Mittwoch

Frühstücksbuffet annehmbar. Das ganze Jahr über esse ich kein Rührei, nur in Hotels stopfe ich es in mich rein wie süchtig danach.

Auf der Messe. Werbesprüche werden immer entlarvender: *Auch Männer lesen Claasen-Bücher.*

Man kann kaum zehn Meter im Laufschritt hinter sich bringen, ohne einem Bekannten zu begegnen, zwischen den Terminen ist somit der Radius des Auslaufs begrenzt.

Im Laufe des Tages mehrere Frauen, die ihre Existenz in Erinnerung rufen.

Es gibt einen gewissen Cocktail aus Lächeln, nach unten transponiertem Tonfall und kaum nachweisbarem Zwinkern, der bedeutet soviel wie »Brauchst du noch wen für heut nacht?« Keine dabei, von denen ein solches Angebot willkommen wäre.

Auch sonst wird flüssig, was nicht soll. Pople ich zu tief im Gehörgang, finde ich prompt ein Stück Gehirn am Finger.

Sehr nettes Gespräch mit einer Frau von Spiegel Online, doch sucht auch sie vergeblich um eine Einladung zur Rowohlt-Party nach, habe mit Müh und Not M. und S. untergebracht, die Rowohlt-Party (in diesem Jahr voll wie nie) bleibt *das* Ding der Messe, diesmal werden strengste Einlaßkontrollen vorhergesagt.

Wahrnehmenmüssen unangenehmer Entitäten. Man muß sich manchmal nur vorstellen, daß jedes freundliche Nicken den Fall eines Beiles symbolisiert, schon steht man das würdevoller durch. Diese komatösen Waschlappen! Diese hirntoten Bauchredner! All diese Arschlöcher aus Hinteranalphabethlehem. Gäbe der Großorden ungewöhnlicher Sterblicher ein Festessen nur für Mitglieder, die kämen, glaub ich, alle, fühlten sich alle stillschweigend eingeladen, nur um gleich großkotzig am Aperitif herumzukritteln.

*

Laufe aus dem Hotel, winke ein vorbeifahrendes Taxi heran, es hält auch tatsächlich, und in den Sekunden darauf werde ich erst der langen Menschenschlange gewahr, die vor dem Hotel auf Taxis wartet.

Schamerfülltes, zugleich großartiges Gefühl.

*

Rowohlt-Party. Suche M. und S. Beide sind noch nicht hier. In der SZ war ein wunderschönes, madonnenhaftes Photo von Zoë Jenny, zum Niederknien und Anbeten, deshalb ist Zoë-Gucken-Gehn der Massensport des Abends, den sogar Frauen betreiben. Nun ja. Bild und Wirklichkeit. »Ein wirklich sehr fotogenes Mädchen«, wie jemand es diplomatisch ausdrückt. Looking Zoë. Et ego. Die Räumlichkeiten sind ideal, um gewissen Leuten aus dem Weg zu gehen, ein Schlauch aus Zimmern, der sich zum Kreis schließt. Durchs Gewühl rennen Bedienungen mit überfüllten Tabletts voll Weiß- und Rotwein. Schlechte Lösung. Alle zehn Minuten geht was zu Bruch. Viktor Niemann verwechselt Marcel mit mir, »Wir haben neulich zusammen auf der Fauser-Nacht gelesen!« »Haben wir nicht.« Das passiert keineswegs zum ersten Mal. In Klagenfurt sprach mich mal eine Dichterin an: »Sie sind doch Marcel Hartges?«

Ich sagte: »Ja, was gibts?« »Sie haben ein Manuskript von mir auf dem Schreibtisch liegen, haben Sie da schon hineingesehen?« »Ja, hab ich, es war fürchterlich, Sie kriegens noch diese Woche zurück.« Marcel war nicht sehr glücklich, als ich ihm die Geschichte erzählt hab, dabei wollte ich ihm nur ein bißchen Arbeit ersparen.

*

Hettche, Altenburg, Herbst. Alle drei haben eine ganz eigene Form von Humor, auf die man sich einstellen muß, damit sowas wie Konversation zustande kommt.

Zu Alban Nicolai: »Warum sollte eine führende Industrienation keine führende Schriftkultur besitzen?« Eine Selbstverständlichkeit, die überraschend auf ihn wirkt, was wiederum mich überrascht.

Denke unwillkürlich an Jüngers *Siebzig Verweht V.* Auf die Frage, was am Ersten Weltkrieg für ihn die schmerzlichste Erfahrung gewesen sei, antwortet er dort: »Daß wir ihn verloren haben.« Und schreibt, man hätte es nach kurzer Verblüffung gelten lassen. Eine Selbstverständlichkeit wird Kuriosum.

A. zeigt sich allerdings kompromißlos, wo es um programmatische Bündnisse geht. Schlechte Autoren müßten solche bleiben und nicht in den Genuß irgendeines Reservatsdenkens kommen. Selbstverständlich, d'accord. Wir haben inzwischen soviele blühende Pflanzen, das Unkraut könne als solches ruhig benannt werden, erledige sich aber von selbst, durch eigene Hand, da müsse man weiter nichts beitragen. A. fasziniert, insofern er gewaltbereit wirkt, ein potentieller Mörder, der im letztmöglichen Moment die Literatur als Sparringspartner der Wirklichkeit entdeckt hat.

Sybille Cramer sieht nicht aus, als ob man den Zeitpunkt ihres Todes noch aufs Jahr genau bestimmen könnte.

Unterhaltsames Plaudern mit J. Wer im Gespräch langweilt, sage ich, kann schriftlich oft sehr lustig sein. Katja Langen-Müller, fügt er hinzu, kann eine Gesellschaft abendlang unterhalten.

Kurzes Gespräch mit Thomas. Gedichte sind wieder im Kommen, sofern nicht hermetisch. Aber ob das ein gutes Zeichen für die Literatur ist? Gedichte als komprimierteste Form der Prosa, geeignet für Fast-Food-Leser, deren Lesebedarf pro Tag mit einem Kalenderspruch schon fast befriedigt ist. Eine Form, reanimiert auch durch Eitelkeit, die wenig liest, dabei als belesen gelten will. Hat man von jemandem nur ein Gedicht gelesen, sagt man heute, man hat etwas von dem und dem gelesen. Mit viel besserem Gewissen, als wärs nur die erste Seite eines Romans gewesen. (Sogar mit Recht, denn jedes Gedicht ist ein abgeschlossenes Werk und muß, wohl oder übel, seinen Autor vertreten.)

Thomas (wir debattieren nie, das ist recht angenehm, die Messe ist stressig genug) hat genickt und um Rat für eine Diät gefragt, weil mit dem Rauchen aufgehört.

Altenburg versteht Spaß wie sonst kaum ein Autor, macht ihn sehr sympathisch.

»Was machst du morgen abend?« frage ich.

»Da muß ich im Römer lesen.«

»Hab ich abgesagt.«

»Hast du abgesagt?«

»Ja, da lesen die ganzen Idioten, die das noch nötig haben.«

Er lacht schallend, während einige Umstehende sofort beschließen, mich für das arroganteste Arschloch der Welt zu halten.

Werde in Kleinsprech verwickelt, werde dreist angesprochen, von Allegorien der Neugier, der Ahnungslosigkeit, der Naseweisheit, bin viel zu höflich, lasse mir weite Strecken des Abends verderben, nur weil ich nicht einfach weggehen und »Schnauze!« sagen kann. Das Programm solcher Abende beinhaltet Defilierphase und Jagdsaison (letztes Jahr hätte mich ein besoffener Idiot beinahe erschlagen, weil Claudius mich ihm als Wolf Wondratschek vorgestellt hat), bevor sich schützende Zirkel bilden, die dann erst wieder durch Angetrunkene aufgebrochen werden. Finde eine gute Nische mit Peter und Tanja an der Bar. Gespräch über Schmetterlinge, Pilze, Sassicaio und Antinori. Erholsam. Bleibe sitzen, renne nicht viel herum, morgen wird man mir schon erzählen, was um mich her los war. Aller Klatsch der Welt landet sowieso bei mir, als wär ich irgendwas zwischen Beichtvater und Kolumnist. Sudelgeschichten über cholerische Dichter, sich gegenseitig fickende Verleger, das Übelste, was ich heute gehört habe, war das Gerücht, ein Deutscher (kein Name fiel) habe einen Holocaust-Roman geschrieben und sich eines jüdischen Amerikaners (Name fiel) als Strohmannes bedient. Ob das stimmt oder nicht (ich glaube nicht, sowas käme doch immer heraus) – es geht um, von daher schreib ich es auf. Überlege, was ich täte, käme mir Detaillierteres zu Ohren. Unklar.

Später nette Gespräche über die große Rossini-Verarschung. Beträge gehen durch den Raum, die die Kinokritiker für ihre lächerlichen Lobhudeleien bekommen haben sollen. Nur Kilb soll nichts bekommen haben, weil man bei ihm davon ausgegangen sei, er würde den Film freiwillig gut finden. Der Feldzug, der Scheiße solange Gold nannte, bis die Leute nickten und sagten: »toll, und riechen tut's auch noch« – dreist wie gigantisch und generalstabsmäßig geplant, mit Hilfe von ein paar medialen Schlüsselgestalten.

Dabei war der Film gar nicht soo schlecht, ein aufgeblasenes Nichts, sehr gut ausgeleuchtet immerhin, aber die Tontechnik beschissen, die Musik penetrant. Gute Schauspieler retteten schwache Dialoge. Eine Art *SpätWeitWeg* in der Light-Version. Als Klamotte akzeptabel, wenn nicht die Lacher fehlten.

Gegen zwei, in gewachsene Harmonie hinein, Auftritt einer sehr betrunkenen Frau, bei der ich mich dafür entschuldigen sollte, daß der ihr angetraute Kretin, der talentloseste Autor der Welt, mich trotz Stillhalteabkommens beleidigt hat. (Sic!)

Im Schlepptau hatte die betrunkene Frau eine sehr anmaßende Frau, die mir dauernd »Geh in dich!«, »Geh in dich!«, »Geh in dich!« anriet, was reichlich kafkaesk kam und die Umsitzenden ratlos machte. Stellte an mir sonderbare Gelassenheit fest, die erst im Hotel in Traurigkeit umschlug. Eben hatte ich noch beschwichtigt, dann aber gemerkt, daß die Verhältnisse, die mich mit jener betrunkenen Frau verbinden, krank geworden sind. So nicht weiterlaufen können. Zu viele Lügen. Zu große Realitätsverschiebungen, um mit den Lebenszwängen fertig zu werden. Es ist ihre Tragödie, nicht meine. Kann ihr dabei nicht helfen. Sie ›habe nicht damit gerechnet, mich hier zu treffen‹. Den Rowohlt-Autor auf der Rowohlt-Party? Wie dem auch sei.

Als vor nicht zwei Monaten die Todesnachricht von Lady Di kam, im Frühstücksfernsehen, waren Bea und ich gerade im Hotel Grosvenor, zwei Fußminuten vom Buckingham Palace entfernt, gingen spontan dorthin, sahen uns die Trauernden an, mischten uns sogleich darunter, beinahe willenlos. Überlegene Position zu behalten wäre krampfhaft gewesen und unangemessen. Die Stimmung, wenn sich das so sagen läßt, riß unweigerlich mit, bleierne Massenbetroffenheit, an der aber auch gar nichts unehrlich oder inszeniert war. Man konnte sich kaum wehren, wollte es auch gar nicht, wurde still und besinnlich, auf seltsam erhebende Art. Gegen professionelle Kameraträger, sogar gegen die von der BBC, richtete sich aufflackernde Wut. Fotografen wurden verflucht und beschimpft, aber kraftlos, schnell fielen die Wutentbrannten in stille Trauer zurück.

Auch wenn einem die lebendige Prinzessin immer egal gewesen war, war man doch mit ihr aufgewachsen, gehörte ihr Bild zu den Bildern im Zeitdekor. Wir erlebten den Tod einer unwichtigen Frau mit und die Geburt einer bezaubernden Legende, unmittelbar und zweifellos, die Sissi des 20. Jahrhunderts, verbesserte Version, das besaß melancholische Magie. Selbst die Pelikane im St. James-Park wirkten traurig und mager, wie auf Halbmast gesetzt.

Uwe erzählt Schwänke über seine Zeit mit Tabori. Wenn der FC Bayern spielte, ruhte jede Probenarbeit. Tabori führte manchmal die Truppe ins Stadion, damit die lernen sollten, was es benötigt, um 70 000 Menschen zu begeistern.

Komme nicht auf den Sinn der Aktion. Da ließ sich Tabori vermutlich, dialektisch verbrämt, seine Sitzplatzkarte vom Theater zahlen.

17. Oktober, Freitag

Vier Stunden Schlaf. Spucke schwarzen Schleim.

Alliterationen, die ungeplant und zufällig kommen, wie diese, lass ich inzwischen stehen.

*

Zugfahrt. Stuttgart in praller Sonne. Macht auch nicht viel besser.

In der Zeitung steht, daß ich das Villa-Massimo-Stipendium gewonnen habe. Zusammen u. a. mit Andi. Freut mich. Mal wieder Zuwendung vom Staat. Lange nicht gehabt. Marcel wird's auch freuen, kann uns beide dort besuchen kommen.

18. Oktober, Samstag

In der AZ Beschreibung eines algerischen Massakers: 41 wurden aus einem Bus gezogen, allen die Kehlen durchgeschnitten, manche enthauptet. Einige aber hätten trotz durchschnittener Kehle überlebt. Das geht also. Auf diese Weise wird mir eine alte Frage beantwortet, zu deren Beantwortung sich nie eine Kapazität fand.

21. Oktober, Dienstag

Eifersucht ist eine Untugend, die mir mit den Jahren immer weniger tolerierbar erscheint. Denke an Freunde und Freundinnen, die deswegen schlimme Zeiten durchmachen. Sexuelle Libertinage ist das einzige Phänomen, das am Mittelalter stellenweise modernistisch anmutet.

Las dazu heute einige Details, so z. B. daß der Ulmer Rat 1527 beschloß, Knaben unter 14 Jahren keinen Eintritt mehr in die

Frauenhäuser (alter Name für Bordelle) zu gewähren. Viele Frauenhäuser beschwerten sich übrigens über die Konkurrenz von Nonnenklöstern, und Äbtissin wurde oft, wer die meisten Kinder in die Welt gesetzt hatte.

Je nach Region, Ära und Geschlecht wurde Ehebruch so oder so geahndet, aber Unverehelichte durften beinah alles. Erstaunlich dagegen ist die gesetzliche Lustgarantie für Ehefrauen impotenter Männer, die z. B. aus Westfalen bekannt ist. Konnte der Mann nicht, sollte der Nachbar aushelfen. In der Landfeste von Hattingen heißt es: *»Da ein Mann wäre, der seinem rechten Weibe ihr frauliches Recht nicht tun könne, so soll er sie sachte auf den Rücken nehmen und tragen über neun Zäune und setze sie dort vorsichtig nieder, ohne Stoßen, Schlagen, Werfen und ohne bösen Worte, rufe alsdann seine Nachbarn an, daß sie ihm seines Weibes Not wehren helfen. Und wenn dann seine Nachbarn das nicht tun wollen oder können, so soll er sein Weib senden auf die nächste Kirchweih und hänge ihr einen mit Geld gespickten Beutel an die Seite.* (Das Bochumer Landrecht schreibt hier nur ein neues Kleid vor.) *Und kommt sie von dorther wieder ungeholfen, dann helfe ihr der Teufel.«*

War der Frau glücklich geholfen worden, dann, so bestimmt das Benker Heidenrecht (III,42), *»soll er sie wieder nehmen, sie wieder tragen nach Haus und setzen sie sacht nieder und ihr vorstellen ein gebratenes Huhn und eine Kanne Wein.«*

Jaques de Vitry (gest. 1240) schreibt über das Treiben in Paris:

Einfache Unzucht galt nicht als Sünde, Dirnen schleppten auf den Gassen und Straßen die vorübergehenden Geistlichen in ihre Bordelle. Und wenn diese sich weigerten, einzutreten, wurde ihnen der Schimpfname ›Sodomit‹ hinterhergerufen. Denn dies ekelhafte Laster hatte in dem Grade die Stadt ergriffen, daß es für anständig galt, sich eine oder mehrere Mätressen zu halten.

Phasen strengerer Sittlichkeit hingen mehr mit medizinischen Erscheinungen zusammen als mit religionsinnovativen. Deutlich gedämpft wurde die Freizügigkeit durch das Auftreten der Syphilis im 15. Jhdt.

In Frankreich faßte Prüderie erst sehr spät Fuß. Ludwig XV. besaß einen eigenen Beamten für das Arrangement seiner Sexorgien. Französische Damen zur Zeit Casanovas betrachteten respektvolle Zurückhaltung ihnen gegenüber als eine ›ihren Reizen zugefügte Beleidigung‹. Während der Revolution hatte Paris etwa 600 000 Einwohner, davon 30 000 Huren, das sind 5% der Bevölkerung. Vielleicht ein Rekord. Natürlich, gab kein Kino, Bücher waren teuer, Kirchen außer Mode und die Guillotinierungen durch ihre Vielzahl langweilig geworden.

Interessanter Fund auch zur Etymologie von ›ficken‹ (daß Mörike noch »mich fickts« im Sinne von ›jucken‹ gebraucht. Sonst aber schon im 16. Jhdt. obszön verwendet): Ein Straßburger Beamter, der (15. Jhdt.) in sein Rechenbuch schreibt: »Hab a gebickt, thut 30 Pfennig.« Kemmerich: *Bicken ist der im Elsaß gebräuchliche Ausdruck für die Tätigkeit, um derentwillen man das Frauenhaus aufsuchte.*

Wird im Duden nicht erwähnt, nur das davon vielleicht herrührende oder lautverschiebungsverwandte vycken (niederrheinisch, 16. Jhdt.). B und V sind sprachgenealogisch einander nahe Buchstaben, wie sich vor allem im Spanischen zeigt.

Im Kemmerich finden sich – relativ spät – noch bizarre Wortformen, z. B. ›Vegetarianer‹ statt Vegetarier, ›pornologisch‹ (es gab ›pornologische Clubs‹, ähnlich heutigen Swinger-Clubs) und, ein Höhepunkt der Tautologie, das Adjektiv *nachweisbarlich.*

22. Oktober, Mittwoch

Liebevoll und *haßerfüllt*. Das eine will man *geben*, das andere *loswerden*.

25. Oktober, Samstag

Ich glaube, daß die wesentlichen physikalischen Erkenntnisse dieses Jahrhunderts sich auch durch konsequente Grundlagenphilosophie erarbeiten ließen. Vielleicht in einer mathematisch nicht brauchbaren Form, aber von tiefer, komplex strukturierter Poesie. Philosophie ohne Poesie ist Beamtentum.

*

Quantentheorie, derzufolge nur Beobachtetes eindeutig geschieht.

Szenario Las Palmas. Ich sehe nachts vom Balkon aus:

Ein Junge wirft wiederholt seinem kleinen Hund den Frisbee weit in die schwere, kalte Brandung hinaus, belustigt sich an der Möglichkeit, der Hund könne ersaufen. Der Hund springt jeweils mutig in die Flut, kommt ein paarmal zurück, mit dem Frisbee im Maul, das Spiel geht weiter, wer ist schuld an dem, was geschieht?

Der Junge?

Der Hund?

Der Frisbee?

Das Meer?

Ich?

Ich.

26. Oktober, Sonntag

Jünger beschwert sich in *70 Verweht V* (Buch mit verblüffend starken und poetischen Passagen) über die Floskel ›Sinn machen‹. Schreibt hierzu: *Bedeutung wird zugemessen und zugebilligt, doch Sinn wird nicht »gemacht«. Sinn existiert.*

Das ist Unsinn und ohne Bedeutung. Etwas hat Sinn, ja, aber man sagt nicht: Etwas ist Sinn. (Nur Unsinn ist.) Höchstens ist etwas sinnvoll oder sinnlos. Zum Phänomen der Sinnhaftigkeit gehört immer ein Objekt, das sie besitzt, und ein Subjekt, das sie als solche erkennt. Sinn *ist* nicht, Sinn *haftet* an. Man kann allem möglichen durch irgendein Zutun Sinn *verleihen*, also Sinn *erzeugen* durch Kombination diverser Elemente. Und ob nun Sinn *erzeugen*, Sinn *stiften* oder schlicht: Sinn *machen*, das ist nur die Wahl des Jargons.

Sinn sucht man auch, aber was man endlich findet, ist immer *selbstgemacht*. Alles andere entspräche einer numinosen Weltsicht, genau die versucht Jünger hier anderen aufzudrängen, es stört mich, obgleich ich ähnlich denke. Gegensatz sinnerfüllt – sinnvoll. Der Sinn hinter allem zeigt sich manchmal im Leben und immer nach dem Tod, aber wissen wir, ob das, was wir dort vorfinden werden, nicht nur ein Speicher ist, den wir im Leben gefüllt haben? Haben wir Sinn *angespart* und *gehortet*? Gestaltet sich jeder sein Jenseits selbst? Muß man von *Sinndesign* sprechen? Haben wir bereits eine heimliche Reise getan zum Tod und dessen Zimmer tapeziert und passende Blumen geordert? Wird unsre posthume Existenz durch Grabbeigaben versorgt, die wir lebend erworben haben? Interessante Fragen, für jeden, selbst die Materialisten erkennen inzwischen den ›Genuß virtueller Debatten‹ an.

Im Moment des Todes steht für den Sterbenden die Zeit still. Vielleicht verharrt er in diesem Moment ›in alle Ewigkeit‹, sozusagen – gibt ja keine Zeit mehr, wohl aber eine zeitlose Landschaft, die aus unseren Träumen und Lieben und Göttern besteht. So könnte ich mir das vorstellen, ohne darüber reden zu können. Jünger: *Vieles wird geschehen in einem Moment.*

Nichtssagend, aber vielversprechend. Das ›nichtssagend‹ meine ich überhaupt nicht negativ.

Es gibt viele große Sätze, die eigentlich nichts sagen (nichts verraten), aber in beeindruckender Weise *da sind.*

28. Oktober, Dienstag

Anruf einer Regisseurin, die nächstes Jahr ein Intendantenamt antritt. Ob ich ein Stück für sie hätte, möglichst sofort und umsonst. Meine Auskunft, daß ich zuviel zu tun habe, faßt sie als Arroganz auf. Daß ich nicht umsonst zu haben bin, handelt mir die Bemerkung ein: »Jetzt bist du auch schon so ein Geldschreiber geworden.«

*

Angenehm ruhiger Tag, mit Lektüre, Münzen, Tischtennis.

Im Voigtlaender wird von der besonders gelungenen Fälschung einer Fünf-DM-Münze berichtet. Zu erkennen sei sie nur daran, daß auf dem Rand nicht Einigkeit und Recht und Freiheit eingraviert ist, sondern *Hilf dir selbst, so hilft dir Gott.*

30. Oktober, Donnerstag

Man muß sich beides bewahren, den Zynismus wie den Hymnus. Des einen Schönheit ist des anderen Kitsch, das eine erreicht man nie ohne den Verdacht des andern.

Es gibt ein Diktum Lichtenbergs, demzufolge die Welt vergnügt nur mit flüchtigem Blick erlebt werden könne, während man, je nachdenkender, desto ernsthafter werde.

Aber egal wie sehr man die eigene Existenz als sinnvoll oder unsinnig erfindet, über die eigene Ersetzbarkeit besteht ja nie ein Zweifel; diese Einsicht müßte immer zu befreitem Grinsen reizen.

*

Foto: Himmler, entspannt im Korbstuhl. Das deutsche far niente.

Macht der Zeichen: SS-Offizier mit
Pferdepeitsche geht Allee entlang. Es sieht aus,
als warteten die Bäume auf seine gnädige
Geste, um sich endlich hinlegen zu dürfen.

NOVEMBER 1998

1. November, Sonntag

Vor dem Bahnhof Termini: Die Lambada-Melodie der batteriebetriebenen Tänzerinnen. Dauergedudel. Wird ein akustisches Signet dieses Herbstes sein.

Über dem Bahnhof riesige Schwalbenschwärme. Wie in Aufruhr geratene Reisegruppen. Fast pfeifendes Zischen. Große Pfeile aus Vögeln, hin und her. Können sich nicht entschließen.

Dreistündiger Spaziergang nach Hause, an vielen mir bisher unbekannten Umwegen vorbei. Abendstimmung heimelig-schräg. Von großen, blaßgelben Kugellampen erleuchtete Platanenalleen – drüber, schwarz-lila, der Himmel. Sehr vangoghig.

*

Über das Wort Blutrünstigkeit, absolut unpoetabel, ärgere ich mich ständig. Warum nicht einfach Blutrunst? Klingt fies und speckig und reimt sich auf Kunst.

*

In Bologna läuft im dritten Rennen ein Pferd, das trägt den Namen »Der Zombie Gottes«.

Auch nicht schlecht.

*

Beatrice ruft um 22 Uhr an, meldet einen Rohrbruch – oder sowas Ähnliches, vielleicht nicht ganz so Schlimmes. Mit einem Tonfall, der eher um Hilfe bittet als um Trost. Ja, wie? Fühle mich mies, weil meine telekinetischen Fähigkeiten im allzumenschlichen Bereich liegen. Zugleich werfe ich ihr meine abgesunkene Stimmung insgeheim vor. Die ganze Zeit muß ich nun daran denken, ob unser Haus bald unter Wasser steht oder nicht, ob B. eine ruhige Nacht haben wird. Der Vorwurf an sie ist völlig irrational deshalb, weil ich gekränkt wäre, würde sie mir von so etwas nicht sofort Meldung machen. Vielleicht fühle ich mich auch mies, nur um solidarisch mit ihr zu leiden? Bestimmt.

*

Noch ein Nachtgang, in leichtem Regen. Es ist hell, dank dichter Wolkendecke, die das Mondlicht reflektiert. Zypressen und Pinien stoßen oben in eine Masse aus dreckigem Ocker, dunklem Orange. Ich bin nach Rom zurückgekehrt.

Hier ist man Fremder oder hat schon immer hier gelebt. Egal, ob man zwischendurch anderswo eingeteilt gewesen war.

*

Nach 23 Uhr – Schreiben. Am Tagebuch, am neuen Stück, am Treatment für Tom.

Das Studio, das einzig zu diesem Zweck dient, ist zehn mal zehn Meter breit. Und zehn Meter hoch. Fensterfläche ca. 42 Quadratmeter. Gefüllt mit Baumwipfeln und Sternen. Soviel Raum. Hab mich schnell daran gewöhnt.

2. November, Montag

Machte einen langen Gang – Via Nazionale – Via Quattro Fontane – tolle Fernsicht vom Quirinal hinab – so warm – so hell. Geschenkte Zeit.

Rom und seine Obduktionsnarben – aber die Stadt ist lebendig, quirlig.

Diese Stadt – wer sich in ihren Mythos begibt, wird ebenso zum

Komparsen des Spiels wie jener, der ihn kühl von sich weist – entscheidend ist, man hat Haltung angenommen, irgendeine.

Heute ein massiver Wolkenbruch in der Altstadt. Man floh aus den Cafés.

Ein Naturschauspiel, das dadurch, daß es über Rom passiert, zum Schauspiel wird, wie diese Stadt sich ständig inszeniert, mit ihrer Vergangenheit kokett um sich wirft.

Hier ist alles echt und nichts, der Mythos animiert selbst das von der Geschichte unberührte Wetter, Naturgewalten werden hier Kulissen, werden einer Show unterworfen.

Das Schauspiel forcierte sich durch einen Idioten, ganz in Weiß, er setzte sich dem Geprassel jauchzend aus, hielt den hochgespülten Dreck wohl für gesammelte Asche, sang in Schwedisch (?) Esoterisch-Religiöses (?), enthusiasmierter Junglyriker, der im Geprassel tanzte, weil er sich so vielleicht den alten Göttern näher glaubte, schien ein Idiot zu sein – aber was bringt es, sich dauernd zu fragen, von welchen Mächten man bewegt wird, ob das bewegte Denken in Kitsch, Schwulst, sonstige Peinlichkeiten abgleitet? Wichtig ist, zu genießen. Diese Stadt lebt ja auch, lebt jetzt, man muß beides sehen, das Panorama der Vergangenheit und den Rhythmus der Gegenwart. Instinktiv ekelt man sich vor Philologen, die hier zu reinen Altertumsbeschwörungen zusammentreffen und am liebsten jeden nicht geschichtsbewußten Italiener züchtigen oder missionieren möchten. Andererseits ruft jede alte Skulptur einen Kitzel hervor, bedingungslos in der Zeit zurückzutaumeln, in diesem großartigen, untergegangen Rom melancholisch zu wandern, eben weil es, solange wir im Geist bei ihm sind, nicht ganz untergegangen ist.

Günter Eich hat einmal in einem Gedicht geschrieben, er werfe keine Münze in den Trevi-Brunnen, wolle nicht mehr wiederkommen, es sei zuviel Abendland hier, das den Blick auf die Schönheit der Restwelt verstelle. Sinngemäß zitiert. Ich stehe klar zu diesem Abendland, würde es mit Klauen und Hauern verteidigen. Das Christentum hat die Essenz von alldem nicht zerstören können – immerhin wurde uns so die Renaissance gegönnt. Wir durften zurückblicken – das ist viel ergiebiger als der damalige Blick auf die eigene Gegenwart, dem alles selbstverständlich – und also ziemlich langweilig vorgekommen sein muß. Wenn es Götter gibt, dann zerstören sie das Schöne, nur um sich daran zu erinnern.

An der Trajanssäule vorbei zum Kapitol, von dort ein langer, langer Blick aufs Forum.

Auf ihm hab ich – Klassenfahrt Juli 84 – Beatrice zum ersten Mal umworben. Mehr zum Scherz, weil sich Alternativen grade nicht anboten. Das heiligt mir die Stätte doppelt und x-fach.

Inzwischen habe ich klare Vorstellungen davon, wie das hier einmal ausgesehen haben muß – zu diesem Zweck waren Abbilder, also Rekonstruktionen, egal in welchem Maßstab, egal wie ausgefeilt, wenig bis gar nicht hilfreich. Man muß den Platz von innen her neu erstehen lassen. Muß über sich die Kuppeln schließen, den freien Himmel überwinden, vergangene Zwischenzeit komprimieren zu einer Sekunde, die man dann, durch einen ausgelassenen Herzschlag, kompensieren, neutralisieren kann.

*

Der gewaltigste Anblick auf dem Forum – die blaugrün schimmernden, riesigen Säulen des Antoninus&Faustina-Tempels, mit der voll erhaltenen Dedikationsschrift darüber – dagegen erscheinen Titus- oder Septimusbogen fast langweilig. Die Wirkung dieser Ruine verliert sich im Abbild völlig. Man muß davorstehen. Ort unzweifelhafter Kraftübertragung. Sofern es mich betrifft. Ob eine etwaige Unkenntnis der Personen Antoninus und Faustina den Effekt beeinträchtigen würde? Vielleicht. Wahrscheinlich sogar. Das Wissen um die Sage eines Kultplatzes evoziert dessen spirituelles

Vermächtnis. Hat mit Esoterik nichts zu tun. Eher findet eine Art Datenupdate statt, Information wird bebildert, um visuelle Zeugnisse angereichert. Schwammige Vorstellung präzisiert sich anhand von Kulissen. Keineswegs stumme Zeugen – sprachbegabt, weil die einzig greifbaren.

Das Fallbeil, das Marie Antoinette den Kopf abtrennte, ausgestellt bei Madame Thussaud, übertrug zum Beispiel viel mehr an emotiven Lösemitteln als der, wie naturgetreu auch immer, in Wachs gegossene Kopf selbst. Logisch. Dinge wirken als Zeugnis nachhaltiger als Abbilder, wie kurzfristig jenes Beil mit der Marie auch in Fühlung gewesen sein mag. Es wäre übrigens egal, wenn man der Madame Thussaud damals das falsche Beil angedreht hätte. Dinge sind das, wofür wir sie halten. Die Wirkung steckt in der Datenbrücke, nicht im toten Objekt. Nur, wenn wir sicher wüßten, daß das Objekt nicht authentisch ist, bräche die Übertragung ab.

Das zweite Jahrhundert. Ich liebe diese Ära – nicht genug, um sie, hätt ich die Möglichkeit, gegen die meine zu tauschen. Aber wenn ich in der Zeitmaschine flüchten müßte …

Als es die Götter nicht mehr gab und Christus noch nicht – war zwischen Cicero und Marc Aurel ein einmaliger Augenblick entstanden, in dem der Mensch für sich existierte. (Aus einem Flaubert-Brief.)

Als Hadrian an die Regierung kam, stand auf seinen Münzen: Menschlichkeit – Glück – Freiheit. Was wurde später daraus? Aus dem Glück wurde Gleichheit, aus der Menschlichkeit Brüderlichkeit. So funktioniert das nicht.

*

Eine Frau von hoher Nase und leidlicher Schönheit ging abends, im geöffnetem Kaufhaus, an mir vorbei, und wiewohl ihre Schönheit meinen interessierten Blick kaum verdient hatte, war die Höhe ihrer Nase dem Anlaß noch viel unangemessener.

Sie trug einen teuren Ledermantel mit mehreren riesigen, kreisrunden Knöpfen, einen davon auf dem Rücken, ich sprach sie an, sagte, sie habe vergessen, den elektronischen Diebstahlsmelder hinten von ihrem Mantel abzulösen. Sie sah mich an wie einen Idioten, meinte, das sei ein Knopf, der gehöre da hin. Ich bat für meine Ahnungslosigkeit um Entschuldigung und ging meines Wegs. Sie blickte mir haßerfüllt nach, obgleich ich nur ein Idiot war.

Sie mußte fortan damit rechnen, von noch vielen anderen Idioten verdächtigt zu werden, den Diebstahlsmelder ihres Mantels nicht abgelöst zu haben. Ich wußte, daß der Genuß am teuren Stück ihr für immer versaut bleiben würde. Empfand große Freude.

*

Auf Raitre läuft ein italienischer Nachbau von *Hitlers Helfer* – in dieser Folge mit Göring, v. Schirach und Himmler. Welche Lust derzeit auf solche Bilder herrscht – hier ist die Aufarbeitung immerhin sehr nüchtern, sachlich, nicht so schrecklich gutgemeintdummdreist wie die deutsche Reihe von Guido Knopp, der etliche Nazis im nachhinein nur verklärt hat, nichts sonst, schlicht indem er, um seinem Abscheu Ausdruck zu verleihen, aus seinem moralischen Bauchladen heraus Beurteilungen in den Raum warf, die auf junge, unbefangene Zuseher den Eindruck einer Lüge machen müssen. So z. B. wenn er vielen Nazigrößen ohne Beleg jede Intelligenz abspricht, oder Görings Selbstmord als Akt der Feigheit bezeichnet. Manchmal weiß man nicht, ob das noch stocknaiv ist oder bereits diabolisch. Z.B. ließ er den feisten Henker von Nürnberg zu Wort kommen, der erzählen durfte, wie er, weil Ribbentrops Genick vom Fall nicht brach, sich an jenen mit seinem ganzen Körpergewicht hängte – was soll das, wenn man nicht Mitleid mit dem Verurteilten erzeugen will? Gäbe es eine geheime PR-Kampagne zur Imageverbesserung von Naziikonen, Perfideres als die Reihe von Knopp hätten die sich nicht wünschen können.

Zum Thema Holocaust-Denkmal hab ich mich zurückgehalten. War zu sehr im Zwiespalt. Der Holocaust – das sind sechs Millionen anonyme Opfer. Ein Holocaust-Denkmal ist am Ende immer ein Denkmal für Adolf Hitler. Geschichte teilt sich über Individuen mit.

Vielleicht wäre es ohne Hitler zu friedlichen vierziger Jahren gekommen, danach zum großen Atomkrieg der Systeme. Das ist gar nicht so abwegig. Am Ende müßte man Adi glatt noch dankbar sein, daß er, als teutonischer Erzfreak, als seltsam erfolgreicher letzter Rülpser einer überkommenen Weltsicht, den großen Krieg gerade noch ausgelöst hat, bevor es für die Erde nicht zu reparierende Folgen gehabt hätte. Der Gedanke ist heikel, aber nicht geschmacklos, daraus folgern würde sich gar nichts, es sei denn, in welche Dimensionen sich Geschichte aus einiger Entfernung relativieren läßt. Immer öfter tauchen z. B. Versuche auf, Nero als empfindsamen, unverstandenen, verleumdeten Künstler weichzuzeichnen. Dieses Schwein! So etwas kann nur aus Ignoranz entstehen, aus einer Faulheit, die vorhandenen Quellen zu lesen, oder aus der unerhörten Arroganz heraus, diese Quellen zu bezweifeln. Sie sind alles, was wir haben – und deshalb tabu gegenüber jeder Form von Spekulation. Im Falle Neros sind sie ja sogar zahlreich und relativ übereinstimmend.

Der freche Gegenentwurf – zu was auch immer Vorhandenem und Überliefertem – ist ein menschliches und das große Spiel um Facetten bereicherndes Bedürfnis – aber irgendwo müssen auch Grenzen bleiben, Regeln, sonst verliert das Spiel seinen Ernst, seinen Reiz, mündet in Beliebigkeit ab.

Nimmt man alles, was man über Nero weiß, zusammen, kann man mit einiger Bestimmtheit sagen: Er war ein mittelmäßig talentierter Dichter, ein ausschweifender, brutaler und feiger Mensch, ein Mörder, ein eitler Fettsack, der als Jüngling gern durch die

Straßen zog und Zivilisten verprügelte. Wenn die sich wehrten, griffen bezahlte Gladiatoren ein.

*

Wenn der Wasserhahn tropft und trotz aller Kraftanstrengung nicht damit aufhören will, drehe man ihn auf, bis das Wasser ohne Lautstärke fließt.

4. November, Mittwoch

Zur großen Markthalle an der Via Catania, sehr viele tote Menschen waren unterwegs. Es roch stellenweise stark nach 1987. Manchmal kehrten sogar Geruchsfelder der späten 60er zurück. Fischpreise hoch, Angebot mager. Dagegen Überfülle an den Käsetheken.

*

Habe zuwenig geschlafen. Mittwochmorgens stürmen Putzfrauen das Studio – verbringen grundlos mehrere Stunden darin, zelebrieren geheime Orgien mit Besen, Schrubbern und Kruzifixen, danach sieht alles genau aus wie vorher.

5. November, Donnerstag

Die Sykophanten von DELL versauen mir den Tag. Sieben Mille hab ich bezahlt für das neue Notebook, mit 3-Jahres-Garantie. Es kam Ende September – und die Maus funktionierte nicht.

Folgten stundenlange Hotline-Gespräche zur Behebung des Malheurs, das sich aber nicht beheben ließ. Endlich wurde das Ding abgeholt und nach England verschickt – den gesamten römischen Oktober blieb ich ohne Internet.

Dann kam das Ding zurück – die Festplatte völlig leer. Win 98 mußte neu installiert werden, dazu wurden Treiber benötigt, die wiederum nur DELL besaß, man schickte sie mir. Joha lud den ganzen Krempel neu, unter großen Schwierigkeiten, weil die Konfiguration hinten und vorne nicht paßte. Kostete mich nochmal 400 – kann ihn ja nicht umsonst schuften lassen – und jede Menge Hotlinegebühr. Schließlich war alles installiert, mit dem Ergebnis: Die Maus funktionierte nicht. Neue Anrufe bei DELL – und ein zwielichtiges Angebot: Ich solle das Notebook nach Frankfurt schicken, bitte in der Originalverpackung, ein Techniker sähe sich das mal an – die sprachen von einem Kulanzdienst, was soll das – Kulanzdienst? Das Ding war offensichtlich kaputt.

Ich kramte die Originalverpackung aus dem Keller, eine Kiste mit zwei blauen Schaumstoffteilen, in die man das Notebook nur auf eine einzige Art und Weise einstecken kann, ansonsten sich die Kiste gar nicht schließen ließe. Vorgestern wurde es abgeholt, heute erreichte mich Beas Anruf – es gäbe neuen Ärger mit dem Notebook. Angeblich hätte ich es nicht ordnungsgemäß verpackt (ich hab sogar einen Zeugen dafür, leider kein Foto) – dadurch sei es nun beschädigt worden, die Festplatte sei eingedrückt und ein Stück vom Chassis abgesplittert. Die Reparatur koste deshalb 790 DM. Ich rief an und sagte, daß das alles Quatsch sei, das Notebook sei sachgemäß verschickt worden – und es müsse, um solche Schäden hervorzurufen, schon jemand mit schweren Stiefeln darauf herumgetrampelt haben.

Ich pfeife, sagte ich, auf die ganzen Nebenkosten, den Zeitverlust, zahlt mir einfach mein Geld zurück – oder gebt mir ein anderes Gerät.

Da fing ich mir aber was ein. So ging das los:

Man habe in Frankfurt – unter Zeugen – das Paket geöffnet – und ein Foto gemacht – die Schuld, zumindest die Beweislast, läge bei mir, mir stünde gerne der Rechtsweg offen, meine Chancen seien jedoch minimal. Ich fragte, warum sie denn das Ding nicht zurücknehmen würden, wenn es doch kaputt sei. Da antwortete mir der Typ eiskalt: Für uns ist das Notebook nichts mehr wert, wir würden es wegschmeißen. Darauf ich: Was soll ich denn dann damit anfangen?

– Ihr Problem.

– Wollen Sie mir sagen, ich habe jetzt fast 8000 Mark ausgegeben und stehe dann mit einem kaputten Notebook da?

– Nein, es gibt ja die Möglichkeit einer Reparatur. 790 Mark – dafür wird in England die Festplatte ausgetauscht, dann kriegen Sie es wieder.

– Ich kann eigentlich an so schwere Schäden gar nicht glauben. Würden Sie mir das Notebook bitte zusenden, damit ich mich davon überzeugen kann?

– Nein.

– Warum nicht?

– Das ist nicht vorgesehen.

– Irgendwie klingt das stark nach Vampirismus.

– Wir können uns gerne vor Gericht wiedersehen.

– Ihr habt mir ein sauteures Teil angedreht, das hinten und vorne Dreck ist, und droht mir mit dem Gericht?

Ich war sehr milde aufgelegt – normalerweise hätte ich sofort den Anwalt eingeschaltet. Aber wie soll ich von Rom aus einen Prozeß führen? Außerdem sähe ich das Ersatzteil frühestens in einem halben Jahr – wenn ich schon längst wieder in München bin.

Folgte meinerseits eine eigentlich kaum nachvollziehbare Geste des guten Willens:

– Also hören Sie zu, von mir aus schenk ich Ihnen auch noch die 790 Mark – aber dafür erstatten sie mir den Einkaufspreis, ich geh zur Konkurrenz, und die Sache hat sich.

– Wozu sollten wir das tun?

An der Art seiner Stimme war zu merken, daß der Kerl nach Feier-

abend auch gern mal in der Hölle aushilft. Die pure Arroganz und Gemeinheit.

– Also nochmal Klartext: Sie schicken das Ding nach England, danach kommt es, mit der inzwischen dritten Festplatte, zu euch nach Frankfurt, ihr ladet Win 98 und die neue Systemkonfiguration drauf und schickt es mir irgendwann zu Weihnachten zu. Und wenn dann die Maus immer noch nicht funktioniert?

– Dann haften wir dafür. Aber nur, wenn es sich um einen Hardwarefehler handelt.

– Wie – Hardwarefehler? Dafür ist das Teil doch in England beim Reparieren?

– Eben. Wenn die dort sagen: Fully repaired – dann liegt kein Hardwarefehler vor.

– Und dann?

– Dann haften wir nicht.

– Aber nun hören Sie doch! Das Notebook war doch schon mal in England bei der Reparatur, kam zurück mit der Notiz – fully repaired –, und die Maus war trotzdem tot.

– Das ist dann nicht mehr unsere Sache.

– Das bedeutet, ich konnte drei Monate nicht mit Internet arbeiten, bin Autor und Journalist – und statt eines Schadensersatzes oder einer Preisminderung zockt ihr mir noch 800 Mark ab, damit ich im neuen Jahr die Ruine eines Notebooks besitzen darf, bei dem die Maus nicht geht?

– Sie haben das Notebook unsachgemäß verschickt.

(Kein Mensch glaubt denen das. Die wollen doch nur vertuschen, daß sie selber keine Ahnung haben, warum die Maus nicht funktioniert.)

– Ich glaube Ihnen kein Wort. Das Ding war so gut verpackt, da hätte man mit dem Panzer drüberfahren müssen.

– Sie müssen ja wissen, was Sie damit gemacht haben.

So ging es noch weiter. Um ehrlich zu sein, ich habe keine Ahnung, wie die Gerichte bei sowas entscheiden – wenn Aussage mit Zeugen gegen Aussage mit Zeugen steht. Was sollte ich machen? Der Kerl hat mich schlichtweg erpreßt. Wenn ich zur Reparatur nicht ja gesagt hätte, hätten die das Ding einfach einbehalten – basta, so lange, bis ich mit dem Anwalt angerückt wäre. Aber ich kann in der Zwischenzeit nicht wieder sieben Mille hinlegen und mir ein anderes Notebook kaufen – dazu langts im Sparschwein nicht.

Ich muß davon ausgehen, daß das Geld verloren ist – durch die Machenschaften einer Firma, die vordem als seriös galt.

Anruf bei Joha. Er nennnt das Ganze entweder supermies oder höchst unwahrscheinlich – will sich über seinen Bruder mit einem Anwalt kurzschließen. Das Problem jetzt ist, daß DELL sich darauf berufen kann, ich hätte mein Okay zur Reparatur gegeben – was quasi als Schuldeingeständnis bewertet werden könnte.

Andererseits war der Transport des Gerätes eine von denen so genannte »nicht offizielle Serviceleistung« – ich hab da schon dumpf geahnt, was passieren könnte, und mir einen Transport-Sicherheitscode geben lassen. Ob das was nutzt? Liegt die Beweislast wirklich bei mir – oder ist das nur ein frecher Bluff?

So ging ich hinaus in den leicht bewölkten Tag – deprimiert und verloren, wie man es nur völlig unschuldig sein kann. Zuwenig Haß in mir, um wirklich den ganzen Gerichtszinnober durchzuziehen – das kostete mich nur noch mehr Zeit. Es ist so grauenhaft, mit derlei Dingen belangt zu werden – gerade wenn man sich, um solches zu vermeiden, kein Gerät aus dem Supermarkt gekauft hat, wenn man mal großzügig sein wollte, um von so einer Scheiße verschont zu bleiben.

*

Danach trübe Straßen ohne Touristen, Via Lebicana, Via Emanuele Filiberto. Sehr hoher Ausländeranteil in dieser Gegend. Viele Afrikaner und Inder, Vietnamesen, dazu die bosnischen und albanischen Flüchtlinge. Wovon die alle leben? Zum Beispiel Feuerzeugverkäufer. Zehn Einwegfeuerzeuge kosten 4000 Lire – vier Mark. Ich hab ein paar von denen beobachtet – sie konnten froh sein, wenn sie pro Stunde zwei Zehnerpacks los wurden. Und der Einkaufspreis für die Dinger kann auch nicht viel niedriger liegen.

*

Abends düstere Viertel um den Bahnhof durchstreift. Tatsächlich war was los. Der Notarztwagen barg einen Abgestochenen, Polizisten durchsuchten den mit Handschellen gefesselten Täter, junger Inder – vielleicht Pakistani. Ich ging schnell weiter, weiß nicht warum. Früher hätt ich da lange hingesehen, hätte mir alles genau gemerkt. Und jetzt – eine Scheu, die mir fast wie Feigheit vorkommt. Vielleicht sagt mir das alles auch nur nichts Neues mehr.

6. November, Freitag

Spätnachts wieder mal *Echnaton* gehört. Mag ja sein, daß das vielleicht simpel gestrickt ist (ich seh's nicht so), aber welche unmittelbare Suggestion, welche Magie, welche Beschwörungsmacht von der Musik ausgeht! Erstaunlicherweise sind gerade die Sprechstellen am bewegendsten, das spricht aber nicht gegen die Musik, im Gegenteil, die Worte haben sich zuvor mit Musik gleichsam aufgeladen, werden zum Gebet, zur Anrufung. Eine ungeheuerliche, lange verloren geglaubte Spiritualität kehrt zurück – oder macht es mich immerhin glauben. Ich höre mich in einen nachtschwarzen, pharaonischen Rausch, überlasse mich dem Sog, es ist, als klaffe im Chronos ein Loch, das mich einschlürft, dorthin, wo ein Rest geblieben ist, verstörende Bilder, Blitze, Schemen, Ruinen von allem, was war.

Auf *Echnaton* findet sich auch das ergreifendste Liebesgedicht, das ich kenne, in englischer Übersetzung. Altägyptische Grabinschrift. Worte, die eine Heirat spät noch mit dem Glanz des Gemeinsam-Vor-Die-Götter-Tretens auszustatten vermögen.

> I breathe the sweet breath
> which comes forth from thy mouth
> I behold thy beauty every day.
> It is my desire, that I may be
> rejuvenated with life through love of thee.
> Give me thy hands,
> holding thy spirit,
> that I may receive it and live by it.
> Call thou upon my name unto eternity –
> and it shall never fail.

Da wird das Herz zur Flipperkugel.

Das sind Worte, die man der Einzigen schreibt – und nie veröffentlicht. Sie verlangen nicht nach dieser Welt.

7. November, Samstag

Schlafdefizit. Beschwichtigt durch grenzenloses Blau. Fahre mit der S-Bahn an den Strand von Ostia, laufe durch grobkörnigen Sand, die Sonne tobt, steht maßlos über der ruhigen See. In der Ferne Silhouetten von Dampfern und Tankern. Wenige Menschen sind unterwegs, die Bagnos haben dichtgemacht, zum Strand kommt man nun umsonst. Man könnte sogar baden, Tapferkeit vorausgesetzt. Wassertemperatur etwa 16 Grad.

Wunderbare Stille. Das Licht kommt einer Injektion gleich. Fühle mich so fern von dem ganzen Mist in Deutschland – Stimmung von Frieden und Ausgesöhntheit. Kaum mehr etwas ist noch wichtig.

*

Bayern hat das Derby 3:1 gewonnen. John Glenn kurvt noch durchs Weltall. Hamas-Suizidkommandos in Jerusalem. In den USA gewinnen die Demokraten an Stimmen hinzu – und Clinton zieht prompt sein Angebot an Paula Jones zurück. 700 000 Dollar hatte er ihr geboten, wenn sie die Klage wegen sexueller Belästigung fallenläßt. Sie war nicht darauf eingegangen – und wird nun leer ausgehen. Freut mich. Dieser »fortschrittliche« Westen, von sich wichtigmachenden Weibern versaut. Geldgeile Schnepfen, die dem Leben gegenüber nichts vorzuweisen haben als angeblich verletzte Seelchen. Die Hybris alldessen mündete in ein vergiftetes Klima aus Beklemmung, Gier und Bigotterie. Es gibt etwas wie ein Naturrecht der Geilheit. Der Fall Lewinsky ließ sogar erste Zweifel an der Zukunft der amerikanischen Demokratie aufkommen – jetzt muß Entspannung her, eine demonstrative Lässigkeit seitens der wirklich starken Frauen. Unbedingt.

In hundert Jahren wird man über hysterische Hennen, die Anzeige erstatteten, weil im Spind des männlichen Kollegen ein Pin-up-Girl hing, urteilen wie über finsterste Eiferer der Inquisition.

In Deutschland scheint das Schlimmste bereits vorüber. Man kann gar nicht mehr glauben, wo wir schon waren. Daß nach dem Film *Eine verhängnisvolle Affäre* etliche Kritiker (z. B. Ponkie) allen Ernstes dieses entsetzliche Psychopathenweib – gespielt von Glenn

Close – in Schutz nahmen, aufheulten in aufklärerischem Bewußtsein (oder was sie dafür hielten), dabei schlicht antisexuell den Film als Werbefeldzug für die Ehe verurteilten, zeigt, was in diesem Land für ein grausiges Kulturklima geherrscht hat. Die erotische Rigidität dessen erinnerte an die schlimmsten Auswüchse der Religionsgeschichte. Viel Geschrei wurde gemacht – und fast alle intelligent Denkenden, egal welchen Geschlechts, hielten den Mund, aus Angst, gebrandmarkt zu werden. Frauen, die gegen den Wahnsinn ihre Stimme erhoben, wurde besonders arg zugesetzt.

Unsere Zeit wird der Zukunft einmal als schrecklich gelten. Wie es sich für eine Vergangenheit gehört. Die Zukunft wird nicht ahnen, daß man in ihr dennoch gut zurechtkommen konnte, weil nicht alle Menschen so verrückt waren wie jene, die als signifikant für sie gelten werden. Das Extreme schrie, das Normale schwieg. Die schweigende Mehrheit hat prima gefickt. Aids hat viel weniger geändert, als man einmal glauben wird.

Paula Jones indessen hat ihre Schmerzensgeldforderung von einer Million auf 950 000 Dollar gesenkt, als Zeichen des Entgegenkommens.

*

»Das einzige Rezept: schöne Werke schaffen. Dann komme, was mag.« *(Montherlant)*

Überhaupt: Montherlant – Selten soviel Geist entdeckt wie in seinen Tagebüchern, die mich seit Monaten begleiten. An die Romane wage ich mich noch nicht, aus Angst, sie seien schlecht. Sie müssen einfach schlecht sein, oder? Sonst wäre Montherlant doch einer der größten Schriftsteller dieses Jahrhunderts. Oder? Oder?

»Man sollte nie über einen Autor schreiben, ohne alles von ihm gelesen zu haben und sich an alles zu erinnern.« *(Montherlant)*

Wirklich: Ich habe von Montherlant Hunderte großartiger Aphorismen, Aperçus und Bonmots gelesen, und es juckt mich doch heftig, das eine *mißglückte* Beispiel eines Sinnspruchs zu zitieren. Ich finde es auf Anhieb nicht. Eben suchte ich seine Tagebücher diagonal durch, fand es nicht, also setze ich mich hin, schäme mich ein wenig für meine Bösartigkeit, weil sonst grad nichts zu tun ist – und schreibe dies hier auf.

Und jetzt geh ich wieder suchen.

*

Die liebe S. Ich sah sie vor Wochen, an der S-Bahn, ging nicht zu ihr hin. Meine nie eroberte Jugendliebe ist saumäßig fett geworden, unattraktiv, hat so, auf banale Weise, die offene Wunde meiner Biographie zugekrustet.

Werde ihr zu Ehren eine Gedenktafel Schokolade essen.

8. November, Sonntag

Kein Wölkchen. Ging zum Flohmarkt an der Portese, kaufte Schuhe – ich trage meine Schuhe wirklich so lange, bis sie mir abfallen, kann mich einfach nicht von ihnen trennen.

Auch sehr günstig erstanden: Eine flüssige Landschaft, aus Öl und Sand – zum Kippen, Schwarz-Orange – die Farben, die meiner Jenseitsvorstellung (nicht der wirklichen, sondern der aus den Träumen) am ehesten entsprechen.

Nur 15000 Lire. Kostet bei uns um die 50 Mark. Apropos – es ist schon ein unangenehmes Gefühl, daß es Mark und Lire bald nicht mehr gibt, nur noch Euros – in zehn Jahren schon wird man

Mark und Lire in der Literatur als uralte Wörter lesen, wie Taler oder Dukaten, das patiniert einem die Seiten – andere Autoren freuen sich vielleicht sogar darauf. Wie wird man das neue Geld im Kürzel nennen? Eus?

Auf einem Rasen neben der Via Marmorata gab es kleine – man möchte sagen: Garküchen – für die Ärmsten. Aber ohne Feuerstelle. Das Inventar besteht aus Plastikschüsseln und einem großen Warmhaltetopf, der wiederum in Plastiktüten eingewickelt ist. Für 1000 Lire bekommt man ein paar Kartoffeln, ein bißchen Fleisch, dunkle Soße. Erstaunlich, daß auch bessergestellte Römer vom Angebot Gebrauch machen – und sich auf einen Imbiß ins Gras setzen, neben die Obdachlosen.

*

Heim am Circus Maximus vorbei. Wirkt aufgrund der geschickten Illumination nachts viel stärker. Flashback in die Zeit, als ich *Melodien* schrieb, als unten die Protagonisten wandelten, und ich mir vorkam, als erschüfe ich die Welt neu. Und es war ja auch so.

*

Große Nacht. Allmacht, die besteht, weil man auf deren Ausübung verzichtet. Sovieles tut man nicht. Angenommen, ich riefe mich, weil der Posten ja grade vakant ist, zum Kaiser Roms aus, oder lieber gleich zum Orgasmus Gottes, formerly known as Helmut – im Hintergrund läuft das italienische Liederbuch. Als Hugo Wolf dem Irrsinn verfiel, begehrte er, der *Gott der südlichen Zonen* genannt zu werden. Man kann darin eine letzte Bastion der Bescheidenheit erkennen, ein Bekenntnis zum Dualismus – vielleicht auch nur die Abscheu vor der Einsamkeit.

Sah einen tollen Diebstahl an einer Pizzeria mit teilweisem Straßenverkauf, ähnlich unseren Pizza-Hut-Läden. Eine schräg in gold- und silberfarbene Kleider gewandete Frau kam vorbei, blieb vor der Auslage stehen, griff zu, nahm eine ganze Pizza von den Warmhalteplatten, faltete sie zusammen und ging weiter, aß genüßlich, ohne zu hasten – was bei ihren hohen Absätzen auch kaum möglich gewesen wäre.

Mega-cool. In der Pizzeria hat niemand den Diebstahl bemerkt, obwohl drei Verkäuferinnen an der Theke im Innenraum Kundschaft bedienten und ein kleiner Seitenblick genügt hätte. Ein älteres englisches Ehepaar sah dem Mundraub zuerst fassungslos, dann fasziniert zu. Sie überlegten, was sie tun sollten, beschlossen endlich, sich nicht in die inneren Angelegenheiten des Gastlandes einzumischen. Die Diebin ging ruhig die Via del Corso entlang, wäre mühelos einzuholen gewesen. Sie wirkte nicht etwa arm, nur extravagant, trug eine mit Goldlack gemalte, umgestürzte Pyramide zwischen den Brauen – keine Ahnung, was das im esoterischen Bildcode bedeutet.

Natürlich, es war nur eine Pizza im Wert von umgerechnet 18 Mark/9 Euros – viel kann einem deswegen nicht passieren, aber die Dreistigkeit, die Schnelligkeit, die plötzliche Entschlossenheit der Frau, der ästhetische Bewegungsablauf – das hatte was, erinnerte mich an Michael, den Boß unsrer Drückertruppe, der auf ähnliche Weise manchmal eine ganze Steige Pfirsiche vom Obststand klaute.

*

Es gibt von Rilke eine Stelle, die lautet:

Innerer als dort, wo je einer war. Und dieses Nichts von Farbenwechsel in einem Atom von Zutrauen. (...) (dein Werk, das) *immer verzweifelter unter dem Sichtbaren nach den Äquivalenten suchte für das innen Gesehene.*

Als ich das las, dachte ich: Endlich redet wieder einer zu mir so, daß sich das Zuhören lohnt.

Nur ist es überhaupt keine Verzweiflung, die mich dabei streift. Es hat viel eher das Versöhnliche einer Grundeinsicht in die Nicht-Vollendbarkeit des Lebens.

Ich weiß schon, warum ich in letzter Zeit bevorzugt Gedichte schreibe. Annäherungen an die dunkle Magie, die, in Prosa umgesetzt, Philosophie sein müßte, nicht Literatur. Kein Gedicht kann alles das sagen, was man während des Schreibens gern hineinlegen wollte. Ausschnitte bleiben. Nicht zur Sprache Gebrachtes fordert hinterher ein neues Gedicht – es geht immer so weiter.

Weiter. Weiter fort. Man will etwas sagen, was niemand verstehen kann, der nicht vorher meinen Weg gegangen ist. Und doch soll jedes Poem ohne Kontext verständlich sein. Vorgabe, die mich auffrißt, Spagat, der mir die Knochen bricht.

*

Kunst, die man nicht für sich selbst gemacht hat,
geht auch keinen andern etwas an.

Wo für jeden was dabei ist, bleibt für keinen genug.

Sätze, die falsch sind, dennoch gut klingen. Vielleicht sehne ich mich nach Wahrheiten zurück. Die es in meinem Stadium nicht mehr gibt. Keine einzige ist übrig. Es relativiert den Kampf, den man führt – und potenziert das Geheimnis des Daseins. Guter Tausch. Muß man einfach zugeben.

Nichts ist wichtig. Alles ist wichtig. Manches ist wichtig.

Drei falsche Sätze.

Man wird von der Zukunft immer entmündigt, sie hat mehr zu

bieten, als unsere Phantasie entwirft, früher oder später wird sie uns wie Ballast los – und fliegt.

*

Kam gegen zwei mit einem Nachtbus heim.
Der Rest war ein Duett für
Valpolicello und Bardoline.

*

»In der Gesamtsumme eines Lebens steckt ein wichtiger Posten, auf den die Welt im allgemeinen nicht achtet; es ist der Preis, den man für das, was man erhalten hat, entrichten mußte. Nicht in Geld, sondern in langweiligen und unwürdigen Handlungen. Manch ein Leben sieht so herrlich aus, und doch mußte alles in ihm mit Versklavung, Bücklingen und Aufträgen teuer bezahlt werden, so daß ein solches Leben, mag es noch so glänzend erscheinen, als ein Fehlschlag zu betrachten ist. Dagegen ein anderes, das so aussieht, als sei es ein bißchen schiefgegangen, ist großartig geglückt, weil man nur wenig dafür hat bezahlen müssen.« *(Montherlant)*

10. November, Dienstag

Mir fiel der mißratene Montherlant-Spruch wieder ein: »Der Schütze, der das Schwarze der Scheibe nur um ein geringes verfehlt, ist nicht besser daran als jener, der an der Scheibe vorbeischießt.«

»Knapp daneben ist auch vorbei« – wäre kürzer. Außerdem stimmt der Satz so nicht. Wer die Scheibe trifft, vermeidet wenigstens das Risiko, einen Zuseher abzuknallen. Siehe *Freischütz*.

Von den etwa 40 Kanälen, die man hier ohne Schüssel empfangen kann, sind allein vier Wahrsage-Sender dabei. Eben ruft eine besorgte Frau an – »Ich glaube, mein Mann geht fremd«. Die Wahrsagerin legt neun Tarot-Karten vor sich hin und sagt: »Nein, tut er nicht, er hat nur zuviel Arbeit« – »Ach, Gottseidank!«

Riskante Antwort – angenommen, der verdächtige Gatte wäre arbeitslos? Es ist aber nicht so, daß die Wahrsagerin der Kundschaft immer nach dem Mund redet. Vorhin setzte sie sich energisch, beinah heftig dafür ein, eine in Frage gestellte Liebesbeziehung sofort abzubrechen.

*

Kritiker sind wie Fußballschiedsrichter, sie können nur durch Fehlentscheidungen berühmt werden. Im Gegensatz zu Fußballschiedsrichtern können Kritiker aber keine Spiele entscheiden, allerhöchstens in unteren Ligen.

*

In der prähistorischen Staatssammlung München, einem der schönsten Museen der Stadt, entdeckte ich in Saal 7, Vitrine 2 ein charmantes Objekt: Das einst einer Prunktoga angeheftete Bleisiegel des römischen Textillieferanten *Armanus.*

*

In den Achtzigern galt jedweder Glaube an einen Fortschritt der Dinge als dümmliche Illusion. Als reaktionäre Teleologiesucht. Welche Untergangsbereitschaft damals in den Kreisen der Tuis geherrscht hat – kein Roman wird das je vermitteln können, ohne übertreibend zu wirken. Andererseits gehört es zum Verlauf der Erkenntnis, daß immer die gerade zurückliegende Dekade einem absurder vorkommt als alle anderen, gerade, wenn inzwischen viel erreicht wurde. Wir können uns nicht beschweren. Tempus fugit.

*

Eine gute Zeile –
damit die Götter dieser Nacht
eine Landebahn besitzen.

12. November, Donnerstag

Geöffnet haben meine Wunden
von 11 bis 22 Uhr, danach
sauf ich sie zu und schlafe.

Haben wir heute den Tag der offenen Wunde – und jeder darf mal stochern?

*

Vor dem Haupthaus steht eine Reisegruppe, die man aus irgendeinem Grund hier hereingelassen hat. C. warnte mich, daß der Wunsch geäußert wurde, einem der hier ansässigen Künstler zu begegnen.

Jetzt posieren sie fürs Gruppenfoto vor dem Brunnen. Ungefährlich, denke ich, gehe in 50 Metern dran vorbei. Plötzlich deutet eine Frau auf mich und schreit: »Ein Künstler!« In die Gruppe gerät erregte Bewegung, ich kann grade so entwischen. *»Ein Künstler!«*

Beatrice lacht sich magenkrank deswegen.

*

Abends Essen bei Da Franco – *Piccolo Molise*. Via Falisci 1. Man sagt: *Menu speciale* (was anderes gibt es auch kaum oder würde nur unnötig Komplikationen nach sich ziehen), und neun Gänge werden aufgefahren, Fisch vom Feinsten. Am Ende zahlten wir 39 Mille pro Person, einschließlich Wein, Wasser, Dolci und Schnaps.

*

Gerede über tote Tiere und die schnelle Gewöhnung an mediterrane Auslagen. Beatrice wies auf ein sehr starkes Bild hin aus unserem Frankreichurlaub: Auf dem Markt von Aix lagen in Reihe Stallhasen, gehäutet, und alle hatten diese typisch roten Stallhasenaugen. Nur einer hatte *blaue* Augen. Bild von einschneidender Melancholie.

*

Gegen elf auf die Party bei Anette. Andreas weiß nicht, was er für die gelbe Landschaft verlangen soll, die mir so gut gefällt. Kavita (so heißt sie richtig) mit laszivem Decolleté.

Gespräche über römische Küche und über die angeblich attraktive Geliebte von X.

»Wie kommt ein Mann wie X zu einer attraktiven Geliebten?«

Kavita: »Cunnilingus.«

»Na gut. Aber wie schafft er es bis dorthin?«

*

Soll man ein gut durchdachtes Leben führen? Oder lieber medium, damit es innen rosa bleibt?

13. November, Freitag

Ab vier Uhr Lektorat am Roman, bis nach halb zehn, unterbrochen nur von Spaghetti alla Puttanesca und Hühnerschenkeln. Stritt mich mit Marcel wie immer viel, oft gab ich ohne Überzeugung nach. Stellenweise schien er im Recht – aber eben vielleicht nur dann, wenn man die Stelle für sich betrachtete, ohne den Lesefluß zu berücksichtigen. Ich wurde manchmal unsicher. Genug Stellen sind geblieben, die mir Rezensenten als zu exaltiert, zu pathetisch, als schiefes Bild oder unangemessene Sprache ankreiden können. Das ist egal.

*

»Wenn du diesen Ton anschlägst, wird es heißen: du trägst dick auf, und man wird über dich herziehen. Wenn du einen bescheidenen Ton anschlägst, wird es heißen: Du läßt dir alles gefallen, und man wird über dich herziehen. Und warum zieht man nicht über die anderen her? Weil sie den Ton haben, der zu ihnen paßt, und weil sie sind, was du nicht bist.« *(Montherlant)*

*

Normalerweise ist jeder Roman, den ich gerade fertig habe, für mich zugleich mein bester – bei *Schweine* ist es ganz klar nicht so. Ich denke, das für mich Bestmögliche ausgespuckt – in Ordnung gebracht zu haben, was ich vor zwölf Jahren halbgegessen zurückließ – es machte Spaß, erinnerte mich an vieles, ein Nachholbedürfnis wurde erledigt – echte Befriedigung kann es dennoch nicht bieten, der Text mußte unter meinen heutigen Möglichkeiten bleiben. Schwer, jemandem zu erklären, weshalb. Man könnte fragen: Warum kein ganz neuer Plot, warum freiwillig an den alten Vorgaben kleben? Dies könnte ich nicht zufriedenstellend beantworten – und fühle doch, im Recht zu sein. Hab lange hin und hergedacht. Weiß vieles heute besser – wichtig war jedoch, nicht zu lügen, den Text so zu schreiben, daß ich 1987 stolz darauf gewesen wäre. Nur so kann die Trilogie als Einheit funktionieren. Ehrlich sein.

14. November, Samstag

Regnerisch. Dunkel. Beatrice verbringt den Tag im Bett.

Um zwei Uhr weiter mit dem Lektorat – bis halb sieben. Kompromisse erträglich. Wenn Marcel an einer besonders schönen Stelle mäkelte, gab mir das einen Stich ins Herz – z. B. mißfiel ihm das *Distichon für Silke.* Auch manches Pathos fand er nicht ironisch gebrochen genug, wo es das meiner Meinung zweifellos war, oft sogar zuviel.

Heutzutage bestünde die ironische Brechung des Pathos vielleicht am gründlichsten darin, es durchzuhalten.

Die vom Tonfall heikelste Stelle im Roman ist sicher, wenn Hagen sich an die pubertär-hölderlinesken Exzesse mit Franziska auf dem Friedhof erinnert – es wird etwas Peinliches angesprochen, das damals nicht peinlich, sondern großartig kam – und ich habe es in der Weise angesprochen, wie wir damals selber darüber geredet hätten.

Ach was, hab ich nicht. Ich habe grademal das Nötigste angedeutet. Die Wahrheit war viel schlimmer, schwülstiger, pathetischer, weihevoller. Vielen, glaube ich, die heute nichts mehr davon wissen wollen, ging es genauso. Eine Stufe des Reifens, die heutzutage nicht mehr literarisch verarbeitet, gleichsam aus der Welt geschwiegen wird.

*

In der Zeitung steht, daß Paula Jones nun doch kassieren wird. Clinton gibt ihr 850 000 Dollar. Paula Jones sei bei der Nachricht über den Vergleich in Tränen ausgebrochen und habe gesagt: »Ich bin froh, daß es vorbei ist.«

Zum Kotzen.

*

Um halb acht mit Alban und Kavita zu Da Franco. Ungeminderte Qualität des Essens. Noch mehr Völlerei. Im Hauptgang eine tolle Flunder. Aber zuviel Stil(-wille) und Ego am Tisch.

Alban spielt zwischendurch den Sado-Feudalisten, läßt sich von der vietnamesischen Feuerzeugverkäuferin langwierig alle Modelle vorführen, kauft dann kein einziges, verscheucht sie mit herrischen Gesten.

Er und sein geschmäcklerisches Prinzeßchen (»Jetzt will ich aber endlich mal ne neue Gabel haben!«) gießen sich statt dessen Wasser über den Kopf. Marcel wars egal. Mehr als drei Stunden überinszenierten Alltag halt ich nicht aus, bat darum, daß wir endlich gehen – die besoffene Bagage nahm keine Rücksicht, bestellte noch nen Grappa und noch einen (wenn man Wein schon nicht verträgt, warum muß man dann eigentlich dauernd noch dieses widerliche Zeug dazwischenkippen?), ich mußte an die frische Luft. Schon der vierte Abend in einer Woche, an dem ich Zwangssybarit nicht arbeiten kann, solidarisch fressen und saufen muß. Beatrice hielt mich davon ab, einfach heimzulaufen. Schon wegen Marcels letztem Abend hier. Er war wirklich lieb, kann man nichts sagen.

Bea und ich nahmen die Metro, um ein bißchen Abstand zu gewinnen, die anderen ein Taxi. Später, gegen eins, trafen sich alle wieder, im Studio 7 zum Backgammon. Alban glaubt ernsthaft, von diesem Spiel etwas zu verstehen.

Ich sagte nichts. War besser so; verlor prompt die erste Partie – ohne Möglichkeit, irgendwas dagegen zu tun. So ist das Spiel. Lost Position nach dem zweiten Wurf – Alban brachte sie trotz schrägster Züge irgendwie nach Hause. Die nächste gewann ich und ließ es gut sein. Früher hätte ich sowas nicht auf mir sitzen lassen, hätte ihm eine mindeste Ahnung mitgegeben, worum es sich da dreht. Wenigstens Beatrice gewann gegen ihn – mit Ach und Krach. Darauf Alban: »Kann passieren. Das hätte sich natürlich im weiteren Verlauf noch umgekehrt« – im von sich überzeugten Brustton. Ich ärgerte mich auch über Beatrice, die sich, freundlich wie sie ist, kleinmachte, für ihren Sieg noch entschuldigte und ihn dem Glück zusprach.

Beatrice hat eine zelig'sche Angewohnheit – sich bei jedwedem Spiel dem Niveau ihres Gegners anzunähern. Ob es nun höher oder tiefer liegt als das eigene. Normalerweise müßte sie gegen Alban 75 von 100 Partien gewinnen, könnte ihm jederzeit Unterricht geben. Und spielte teilweise so schlampig, daß es ein Graus war. Unfaßbar, daß ein Wesen, in dem so wenig Böses wohnt, sich mich zum Mann ausgesucht hat. Auch als Kavita beim Abendessen (wissentlich falsch, einfach nur so) behauptet hatte, Krokodile würden sich über ihre Tränenflüssigkeit fortpflanzen, schwieg Bea nicht nur, sie gab in ihrer Höflichkeit sogar vor, das nicht genau zu wissen. Statt einfach zu sagen: Blödsinn.

Ich sprach zu Hause diese Konfliktscheu an, die ihr manchmal gegenüber Fremden etwas Duckmäuserisches verleiht. Sie antwortete mit einem Satz: »Ich streite mich nicht mit Menschen, die mir nichts bedeuten.«

15. November, Sonntag

Fritz Göttler ist in der Medienlandschaft einer der ganz wenigen Kritiker, deren Arbeitsethos ich bewundere. Kein Spötter, kein Egomane und Selbstinszenierer, immer hegt er Respekt für das, was er behandelt, ist um Wahrheit bemüht, geht mit Sorgfalt und Leidenschaft daran, hat kein Problem damit, etwas nicht nur gut zu finden, sondern zu bewundern und hinter das Bewunderte zurückzutreten, fast unauffindbar. Besitzt Wissen, ohne damit zu protzen, trägt sein Handwerk nicht zur Schau. Wenn er etwas verurteilt, schenkt er sich fiese Pointen, bedauert mehr als zu vernichten – und maßt sich nie den Tonfall der Letztinstanz an.

*

Die KBW-Story. Irgendwann anfang der Neunziger stellte der Kommunistische Bund Westdeutschlands fest, daß er nur noch 40 Mitglieder besaß, das Parteivermögen sich aber auf 75 Millionen belief, Reste der einstmals großzügigen Spenden aus der Sowjetunion. Man beschloß einen sofortigen Mitgliederaufnahmestop und lebte fortan luxuriös in einem riesigen Ökohaus in Frankfurt.

16. November, Montag

Asma Semler ruft an – will 52 Autoren für einen großen Fortsetzungsroman in der ZEIT zusammenbringen, das letzte Kapitel käme in der ersten Woche des neuen Jahrtausends.

Ich soll den Reigen eröffnen. Nein danke. Zeitverschwendung.

»Da haben aber etliche zugesagt, die sind mindestens so berühmt wie du!«

»Na also – dann brauchst du mich gar nicht.«

*

Halb eins. Beatrice kehrt zurück vom Gianicolo. Ob ihre Brieftasche hier irgendwo rumliegt? Tut sie nicht. Brieftasche ist geklaut – und sie hat nichts gemerkt. Geklaut aus der Stofftasche, die sie über der Schulter trug. Sie will es nicht glauben. Muß es dann einsehen.

Der Rest des Tages braucht kein Programm mehr.

Dutzende Telefonate. Sperren der diversen Karten. Anzeige erstatten, in der Quästur an der Via Genova. Kosmetischer Akt. Auf einem großen Stapel liegen Formulare in fünf Sprachen, für mehrere Kategorien, darunter Drive-by-Handtaschenraub, Taschendiebstahl in Bus oder Metro, Autodiebstahl, Diebstahl von Auto-Interieur. Man füllt die Vordrucke aus, gibt sie einem Typ, der sie kaum ansieht, seinen Stempel druntersetzt und sie zum großen Haufen anderer Anzeigen schmeißt. E basta così.

*

Der Abend wurde dann doch sehr nett. Schlemmen bei barocker Musik, später Beethoven-Streichquartette, Ravels Linkshänderklavkonz, zum Schluß Piazzolla.

Weitere Gäste waren Christoph, Andreas, Katharina sowie Schilling mit Freundin.

Alban und Kavita waren beide heute ganz verändert. Richtig liebenswert. Sehr gute Gastgeber. Ebensolches indisches Essen.

Schilling erzählt, wie er in Rom ein halbes Jahr lang ohne vorderes Nummernschild Auto gefahren sei. Hielt ihn die Polizei an, sagte er großäugig, daß man in Deutschland kein vorderes Nummernschild brauche.

Brüller des Abends. Die Polizisten haben's ihm allen Ernstes geglaubt und sich für die italienische Ordnungssucht fast entschuldigt.

17. November, Dienstag

»Ich verlass dich jetzt!«

Bea: (trottet gelangweilt hinter mir her) »Ich komm mit. Verlassen wir mich gemeinsam ...«

*

Große Feiglinge können Menschen sein, deren Tapferkeit einen großen Anlaß abwartet.

Die um das Recht des Bösen wissen, aber auch, wann dessen genug ist.

*

Interessantes Experiment: Man wirft Bienen und Fliegen auf den Boden einer großbauchigen Flasche.

Die Bienen suchen das gesamte Flascheninnere systematisch ab und verhungern, bevor sie oben angekommen sind. Die Fliegen schwirren wirr umher, kreuz und quer, der Zufall führt sie irgendwann in den Flaschenhals, von dort ins Freie. Einer jener Fälle, bei denen Logik bestraft wird.

*

Ich: Strahle ich Haltung aus?
Bea: Sicher, aber welche halt.

*

Soviele wollen ans Licht und
verdunkeln es mit einem
ins Furchterregende gewachsenen
Schattendasein

18. November, Mittwoch

Das Haus der Livia ist wegen Restaurierungsarbeiten geschlossen. Man hat das Gefühl, ab November wird auf Rombesucher wenig Rücksicht genommen, überall werden an die Denkmäler Gerüste angelegt, die Urbs ist eine große Reparaturwerkstatt.

Den höchsten Punkt des Palatin bildet ein doppelstöckiges Häuschen, keine dreißig Jahre alt, grau, unscheinbar – und wirkt doch gemütlich. Vielleicht eine Gärtnerwohnung. Mit Ausblick auf den Circus. Hier würde ich sogar eine Stadtschreiberstelle annehmen.

Im SPIEGEL wird auf drei Seiten eine neue Augustus-Biographie besprochen. Als gäbe es da soviel Neues mitzuteilen. Ein Zeichen steigenden Interesses?

Caligula wollte den Palatin durch eine Brücke mit dem Kapitol verbinden – »um schneller zu seinem Bruder Jupiter zu gelangen«.

Im geradezu lächerlich überbewachten Museum sind die beeindruckensten Stücke zwei bunte Fußbodenmosaike aus der Domus Tiberiana.

Der Ort wirkt, wenn überhaupt, nur durch das, was man *nicht* sieht. Durch die Geschichten, von denen man weiß. Vorhandene Ruinen reichen nicht hin, um sich die Palastanlagen in ihrer einstigen Pracht vorstellen zu können. Sind für diesen Zweck eher hinderlich.

Immerhin haben wir einen illegalen Zugang zum Palatin entdeckt, der uns künftig die zweimal 12 000 Lire Eintritt erspart.

Noch einmal übers Forum. Die Säulen aus rotem Porphyr sowie die Bronzetüren zum Romulus-Tempel sind Originale; das Türschloß soll angeblich noch funktionieren. Warum demonstriert man das dann nicht, einmal im Jahr, gut inszeniert?

Auf der zweiten Stufe zum Antoninus&Faustina-Tempel sind Mulden für ein Kalah-ähnliches Spiel eingegraben. Muster für Brettspiele finden sich auch auf den Stufen der Basilika Julia. Arbeitslose oder schlangestehende Opfergeber vertrieben sich so die Zeit.

Auch das Kolosseum ist an seiner hohen Seite eingerüstet. Man könnte den Bauführer sicher mit 100 Mille bestechen, und er ließe einen in dem kleinen blauen Aufzug bis ganz nach oben fahren. (Wieviel Meter? Sechzig?) Ich will es schon tun – da fällt mir meine Höhenangst ein. Immerhin sehr spät.

Moers meinte, Höhenangst sei oft eine temporäre Erscheinung, könne auch wieder verschwinden, sei bei ihm so gewesen.

*

Zu Hause schreibe ich drei Postkarten an Tom, zerreiße alle, finde nicht die richtigen Worte.

Wird zum Problem, dieses Treatment. Die Überwachungsmaschinerie – die er als zu deprimierend abgelehnt hat, war das eigentlich Originelle am Plot des Romans, das Urlicht vom Ganzen, der Motor, der die Liebesgeschichte über 45 Jahre lang am Laufen hielt.

19. November, Donnerstag

In den Waffenkammern der Engelsburg faszinieren mich zwei Objekte: Eine reichverzierte Doppelschußarkebuse, wie sie Gesualdo benutzt haben mag – und ganz am anderen Ende des Saales ein fantastisch gut erhaltener etruskischer Gladiatorenhelm aus dem sechsten vorchristlichen Jahrhundert.

Die päpstliche Schatzkiste. Zwei Meter hoch, zwei Meter tief, zweieinhalb Meter breit.

Thronsaal und Schlafzimmer sehr schlicht, fast wie die Notunterkunft eines Exilanten – während die Engelsburg ja lange Zeit Stammresidenz war. Alexander VI. hat sich während seines Pontifikats so gut wie nie außerhalb ihres Schutzes begeben.

Blick hinab auf Tiber und Stadt. Die langen Tauchgänge der Kormorane.

Man muß sich den Weg durch die Burg suchen; ist sich selbst überlassen. Das Überwachungspersonal nimmt die *stagione bassa* gar nicht ernst. Diebe hätten leichtes Spiel.

Gingen noch in die San Giovanni Battista dei Fiorentini, besuchten dort das äußerst schmucklose Borromini-Grab, eine Steinplatte im Boden vorne links neben dem Hauptaltar, nichts als der Name und die Lebensdaten (1599–1667). Bedenkt man seinen Selbstmord, scheint es hingegen fast üppig.

*

Es gibt im Internet eine Todeserwartungsliste, momentan angeführt von Ronald Reagan und Bob Hope. Auf Platz 3 der Papst. Wenn der Papst stirbt, wird in den römischen Hotels das Chaos ausbrechen. Viele haben nämlich mit Fernsehanstalten Verträge über Zimmer abgeschlossen – wer bis dahin dort logiert hat, wird hinauskomplimentiert, in billige Ersatzquartiere außerhalb. Wenn sich der bisherige Gast aber weigert, wird das Chaos zum Alptraum. Eine konzertierte Aktion jener Gäste könnte die gesamte Hotellerie ruinieren. Fernsehanstalten haben bis zu 50 000 Dollar als Versicherung bezahlt, für die Gewißheit, freie Zimmer zu bekommen.

Ganz Rom betet deshalb, daß der Papst nicht in der Hochsaison stirbt.

*

Nachts, am Schreibtisch, über Borromini nachgedacht. Ein Genie, aber immer nur zweiter hinter dem verhaßten Konkurrenten. Der Fakt machte ein großes Dasein tragisch, aber erst vom Moment an, wo er die Überlegenheit Berninis – nicht anerkannte, das hätte er nie getan – aber zumindest als Möglichkeit in Erwägung ziehen mußte. Genügt für einen so ambitiösen Menschen, um sich unheilbar die Seele zu vergiften. Der Haß als Selbstschutz versagt fortan, kehrt als Bumerang zurück, mit doppelter Wucht. Borrominis Selbstmord war kein Eingeständnis der Niederlage, nein. Nur Fanal seines Ekels an der Gegenwart. Ich bin sicher, er hat darauf vertraut, daß die Zukunft besser – »gerechter« über ihn urteilen würde. Sonst hätte er es vorgezogen, am Leben zu bleiben, hätte alles getan, um sein bisher Geschaffenes zu übertreffen.

Wie hätte es ihn gefreut, viele Jahre später den Brief Winckelmanns an Berendis zu lesen (1756), in dem er alle nicht antiken Künstler als Esel und Bernini als den größten Esel unter ihnen bezeichnet. (Abgesehen nur von den Franzosen, den »naturgemäß allergrößten Eseln«.)

Winckelmanns Verteidigung des Primats griechischer gegenüber römischer Kunst war unsinnig. Er wußte nicht, daß er keine griechischen Originale, sondern römische Kopien anbetete. Das spräche noch nicht gegen ihn; es ist immer leichter, große Kunst zu kopieren, als neue große Kunst zu schaffen. Dennoch war er ungerecht, weil er die Möglichkeiten der Römer übersah – mit der Überlieferung zu spielen, zu experimentieren, die Einflüsse aus allen Himmelsrichtungen miteinander zu kombinieren. Das glückte manchmal, manchmal nicht – auf jeden Fall ist ein ›römisches‹ Museum für meine Augen fast immer aufregender als ein griechisches. Es wohnt soviel mehr Leben darin, soviel weniger Stilreinheit. Rom bildete eine Art erster Postmoderne, wenn man so will. Winckelmanns preußische Strenge ist ein Beispiel für die destruktive Liebe zum Kunstideal, einseitig rückwärts gerichtet, blind gegen alles Neue. Typus, den man heute im Feuilleton tausendfach wiederfindet. Geschichte kann sich noch so oft wiederholen, gelernt wird daraus wenig.

Als eine Statue Neros bereits 3000 Scudi kostete, war Michelangelos Pietà noch für 40 Scudi käuflich zu erwerben – aber keiner wollte sie haben. Ein Gemälde von Giotto wurde einem sogar für einen (!) Scudo nachgeworfen.

Winckelmann wünsche ich ein Jenseits aus authentisch buntbemalten Tempeln – er würde schreiend von einem zum anderen laufen, unter sich schieflachenden Göttern.

*

Wie man sich noch einen Kritiker verscherzt:

»Über X. bin ich noch zu keinem abschließenden Urteil gelangt.«

»Schade. Ich bin sicher, X. wälzt sich in seinem Grab nervös hin und her und wartet auf Ihr abschließendes Urteil.«

*

Absicht macht einen Fehler nicht zur Glanztat.

Tiefe stülpt sich über einen immer von unten.

Helden drängen nicht ans Licht, sie bringen es.

*

Mit 20 hätte mir das vermutlich gefallen, sage ich heute manchmal. Aber zu sagen, mit 40 *könnte mir das vielleicht gefallen*, drückt immer noch eher Angst als Einsicht aus.

Bald bin ich 35 – eben war ich doch noch 30 – im Juli – das ist doch gradmal ein paar Bücher her …

Zu wissen, man ist so vergänglich wie ein Tischtennisballwechsel.

*

Athenäum-Fragment: *Die Erde zu kennen, heißt, sich der eigenen Winzigkeit bewußt zu sein, heißt zu glauben, daß kein philosophisches System die Erde je zu ändern vermag, und zu hoffen, daß alles so bleibt, wie es ist.*

Beatrice reist ab, ich bringe sie zum Flughafen, im Shuttlezug sitzt hinter uns eine Zigeunerfamilie – acht Frauen jeden Alters, ein Halbwüchsiger, der sich mit seinen Schwestern balgt.

Ein etwa dreijähriges Mädchen kommt, nimmt mein SZ-Magazin, legt es wieder hin. Wir denken uns nichts dabei. Ein bißchen doch. Und können es nicht glauben. Die Kleine geht los, verläßt das Abteil, kommt zehn Minuten später mit einem Touristenrucksack wieder.

Der Rucksack wird auf einen leeren Sitz gelegt. Sein Besitzer hätte noch Zeit, den Zug zu durchsuchen. Wenn er ihn rechtzeitig findet, wird keiner hier etwas damit zu tun haben. Aber er findet ihn nicht rechtzeitig. Die Zigeuner steigen an der Marmatella aus, nehmen im letzten Augenblick den Rucksack mit. Die Dreijährige wird getätschelt. Beas Standardspruch in so einem Fall: »Besser als Kino.«

Die haben sich überhaupt nicht drum geschert, daß wir das Ganze beobachteten. Wußten genau, wir würden nichts tun. Hatten ja recht, man mischt sich in sowas nicht ein, zumal, wenn man den Flieger erwischen muß.

Ich dachte lange nach. Korrekt wäre gewesen, den Rucksack zu nehmen, durch den ganzen Zug damit zu laufen und zu fragen, wem er gehört. Wäre ganz klar die gute Tat gewesen.

Keineswegs spießig. Nur aufwendig. Und riskant, die hätten sich wohl irgendwie an mir oder Beatrice (das ausschlaggebende Moment) gerächt. Ein Gefühl der Ohnmacht blieb, auch der Scham, dem unbekannten Opfer nicht geholfen zu haben.

*

Meine Grausamkeit ist nicht in Abrede zu stellen.

Neulich spielte im Club ein alter Spieler gegen einen jüngeren und stärkeren, letzterer leistete sich in guter Position einen Fehler, wodurch der alte Mann ein Dauerschach, also Remis hatte und diese Möglichkeit auch sofort nutzte.

Ich ging hin zum Brett, fragte: Warum Remis? Und zeigte, wie er jetzt einfach eine Figur hätte gewinnen können. Der kurze Triumph des netten alten Mannes wurde lächerlich gemacht, wurde degradiert zu einem tragischen, fast peinlichen Übersehen. Bin ich ein Schwein? Ja, denn in der Sekunde, bevor ich alles demonstrierte, wußte ich genau, was ich tat – und dennoch hielt mich nichts davon ab.

Ich weiß meistens, was gut wäre, besitze Geschmack und Urteilskraft und Sensibilität – und halte mich oft nicht daran, vielleicht aus dem Wissen heraus, daß das sogenannte Leben guter Menschen größtenteils im Verborgenen bleibt und als langweilig gilt, ich mir also gern eine Schuld hier und da gönne, schon um nicht farblos zu wirken. Das kommt einer Erniedrigung gleich, einem Hineintauchen ins Allzumenschliche, einer Fraternisierung mit dem Üblichen – könnte fast schon vor Gericht für mich Verwendung finden. Verschlungene Pfade zur Legitimation des alltäglichen Handelns – erschreckend, wie sehr man seine Lebensführung nach der Rezeption der anderen ausrichtet, egal wie gering man deren Urteil bewertet.

*

Im Messagero steht, daß der Torso vom Belvedere (gefunden irgendwann um 1530) endlich einen Namen hat, und das, obwohl der ganze Kopf fehlt. Es ist Ajax. Identifiziert von Raimund Wünsche, Glyptotheksdirektor in München. Neben Computeranimationen der fehlenden Teile, Muskulaturanalysen und Bruchstellendiagnostik sei die kapitolinische Ilias-Tafel ausschlaggebend gewesen, auf der der Kampf um Troia dargestellt ist. Sie enthält ein winziges Bildchen des Ajax, in ebender Pose jenes Torsos. Klingt nach dem

Gelegenheitsfund eines aufmerksamen Auges, das, um die Sache nicht allzu banal dastehen zu lassen, nebenher noch ein bißchen teure Software schaulaufen ließ.

21. November, Samstag

Abends kam Anette vorbei, auf eine Flasche Rotwein. Ich mag sie sehr. Überhaupt sind die bildenden Künstler dieses Massimo-Jahrgangs viel aufgeweckter als die teils abschreckenden Komponisten. Anette erzählte u. a., wie sie vor sechs Wochen von einem ihr völlig unbekannten Mann auf dem Münchner Hauptbahnhof angegriffen worden sei. Er hat sie gepackt und gegen eine Wand geschleudert, ging dann zwanzig Meter fort, schien über etwas nachzusinnen, kam zurück – und der Vorgang wiederholte sich. Anette sei zu verblüfft gewesen, um nach Hilfe zu schreien. Rappelte sich auf und lief davon. Eine ganz ähnliche Geschichte hab ich vor einem Jahr schon einmal gehört, aus anderem Mund. Vielleicht derselbe Täter.

*

Ab Mitternacht Zapping.

Quo Vadis. Toller Film. Immer wieder gut. Seine Größe besteht in Ambivalenz. Darin, daß dem Christentum gehuldigt, aber auch Rom Respekt erwiesen wird.

In den christlichen Propagandaszenen wirkt der Film so schwülstig bis selbstironisch, daß er den Verdacht der Subversivität erregt. Unbeabsichtigt? Ja, das war alles ernst gemeint. Aber wie eklig der Paulus ist, wie geil die Poppaea, wie souverän der Petron. Und selbst Nero besitzt noch etwas Liebenswertes. Ambivalenz – sogar, wenn Ursus das arme Stierchen tötet.

Marcus Vinicius verschmäht den Kuß der Poppaea nicht, obwohl längst in Liebe zu Lygia entbrannt. Zwar wird später behauptet, er habe Poppaea abgewiesen, aber da ging es wohl mehr um die Dauerbestallung. Ein ziemlich gebrochener Film, der viele Details zuläßt, die seinem Gesamtimpetus zu widersprechen scheinen.

Auch die Liebe der Akte zu ihrem Herrn gehört dazu. Die verbotene Liebe einer Sklavin, die sich dem Petrus Ustinovus Nero erst im Moment des fälligen Unfrei-Todes offenbaren kann. Akte – guter Name, und natürlich könnte sie ihrem Herrn genausogut erst einen blasen, bevor sie ihn erdolcht, aber dies schickt sich nicht für die Überlieferung, mindert entscheidend das tragische Dekor. Ob sie es getan hat, ist eine andere Sache. Das Sein als Dramaturgie der seinseigenen Historie bedingt eine Lüge nach der anderen.

Akte – eine historisch verbürgte Geliebte, beim Selbstmord half dem Nero allerdings ein anderer, Epaphroditos.

Seine Geschichte ist kurios.

Er überlebt Neros Sturz, kommt unter den Flaviern wieder zu Ansehen, wird Domitians Geheimsekretär und schließlich von diesem getötet. Laut Sueton aus einem skurrilen Grund. Domitian, der sich in panischer Angst vor seiner ihm prophezeiten Ermordung befand, schärfte seinen Hofbedienten ein, man dürfe sich sogar in der besten Absicht nicht dazu verleiten lassen, an seinen Herrn Hand zu legen. Weil eben dies von Epaphroditos bekannt war, wurde er zum Tod verurteilt.

Dem Epaphroditos gehörte übrigens der Philosoph – und Sklave – Epiktet.

*

Gaius Matius Calvena. Er war Obstzüchter, schrieb das beste Kochbuch seiner Zeit und übersetzte die Ilias ins Lateinische. Das ist die Mischung, die mir gefällt.

*

»Es kommt nicht vor, daß Vater oder Mutter ihren flennenden Sprößling, nachdem sie ihn auf einen Esel (der rund um die Parkanlage läuft) gesetzt haben, wieder herunterholen. Er hat bezahlt. Er darf seine zehn Sous nicht umsonst ausgegeben haben. Der kleine Bursche muß für seine zehn Sous Tränen vergießen.

Im Augenblick, da der Schriftsteller diese Zeilen zu Papier bringt, sieht er den Vater seinen Sprößling vom Esel herunternehmen, er jedoch nimmt den Satz nicht aus seinem Tagebuch. Das Bonmot ist gut, ob es nun wahr ist oder nicht. Die ›tiefe Psychologie‹, die man in Büchern antrifft, kommt auf dieselbe Art zustande.« *(Montherlant)*

22. November, Sonntag

Früh nach Hause. Las, badete lang, sah fern. Die Fußballverrücktheit der Italiener deutet sich am eindrücklichsten Sonntag nachmittags auf den Privatsendern an. Dort sieht man unten eingeblendet alle aktuellen Zwischenstände, darüber sitzt ein Moderator und unterhält sich mit einem Experten. Dazwischen, am Laptop, sitzt eine atemberaubende blonde Schönheit im Mini, mit Endlosbeinen und Atomtitten.

Manchmal wird sie etwas gefragt, dann guckt sie im Computer nach und verkündet gefundene Daten, ansonsten dient sie als Blickfang und Zapphemmnis, nichts sonst.

Die meiste Zeit schweigt jene bizarre Trias und hört einfach nur dem Radioreporter zu – dabei herrscht absolute visuelle Stagnation. Das geht auf etwa fünf Sendern so. Auch bei vielen anderen werden auf der unteren Leiste Zwischenstände eingeblendet, selbst bei Tiersendungen oder Dokus oder Nachrichten oder sonstwas.

Finden Spiele ausnahmsweise am Samstag statt, ist es in jedem Supermarkt selbstverständlich, die Lautsprecheranlage der Radioberichterstattung zur Verfügung zu stellen. Viele Kassiererinnen pfeifen auf Neutralität. Wenn ihre bevorzugte Mannschaft ein Tor schießt, schreien sie schon mal auf oder hauen umgekehrt mit den Fäusten aufs Förderband. Schnell entstehen Diskussionen – und Warteschlangen an den Kassen.

*

Früher zeigten Verlierer soviel Haltung, daß man heute meint, die Niederlage sei ihnen fast egal gewesen, ihr Anliegen also nicht wichtig.

*

Die 30 Silberlinge, die Judas erhielt, waren etwa 50 Flaschen guten und 200 Flaschen ordinären Weines wert. Ein Anreiz in jedem Fall.

*

Die drei Supermärkte in der näheren Umgebung haben alle ein unglaublich breites Angebot an ausländischen Bieren. Jeweils etwa sechzig Sorten aus aller Welt. Lege deshalb ausnahmsweise einen Biertag ein, mit – womit? womit? – the oscar goes to – *Ottakringer Goldfaßl* – meinem österreichischen Liebling. Reminiszenzen an Wien.

Und was lese ich dazu? Schnitzlers *Traumnovelle.* Koinzidenz deshalb, weil in Ottakring ja die geheimnisvolle Villa der Sexorgie liegt. Bin auf Kubricks Verfilmung gespannt.

Der Text ist größtenteils mitreißend – gerade wo er Ambiente schildert, Stimmungen anhand der Örtlichkeiten plastifiziert. Darin besser als Kafka. Das letzte Kapitel flaut ab. Enttäuscht. Erweist sich dem Vorlauf gegenüber als zu harmlos. Da wiederum hätte Kafka mehr daraus gemacht. Er hätte das letzte Kapitel weggelassen und Fragment druntergeschrieben.

In der SZ eine euphorische Besprechung der Killmayer-Nacht. Wär ich gern dabeigewesen.

Traf Killmayer dieses Jahr nach der Premiere der (recht langweiligen) Trojahn-Oper. Er sagte: »Ich war ja so aufgeregt.«

Warum er aufgeregt sei – habe mit dem Werk doch gar nichts zu tun.

»Ich bin einfach bei jeder Premiere aufgeregt. Schließlich wird Gott eine neue Oper präsentiert.«

Eigentümlicher Aspekt. Gefiel mir.

*

Der Balbinus-Sarkophag steht in den Pretestata-Katakomben – der Öffentlichkeit nicht zugänglich – der einzige erhaltene Sarkophag eines römischen Kaisers – das muß man sich mal vorstellen. Balbinus, ausgerechnet er, unbedeutender Kurzzeitcoimperator des Sechskaiserjahres 238, aus banalen Gründen erschlagen.

Ich läute an, spreche mit einem der zuständigen Priester. Ein Inder namens Josef. Erhalte Eintritt. Stehe am Sarkophag in ganz lächerlicher Ergriffen- und Verbundenheit. Die Skulptur des Kaisers ist wundervoll.

Balbinus, der Bart trug und ängstlich blickte, schräg nach oben, als wäre er bei schon fallendem Schwert porträtiert worden.

*

Komponisten wie Mahler und Puccini wurden noch viele Jahre nach ihrem Tod weithin belächelt – und hatten im Leben viel Angst, daß einer den anderen übertreffen könnte an Bekanntheit.

In H. J. Mosers Musiklexikon (4. Auflage, 1955) wird erklärt, Mahler sei bloß ein »Anreger«, seinem Bekennertum vermöge man heute »nicht mehr zu folgen« und seine Musik »werde uns heute nicht mehr zum unmittelbaren Erlebnis«. Die doppelte Zahl an Seiten wird Pfitzner gewidmet, dem man »Erhabenheit«, »Innerlichkeit« und einen »Ewigkeitsanteil an der deutschen Musik« zubilligt.

Es gibt Künstler, in die die Welt erst hineinwachsen muß, um sich in ihnen wohl zu fühlen.

Von dem, was Komponisten über Kollegen sagen, ist so gut wie nichts ernst zu nehmen.

Objektivität existiert in diesem Beruf nicht, wohl aber ein breites Spektrum höchst eigenartiger Wahrnehmungen und Glaubensbekenntnisse, die zu den absurdesten Urteilen führen können, selbst dort, wo der Sachverhalt einfach und unstreitig scheint, wo also die Zeit längst ihr Urteil gefällt hat.

*

Ich bin ungerecht, jähzornig, eitel, unduldsam, selbstbezogen, arrogant, nachtragend, vorlaut, sicherheitsbedürftig, besserwisserisch, zu wenig hilfsbereit, intolerant, leichtsinnig und leicht verletzbar – und unternehme nichts dagegen, weil es sich um Eigenschaften handelt, die allesamt der Kunst förderlich sind. Mein Ich ist ein Projekt, kein Mensch.

*

Was immer man tut, das fügt man einem andern zu. Nur was man nicht tut, geht gegen einen selbst.

24. November, Dienstag

Einige Ungenauigkeiten der deutschen Sprache, die auch ich oft verwendet habe:

Im Moment bin ich außer Lebensgefahr. Müßte heißen: außer Todesgefahr (bzw. Gefahr fürs Leben).

Sich entschuldigen? Hat man dazu die Macht? Man kann um Entschuldigung bitten.

Glückwunsch an den Sieger? Gratulation. Glück hat der ja schon gehabt.

*

Zu den amerikanischen Zivilrechtsklagen: Bei McDonalds wird der Kaffee im Drive-In nur noch lauwarm verkauft, seit jemand einen Becher heißen Kaffee zwischen seine Beine stellte und abrupt losfuhr. (Die Klage gegen McDonalds gewann er und wurde reich.) Eine Frau setzte ihren nassen Pudel zum Trocknen in die Mikrowelle. Der Hund starb, die Frau verklagte den Mikrowellen-Hersteller – weil schließlich in der Gebrauchsanleitung nicht gestanden habe, daß das Gerät zur Trocknung nasser Hunde nicht geeignet sei. Sie gewann den Prozeß und wurde reich. Usw. Die halbe US-Nation denkt über Möglichkeiten unverschämten Abzockens nach. Praktische Auswirkungen: Leute verrecken auf der Straße, zufällig anwesende Ärzte greifen nicht ein, da sie ohne Einverständnis des Patienten zur Behandlung auf Schadensersatz verklagt werden könnten.

Ein Staatsgebilde, das solche Rechtsauswüchse nicht zu beschneiden weiß, hat auf Dauer keine Chance. Gegenmaßnahmen der Legislative zeigten bisher keinen Erfolg. Die Anwälte, die an einer Beseitigung solcher Abstrusitäten natürlich (Gewinnbeteiligung) kein Interesse haben, besitzen eine zu starke Lobby im Senat.

Kurz fragt man sich da, ob so was wie »Ehrgefühl« nicht mal wieder ein Comeback feiern könnte – als Erziehungswert. Nein, das ist vorbei und kommt nicht wieder.

*

Danach in der Massimo gekickert bis zwei. Im kleinen, rauhreifbehangenen Seitenschuppen des Haupthauses. Das hat geklackt und gescheppert, kazzongt, gekracht und gesurrt und gequietscht, gebrüllt hat man, geschwitzt, verspottet, gejohlt, geflucht, auf den Boden gestampft – und man hing an den Stangen, als wärs um was gegangen, soff dazu aus großen Flaschen. Machte Spaß. Nacht, die früher bis zum Mittag gedauert hätte. Dann wurde Andreas zu einem wichtigen Telefonat gerufen – ein gleichaltriger Freund, dem es gesundheitlich schlechtgeht. Als wollten sich Unterschiede ins Gedächtnis rufen.

25. November, Mittwoch

Gingen ins Museo della Civiltà Romana, das Bernhard noch nicht kannte. Die Säulen des Portikus rammen den Betrachter in den Boden. Größe, die in Gewalt umschlägt.

Eine einzige Wärterin an der Kasse, sonst niemand außer uns im ganzen Museum. Brachte mich in arge Versuchung.

In einem der Säle stand der große Münzkasten, mit wertvollen Aurei und Denaren. Der Saal war nicht videoüberwacht. Die großen Glasplatten hätte man einfach nur anhebeln und hochheben müssen. Ich sah mir den Kasten an und die Drähte der Alarmanlage. Die Drähte liefen am Boden – führten zusammen hinter eine Statue – dort war der Sicherungskasten. Der auch noch offenstand (Alarm – Ein – Aus). Ich bin sicher, ich hätte nur die vier Schalter umlegen, das Glas lupfen und mir ein paar der wertvollsten Stücke (wär gar nicht aufgefallen) in die Tasche schieben müssen. Ich bin zu 95% sicher, daß es geklappt hätte. Das macht mich fertig. Das käme zu 5% raus – und ich ins Gefängnis. Wenn ich 20 gewesen wäre, hätt ichs vielleicht riskiert. Man könnte vor Gericht als mildernden Umstand benennen, daß man zum Diebstahl geradezu eingeladen worden sei – und die Sammlung auch einen recht vernachlässigten Eindruck gemacht habe.

Mir muß es wirklich gutgehen, wenn 5 % Restrisiko mich derart in Bann schlagen.

Noch eine Stunde lang jammerte ich Bernhard vor, wie einfach das zu machen sei – und der gesamte Münzkasten – angenommen, man leistete dreist ganze Arbeit – enthielte Stücke für ca. 2 Millionen – warum sich da noch keine autochthonen Profidiebe drangewagt hätten, ob ich vielleicht doch irgendwas übersehen hätte, ob ich eventuell Bewährung bekäme, ob es auffallen würde, wenn man die Stücke durch Fälschungen ersetzte, etcetera blabla.

Neulich, im Louvre, schnitt irgendwer zwei kleine Bilder aus ihren Rahmen und machte sich unertappt davon. Sowas gibts.

Und herrliche Münzen waren darunter – ganz herrliche.

Ein Gutes hat das: Wenns mir mal ganz ganz dreckig geht, weiß ich, wo man dagegen was tun kann.

Geben und Nehmen: Bea zeigte sich damit einverstanden, daß wir das römische Zahlenschloß an die Antikensammlung geben, als Dauerleihgabe. Zwar war es ein Weihnachtsgeschenk für sie, aber auf etwas so Einzigartiges hat jeder Liebhaber der Antike ein Anrecht. Zudem brauchen wir dann nicht zu fürchten, es irgendwo zu verlieren.

Paradox: Was man begehrt, überlegt man zu stehlen, was man besitzt, beschließt man zu teilen. Menschen sind schwer.

»An die Antikensammlung geben« – liest sich wie »an die Kleidersammlung geben«.

Auch in diesem Museo etliche falsche Zuordnungen – z. B. wird ein vergrößertes Münzporträt des Caligula als (dessen Gattin) Caesonia ausgegeben. Obwohl der Lorbeerkranz gewiß nicht zur Damenmode zählte.

*

Das EUR – Mussolinistadt – sieht in der Sonne teilweise erträglich aus. Man weiß oft nicht, ob das noch faschistische Architektur oder schon wieder DDR-Imitat ist.

Von grandioser Schönheit ist der Palazzo della Civiltà del Lavoro – skurriler Klotz, wie aus einem De-Chirico-Bild. Wirkt am tollsten, wenn man direkt drunter steht. So wird das Prinzip der Anordnung – fünf gleiche Stockwerke, vier gleiche Seiten – durch die Perspektive vom Schlichten zum Genialen. Schlimm wäre es, wenn die Gewölbe gereinigt würden, sie verlören an Tiefe. So aber: mysteriös und kraftvoll, tausendäugig. Hat was von einer Totenstadt, oder einer großen Urnensammlung.

Der Spruch darüber ist reizend: UN POPOLO DI POETI DI ARTISTI DI EROI DI SANTI DI PENSATORI DI SCIENZIATI DI NAVIGATORI DI TRASMIGRATORI.

(Ein Volk der Dichter, Künstler, Helden, Heiligen, Denker, Wissenschaftler, Seefahrer, Pioniere.)

Bernhard: »Und wer hat abends gekocht?«

*

Im letzten Licht noch zum Cimitero Acatholico. Schneller Rundgang. Schwarze Katzen putzen sich am Grab von Keats, der jung (mit 25) starb. *Here lies one whose name was writ in water* wollte er auf dem Stein stehen haben. Neben ihm liegt einer seiner Freunde, der 85 wurde. Auffallende Parallele am Grab von Shelley, der mit 30 starb. Neben dem liegt ebenfalls ein Freund. Der wurde sogar 88. Als hätten die guten Freunde für die Toten mitgelebt.

Die Stilvielfalt der Denkmäler reicht bis hin zu Kitsch und

Scheußlichkeit, was den Gesamteindruck nicht stört, im Gegenteil – die Schönheiten werden so hervorgehoben.

Wenn ich an Deutschland denke – alles streng reglementiert über den Tod hinaus. Und Friedhofszwang selbst für Urnen. Entsetzlich. Man läßt sich verbrennen – um freier zu sein – und darf noch immer nicht losgelassen werden auf die Hügel, die man liebt.

26. November, Donnerstag

Wer rückwärts gewandte Zeitreisen für möglich hält, glaubt in letzter Konsequenz daran, daß nichts für immer tot ist, daß es lebt, an einem anderen Ort. Mein bisheriges Verständnis des Raum-Zeit-Gefüges läßt mir keinen anderen Schluß zu. Es gibt den Tod, aber nicht das Ende der Existenz.

Diskutierte das mit Bernhard durch – die gesamte Busfahrt über. Er hatte Schwierigkeiten, verschiedene Ebenen nicht ständig zusammenzumischen. Also das geläufige menschliche Zeitbewußtsein mit dem absoluten Chronos, worin jeder Zeitpunkt originär ist, keiner dem anderen vor- oder nachgelagert. Diese Streuung erledigt ja erst das Individuum, indem es die Welt durch die eigene Hirnkamera filtert, bis es lebbar wird.

*

Der kürzeste Weg zwischen zwei Punkten ist keine Gerade, sondern Null. Dieser Satz hat mein Weltbild verändert, gerade weil er hochpoetisch ist.

Man muß sich das ungefähr so vorstellen: Wir drehen mit unserem Leben einen Film, dessen Ende unser Tod ist. Der Film wird danach in unendlich vielen Kinos unendlich oft gezeigt, jeder Moment des Films ist gerade in irgendeinem der Kinos zu sehen. Und ich – der Hauptdarsteller meines Films – laufe auf der Leinwand herum, ohne Ahnung, daß ich nur Teil eines Films bin.

Bernhard fragte, woher wir wüßten, daß wir die Originale seien und nicht irgendeine der Kopien. Wenn irgendwo 1950 ist und irgendwo das Jahr 300, so selbstverständlich irgendwo auch das Jahr 3000 – und wir also lange tot.

Aber Kopie und Original sind in diesem Fall falsche Begriffe, indem jede der sogenannten ›Kopien‹ – in jedem Moment – das Original *ist,* immer zum *ersten und einzigen Mal* ist, niemals irgendeine Form von Wiederholung empfindet – weil es keine Wiederholungen gibt. Das Dasein ist nur kein chronologisches Nacheinander mehr, sondern in ein Nebeneinander aufgefächert. (Die Film-Metapher ist ungeeignet.)

Das Leben am Bande der Zeit ist keine Leistung, sondern nur ein Defizit unsrer minderdimensionierten Wahrnehmung. Es macht uns eine Existenz in den Grenzen unsrer physischen Voraussetzungen möglich. Denkbar wäre ein zehndimensioniertes Wesen, das in unendlich vielen Zeiten, also außerhalb *jedes* Chronos, existieren kann.

Es gibt allerdings die Möglichkeit, zumindest deren Anhänger, daß sich die Zeit im Universum wie eine schöpferische Initialzündung, wie eine bewässernde Flutwelle fortbewegt. Daß also zwar alles, was jemals war, immer noch ist, aber nichts darüber hinaus. Daß es – jetzt – neben Gegenwart und Vergangenheit keine Zukunft gibt, weil ja noch keine Wesen, die sie nötig haben. Vom Standpunkt der Urknallphysik aus scheint jene Variante sogar einleuchtender. Ich hingegen glaube an die Zeit vor dem Urknall, die uns bevorsteht, an einen zyklischen Verlauf von Big Bang und Big Crunch. Bernhard verstand mich nicht. Es ist dabei ganz einfach. Aus der Wahrnehmung des menschlichen Wesens im Ist-Zustand heraus gibt es noch keine Zukunft, wohl aber im Absoluten.

Darüber nachzudenken führt in Bereiche, in der Logik keinen Halt findet und Computer ihre Arbeit wegen unzureichender Informationen verweigern würden. Auch die Metaphysik kann der Physik hier keine Schneisen schlagen, ohne theologisch zu werden. Dennoch ist die pure Spekulation kreativ – und mehr, ist Grundbedingung neuer Theoreme.

Der Urknall kann seit diesem Jahr ziemlich genau datiert werden. (15 Milliarden Jahre.)

Die Idee des Big Crunch steht von daher unter Beschuß. Im Moment tendiert man aufgrund neuer Berechnungen zu einer unendlichen, immer schnelleren Ausdehnung des Alls, getrieben von einer »dunklen Energie«, der kosmischen Konstante, die schon Einstein vermutete, dann als »größte Eselei« wieder verwarf. Die »Kraft des Nichts« – jetzt wieder hochaktuell, ebenso die Idee unendlich vieler Universen (in welchem unseres nur eine Blase in der brodelnden Suppe ist).

Die Zeit soll also ewig sein. Seltsam, aber ich empfinde das nicht als Heilsbotschaft. Widerstrebt meinem Gefühl für den Kreis als höchste Ordnung.

*

»Man spricht immer von dem Trost, der für manche Menschen in dem Glauben an das Paradies liegt. Man vergißt dabei, welcher Trost für die anderen darin liegt, daß sie nicht an die Hölle glauben.« *(Montherlant)*

27. November, Freitag

Tacitus, 13/47: Und vor allem war das verachtete und zu keinem Wagnis fähige Wesen Sullas mit einem Verbrechen gänzlich unvereinbar.

In diesem Nebensatz ruht, wie eine Perle, die wahre Haltung der Menschheit zum Verbrechen, damals wie heute.

*

Abends Carolas Ausstand. M & M – Marc und Martin, angenehmes Duo von gepflegtem Witz. Katharina zeigte Fotos ihrer Gemälde. Recht guter Eindruck. Wir schleppten den Kicker vom Kabuff ins Haupthaus, spielten zu neunt im Scheinwerferlicht. War wunderbar – im Spiel entsteht sofort Vertrautheit, man läßt vieles raus, das ansonsten Monate benötigte, alles zeigt sich, die Charaktere, die Affinitäten, die Temperamente – wie einst im Ferienlager, wenn man binnen Sekunden Freundschaften schloß – heilige Bündnisse für einen Sommer.

28. November, Samstag

Bernhard fliegt morgens zurück nach München, verpaßt so einen milden Herbsttag, 13°, windstill. Ich ging in den Villa-Ada-Park. Gleich am Ingresso ein Exhibitionist (ca. 25) in weitgeschnittenen Shorts, aus denen sein Schwanz baumelt.

Spazierte bis zur Kreuzung Salaria/Somalia. Dort zwei Windschutzscheibensäuberer. Eine alte Frau im Fiat läßt sich ohne irgendeine Geste, den Service nicht zu wollen, ihre Scheibe putzen, weigert sich dann, Geld zu geben, fährt mit steinhartem Gesicht los.

*

Beim Gehen: Man kann im Grunde nichts oder kaum etwas von dem aufzeichnen, was man während nur einer Stunde denkt. Es benötigte tausend Seiten. Ich ging z. B. an einer Militäranlage entlang – eingezäunte Offizierswohnungen. In nur zwei Sekunden entwickeln sich Szenarien – z. B. Terroristen würden mit einer Panzerfaust vom fahrenden Auto aus ins Wohnzimmer feuern – wie hoch wäre die Treffsicherheit, die Effektivität einer solchen Aktion, wie hoch das Risiko? Wie würde sich der Rückstoß der Panzerfaust aufs Fahrverhalten auswirken, usw., ich bevölkerte die Wohnung mit Menschen, mit Gesichtern und Biographien, die vor dem Fernseher säßen und an nichts Böses dächten, imaginierte einen Trauerzug und die Leichenrede des Divisionskommandeurs, sah einen der Terroristen abends mit seinem Bambino in der Badewanne plantschen, an der Badezimmertür hing ein Filmplakat – der Name des Regisseurs fiel mir nicht ein, aber der Mensch, mit dem ich damals im Kino war, der jetzt in Australien wohnt und womöglich an einem Schlangenbiß leidet, den ich lieber dem und dem gewünscht hätte – so geht das immer weiter, bis der Blick auf etwas anderes fällt – was beim Gehen naturgemäß vorkommt.

Es gibt keinen Grund, das alles zu erzählen, festzuhalten – aber wie viele Welten im Kopf entstehen und wieder verlöschen, oft binnen zweier Lidschläge – und wenn man gefragt wird, woran man eben gedacht hat, antwortet man: Ooch, nix.

*

Große und kleine Gefühle sind nicht nach Thematiken geordnet.

Aber es gibt einen Innen- und einen Außenbereich. Dem Innenbereich rechne ich Gefühle der Zwischenmenschlichkeit zu, Ehrgeiz, Haß, Rachsucht, Mitleid, Freundschaft etc., der Außenbereich enthält die Gefühle zwischen Mensch und dem Ungreifbaren aller Art – Gott, Zeit, Jenseits, Sinn. Zum Spiel, insbesondere zu dem der Autorschaft gehört, die Intensität beider Bereiche in etwa im Gleichgewicht zu halten, ansonsten man entweder zu diesseitig oder zu jenseitig wird, zu banal-irdisch bzw. zu weltfremd-abgehoben. Die Liebe gilt von jeher als Schlüssel zur Endlichkeitsbewältigung, weil sie, selten zwar, aber doch, zur Grenzgängerin werden kann.

*

Tag ist, was man darin findet. Nacht ist, was man daraus macht.

Manche Nächte sind schwarze Tage, die gibt man von vornherein verloren, andere sind von Anfang an ein Rausch, und man weiß nicht warum.

29. November, Sonntag

Tacitus – XIV, 42–45

(Ein Sklave ermordet seinen Herren. Nach alter Sitte werden nicht nur er, sondern auch die 400 anderen Sklaven des Dominus hingerichtet, trotz allgemeinen Mitleids.)

Aus heutiger Sicht eine schaurige Stelle. Damals aber ein spektakulärer Einschnitt, dessen Bedeutung man leicht überliest. Zum ersten Mal wurde, sogar auf Senatsebene, heftig über das Schicksal einiger Sklaven debattiert.

*

Das System der Freunde/Freundinnnen – die wenigen echten, die man sich in vielen Jahren erarbeitet hat, die man braucht, von denen man gebraucht wird.

Die, denen man verfallen ist, die einen deshalb geschickt ausnutzen.

Solche, die man selber ausnutzt, mit denen man sich nur trifft, wenn es nötig ist. Wenn sie wenig zu bieten haben, trennen sich die Wege bald. Solche gibt es, die jemanden bräuchten, den sie gebrauchen könnten, denen man sich vergeblich anbietet, bereit, sich ausnutzen zu lassen, bekäme man dafür nur ein bißchen was zurück.

Im Flugzeug. Neben mir, am Fenster, sitzt ein Mädchen. Dunkle Schönheit. Antike Anmut. Eine jener, der sich immer ein paar Strähnen aus dem Haarknoten stehlen.

Würden wir abstürzen, würde ich mich auf sie stürzen. Das ist sicher.

*

Rom – München. Die wichtigste Strecke meines Lebens. Im Juli '84.

Unser Lateinkurs fuhr zurück von der Abiturfahrt, es war eine gute Woche gewesen, nach den ausgelebten Nächten pennten alle, nur Baum und ich saßen im Gang, auf zwei Notsitzen. Robert Baum hatte mich jahrelang durch seine Schweigsamkeit beeindruckt, nichtmal im Unterricht war er zu einer Äußerung zu bewegen gewesen, höchstens zu unverständlichem Gemurmel. Damals interessierte mich an einer Konversation hauptsächlich das Stöhnen, Keuchen und Seufzen – alles andere hielt ich für Zivilisationsmüll und gekünstelt.

Robert war gedrungen, blickte ernst, wirkte ein bißchen gefährlich – neunzehn und schon eine Stirnglatze, er faszinierte mich. Alle anderen hielten ihn schlicht für verrückt. Mehrmals hatte ich versucht, ihn anzusprechen. Jedesmal blockte er hart ab, sah in eine andere Richtung, wollte seine totenhafte Ruhe haben.

Nun saßen wir uns gegenüber – ich mit einer Zweiliterflasche Soave, er nur mit sich selbst.

Unentwegt starrte er in die italienische Nacht, Höhe Toskana. Wir waren die beiden Extremen dieser Klasse, die beiden ›Irren‹, aber er war ausgestoßen, ich nicht, und wahrscheinlich waren wir beide mit unserer Nische ganz zufrieden. Zwei Stunden wartete ich darauf, ein kurzes Schwenken seiner Augen zu bemerken, weg vom Fenster. Umsonst.

In dem, dachte ich, müssen große Gedichte drin sein, gib sie mir, nie wünschte ich inniger, Gedanken lesen zu können. Kein Wort hab ich zu reden gewagt, sah ihn zwischen regelmäßigen Schlücken verstohlen an. Die Stille war von monströser Schönheit, ließ die Luft zwischen uns schwer sein. Es wurde im gleichen Maß berauschend wie unerträglich.

Roberts Miene blieb starr, auf intelligente Art stumpf, gab nicht etwa mit Nachdenklichkeit an. Vielleicht zog er einen riesigen Bluff ab. Doch dieser Gedanke war langweilig. Nein. Hier saß der Meister des Schweigens. Neben Robert Baum wurde alles klein und geschwätzig.

Und der Zug rollte durch Südtirol. Irgendwann rülpste ich, dachte, vielleicht rülpst er mit, ein kleines Zeichen von Solidarität. Aber hatte nichts zu rülpsen. Eine Stunde später seufzte er leise, ich nahm das als Antwort. Ein karges Stück. Weitere schweigende Zeit starb. Meine Flasche war beinahe leer. Mir wurde alles egal. Ich hielt sie ihm hin.

»Schluck Wein?«

Er sah mich perplex an. Seine Brauen hoben sich.

»Ja.«

Er nahm die Flasche, trank, das wars. Er hatte mich mit 11:2 Buchstaben deklassiert. Vielleicht die Unterhaltung, die mir im Leben am meisten gegeben hat. Es war alles gesagt worden, und kein Wort zuviel.

Ich hatte es danach nicht mehr ausgehalten, war einen Wagen weiter gegangen, überrascht, dort ein Mädchen aus meinem Kurs vorzufinden. Auch sie saß auf einem Notsitz und starrte in die Nacht, die inwischen schon österreichisch war. Sie erklärte, nicht schlafen zu können, ihr Abteil sei eine Sardinenbüchse. Ich setzte mich neben sie auf den Boden und erzählte ihr mein halbes Leben, quatschte alles gesammelte Schweigen nieder. Verschlafen und irgendwie amüsiert hörte sie zu. Nach zwei Stunden ununterbrochenen Redens rang ich ihr einen Kuß ab. Robert Baum landete in der Anstalt, das Mädchen hieß Beatrice.

Ich habe Robert nie besucht. Er wollte Ruhe haben, und ich bin sicher, er hat den Ärzten und Wärtern nichts gesagt. Die besaßen weder Wein noch Geduld, ein Ja aus ihm herauszubringen. Er wird die großen Gedichte mit sich begraben.

*

Rückkehr nach – erstmals – Schröderland. Beatrice holt mich ab. Fahrt durch die einsetzende Dämmerung. Alptraum aus Weiß und Grau und schwarzem Gekrakel. Wie ein Abstieg ins Schattenreich.

DEZEMBER 1999

1. Dezember

Bisher ein klarer, kalter, sonniger Winter, auf seine Weise idyllisch.

*

Ein völlig verfaulenztes Jahr. Und dennoch ist einiges entstanden.

Haltestelle. Geister – das Stück für Hamburg. *Eros*, das Drehbuch für Tom. Mein Gedichtband. Meine Kammermusik-CD. Das Todesanekdotenbuch.

Vieles, was ich mir immer vorgenommen hatte, ist jetzt Wirklichkeit. Durchstreichungen auf dem Programmzettel. Im Moment liegen wenig Projekte an. Nur vage Entwürfe, außer der Schmerznovelle, an der ich gern – und zu schnell arbeite.

Immerhin: Den Prozeß gegen DELL hab ich mit Pomp und Gloria gewonnen. Dabei hatte ich zwischendurch (die Rechtsschutzversicherung erklärte sich nicht zuständig) aus lauter Feigheit einem Vergleich zugestimmt. Den die dann plötzlich nicht mehr wollten. Ich kapier es nicht. Wieviele Kollegen und Leser hab ich inzwischen davon überzeugen können, lieber nicht bei DELL zu kaufen. Das hat die eine Stange Geld gekostet.

Und total unrecht hatten sie auch. Im August hat das Gericht die feiste Bande verknackt zur Zahlung der gesamten Summe plus vier Prozent Zinsen – und die Kohle ist noch immer nicht auf meinem Konto. Was denken die sich? Morgen wird zwangsvollstreckt. Was für eine Gaudi.

*

SZ: Chromosom Nr. 22 entschlüsselt. Na bitte. Der Rest geht jetzt ganz schnell. Fast alle Terminprognosen in bezug auf genom-wissenschaftliche Durchbrüche haben sich als lächerlich pessimistisch erwiesen. Wovon man vor kurzem noch annahm, es werde mindestens 50 Jahre dauern …

*

Eros – ein Kind, von dem langsam Abschied genommen werden muß. Und nicht genommen werden kann. Wenn der Film noch entsteht, dann wird er meiner nicht mehr sein. Vielleicht schreibe ich doch noch einmal den Roman, im zweiten Anlauf, in einem verzweifelten Sturmlauf. Aber warum? Das Drehbuch veröffentlichen, warum nicht – als Resteverwertung eines gescheiterten Romans. Tacheles reden. Schwamm drüber.

Und *Ultrachronos*? Bis ich mich daran traue, müssen noch einige Sonnen in mir untergehen.

Zeit für minder voluminöse Arbeiten. Kleine Brötchen reich belegen. Einmal um die Miete nicht besorgt sein, wär das schön …

*

Im Nachtkonzert hören, was Frescobaldi zu alledem zu sagen hat. Wenig. Wir machen weiter.

2. Dezember

Maria Riva, Marlene Dietrichs Tochter, hat den Prozeß um die Wahrung der Persönlichkeitsrechte ihrer Mutter gewonnen. Bahnbrechendes Urteil. Mit welchen Konsequenzen? Muß ich künftig irgendwelche Erben um Erlaubnis fragen, wenn ich Ikonen belletristisch verwende? Soweit kommts noch. Bislang vermütterte die Gesellschaft nur, jetzt vertöchtert sie auch noch.

*

Neulich hörte ich einen Filmefürsfernsehnmacher im Interview sagen: Er wolle, daß die Leute, wenn sie von der Maloche oder vom Fließband abends nach Hause kommen, ihre AUGEN AUF DIE WEIDE FÜHREN KÖNNEN UND TOLLE BILDER SEHN.

Ja, klar. Das leuchtete mir völlig ein. Er treibt die gemolkenen Kühe auf saftige Grünflächen.

Ja. Alles klar.

Wenn eine Philosophie zum Ergebnis käme, daß es in einer Gesellschaft unbedingt eine breite Klasse arbeitender Idioten geben müsse, würde sie nie das Wort Idiot benutzen, folglich also lügen, bestenfalls ein stillschweigendes System bilden.

Vielleicht sind wir an dem Punkt angelangt, wo man zugeben muß, daß unsere Art von Staat und Wirtschaft auf eine breite Basis von Idioten angewiesen ist, die bei Laune gehalten werden wollen. Da man erkennen muß, daß wir in einer neuen Sklavenhaltergesellschaft angekommen sind. Den Sklaven geht es gut, sogar hervorragend, sie sind eben nur entmündigt, sind kulturell aufgegeben worden. Und vielleicht muß das alles so sein.

3. Dezember

Mache mir Sorgen um mich. Täglich häng ich sechs, acht Stunden am Computer und surfe oder spiele Internet-Schach – das ganz harte Zeug, zwei Minuten pro Spieler, verlangt einem das Äußerste ab – und wer sich richtig reinkniet, gewinnt eine andere Empfindung für Zeit. Zwei Minuten – vollgestopft mit etwa drei bis vier zu treffenden Entscheidungen pro Sekunde – werden zu einem bequemen, weitläufigen Zeitraum. Zum Beispiel: Man hat ein leicht schlechter stehendes Endspiel auf dem Brett/Bildschirm, aber ohne mattgefährliche Schwerfiguren – und man hat, sagen wir: 15 Sekunden, der Gegner aber nur noch zwölf – da sinkt der Geist in eine mollig-warme Siegesgewißheit hinab, gerät nicht in Hektik, nicht in Panik – diese 15 Sekunden sind eine halbe Ewigkeit, genußvoll auszukosten.

*

Blick aufs Konto: Die Krücken von DELL haben endlich überwiesen. Allerdings haben sie die 4 % Zinsen ›vergessen‹. Diese Typen haben keinen Anflug von Stil. Schwamm drüber. Wegen denen mach ich keinen Finger mehr krumm.

*

Marsyas nochmal gelesen. Über ein Adorno-Zitat in Rage geraten.

Adorno, ein im Zweidimensionalen wuchtiger Eindruck – soviel Breite ohne Tiefe – das muß man erstmal fertigbringen. Und der hat einen großen Komponisten wie Sibelius angepißt?

Adorno – Harald Schmidt würde sagen: Ein Philosoph, den auch Frauen verstehen.

Adorno stellt den Mythos, wenn ich mich noch recht erinnere, ist lange her, als Arsenal dar, aus dem jede Generation Bilder wie aus einem Brunnen schöpft. Bei mir ist der Mythos eine agile Macht, die jede Ära sozusagen anspringt, sobald sie in ihr Andockpunkte entdeckt. Natürlich sind beides nur Hilfskonstruktionen, ist Gerüstebau an ein und demselben Palast. Aber tiefer als mit einem Blick durchs Fenster wird darin vielleicht nie einzudringen sein.

Ich dulde am Mythosbegriff einen Teil Numinoses, nicht Analysierbares, das sich jeder kommunikativen Kategorie und Wissenschaftlichkeit entzieht. Sein dunkles Geheimnis. (Dessen Faktizität ja leicht nachzuweisen ist.) Worüber man aber nicht reden kann.

Und während die kritische Theorie sofort schreit: *Dann halts Maul, dann red nicht drüber, bringt ja nix!* – bin ich der Meinung, man muß davon raunen dürfen, muß davon notfalls stammeln und summen – ansonsten schwiege man etwas gefühlt Vorhandenes aus der Welt – das eben war der Sündenfall der hysterischen Rationalität. Mathematik als Musikersatz. Welt – um das Schamanische prokrustet. Lüge und Vernichtung – so lange, bis alles paßt, bestes Beispiel: das absurde Strebertum Wittgensteins im Tractatus.

Raunen nennen Böswillige das Reden von etwas unsagbar Vorhandenem, über das diffizil nicht zu sprechen erlaubt ist, will man die Größe des Phänomens, also das Phänomen der Größe dieses Phänomens, nicht banalisieren. Die Schatten dieser schwarzen Begriffslöcher tauchen auch im Narrativen auf, wo ohnehin vieles vorausgesetzt werden muß, gar nicht erst näher erläutert werden darf.

*

Warum ist die Faszination der Bücher auf mich so rapide gesunken? Beatrice meint, das sei nicht alarmierend, Bücher gäbs schon 'n paar tausend Jahre, Internet erst seit vorgestern, das müsse jetzt mal abgehechelt werden, rauschhaft, wies mein Naturell ist, natürlich, völlig recht hat sie, aber ich glaube, daß unsere Gegenwart doch etwas ganz Neues, für den Literaten äußerst Arbeitsplatzgefährdendes birgt – den Verlust der Science-fiction als spekulativen Spielraum. Die Gegenwart IST Science-fiction geworden. Allein aufzuschreiben, was IST, überfordert in den meisten Fällen den technisch unbeschlagenen Autor. Wir müssen uns nichts mehr ausdenken, wir müssen vielmehr konstatieren. So sehr hab ich mich an die tägliche Portion Neues gewöhnt, daß mir ein Monat Stagnation absolut quälend vorkäme. Und wo uns das faktisch Neue ausgeht, wartet ein Berg an – nein, eben nicht prognostiziertem – sondern bereits avisiertem Neuen. Natürlich mag es Leute geben, die das nicht so empfinden – die abends noch ins Theater und nachmittags mit dem Kind in den Dorfzirkus gehen, ja, na schön. Soll sein.

*

Alles, was gedacht wird, existiert – und wandert von da an in einem langen Prozess unumkehrbar ins Materielle. So – sinngemäß, ich finds grad nicht – lautete mal mein Credo. Heute existiert schon einiges, an das ich überhaupt noch nie gedacht hab. Werd ich alt? Naja, schon, aber noch bin ich auf der Höhe, einigermaßen. Nein, die Sache ist vielmehr: Wir sehen im Moment alle ziemlich alt aus. Verzeiht, wenn ich das verallgemeinere. Man ist in solchen Erkenntnismomenten ungern einsam. Wer sich heute mit 35 noch nicht den Vorwurf der frühen Vergreisung eingefangen hat, ist mit Sicherheit unter seinen Möglichkeiten geblieben, hat noch nicht kapiert und das dazu passende Gesicht aufgesetzt.

*

Wir sind umgeben von pränatalen Faktizitäten. Zum Beispiel:

Als wir zusammen Star Wars – Episode I sahen, flüsterte Bea bei der Szene, als Darth Maul mit dem Sith-Shuttle 20 cm über dem Boden Richtung City fliegt: *Sowas will ich auch haben! Das kann doch nicht so schwer sein!*

Sie sprach aus, was jeder dachte. So weit sind wir inzwischen, daß wir das Kino verlassen, unzufrieden mit der realexistierenden Technik, die offensichtlich zu blöd ist, stante pede derlei Praktisches zu erfinden.

Es läßt sich inzwischen ziemlich genau vorhersagen, wie die – zumindest nähere – Zukunft aussehen wird. Unbekannt ist nur noch das präzise Ausgabedatum uns bereits wohlbekannter Produkte. Früher war ich traurig, weil ich der Entwicklung unsrer Spezies nur so kurz zugucken darf. Aber dieses »kurz« erscheint, obwohl mit dem Alter die Jahre immer schneller vergehen, paradoxerweise immer länger. Vermutlich ein natürlicher Ausgleich. Der Schwund an empfundener Lebenszeit wird durch eine Streckung des Erfahrungshorizonts kompensiert.

Heute wird mir klar, daß ich wohl mindestens dreihundert Jahre alt werden müßte, um etwas uns heutzutage wirklich Undenkbares zu verpassen. Das tröstet. Oder?

Ein Projekt, auf das Hettche hingewiesen hat, fand ich sehr interessant: Einen Brief an die Nachwelt zu schreiben, der dann mit vielen anderen Briefen versiegelt, verbuddelt und im Jahr 2099 erst geöffnet wird. Ich dachte, prima, endlich kann ich mal die ganze Wahrheit aufschreiben. DIE GANZE WAHRHEIT! Aber langsam bin ich mir nicht mehr so sicher, ob ich im Jahr 2099 nicht am Ende gar noch leben könnte. 135 – puh, mit einem Organ-Komplett-Update aus dem Reagenzglas wär das ja echt kein Alter. Und mit der ganzen Wahrheit dann leben müssen, nee …

*

Aus einem Interview zu *Schweine* – Frankfurter Hefte:

Frage: »Die Nachricht der Katastrophe zieht weniger Mitgefühl als Lustgewinn nach sich, Vergewisserung der eigenen Präsenz.« Gilt das auch noch für die 90er? Oder ist die Präsenz da schon völlig futsch?

Antwort: Leider. Die Präsenz wich der Überpräsenz. Heutzutage treffen erst die Reporter am Tatort ein, dann die Polizei, dann die Geiseln – und zum Schluß die Gangster. Der eigene Blick ist historisch geworden. Selbst die Zukunft wird, weil so oft vorausgelebt, zum Studienobjekt des Historikers. Ähnliches gilt für die Show im Privaten. Noch die spontansten Taten sind – wie es im Gedicht heißt – quasi zeitgleich reflektiert und nur Recherchen für die Memoiren.

*

Mein Gott, wieviel Mist ich in diesem Jahr gefressen habe (sogar zu Judith Hermann und B. Schlink hab ich mich überreden lassen), und dann, in nur acht Wochen, zwei große Leseereignisse – Marai – *Die Glut* – aber da war gegen Schluß noch manches besser zu machen – und jetzt: *Lehrjahre des Herzens* von Flaubert.

Neulich endlich hab ich mir das Ding gekauft, endlich – hier haben sich mal Buch und Alter getroffen – wie viele Bücher gibt es denn, die uns zur Unzeit begegnet sind, die uns fünf Jahre früher oder zehn Jahre später begeistert hätten, aber eben das Pech hatten, an uns zu geraten, als wir gerade dafür unpäßlich waren. Nicht mehr oder noch nicht bereit. Gott, ich fühle mich vor versammeltem Weltall dekoriert, weil ich diesen Roman – Kino und Zeitmaschine – lesen darf. Die ersten 70 Seiten gings ein wenig zäh, danach: reines Rauschgift. Ach, ist das toll. Ich kann mich gar nicht mehr einkriegen, hatte geglaubt, großes Lesen sei vorüber, sei wohl doch nur adoleszierend möglich gewesen, jetzt nicht mehr, man hätte zuviel schon gesehen, sei zu ausgebufft und abgeklärt. Quatsch alles.

Und die Artemis-Ausgabe hat 78 Mark gekostet – aber obwohl der Artemis-Übersetzer massenhaft obsolete Begriffe verwendet, hat er einen viel glanzvolleren Job geleistet als der Typ vom Insel-Taschenbuch, da war keine Mark falsch angelegt.

Warum hab ich so lang gezögert damit? Weil ich über die ersten zehn Seiten von *Salammbo* nie hinausgekommen bin, deshalb.

5. Dezember

Verfall.

Mein persönlicher Knackpunkt war, soweit ich das, wohl zu früh, zu überblicken versuche, *Oasis.* Ja, eine ganz nette, talentierte Band, und ich bin keiner von denen gewesen, der damals von Gitarren partout die Schnauze voll hatte. Und dann begann aus dieser netten, nicht ganz untalentierten Band ein Phänomen zu werden, das mit dem Begriff Hype nicht mehr einzugrenzen war. Okay, bei Nirvana ging es mir schon ähnlich, aber eben nur ähnlich, also ganz und gar anders. Ich begriff, daß ich aufgehört hatte, mit dieser Sorte Musik unmittelbar zu leben, sie als abonniertes Ornament meines Alltags um mich zu haben. Und mir kam der Verdacht, all die Musik, die ich in den Achtzigern geliebt hatte, würde, käme sie mir jetzt zum ersten Mal zu Gehör, vielleicht auch einfach nur nett klingen. Im ersten Moment wies ich diesen Verdacht weit von mir. Aber ganz sicher sein kann ich mir nicht.

In den Jahren zwischen 30 und 35 merkte ich jedenfalls, wie sich der generation gap hin zu den Jüngeren langsam öffnete, wie eine Wunde, eine schmale, feine Wunde, die man zuerst nicht ernst nimmt, die plötzlich aufklafft, breiter wird, bis sie sich zu einem kleinen Abgrund ausgeweitet hat. Und die Teentwens haben auf einmal ein ganz neues Ding zu feiern, dem man verständnislos gegenübersteht, für das einem vergleichende Parameter fehlen. Irgendein hippes Ding, dem man sich erst mit Überwindung anverwandeln müßte, um es vielleicht einmal zu genießen und vor sich selbst die Illusion aufrechtzuerhalten, nicht allzubald von den Ritualen der Jugendlichkeit ausgestoßen zu werden. Klar, man kann lange dabei bleiben, wenn man es darauf anlegt, kann sich das Regelwerk der neuen Rituale abgucken, die jüngste Sprache einstudieren und die dazu passenden Gesten übernehmen. Ich beobachte nur. Mir käm es affig vor, von Lebensunerfahreneren unbedingt angenommen werden zu wollen, wo es doch umgekehrt sein müßte. Den Berufsjugendlichen geben, das ist nicht meine Sache. Ich spüre den Verfall. Er ist noch nicht allzuweit vorgedrungen in mir, aber der Verfall ist eine spannende Sache, und wenn eine Sache spannend ist, dann sollte man sie von Beginn an dokumentieren. Ein 35jähriger, der die beginnende Auflösung seiner Zellstruktur nicht zum Thema macht, der lebt an sich vorbei, verpaßt etwas. Und selbstverständlich werden die 45jährigen darüber lächeln, werden mir sagen: Du weißt ja nicht, was da noch kommt, du junger Spund. Und die 25jährigen, die ohnehin alles Wissen dieser Welt in der Maultasche mit sich herumtragen, halten es für frühe Vergreisung, konstatieren spöttisch, daß man ihnen nichts mehr zu sagen hätte.

Ja, das stimmt. Einerseits. Ich hätte euch ganz viel zu sagen, aber ihr seid noch nicht soweit. Ich sage es euch, aber ihr hört am Wesentlichen vorbei. Und das muß auch so sein.

6. Dezember

Das schönste Mysterium des Jahres war folgendes: In meiner rechten Hosentasche trug ich bis Ende Juni einen Denar des Septimius Severus mit mir herum. Nicht teuer, etwa hundert Mark wert, schließlich hab ich ihn verloren, irgendwo. Michael schenkte mir, ohne davon zu wissen, zwei Wochen später die gleiche Münze zum Geburtstag. Und es war eigentlich wahnwitzig, mir eine Münze zu schenken, da ich auf diesem Gebiet schon sehr sehr spezialisiert bin und nur noch die Rarissima sammle. Aber er, der liebe Freund, erwischte in seinem gutgemeinten Wahnwitz ausgerechnet jene Münze, die mir Freude machen konnte, mehr als Freude, da lief mir ein Schauer über den Rücken, das kann nicht wahr sein, dachte ich. Ein Gefühl, als ob mich die Mächte oben behüteten, mir auf die Schulter klopften und sagten: Gib nächstens besser acht darauf.

*

Immer neue Gesten und Floskeln meiner Eltern entdecke ich an mir. Z. B. *Das wäre für uns undenkbar gewesen.* Konkreter Anlaß:

In der S-Bahn nach Herrsching drei Gören, etwa 8, 10 und 12 Jahre alt. Sie schlüpfen ins volle Abteil, eine alte, gebrechliche Frau will sich eben hinsetzen, die Gören sind aber schneller, wischen so eben auf die drei leeren Plätze, so daß sich die Greisin beinah auf die Jüngste hockt, sich irritiert dann wieder erhebt und nicht etwa zu schimpfen beginnt, nein, sie wiegt nur tadelnd, sogar lächelnd den Kopf, worauf die Brut zu tuscheln beginnt: »Was hatn die Alte? Spinnt die? Wir warn doch zuerst da.« Beinah hätt ich eingegriffen, hätte die mißratenen Bälger fortgescheucht. Ich tat es nicht, weil ich mir vermutlich alt vorgekommen wäre, die Partei der Älteren zu ergreifen. Verrückt. Wie werden diese kleinen Arschlöcher erzogen? Eben so, wie ich nicht erzogen wurde. Mit allen Vor- und auch Nachteilen.

Die alte Frau stand, ohne weiter zu murren, noch eine lange Strecke, während die Gören nicht den Hauch von Mitgefühl zeigten. Und ich habe nichts gesagt, nichts. Aus Angst, dem Wertesystem meiner Erzeuger zu entsprechen. Das hat mich aufgewühlt. Ich berichtete Beatrice von dem Vorfall und sagte: *Das wäre für uns undenkbar gewesen.* Und erschrak bei diesen Worten, als hätte ich gesagt: *Was für eine Jugend wächst da heran?*

Mein Vater hat mir oft erzählt, daß ein gewisser böser Blick seines Vaters noch genügt hat, ihn erstarren zu lassen. Später machte mein Vater sich vor anderen oft darüber lustig, daß sein Sohn, er meinte mich, ihn beim Versuch, denselben Blick anzuwenden, wohl fragen würde, ob er was an den Augen habe.

Kinder, die von ihren Eltern gequält und verprügelt werden, sind aufs Leben viel besser vorbereitet als andere, das muß man auch mal erwähnen.

In seinem letzten Beitrag für NULL bezeichnete John v. Düffel die Sonnenfinsternis, die ›Sofi‹, als ›Flop‹.

Ich empfand das nicht so. Wir feierten eine gemütliche Mittagsparty bei Doblers in Augsburg, Hettche war da, es gab gut zu essen und trinken, und wir standen pünktlich oben auf dem Flachdach des vierstöckigen Mietshauses.

Der Himmel war mit finsteren Wolken verhangen, aber vom Westen schob sich eine Lichtinsel langsam auf Augsburg zu. Wie bestellt lag diese Lichtinsel zum Zeitpunkt der Konjunktion direkt über uns, während rundherum braune und violette Gewitterwolken tobten. Es war ein schönes Schauspiel. Genau so. Die Bedingungen waren ideal. Nicht, daß ich so beeindruckt gewesen wäre, um mir einen Text Stifterscher Emphase abzuringen, nein. Aber wir hatten Glück gehabt, und wie mir Kollege Oswald erzählte, hatte er im Münchner Westpark ähnliches Glück gehabt. Worauf will ich eigentlich hinaus? Nun, ein präzise vorhersagbares Phänomen, von dem wir wußten, wann genau es passieren, wie es aussehen, welche Folgen es bei ungeschützter Ansicht zeitigen würde, reichte hin, um ein Sommerloch zu füllen, das ich als größtes bisher überhaupt wahrgenommen habe.

Die Sonnenfinsternis war eine Sonnenfinsternis. Nicht mehr, nicht weniger.

Wenn da jemand von einem *Flop* spricht, meint er vielleicht, daß dieses wohl beeindruckendste natürliche Phänomen auf dem Planeten Erde nicht jene Wirkung auf ihn gehabt hat, wie sie von Zeugen früherer Sonnenfinsternisse überliefert ist. Er will wohl sagen, daß die Attraktion der vom Menschen noch ungesteuerten Realität hinter den Reiz virtueller Sehenswürdigkeiten zurückgetreten ist. Nehme ich an. Er hat wohl recht. Zwei Haltungen sind dazu zu beobachten. Jene, die sich Sorgen macht über den Attraktivitätsverlust der Natur und den Menschen in einem Netzwerk zeitabtötender Reize gefangen sieht, in welchem wachsende innere Leere mit immer neuem Neuem betäubt werden muß. Und die andere Haltung, stolz zu sein auf die Gattung Mensch, die mit dem Ziel, Gott zu werden, im Zirkusbetrieb des Lebens alle sogenannte *Natur*, sprich exzeptionelle Wettererscheinungen und Himmelskörperkonstellationen, als nicht mehr im Hauptkanal sendefähig abgehakt und ein besseres Animationsprogramm entworfen hat, als alles, was hier seit Millarden Jahren Steine und Tiere zu beunruhigen vermochte.

*

Phänomene kommen und sie gehen auch wieder, das Substantielle bleibt fast unverändert.

Es gibt hierzulande zu wenige Autoren mit Surround-Horizont. Solche, die sich nicht mit Phänomenen aufhalten bzw. sich nicht von ihnen täuschen und becircen lassen, sondern – von einem Punkt aus in alle Richtungen – zur Substanz vordringen, dem jenseits der Dekade Gültigen. Es kommt dabei überhaupt nicht darauf an, etwas vorherzusagen. Das ist egal und höchstens einem selbst von Nutzen.

Vor dem Eintreffen ist das Vorhergesagte unbewiesen, hinterher ist es deckungsgleich und fällt nicht auf.

Außerdem: Man kann mit etwas recht haben, am Wesentlichen jedoch weit vorbeisegeln.

Ein Beispiel? Gestern fiel mir das ein.

Vor etwa zehn, fünfzehn Jahren sagte ich zu Beatrice, daß ich mir vorstellen könne, daß in naher Zukunft jeder Durchschnittsbürger seine mobile, tragbare Telefonzelle mit sich trägt.

Ich stellte mir das damals als eine Art Fönhaube vor, die man sich aufsetzen muß, um mit anderen Haubentauchern zu kommunizieren. Es hilft nichts, wenn ich erwähne, daß ich mir diese

Haube aus leichtem Styropor vorstellte. Die Vorstellung bleibt lustig/peinlich – auch zwei Wörter, die jederzeit gegeneinander austauschbar sind.

*

Alles Prophezeite ist eingetreten. Die Prophezeiung ist jetzt öd und ohne Sinn.

*

Ich fahre im Hauptbahnhof die Rolltreppe runter zur U-Bahn. Auf der anderen Rolltreppe rennt ein junges, schwer bepacktes Paar hinauf zu den Fernzügen. Ich kenne die beiden nicht.

Werden sie den Zug erwischen? Es kann mir egal sein. Werden sie den Zug erwischen? Es interessiert mich. Ich weiß nicht, warum. Ich drehe um. Renne den beiden hinterher.

Werden sie den Zug erwischen? Ich renne und renne. Ich will eine Antwort.

8. Dezember

Aus *Animationen* gelernt:

18 Meter bezeichnet exakt jene Höhe, die man einst mit Leitern nicht übersteigen konnte. Sturmfreiheit nannte man das. (S. 107)

*

Habe nachts in Sachen *Schmerznovelle* total versagt. Ein sehr wichtiger Auftritt, ich hab ihn verpaßt bzw. mit unzulänglichen Mitteln beschrieben. Gefühl des Ausgestoßenseins.

Wieder nicht die Welt gerettet. Heute keine Schönheit.

Besoffen bloß, nicht trunken, welch ein Unterschied – zu Bett kriechen müssen, geschlagen, dem Tag seine Essenz nicht geraubt habend, beutelos in Schlaf wie in einen schmerzvollen Abschied.

10. Dezember

Ach ja: Moritz zeigte mir auch ein Fax des Dichters Thomas Kling, den er wegen dieser Expo-Sache angeschrieben hatte.

Sehr geehrter Herr Eggert,
leider muß ich Ihnen mitteilen, daß sich meine Werke zur Vertonung nicht eignen. Sie sind nicht der erste, der mit einem solchen Ansuchen an mich herangetreten ist.

Erstaunlich. Woher will Kling wissen, ob sich seine Gedichteln zur Vertonung eignen oder nicht? Und eine Vertonung hat schon manch beschissenes Gedicht geadelt, einem guten Gedicht hingegen nie geschadet. Doof. Aber warum wollte Moritz dieses völlig unmusikalische Geklingel vertonen? Vermutlich aus Ehrgeiz, weil es wirklich schwer scheint, daraus was zu machen.*

*

In einer Neidgesellschaft gilt bloßes Können schon als Arroganz.

11. Dezember

Ich freue mich aufs Meer. Richtig arbeiten kann ich nur im Urlaub.

*

Im Supermarkt wird ein neuer Orangensaft als »Sektveredler« angeboten. Da muß man auch erst mal drauf kommen. (Rottaler Fruchtsaft *Champorange*)

* Moritz Eggert hat inzwischen den Wortlaut jenes Fax vertont, das Video findet sich unter dem Titel »Verschmähte Liebe« auf Youtube.

*

Abends frische Muscheln. Kulinarischer Cunnilingus.

Wenn ich Knoblauch schneide, denke ich fast immer an eine Szene aus *Good Fellas*, wenn die Mafia-Bosse in der Luxuszelle sitzen und in einem sorgfältigen Ritual ihre Tomatensoße zubereiten. Dann erzählt eine Stimme aus dem Off, was ohnehin gezeigt wird: einen dicken Mann, der mit dicken Fingern Knoblauch mit einer Rasierklinge hauchdünn aufschneidet. »Er benützte eine Rasierklinge, um den Knoblauch hauchdünn zu schneiden.« Die Doppelung von Bild und Kommentar wirkt sehr suggestiv, brennt den Satz ins Gedächtnis, bringt die ganze Dekadenz dieses luxuriösen Gefängnisaufenthalts rüber – und dennoch weiß jeder Hobbykoch, daß es für eine stundenlang köchelnde Spaghettisoße scheißegal ist, ob man den Knoblauch dicker oder dünner schneidet.

*

Das Thema der Neunziger war die Emanzipation des Virtuellen gegenüber dem Realen.

Wird im nächsten Jahrzehnt die Realität bereits sekundär? Weil das Leben im Netz z. B. authentischer wird als im von Lügen und Masken verschütteten Alltag? Für einige sicher.

Dann wird man morgens an den Bildschirm gehen wie früher an die frische Luft.

Daß die Zuneigung zur Pornographie z. B. wieder öffentlich eingestanden werden darf, gar als chic gilt, hängt zweifellos mit den Erfahrungen des Internets zusammen. Es hat uns den nackten Konsumenten gezeigt. Die Rangliste der Suchbegriffe formte ein neues Menschenbild. Die Sexualisierung des Fernsehens empfinden manche als zwanghafte Verformung des Konsumenten und glauben tatsächlich, den Leuten würden Verhaltensmuster eingeredet. Ach was. Da wurde Schlummerndes aus dem Dunkel ans Licht geholt. Und manche verzweifeln darüber, weil sie erkennen müssen, daß die Menschheit aus einer geilen Bande, getrieben von primitivsten Instinkten, besteht. Ich habe mir über Jahre hinweg zur Pflicht gemacht, die Talkshows morgens ab elf anzusehen. Habe alle Illusionen in mir wie Bakterien abgetötet.

Seither schreibe ich nicht anders. Nur für sehr viel weniger Leser. Sich bewußt zu werden, was man beim eigenen Schreiben alles vorausgesetzt hat – und wie wenige das einzulösen imstande sind – ernüchternd.

12. Dezember

Lese in der WELT eine Zusammenfassung von Hawkings Prognosen fürs nächste Jahrtausend. Bin mit allem einverstanden.

Der Physiker könne sich dabei durchaus vorstellen, der natürlichen Evolution durch Gentechnik auf die Sprünge zu helfen. Mit Hilfe der Manipulation des Erbmaterials könne der Mensch in tausend Jahren unsterblich werden. Kommunikation werde dank höherer Konzentrationsfähigkeit durch Gedankenübertragung möglich. Diese ›Verbesserungen‹, meint Hawking, seien allein schon deshalb notwendig, damit die ›biologische Maschine Mensch‹ immer den konstruierten Maschinen überlegen bleibe.

Jau. Usque sumus lux. Unsterblichkeit wirds sicher viel früher schon geben. Ist von hier nur noch ein paar Generationen entfernt.

Auch alle anderen befragten Forscher sehen eine rosige Zukunft, basierend auf der Beherrschung der Materie.

James Halperin: *Molekülgroße Roboter bauen die Atome zu neuen Formen um. Sie können ein Stück Holz nehmen und es zu Spaghetti transformieren. Alles besteht ja aus ein und derselben Materie. Man muß die Atome nur anders anordnen. Und das Sonnensystem stellt für jeden ausreichend Rohmaterie zur Verfügung.*

Beamen als Transportmittel für Menschen halten fast alle für möglich, aber erst in mehreren hundert Jahren.

Aus den Erfahrungen der letzten Jahrzehnte heraus halte ich das für viel schneller machbar, selbstverständlich – aber vielleicht kommt eine NEUE LANGSAMKEIT auf uns zu? Die müßte sich spirituell verbrämen, um nicht lähmend zu wirken.

Das Jahr 3000 ist so weit weg – es würde mich entttäuschen, würde es irgendeiner Vision der Gegenwart auch nur annähernd ähnlich sehen.

*

Abends: Photonenstrom. Flaubert.

*

Ruine – die um alle Schwachstellen gekürzte Substanz.

Der Satz, der den Tag rechtfertigt.

13. Dezember

Im Teletext: *Die Sperrstunde der britischen Pubs wird aufgehoben. Die bisherige Regelung stammte aus dem zweiten Weltkrieg, um die Betrunkenheit der Munitionsarbeiter einzudämmen.*

*

Ebenfalls Teletext: *Fußballer David Beckham und sein Spicegirl Victoria haben ihrem acht Monate alten Sohn ›Brooklyn‹ zu Weihnachten bei Harrods einen Mini-Ferrari gekauft. Der Wagen ist 150 000 Mark teuer und kann von den Eltern ferngelenkt werden.*

Ich werde von heftigen politischen Umsturzgelüsten durchschüttelt. Von daher ist das nicht obszön, nein, das ist tief subversiv.

*

E-Mail von Arezu / derzeit Südafrika:

cape town ist drugtown geworden, es geht hier inzwischen sehr heftig zur sache. totschiessen und crack und smack und wasweissichnochalles. versuche gerade eine reportage im gangland, was schwierig ist, noch keiner gemacht hat (versucht ja, aber nicht ueberlebt), will eine nacht mit den bullen auf streife.

in jedem fall hab ich hier schon zwei bookings zum plattenauflegen und das schreiben geht auch sehr gut. ansonsten vergehen die tage wie in einem boiler, endlose hitze, alles klebt feuchtwarm am koerper, nur gegen abend weht ein leichter wind unter die roecke der maedchen.

Das muß aufregend sein.

*

Alle meine Lektoren haben eine Liste meiner grammatisch-orthographischen Devianzen, die ich im Laufe der Jahre als Kraussersche Eigenheiten durchgesetzt habe. Eben denke ich darüber nach und merke, wie egal mir das geworden ist, jetzt schreibe ich mal so, mal so. Und wundere mich. Aus irgendeinem Grund war mir das vor wenigen Jahren nicht egal.

*

In der S-Bahn eine Science-fiction-Idee gehabt: Ein Raumschiff ist tausend Jahre irgendwohin unterwegs. 20 Jahre vor der Landung werden per Automatik tiefgefrorene Samen- und Eizellen aufgetaut und zusammengemixt, die Embryonen werden in Brutkästen aufgezogen, von Robotern abgenabelt, gestillt, unterrichtet etc. Ein sehr autoritäres Roboter-Regime. Strenge Kasernen-Atmo. Oberste Instanzen, die nur akustisch agieren.

Mit 20 sind die so gedrillten Menschen dann fähig, eine ferne Welt zu kolonialisieren, haben keine Ahnung, daß ihr Lebensbereich, ihr Erfahrungshorizont, ihre »Werdung« etwas Außergewöhnliches darstellt. Und erfahren erst nach der Landung das Geheimnis ihrer Herkunft. Werden mit dem kulturellen Erbe der Menschheit konfrontiert, nachdem sie zuvor nur mit speziell für sie präparierter Kultur versorgt wurden, die von einer Humanexistenz im Raumschiff ausgeht und alles vermeidet, was auf die Erde hinweist.

Parallelebene: Tausend Jahre zuvor denken sich Lohnkünstler diese Kultur aus, haben eine Mordsgaudi dabei. Bücher, die nur in Raumschiffen spielen. Bilder, ausschließlich aus dem Weltall. Sogar philosophische Werke.

Und warum das alles?

Keine Ahnung, nur so ne vage Idee.

14. Dezember

Ein bißchen komponiert. Sonst nichts vorzuweisen.

Ist das krank – unbedingt etwas vorweisen zu müssen? Ja.

Und nein, wenn das Vorzuweisende nicht nur aus Erarbeitetem, auch aus Genossenem bestehen kann. Genuß ist alles. Arbeit daran nur ein rituelles, stumpf abzusitzendes Hotel im Zwischenreich. Zwischen Erwartung und Erfüllung.

15. Dezember

Ruhiger Flug. Der Purser ist betrunken, bringt kaum einen geraden Satz übers Mikro.

Nach der perfekten Landung wird geklatscht. Schöne Geste, die zwischendurch fast ausgestorben war. Auf Inland-Flügen sowieso.

Lese, mit schlaffen Lidern, Kurzgrotesken von Link. Die heitern mich auf. Erinnern mich an eigene Geschichten von früher – das Rencontre weit auseinander liegender Stile, die Sprunghaftigkeit, die zum Teil einem lebhaften Geist, zum andern Teil einer gefüllten Schublade entspringt. Alles wird verwendet. Aber es gibt unter den Leberwürsten auch gute.

Tolles Aperçu: *Spezialisten sind Menschen, die von sehr wenig sehr viel verstehen, bis sie schließlich von nichts alles verstehen.*

*

In Las Palmas erster Gang durch die Stadt, Grundnahrungsmittel beschafft, der Weg führt instinktiv zum Corte Inglès, einem großen Kaufhaus mit gut munitioniertem Lebensmitteluntergeschoß. Schade, der Eidechsen-Likör, in dem mit aufgeschlitztem Bauch und gelblich präpariertem Fleisch eine Eidechse schwamm, ist aus dem Sortiment genommen. Diesmal hätten wir sicher eine Flasche nach Deutschland überführt, als makabren Party-Gag. Statt dessen drei Sorten koscheren Rotweins. Was es alles gibt. Streichkäse mit Erdbeergeschmack und Olivenjoghurt. Fisch und Fleisch sind sehr teuer.

Kurz den pittoresken Schachspielern am Parque Santa Catalina zugeguckt. Keine Leuchten. Lassen sich ungern beobachten. Das letzte Mal war ich Dezember '96 hier, zum Superturnier mit Karpov, Kasparov, Anand, Ivantchuk, Kramnik und Topalov, dem vielleicht stärksten Turnier aller Zeiten. Begreiflich, daß da selten Langeweile aufkam. Damals machten Bea und ich eigentlich getrennten Urlaub am selben Ort.

Das Apartment im Brisamar Canteras (diesmal Nr. 14 statt Nr. 11) ist nicht mehr ganz so doll. Die Küche winzig. Es könnte schlimmer sein, nämlich mit Balkon zum Hof, in dems aus einer

Voliere nervtötend zwitschert. Das Bad dafür sehr groß. An deutschen Fernsehsendern sind eingespeist: Eurosport, tm 3 und – alle Achtung – Baden-Württemberg Aktuell, aber das geht nicht gescheit her.

Abends Muschelnudeln gekocht. Noch ein Spaziergang im bunten Vorweihnachtstrubel. Hemd gekauft, Verlängerungskabel fürs Notebook besorgt. Ein Mann macht der Verkäuferin unzüchtige Anträge. Sie brüllt ihn zur Tür hinaus, mit einer in Kürze nicht wiederzugebenden Wucht, wendet sich danach mit einem aufgesetzten Lächeln mir zu.

*

Danach auf dem Balkon, mit Notebook, immer noch das uralte, das neue von Toshiba ist schon wieder beim Richten. Es windet. Rueda Superior. Passabel. Das Meerpanorama wirkt selbst bei Nacht gigantisch. Noch kilometerweit entfernt leuchten die weißen Streifen der Gischt. Wegen dieses Panoramas sind wir hier. Nirgends rauscht das Meer so laut. Als würde die Stadt als Schalltrichter dienen, und die Berge zur linken. Direkt unter dem Balkon liegt die breite, rot geziegelte Strandpromenade. Zehn Meter weiter, zwei Meter tiefer, durch ein Stahlgeländer abgetrennt, der Strand selbst. Alles durch Scheinwerfer erleuchtet, die ganze Nacht hindurch. Weil wir vor fünf Wochen erst in Kreta waren, hatte heute das Erlebnis, ans Meer, zum Fruchtwasser zu gehen, an Kraft verloren, glich nicht wie sonst dem Gefühl, heimzukommen, aber in Kreta lag die Küste ab der Dämmerung in sturem Dunkel, hier kann ich beim Schreiben die vorbeiziehenden Menschen betrachten und das immergleiche Spiel der Wellen auf den wie Aquariumszierat in die Brandung gestreuten Riffen. Hier wird man offensiver als sonst von Göttern beobachtet.

Das Meer pumpt und spült und tobt, man schreibt gegen es an und verliert – und gewinnt, weil man sich dessen bewußt ist.

16. Dezember

Bewölkter Himmel. 19 Grad.

Auch hier vereinzelt, wie in Kreta (dort sehr häufig) – Araukarien, diese Designer-Koniferen, diese Spielzeugbäume, wie für Modelleisenbahnlandschaften zusammengesteckt aus Pfeifenputzerdraht. Der einzige Baum, den ich scheußlich finde.

Wir gehen zum großen, zweistöckigen Marcedo Central an der Calle Galizia. Es gäbe frische Muränen, spottbillig, sieben Mark das Kilo, aber mit dieser Spielzeugpfanne? Nein, dazu bräuchten wir einen Ofen, oder am besten einen großen Holzkohlegrill. Uns unbekannt: Knallrote Fische – vielleicht aus der Familie der Lutianidae (Snapper z. B.) mit blauschimmernden Seitenflossen.

Wir kaufen ein Bündel Navajas – Scheidenmuscheln. Und sehr viel Obst in sonderbaren Subformen. Papayas, Bananen, Kaktusfeigen, Guaven, Avocados, Zwergmandarinen. Und Chayoten – kürbisartiges Zeug.

Vor drei Jahren, bild ich mir ein, hatte diese Stadt noch einen leichten afrikanischen Einschlag, der völlig wegeuropäisiert wurde. Wo sind die vielen schwarzen Straßenhändler hin?

Es ist verblüffend, wie sehr die Plaza de España der Piazza delle Provincie in Rom gleicht.

Die Guaven taugen einfach nicht zum Verzehr. Ihr Geruch ist überwältigend, fast betäubend – man sollte sie herumliegen lassen und irgendwann in den Müll werfen. Die kleinen lila Kaktusfeigen spritzen Purpurblut, wenn man sie anschneidet. Eine tolle Sauerei. Anders als die, die man bei uns bekommt, bestehen sie im Innern praktisch nur aus Saft und Kernen. Kaum Fruchtfleisch.

*

Ein Horoskopautomat. Liebe gut, Geld schlecht, Gesundheit Durchschnitt.

Sie wiegen 5,4 Kilo zuviel. Heute ist Ihr 12941. Tag.

*

Abends im Sala Recreativo um die Ecke (Super Galaxia) einen Jurassic-Park-II-Automaten entdeckt. Das haben wir in Kreta bis tief in die Nacht gespielt, sind einmal sogar im Experten-Modus von Anfang bis Ende durchgekommen. Man muß gut aufeinander eingespielt sein, jeden Schuß sinnvoll einsetzen, wenn möglich auch was damit treffen und nie das sofortige Nachladen vergessen. So »fährt« man durch die Locations des Spielbergfilms, wird ständig von Raubsauriern attackiert und muß um sein virtuelles Leben ballern, mit Plastikpistolen, die per Kabel mit dem Bildschirm verbunden sind.

17. Dezember

Abhängen bei Zitronenwasser und Papageiengeschrei. Es ist zu kalt zum Baden.

Strandspaziergang bei Ebbe. Die Klippen vulkanischen Ursprungs bilden tausende kleiner Wasserreservoire, in denen man auf Krebsjagd gehen kann. Kosmologisch-philosophische Gespräche. Das Weltall ist ein primitiver euklidischer Raum. Unfaßbar. Überhaupt, Urknall – unfaßbar – und daß wir überhaupt ein präzises Modell besitzen vom Anfang und vom Ende. Unfaßbar. Solche Gespräche kommen gravitätischer mit Blick aufs Meer. Am Anfang war all das so winzig. Zehn hoch minus 28 Zentimeter klein. Und jetzt?

Vor uns auf einem Riff sitzen ein Reiher und ein Ibis.

Irgendwann gehen die Lichter aus, der Brennstoff der Sterne verbraucht sich, die Masse verschwindet in schwarzen Löchern, das Universum stirbt den Kältetod. Nach zehn hoch 64 Jahren lösen sich selbst die schwarzen Löcher in langwellige Strahlung auf. Behauptet Hawking.

Und dann? Einzig rettender Gedanke: Daß es unendlich viele parallele Universen geben muß, ständig neue entstehen. Sonst wär das ja nicht auszuhalten.

18. Dezember

Wir fahren mit dem öffentlichen Bus – der unterirdische Busbahnhof am Parque San Telmo gehört zu den Sehenswürdigkeiten der Stadt – hinauf in die Berge, zum Jardin Botanico, der in einer tiefen Schlucht liegt. Großes Panorama. Hinab gehts auf schmalen Steinpfaden ohne Geländer. Die Anlage ist fast menschenleer. Neben dem Weg fand ich intensiv duftende Waldchampignons. Beatrice gräbt einen Aaronstab aus. Bleibt sehr oft stehen, drückt ihre Begeisterung aus über wundersame Dinge, bückt sich hinab und seufzt selig. Manchmal lasse ich mir was erklären, aber es ist wie in der neuen Renault-Kangoo-Werbung: Zur einen Schiebetür rein, zur andern raus. Ich lerne, daß prachtgelb blühende Gehölze nichts Besonderes sind. Entzückend war der Strandflieder und der Gauchheil – aber den gibts bei uns auch. Mitten im Park das Grab des schwedischen Botanikers Sventenius. An den Toiletten hier hängen zur Unterscheidung von männlich/weiblich noch diese uralten Piktogramme – der Herr mit Pfeife, die Dame mit Lippenstift.

Habe bei den Opuntien eine reife Kaktusfeige gepflückt und schwer bereut, die winzigen Stacheln taten nach einer Stunde noch weh. »Saftstrotzlinge und Geborstel«, kommentiert B.

Kakteen, deren Arme sich wie benadelte Schlangen über den Boden winden.

Es gibt keine europäische Opuntienart. Nur Euphorbien und Sukkulenten. Für mich sind das alles Kakteen. Das sei aber Quatsch. Ja nu. In der Prosa geht das nicht anders, wo kämen wir denn da hin? Mit Euphorbien und Sukkulenten.

Laufen durch Lorbeerwälder. Halten Ausschau nach Gallotia stehlini – der kanarischen Rieseneidechse. Hat keine Lust auf uns. B. erwähnt, daß der Truthahn u. a. bei Andersen noch der »kalekuttische Hahn« hieß. Wie er zu diesem Namen kam, weiß sie auch nicht.

Die kanarische Palme, die sich für meine Augen von anderen kaum unterscheidet, ist eine endemische Spezies.

*

Um halb zwei Uhr morgens setzen sich drei Gestalten auf den Gehsteig. Direkt unter meinem Balkon trommeln sie das Meer an, auf langtrichtrigen Metalltrommeln mit Plastikmembran. Tiefe, lange Töne. Sind es Männer oder Frauen? Sie sitzen mit dem Rücken zum Meer, tragen wallende monochrome Gewänder – gelb, schwarz und blau. Beatrice tritt hinter mich.

Was da los sei? Meerantrommler. Ist nicht wahr! Doch.

19. Dezember

Mit dem Bus – dem »Guagua« – in die Berge, vorbei an bunten Häusern, die Legosteinen ähneln, hinauf nach San Mateo. Dreiviertelstunde Fahrt. Temperaturunterschied: etwa sieben Grad. Großer Blumen-, Gemüse-, Kleidungs- und Tiermarkt. Jämmerlich frierende Welpen in engen Käfigen. Beos, Papageien, Leguane, Hennen und Hähne – und jede Menge zerzauster Stuben- oder Ziervögel.

*

Gespräch darüber, wie schnell Lara Croft ihren Reiz auf mich verloren hat. Tombraider II – vor zwei Jahren war das wie Urlaub machen. Heute fehlt mir bereits die Geduld dazu, schaffe ich irgendeinen fiesen Dreifachsprung nicht, steig ich aus. Grafik und Atmo eines Spiels müssen schon einen echten Schritt nach vorne getan haben, um mich wieder vor den Bildschirm zu locken.

Wir denken an Corridor 7 zurück. Wieviel Angst wir damals hatten, die dunkle Halle mit den beiden Weißmonstern zu durchqueren!

Bea: »Das kann man nie mehr zurückholen.«

Als sie das sagt, wird mir klar: Die Computerspiele haben uns eine zweite Kindheit geschenkt. Ist nicht übertrieben, das war so. Und der Zustand der Unschuld, der zweiten Unschuld, liegt so kurz zurück … Vielleicht daher das Gefühl schmerzhaften Erwachsenseins.

*

Laut schreiende Straßenhändler dealen mit Losen der großen Weihnachtslotterie, versuchen Passanten das Gefühl zu geben, sie gingen achtlos an ihrem Glück vorüber. Und beschimpfen einen beinahe deswegen, ziehen fassungslose, sehr um einen besorgte Gesichter.

20. Dezember

Die Dominospieler im Catalina-Park. Etwa ein Dutzend Viererrunden unter Palmen.

Die schwarzen Matronen mit ihren prachtvollen Kopfpützen stolzieren auf und ab.

Ein Greis füttert Tauben. Etwa zweihundert sitzen auf der Parkbank – und auch auf ihm. Die Straßenlaternen springen an.

21. Dezember

In der TZ München mokiert man sich in der Schlagzeile über etwas »denkbar Menschenverachtendes«, eine »herzlose Gemeinheit« – was ist passiert?

Dieses Grab wurde zum wiederholten Mal bestohlen!
Was sind das nur für Menschen, die keine Skrupel haben,
die Blumen unserer lieben Verstorbenen wegzunehmen?

Mit diesem Zettel am Grab appellierten die Angehörigen ans Gewissen des Diebes …

… doch der hängte kurzerhand diese freche Antwort daneben:

Liebe Familie Stecher/Ruf

ich bitte um Nachschub
frischer Blumen.

Vielen Dank

Ihr Blumendieb!

Das ist klasse. Und der Verfasser befolgt ja nur den Rat des Dichters: *Viel mehr Blumen während des Lebens / denn auf den Gräbern sind sie vergebens.*

Es gibt eine feingesponnene Ethik der Grabschändung. Mal ein paar Blumen stehlen für den Muttertag, wenn man kein Geld hat – das finde ich in Ordnung. Aber nie, in meiner ärmsten Zeit nicht, hätte ich zum Beispiel irgendeinen Wertgegenstand oder ein Erinnerungsstück von einem Grab gestohlen. Das ist interessant, weil hinter dieser Grenzziehung nicht irgendeine Erziehung steht, noch eine Jenseitsvorstellung, noch der Aberglaube, von den so bestohlenen Geistern verfolgt zu werden. Was ist es denn, das diese Grenze zieht? Respekt vor den Toten? Mitgefühl mit den Hinterbliebenen? Ich hab mir nie Gedanken gemacht zu dieser speziellen Genealogie einer Moral. Als ich achtzehnjährig mit Henrike gerne nachts über Friedhöfe schlich und sie die Witwenschleier von den provisorischen Holzkreuzen riß – die sammelte sie nämlich –, fand ich nichts Kriminelles dabei. Heute: Naja … Für H. war es ein symbolischer Tausch, sie identifizierte sich gern mit ihr unbekannten Witwen, der Diebstahl mündete in eine sonderbare Form des Gedenkens, der Todesmeditation. Das barg eine Entschuldigung in sich. Ein Grab zur bloßen Bereicherung zu bestehlen ist etwas anderes, und obwohl strikt rationales Denken wenig Argumente für eine übertriebene Inkriminierung des Vorgangs liefert, bleibt doch das gefühlsmäßige Tabu in mir recht stark. So, wie ich auch nie in der Oper einem Musiker sein Instrument geklaut hätte, wozu es oft Gelegenheit gab. In der Oper war man Teil eines Systems, die Musik eine lindernde Droge, die man dankbar verehrte, von daher war die Hemmschwelle leicht zu verstehen. Im Falle des Grabraubs ist es wohl der Respekt vor dem eigenen Tod, der eigenen Sucht, etwas hinterlassen zu wollen, der anderen Toten eine numinose Legislative zu verleihen scheint. Ein aus Selbstprojektion erschaffener Bannkreis. Hier in Gran Canaria gibt es überall Weihnachtskrippen auf öffentlichen Plätzen. Die Menschen werfen haufenweise 25-Peseten-Münzen auf die Figuren, die nachts nicht bewacht oder abgedeckt werden. Jeder Penner könnte sich – mit dem Recht der Armut – davon bedienen. Keiner tut es. Erstaunlich.

22. Dezember

MUC: Minus sechzehn Grad. Rasante Taxifahrt bei leichtem Nebel.

Sofort: Alle Post aufmachen. Alle E-Mails lesen. Egal, wie dringend man pissen muß. Und unbedingt: die Reisetasche entleeren. Landet alles auf dem Boden. Mein Zimmer ist nicht länger passierbar. Fund vom Strand: ein Set Angelhaken, drei Bleigewichte. Für kommende harte Zeiten. Robinson wäre froh drum gewesen.

*

Tom meldet, daß Franka bald in einem Ted-Demme-Film neben Johnny Depp spielt.

Indigo hat die Option für *Könige über dem Ozean* verlängert. Ja, wird da noch was draus? Radio Schweden erkundigt sich nach meinen Gehaltsvorstellungen.

23. Dezember

Viele Briefe, Mails, Anrufe, Päckchen, Pakete erhalten und versandt.

Töteberg meldet, daß das Drehbuch zu *Könige über dem Ozean* da sei – »frei nach Motiven von«. Ist vielleicht besser so. Das muß ich mir also auch noch gönnen. Mein Beruf besteht zu 90 % aus Organisation, zu 10 % aus Schreiben.

Zum Kotzen.

Durch Zufall das Hitchcockbuch wiedergefunden. Endlich Toms Aufsatz zu *The Wrong Man* gelesen. Ich begreife langsam, wie er mein Drehbuch visualisiert und die Szenen interpretiert haben muß. Viel zu langsam. Ich hätte ihm die Dialoge vorlesen sollen.

Wie alles gemeint war. *Eros* ist eine Ruine – und doch das Beste, was ich je gemacht habe. Möglicherweise könnte es doch noch als Roman funktionieren. Aber –

Große Unternehmen benötigen einen fast hysterischen Furor, der über alle Schwierigkeiten hinweglächelt und angreift. Dieser Moment ist verpaßt.

24. Dezember

Überall Klagen über das Deppen-Millennium, »wenn hinten die drei Nullen auftauchen«.

Aber das ist doch unerheblich. Wichtig ist, daß vorne die 1 auf die 2 klappt. Allein dieses Leitsignal rechtfertigt das Feiern in diesem Jahr. Unsere Zeiteinteilung – sieben Tage, 24 Stunden – stammt aus Babylon, hatte magische, nicht mathematische Gründe.

*

Vorm Glascontainer, in dem es Einwurfschlitze für grüne, weiße und braune Flaschen gibt, steht, ratlos und einsam auf dem Gehsteig, eine blaue Prosecco-Flasche.

*

Ich träume, der Henker sagt zu mir:
»Jetzt ein Bonmot – und du bist frei!«
»Und was bekomme ich für zwei?«

*

Flaubert: Sätze wie berauschte Glissandi. Sätze wie Leuchtspurmunition.

*

Von zwei bis sieben gearbeitet. Bin zu nichts gekommen. Weiche Birne. Eine halbe Stunde weiter an dem Lied komponiert – dann entdeckt: Ich hab den Text aus dem Gedächtnis vertont – und fast von Anfang an falsch! Die ganze bisher gefundene Musik wegschmeißen? Sofort denke ich mir eine Entschuldigung aus – na klar, hat nicht Strauss behauptet, perfekte Gedichte eigneten sich nicht für eine Vertonung? Jetzt ist es kein perfektes Gedicht mehr. Frappierend vor allem: Ich habe mich an die erste Fassung des Gedichts erinnert, damals noch kein Sonett.

Zu deinen Gunsten nehm ich an, du seist
gestorben, ohne daß du davon weißt.
Liefest dunkle Herbstalleen
vereinsamt auf und ab. Du süßer Geist.
Und wüßtest nicht, es wäre Zeit, zu gehen.

Bis hierher ist es schon auskomponiert. Unglaublich, so ein Fehler. Muß drüber nachdenken. Der gesamte Nachmittag ist mir verleidet. Zusammenbruch aller strategischen Strukturen.

Richtig wäre:

Zu deinen Gunsten nehm ich an, du seist
gestorben. Liefest dunkle Herbstalleen
vereinsamt auf und ab. Du süßer Geist.
Und wüßtest nicht, es wäre Zeit. Zu gehen.

Aber gerade »ohne, daß du davon weißt« ist dic bisher stärkste melodische Phrase. Mogeln geht nicht. Geht schon. Geht immer. Ausprobieren. Hornochse. Penner. Sackratte.

*

Feist wie ein geölter Buddha.
So glänzte der.
Tief hinten in seiner Hütte,
an einer Wäscheleine,
hingen getrocknete Schäfchen.

Er schwenkte den Gedanken langsam von einem Ohr zum andern. Aus seinem Haar purzelten Raben – untrügliches Symptom einer Aufgeregtheit, die ihm nach so langer Verwesung nicht mehr zuzutrauen war.

Er ist einer, der seine Tränen wieder hochziehen kann wie andere Leute ihren Rotz.

Er verwendet dieselben immer neu. Hat wohl nur die zwei.

25. Dezember

Allen Feinden sei vergeben,
außer denen, die noch leben.

*

Beatrice drängte mir gestern abend Gemüse auf das Raclettepfännchen.

»Du brauchst jeden einzelnen Vitamin.«

26. Dezember

Ich habe Gästen fragwürdigen Wein vorgesetzt und müßte mich schämen, schäme mich aber für meine Gäste, weil sie ihn ehrlich loben.

Die Selbstentschuldungsmaschinerie ist derart perfektioniert, daß es für bald jede Schuld noch irgendeine Ausflucht gibt. Zuzugeben, man hat einen Fehler begangen, fällt so schwer, wo es doch eigentlich das Leichteste sein müßte, nämlich die schnellste Art, die Schande loszuwerden.

*

Man braucht nicht unbedingt einen Rasierpinsel. Kann den Schaum ganz gut mit den Händen verteilen. Als ich mir einen Rasierpinsel kaufte, das war 1992, wußte ich noch vor der Supermarktkasse, daß ich von nun an nicht mehr arm war. Wenn ich es je wieder sein sollte, dann hätte ich immerhin einmal einen Rasierpinsel besessen.

*

Mir fällt die alte Faßbinderfreundin wieder ein, ihr Name nicht, dafür der Rat, den sie mir damals gab: Schreib bloß nichts Ehrliches über Sex. Damit kriegst du nur Ärger, jetzt und später. Aus der Sicht der Frauen beginnt gleich nach der Spätpubertät die Altherrenphantasie.

27. Dezember

Die Kette für Bea kommt an. Schöner als im Katalog. Provenienz vermutlich armenisch oder dakisch. Irgendwo aus der Ecke. Läßt sich nicht genau sagen. Der Bernstein ungeschliffen, schroff, bröselt leicht, wenn man an ihm reibt. Ich versuche mir die Frau vorzustellen, die diesen Schmuck einmal getragen hat. Und wer, wenn überhaupt, wird ihn in zweitausend Jahren tragen?

Draußen Sonnenschein. Noch immer sehr schneller Wind. Weihnachten vorbei. Das schlimmste aller Feste, die mieseste Zeit des Jahres.

*

Heiner Link hat auf Anfrage freimütig eingestanden, daß das Aperçu mit den Spezialisten, die am Schluß von nichts alles wissen, nicht von ihm, sondern von Andi Neumeister stammt.

*

Ich war zu Besuch im Reinbeker Verlagshaus, die ganze Mannschaft trat an, weil ich den Wunsch geäußert hatte, die Mitarbeiter kennenzulernen.

Der Chef stellte mich einem jungen Spund vor.

»Sie sind also«, fragte ich, »der Letztkorrektor von *Schweine und Elefanten* gewesen?«

Er bejahte, sichtlich stolz ob dieser verantwortungsvollen Aufgabe. Ich zeigte ihm eine Manuskriptseite, die Stelle mit dem wurstsemmelfressenden Mann. *»Das wirkte wie von Deix gemalt.«* Er lächelte. Ich zeigte ihm dieselbe Stelle im Buch.

»Das wirkte wie von Dix gemalt.« Er lächelte noch immer. Den Deix, den habe er halt nicht gekannt. Aber Dix – den kannte er.

»Verstehen Sie«, fragte ich, »wenn ich ein bißchen sauer reagiere?«

»Klar«, sagte er und wurde kleinlaut. »Ich werds auch nicht wieder tun.«

»Da haben Sie allerdings recht.« Ich zog meine Knarre und pustete ihm die Birne weg. Das Blut spritzte meterweit durch den Konferenzsaal.

»Nun würde ich gern noch den Mitarbeiter kennenlernen, der in der Taschenbuchausgabe von MAI–JUNI aus Octave Mirbeau *Mirabeau* gemacht hat.«

Niemand meldete sich. Schweigen herrschte im Rund. Der Chef nahm mir die Pistole ab, murmelte etwas von Problemen mit der Gewerkschaft.

*

Der Erfindungsreichtum der Menschheit zeigt sich nirgends so sehr wie darin, daß immer wieder, in regelmäßigen Abständen, mit revolutionären neuen Techniken ausgerüstete Zahnbürsten erfunden werden.

Braun Oral-B Plak Control 3D – das klingt wie schweres Gerät, das an die Türkei verschachert werden soll.

28. Dezember

Wie ich ein häusliches Wortgefecht gewann.

Sie: Du bist doch nur ein Sepp.

Ich: Und du bist vom Seppen die Frau.

*

Manchmal überkommt einen das Gefühl einer force majeure, die gnädig mit einem gestimmt ist. Obwohl man gerade nichts Erwähnenswertes geleistet hat. Einfach so stülpt es sich über einen, und man geht über den matschigen Marienplatz, beobachtet, behütet. Mit nichts zu vergleichendes Gefühl, weder ekstatisch noch pathetisch. Eher sachliche Stimmung, wenn alles in Ordnung und das Dringendste erledigt ist. Die Schritte werden fester, jeder gehört zu einem Plan, der irgendwo ohne unser Wissen entworfen wurde. Vielleicht so zu beschreiben: Man hat vor einer Jury eine Prüfung abgelegt, die Jurymitglieder betreten den Saal, und bevor sie ihr Urteil verkünden, zwinkert einer dir zu. Könnte sich natürlich auch um ausgesuchte Grausamkeit handeln.

*

In der Drei-Uhr-Zeitung gelesen, daß der erste Prototyp des E-Papers vorgestellt wurde. Es soll sich anfühlen wie normales Papier und auch genauso aussehen. Tatsächlich ist es aber ein Computerbildschirm, auf den man direkt mit einem speziellen Stift schreibt – und so oft man will. Der Bildschirm der Firma Xerox Parc ist nur 0,2 Millimeter dünn und besteht aus Silikongummi, das mit Millionen von kleinsten Kügelchen gefüllt ist. Bislang kann man bei starkem Lichteinfall kaum etwas erkennen, doch diesen Mangel wollen die Entwickler bald beheben.

Na also. Kommt meiner Vision vom flüssigen Buch doch schon sehr nahe. 1996 oder 97 im Spiegel prognostiziert. Ein Buch, das aus einer Art Flüssigkristallbildschirm besteht. Um zu blättern, drückt man einen Knopf. Das Ganze so dünn, daß man in einer Aktenmappe eine Bibliothek mit sich herumschleppen kann und das Lesen doch seine haptischen Gewohnheiten behält. Noch in diesem Sommer hielt Iris Radisch in einer 3-sat-Diskussion für unmöglich, daß man sich an so etwas je gewöhnen könne. Manche Menschen haben nicht mehr Vorstellungskraft als ein Bildausfall.

*

Wenn die Konjunktive der Vergangenheit zu leben begännen, mit dem Geschehenen gleichberechtigt würden, wenn die Erinnerung nicht mehr unterscheiden könnte zwischen dem, was Wirklichkeit geworden, was Traum geblieben ist. Wenn alles jemals Erwogene, Gewünschte, Vermiedene nachträglich faktisch wird und den noch lebenden Menschen mit allen Konsequenzen überfällt – dann hat er den Zustand des Ultrachronos erreicht.

Manche behaupten, im Dämmerzustand vor dem Tod könne jeder in dieses seltsame Reich abgleiten, sähe sein Leben um so vieles Verdrängte, Versagte bereichert und stürbe dann mit einem Glanz in seinen Augen, den nur großes Kino verleiht. Einzelne behaupten sogar, man könne weit schon vor dem Tod in diese unglaubliche

Landschaft eindringen und glücklich dort leben, während man für die Zeitgenossen als Wahnsinniger gilt. Ich träume davon, diesen Zustand zu erreichen, ohne daß meine Zeitgenossen etwas von meiner aufgefalteten Wahrnehmung bemerken. Es wäre eine Art von allerhöchster Schizophrenie. Meine Eitelkeit will ferner diesen Zustand beschreiben, etwas Unsagbares festhalten. Wahrscheinlich werde ich daran scheitern. Aber ein Versuch – was bleibt uns denn, wenn nicht Versuche?

29. Dezember

Schneefall. Wir rechnen mit dem Schlimmsten. Fahrt zum Flughafen unerwartet problemlos.

Weiße Äcker. Krähenschwärme stürzen sich auf Aas am Wegrand. Alle Bäume sind Birken geworden. Falken und alte Züge queren den Winter.

Beatrice: »In Rom benennen sie den Flughafen nach Da Vinci, bei uns nach Franz Josef Strauß.«

Es weht Schneestaub von den Dächern der vor uns fahrenden Wagen.

Am Flughafen: *Ihre Maschine nach Rom kommt heute aus Bologna. Sie ist leider noch nicht in Bologna gestartet. Sobald sie das getan hat, können wir Ihnen das Ausmaß der Verspätung mitteilen.*

*

Ihre Maschine ist soeben in Bologna gestartet. Voraussichtliche Eincheckzeit: 15:50. Wir bitten um ihr Verständnis.

Man könnte auch im entführten Flugzeug in Kandahar sitzen, seit vier Tagen, in bitterer Kälte und grauenhaftem Gestank. Kein Mitleid mit Flugzeugentführern. Mit allen sonst. Flugzeugentführer abknallen bei erster Gelegenheit.

Ihre Maschine aus Bologna ist jetzt gelandet. Wegen eines kleinen technischen Problems verzögert sich der Einstieg leider um unbestimmte Zeit.

*

Zukunft ist die ungenutzte Möglichkeit, die heute an uns verzweifelt.

*

Die Maschine nach Rom ist jetzt zum Einstieg bereit am Gate A 15.

*

Der kleine City-Liner ist voll bis auf den letzten Platz. Wir haben Rückenwind. Flugzeit eine Stunde zwanzig.

Auf dem Landeanflug. Die orangenen Lichter eines ummauerten Friedhofs glänzen direkt neben unserer Landebahn.

Einen Moment Geduld noch. Wir müssen eine Weile umherfahren, bis wir einen Parkplatz entdeckt haben.

Niedlicher Satz. Und immer noch nicht das Ende.

Leider ist die Ausstiegsrampe defekt. Wir bitten um Geduld.

In Jerusalem, auf dem Ölberg, hocken Fanatiker, die das Ende der Welt erwarten. Hier geht nicht mal ne Tür auf.

Jetzt. Endlich.

*

Beim Anblick der aurelianischen Mauer: Behütet, geborgen sein. Erwartet.

Zehn Grad plus.

Villa Massimo. Der Duft von feuchten Zypressen. Am Beginn des langen Kieswegs wurde eine weiße, hell ausgeleuchtete Krippe aufgestellt. Ein Horror, daß diese Anlage zwei Jahre leerstehen wird. Aus unsinnigen Gründen. Das Haupthaus wird umgebaut.

Die Fenster der Studios müssen aus Gründen des Denkmalschutzes reantiquiert, d. h. mit Holzrahmen versehen werden.

Wir wohnen in der 11. Rennen zum Einkaufen in den GS.

Danach zu Da Franco. 14 Leute. Annette ist hier. Anja. Volker. Und, wenigstens für diesen Abend, Thomas mit Friederike. Vollfreß mit obligatem Zusuff. Ich bin so glücklich.

Hier, zurück, unter Freunden zu sein.

Hettche verbringt die Millenniumsfeiern in der winterstillen Toskana, zu zweit mit seiner Liebsten. Keine schlechte Wahl. Den Geruch des dort überall abbrennenden Olivenholzes hebt er als lokales Stimulans hervor.

Danach, gegen Mitternacht, zu Anja, ins Studio 7. Thomas: Das *war* nicht, das *ist* meines!

Stimmt. So wie die 3 immer *meins* bleiben wird. Vivaldi-Arien, Orvieto und Frascati.

*

Vor einem Jahr, genau an dieser Stelle, hab ich den ersten Text für NULL geschrieben.

Aber kein Kreis schließt sich. Es gibt keine Kreise in der Zeit, nur Spiralen.

Bestenfalls bastelt sich die Erinnerung Sprungfedern daraus.

30. Dezember

Traian wollte die Domus Aurea vom Antlitz der Erde tilgen, ließ sie mit Erdreich zuschütten – und hat sie eben dadurch konserviert. Ironie des Schicksals. Ähnelt dem Späterfolg verbotener Bücher.

*

In Rom könnte ich auf Dauer nicht leben. Es geht um das Heimkommen, nicht um das Hiersein. (Andererseits, wie Albert so schön sagt: »Daheim ist, wo die Rechnungen ankommen.«) Übers Forum zu wandeln – ja, man geht nicht übers Forum, man wandelt übers Forum – ist immer wieder ergreifend. Und was seh ich: DIE KURIE STEHT OFFEN. Zum ersten Mal steht, wenn ich hier bin, die Kurie offen. Gefühl, mit Worten nicht zu beschreiben. Was eine Floskel der Faulheit ist.

*

Beinahe hätte ich das Innere der Kurie beschrieben, so emphatisiert bin ich immer noch.

Auf den Ruinen der Rostra, wo man den Kopf Ciceros ausstellte und Fulvia ihm eine Haarnadel durch die tote Zunge stach, hockt mit zurückgebogenem Nacken ein Rotkehlchen. Und viele Stieglitze spielen. Das Cäsar-Forum ist schon ziemlich weit hinuntergebuddelt.

*

Im SPIEGEL lese ich von einer »Brennstoffzelle, die Wasserstoff und Luftsauerstoff direkt in Elektrizität umwandelt und garantiert unschädliches Abgas ausstößt – reinen Wasserdampf«. Ab 2002 werden so die Nahverkehrsbusse in Island betrieben. Bald danach folgt die Umrüstung einer der größten Fischfangflotten der Welt auf Wasserstoffantrieb. Die isländische Regierung plant, ihr Land bis zum Jahr 2030 völlig unabhängig von Öl und Benzin zu machen.

Na also.

Prognosen, die ich vor vier Jahren noch nicht laut zu sagen wagte, sind heute nur mehr Platitüde. Augurische Inflation herrscht. Ich überlege mir, was ich noch schnell voraussagen könnte, bevor es zu glaubhaft erscheint.

*

Abends Langeweile. Wir blieben zu Hause, in Erwartung eines Vorfestes. Andere waren stravanzen gegangen, so fand man erst gegen Mitternacht in der 10 zusammen. Und Mißtöne gabs. Christoph hatte beschlossen, von wo man morgen die drei großen Feuerwerke ansehen müsse, mit der Option, dennoch per pedes nach Hause gehn zu können: Vom Quirinalspalast aus. Ich habe nicht vor, das Areal der Massimo zu verlassen. Wo sind wir hier? Pfadfindergemeinschaft? Gruppenzwang? Morgen nacht wird in der Stadt die Hölle los sein. Wegen der Hölle bin ich nicht hergekommen. Will mit Beatrice auf der Brüstung stehen, in dem kleinen Tempel, und auf die Via 21 Aprile hinabschauen. Pfeif auf verbuntete Himmel. So werden wir das auch handhaben. Der Pincio und der Gianicolo werden ohnehin gesperrt sein, voll von Knallkörpern und Knallköpfen. Und der Straßenverkehr wird zusammenbrechen. Taxis ordern zu wollen, stellte sich als Lachnummer heraus. Irgendwo im Bus Silvester feiern – nee. Es war mir wichtig, hier zu sein, in dem, was ich als spirituelles Zuhause empfinde. Eingezwängte Menschenmassen, die vermutlich auch noch von irgendwelchen Irren mit Raketen beschossen werden – das kann ich mir ersparen. Notfalls bleiben wir zu zweit hier. Wär nicht das Übelste. Die Villa Massimo besitzt 40 000 Quadratmeter Fläche. Die mal für uns allein zu haben. Endlich – frei nach Nero – leben wie zwei Menschen. Das Feuerwerk – wenns nicht im Kopf stattfindet, dann nirgendwo.

Später gingen Volker, Andreas, Katharina und ich noch ins Kabuff, um zu kickern. Und ich wußte sofort, was ich in dem Dreivierteljahr seither am meisten vermißt – und wieder verlernt habe.

*

Danach fragte ich mich, was ich eigentlich mit dem Millennium zu tun habe, was genau ich feiere. Nichts. Christus schon gar nicht. Aber 35 ist nach dem biblischen Wort, wonach unser Leben 70 Jahre währt, eine realistische Kerbe, um die Hälfte des Lebens zu feiern und zu begutachten. War schon viel. Massiv. Fast alles, was im Auge eines Regisseurs dazugehören kann. Nochmal dasselbe – da läge einiges vor mir. Naturgemäß wird es weniger sein. Aber immer noch ein beachtenswerter Batzen. 70 zu werden ist okay, danach krankt es.

Irgendwo las ich heute eine Vorausschau, derzufolge im Jahr 2070 die ersten Menschen geboren werden, die ab einem selbstgewählten Zeitpunkt nicht mehr altern müssen.

Knapp verpaßt, kann ich da sagen. Knapp dem entgangen, könnte ich sagen, müßte ich sagen, nach allem, was ich weiß. Es wird einmal Menschen geben, die höchstens ein tragischer Unfall ihrer Existenz entreißen kann. Das ist sicher. Die Frage bleibt, ob diese neue Spezies, denn eine solche wird es sein, uns nicht sogar um unsere natürliche Fragilität beneiden werden wird. Ob diese »Unsterblichen« nicht ein viel schlimmeres Los ziehen. Ihrer selbst überdrüssig, irgendwann den Zeitpunkt erwählen zu müssen, freiwillig die Bühne zu räumen.

Das wäre spannend. Eine ganz neue Ethik und Philosophie müßte entwickelt, alle Gesetze umgeschrieben werden. Im Sinne des Spiels ist eine andere Entwicklung kaum denkbar.

Und angenommen, die durchschnittliche Lebenserwartung wird auf dreihundert Jahre hinaufgeschraubt werden. Spielt das Gehirn da einfach mit? Oder stellt es sich auf die veränderten Bedingungen ein? Wahrscheinlich. Leben ist Gewöhnungssache. Kann sein, daß die dreihundert Jahre genauso schnell empfunden werden wie unsere siebzig. Und es wird noch viel mehr zählen, was man aus der Zeit gemacht hat. Vermutlich wird man feststellen, daß die Verlängerung des Lebens, Quantität, sich nicht notwendigerweise in Qualität niederschlägt. Ich jedenfalls bin froh, jetzt und hier zu leben, und irgendwann gelebt zu haben, tot zu sein, das geht in Ordnung.

31. Dezember

Das ist er also, der letzte Tag des Jahrtausends. Herrlich warm, himmelblau und windstill.

Gestern fand an der Metro Piazza Bologna eine Fahrkartenkontrolle statt, und wir hatten ausnahmsweise mal gestempelt. Mit diesem Gefühl in den Tag.

Die Anlage Ostia Antica hat zu. Wegen Sturmschäden. Wir wollten hinten in den Äckern nach Glasscherben suchen. Ein majestätisch dahintrabender Hund begleitet uns ein Stück Wegs. Weiß, groß, langes Fell, gutmütiger Kopf. Ähnlich Retreiver. Sehr anmutiger Pfotengang, ballettös. Bea: »Ein Lipizzanerhund.« Wir haben ihn fotografiert, in Hinblick auf das pompeianische Hundebuch, das, nach bald acht Jahren Planungszeit, ab Sommer in Angriff genommen werden wird.

In Ostia, auf den Stufen des popligen Theaters – wie viele Adoleszenten lauschten abgehalfterten Rhapsoden hier und träumten von Gladiatorenkämpfen und Wagenrennen?

Schönheit, Grausamkeit – eins ist ohne das andere nichts, gemeinsam ficken sie kraftvolle Bilder hervor.

Sekunden gibts, in denen möcht ich allen Toten danken, allein dafür, daß sie einst lebten und – wie auch immer – gestorben sind zu unsern Gunsten.

*

In den Straßen geht es weniger schlimm zu als erwartet. Bea nimmt ihre Nudeln vor meinen aus dem Topf, mag es »ein bißchen denter«.

*

Das letzte Tischtennismatch des Jahrtausends. Bea: »Wer das gewinnt, hat alle gewonnen.«

Beim Stand von 1:1 nach Sätzen einigen wir uns auf ein Unentschieden. Alles andere käme im Tagebuch ja doof.

*

Wie es in römischer Geschichte keine Seltenheit ist: Ein Bote des Kaisers erscheint, überbringt den mündlichen Befehl, der Adressat hätte Selbstmord zu begehen, am heutigen Tag noch. Grund hierfür wird keiner genannt. Der Bote geht ab.

Der zum Selbstmord Verurteilte – nehmen wir an, er sei ein glücklicher, wohlhabender Mann, gesund, sich keiner Schuld bewußt. Nehmen wir an, er hätte auf das Spiel der Macht verzichtet, hätte still für sich und die Seinen gelebt, hätte nicht durch übertriebenen Protz oder eine schöne junge Frau den Neid des Imperators erregt, wäre allerseits beliebt und geachtet. Wie verhält er sich?

Glaubt er an einen Irrtum, besteigt er den Pferdewagen nach Rom, um sich dem Kaiser zu Füßen zu werfen?

Bittet er um Gnade oder wenigstens um eine Erklärung?

Sicher nicht, zu viel wäre damit riskiert – ein langsamer, qualvoller Tod von fremder Hand, die Enteignung, vielleicht sogar Ermordung seiner Familie, die Verhöhnung seines durch die Straßen geschleiften Leichnams, die öffentliche Infragestellung seines Stolzes und Rufes.

Ihm bliebe nichts übrig, als an einem heiteren Tag, dessen Morgen nichts Übles prophezeite, zu sagen: Ja, das wars. Ich werde nie wissen, warum. Ich werde mir ein Bad einlassen, mein Testament niederschreiben, meine Adern öffnen und im entfachten Dampf von dieser Welt hinwegdämmern. Werde vorher noch einmal gut gegessen, mich von meiner Liebsten verabschiedet haben, ohne ihr zu sagen, daß es ein Abschied für immer sein wird, werde sie zu Verwandten schicken unter einem Vorwand. Werde sie küssen, ohne daß sie in dem Kuß etwas Besonderes erkennt, werde meine Tränen zurückhalten, äußerlich kalt sein und später meinen besten Freund beauftragen, ihr die Nachricht so schonend wie möglich beizubringen.

Werde meinen besten Sklaven die Freiheit schenken und mit den attraktivsten eine kleine Orgie feiern, werde mich berauschen und dem Leben danken, daß es mir so viele genußvolle Jahre gegönnt hat. Werde dem Mysterium, das meine Verurteilung umgibt, nicht nachspüren, denn einmal kommt der Tod ohnehin – und selten benötigt er einen triftigen Grund. Werde mit meinen Göttern sprechen, werde sie bitten, mich gnädig zu empfangen, oder werde, wenn da drüben nichts ist, nichts mehr spüren von den Unwägbarkeiten dieser Welt, auf der ich gerne zu Gast war.

So oder ähnlich hätte der ideale Römer gehandelt. Kaum einer floh maskiert in ferne Berge, versuchte einen Aufstand anzuzetteln, um sein Leben zu betteln oder sich freizukaufen. Die wenigen überlieferten Exempel solcher in aller Regel erfolglosen Widerstandsversuche werden von den Geschichtsschreibern meist mit Ekel erzählt, selbst wo den derart gegen sein Schicksal Aufbegehrenden nicht die leiseste Schuld traf und die Verurteilung ohne jegliches Motiv erfolgte.

Ich frage mich manchmal, ob eine solche Situation wirklich jene allerschlimmst mögliche wäre, aus dem Leben gerissen zu werden, als die sie mir anfangs erschien. Wie ich handeln würde, weiß ich nicht. Ob man zum Dasein, einem geglückten, das sei vorausgesetzt, nicht genau diese entspannte Haltung entwickelt haben müßte, die einen leicht, trotz allem dankbar, hinübergehen läßt. Den Tod als hinterlegtes Pfand für soviel Leben akzeptieren, auch wenn er früher kommt, als die Statistik es hätte erwarten lassen. Befreit vom Diktum der hora incerta. Gewißheit haben. Ich frage mich, ob es verlogen wäre, stolz zu sein, einsichtig, gelassen, frage mich, ob die einzig natürliche, menschliche Reaktion das Schreien, Klagen, auf Teufel-Komm-Raus-Weiterleben-Wollen sein müßte, und alles andere nur angelesenes, vom Todes-Knigge eingeredetes Zeug.

Ich bin mir nicht sicher. Ob der Geist Souveränität über seine tierischen Instinkte erlangen kann, ohne von philosophischen Denkmodellen verkleidet, vorbereitet worden zu sein. Modellen, die ihn mit dem Faktum des Todes leben und fertig zu werden halfen. Beschwichtigende Konstrukte, die die Fragilität unsrer Existenz wattierten, relativierten, mit tieferem Sinn ausschmückten. Von denen wir im Laufe des Lebens das uns Genehmste wählten.

Ich wünschte mir, die Seelenruhe des Petron zu haben, jedoch ohne darstellendes Element. Meint: für alle Welt noch ein finales Schauspiel geben zu müssen.

Sicher würde ich klagen, schreien, Aufstände anzetteln, mich freizukaufen versuchen, maskiert in ferne Länder fliehen, um noch einige wenige frohe Tage mit meiner Liebsten zu genießen. Doch diese Tage wären ja nicht mehr mehr froh, nicht zu genießen, sie wären von Furcht beherrscht, ein grausam zerdehnter, sadistischer Abschied.

So viele narkotisierende Lügen, die drauf warteten, benutzt zu werden. Keiner würde ich anheimfallen wollen und am wenigsten das Leben selbst eine Lüge nennen müssen, denn es ist eine, wenn auch knappe – Wahrheit.

Ich weiß nicht, wie ich handeln würde.

*

Ab acht Uhr wird im Studio 4 gefeiert. Fünfundwanzig Personen. Einige hab ich noch nie gesehen und frage auch nicht nach deren Namen.

Eine lange Tafel ist gedeckt. Köstliche Linsensuppe gibts, marokkanisches Aprikosenfleisch, Fenchelsuppe, viele Salate, Lachsplatte, tonnenweise Gamberetti und fünf verschiedene Käselaibe, später Tiramisu. Der 98er Parrina ist nicht das. Weder der weiße noch der rote.

Oben auf der Galerie läuft ein Fernseher, zeigt stündlich neue Millenniumsfeiern von irgendwo. Um zehn war Moskau dran, um elf Jerusalem. Erster Hauch Weltstaat. Dazwischen die typischen seichten Show-Einlagen von Raiuno, denen wir den Ton abdrehen. Unten ist die ziemlich teure massimoeigene Hifi-Anlage aufgebaut. Jordan meinte zu Recht, man hätte die Schließung der Villa pompöser feiern können und sollen. Es wäre noch so viel Platz gewesen.

*

Um halb zwölf verläßt die Hälfte der Leute das Studio, um zum Quirinal zu fahren, wo Sinopoli Beethovens Neunte leitet. Raiuno überträgt den vierten Satz. Ich bin, obwohls nur schlechter Fernsehsound ist und um mich her gelacht und gegrölt und gewiehert wird, sehr, ja fast zu Tränen gerührt. Daß mich diese so irre große, aber so abgenudelte Musik derart ergreifen könnte – deutscher Gesang auf einem römischen Hügel – unerwartete Gefühlswallungen.

Um fünf vor gehen alle Dagebliebenen hinaus auf die Brüstung mit den antiken Büsten, unter den riesigen Pinien wird der Schampus entkorkt. Beatrice und ich schleichen uns davon, stehen um Mitternacht in dem, wie wir es nennen, Tempelchen, ein Tympanon auf fünf Säulen. Umarmen uns. Das Geknalle beginnt. Fünf Meter unter uns eine völlig leere breite Straße. Wie von den Zinnen einer Burg herab kann man von hier bis hinunter zur Piazza Bologna sehen. Einige Autoalarmanlagen gehen los, wenn Feuerwerkskörper zu nah bei ihnen explodieren. Warum eigentlich? Neujahrswünsche, Bussis, Kelchklingklang. Eine gewaltige Fledermaus, durch den Krach in Panik versetzt, flattert über die Dächer. Das bringt Glück, hoffe ich.

Hier, wo vor fünfzehneinhalb Jahren unsere Liebe begann.

Bea: »Ob der Lipizzanerhund wohl auch feiert?«

Andreas hat für sechzig Mark Raketen, Knallfrösche und Feuerräder besorgt. Wir haben recht lange Spaß damit. Es ist kalt, minus ein Grad. Um halb eins schon kehren die Ausflügler zurück. Alles sei erstaunlich problemlos gegangen, die Italiener verhielten sich sehr diszipliniert, es habe auch kaum Geschosse gegeben, die auf Menschen losgegangen seien. Allerdings seien auf dem Quirinal ja auch die Klassikliebhaber gewesen. Große Popkonzerte gibts am Popolo und am St. Petersplatz.

*

Zurück im Studio: Es läuft: Die schöne blaue Donau. Alle tanzen. Nach dem Walzer ein Tango. Zuletzt – unvermeidlich in diesem Jahr: Buena Vista Social Club. Und Salsa. Und noch mehr Latinozeug, das nach drei Nummern auf die Nerven fällt. War aber egal. Diskussion über die Dominanz des Wetters auf die Kultur. Je schwüler temperiert ein Land, desto mehr Vokale schleichen sich in seine Sprache, desto rhythmusbetonter wird seine Musik.

Nordische Kultur ist von daher kein so schwammiger Begriff.

Um ein Uhr feiert London. Um drei Uhr Brasilien. Um vier Uhr Argentinien. Irgendwo ist Sommerzeit. Um halb fünf schleppen Volker und Andreas den Kicker aus dem Kabuff an.

*

Im März, als M&M hier noch ihre Videoabende abhielten, pflegten wir danach jeweils rumzusitzen und Filmtitel in die Runde zu werfen. Dann sagte jemand: Oh, der war toll. Und ein anderer: Ach, nein, der war doch beschissen. Und schon kam der nächste Filmtitel. Niemals tiefergehende Diskussionen. Immer nur *toll* oder *beschissen*, oder manchmal: *Geht so.*

Frances und Anja fanden das unter Niveau bis widerlich, aber ich liebte diese Konzisform des Austausches sehr. Nach zehn bis zwölf mal toll oder beschissen oder geht so läßt sich bereits ein passables Bild vom Geschmack des Gegenübers erstellen. Weit über filmische Belange hinaus. Da scheint fast alles durch.

Der Rest ist Gerede.

1. Januar

B. hatte die Idee eines Bonustages. Schon für uns selbst. Ja gut.

*

Wir haben sagenhaftes Glück mit dem Wetter. Hier noch ein bißchen Sonne tanken, dann nach Deutschland, wo es im Januar auch schon mal zu Frühlingsgefühlen kommen kann, danach ein Februar, der von Kaiser Augustus zu Recht zum kürzesten Monat degradiert wurde – und schon wird man erstes Grün begrüßen dürfen. Das Schlimmste ist überstanden. Es gefällt mir, daß der letzte Monat des Projekts der April sein wird, das paßt. Auf allen Bedeutungsebenen.

*

Vom Millennium-Bug nirgends eine Spur. Das einzige, was stehenblieb, war der alte Wecker von Andreas Enßlen. Die Stadt weist kaum Zerstörungen auf. Die Menschen scheinen gelassen und entspannt.

*

Spaziergang durch die immergrüne Villa Borghese. Drei vom Sturm umgelegte Bäume, parallel zueinander liegen sie am Boden, keiner kann die anderen mitgerissen haben. Warum gerade die drei? Die Gärten der Borghese sind geöffnet. Riesenzitronen, groß wie mittelwüchsige Wassermelonen. Das Licht ist heut sehr zart, mit Erinnerung aufgeladen. Ich bin sechs Milliarden Menschen und deren Ahnen.

Realität ist nur die naheliegendste Fiktion.

Die Welt ist, wie sie ist, weil ich sie so denke. Trete ich ab, denkt sie ein anderer, und alles wird neu sein.

*

Blick vom Pincio. Leichter Dunst liegt über der Urbs, der allen Dächern und Kuppeln klare Konturen beläßt. Gnadenvolles Licht. Jenseitige Stimmung. Läßt schlimmste Überraschungen befürchten. In den Springbrunnen schwimmen die Korken der letzten Nacht. Ein schwarzer Mops kläfft. Sein Gesicht ähnelt dem einer Hufeisenfledermaus. Zerschlagene Sektflaschen säumen die Wege des Belvedere. Der beste Neujahrsspaziergang, den ich jemals unternahm. Triumphzug, aufs Pianissimo zurückgeschraubt. Unten, an der Piazza Popolo, sehen wir Marathonläufer. Man hat den Rom-Marathon ausgerechnet am Neujahrstag veranstalten müssen und breite Sektionen der Stadt für jeden Verkehr gesperrt. Daraus ergeben sich furchterregende Menschenmassen an der Spagna und, wenn man die Laufstrecke frech kreuzt, Gassen, die man nie zuvor so leer gesehen hat. Alle voll mit beige-rosa Glühbirnbäumen.

*

Der Tod ist das Entree in die Gleichzeitigkeit von allem. Hintereinander wird nebeneinander. Alles findet statt. Kausalitäten sind nicht mehr nach- noch vorvollziehbar.

Mit dem Tod beginnt eine lustige, verwirrende Existenz. Man wird zu Hause sein, wo man vorher nur auf Schnuppervisite gewesen ist, streng an die Handschellen der Zeit gefesselt, überwachter Besucher eines Museums, der nunmehr alles berühren darf.

*

An der Piazza Venezia toller Farbkontrast zwischen der giftgrünen Leuchtfläche der Millenniumsuhr, die 1 Giorno nel 2000 anzeigt, und der dahinterliegenden, in elegisches Abendrosa getauchten Kirchenkuppel. Zepter Traianssäule. Am Himmel bieten die Stare ein Schauspiel, mehrere Schwärme suchen zusammenzufinden, pulsieren, formen schnell sich wandelnde Figuren, ein Kaleidoskop wie von einem invertierten Radarbild in Zeitraffer.

Der Stadt-Marathon zwingt uns unterhalb des Colosseums zu langen Umwegen.

Auf Höhe der Via Labicana ist der Himmel noch mittelblau, geht dann sofort in Schwarz über. Das orangefarbige Zelt der Straßenlampen verschluckt jede Feinheit. Beatrice, fußkrank, schleppt sich mühsam vorwärts. Ich könnte weiter berichten, von den Dingen, die danach geschahen, von den Erzählungen der Freunde, die nachmittags am Meer gewesen sind, gebadet haben und bei noch hellem Horizont ein Feuerwerk sahen, so anrührend wie keines sonst. Angeblich. Das Leben ist groß.

JANUAR 2001

1. 1.

Feuerwerkskörper zerplatzen vor dem Fenster. Was erwarte ich vom Jahr? Was erwartet das Jahr von mir? Wo treffen wir uns?

Ich hol mir nochmal das Cäsarmanuskript, ändere eine Stelle. Warum ich das gemacht hab? Shakespeare neu zu übersetzen, abzuändern, neu zu deuten? Keine Ahnung. Kam so über mich und machte Spaß.

Im Winter 77/78 hab ich mein erstes Stück geschrieben: CASSIUS – eine Variation des Stoffes in Brecht-Manier, mit Songeinlagen, furchtbar. Und jetzt, vor vier Wochen, nehm ich mir den Cäsar aus dem Regal und fange einfach an, übersetze, metrisch präzise, laß hier und da was weg, ohne Shakespeare je zu widersprechen, bis zum Ende des dritten Aktes. Vom vierten und fünften nehm ich nur, was wichtig ist, schreibe ein Konzentrat, füge eine neue Dimension hinzu. J. C. ist ein Stück über Eitelkeit und Theatralik. Die Figuren handeln im Bewußtsein, vorm Auge der Geschichte einmal Rechenschaft abzulegen. Was lag näher, als das Stück endlich als Stück zu begreifen? Historie im Theater der Historie, in das am Ende die Historie eingreift. Ich glaube, der Trick ist noch nicht arg abgenutzt.

Diese Arbeit war wie ein Monat Demutsdienst am Friedhof. Leichen aufschütteln, Frischfleisch auf die Knochen legen, Blumen pflanzen. Seine Schuldigkeit abarbeiten. Auch eine Art selbstverordneter geistiger Hygiene nach dem Ärger mit Hamburg.

Shakespeares Tricks sind sehr oft simpel, fallen in ihrer Simplizität als Trick erst gar nicht auf, das oberste Gebot für jeden Trick.

Ich konnte am Text seine jeweilige Stimmungslage ablesen, die inneren Kämpfe, sogar seine Trinkgewohnheiten. Jede Zeile übermittelte mir ihren Promillegehalt. Wir hatten Kontakt, auf eine gewisse Art. Als gäbe es ein Band, das uns verknüpft, noch über die Jahrhunderte hinweg. Ich glaube daran.

Gestern schrieb ich Walter einen Brief, in dem eine Stelle lautete:

»Immer öfter denke ich nicht wie das Individuum HelK, sondern eher wie ein Kollektiv all jener, die ich als Kettenglieder meiner Tradition betrachte. So ein bißchen wie Mr. Spock. Ob das nun das Ergebnis eines inneren Reifeprozesses ist oder ein gedankliches Krückenkonstrukt, weil einem der äußerliche Reifungsprozess langsam unangenehm wird und unbarmherzig in Richtung zweite Lebenshälfte weist – das kann ich ehrlich nicht entscheiden.«

*

Zu Bett. 2001. Welche enttäuschten Kinderhoffnungen haben sich einmal an dieses Datum geklebt? Eine gemeinsame Weltregierung, hundertprozentige Ausnutzung der Sonnenenergie, Besiedelung des Mondes etc.

Und wieviel Unwahrscheinlicheres wurde doch Wirklichkeit?

Der tragbare DVD-Player, die Entschlüsselung des Genoms. (Irgendwo las ich vor fünf Jahren, das werde sicher noch fünfzig Jahre dauern.)

Und selbstverständlich die Renaissance des Tretrollers.

*

Den Nachmittag damit verbracht, den Schreibtisch zu ordnen, Stapel von Blättern aus einer Ecke in die andere zu tragen, Dateien zu löschen, Ausdrucke zu machen undsoweiter. Auf dem »Dringend lesen!«-Stapel liegen 78 Bücher, drum herum weitere drei- bis vierhundert. Und böse Menschen schenken mir immer neue Bücher, und wenn sie besonders böse sind, dann schenken sie mir auch noch *interessante* Bücher.

*

Habe heute auch erfahren, daß ich nicht an der Zugspitzeinzelmeisterschaft teilnehmen darf, was ich gern getan hätte. Ich darf nicht mitspielen, weil ich als Sechster der letztjährigen Oberbayrischen Meisterschaft für die nächste Oberbayrische Meisterschaft vorberechtigt, somit überqualifiziert bin. So ein Mist. Die Zugspitzeinzel findet immer irgendwo ganz in der Nähe statt, die Oberbayrische wird meistens irgendwohin in die Pampa vergeben.

Die letzte oberbayrische Schacheinzelmeisterschaft fand in einem Kuhdorf namens St. Leonhard statt, im Wessobrunner Forst hinter Weilheim gelegen. Es gab dort zwei Zigarettenautomaten, eine Telefonzelle, keinen Zeitungskasten, keinen Supermarkt, nicht einmal eine Tankstelle oder einen Tante-Emma-Laden. Der einzige Fernseher des Gasthauses »Zum bayerischen Hiasl« war kaputt. Das alte Gebäude stank nach Bratfett und beherbergte im Hinterhof einige sehr schüchterne Mischlingshunde.

Dort verbrachte ich fünf Tage im April, spielte sieben Partien, gewann zwei, remisierte vier, verlor eine. Die Lichtverhältnisse waren gewöhnungsbedürftig, das Essen konnte man als passabel bezeichnen. Sowohl Zanderfilet wie Rehrahmgoulasch entstammten frisch geschlachteten bzw. frisch gefangenen Tieren. Auf den Wiesen der Umgegend blühten Unmengen von Löwenzahn, und die schneebedeckten Alpen boten das ortsübliche Panorama.

Auf einer gilbfleckigen Tafel des örtlichen Krieger- und Soldatenvereins (wo liegt da eigentlich der Unterschied?) wurde der Toten des Dorfes im ersten Weltkrieg gedacht, die, so wurde stolz vermerkt, mit 31 Völkern (Nationen? Ländern?) im Krieg gelegen waren. Touristische Formulierung, sicher kein Zufall. Krieg hieß damals auch, und nicht zuletzt, etwas von der Welt zu sehen.

Ich zählte insgesamt 85 Gefallene und Vermißte. Ein Name kam besonders oft vor: Resch. Zwölf Söhne der Sippe Resch sind im Feld geblieben. Drei von ihnen an ein- und demselben Tag.

In der kleinen Dorfkirche hing ein Schild: UNSERE ALARMANLAGE IST AUF DEM NEUESTEN TECHNISCHEN STAND. WER DIE BILDER BERÜHRT, MUSS MINDESTENS BEARBEITUNGSGEBÜHREN IN HÖHE VON DM HUNDERTUNDFÜNFZIG LEISTEN. Was für Bilder? In der Tat, da hingen einige verrußte Produkte religiöser Volkskunst, von Wert höchstens für ganz verschrobene Sammler. Auf dem Dorffriedhof fiel mir die Häufigkeit des Vornamens Kreszenz auf.

Zwischen den Runden machte ich lange Spaziergänge bei schwülem Wetter. Jeder, der meinen Weg kreuzte, sagte »Grüß Gott«. Und als ich ins Nachbardorf kam, rannte ein kleines Kind vom Pferdestall ins Haus und schrie: »DA IST EINER VON DEN SCHACHSPIELERN!« So war das, im Wessobrunner Forst.

Vier Tage kein Internet, keine E-Mails. Kein Fernsehen. Nichtmal eine Zeitung. Der Empfang von B4 auf meinem Taschenradio war trotz der nahen Senderstation Hohenpeißenberg mäßig bis milde ausgedrückt.

Wie man sich auf Mahlzeiten freuen kann, die zu Ereignissen werden. Wie man die kleinen Abwechslungen zu zelebrieren beginnt, zu Ritualen erhebt. Das Bier im Gasthaus »Zum Bayrischen Hiasl« war von Hacker-Pschorr. Wenigstens machte es irgendwann betrunken.

Der Wirt, der außer uns 14 für die Meisterschaft Qualifizierten keine sonstigen Gäste hatte, erzählte beim Frühstück peinliche Zoten und zeigte ein Foto, auf dem er mit Lisa Fitz und Wolfgang Fierek zu sehen war, maßkrugstemmend. Muß schon einige Jahre zurückgelegen haben. Der Turnierleiter wollte wissen, ob ich nicht der sei, der mal ein Buch über Obdachlose geschrieben hätte, und ob das Buch noch erhältlich sei. Ich sagte ja, aber daß es ihm vermutlich nicht gefallen würde. Blöd. Ich neige dazu, mich bei einfachen Menschen für meine Sachen zu entschuldigen. Als besonderes Kuriosum muß erwähnt sein, daß für jeden Teilnehmer der oberbayrischen Schach-Einzelmeisterschaft rechts neben dem Partieformular eine Fliegenpatsche bereitlag, von der im Laufe der Partie zu Anfang zögerlich, später hemmungslos Gebrauch gemacht wurde. Einmal habe ich fünf Fliegen mit einem Streich erledigt und notierte auf meinem Formular, nach dem 36. Zug (Dame g4): FÜNF!

Das war toll, im Wessobrunner Forst.

2. 1.

Im SZ-Feuilleton ein schöner kleiner Artikel über den Seligen Nantwein, dessen nach der Verbrennung auf dem Scheiterhaufen übriggebliebene Hirnschale aufbewahrt und später in einen Kelch eingefaßt wurde, aus welchem man in der Wolfratshausener Kapelle jahrhundertelang Wein an Pilger ausgeschenkt hat. Wein aus einem Schädeldach trinken – klingt sehr normannisch.

Der SPIEGEL bauscht Botho Strauß' neuesten Essay zum zweiten Bocksgesang auf.

Haben wohl nichts anderes zu tun. Diese aufgebackene Altkacke. Diese wasserbäuchige Sprache, die man nach jedem Satz mit einer Nadel pieken möchte. Gabriele Killert findet das wahrscheinlich höchst erregend. Schreibt in der ZEIT, es sei dank Strauß und Houellebecq literarisch ein guter Jahrgang gewesen.

Wahnsinn.

Man müßte bei jedem Schritt, den man tut, vorher kotzen, so eine Art negativer Libation ableisten, um sich bei den Göttern für diese Zeit und ihre Dummheit zu entschuldigen.

*

Ist es so unzeitgemäß pathetisch, an eine eigene historische Mission zu glauben? Nein, man glaubt ja nicht an eine Mission, man hat sie – einfach dadurch, indem man sie sich gibt. Man reiht sich in die Linie ein derer, die man für seine geistigen Vorväter hält – jene können sich kaum dagegen wehren. Man teilt seiner Mission Sinn zu, indem man Etappenziele benennt, solche, die schon erreicht sind, und solche, die noch erreicht werden müssen. Von da an ist man im Räderwerk einer geschichtlichen Fraktion – niemand kann einem das absprechen.

Man wird zum Zahnrad im Mechanismus der großen Zusammenhänge. Nur über die Effizienz der eigenen Person kann und darf und wird gestritten werden – dies ändert jedoch nichts an der erfolgreichen Sinngebung, die man sich zuteil werden ließ. Ob man fortan sein Leben als kleinstes oder wuchtigstes Zahnrad verbringt – einerlei, Tatsache ist, daß man wirkt, Einfluß nimmt, zum Faktor wird. Dieser freiwillige Eintritt in eine selbsterwählte Tradition, diese Selbstrekrutierung zur langen, ununterbrochenen Linie, zur Kontinuität und also zur Teleologie – hat sicher etwas Virtuelles an sich, da jedes intelligent denkende Wesen einmal vor dem Abgrund der Absurdität des Daseins stand und mit den Existenzialisten um Worte für das Weiter rang. Dennoch ist es keine Flucht in ein Konstrukt, viel eher, wenn überhaupt, Zuflucht in etwas faktisch Vorhandenes, das immer bereit gewesen war, einen aufzunehmen.

Faktisch vorhanden ist alles, was als solches erkannt wird. Daß ungeachtet des festen Vertrauens in die Mission man sich immer ein heimliches Lächeln bewahrt, einen spöttisch-gerührt-liebevollen Blick auf die eigene Strampelei vor dem Nichts, genau das bewahrt einen vor der Lächerlichkeit des Missionars, des Eiferers und Fanatikers.

3. 1.

Um 15 Uhr fahren wir Richtung Tengelmann, einkaufen, und haben eine Begegnung der ganz besonderen Art. Auf der Hauptstraße, auf dem Gehweg rechts bewegt sich was, ich denke mir, hm, ist das ein Reiher, der auf einem Schneeball hockt und mit ihm herumtanzt? Aber es liegt ja kein Schnee mehr. Da ist etwas, etwas Großes, und flattert, ist es verletzt? Und dann, als wir eben dran vorbeifahren, hebt sich das Tier in die Luft – ein Habicht, der eine weiße Taube geschlagen hat, der sich mit seiner Beute in den Fängen in die Luft hebt, in die Luft schlägt und knattert, meine Güte, was für ein gigantisches Vieh, Spannweite bestimmt anderthalb Meter. Und das MITTEN IM ORT! Unglaublich. Wundervolles Schauspiel.

Filmwürdig.

Danach Diskussion. Beatrice würde stets versuchen, einen verwundeten Habicht zum Tierarzt zu bringen. Ich hab versucht, ihr das auszureden. Selbst wenn sie es schaffte, dem Raubvogel einen Sack über den Kopf zu ziehen, ohne daß ihr die Augen aus- oder die Finger wundgehackt würden – so ein flatterhaftes Tier im Auto zu transportieren ist viel zu gefährlich. Für sich und andere Verkehrsteilnehmer. Aber wenn ich drüber nachdenke – im Kofferraum ginge das schon. Die Hände könnte man z. B. mit Plastiktüten umwickeln.

Dennoch möchte ich von einer solchen Situation verschont bleiben.

Unglaublich nett von der Taube, schneeweiß gewesen zu sein. Gab einen tollen Kontrast zum Grau des Habichts.

4. 1.

La Strada. Ich habe noch nie *La Strada* gesehen. Ich müßte nur über die Straße laufen in die Videothek und könnte diesen Mangel beheben. Aber im Laufe der Zeit hat mir die Vorstellung gefallen, daß es noch etwas gibt, was ich mir aufspare. Etwas, von dem ich glaube, daß es groß und schön ist. Etwas, das ich mir ansehen werde, wenn ich alt bin.

Ist vielleicht blöd, das, hat aber was.

5. 1.

Heute scheint das Leben kein Fest zu sein, nur Zwangsarbeit. Ich verkommenes Arschloch. Nichts gibt mir das Recht, so von meinem Leben zu reden.

Nichts ist flüchtiger als Dankbarkeit. Meinem Gedächtnis fehlt es an Respekt.

Ich hab soviel vergessen. Als wir heute in Germering die Josef-Kistler-Straße entlangfuhren, wußte ich noch, in jenem Haus, da wohnte mal ein Freund. Seinen Namen wußte ich nicht mehr. Alles, was wir erobert haben, werden wir vergessen.

Zum Beispiel ärgert es mich maßlos, daß ich nicht mehr weiß, wie jener Plattenladen in der Otto-Wagner-Straße hieß. Vordergründig ein Plattenladen, besaß er ein Hinterzimmer mit Billardtisch, in dem wir rauchten, zockten, Musik hörten, wenn wir eigentlich in der Schule hätten sein sollen. Eine solche Lokalität zu besitzen oder nicht entscheidet über vieles.

Ich weiß noch, es gab dort keinen Getränkeverkauf, man trank Mitgebrachtes, im Supermarkt Geklautes, und der Besitzer war ein gealterter Hippie, der alles durchgehen ließ, froh darum, Jugendlichen dabei behilflich zu sein, in selbstgedrehten Filmen zu leben.

Ich erinnere mich der Trauer, als er pleite machte, es war eine ganz kurze Trauer, man begriff nicht, was man verlor, man suchte sofort nach Äquivalenten. Bernhard und ich besoffen uns danach im Wald und spielten nicht mehr *Cincinnati Kid*, sondern *Hölderlin* und *Alkaios*. Die Übergänge verliefen schnell und stimmig. Wir waren doof und hatten zu tun. Glück war es nicht, nein, doch etwas dem Nahes – Erfülltsein. Werden.

6. 1.

Langes Telefonat mit El Conde, der immer ganz genau wissen muß, warum er dies und das jetzt so und so macht und nicht anders. Der oft, statt einfach loszulegen, so lange über eine Sache nachdenkt, bis sein organgewordener Pessimismus sie angedaut, zersetzt und unkenntlich gemacht hat. Ganz tragische Eigenschaft, sowas – in der Verbindung mit mir Traumschlösser bauendem Hallodri aber erfüllt sie eine sehr nützliche Funktion.

*

Nachmittags die Gesangsspur zu Stück 17c notiert.

Beatrice ist ihre Schwester besuchen. Ich ruf mir ein Taxi nach Gröbenzell, um bei den Schachmeisterschaften zuzugucken.

Es ist eine große Familie, die sich hier alljährlich trifft, man kennt sich aus tausend Schlachten. Aber dieses Jahr ist etwas anders. Und es betrifft die Cracks in meinem Alter: Einige sind plötzlich fett geworden, andere alt, andere sehen ganz müde drein, es ist erschreckend. Gestern waren wir doch alle noch ein wilder Haufen junger Krieger. André hat sich den Bart abrasiert und uns ein lange vergessenes Gesicht gezeigt – aber es sah so grau und erwachsen aus.

Wenn man in Zwölfjahreszyklen denkt: Was bedeutet sechsunddreißig? Zwölf ist klar, man ejakuliert, man ist kein Kind mehr. Vierundzwanzig – man schreibt sein erstes Buch, das auch was taugt, man ist kein Volltrottel mehr. Sechsunddreißig – der Plattenfuzzi von Hamburg neulich würde sagen: Man hält sich nicht mehr auf dem Laufenden, gehört nicht mehr zur Popkonsumkernzielgruppe.

Einige legen ihre letzten Träume schlafen, finden sich ab mit dem, was da ist, die Familienväter sowieso, die sogar schon früher.

Der Plattenfuzzi hat mich richtig geärgert. Von einer Glätte und einem Zynismus, sowas hab ich im Verbund mit Eitelkeit noch nicht erlebt. Er benötigte anderthalb Stunden, um mir aufs genaueste zu erklären, weshalb er einerseits nichts für mich tun könne, andererseits unglaublich wichtig sei.

*

Sechsjahreszyklen machen auch Sinn. Mit sechs ist man kein Kleinkind mehr, mit achtzehn hat man die erste echte Beziehung, dreißig: das Ende der Jugendlichkeit.

*

Ein Autor muß Herr sein über die Zeit, in der er lebt. Muß, was war, verstanden haben und der Gegenwart eine Zukunft anbieten, muß Knotenpunkt werden des großen Austauschs.

Muß sich allen Spielarten der Betrachtung gewachsen zeigen, diese in sich domestizieren und die Essenz aus allem finden, damit sie für die Nachfolger bereitsteht. Man muß auf den Autor bauen können, mit der Sicherheit, daß *ihn* gelesen zu haben alles Wichtige enthält. Das macht den Unterschied vom Autor zum Schriftsteller oder Schreiberling aus, letzterer bedient allein die Zeit, in der er lebt, benutzt sie am Ende mehr als umgekehrt. Ein Autor ist Glied einer Kette von Brückenbauern.

Es geht doch nicht darum, ein Denkmal von sich aufzustellen, höchstens darum, in der Steilwand der Zeit die nächste Notfallstation zu errichten. Für einen nie zu erstürmenden Gipfel Leitern an den Fels zu legen, Aussichtspunkte zu möblieren.

Ich hasse Menschen, die ans Licht wollen, ohne der Welt etwas zu zeigen zu haben. Aber andererseits ist es das Recht jeder Motte, ans Licht zu drängen, warum rege ich mich auf?

8. 1.

Abends ruft Traugott Buhre an, bedankt sich – und schwärmt von *Julius Cäsar*, will ihn unbedingt spielen, auch wenn er sich mit 71 für die Rolle zu alt findet. Bedenken, die zerstreut werden wollen – und schnell zerstreut sind. Später findet er noch schöne Worte zu *Haltestelle*, »ein Stück, das ich erst spät verstanden habe« – und dann kommt der Hammer: Die Wiederaufnahme am 18. ist in Gefahr, über dem Stück schwebt kein guter Geist: Ein zweiter Darsteller ist erkrankt – und nicht nur wie bei Alexander was Operierbares am Knöchel – viel schlimmer – Traugott blieb diskret, wollte nichts in klare Sätze fassen, aber es klang nach Lungenkrebs. Oje.

Ich bin eine halbe Stunde wie erschlagen. Das darf doch alles nicht wahr sein.

Umbesetzung ist nicht möglich. Das Ensemble ist viel zu jugendlich ausgewählt. Vielleicht wird das Stück jetzt völlig abgesetzt. Na gut, dann ist diese Erfahrung wenigstens vom Tisch. Bosse hätte sich doch nicht zu Änderungen durchgerungen. Nichtmal zu den nötigsten.

Schlimm, wenn ein Regisseur sagt, er liebt dieses Stück – und Liebe als Schutzwall gegen jegliche Kritik gebraucht.

Und ich muß nicht nach Hamburg fahren. Hätts aber gern getan.

Ich rede über meinen durcheinandergeratenen Terminplan – und einer der Darsteller hat womöglich den finalen Terminplan vorgesetzt bekommen.

*

Lektüre: *Die Musik der alten Griechen* von Dr. Richard Batka, Prag, Selbstverlag, 1900.

Über Philoxenos aus Kythera (495–380) (wirklich? 115 Jahre alt geworden? Oder Druckfehler?), *der dem chorischen Dithyrambus durch Einfügung von Solisten-Arien Cantatenform gab, von seinen Anhängern ein »Gott auf Erden« genannt wurde, bei den Gegnern allerdings als »Hauptverderber« der Tonkunst galt.*

Man merkt schon, die Probleme sind zeitloser als ihre Protagonisten.

Wahrscheinlich gibt es für jeden Sinnspruch der Neuzeit eine Entsprechung in der antiken Literatur. Muß ja so sein. Die brauchten genauso wie wir den passenden Text für jede Lebenslage. Seien wir froh, daß in Alexandria soviel verbrannt ist. Ein echter Künstler betet das Feuer genauso an wie das Licht.

*

In der Nachbetrachtung waren die schlimmsten Schullehrer nicht die fiesen, widerlichen und brutalen. Es waren die schleimigfreundlichen, denen wir vertraut und die uns mit falschen Beurteilungen gefüttert haben. Leipert z. B., der von Literatur recht wenig verstand, aber im Unterricht betont liberal hantierte – und uns viele tolle Autoren derart madig machte, daß wir nicht mehr glaubten, sie lesen zu müssen. Nietzsche-Gedichte nannte er Kitsch – erst da hab ich ihn durchschaut.

*

Warum wird die Kultur von den kulturgeplagten Massen abgesetzt?

Weil ein falscher Kanon den Glauben an die Kultur zerstört hat und keiner sich mehr Mühe machen will. Die Mühe hat sich zu selten gelohnt.

Man muß den Menschen den Glauben an die Kultur zurückgeben, indem man die Unwahrheiten des Kanons benennt. Sagt, was Scheiße ist. Taktvolles Schweigen wäre ein Verbrechen. Daß sich alles von selbst erledigt, ist der Hoffnung zuviel.

Andererseits. Gegenrede. Vergebung.

Vergebung ist das Wort. Je älter ich werde, um so mehr begreife ich das. Wir sind Teilnehmer der Zeit. Glauben, zum Richter berufen zu sein, und haben früh ein Urteil abgefaßt. Das Wesentliche ist größer, unserem Verdikt gegenüber gleichgültig. Man verschwendet zuviel Zeit mit dem Haß auf die Dummheit und dem Streben nach Wahrheit. Wer eins mit seiner Wahrheit ist, braucht von keiner anderen Seite Zustimmung.

Aber wer ist eins mit so vielen Wahrheiten? Man kann nicht mehr eins mit den Stimmen sein, nur mit den meisten vertraut, mit anderen bekannt.

9. 1.

Spaziere den Kudamm entlang, am Big Eden vorbei. In dieser Diskothek habe ich mal vierzehn Stunden lang getanzt, anno '82, weil ich kein Geld mehr besaß, um irgendwas Sinnvolleres zu tun. Habe um fünf Uhr morgens ein Mädchen geküßt und hätte sie vögeln können, wäre nicht um sechs Uhr mein Bus gefahren. Ein Leben ohne Geld ist dramaturgisch ziemlich beengt, man ärgert sich hinterher – und vergißt dabei, daß das Nichtvorhandensein von Geld

Notlösungen zuläßt, die kraftvoll sind – und später nicht mehr zur Verfügung stehen, weiß der Teufel, warum.

Sachen von Prada sehen so scheiße aus. Jil Sander kaum besser. Wie kann eine Frau sowas tragen und auch noch viel Geld dafür ausgeben?

10. 1.

Aberwitzige Szenerie. Ein junges Paar mit Hund. Hund, nicht angeleint, läuft davon. Bus hält an, öffnet die Türen. Hund springt in Bus. Paar rennt und ruft laut. Bus fährt los. Bus hört nicht auf Paar. Hund steht am hinteren Fenster und glotzt.

*

Bei Franka. Ich bringe ihr die BBC-*Dinosaurs*-DVD mit – und ärgere mich, weil ich die Pro7-Version erwischt habe. Kostet dasselbe wie die normale Edition, nur mit dem Unterschied, daß die englische Originalfassung fehlt.

Frankas neue Wohnung ist sehr hoch und schön, über dem Wohnzimmertisch hängt eine sehr bunte Glas-Schmiedeeisenlampe, als Kontrast viel altes Mobiliar aus schwarzlackiertem Holz, gerahmte Flohmarktgemälde des vorletzten Jahrhunderts hängen an den Wänden, vor dem Riesenfernseher liegt ein kuscheliges schwarzes Kunstfell. Sehr gemütlich und geschmackvoll.

Franka mit neuer Frisur, schwarz, fransig und halslang – steht ihr weit besser als blond oder rot – erzählt, daß an die Hauswand gestern in großen Lettern »F. – wir lieben dich!« gesprüht stand. Ist bereits wieder entfernt. Was sind das für Fans, die sowas nicht per Postkarte schicken? Die quasi sagen: Wir haben dich entdeckt.

11. 1.

Heute war auf dem Anrufbeantworter endlich auch die offizielle Verlautbarung vom Ende der Haltestelle. Nicht nur X. ist todkrank, Traugott muß wegen seiner Herzkranzgefäße bald in irgendeine sechswöchige Reha. Wirklich: um so besser. Je schneller diese Krampfinszenierung weg ist, desto früher wird eine neue möglich.

Traugott heute in der AZ über Thomas-Bernhard-Stücke: »Man muß ihnen etwas hinzugewinnen. Wenn man sie 1:1 spielt, sind sie nur blöde Konversation.«

Aus dem Herzen gesprochen. Bernhard-Stücke sind einfach Scheiße.

12. 1.

17 Uhr. Anruf Barbara Schäfer. *Dienstag* ist zum Hörspiel des Jahres gewählt worden.

Gibts doch nicht. Muß ein schwacher Jahrgang gewesen sein. Ehrlich – das ist unverdient, aber ausgleichende Gerechtigkeit für manch anderes. Der Preis ist nicht dotiert, dennoch lukrativ – alle Sendeanstalten werden das Hörspiel nun ausstrahlen, und jedesmal gibts Honorar. Nach dem Prix Italia für *Denotation Babel* nun das. Wenigstens auf dem Gebiet des Hörspiels werde ich für lange Zeit unantastbar – *unbreakable* sein. Habe gleich Albert gemailt, er möge das bitte den Arschlöchern vom PEN Liechtenstein reinpressen, die mir den Preis für das Stück erst gaben, dann verweigerten, eine Schweinerei, die so unfaßbar gewesen ist, wie ich sie ohnmächtig ertragen mußte.

14. 1.

Vor der Premiere von *Haltestelle* wurden an die Theaterbesucher chinesische Glückskekse verteilt. Ich nahm auch einen. Er war leer. Das ist ein zu starkes Bild, um es abzutun, wiewohl – wäre die Premiere ein Erfolg geworden, es hätte nichts bedeutet. So – kann niemand mehr etwas gegen seine Bedeutsamkeit unternehmen.

15. 1.

Manchmal sammle ich noch (aber nicht mehr gezielt) Wörter und Namen, in denen alle fünf Vokale je einmal auftauchen. In Biedermanns Handlexikon las ich neulich: *Gobineau de Montluisant – frz. Dichter und Alchemist des 17. Jhs.*

Hammername. Zwei komplette Reihen. o-i-e-a-u und e-o-u-i-a. Dürfte Rekord sein.

*

Eine Box mit allen neun Brucknersymphonien unter Jochum kostet 75 Mark. Die Kids von heute haben es so leicht. Hugendubel ist der Treff für Rucksackträger. Ehrlich, da krieg ich so nen Haß, wenn diese Typen mit ihren teils riesigen Rucksäcken rumstehen und einem den Weg versperren – überhaupt hasse ich nichts so wie Gedankenlosigkeit und Unaufmerksamkeit. Dieser eklige fette Typ neulich im Flugzeug – typisch, bleibt mitten im Gang stehen und verstaut umständlich sein Gepäck im oberen Fach. Er müßte einfach nur kurz auf seinen Platz rutschen und die anderen vorbeilassen, aber er denkt überhaupt nicht dran. Da werd ich zum Tier.

16. 1.

Mit Herbert über die alten Pop-Sunday-Zeiten geredet, die eine Art frühen Poetry Slam darstellten, jeder konnte kommen und einen Text präsentieren, wer eben da war, hat darüber debattiert und geurteilt. Bei einfacher Mehrheit wurde die Sendung produziert, so einfach. Und wenn ein Autor frech genug war, mehr als zwei Gäste mitzuführen (war ich nie), konnte er sich praktisch die Stunde Sendezeit erzwingen. Und 400 Mark Honorar. (Was damals einer Extraportion Manna gleichkam.) Kaum zu glauben, daß es sowas mal im öffentlich-rechtlichen Funkraum gegeben hat.

17. 1.

Anruf eines Menschen von *Scripthouse*, kleine Berliner Firma, die mein Puccini-Drehbuch unter Vertrag nehmen und an Produzenten vermitteln will. Aber das wird nichts werden, weiß ich jetzt schon, das hör ich aus der Art heraus, wie dieser Mensch am Telefon vom Stoff spricht. »Wir werden sehen, ob sich unsere Visionen treffen können.« Wer heutzutage alles Visionen haben darf und nicht in der Anstalt sitzt. Die Filmbranche ist voller Typen, die glauben, alles besser zu können als ich. Selbst T., der im epischen Opernmelodram nun wirklich nicht zu Hause ist, glaubte mir sagen zu müssen, daß aus diesem Drehbuch nie ein Film werden wird. Ja, weil sie alle Ungläubige sind.

Ich sage, daß der Stoff nur so, nur mit *diesem* Drehbuch in idealer Weise verbildert wird, denn ich bin der creator spiritus, der very big massa, habe im Kopf die Endvision, mit Gesichtern, mit Musik, mit dem Schnitt, ich trage den Film in mir, sehe ihn – und es ist einer der besten Filme aller Zeiten –, aber niemand hat Vertrauen zu mir. Sie sagen, daß ich lüge.

Aber warum sollte ich sie anlügen wollen? Das mit der Kunst ist schon eigenartig.

*

Abends die DVD von *Dogma*. Gott wird von Alanis Morissette gespielt. Das ist alles so unglaublich schlecht, daß man nicht einfach aufstehen und abschalten kann, man muß es sich bis zum nicht enden wollenden Ende geben. Als Geißelung. Und dieser Film stammt vom gleichen Regisseur, der *Clerks* gemacht hat. Als der Abspann geschafft ist, bringt Beatrice den Witz des Tages: »Wir haben noch Bonusmaterial.«

*

Im letzten Dezember fühlte ich eine fast pubertäre Sucht, aufbegehren zu wollen, zu sagen: bis hierher und nicht weiter – und habe seither Probleme damit, das zu konkretisieren. Etwas völlig anders zu machen bedeutete ja, ich hätte bisher etwas ganz falsch gemacht.

Hab ich das? Und wenn – würde ich mir das eingestehen? Ja – und lieber heute als morgen. Aber die Bereitsschaft zu Eingeständnissen bringt nicht notwendigerweise ein neues Spielfeld. Man ist nicht plötzlich geläutert und war vorher Idiot, eher umgekehrt. Muß obachtgeben, damit nicht mein persönlicher Verfall zu verfälschten Ergebnissen führt.

Zum Beispiel: Ich bin vom Kapitalismus nicht sehr begeistert. Aber wenn ich mich hinsetze und lange drüber nachdenke, komme ich immer zu dem gleichen Schluß: Demokratie und Kapitalismus sind unabdingbar miteinander verbunden. Mein Menschenbild entspricht mehr dem von Hobbes als Schopenhauer, homo homini lupus, der Kapitalismus ist die natürliche Entsprechung dieses Menschenbildes. Jeder regulative Eingriff in dieses System bedeutete einen Schritt weg von der Demokratie in irgendeine oligarchische Repressionsform.

Kritik am Kapitalismus, die ernst genommen werden will, dürfte demnach Kritik an der Demokratie nicht grundsätzlich ausschließen. Und diesen Tabubruch (mit dem ein Depp wie Zizek grad durch die Gazetten geistert) hielte ich für sehr gefährlich. Trotz all ihrer Schwächen gibt es keinen vernünftigen Grund, die Demokratie fahrlässig in Frage zu stellen. Viele Mißstände, die der Kapitalismus verursacht, könnten gemindert oder beseitigt werden, wenn a. der Weltstaat Wirklichkeit wird und b. dem Kapital ein sozialer Unterbau abgetrotzt werden kann, der dem Individuum eine Mindestversicherung bietet. Und ich glaube fest daran, daß der Weltstaat das logische Ziel der bisherigen politischen Entwicklung ist. In diesem Sinne werde ich vieles äußerst pragmatisch beurteilen, um den Weg dahin nicht mit letztlich sinnlosen Debatten zu verlängern.

*

Ständig mit dem Vorwurf leben zu müssen, man hätte nichts Genaues gesagt – aus dem Wissen heraus, daß Genauigkeit in diesen Dingen etwas sehr Vergängliches, schnell Überholtes sein müßte. Entwertet, sobald aufgeschrieben. Und als Gaukler zu gelten, mit Recht –

*

Das Wesen des Wesentlichen liegt im Apodiktischen, ansonsten es trivial wäre.

*

Seit Jahrhunderten kann ein formal unbegabter Literat immerhin – und immer noch – mit dem Mut zur Ehrlichkeit reüssieren. Einfach, indem er eine neue Schicht vom Menschen abträgt und dessen Ich hinter vielen Moden und Masken zeigt, nicht hinter allen, noch bleibt genug aufzudecken. Wenn der Mensch dann einmal völlig nackt, ohne Geheimnis vor uns steht – und wir alle uns in diesen nackten Menschen verwandelt haben werden –, wird es dann eine umgepolte Literatur geben, die seiner Blöße ein neues Kleid überwirft? Und sich nicht als reaktionär empfindet?

Es muß so sein, sagen die Zyklen. Und ist doch heute undenkbar.

18. 1.

Im Nachtkonzert das Violinkonzert von Schumann. Musik kurz vor der Anstalt, doch so gar nicht geisteskrank, nur uninspiriert. »Geisteskrank« ist stets gleichzusetzen mit »geistesschwach«. Eine kreative Form der Geisteskrankheit würde nie als solche benannt werden, tausend Euphemismen ständen hilfreich zur Verfügung. Es ist sehr erschreckend, daß ein vom Leben geschlagener Mensch noch so komponieren kann – formal sauber, ganz und gar nicht anstößig, ohne eine Spur von Wahnsinn, aber eben unspektakulär bis langweilig. Offenbart die Routine, die noch vorhanden ist, wenn sich alles andere längst verabschiedet hat. Routine ist etwas sehr Gefährliches. Manchmal hilft sie einem über schwere, unfruchtbare Zeiten hinweg und ist doch sowas wie die erste Stufe des körperinneren Zombies, dem man eine Kugel in den Kopf jagen müßte. Sollte ich je das Gefühl bekommen, nur mit Hilfe der Routine noch etwas zustande zu bringen, werde ich das Handtuch werfen. Für ausgeschriebene Autoren ist dies die letzte Gelegenheit, in ihrer Karriere zu brillieren – die Konsequenz, in der sie das Handtuch werfen. Hemingway war superkonsequent in dieser Hinsicht, blies sich einfach die Schädeldecke weg, ging auf Nummer Sicher. Man kann dagegen einwenden, daß zur Feier des Lebens auch ein genußreiches Dasein im Ruhestand möglich sein müßte.

Man sollte das Schreiben, solange es einem möglich ist, so ernst nehmen wie gar nichts sonst und sollte, wenn es nicht mehr geht, genauso leicht davon loslassen können. Das ist das Geheimnis. Ich verehre vor allem die unspektakulär Dahingegangenen. Etwas ernst zu nehmen bedeutet nicht, es auch für lebenswichtig zu nehmen. Ansonsten nähme man sich selbst für sehr viel wichtiger, als man ist. Ein Leben, das nur dank der eigenen Kreativität für stilvoll und lebenswert gehalten wird, ist eine Beleidigung des Lebens an sich – und offenbart ein Denken, das nicht arg weit in den Kosmos vorgedrungen sein kann. Jeder Sonnenaufgang ist wert, ihn zu verehren, ob man ihm ähnliches entgegensetzen kann, nimmt er gar nicht wahr.

19. 1.

Mail: H. zieht zu ihrer neuen Liebe. Läßt mich mit einem Nebensatz (»das mach ich schon bald, damit mein Bauch dann nicht kugelrund ist«) wissen, daß sie die letzte Ausfahrt genommen und die Kindkarte gezogen hat. Noch eine. Sie ist auf den Tag genauso alt wie ich, vier Stunden älter. Nicht nur deshalb bestand zwischen uns immer eine gewisse Verbundenheit, ich konnte mit ihr über fast alles reden, auch wenn wir uns Monate nicht gesehen hatten, die Vertrautheit war schnell wieder hergestellt. Hätte nicht gedacht, daß sie ihr Leben nochmal so radikal umkrempelt.

20. 1.

Gregory Corso ist tot. Ein Name, den man in Deutschland kannte als Teil der Beatniks um Ginsberg, Kerouac und Ferlinghetti, dessen Texte aber kaum wer gelesen hat. So wie sich Cesar Cuis Name als Teil des mächtigen Häufleins erhalten hat, obwohl schon lange keine Musik mehr von ihm zu hören war.

Und Clinton nimmt Abschied. Unser aller lieblicher Lausbub. Hinter dem Gesicht von G. W. Bush dagegen lauert die Fratze des Teufels. Für die Europäer ist er ein Glücksfall, dennoch hat mich sein Sieg erschüttert, ich bin viel weniger antiamerikanisch, als man mir oft vorwirft. Die europäische Emanzipation im Sinne einer wiedererstarkten Gegenkultur dürfte nie die Verdienste Amerikas über Bord werfen, alles andere wäre reaktionär.

*

Was ich an Bruckners Fünfter, seiner am schwersten zugänglichen Symphonie, so hinreißend finde: Ein paar Takte, nachdem das Orchester zusammengekommen ist, wird, wie nebenbei, nach dem Sinn des Kosmos gefragt. Gleich aber tragen die Streicher den Kuchen auf, die Blechbläser schenken Tee in die Tassen, eine gute Stunde wird über dies und jenes geplaudert, erst wenige Takte vor dem Schluß fällt allen die Frage von vorhin wieder ein, ebenso beiläufig, aber sehr bestimmt und unisono wird sie beantwortet, und das Orchester geht mit »War das heut wieder schön hier«- und »Bis denn dann beim nächsten Mal«-Floskeln auseinander.

Musik als Lingua Franca der kosmischen Entitäten, in irdische gesprochene Sprachen nicht zu übersetzen.

21. 1.

Heute habe ich meinen ersten Blumenstrauß über Internetservice verschenkt. Hat Spaß gemacht, ist praktisch und einfach und geht schnell.

Etwas Technisches zum ersten Mal tun versetzt einen immer in Schlüsselsituationen der Kindheit zurück: Das erste Mal ein Streichholz anzünden (3) oder das erste Mal ein öffentliches Telefon benutzen (4), ohne Stützräder radeln (auch 4), alleine die U-

Bahn benutzen (5), Essen kochen (6) – diese Momente kehren dabei wieder, mit erstaunlichem Detailreichtum. Jeder frühe Kindergeburtstag war mit pädagogischen Mutproben verbunden, harmloser Natur, aber nie habe ich solche Dinge freiwillig getan, mußte immer erst bei meinem Stolz gepackt, angetrieben, bestochen oder gezwungen werden. War immer ein Schisser bei sowas, selbst wo mir klar war, daß ich es gern tun würde. Erst in der Pubertät kam ein Umschwung, plötzlich war ich ganz mutig und wollte sofort alles einmal gemacht haben. Besonders in sexuellen Dingen war ich oft so dreist, daß ich mich selber nicht mehr wiedererkannte. War ansonsten lange schüchtern. Ganz eigenartige Mischung. Habe heute noch kein Talent dazu, mit Fremden schnell ins Gespräch zu kommen, Smalltalk zu betreiben. Man hat ein paar Tricks gelernt, ein paar Phrasen/Zauberformeln, aber es ist wie wieder auf Stützrädern zu radeln: man kommt sich dabei nicht vollwertig vor und fürchtet dauernd, entlarvt zu werden.

*

Was mich am Schnöseltum à la Tristesse Royale stört, sind nicht die Empfehlungen im einzelnen, jeder gibt Empfehlungen ab und setzt sich ins Recht, das ist schon okay, aber was mich in Rage bringt, ist, daß hier ein paar reiche Erben Stilvorschläge machen, die die Situation des Sich-Etwas-Erst-Erarbeiten-Müssens völlig außer Acht lassen.

Einen armen Autor beurteile ich nach seiner CD-Sammlung, nicht nach seiner Kleidung, das sollte klar sein. Wenn er dann genug Geld hat, sich auch um das Unwesentliche zu kümmern, kann er von mir aus auch optisch überprüft werden. Aber diese Lackaffen geben den Leuten das Gefühl, sie müßten sich erstmal gut anziehen, dann bilden, und das ist Schwachsinn.

Reiche Eltern würde ich eher verleugnen, als damit zu prahlen. Armut ist nicht die beste Voraussetzung für schöpferische Tätigkeit, aber eine passable Basis. Ich rede nicht dem Leiden das Wort als Katalysator für Kreativität, aber das Gegenteil zu propagieren ist gelebtes Feistjungjunkertum, hochnäsig und dumm.

Leiden ist nicht notwendig. Indes nutzt es, zum richtigen Zeitpunkt, mehr, als daß es schaden könnte. Erweitert das innere Spektrum. Soviel bin ich bereit zuzugeben.

22. 1.

Stromberg hat sich nicht dazu herabgelassen, mir das Ende von *Haltestelle* persönlich mitzuteilen. Das verletzt mich, wie ich nach einigem Nachdenken feststellen muß. Nein, Umgangsformen hat er nur die nötigsten.

*

Wunderbares Licht. Verheißungsvoll und intensiv. Es ist leicht gelbstichiges Licht, jenes, das den baldigen Zusammenbruch des Winters verkündet. Er wird sich zwar noch einmal aufbäumen, aber seinen Höhepunkt hat er überschritten. Auch im Dezember gibt es manchmal solch helle Tage, aber deren Licht ist glasiger, nicht so satt und farbengetränkt. Es taut, und die Straßen schimmern, der Schnee glitzert, und erste Eintagsfliegen tanzen über den Büschen.

*

Von Hadrian, dem Gelegenheitspoeten, blieb ein ganzes Gedicht. Von Nero, dem hauptberuflichen Lyriker, blieb eine einzige Zeile erhalten.

Ein artifex consciens wie Nero hat wohl nicht damit gerechnet, daß die Zeit seinem Werk so maßlos überlegen sein könnte, sonst hätte er sicher in der Erde eine Bleiplombe mit seiner Blütenlese versenkt. Wäre irre, wenn man sowas heute finden würde – und das Zeug stellte sich als genial heraus.

Nein, Nero vertraute wahrscheinlich darauf, daß sein Werk im Staatsarchiv Roms sicherer liegt als irgendwo im Schoß der Erde. Leider.

*

Ich hänge wieder den halben Nachmittag vorm Bildschirm und beobachte die Partien in Wijk an Zee, diesmal zusätzlich mit drei Webcams, die den Spielerbereich zeigen. Was das für eine großartige Sache ist! Früher wäre ich zu so einem Turnier hingefahren, hätte Eintritt bezahlt, um sechs Stunden in der Traube stehend zuzugucken. Heute kann ich nebenher Arbeit erledigen und Abendessen kochen (Polypsalat) und, wenn ich Lust habe, sogar mit Supergroßmeister Peter Svidler über die Partien diskutieren – und dieses Wunder ist schon wieder ein völlig selbstverständlicher Service.

23. 1.

Kaufe am Kiosk eine AZ, die Verkäuferin sagt: »Dürfen Sie aber erst am Abend lesen, ist eine Abendzeitung.«

Das Erschütternde: Diesen Joke bringt sie seit einem Jahr, jedesmal, wenn ich bei ihr die AZ kaufe.

*

Bald soll das Wegwerfhandy aus Altpapier kommen: drei Kreditkarten dick, zehn Dollar teuer, mit 60 Minuten Sprechzeit.

Antwort des Experten, was man nach dem Schweinemastskandal überhaupt noch essen kann: »Das Leben ist eine sexuell übertragbare Krankheit mit immer tödlichem Ausgang.«

Brockhaus in fünf Bänden bestellt. Unnötige Anschaffung, seit es Internet gibt, nur um bei Gelegenheit damit anzugeben, drinzustehn.

*

Im Hugendubel wird Tacitus: *Agricola/Germania/Dialogus* verramscht, die Kröner-Ausgabe für 14,95 DM. Nehm ich mit und bereue es bitter, denn dieser Band war das Lebenswerk eines delirierenden Radikallatinisten (Karl Büchner), der glaubte, taciteische Eigenheiten, die im Lateinischen Sinn machen und dort gar nicht sonderlich auffallen, ins Deutsche übertragen zu müssen.

Der erste Absatz vom Agricola liest sich beispielsweise so:

Erlauchter Männer Taten und Lebensführung den Nachkommenden zu überliefern, seit alters gebräuchlich, hat auch zu unserer Zeit eine wenngleich die Ihrigen vernachlässigende Gegenwart nicht unterlassen, sooft eine große und anerkannte Persönlichkeit die Verderbnis besiegt und hinter sich gelassen hat, die kleinen und großen Staaten gemeinsam ist, die Unkenntnis des Rechten und die Gleichmacherei. Aber bei den Früheren war des Erwähnens Wertes zu tun mehr im Zuge der Zeit und mehr am Tage liegend, und so wurden gerade die am meisten gefeierten Geister bewogen, das Gedächtnis an menschliche Größe weiterzugeben – ohne Gedanken an Neigung oder Vorwärtskommen – nur um den Lohn des rechten Bewußtseins, und das eigene Leben selber darzustellen, hielten die meisten mehr für einen Beweis des Vertrauens in ihre Lebensführung als für Anmaßung, und einem Rutilius und Scaurus minderte das nicht das Vertrauen noch wurde es ihnen vorgeworfen: so sehr werden Vorzüge zu denselben Zeiten am besten gewürdigt, in denen sie am leichtesten entstehen.

Das ist kein Deutsch, das ist kaum mehr Sprache. Es ist Babelfisch. Gibt in der Folge sogar viel schlimmere Beispiele. Damit hat man einmal die Lateinschüler gequält und ihnen die Materie fürs ganze Leben vergällt. Aber fast noch ekelhafter lesen sich die endlosen, endlos geschwätzigen und teils sehr unwissenschaftlichen Einführungstexte, Mischung aus altphilologischem Standesdünkel, sorgenvoller Väterlichkeit und weihevollem Geraune. Die Einleitung zu Agricola beginnt zum Beispiel so:

Wenn nicht alles täuscht, wird heute wohl kein römischer Autor mit solcher Leidenschaft in aller Welt gelesen wie Tacitus, wenigstens in jenen Kreisen der Gebildeten, denen die Gefährdung der Persönlichkeit eine ernste Sorge ist. Es ist das Höchste, das damals wie heute in Gefahr ist, damals durch die Beschränkung der Freiheit unter dem Herrscher, heute durch die Technik und ihre politischen Konsequenzen. So verschieden die Gründe, so verschieden die Begriffe von Freiheit sind, es bleibt etwas erregend Gemeinsames.

Zum Schreien. Lächerlich, grauenerregend. Die Anmerkungen strotzen vor prahlender Pedanterie in ganz unwichtigen Belangen. Ich hätte den Band hier schon gegen die Wand werfen wollen, befand mich aber in einer vollbesetzten S-Bahn.

*

Ein Lektor erzählte mir, er bekomme jeden Tag etwa ein Dutzend Manuskripte von Frauen, in deren beigelegter Synopsis die Autorin folgendes dick unterstrichen hat: Meine Heldin ist eine Frau, die ES DENNOCH SCHAFFT!!

Das gelte scheinbar als Schlüsselformulierung, um beim Verlag Interesse zu wecken. Lange Zeit hat das geklappt.

*

Wenn man den Volumeknopf meiner Anlage ganz nach rechts drehte, fiele mein Haus zusammen. Das habe ich beim Kauf derselben nicht bedacht. Seither lebe ich in Angst.

Gestern träumte ich, Alwo nach dem sechsten Bier rennt durchs Wohnzimmer und fragt: *wo gehtsn hier laut? wo gehtsn hier laut?*

Vor lauter aufgestautem Haß zwei Stunden zu früh aufgewacht. Hab in schneller Geschwindigkeit zwanzig Todesurteile unterzeichnet und einem Berittenen aufgetragen, er solle Sporen geben, die Urteile sofort vollstrecken lassen, bevor mich wieder ein Sinneswandel umbiegt. Er galoppiert davon. Reue überkommt mich. Aber nur noch der Staub ist zu sehen, den die Hufe aufwirbeln. Morgenidyll im napoleonischen Feldlager. Genau so.

*

Ich war sieben Jahre alt, und ich weiß nicht mehr, in welchem Winnetou-Film die Szene vorkam, jedenfalls wurde das englische Greenhorn, das es aus irgendeinem Grund in den wilden Westen verschlagen hatte, von Sam Hawkins gefragt, ob es denn mit einer Waffe umgehen könne. Das Greenhorn, das einen Tweedanzug und einen komischen Hut trug und, glaube ich, nebenher Schmetterlinge jagte, nahm sein Gewehr und schoß in die Luft.

Sam: Na schön, aber ob es damit auch was *treffen* könne? Daraufhin plumpst aus dem Himmel ein Truthahn vor seine Füße, und ich dachte: Das ist es. Genialer als diese Szene kann Filmkunst nie sein.

Seither hab ich des öfteren so geurteilt wie damals, als ich sieben war, und kein einziges Mal beschlich mich der leiseste Zweifel an der Unabänderlichkeit meines Urteils.

*

2:30
War heute nacht – auch dank des guten neuen Weins – mal richtig zufrieden und voller Hoffnung und fand das eigentlich recht schön.

Selbstzufriedenheit ist ein sehr begehrenswerter Zustand, seinen negativen Klang erhält das Wort aus dem Verdacht, hier könne jemand eigentlich noch nicht mit sich zufrieden sein – und wärs in krimineller Weise doch. Aber woraus bestünde die Kunst, wäre man immer nur verdientermaßen mit sich zufrieden? Kunst ist immer auch Arznei.

Wer behauptet denn, daß gerade der Künstler sich eine solche Täuschung nicht gönnen dürfe, immer weiter müsse, immer höher, immer besser – ja, aber wenn der Künstler euch sagt: *Ihr könnt mich mal kreuzweise* – was dann?

Letztes Jahr um diese Zeit fühlte ich mich elend. Die *Schmerznovelle* stand vor einem sehr schwierigen Abschluß, den ich nicht hinbekam. Sollte komplex werden und genauso einleuchtend wie geheimnisvoll.

Ich hatte meinen Weg verloren. Seinen Weg kann man aber nur finden, nicht verlieren. Der Weg, den ich verloren habe, ist meiner nicht gewesen. Der Verlust dieses Weges machte mich dennoch traurig. Immerhin war es ein Weg gewesen. Vielleicht würde ich den einen – meinen – Weg nie mehr finden. Dann wäre es besser, dachte ich, irgendeinen Weg zu haben, als endlos umherzuirren. Besser, sich etwas vorzumachen, besser, eine falsche Vorstellung vom Glück zu haben, als gar keine. Das war so logisch und natürlich und selbsterhaltend – und sehr lässig. Wieviel Verdacht in mir gegen mich aufkam. Dabei fiel mir auf, wie sehr das Denken, nicht nur meines, immer noch romantischen Prinzipien nachhängt, denenzufolge das Schöpferische mit der Selbstzerfleischung einhergehen muß. Und das ist auch gar nicht so falsch, solange man den eigenen Weg erst finden muss. Ich habe dann erkannt, daß irgendwann der Punkt kommt, wo man den eigenen Weg verlassen muß, um sich in mehreren Richtungen von sich selbst fortzubewegen. Denn nur ein eigener Weg führt den durstigen Wüstenbewohner im Kreis herum. Die beste Chance, die Wüste zu verlassen, hat nur der, der sich in alle Richtungen von ihr entfernt. Es gibt mehr zu erreichen, als ein fertiges Individuum zu sein.

Logische Folge des Denkens als innerer personaler Multiplex. Der Kosmos weitet sich ja auch in alle Richtungen aus, warum nicht ich? Selbstverständlich liegt bei einem solchen Programm der Vorwurf des Selbstbetrugs nahe. Ich schließe das als Möglichkeit auch gar nicht aus. Ein Urteil darüber fällen könnte indes niemand als ich selbst. Und heute nacht fühl ich mich zersprengt – und wohl dabei – rasend befreit.

25. 1.

Heute kam wieder der alte Postbote, nicht die Aushilfe der letzten Wochen. Prompt hatten wir viel mehr Post als sonst. Bea: »Der versteht halt was von seinem Beruf.«

*

Oder die Stille, die nicht auszuhalten ist. Man verschwendet soviel Zeit, indem man über passende Hintergrundmusik nachdenkt. Die Stille ist ein Feind. Oder eine Mücke surrt durchs Zimmer. Wenn dem Teufel gar nichts mehr einfällt, schickt er seine Mücken los. Dabei liebt er mich, der Teufel, er weiß es nur nicht. Ständige Unrast. Ich gehe zum Computer, sehe nach, ob Mails gekommen sind. Anrufe fallen mir ein, die lange fällig wären. Solche, die man tätigen, solche, die man bekommen müßte. Letztere sind immer in der Überzahl. Und der Altar des Notebooks leuchtet, leuchtet schöner um so leerer. Es ist nicht das Schreiben. Wenn ich mich hinsetze und alle Sinne zusammennehme, schreibe ich schon etwas. Es fehlt mir an Enthusiasmus. Aber der ist eher was für Jugendliche. Man verliebt sich ja auch nicht mehr so schnell, nur weil man gut einen geblasen bekommt. Und das ist besser so. Wahrscheinlich. Heute keine Mücke. Ein stiller Vorwurf an die Luft. Wo ist die Mücke? Mach, daß ich aufstehen kann. Jetzt bin ich durstig. Ich vertrage auch nichts mehr.

Jetzt werden meine Arme schwer. Nein, dieser Korbstuhl besitzt in der Tat nicht die richtige Höhe für den zu niedrigen Schreibtisch. Ich rufe D. an, werfe ihr vor, daß sie mich ablenkt.

26. 1.

Sexuell korrekte Formulierung: *Du bist interessant genug, daß ich dich kennenlernen möchte, und obwohl mir als Geistwesen unbekannt, bist du keineswegs visuell derart abstoßend, daß wir nicht auch sofort vögeln könnten.*

29. 1.

es stört mich, wenn ein paar sich so sehr als paar definiert, daß man keinem von beiden ein mail schicken kann, ohne zu wissen, daß es beide lesen werden. das ist aufdringliche zweisamkeit.

30. 1.

Neuer Krach am Schauspielhaus, der Geschäftsführer hat hingeschmissen. Stromberg schickt mir eine Mail, entschuldigt sich endlich für die Absetzung des Stückes – und was er heute in den Zeitungen sagen würde, meine selbstverständlich nicht das Stück, sondern die Produktion. Das hilft mir auch nicht weiter. Er macht mich zu seinem Bauernopfer. Das Stück wurde wegen Krankheit zweier Schauspieler nicht wieder aufgenommen. Und Stromberg geht hin und tut so, als würde er einen Fehler eingestehen und das Stück zurückziehen. Um die Presse zu beschwichtigen. Das hält er wohl noch für intelligent.

*

Mittags in die Stadt. Vorher zum Kiosk. Einmal Abendzeitung bitte. »Aber erst abends lesen.« Gott, wie mich das traurig macht.

Habe zwei neue Schauspielführer durchgesehen. Einen von Reclam und einen von Kroener. Stehe in beiden nicht drin. Nichtmal mit *Lederfresse*, das bald seine hundertste Inszenierung feiert und derzeit in Athen, Cordoba, Buenos Aires und ab März in Mailand gegeben wird. Nicht, daß sowas wichtig wäre, aber es wundert einen doch, und wer so paranoid ist wie ich, denkt sofort an eine Verschwörung.

Ich meine, das gibts doch einfach nicht. Man will mich als Dramatiker aus der Welt schaffen.

*

Saß heute in der S-Bahn einer Achtjährigen gegenüber, die immer wieder dieselbe Melodie summte. Ihrer Mutter erklärte sie, das sei von Mozart, den Titel hätte sie vergessen.

Was sie summte, war vom Original ziemlich weit entfernt, aber plötzlich kam ich drauf: Es war »Singt dem großen Bassa Lieder« aus der *Entführung aus dem Serail.* Habe ich lange nicht mehr gehört. Hab ich dann zu Hause aufgelegt, in der Aufnahme mit dem John Alldis Choir unter Colin Davis. Gibt sicher bessere Aufnahmen. Seisdrum: Was ich hörte, war Pop.

Nicht etwa der Urbeginn des Pop, sondern bereits dessen früher hundertundeine Sekunde langer Höhepunkt.

*

Zu den Lexika nochmal: Man freut sich immer, wenn man den eigenen Name irgendwo manifestiert findet. Aber es bedeutet so überhaupt null-nichts. So null-null-nichts.

Man blättere zum Beispiel in einem Komponistenlexikon von 1950 und lese sich die Namen durch. Falls einer von denen geglaubt hat, er habe es geschafft, weil er in diesem Verzeichnis steht, muß er reichlich doof gewesen sein. Ungeheuer groß ist der Müllhaufen der Zeit.

Und doch kenne ich Kollegen, die auf derlei einen noch viel ungeheuerlicheren Wert legen. Die so fest mit beiden Füßen in der Gegenwart stehen, daß ihre Augen kaum noch aus der Grube ragen.

31. 1.

Aus USA mit der Post gekommen: *Fitzcarraldo* und *Night of the Living Dead – 30th Anniversary Edition*. Der Postbote knöpfte mir 27 Mark Zoll ab.

NOTLD – der Film ist in zwei Versionen drauf, die normale und eine mit zusätzlichen Szenen, aber nicht etwa solche, die damals gestrichen wurden, sondern welche, die man jetzt *dazugedreht* hat. Völlig unnötig und trashig, aber auch wieder lustig.

Ich finde nach wie vor, daß NOTLD zwar ein Meilenstein war, aber den Nachfolgern unterlegen bleibt. Es gibt noch soviel Unlogisches darin. Z. B. als der Friedhofszombie (richtiger: der Friedhofs-Ghoul) Johnny getötet hat – warum beginnt er nicht einfach, ihn zu fressen, warum muß er der Schwester nachjagen?

Bea: »Männer eben.«

Außerdem sind die Frauen in dem Film alle so hilflos-doofe Lieschen, die im entscheidenden Augenblick irgendwo mit ihren Kleidern hängenbleiben.

Bea: »Frauen hatten damals noch wenig Erfahrung mit Zombies.«

Und der Friedhofszombie läuft auch viel zu schnell für einen Zombie.

»Auch Zombies hatten damals noch wenig Erfahrung.«

*

HR ruft an. In der morgigen FAZ werde unter der Überschrift *Haltestelle.Krise.* über die Situation am Hamburger Schauspielhaus gelästert. So wird der Name des Stücks über Jahre hin als Flop-Synonym gebrandmarkt.

*

Madonna: »Ich werde erst glücklich sein, wenn ich bekannter als Gott bin.«

Hm. Dann sei doch glücklich. Niemand ist unbekannter als Gott.

FEBRUAR 2002

1. 2., Freitag

Gestern: Vorstellung wieder ausverkauft, Publikum begeistert, Schauspieler enthusiastisch, engagiert, und die Presse: tz und SZ dümmlich bis saublöd. Merkur halb halb, nur AZ positiv. Ich kapier es nicht. Aber das Stück wird voll sein bis Sonntag, und die Zuschauer vom Fach schwelgen in Hymnen. Die Reanimation von *Haltestelle.Geister* ist geglückt. Dirk hat eine schöne Inszenierung hinbekommen. Bea und Michael waren beide sehr glücklich damit, immer ein wichtiges Zeichen. Man könnte aus dem Stück noch etliches mehr machen, aber es ist relativ zu Hamburg ein großer Schritt nach vorn. Irgendwann werde ich dieses Trauma überwinden. Theater Heute ist sich zu fein, um einen Kritiker zu schicken. Unfaßbar. Lassen im Jahresrückblick ihren Kritiker über eine Inszenierung (die in Hamburg) schreiben, die der nie gesehen hat, eine Kritik, in der auch die Schauspieler beschimpft wurden – unglaublich (ich hätte einen großen Skandal draus machen können, hätte ich tun sollen), und jetzt besitzt dieses Arschblatt nicht mal das nötige Schamgefühl, um ein bißchen was wiedergutzumachen.

Unsere Zeit ist so dermaßen blöde, krank, geschmacksunsicher, verlogen, unter aller Sau, und dennoch zweifle ich keinen Moment daran, daß genau das bleiben wird, was wert ist, zu bleiben. In meinem Weltbild ist einfach zuviel in Ordnung, um echte Verzweiflung vorzutäuschen. Leider entspricht meine feste Überzeugung nicht meinem weichen Inneren.

Beinahe jede Beschimpfung trifft mich, selbst jetzt noch.

*

Warum verklage ich Theater Heute nicht einfach? In einem sehr vergleichbaren Fall mußte eine englische Zeitung dem geschädigten Autor 60 000 Pfund zahlen. Das würde sich doch lohnen. In Deutschland sieht man klagende Künstler nicht gern, Relikt romantischer Denkart: Der Künstler hat sich nicht mit dem Pöbel abzugeben. Nonsens. Der Künstler muß sich andauernd mit dem Pöbel abgeben, wird Zeit, daß der Pöbel dem Künstler was abgibt.

*

Globalisierungsgegner in der Stadt. Die City macht dicht. Dumpfe Brut. Globalisierungsgegner wissen meistens nicht mal genau, gegen was sie da sind. (Die beste Chance, die die Welt seit langem hatte.) Auch für Gegner der Militäraktion in Afghanistan habe ich null Verständnis. Überhaupt keins. Nada. Schon als die Taliban die Buddha-Statuen sprengten, gab es nur einen Gedanken: einmarschieren, dieses Volk befreien, die Monstren vernichten. Wer gegen diesen Kampf gewettert hat, verspielte mein Verständnis.

2. 2., Samstag

Interview: »Ich lese nur noch gute Kritiken. Ich bin bescheiden geworden.«

»Was hat denn das eine mit dem anderen zu tun?«

»Ich lese nur noch die Kritiken, die ich mir auch verdient habe.«

Langer Spaziergang, die Weidenallee Richtung Alling hinauf. In so einem unnatürlich warmen Februar entstehen schwer benennbare Farben, die Landschaft hat einen Stich ins Orange bis Grüngelb, letzteres durch den Bewuchs auf den Weidenstämmen. Viele Modellfliegerkapitäne auf den Feldern. Und Pferde in schimmernden Lebkuchenfarben.

*

Birgit war gestern nochmal in der Vorstellung, berichtet, die Leute seien bis zur Straße rausgestanden. Satisfaktion. Aber in dieser Sache keine Vergebung. Ein paar der Schweine, die damals das Stück verrissen haben, möchte ich gerne baumeln sehen. Wer war das? Heine.

Heine schreibt irgendwo: Ja, ich habe fünf, die mich gequält haben und die ich hängen sehen möchte, denen ich vielleicht unter Tränen vergeben würde, aber baumeln müßten sie trotzdem.

*

Lektüre zur Zeit: Hebbel-Tagebücher, zu Anfang schwach und langweilig, dem Lebensalter des Autors entsprechend und von daher doch wieder typologisch interessant. Da kenn ich vieles wieder.

Sehr lustige und rührende Stelle, in der sich der junge Hebbel Sorgen macht, wie man sein erstes Theaterstück geben wird:

»Es kommt mir so vor, als ob mein Stück unaufführbar sei. Holofernes z. B. wird geköpft. Wie soll das gemacht werden? Soll man immer einen wirklichen Sünder in Bereitschaft halten, den man als Holofernes einkleidet und den nun die Schauspielerin statt des Henkers durch das Beil vom Leben zum Tode bringt? Vorher geht Judith mit Holofernes in die Kammer: wird das Publikum nicht lachen? Und hat es nicht recht, zu lachen? Die Poesie will ich wohl vertreten, aber das Theatralische macht mir große Sorgen.«

*

Manche Leute müssen nur einmal den Mund aufmachen, schon weiß man, daß man nichts mit ihnen zu tun haben will. Sehr zuvorkommend. Ich weiß das inzwischen zu schätzen, und die Erleichterung übersteigt den Ekel. Schlechte Menschen als mißglückt oder behindert zu qualifizieren, nicht als böse – euphemistisch, aber hilfreich.

Manche Menschen kommen mir vor wie fehlgeschlagene Tierversuche drogensüchtiger Götter.

*

Beatrice zeigt mir ein Musiklexikon von 1896. Lese den Eintrag über Verdi, der endet: *Der greise Meister schreibt derzeit an einer neuen Oper – Falstaff, nach Shakespeare.* Toller Satz. In diesem Lexikon ist Verdi noch am Leben und arbeitet. Eine Subzone des Ultrachronos.

Ab einem gewissen Zeitpunkt hört man auf damit, das eigene Weltgebäude, ob man es selbst erstellt oder aus den Gedanken anderer extrahiert hat, immer diffiziler und präziser auszugestalten. Es ist zu komplex geworden und zu kompliziert, das geistige Modell kann nicht mehr in Sprache überführt werden, ohne daß man vom Hundertsten ins Hunderttausendste käme und zwanghaft zum Bürokraten würde, dabei auch noch der eigenen Entwicklung immer hinterherschriebe. Das Modell löst sich in emotionale Strukturen auf, denen man das eigene Denken vertrauensvoll überträgt. Auch ist man sich bewußt geworden, daß sehr viele andere Modelle existieren und funktionieren, gerade als Erzähler hat man gelernt, drängende Fragen in mehr als nur dem eigenen Modell zu erörtern und die Ergebnisse beinahe gleichberechtigt nebeneinanderzustellen, gelten zu lassen. Das Weltgebäude, das solipsistisch entstand, erlangt mit der Verwandlung zur multiplen Person einen Anstrich von Universalität. Es gibt keinen Impetus mehr, sich und sein Schreiben theoretisch zu fundieren, zu rechtfertigen. Man kann, man muß dem Gefühl vertrauen.

Eine Poetik des Gefühls wird von mathematischen Naturen meist mißtrauisch beäugt.

Dabei gibt es für ein fehlerhaftes Wesen wie den Menschen nichts Erstrebenswerteres als ein sicheres Gefühl, das, ohne die Wege dorthin detailliert preiszugeben, zum richtigen Ergebnis führt.

3. 2., Sonntag

Wofür tue ich mir diese Tortur noch an? Das war heute mein letzter Mannschaftskampf. Schluß, aus. Ich hätte wirklich einen schöneren Abschied verdient. Oh Mann. Spielte, weil Terzic ausfiel, gegen meinen alten Kumpel Tommy Lochte, hatte nach 12 Zügen eine Gewinnstellung, nach 16 Zügen hätte er aufgeben können, müssen, aber er, der Glücksritter, spielt weiter, mit Minusturm – und dieses unfeine Gebaren wird auch noch belohnt, nicht etwa nur mit Remis, nein, nein. Ich schmiß die Partie in Zeitnot sogar noch ganz weg. So etwas deprimiert mich für den Rest des Tages. Spaziere danach mit Beatrice auf dem Steinberg unter tiefblauem Himmel herum, ein wunderschöner Tag – und nichts kann mich trösten. Ende. Das Ganze setzt mir auch körperlich schwer zu, bin überhaupt nicht in Form, bin ein loses Nervenbündel.

*

Im Ohr habe ich die Worte Tacitus', als er eine folgenlos gebliebene Untat an Unschuldigen folgendermaßen kommentiert: »Daraus ersieht man, wie gleichgültig die Götter gegenüber Gut und Böse sind« – interessanter Satz. Tacitus behält die Kategorien Gut und Böse bei, leitet deren Unterscheidung aber nicht mehr numinos her, sieht Ethik nicht mehr als von der Religion verordnete Instanz, wirft den Göttern ihre Teilnahmslosigkeit vor, spricht ihnen letztlich auch jede Entscheidungsbefugnis ab. Ihre Existenz stellt er deswegen nicht in Frage. Man ahnt, wie weit das Römische Reich hier schon in Richtung einer virtuellen, verspielten, individuell definierten Religiosität vorgedrungen war. Sehr modern.

*

Abends mit Heiner in die letzte Aufführung von *Haltestelle*. Man hat diesmal alle reingelassen, die Leute saßen teilweise auf dem Boden. Langer, starker Applaus für das gesamte Ensemble. Danach mit den Schauspielern gefeiert, getrunken. Nikolaus Paryla, der sich das Stück viermal angesehen hat, sagte mir, es sei ein funkelnder Kosmos voller Trauer und Hoffnung, sowas habe er in einem derart verzahnten Nebeneinander noch nicht erlebt. Draußen ist ein Sternenhimmel zu sehen, wie ich ihn zu dieser Jahreszeit noch nicht erlebt habe.

Ich habe bei der großen Behörde vorgesprochen, für den Posten als Gott der vereinigten Zonen, lief alles prima, ich hatte den Job schon beinahe in der Tasche, dann wollten die ein Gesundheitszeugnis. Sterblichkeit: 100 %. Das wars dann. Scheiße.

4. 2., Montag

Ich frage X., wieviel er von seinem Buch verkauft hat. X. sagt: knapp zehntausend.

Beim Abendessen meint Beatrice, daß X. damit doch sehr zufrieden sein könne, ich verneine das.

»Wieso nicht? Zehntausend sind doch viel für so ein Buch.«

»Er hat nicht gesagt zehntausend, er hat gesagt *knapp* zehntausend, das bedeutet fünftausend.«

*

Goebbels ist als Figur derartig groß, weil exemplarisch an ihm gezeigt werden kann, daß er sich in jede denkbare Richtung hätte entwickeln können, seine Substanz war gering, und nur der Zu-Fall, die Zeitumstände haben aus ihm den rhetorischen Moloch, den Nazi-Dämon gemacht. Eine flexible, sehr menschliche Figur, der sich durchaus positive Züge abgewinnen ließen. Genau deshalb von einer allzumenschlichen Dämonie, die unser Interesse bis heute wachhält. Die Kafka-Tagebücher enden, als die von Goebbels beginnen. Wollte diese Konstellation schon längst mal theatralisch verarbeiten. Ein Treffen zwischen den beiden, sagen wir: 1922. Stelle ich mir sehr spannend vor.

*

Der Abend mit Birgit wurde sehr nett, habe Sauerbraten gemacht. Sahen uns einige Kompositionen in Hinsicht auf ihre Streichfähigkeit an, na, wie sagt man das – auf ihre Eignung für Streichergegebenheiten – da muß ich noch manches lernen. Birigit führte uns ihren neuen Geigenbogen vor. 70 Mille. Mark, nicht Euro, sagt sie beschwichtigend – also ein Schnäppchen. Für einen *Bogen*. Bitte sehr. Beas Kartoffelbrei – in Birgits Worten: Erdäpfelpürree – ein Traum. Später versuchten wir noch, eine exotische Pflanze (Plumeria) im Internet zu ersteigern, Bea wollte bis 20 Euro bieten. Ich gab kurz vor Ende, als das Höchstgebot bei Euro 39 stand, Euro 60 ein, um ganz sicherzugehen – und doch hatte jemand noch mehr geboten, was mich erbost, denn die Pflanze ist höchstens die Hälfte wert. Beatrice kommentiert es mit den Worten Homer Simpsons: »Du hast dein Bestes gegeben und versagt.«

*

Am 11. September hatten wir letzten Aufnahmetag fürs Hörspiel Schmerznovelle, im 5. Stock des BR. Wir sahen den zweiten Flugzeugaufprall live im Fernsehen, oder knapp danach als Aufzeichnung, das weiß ich nicht mehr genau. Bilder vom Pentagon. Wir verlängerten die Kaffeepause um zehn Minuten, dann saßen wir im Studio, Bernie Jugel, Christian Berkel, die Jungs von der Technik und ich, und wir redeten eigentlich sehr vernünftig und reflektiert über die historische Bedeutsamkeit dessen, was wir gesehen hatten, was sich daraus folgern ließe und wann die ersten Drehbücher dazu entstehen würden. Dann nahmen wir den letzten Take auf und gingen nach Hause. Beatrice war sehr betroffen von den Anschlägen, aber sie sagte, das war gegen 18 Uhr, daß die Einschläge der Flugzeuge für sich genommen von gewaltiger Schönheit seien, man könne die Augen nicht abwenden davon. Und wie sie das sagte, mit verheulten Augen, das war in keiner Weise kaltblütig oder zynisch, sondern in tiefstem Sinne wahr, ich empfand es genauso, hätte nur vielleicht ein anderes Wort als schön verwendet. Prachtvoll vielleicht. Ja, im fünften Stock des BR, beim ersten Sehen, dachte ich: prachtvoll.

Obwohl mich das Ereignis sehr mitgenommen hat, konnte ich die Bildkraft sofort von der Empörung trennen.

Als ich Beatrice davon erzähle, weist sie es von sich, ein Wort wie schön verwendet zu haben, *gewaltig* vielleicht, *gewaltig* bietet sie mir an, ich weiß es aber noch wie heute, und ich muß an Zeilen aus *Thanatos* denken: *Je länger ich hinsah, um so schöner wurde das Schreckliche auch. Je länger ich hinsah.*

›Schön‹ ist ein ethisch neutraler Begriff, wo man die Ästhetik des Schreckens als schwarzen Bereich der Skala akzeptiert.

Sie hat unbewußt das richtige Wort benutzt, damals, im Wissen um die noch vor uns liegende, weit entfernte Wahrheit. Ja, es gibt Wahrheiten, die erst wahr werden müssen, die noch zu jung sind, um schon wahr zu sein.

*

Heute in der AZ: die Todesanekdote mit der Schneelawine.

1992 löste Lawrence Duff (44) bei der Abfahrt vom Mount Carlyle eine Lawine aus, blieb mit gebrochenen Beinen in den Schneemassen liegen. Georgia Bakke (42) hatte das Drama beobachtet, alarmierte mit ihrem Handy die Bergwacht. Der Schwerverletzte wurde gerettet.

Ein Jahr später heiratete Duff seine Lebensretterin. Jetzt, zehn Jahre danach, wollten sie gemeinsam die Route abfahren, auf der Duff damals verunglückt war. Eine Schneewalze riss Duff und seine Frau 300 Meter talwärts, begrub die beiden. Sie konnten nur noch tot geborgen werden.

Man kann das lesen und amüsiert sein, auf der Seite des Berges sein, der spät doch noch die damals entgangene Ernte einfährt. Das Mitleid mit Tiefschneefahrern hält sich in Grenzen. Der Tragik verloren geht jeder, der bewußt solch ein Risiko wählt. Und ein Ehepaar, das zusammen stirbt, stirbt wenigstens zusammen. Neulich war eine Meldung in der Zeitung, die mich wirklich stundenlang deprimierte: Ein Vater ging mit seinem Sohn an der schottischen Küste spazieren. Von dickem Nebel und Flut überrascht, fanden sie nicht zum Ufer zurück. Der Sohn alarmierte mit dem Handy die Küstenwache, gab an, daß er auf den Schultern seines Vaters sitze, der schon bis zum Hals im eisigen Wasser stehe. Man fand beide zehn Minuten zu spät, ertrunken, zehn Meter vom rettenden Ufer entfernt.

*

Bei Hebbel der Satz: *Eine Welt, in der nur einmal ein Hund unschuldig verprügelt wird, kann nicht vollkommen sein.* Na gut, aber liegt die Vollkommenheit unfertiger Wesen nicht gerade in der Unvollkommenheit?

Natur ist grausam. Unnatürlichkeit ist Zukunft.

5. 2., Dienstag

Man schimpft gerne auf die Konsumdemokratie, aber sie gewährt den Warenfluß zum angemessenen Preis, auch die Kunst ist Ware, will nicht unter Wert bezahlt werden, die Konsumdemokratie schafft Werte, in der zumindest das Unterhaltende der Kunst einen Unterhalt genießt.

*

Der Nimbus des Sakralen in der Kunst ist vor Profanisierung und Ironie nur noch in den Klausen der Eliten sicher, aber: wenn das Tradierte nicht auch im Freien, in der Gefährdung, überleben kann, durch sich selbst, seine Kraft und Gültigkeit, dann nirgends sonst. Problem: Vieles vom ehemals Heiliggesprochenen taugt schlichtweg nichts, wurde nur als lange Schleppe mitgeschleift. Man darf, man muß sich über vieles der alten Könige lustig machen, solange dem wirklich Großen Ehrerbietung zugesichert bleibt. Sonst geht jeder Qualitätsmaßstab endgültig verloren.

6. 2., Mittwoch

Um neun holt uns das Taxi ab, um zwei sind wir in Malta. Tamarisken und Eukalyptus. Am Wasser Zypressen und Palmen. Erster Eindruck: Mischung aus Kreta, Las Palmas und Casablanca. Zimmer 625 super. Groß, fast eine Suite, englische, italienische und zwei deutsche Sender. Mordsterrasse, schönes Bad. Hotelanlage sehr pompös. Langer Spaziergang, bis kurz vor Valletta. In der ersten Dämmerung zwei Fledermäuse. Sie flattern keinen halben Meter über unseren Köpfen. Gutes Omen. Der Felsstrand ist sehr zerklüftet. Linksverkehr. Das Surfen in der prunkvollen Executive Lounge kostet 25 Euro die Stunde, genau das Zehnfache von dem, was es im Internetcafé zwei Straßen weiter kostet. Das Abendessen in einer gewaltigen Halle, deren Decke sich im übernächsten Stockwerk wiederfindet. Neojugendstil mit arabischen und römischen Elementen. Ein riesiger Springbrunnen plätschert zwischen den Tischen. Man kann uns von einer Empore aus zusehen. Das Buffet ist fünfzehn Meter lang, herausragend finde ich nur die Muschelcremesuppe. Octopus zu trocken. Das Nationalgericht, Kaninchen, ist ein gefährlicher Kampf mit Knochensplittern.

Das Licht auf dem Balkon bleibt in Betrieb bis Mitternacht, danach herrscht Dunkelheit im Zimmer, bis auf die Leuchtfläche des Notebooks. Das Casino ist nur sechs Gehminuten entfernt, liegt, voluminös illuminiert, auf einer Landzunge. Die Leuchtschrift changiert zwischen lila und rosa. Dahinter, auf dem Meer, die bunten Lichter eines Kreuzfahrtschiffes. Mein Leben ist sehr komplex geworden, viele Ebenen unter einem breiten, aber dünnen Hut, bei Nacht schimmert alles durch, mischt sich. Und ich will es nicht anders haben, obgleich es Mühe macht. Herauszubekommen, was man braucht, ist entscheidend, wie man alles unter den Hut bekommt, nebensächlich. Man verschwendet oft viel zu viele Gedanken darüber, wie sich alles zu allem verhalten wird, übt sich in verfehlter Dezenz, schottet sich ab gegen das, was das Vorhandene gefährden könnte, und spricht den Dingen die Möglichkeit ab, sich unter dem Hut selbst zu organisieren.

7. 2., Donnerstag

Valletta ist wundervoll, mit nichts vergleichbar. Große Höhenunterschiede auf engem Raum, ähnlich Siena. Ein Schmuckkästchen von einer Stadt. Jeder Quadratmeter eine Attraktion. Zuerst ins Archäologische Museum, das sich nur wegen der Venus von Malta lohnt. Dagegen lohnt sich das Kriegsmuseum schwer. Über die

Rolle Maltas im WKII wußte ich bisher wenig. Viele unscheinbare Exponate, die, wenn man sie länger ansieht, lange Geschichten erzählen. Und mit einem Verzeichnis der britischen Schlachtschiffproduktion zum Beispiel tritt einem der Wahnsinn jener Epoche wieder so unvermittelt vor Augen, daß man nur eine Devise ziehen kann: Vergnüg dich, solange du noch kannst.

Der Fischmarkt ist längst dicht, als wir ihn mittags passieren. Beißender Gestank. Glitzernde Schuppen auf der Straße. Machten Photos schlafender Katzen, deren Vielzahl sie entniedlicht. Viele wunderbare kleine Architekturfunde. Mittagessen in einem kleinen Laden, wir haben inzwischen einen Instinkt, Touristenfallen zu umgehen. Danach St. Johns Cathedral – überwältigend, definitiv großartigste Kirche, die ich bisher gesehen habe. Und gar nicht überladen. S. Maria in Trastevere oder San Giovanni in Laterano, das sind überladene Kirchen. Diese hier ist auf eine Weise noch viel voller – aber es paßt alles, ergibt einen starken Organismus. Herrlich die bunten intarsierten Grabplatten, nein, das heißt nicht intarsiert bei Stein, inkrustiniert? Na, egal, jedenfalls lohnend, jede einzelne, knallig, oft mit verstecktem Witz und manchmal fast comichaft in den Schnitterdarstellungen. Nahm viel Material mit zur Erinnerung, auch für Su, die hier unbedingt mal her muß.

Der Internet-Blumenhändler kontaktiert mich wegen der entgangenen Plumeria. Ob ich noch an einer Interesse habe. Klar. Wir vereinbaren 50 Euro incl. Versand. Ha! Das freut mich riesig, weil Beatrice sich riesig freuen wird. Dabei ists nur noch eine scheißgrüne Pflanze mehr im Haushalt. Später ins toll ausgestattete Gym, probiere einige Geräte aus, die meinem Rücken guttun sollen, hoffentlich fang ich jetzt nicht auch noch mit der Fitneßkacke an, aber Rudern hat Spaß gemacht, ja, und ins noch tollere Hallenbad, mit Kneippbecken und Dampfsauna. Die Dämmerung ist sehr kurz, als ich aus dem Dampfbad komme, ist es schon dunkel. So muß eine römische Therme ausgesehen haben, mit Säulen im Wasser und Mosaiken auf dem Grund. Sehr reizvolle Spanierin auf dem Laufband. Hatte schnellen Sex mit ihr, aber sie merkte davon nichts.

*

Die Malteser scheinen ein sehr freundliches Volk zu sein. War heute bei einem Straßenhändler und wollte eine Flasche Wein und Wasser kaufen, umgerechnet 8 Euro, und stellte fest, daß ich kein Geld mehr hatte. Ich sagte, ich müsse ins Hotel, Geld holen, käme später zurück, der Händler aber drängte mir die Ware auf: »I trust you. Pay me tomorrow.«

Sowas gibts hier noch.

*

Susanne ist endlich wieder besser drauf und sehr neidisch, als ich vom Kuchenbüffet erzähle. Lacht, als ich die Muckibude erwähne. Sie (32) habe sich heute die erste Augencreme ihres Lebens gekauft. Noch sind es nur die Milchzähne der Zeit, aber zerbissen fühlt man sich dennoch.

War noch im Casino Dragonero. Riesig, viele Tische, viele davon unbenutzt. Verlor beim Blackjack 35 Maltesische Pfund, was 90 Euro entspricht. Der Dealer hatte einen ärgerlich langen Lauf und übte seinen Job ein bißchen zu leger aus, warf die Karten aus der Hüfte auf den Tisch und bekam einmal nicht mit, daß ich bei 13 gegen 20 noch eine Karte wollte. Womit man, gelinde gesagt, rechnen muß.

*

Für *Ultrachronos* habe ich mir eine neue Arbeitsweise zugelegt, die mehr der eines Malers als der eines Komponisten gleicht. Ich skizziere vieles, lasse es unausgeformt, betrachte es später, detailliere einige Striche, radiere andere heraus, ein riesiges Gemälde entsteht, ich überlasse viele Stränge einer schnellen Evolution, spinne jene weiter, die sich gegenüber den anderen durchsetzen. Übermale. Treibe Details in Abstraktes. Anderes wird fast kubistisch reduziert. Lasse manche Entwürfe unausgearbeitet stehen, wenn ihr Wesentliches dem Leben gleicht. Von der Anlage des Romans her genieße ich alle Freiheiten und habe manchmal Skrupel, auch wirklich alle zu benutzen. Der Leser darf sich nicht genasführt vorkommen.

Ich bin glücklich, weil ich scheitern kann. Eine Arbeit zu finden, bei der man scheitern kann, bedeutet: Man hat nichts Unwichtiges vor.

8. 2., Freitag

Das einzige, was ich einem Jüngeren neide, sind die billig zu erreichenden Ekstasen, die Palette, die riesenhafte, von der man sich einfach bedienen kann. Soviel große, zu entdeckende Musik, Literatur, Kunst, das gesamte Spektrum, das abgefeiert werden darf, abgearbeitet werden muß, aber man empfindet es ja nicht als Arbeit, man sitzt im Schlaraffenland und probiert, davon und hiervon – und es ist alles so undurchschaubar, so beeindruckend, rauschhaft. Erstaunlich, daß jemand bei soviel Genußangebot daran denken kann, das Büffet mit eigenen Erzeugnissen zu erweitern, wo man einfach nur, gelähmt und glücklich, registrieren und genießen könnte. Was müssen das für wichtigtuerische Kreaturen sein …

Bei der Heimfahrt kleines Abenteuer: Der Busfahrer gerät mit einem aussteigenden Passagier in Streit, der Passagier ruft ihm von der Straße etwas nach, darauf dreht der Busfahrer völlig durch, haut mit beiden Fäusten aufs Armaturenbrett, brüllt »FUCK YOUUU!« Läßt den Bus an, setzt ihn auf die Straße, brüllt wieder, und dann reißt er das Steuer rum, lenkt den Bus auf die Gegenfahrbahn, gibt Gas, Kamikaze, und erst als der entgegenkommende Wagen nur mehr 30 Meter entfernt ist, schleudert er den Bus mit einem heftigen Ruck auf die linke Spur zurück. Großer Aufstand im Bus. Protest. Der Fahrer bremst, Vollbremsung, das quietscht und scheppert und würfe die Stehenden um, hätten nicht zufällig alle Fahrgäste einen Sitzplatz. »YOU WANNA GET OFF?« Ein weißhaariger Engländer antwortet: »I get off, because you are out of control.«

»SO FUCK YOUUU!« Er zeigt dem alten Mann den Mittelfinger. Einige Passagiere schließen sich dem Alten an, aus Angst oder Solidarität. Bleiben wir, sag ich zu Bea, das ist lustig. Ich will nicht auf den nächsten Bus warten. Und die cholerische Klimax scheint auch schon vorüber. So ist es. Der Fahrer prügelt noch einmal seine Armaturen, dann beruhigt er sich.

Danach Kino. Ich schickte Beatrice in *The Others*, den ich schon gesehen und noch Bild für Bild im Kopf habe. Das allein sagt bereits, daß es kein schlechter Film sein kann. Selber ging ich in *Jeepers Creepers*, der sehr stark beginnt und echten Grusel bietet, bis zum Ende des ersten Drittels. Danach wirds eine alberne Klamotte, wie meistens bei übernatürlichen Bösewichten. Das Monster sieht aus wie eine Melange aus Freddie Krüger und der Creature from the Black Lagoon. Immerhin: annehmbares Popcornkino. Niedlich-witziger Schluß.

»Wie weit gehört das Wunderbare, Mystische, in die moderne Dichtkunst hinein? Nur so weit es exemplarisch bleibt. D. h. die dumpfen, ahnungsvollen Gefühle und Phantasien, auf denen es beruht und die vor etwas Verstecktem, Heimlichen in der Natur zittern, vor einem ihr innewohnenden Vermögen, von sich selbst abzuweichen, dürfen angeregt, sie dürfen aber nicht zu konkreten Gestalten, etwa Gespenster- und Geistererscheinungen verarbeitet werden, denn dem Glauben an diese ist das Weltbewußtsein entwachsen, während jene Gefühle selbst ewiger Art sind.«

Diese Worte Hebbels sollte man allen Horrorfilmern auf den Rücken tätowieren.

10. 2., Sonntag

Valletta. Sonntagsmarkt. Panorama des Hafens. Karmeliterkirche. Eine der schönsten Kuppeln, die ich je gesehen habe. Eiförmig, weiß, mit blauen Fenstern im hohen Aufsatz. Konnten keine Fotos machen, Gottesdienst. Als wir später wiederkamen, zu. Zwischendurch am Great Siege Square ein Pornokino entdeckt, das auch heute, am Sonn- und Feiertag, Nonstop-Programm zeigt. Sehr alt, hoch, dunkel und gemütlich, der Film brauchbar. Hätte man vom erzkatholischen Malta (wo es noch immer keine Scheidung gibt) nicht gedacht. Es gibt in Valletta ein winziges Rotlichtviertel, in der Strait Street, in der früher Duelle ausgetragen wurden. Das Rotlichtviertel besteht aus drei oder vier Bars, die Brecht sofort inspiriert hätten. Roy Bar. Die sehr vagantenhaft verludert-idyllische Ansicht der geschlossenen Tür der Roy Bar in Valletta, Malta. Da werde ich ein Stück spielen lassen. Titel: Roy Bar.

*

Nach Mitternacht schrieb ich noch die erste Skizze für ein sehr wichtiges Kapitel, die Offenbarung der Sibylle aus dem letzten Buch, in einem Guß, mit viel Genuß. Was für ein Roman wird das. Vom Konkreten langsam hinein ins Abstrakte, aber dann immer wieder ins Konkrete zurück, zu vielen scheinbaren Lösungen im Kleinen, die jedoch den Zauber der großen Geheimnisse unangetastet lassen. Sehr gewöhnungsbedürftig, vermutlich. Man wird mir das erstmal um die Ohren hauen. Vielleicht zu Recht. Das hängt an seidenen Fäden. Beim Schluß bin ich mir noch nicht sicher, ob ich das wirklich so machen kann.

»Mein Roman ist gerade sehr spannend. Er ist immer ganz spannend, aber im Moment besonders. Ich wüßte wirklich sehr gern, wie es weitergeht.«

Bea: »Aber du willst es dir nicht verraten?«

»Nein, dann wäre das Schreiben so langweilig.«

11. 2., Montag

Die Straßen erbeben von 120 Beats per Minute, gnadenlos.

Was mich an Techno bzw., von der Musik mal abgesehen, am Techno-Ambiente vor allem gestört hat, war das Asexuelle der Bewegung. Natürlich haben sich die Tänzer auf dem Rave – aber in welch verklemmter, verspießerter Weise – entkleidet, Gaffer scharf gemacht, aber jeder Techno-DJ wird mir zustimmen: Da gab es immer eine Grenze, die stillschweigend gezogen und allgemein akzeptiert wurde. Tanz war sonst doch im wesentlichen Anbahnung zum Sex. Bei Techno wurde 20 Stunden getanzt, und dann, vielleicht, ausnahmsweise, fünf Minuten gevögelt. Tanz wurde Sexersatz. Ein Hirnfick mit sich selbst, auf der Basis der Bewußtseinsbetäubung.

Wurde Narzißtenspasmus. Techno war eine Sublimationsbewegung.

Paßt sich im historischen Blick gut in die Aids-Ära ein. Steril an der Musik war ihr Defizit an Melodie, Komplexität, Klangfarbendifferenzierung und Kunst im Sinne von mühsam erworbenem Können verbunden mit individueller Kreativität und Innovation. Techno war im positiven Ergebnis nie Kunstgenuß, viel eher ein neuronales Stimulans ähnlich dem Höhen- oder dem Geschwindigkeitsrausch. Ihr Manifest war die Diktatur des Proletariats unter anderen Vorzeichen. Der Tod des Individuums in der Masse der Feiernden. Nicht dionysische Ekstase, sondern das Aufgehobensein in der entrückten Gemeinschaft. Pazifistischer Linksfaschismus, der schließlich von der Spaßkultur aufgesogen wurde, bis Gottfried Fischer Teil der Love-Parade werden konnte. Und doch auch insofern kapitalismuskonform, als die Botschaft lautete, jeder Dilettant könne aus der Masse zum Master aufsteigen.

Priester des Techno wurden die DJs. Nicht dem Komponisten, nicht dem Musiker, dem Tertiären wurde gehuldigt. »Es gefiel mir, daß man für diese Sache eben nicht 100 Jahre ein Instrument lernen muß«, sagt einer jener Priester ganz ehrlich und schamlos. Die Absage an die Idee der Musik als Kunst. Die Absage an die Kunst als Spielfeld der Elite.

»Kunst ist schön, macht aber viel Arbeit.« (Karl Valentin) Ich habe mit Musik, die nicht das Ergebnis eines künstlerischen, sondern eines entweder schamanisch oder kommerziell motivierten Prozesses ist, nichts am Hut. Techno ist Aidsmusik, bös gesagt. *War* Aidsmusik, richtiger gesagt.

12. 2., Dienstag

Nachmittag am Pool verbracht. Ein junger Engländer unterhält sich mit seinem Mädchen vom Begleitservice. Sie (Es) ist bis morgen früh gebucht. Ich sitze neben den beiden im Dampfbad, beide gehen das Programm des Abends durch, seine Finger spielen an ihrem Knie herum, sie sieht nicht besonders reizvoll aus, breites Gesicht, Mandelaugen. Ob er für die Nacht Kondome habe, fragt sie ihn. Er sagt ja und fragt zurück, ob sie anal zu haben sei. Ja, sagt sie, aber nur einmal, öfter vertrage sie es nicht. Originelle Antwort. Die beiden nehmen mich kaum wahr.

*

Inderinnen, welterfahren, wirsch, reiben den Wiedergeborenen im Bus träge rein, daß einer schwer Bares dort hinüber trägt.

Dieser blöde kleine Satz hat mich eine Stunde Arbeit gekostet. Das Dorthin ist das Jetzt, in das der Künstler von irgendwoher zielt, außerhalb der Zeitrechnung.

Ich weiß genau, was es in hundert Jahren alles nicht mehr geben wird, weil alles das heutzutage bereits ein abzusehender, lästiger Anachronismus ist und man nur das Absterben soundso vieler Idioten abwarten muß, bis das Vorhergesagte spruchreif wird. Viel Sehertum ist dafür weiß Gott nicht nötig. Aber die neuen *Hürden*, die in der Zukunft überwunden sein wollen, nein, die kann ich mir nicht recht vorstellen. Von daher vielleicht meine Angst vor einem geschichtlichen Crash, vor einem zivilisatorischen Rückfall vom Ausmaß des Christentums etwa.

Wagners Todestag. Also kann uns nicht viel passieren.

Um 4:35 rollt das Frühstück ins Zimmer, um 5:05 stehen wir vor dem Hotel und warten darauf, abgeholt zu werden. Werden wir nicht. Nach Kreta schon das zweite Mal, daß uns das passiert. Nehmen um 5:30 ein Taxi. Flug geht glatt, stehen um 10:45 an der eigenen Haustür. Unglaublich viel Post abzuarbeiten. Die beiden Bilder sind gekommen. Die Winterlandschaft ist hübsch, leider nicht so hübsch, wie sie im Internet gewirkt hat. Die expressionistische Straßenszene ist grauenhaft. Ganz andere Farben, miese Maltechnik, wertloser Kitsch.

»Dann verschenken wirs halt.«

»Wen hassen wir denn so?«

*

Die gealterte Schauspielerin Uschi Glas will sich von ihrem Mann trennen, weil der seit neun Jahren eine Geliebte, Vertraute, Gespielin, was immer hat.

Das finde ich krank, gerade aufgrund der Länge dieser Nebenbeziehung. Wenn Uschis letzte neun Ehejahre glücklich waren, heißt das doch, ein friedvolles Nebeneinander war möglich. Wenn sie nicht glücklich waren, hätte man sich ebensogut früher trennen können.

*

Höre, daß der Rekord für Tiefentaucher (ohne Sauerstoffflasche) bei 162 Metern bzw. 8 Minuten Tauchdauer liegt. Den Tiefenrausch stelle ich mir ähnlich vor wie das, was sich manchmal am Schreibtisch einstellt. Aber am Morgen sind alle gesehenen Schätze am Grund geblieben, nur man selbst treibt auf dem Wasser, aufgeschwemmt und glasig.

14. 2., Donnerstag

Günter Wand ist gestorben. Der beste aller Brucknerdirigenten, ich hätte so gern noch einmal die Achte unter ihm gehört. Wenn er dirigierte, traten aus der Luft, wie Adern aus einem Körper, Linien hervor, die sich nach allen Seiten zu gewaltigen Konstruktionen vernetzten. Was aus seinen Händen entstand, war präzise, logisch, groß und vergeistigt, deswegen aber niemals kühl oder mathematisch. Musik – das Blut der Seele. Günter Wand brachte es zum Fließen, leitete es in Kanäle, baute gleich noch Brücken darüber. Ein Pontifex.

*

Im Übereifer zur Rettung des Genitivs schießen manche zu hoch hinaus, heute auch Harald Schmidt. *Gegenüber des Kanzlerhauses* sagt er, und: *gerade noch mal in den Genitiv gerettet.* Neulich auf der Lesung in Darmstadt tadelte mich jemand, weil ich nicht *gegenüber des Casinos*, sondern *gegenüber dem Casino* geschrieben und gelesen habe. Aber gegenüber steht nun mal mit Dativ. Im Internet war ein lustiger Verriß zur *Schmerznovelle* zu lesen, in der man mir mangelnde Präzision und fehlende Demut vor der Sprache attestierte, mich einen schlampigen Formulierer nannte. Alle vermeintlichen Belegstellen dafür waren rettungslos fehlerfrei. »Herrn Schmerzers krausse Novelle« war das Pamphlet übertitelt. Da ist vor überquellendem Mitleid gar kein Platz für Zorn mehr übrig. Auch im *Spiegel* wurde ein völlig korrekter Satz inkriminiert. »Ich plazierte sie vorläufig in die Schublade der Scheuen und Verträumten.« Volker Hage meinte wohl, daß es ›in der Schublade‹ heißen müsse. Das Feige an solch rausgerotzten Schulmeistereien ist ja, daß die Mäkler meist im unklaren lassen, was genau sie beanstanden.

Das Allertollste war ein Rezensent, der den schönen Satz »Ein schwerer September lastete auf dem Ort« als ›verquer‹ anprangerte. Warum eigentlich? Ich bat ihn freundlich per Mail um Auskunft.

Er schrieb zurück: Nun, zwar sei auch er grammatisch nicht hundertprozentig perfekt (wie nett), aber es müsse doch wohl – Subjekt mit Objekt (sic) – *lastete auf den Ort* heißen.

Ein Fluch lastet auf mich.

*

Manche attestieren mir Größenwahn. Aber mich zu kritisieren, hielte keiner von denen auch nur entfernt für Größenwahn.

15. 2., Freitag

Ein Problem unsrer Zeit ist, daß Arroganz so negativ besetzt ist. Es gibt keinen Respekt vor Autorität, und zu Recht, da die Autorität von so vielen Scharlatanen behauptet wird. Man darf sich in keiner Debatte herausnehmen, etwas besser zu wissen als der andere, muß mühsam und langwierig durch geschickte Argumentation überzeugen. Dazu ist in den Medien kaum Zeit. Nicht mal in Büchern. Man muß einfach zu viel Wissen beim Leser voraussetzen, um etwas wirklich Interessantes zu äußern. Arroganz ist ja nicht nur die Darstellung vermeintlicher, sondern gelegentlich auch tatsächlicher Überlegenheit. Und selbst wenn man recht hat und darauf beharrt, wird man dafür Kritik ernten, weil alle denken, wir spielen ein großes Big-Brother-Spiel. Unsre Gesellschaft legt keinen Wert mehr darauf, von Schriftstellern belehrt zu werden. Das geht höchstens noch durch die Hintertür der Unterhaltung. Aber vielleicht ging es immer nur so.

Morgens Telefonat mit Hettche, der von mir erklärt haben will, warum er mit Updike nichts anfangen kann. Ich sage etwas von Diskrepanz zwischen musealem Stil und zu gegenwärtigem Erzählstoff. Zu wenig Leidenschaft, zu große Distanz. Updike hätte vielleicht über Troja schreiben müssen, nicht über die amerikanische Mittelklasse. Aber – man muß endlich mal akzeptieren, daß es verschiedene Sorten von Lebewesen gibt, darunter Menschen, deren Köpfe in einer Weise konstruiert sind, daß ihnen Updike-Lektüre zum hohen Genuß werden kann. Gibts. Hat evolutionär vielleicht nicht ganz so viele Chancen, gibt es aber.

*

Habe gestern gearbeitet wie ein Lastesel. Habe mir ein paar freie Tage verdient.

Bea: »Schweif dich mal wieder richtig aus!«

*

Wie ich mich auf Kreuzberg freue. Berlin-Mitte finde ich immer noch scheußlich, aber Kreuzberg habe ich seit letztem Sommer sehr ins Herz geschlossen. Die Gegend ums Fraenkel-Ufer ist himmlisch. Fontanepromenade, Dieffenbachstraße, auch Bergmannstraße und Marheinekeplatz. Südstern auch und Hasenheide – wunderbare Gegend, und ich hab verdammt viel Glück gehabt, hier so günstig was zu bekommen. Michael hat in meiner Wohnung kaum eine Spur hinterlassen. Es ist sonnig, kühl. Susanne bringt Milch und Zitronen vorbei. Und Kuchen. Habe sie lange nicht mehr gesehen, freue mich sehr. In der Post die neue Johnny-Cash-Biographie von Franz. Später Essen in der Espresso Bar, die Involtini waren gut, leicht säuerlich, wie ich sie gern habe, aber nicht mehr sehr heiß. Der Wein dort ist für seinen Preis einfach fabelhaft.

Schwache Southpark-Folge. Viel Chardonnay. Redeten über Vergils angebliches Grab, über Seneca, Schütz-Motetten, das Irak-Dilemma, Goethes unsinnige Sucht nach Vollendung, Charlotte von Lengefeld und die Stärken Schillers sowie über die Frage, ob das sinnliche, emotionale Erfassen von Kunst ihr Verständnis gegenüber einem sofortigen analytisch intellektuellen Zugriff eher verzerrt oder verstärkt. Verstärkt natürlich. Su war meiner Meinung, stand mit der in einer Diskussion neulich aber fast alleine da. Ich glaube, jeder Weg zum Verständnis von Kunst führt zuerst über eine emotionale Brücke, danach erst setzt das Interesse (das Interesse) und aus dem Interesse die Analyse ein, und aus der Analyse heraus kann ein zweiter, tieferer emotionaler Zugriff entstehen. (Das, was ich in der Musik »das Vierte Hören« nenne.) Man kann nichts angemessen analysieren, was einen nicht berührt, das Verstehen liegt in der Berührung. Ob der Künstler einen Affekt intendiert hat, ist egal, der Affekt stellt sich von selber ein. Kunst kann dich streicheln, betatschen, dich vor den Kopf stoßen oder dir in die Fresse hauen. Sie berührt dich. Wenn sie das nicht tut, dann hast du sie als Kunst gar nicht anerkannt und wahrgenommen. Warn sehr betrunken und gut gelaunt. Echter humanistischer Bildungsabend mit massiv Chardonnay und Streicheleinheiten.

*

Ich bin kulturell konservativ, für eine Hierarchie, für Subventionen der Hochkultur, für die Förderung der Elite, bin für einen starken Sozialstaat, bin für Fortschrittsdenken und Wachstum, für Gentechnologie und Raumfahrt, bin gegen Religionsgemeinschaften und Militär, bin gegen Ökohysterie, bin für eine europäische Identität, bin gegen eine Überfrachtung des Alltags durch Gesetze, gegen die Kriminalisierung des Eros unter dem Vorwand des Behütens und Beschützens, bin gegen Zensur in jeder Form, bin aber für eine handlungsfähige und wirkungsvolle Exekutive bei allen Gewaltverbrechen, ich zöge im Zweifel Law&Order der Ghettoisierung vor, plädiere für einen liberal gehandhabten Privatbereich, bin gegen Quoten und Gleichmacherei auf Kosten der Qualität und der natürlichen Gegebenheiten. Bin für multikulturelle Städte, aber auch für eine Pflege der Tradition im Regionalen.

Alles das wird in Deutschland von einer Partei nicht vertreten.

*

Die frucht- und furchtbare Diskrepanz im Menschen ergibt sich daraus, alles als nichtig zu begreifen, wonach man also ein unbeobachtetes Leben führen könnte, angenehm, ohne jemandem etwas zuleide zu tun, anderseits die eigene Existenz in den Dienst des großen Spiels zu stellen, wonach jeder verpflichtet sei, wenigstens eine kleine Anekdote zum Buch der Menschheit beizutragen.

Aber noch die geringste Anekdote benötigt, um Witz und Symbolkraft zu haben, typisch menschliche Unmanieren, die wir im Kern als kindische Hoffart bemitleiden, als Regisseure aber als notwendig erachten, um dem Stoff dieser menschlichen Tragi-Com nichts wegzunehmen. Alles ist ein Spiel – und alles ist egal. Mit beidem leben müssen.

Weil man lebt. Und weil der Genuß zwischendurch den Grad des Unbezweifelbaren erreicht.

17. 2., Sonntag

Diese verfluchten Wixer, die vorne an der Kinokasse anfangen, ihr Kleingeld zusammenzukratzen. Fast so schlimm wie Rucksackträgerabschaum in Buchhandlungen und Restaurants. Wunderbare Szene: Die Kassiererin sagt zu den Ökos vor mir:

»Geben Sie mir einfach einen Schein, ich kann den schon wechseln, sehen Sie nicht die Schlange hinter Ihnen?«

Ich hätte die Kassiererin küssen mögen.

*

Tolles Bild vom Eisschnellaufen in Salt Lake City. Auf der Zielgerade verkeilen sich die vier Führenden, stürzen, der Fünfte, krasser Außenseiter, kommt als Erster ins Ziel – und diese Haltung, die ihr Glück nicht fassen kann und sich zu jubeln schämt – dafür müßte ein eigenes Adjektiv erfunden werden.

18. 2., Montag

Girgl schreibt:

Hallo, mein Lieber,
tut mir leid, daß ich mich so lange nicht gemeldet habe – ich war in Kenia, deutschen Auswanderern beim Verrotten zugucken. Darüber schreibe ich jetzt ein Stück. Schade, daß Du für ›Akzente‹ keine Zeit hast. Ich habs mir fast gedacht, doch wir wollten nicht versäumen, Dich zu fragen. Was treibst Du denn in Berlin? Wieder Drehbuch schreiben? Big Money verdienen? Erzähl' mal kurz.

Mein lieber Girgl,
da ich keine Kinder habe und Mandanten, wegen denen ich klar in der Birne bleiben müßte, lasse ichs mir gutgehen hier in endlosen Orgien mit wüsten Drogen, krachender Musik und sexuellen Exzessen aller Art. Rausch und Ausschweifung. Nebenbei schreibe ich zwar ein Tagebuch, aber das meiste davon erledigen gewissenhafte Angestellte aus meiner Werkstatt, ich setz dann nur noch mein Kürzel darunter. Ebenso verhält es sich mit dem Roman. Schreibst Du noch selbst?
Lieben Gruß
H.

19. 2., Dienstag

Wenn mir einer vor zehn Jahren glaubhaft versichert hätte, daß ich stundenlang umherziehe, um einen hübschen Schirmständer zu finden, hätte ich mir sofort das Leben genommen.

20. 2., Mittwoch

Grand Prix Eurovision, 1982, Nicole, »Ein bißchen Frieden«. Keine Ahnung, wie wir darauf kamen. Brüllend komisch, wie Su ihre damalige Lehrerin für Staatsbürgerkunde imitiert (Frau Fuchs, klein und drahtig), die den Text von »Ein bißchen Frieden« in der Klasse durchnahm. (»… zeigt sich das verlogene Gesicht des Imperialismus, die kaltschnäuzige, bewußt sich einer unbedarften jungen Sängerin bedienende heuchlerische Ideologie des Westens … Ein bißchen Frieden ist so irrational wie ein bißchen schwanger, der Kapitalismus erklärt sich zum Krieg bereit …«)

21. 2., Donnerstag

Morgens ein absurdes Mail von W. vom NDR, bei dem ich meine Amouren-Musik-Collage machen wollte. Dem gehts dort oben offenbar zu gut. Schnellen Strich gezogen, bevor er sich noch länger meinen Kopf zerbricht. Seine Phantasie reiche nicht hin, um sich zu den Liebesgedichten eine Erzählstruktur vorzustellen. Deshalb bin ich ja auch der Künstler und du nur ein popliger Redakteur.

Dabei ergibt sich die Struktur quasi von selbst. Zwangsläufig.

Aber was überhaupt erzählt werde?

Was wird denn in der Dichterliebe erzählt? In den Carmina Burana? In den Lesbia-Gedichten? Da ziehts einem die Schuhe aus.

*

Mail von Joha. Seine Freundin macht eine Facharbeit über Fette Welt, zieht den völlig richtigen Schluß, daß Hagen von Judith erlöst, von seiner Schizophrenie befreit wird. Was denn auch sonst. Aber die Lehrer nennen das einen Irrtum. Ein Interview mit mir, in dem ich mich klar zur Tannhäusernähe des Finales äußere, wird von denen als »nicht ernst gemeint« abqualifiziert. Genauso beigelegte Magisterarbeiten. Alles »Irrtümer« oder »nicht ernst gemeint«, aber die beiden kleinen Deutschlehrer am Stadtrandgymnasium – die haben recht und den Durchblick. Unfaßlich.

22. 2., Freitag

Stranger than Paradise. Wohl kaum ein Film hat mich Mitte der Achtziger so stark geprägt, Askese, Wortkargheit, Lakonie, wir Verlierer von damals fanden eine ästhetische Hülle. Ja, der Film spiegelt unser damaliges Weltverständnis sehr genau, auch das radikal traurige Amerikabild. Alles Lower East Side oder zugefrorener Erie-See. Ich weiß noch, Bernhard kopierte damals den Gang von John Lurie, und dieses gewisse kleine Schlenkern ist er bis heute nicht mehr losgeworden. Wir waren Zocker und Nichtsnutze, Biertrinker und Gelegenheitsdiebe, aber tief drinnen auch Poeten – und der Film gab unserem Alltag einen poetischen Rahmen. Gab uns einen Stolz. Und wie laut wir damals, beim ersten Sehen, gelacht haben über inzwischen unbegreiflich kleine Scherzchen …

Heute finde ich den Film nicht mehr so groß, nicht mehr so witzig, nicht mehr so wichtig. Er ist mit einer gewissen Ära verbunden, auf Gedeih und Verderb.

Er gehörte mal zu meinen Top ten. Ernsthaft.

Down by Law, der Nachfolgerfilm, der damals in der Undergroundszene auf herbe Kritik stieß (Kommerzialisierung! Publikumsanbiederung! Selbstverrat! Klamotte!), ist mir dagegen immer noch nahe.

25. 2., Montag

So gewaltig und großartig *Salome* und *Elektra* auch sind, komme ich mehr und mehr zur Einsicht, daß, obwohl jene die wichtigeren, besseren und auch wertvolleren Opern waren, Strauss doch erst mit der *Ariadne* den Gipfel seiner Kunst erreicht hat. Dieses Paradox ist nicht leicht zu erklären. Seiner Musik ging der revolutionäre Furor verloren, hat dafür etliches andere gewonnen, das sich wohl erst ab einem gewissen Lebensalter voll würdigen läßt, und auch dann genießt man diese Musik zu sehr mit dem Kopf, während Bauch, Herz und Schamteile als Resonanzkörper fast unbenutzt bleiben. So besitzt die Ariadnemusik bereits das lichtvolle, asketisch-transparente Leuchten eines Ab- und Schwanengesangs, sogar in ihrer Erotik, die zur Metapher transzendiert ist und Triebhaftigkeit nurmehr sentimental zitiert. Vermutlich wollte Strauss, der ähnliches konzedierte, es sich mit der *Frau ohne Schatten* noch einmal beweisen, oder wenigstens das revolutionäre Alte mit dem reaktionären Neuen verbinden. Im Ende entstand ein Potpourri, ein Monster, immer noch von höchstem technischen Niveau – aber es gab keinen Weg zurück zur alten Kraft, wohingegen das Zarte, Lichtgewebte vom Riesenorchester erdrückt wurde. Künstlerisches Siechtum begann, bedingt auch durch eine zunehmende Unsicherheit der Stoffauswahl. In der *Ägyptischen Helena* zum Beispiel finden sich ja durchaus noch Bemühungen um klangliches Neuland, in den relativen Grenzen seines harmonischen Spektrums – aber der lebhafte Geist, den die Partitur im ersten Akt noch atmet, wird ihr durch den schwachen Text bald ausgetrieben.

Die *Arabella* schließlich war der Tiefpunkt, süßliche Selbstkarikatur, ein berechnetes Machwerk aus Tantiemendenken, daneben ein fast manisch-ironisches Kokettieren Strauss' mit dem Umstand, daß die Zeit über ihn hinweggegangen war, er aber seinen letzten, zeitlosen Stil fürs Alter nicht gefunden hatte. Erst *Capriccio* birgt zwanzig Jahre später in sich ein kleines Happy-End, eine Versöhnung mit sich selbst.

Es ist bestimmt ein Fehler, zu glauben, daß man einmal erlangte Gipfel immer wieder erklimmen kann, man kann es nicht. Sonst hätte man zum Zeitpunkt ihrer Bezwingung unterhalb der eigenen Möglichkeiten agiert. Wir sind da und dort im Leben zu etwas imstande, und entweder schaffen wir es dann oder nie. Ich glaube aber auch, daß es immer neue Höhepunkte anzustreben gibt, auch wenn die primäre schöpferische Kraft nachläßt.

Es gibt anderes, das dieses Defizit ausgleichen kann, Erfahrung zum Beispiel, Klarsicht, Weisheit, man muß nur den passenden Stoff finden – und wissen, an wen man sich noch wenden will.

Es muß schrecklich oder sehr schön sein, etwas wie das Terzett aus dem *Rosenkavalier* geschrieben zu haben, man hat testamentarisch verfügt, daß es über dem eigenen Grab gesungen werden wird, man weiß, Größeres wird man nie mehr komponieren, man könnte sich zurücklehnen, zufrieden sein. Schrecklich. Oder sehr schön.

26. 2., Dienstag

In der Innenwelt erfahren wir Schreibenden, wie der geborene Nimbusträger ein das Sein erschwerbares Dorthin überträgt.

Nein, das ist nett, nicht elegant, und von mäßigem Sinn. Kallikrates schuf ein von vier Pferden gezogenes Elfenbeinwägelchen, das kleiner als der Flügel einer Fliege war. Und es soll ihm gelungen sein, Verse von Homer in ein einziges Hirsekorn zu ritzen.

Welchen Sinn macht das? Aber es ist schön.

*

Hebbel bringt oft urkomische Formulierungen, die, da wette ich jede Summe, so nicht gemeint waren, die also unfreiwillig komisch sind. Andererseits ist das nicht beweisbar und letztlich auch egal. Ich lege, genau wie viele Kritiker, etwas gegen den Autor aus, selbst dort, wo er mich zum Lachen bringt, wofür ich ihm einfach nur dankbar sein müßte. Zum Beispiel heute die Stelle, wo er in einer langen Jeremiade den Tod seines Kindes beweint.

»Stromweis rannen meine Tränen, wenn mir irgendein konkreter Zug, das Lächeln des Kindes, sein Auge, vor die Seele trat, ja, wenn ich nur etwas, das ihm angehört hatte, erblickte, sein Mützchen, oder was es war. Unendlich haben wir gelitten, die arme Mutter und ich, denn wir haben das kleine Wesen geliebt, als ob es statt sieben Wochen sieben Monate, ja Jahre alt gewesen wäre. – Gestern um 4 Uhr nachmittags, wurde es beerdigt, bei Regen und Wind, in seinem eigenen Grabe, das ich für 35 Gulden kaufte, so daß ich jetzt Landbesitzer geworden bin.«

27. 2., Mittwoch

Ein paar Lyrikanthologien durchgesehen, darunter die »100 schönsten Liebesgedichte« bei Insel. Haufenweise Scheiße. Alle fünf Goethe-Beiträge scheiße. »Gott weiß, wie mir so wohl geschicht (sic!) Ob ich dich liebe, weiß ich nicht.« Das muß man sich reintun.

Es gibt Tausende wunderschöner Liebesgedichte, warum druckt man derlei Mist?

Weil es Mist von Goethe ist. Und was zum Beispiel Bürgers Pfarrerstochter von Taubenhain in so einem Band zu suchen hat, wüßt ich auch gern (Geschichte einer Kindsmörderin, die auf dem Rad endet, deren hohler Schädel düster auf das Grab ihres getöteten Kindes blickt).

28. 2., Donnerstag

Thomas H. erzählte mir neulich, daß der Dichter Durs G. auf der Lesung in Freiburg eine große schwarze Ledermappe öffnete, auf der in goldenen Lettern »UNVERÖFFENTLICHTES« eingebrannt war.

31. 5., Freitag

Im Mai-Tagebuch fehlt der 31. 5. Aus purer Faulheit dekretierte ich den 31. Mai dorthin, wo Mai am dringendsten benötigt wird: Ende Februar. Hier ist er nun.

Susanne fragte mich neulich, ob ich das tatsächlich noch machen werde.

»Was?«

»Am 31. 5. Tagebuch führen.«

»Mal sehen, was passiert.«

*

Heute morgen gegen elf rief Carstensen an – bei Fischer werde es einen Sammelband mit meinen bisherigen Stücken geben. Der Tag fängt gut an, dachte ich.

Dann klingelte es nochmal: Girgl wars, er habe eine schlimme Nachricht. Und ich, verzärtelt wie ich bin, dachte, aha, hat wieder irgendwer einen bösen Verriß geschrieben.

»Heiner Link ist tot.«

Heiner hatte sich zum 40. Geburtstag ein Motorrad gekauft, was, wenn man seine Trinkgewohnheiten kannte, einer Koketterie mit dem Tod gleichkam. Gestern abend hat er, vom Olchinger Volksfest kommend, ein Auto überholen wollen, schrammte dagegen, kam auf die Gegenfahrbahn, großer Lastwagen, aus. Aus mit 42 Jahren. Nicht lang gelitten.

Gestern nachmittag hatte ich mich hingesetzt, um Heiners neuestes Manuskript zu lesen, seinen Roman *Damen und Herren.* Ich hatte es vier Wochen vor mir hergeschoben, aus Zeitmangel. Gestern endlich fing ich damit an und las die erste Hälfte in einem Schwung – was mir schon lange nicht mehr passiert ist. Dann schrieb ich Heiner ein Mail, voller Begeisterung – er wird es nicht mehr gelesen haben. Aber noch merkwürdiger für meine Verhältnisse: Ich setzte mich wieder ins Wohnzimmer und las auch den zweiten Teil, las also einen ganzen Roman an einem einzigen Tag, was bestimmt seit zehn Jahren nicht mehr der Fall gewesen ist. Kurz vor acht Uhr abends war ich fertig. Heiner auch.

Es ist ein tolles Buch.

Mehr ist heute nicht passiert. 0:1

MÄRZ 2003

1. 3., Samstag

Ah – Frühling!

Begeistert mich jedes Jahr wieder.

*

Gestern Fußgängerzone, vorm Oviesse-Kaufhaus. Zwei Männer wälzen sich auf dem Boden, ringen, Leute drum herum, rufen: »Greif doch ma einer ein!«, keiner greift ein. Die Männer ringen, schlagen einander nicht, beißen weder noch kratzen sie. Keine Minute später sind zwei Polizisten da, wie aus dem Nichts, reißen die beiden auseinander. Einer der Auseinandergerissenen stellt sich als Kaufhausdetektiv vor, den anderen nennt er Dieb. »Ich bin der Gute«, sagt er, »und der ist der Dieb.« Und die Polizisten: »Jaja, den kennen wir doch. Nicht?« Sie wenden sich zum Dieb: »Wir kennen uns doch? Nicht?« Dieb: »Ach Kotze, Scheiße, Pisse, Mann!« Hatte was Familiäres. Handschellen klickten. Erste live miterlebte Verhaftung in meinem Leben. Ich wunderte mich, wie schnell die Streife kam, aber die Fugäzo ist selbstverständlich vollständig videoüberwacht.

Fugäzo klingt blöd und gesucht. Ich hatte bloß keine Lust, das Wort an einem Tag zweimal auszuschreiben.

Heute stellt Beatrice endlich ihre selbstprogrammierten Lara-Croft-Level ins Netz.

Sie saß praktisch die letzten drei Monate nur am Computer. Ergebnis sollte ich mir mal ansehen, vergesse es immer wieder, völlig gedanken- und taktlos.

*

Habe den Nachmittag verdaddelt, indem ich mein allererstes Holzschachbrett mit den Plastikfiguren vom Dach holte und vom Staub befreite. Weihnachten 1975 hab ichs bekommen, sicher das folgenschwerste Geschenk meines Lebens. Wieviel Zeit und Mühe ich auf Schach verwendet habe, mit nur ganz mittelmäßigem Talent. Aber wieviel Zeit ich sonst hätte zusätzlich absitzen müssen. Ich machte es mir auf dem Wohnzimmerteppich bequem und schob die Figuren ein wenig herum. Zu faul, um wenigstens Hintergrundmusik einzulegen, betrachtete ich die Staub- und Schmodderreste in den Falten der Damen, unter den Kreuzen der Könige, in den Mäulern der Springer, zwischen den Zinnen der Türme, gelbbraun verfärbt vom Nikotin Tausender Tage und Nächte. Manche Filzböden zeigten Rotweinflecken. Sowas dürfte man gar nicht säubern. Bei der Berührung kehren unzählige vergessene Stunden zurück. Viel Wehmut, keine Gemütlichkeit. Ich bin unfähig zu Genuß und Gemütlichkeit. Wie immer in den Monaten nach einem dicken Roman. Diesmal hab ich alles gegeben, geben müssen. Es war ein Rausch, der Rausch ist vorbei, viele Dinge werden sinnlos, beinahe alle. Man wird so durchgewunken, durchs Leben.

2. 3.

Ah – Fasching.

Nervt mich jedes Jahr wieder.

*

Immer das chinesische Relativitätsaxiom bedenken – ob du erfolgreich bist, ob du versagst, einer Milliarde Chinesen ist das scheißegal.

*

Seit Monaten einziges Thema: Der Krieg gegen Saddam. Jeder, wirklich jeder legt sein Dafür oder Dagegen dar. Da will ich mal nicht unterbrechen. Keine Lust. Am liebsten würde ich wie Kafka ins Tagebuch setzen: *Deutschland hat Rußland den Krieg erklärt. Nachmittag Schwimmschule. (2. 8. 1914)*

Positiv wäre festzustellen, daß es erfreulich ist, mit wie vielen diversen, für sich genommen klugen Argumentationsmustern man in der Quintessenz mal auf dieser wie auf jener Seite stehen kann. Zeugt von rhetorischer Begabung. An diabolischen Advokaten herrscht kein Mangel.

Übrigens: Wenn sich die deutschen Intellektuellen zu dieser Sache äußern, werden sie vom Feuilleton als geltungssüchtig beschimpft, wenn sie es nicht tun, als duckmäuserisch.

Das gilt für beinahe jedes Blatt. Die Feindschaft zwischen Journaille und Kultur zeigt sich immer unverstellter. Ein aus tiefstem Neid entfachter Hahnenkampf. Allerdings – wenn man sieht, wer alles sich zum Kulturschaffenden dieses Volkes ernennt, wird man selbst leicht zum Spötter.

Na gut. Für mich selbst. Damit ich mal weiß, wie ich damals dazu gedacht habe, bevor ich später alles besser wußte.

Jede Haltung könnte sich als richtig erweisen. Selbst Schröders gewissenlos kurzsichtiger Kurs könnte mal als Initialzündung einer europäischen Emanzipation in die Geschichte eingehen. Genauso wie der beschränkte Eiferer Bush von ihr dereinst als Mann der Tat beurteilt werden könnte. Auf die Nerven gehen mir alle, die ganz genau wissen, was zu tun ist. Ich weiß zu wenig, um mich zu positionieren. Mittelfristig könnte der Frieden größeres Unheil heraufbeschwören als ein kurzer, erfolgreicher Krieg. Fakt ist, der Krieg ist nicht mehr zu verhindern, ohne daß Saddam triumphieren würde. Und ich glaube, daß das irakische Volk sich in der Mehrheit Saddams Sturz wünscht. Weiterhin glaube ich, daß viele hierzulande den Frieden nur aus Angst vor Terroranschlägen herbeischreien wollen, nicht aus Mitleid mit irakischen Zivilisten. Daß etliche Prominente die Sache benutzen, um ihre Fressen in die Kameras zu halten.

Es ist nicht länger die Frage, ob dieser Krieg nötig ist, geschweige denn gerechtfertigt.

Die Frage ist, ob man ihn jetzt noch vermeiden kann, ohne unüberschaubare Risiken einzugehen. Sich da auf eine moralische Grundsatzposition zurückzuziehen, scheint mir mehr als gefährlich. Man kann ihn nicht vermeiden, er ist beschlossen. Man kann den Beschluß unterstützen oder nicht. Ist es klug, Amerikaner und Briten dazu zu zwingen, auf eigene Faust zu handeln? Auf Kosten der Vereinten Nationen? Soll man lieber kuschen? Den Rauchkessel des Völkerrechts schwenken? Alles unklar. Hat Saddam Massenvernichtungswaffen? Ich weiß es nicht. Das ist irrelevant. Ob Blix je irgendeine Waffe fände, die er nicht finden soll? Eher unwahrscheinlich.

Wieviel Tote in der Zivilbevölkerung wären zu dulden, könnte der Irak dadurch demokratisiert werden? Wenn er überhaupt zu demokratisieren ist. Wie hoch darf das Blutopfer sein?

Das alles ist sehr sehr schwer zu befragen, zu beantworten nie.

Zur Zeit wird manches diskutiert, was lange als indiskutabel galt. Z. B. ob man Folter in gewissen Fällen zulassen solle, wenn sie helfen könne, Menschenleben zu retten. Da ist meine Haltung klar und eindeutig: Niemals darf so etwas in der Rechtsprechung eine gesetzliche Grundlage erhalten. Es öffnete Tür und Tor zur stets phantasievolleren Auslegung einer wie sorgfältig auch immer formulierten Notstandsregelung.

Eine ganz andere Sache ist es, wenn sich ein Individuum mutwillig und bewußt auf eigene Verantwortung über das Gesetz hinwegsetzt, sich schuldig macht und womöglich Menschenleben dadurch rettet. Dann muß der Fall für sich betrachtet werden. Sofort griffe das Normative des Faktischen, dem sich niemand entziehen könnte. Nehmen wir doch nur mal folgendes Beispiel: Entführer halten ein Flugzeug besetzt. Dem einzigen festgenommenen Entführer kann durch Folter die Schwachstelle seiner Kumpane entlockt werden, die entführte Maschine würde ohne Verlust an Menschenleben befreit werden können. Glaubt jemand ernsthaft, daß man den verantwortlichen Vertreter des Gesetzes, der sich über das Gesetz erhoben hätte, anklagen würde? Lorbeerkränze würden ihm geflochten werden. Er hätte sich schuldig gemacht, aber das Verdienst würde die Schuld überwiegen.

Umgekehrt würde er sehr wohl bestraft, wenn sich das Vorgehen als nutzlos, überzogen oder unbegründet erwiese. Der Übergriff läge in seinem persönlichen Risiko, und ich mag Menschen, die Risiken auf sich nehmen. Einen gesetzlichen Freibrief dürfte man ihm dennoch niemals ausstellen. Die Ausnahmesituation ist eine Ausnahmesituation, weil zu ihr keinerlei Regularien, Direktiven, Schwimmhilfen, Stützräder vorliegen. Ausnahmesituationen fordern die Eigenverantwortung des Individuums. Man müßte mir jetzt entgegnen, daß, so definiert, jeder Dorfpolizist sich aufgefordert fühlen könnte, gottgleich Sheriff zu spielen, alles nach Gutdünken zur Ausnahmesituation zu erklären. Und ich wüßte nichts zu antworten als: Ja, das stimmt, im Grunde basiert jeder zweite Hollywood-Action-Film auf diesem Prinzip, und es täte mir leid, wenn ich mit dem, was ich gesagt habe, jemals mehr Unheil als Nutzen anrichten würde, aber der Mensch ist unberechenbar, und was immer ihm zur Verfügung steht, wird er entweder so für sich verwenden oder so. Zu schreiben heißt: sich in die Gefahr begeben, schuldig zu werden. Zu schweigen heißt dasselbe, nur ist es in der Wirkung schwerer nachzuweisen.

*

die eltern des opfers empfinden die reue des mörders als verhöhnung.
die eltern des opfers empfinden das schweigen des mörders als verhöhnung.
die eltern des opfers sind mit dem urteil nicht zufrieden.
die eltern des opfers können mit keinem urteil je zufrieden sein.
die eltern des opfers sind schwierige menschen.

es gibt kein wort für eltern, die ihr kind verloren haben, sie sind nicht witwen noch waisen.
immerhin gibt es ein fremdwort für eine frau, die noch kein kind geboren hat: *nullipara* – aber das klingt scheußlich nach paria und null.
ein wort für den zustand zwischen jungfrau und mutter fände ich sinnvoll, ohne überzeugende gründe vorlegen zu können.

3. 3., (Rosen-)Montag

Nach Zubereitung einer exquisiten Kartoffelsuppe erstes Mail-Interview zu UC für die Kulturnews.

Erste Frage: *Stimmen Sie zu, daß UC unter Ihren Büchern ein eher leicht zugängliches ist?*

Ich war sehr verdutzt und antwortete was von nein, im Gegenteil, sehr schwierig, sehr komplex, und dachte, oje, der hat bestimmt nur die ersten Kapitel gelesen. Aber die Frage ist gar nicht unklug gestellt. Leicht zugänglich ist das Buch ja schon. Erst wenn man drin ist, wirds nach und nach schwierig.

Von 1996 an habe ich an UC gearbeitet. Und erst im letzten Jahr dazu die Lust bekommen, so, als ob ich vorher nicht reif dazu gewesen wäre. 2000 wirre, unnütze Seiten voller Feinschraffuren und Beschreibungsprotz begannen plötzlich zu verblassen, bis auf die wenigen, die wirklich nötig waren. Die leuchteten. Schon sehr eigenartig. Die Arbeit bestand letztlich nur noch daraus, das verbliebene Material reinzuschreiben und in die rechte Ordnung zu bringen. Ich hatte keine einzige Sekunde das Gefühl, Aufwand zu betreiben.

Wie ich mich Mitte/Ende November gefühlt habe; so etwas ist wohl nur wenigen Autoren vergönnt. Die eigene Fertigstellung mitzuerleben, wie man in einem Zweibilliardenteilepuzzle das letzte an die richtige Stelle legt und endlich den Schampus aufmachen kann. Mir wurde die Ehre zuteil, ein Stück weit auf dem Sonnenwagen mitzufahren. Mir ist die Sonne widerfahren, wie Semele der Blitz des Zeus, nur daß ich ihn überlebt habe, was vielleicht auf Dauer gesehen kein Vorteil ist, für kurze Zeit aber unvergleichliches Glück gewährt.

*

Feuerwerksraketen in der VIP-Lounge des Olymps. Gläserklirren in der Chefetage des Kosmos. Die schwarzen Löcher speien Konfetti. UC ist ein Fest. Ständig erbleiche ich vor mir, bete mich an, opfere mir, kreische und tobe, küsse jedes Wort wie einen Gottesbeweis, fühle, wie das Universum unter jedem meiner Sätze etwas kleiner wird; ich bin der einzige Grund dafür, daß es sich dehnt und streckt, es will mir gewachsen sein und schafft es nie; es ist im Vergleich zu mir ein lebensarmes, ideenloses Etwas, das mich durch seine Quantität aufwiegen möchte. Ha. Und wenn es wieder 1000 neue Galaxien geboren hat, halte ich lakonisch nur irgendeine Seite von UC hoch, schon schrumpelt es zusammen, möchte sterben vor Scham, neben mir zu existieren, möchte vergehen vor Glück, mein Zeuge gewesen zu sein. Ich klopfe dem Universum dann auf die Schulter. Du wirst leben, ich muß sterben – da heult das Universum, weint bitterste Tränen, und sogar mir verflüssigt es die Augäpfel, bis nur noch salzige Pfützen in den Höhlen schwappen. Überall im Kosmos singen Engel meinen Namen, in die Stille hinein, die kommende grauenhafte Stille.

das unbedingt so stehen lassen!!!

5. 3., Aschermittwoch

Meldung aus der AZ, die der Welt des UC entstammen könnte:

Der Waldfriedhof vor wenigen Tagen: Um 13 Uhr wird Maria Fleischmann zu Grabe getragen. 89 Jahre alt, Nonne beim Orden der Barmherzigen Schwestern und seit fast 50 Jahren Krankenschwester.

Und um 14 Uhr? Da wird eine Maria Fleischmann gleich noch einmal beerdigt. Ebenfalls eine Barmherzige Schwester. Ebenfalls eine Krankenschwester. Ebenfalls 89 Jahre alt. Liegt da vielleicht ein Fehler vor?

Maria Fleischmann und Maria Fleischmann. Die Hauptakteure einer der ungewöhnlichsten Beerdigungen, die München je erlebt hat. Beide teilten den gleichen Namen, den gleichen Beruf, das gleiche Leben. Jetzt teilen Maria Fleischmann und Maria Fleischmann auch den gleichen Friedhof. Beide Fleischmanns starben nur mit ein paar Stunden Abstand im Februar in München, die eine im Waldsanatorium Planegg, die andre im Altenheim in Berg am Laim. Die eine wurde am 26. August 1913 in Theresienreuth geboren, die andere bereits einen Tag früher. In den Dreißiger Jahren traten beide in den Orden der Barmherzigen Schwestern ein, die eine bekam den Ordensnamen Schwester Martella, die andre wurde Schwester Ursinella getauft.

Und jetzt? Liegen beide gemeinsam auf dem gleichen Friedhof. Allerdings nicht nebeneinander. Ihre Gräber sind 15 Meter voneinander entfernt.

*

Max Goldt zum Beispiel ist ein großer Autor. Bei fünf Aussagen, die er macht, möchte man ihm dennoch anderthalbmal widersprechen, so, als dürfe sich seine Meinung in keinster Weise von der eigenen unterscheiden, damit der Glückszustand beim Lesen komplett ist. Aber er ist ein großer Autor, nicht obwohl, sondern weil er seine Schnurren und Eigenheiten hat. Zum Fürchten ist das, wie viele Leser vom Autor eigene Überzeugungen nur bekräftigt hören möchten, ihn quasi zum Erfüllungsgehilfen degradieren, der die eigene Meinung *gefälligst* (im wahrsten Wortsinn) formulieren, auf einen poetischen Punkt bringen soll.

In den letzten Monaten habe ich alle Goldt-Bücher gelesen, bestürzt, beschwipst, bekehrt. Bereichert.

*

Es ist ein Zeichen von Kleingeist, Jugend oder ventillosem Überdruß, zu glauben oder gar zu verkünden, man könne nach dem Autor XY nicht mehr so und so schreiben. Das hieße, den Autor XY als jemanden zu diffamieren, der das kulturelle Spektrum verengt hätte.

Aber große Autoren und Künstler verengen nichts, sie verbieten nichts, sie bereichern.

Die einfachste Definition von Kunst ist: Bereicherung der Welt. Erweiterung ihres Horizontes. Dazu kann gehören (muß aber nicht), den vorhandenen Spielraum an den Rändern auszubeulen, das Spielfeld zu erweitern, auch mit der vorhandenen Gefahr, sich in den Maschen dieses Randpionierdaseins zu verfangen.

Wie dem auch sei, das Spielfeld bleibt das Spielfeld. Geradezu schwachsinnig wäre die Forderung, man müsse nun, weil das Spielfeld schon von so vielen beackert worden ist, die Membran durchstoßen und im Nichts weiterarbeiten. Vom Nichts kommt aber nichts. Ein Autor, der den Namen verdient, schöpft aus der Tradition, lernt das Alte, sucht das Neue, und wenn er etwas Neues findet, läßt er es nicht zur Masche verkommen, sondern fügt es ein als neues Stückchen (mehr ist es ja nie) ins Arsenal der Möglichkeiten.

wenn ein sonst ernstzunehmender dichter sagt, man darf das und das nicht tun, um dies oder jenes zu erreichen, bedeutet das nichts anderes, als daß es ihm nicht möglich war, dies und jenes zu erreichen, ohne auf das und das zu verzichten. bei dichtern späterer baujahre kann sich genau das gegenteil als reizvoll und richtig erweisen – und wenn es sich nicht im ergebnis niederschlägt, so kann es zumindest als neue aufgabenstellung attraktiv gewesen sein.

6. 3., Krokustag

Diesen und jenen meiner Freunde verehre ich wirklich. Ganz ohne Neid und Mißgunst. Doch genau jene Freunde verliere ich regelmäßig durch vielleicht berechtigte, aber vorlaut geäußerte Sorge, wenn ich zum Beispiel durch die Blume sage (und die Blume mildert da überhaupt nichts): *Du könntest mehr aus dir machen, wenn das und das nicht wäre* – es ist lieb gemeint, wird aber oft als Vorwurf und Beleidigung empfunden, nicht als Versuch, einer Person zur Optimierung zu verhelfen. Es stimmt, man müßte diesen Freunden zugestehen, sich selbst so und so erschaffen zu haben, weswegen man sie auch genauso nehmen müßte, wie sie sind.

Das kann ich eben nicht. Ich sage jedem, der mir am Herzen liegt, was mir meiner Ansicht nach an ihm verbesserungsfähig erscheint. Meistens habe ich damit recht, sonst wäre es für diese

Freunde ja ein leichtes, gnädig darüber hinwegzusehen. Mich zu ertragen fällt schwer, weil ich nie das Maul halten kann. Die Motivation, die dahintersteht, ist offenbar nachrangig. Vielleicht bin ich nur ein ekelhafter Besserwisser und Missionar, aber wo immer ich ungenutztes Potential entdecke, da kann ich nicht anders, ich muß es zur Sprache bringen. Wär ich zynisch gewesen, ich hätte viele Freunde behalten. Beunruhigender Satz.

7. 3.

Es gibt eine Anekdote aus dem letzten Jahr, die mich unter anderem angeregt hat, Goldt zu lesen. Wie hieß der Typ? Ralph? Weiß nicht mehr, sein Mädchen hieß jedenfalls Jaqueline. Jaqueline gilt als eine der begabtesten Ohrlochstecherinnen von Darmstadt-Zentrum. So der Eindruck, den ich nach einem kurzen Gespräch mit ihrem Freund gewinnen mußte. Er stellte sich als Leser meiner Bücher vor, »besonders der frühen«, die er auch zum Signieren mitgebracht hatte.

Während er mir beim Signieren penibel genau zusah, zeigte er ebenso penibel stolz auf die neben ihm hochrot lächelnde Jaqueline, offenbar Nichtleserin meiner Bücher, aber immerhin Zeugin meiner Lesung. »Das ist Jaqueline. Schreibst du noch rein: Für Jaqueline? Sie ist eine hochbegabte Ohrlochstecherin. Ich dachte, das könntest du verwenden.«

»Ich trage keine Ohrringe«.

»So mein ich das auch nicht. Aber Ohrlochstecherin, hochbegabt – das hat doch was, oder?«

»Hmmhm«, sagte ich.

»Also Max Goldt würde daraus was machen«, sagte er. »Max Goldt ist mein anderer Held. Nicht so spannend und einlullend wie du, aber klarer. Näher am Leben. Und lustiger. Viel lustiger.

Mit Feingefühl. Früher hast du dich ja auch noch mehr um so Wortwitze bemüht, aber inzwischen denkst du ja nur noch nach, ob man auch alles in jede Sprache übersetzen kann. Stimmts?«

»Stimmt«, sagte ich. Jaqueline lächelte bemüht.

»Wenn du Max Goldt triffst, der ist ja jetzt auch bei Rowohlt, sag ihm doch einen schönen Gruß von Ralph und erwähn das mit der Ohrlochstecherin, das kann Max sicher noch irgendwie ausbauen.«

Da ich bei Rowohlt bin und meinen Kollegen Goldt Mittag für Mittag in der Rowohlt-Kantine treffe, gab es keinen Grund, Ralph zu enttäuschen. Ich würde mich gleich nächsten Montag darum kümmern. Er holte weitere Bücher aus seinem Rucksack. Ich fragte mich zum ersten Mal ernsthaft, ob ich nicht in meinem kurzen Leben ein paar Bücher zuviel geschrieben hatte.

»Schreibst du rein: *Für Jaqueline und Ralph? In Freundschaft Euer?*«

Schrieb ich.

In Köln hatte mich mal ein Teeniemädel gebeten: IN LIEBE DEIN zu schreiben. Gott, warum nicht? Ich hätte mir von ihr durchaus diese oder jene Gefälligkeit gefallen lassen, also warum umgekehrt kleinlich sein?

»Jaqueline hat noch nichts von dir gelesen, aber das wird sie noch machen.« Jaqueline nickte. Er überlegte, was er mir über seine Freundin Lobendes sagen konnte, ohne anzüglich zu wirken. »Natürlich sticht sie nicht immer Ohrlöcher, sie sticht auch Nasenlöcher, also sie sticht Löcher in die Nase, nicht ins Nasenloch, klar?«

Mir war durchaus klar, was er meinte. Ich gab ihm die signierten Bücher.

»Piercing im engeren Sinn macht sie aber eigentlich nicht. Sag mal, warum machst du in die Bücher immer nur dein Kürzel rein?«

»Kürzel? Nein, das ist meine Unterschrift.«

»Kann doch niemand entziffern.«

»Das ist bei Unterschriften manchmal der Fall.«

»Naja, aber deine Unterschriften hier sehen immer ein wenig unterschiedlich aus.«

Er legte mit aufgeklapptem Zeigefinger ein paar der aufgeklappten Bücher vor mich hin und verglich. Zeigefingrig und schnutenziehend.

»Das passiert«, so meine Entschuldigung, »weil ich auch nach einer Lesung noch aufgeregt bin, zweitens Schwierigkeiten mit der Motorik bekomme, wenn ich viele Unterschriften hintereinander abliefern muß.«

»Echt? Wahrscheinlich denkst du, die Leute finden das süß, aber es wirkt nicht besonders professionell.«

»Ich denke gar nicht drüber nach, wie die Leute das finden.«

»Ja, das mein ich. Stell dir mal vor, ich zeige jetzt diese Bücher meinen Freunden. Die sagen doch: *Hmmm.* Verstehste?«

»Nein?«

»Die halten mich für einen Fälscher, oder sie sagen, was isn das fürn Typ, der nichtmal seinen Namen immer gleich schreiben kann? Macht keinen guten Eindruck.«

»Schau Ralph, ich werde üben, in Ordnung? Hinter dir stehen noch ein paar Leute.«

»Hast du vielleicht ne Mailadresse?«

»Was ist das?«

»Solltest du haben. Du hast nichtmal ne Homepage mit Gästebuch. Unprofessionell. Max Goldt hat eine. Geh da mal drauf. Die ist toll gemacht.«

»Okay.«

»Und wenn du doch mal n Ohrloch gestochen brauchst: Jaqueline macht das super.«

Ich war kurz davor, aus tiefster Vergangenheit ein paar schlechte Lochstecher-Witze hervorzukramen, doch in diesem Moment beugte sich Jaqueline zu mir herab, eine kaum zwanzigjährige brünette Stupsnasenunschuld. Sie sah mir zum ersten Mal direkt ins Gesicht, flüsterte, sanft, in Milch und Honig gebettet, mit einer leicht lispelnden Engelszunge: »Ralph liebt Ihre Bücher nämlich sehr. Er redet ganz oft von Ihnen.« Sie hakte sich ein bei Ralph und zog ihn und seinen Rucksack langsam vom Signierpult fort. Ich sah den beiden lange nach, ehrlich bewegt. Ehrlich.

»Schreiben Sie bitte: *Für Julia?*«

Ich schrieb: IN TIEF EMPFUNDENER LIEBE. JULIA, ICH DANKE DIR. FÜR ALLES.

Der Skandal danach war gar nicht so groß, wie in der ersten Fassung dieser Geschichte erschwindelt. Julia wurde einfach nur rot, grinste und ging.

Max Goldt schrieb mir später, daß er gar keine eigene Homepage hat – und das stimmt, sie wird von einem Fan betrieben. Das wenn ich gewußt hätte! Ich hätt es diesem Ralph gesagt. Ach was, gesagt! Ins Gesicht geschleudert!

*

Alles ist lächerlich, nur der Tod nicht.

Angeblich von Thomas Bernhard (heißt es gerade bei *Danke, Anke!*).

Den Satz kannte ich nicht, mein Satz:

Alles ist lächerlich, nur der Moment nicht. (Vision-Callas-Gedicht.)

Bezog sich nicht auf Thomas Bernhard, aber er stellt unsere diversen Standpunkte so exemplarisch aus, daß mir ganz wohl wird. Ein jeder pflege seine eigenen kleinen Nicht-Lächerlichkeiten. Aus einem schönen Satz ist ein Gegen-Satz geworden. Gut.

Das Schiller-Archiv in Marbach bittet um einen kurzen Text über meine Eindrücke vom Archiv, fürs April-Magazin. Salär: 33 Euro und drei Gratisexemplare.

Im Streichelzoo der Superhelden.

Am Morgen nach meiner Lesung aus der *Schmerznovelle* zeigte mir der Leiter des Archivs in Marbach im weiträumigen Untergeschoß dieses und jenes, unendlich vieles, darunter in einem Nachlaß auch Briefe von meiner eigenen Hand, die ich vor etlichen Jahren einem inzwischen toten Helden geschrieben hatte. Peinlicher Moment, etwas derart Intimes wiederzusehen, ausweglos für die Öffentlichkeit dokumentiert. Ich bekam laszive Photos von Speedy Schlichter, der Frau meines Lieblingsmalers, zu sehen, bekam Einblick in verworfene Drehbuchentwürfe berühmter Autoren, mir wurde sogar der Genuß einer Lebendgipsmaske von Durs Grünbein zuteil. Am Ende des Rundgangs führte der Archivleiter mich zum Heiligsten, öffnete den Stahlschrank, gab mir zwei Hölderlin-Gedichte auf die Finger. Dünnes Papier, kaum verblaßte Tinte, ich hätte die Blätter zerknüllen oder aufessen können. Nicht, daß ich ernsthaft darüber nachdachte, aber die reine Möglichkeit dessen schockierte und faszinierte mich mehr, als Zeilen dieses Dichters zu berühren, der zu den mir Wichtigsten gehört. Obwohl selbst Autographensammler, halte ich Papier, selbst solches, das die Größten benutzten, nicht für arg viel mehr als benutztes Papier, sakrosankte Gedanken sind mir in bezug auf Materie fremd. Autographen sind innige Anhaltspunkte, haptische Eselsbrücken in der gedanklichen Beschäftigung mit dem Idol, mehr nicht.

Aber diese engen, kleingeschriebenen Zeilen einer fast weiblichen Handschrift zu lesen, in ihrer ersten Inszenierung sozusagen, schuf zwischen ihnen und mir einen mehr als vierdimensionalen Raum, eine Kapsel aus sonderbarem Licht der Empfindung, etwas

Mythisches wurde ganz menschlich, wahrhaftig und erschütternd. Da ging etwas hin und her, ich glaubte eine Kraft zu spüren, die sich seit Jahrhunderten wie ein Schutzfilm über die Blätter gelegt hatte. Ich kann nicht ausschließen, daß irgendwann jemand eine ähnliche Gelegenheit benutzen wird, sich Hölderlins Gedichte in den Mund zu stopfen und sich dabei vielleicht sogar mächtig aufbegehrend vorzukommen. Ich hatte viel Spaß bei der Überlegung, was mit den Blättern geschähe, könnte man sie dem Maul des überwältigten Irren entreißen. Würde man die verspeichelten, zerkauten, unlesbar gewordenen Klumpen dem Mülleimer übergeben oder in irgendeiner Art weiterhin konservieren? Und wie würde bürokratische Terminologie einen solchen Vorgang benennen? Egal, was geschähe, in diesem Moment hörte ich Hölderlin lachen. Hölderlin hatte in den Ohren meiner Phantasie nie vorher gelacht. Geweint ja, geschrien ja, aber gelacht? Nein. Und es war das hellste, melodiöseste Lachen, das ich aus der Kehle eines Mannes je gehört habe. Manchmal, wenn ich schreibe und ein wenig getrunken habe, kommt es wieder, dieses elegische Lachen, aus einer dunklen Ecke meiner Seele kommt es, öffnet eine Zeitschneise in den Raum, macht mich privilegiert und glücklich.

Der Archivleiter bot mir übrigens noch Handgeschriebenes von Goethe und Schiller an. Das von Schiller betatschte ich respektvoll, aber kurz, jenes von Goethe ging ungestreichelt zurück in die Samtbox.

Und Hölderlin lachte erneut, seither sind wir auf Du.

*

apropos: heute bei *wer wird millionär* die 16.000-euro-frage ans publikum:

wer erschoß sich und seine freundin henriette vogel am 21. 11. 1811?: a. kleist. b. goethe c. schiller d. lessing.

goethe bekam 20 %. alle vier übersprangen die 5 %-hürde. kleist lag bei 46 %. kleist bekam keine absolute mehrheit mehr.

*

kaum was ist so lächerlich wie der tod.

8. 3.

Die bigotte Schere sorgt für ein unerträgliches Klima.

Ganz bewußt erschaffen die Medien eine Puppenstuben-Atmosphäre auf dem Stand der Moral von 1955. Warum? In einer Gesellschaft sexueller Libertinage (und diese haben wir ja insgeheim, in der nicht-öffentlichen Abteilung) gäbs keine Skandale mehr, mit denen die Blätter täglich gefüllt werden müssen, um den Voyeurismus zu bedienen.

Journalistische Ethik dagegen geht völlig vor die Hunde. (»Hier sehen Sie die Wohnung des Partyluders, die Türklingel dürfen wir Ihnen aber nicht zeigen ...«) Über Werte wird nur noch gelacht. *Regeln sind für Schwache*, hieß der Werbespruch von *Anatomie 2*.

Inzwischen versuchen viele Leute buchstäblich alles, um Erfolg zu haben, mit irgendwas, auch ohne jedes Talent. Man hat ihnen eingeredet, daß in dieser Gesellschaft nur etwas ist, wer Erfolg hat. Und das stimmt ja – in *dieser* Gesellschaft. Auf die man sich zum Glück nicht einlassen muß. Aber dazu muß man stark sein.

Andererseits wird den Leuten suggeriert, daß man selbst ohne Talent zum Erfolg kommen kann, indem man einfach nur frech, originell, spektakulär, eigenartig sein muß. Das reicht tatsächlich für einen kurzen Erfolg, der danach mit einem Leben in Unzufriedenheit bezahlt wird. Das ist eine Gesellschaft, die den Menschen verhöhnt und betrügt, benutzt und mißbraucht, unter Druck setzt, verachtet. Für ein paar wenige, die im Scheinwerferlicht und im Geldtopf schwimmen, leben Millionen mit dem Trauma, ein Leben dritter Klasse zu führen. Die Jugendlichen auf den Schulhöfen bewaffnen sich zunehmend. Neurotische, verhaltensgestörte Generationen wachsen heran, üben für den Kampf ums Geld. Ich habe mich lang geweigert, diese Entwicklungen als alarmierend zu empfinden, habe befürchtet, zu übertreiben, alt zu klingen, defätistisch. Nun geht das nicht mehr.

Wie könnten Lösungen aussehen? Reanimierungen starrer Wertsysteme? Autorität in der Erziehung? Bildungszwänge? Freiwillige Selbstbeschränkung der Animationsgesellschaft? Alles aussichtslos. Eine Gegenbewegung ist dennoch mehr als wahrscheinlich. Nur eben nicht vorstellbar. Wenn sie kommt, wird sie, in egal welcher Form, überraschen.

Ohne Repressionen in der Kindheit empfindet man erlangte Freiheit nicht als Ekstase.

Es stimmt, ich finde die Jugend zu verzärtelt, gehengelassen, im schlimmsten Wortsinn unbekümmert. Ich glaube, daß Kinder Härte vertragen. Und Härte ist die beste Vorbereitung auf das Leben. Der Punkt ist, daß sie die Härte als gerecht empfinden müssen. Kinder haben bewußt wie unterbewußt Verständnis für eine gerechte Bestrafung. Nur Ungerechtigkeit traumatisiert. Ich habe alle Prügel vergessen, die ich bekam. Nur an die, die ich für nichts bekam, erinnere ich mich noch. Ich finde es in Ordnung, wenn Kinder mit dem Erreichen der Volljährigkeit im Haß von ihren Eltern scheiden, solange danach irgendwann eine Versöhnung folgen kann.

Übel: Charlie Chaplin, der neben seiner genialen Kunst zehn Kinder in die Welt gesetzt hat, wird in einem Fernsehbeitrag dafür verurteilt, daß er für diese zehn Kinder zu wenig Zeit erübrigt, mit ihnen nicht oft genug gealbert hat, zu Hause streng gewesen ist etc. Sowas will ich einfach nicht mehr hören. Kinder sind Scheiße für die Kunst. Sollen still sein und nicht mucksen, sollen dankbar dafür sein, daß sie neben der Kunst, egal wie, ihren Weg in diese Welt gefunden haben, und im Falle der Vaterschaft Charlie Chaplins und seiner Schweizer Villa sicher nicht den unangenehmsten. Welch dreistfeiste Mütterkultur hinter solchen Fernsehbeiträgen steht, ohne jeden Sinn fürs Wesentliche, da werde ich brutal.

*

Abends, nach den Osbournes, im BR: *Henker – der Tod hat ein Gesicht.*

Die beeindruckendste Interviewantwort, die ich je gehört habe, entstammt diesem Dokumentarfilm.

Paul Sakowski, Häftling und unfreiwilliger Henker im KZ Sachsenhausen, der von den Sowjets zu lebenslang Sibirien verurteilt wurde, 1970 freikam, nie mehr recht Fuß faßte im bürgerlichen Leben, anwortet im Altersheim auf die Frage:

«Was würden Sie anders machen, wenn Sie Ihr Leben noch einmal leben könnten?«

»Nicht leben.«

*

Der blödeste Vorwurf, den man einem Schriftsteller machen kann, ist der, zu behaupten, er sei saturiert und habe nichts mehr zu sagen. Das wäre ja das Ideal jedes Schriftstellers von Rang: Endlich saturiert sein und nichts mehr sagen zu müssen. Das Nirwana.

Dabei bin ich saturiert höchstens vom Standpunkt des zukunftlosen Penners, der ich einst gewesen bin. Inzwischen habe ich es immerhin zu einer flirrenden Vergangenheit gebracht, und zu sagen ist noch einiges, weniger als früher, zugegeben, das Übriggebliebene aber fundierter, auf der Basis echter Erfahrungswerte, und ohne den poetösen Schnickschnack, mit dem man zu Beginn der Karriere die gefangenen Wörter verziert hat.

Hätte man heute nicht weniger zu sagen, hätte man vorher nur Unsinn verbreitet.

9. 3., Sonntag,
Kastanienwegwerftag

Gestern legte ich, nach Jahren erstmals wieder, eine Platte auf. Der Vorgang kam mir so archaisch vor. Die Plattennadel auf die staubige Platte zu senken, auf daß es knackt und rauscht, das war, als würde mir jemand ein Messer gegeben haben, ich möge doch bitte eine Operation am offenen Herzen durchführen. Soviel taktile Verantwortung in einem technischen Prozeß zu besitzen – skandalös.

11. 3.

Heute ist mal wieder die älteste Frau der Welt gestorben. In Brasilien. Ich meine, es stirbt sehr oft die älteste Frau der Welt, aber heute war sie 124 Jahre alt. Geboren 1878.

Sie hätte noch bei Richard Wagner Klavierunterricht nehmen können.

12. 3.

Der Reichtum eines Teils des Personals in UC enthält sicher eine Persiflage auf die Jet-Set-Romane der Sechziger und Siebziger Jahre, à la Harold Robbins, auf dessen Sexszenen man als Zwölfjähriger gerne onaniert hat. Persiflage ist vielleicht zuviel. Eine Überzeichnung. Ein Augenzwinkern, das über allen Szenen hängt, ein grundironischer Ton. Ich würde gerne mal lesen, daß ich ein sehr ironiefähiger Autor bin. Ich glaube, die Rezeption meiner Bücher birgt so oft Mißverständnisse, weil anscheinend kaum wer kapiert, wann etwas ironisch ist, wann nicht. *Thanatos* zum Beispiel ist ein durch und durch ironisches Buch, so etwa wie Kafkas *Prozeß*.

Apropos *Prozeß*. Darüber neulich Debatte mit Su. Sie meinte, der erste Satz vom *Prozeß* sei schon sehr genial.

Jemand mußte Josef K. verleumdet haben, denn ohne daß er etwas Böses getan hätte, wurde er eines Morgens verhaftet.

Man mag es mir boshaft auslegen, bitte sehr. Das ist nicht schlecht, aber genial?

Jemand – muß es eine Person in corpore gewesen sein? Reichten nicht Atmosphären, Zeitumstände, ideologische Verdachtsmomente, sogar simple Verwechslungen hin?

denn ohne daß er etwas Böses getan hätte, wurde er eines Morgens verhaftet.

Das würde man heute nicht mehr so schreiben. Damit ist alles Folgende bereits als tragisch gestempelt, eingleisig, genaugenommen kann man sich den Rest auch sparen. Man würde sich heute zugunsten der erzählerischen Komplexität Optionen offenhalten.

denn ohne daß er bewußt etwas Böses getan hätte. Zum Beispiel.

Eine Figur, die nie etwas Böses getan hat, wäre auch zu eindimensional. Jeder tut Böses, wenigstens im kleinen. Soll doch ein Roman draus werden, kein Märchen.

auch: *eines Morgens* ist nicht so toll, ist auch unwichtig, zu ungefähr, plastischer wäre: *vom Frühstückstisch weg*, sozusagen eine Umschreibung des heiteren Himmels, in den der Hammer einschlägt.

Hm. *Vom Frühstückstisch weg* ist wohl zu flapsig.

Egal, jedenfalls, die Legende vom ersten Satz, der sitzen muß, ist Quatsch. Wenn danach nichts kommt, nützt kein noch so schöner erster Satz etwas. Und wenn ein Text etwas taugt, verzeiht man auch einem mäßigen Erstsatz.

Josef K. glaubte an eine Verleumdung, denn ohne bewußt Böses getan zu haben, wurde er an seiner Haustür verhaftet.

In meinen Ohren klingt das besser. Aber es ist, zugegeben, nur in meinen Ohren besser, nicht in allen. Der Charakter und die Weltanschauung des Autors spiegelt sich in der Grammatik wider. Josef ist in Kafkas Fassung so passiv wie ein Lamm.

Es geht nicht darum, den heiligen Franz zu verbessern.

Aber mal grundsätzlich: wenn heutzutage nicht besser geschrieben werden könnte als zu Kafkas Zeiten, hätte kein Fortschritt stattgefunden. Unsereins stehen so viel mehr Techniken zur Verfügung. Bleibt noch die Frage der Geschmäcker und Temperaturen. Einige Autoren würden nach ›Verleumdung‹ einen Punkt machen und auf das ›denn‹ verzichten. Das hätte etwas mehr Drive, wiese aber eher in Richtung Kriminalroman. Genug, jetzt Chianti.

13. 3.

Mit der Normalpost trifft Heiners Buch ein. Macht mich sehr wehmütig. Er ist noch kein Jahr tot, aber schon so weit weg. Das Buch heißt *Frl. Ursula* – weil Heiners Wunschtitel *Damen und Herren* nicht mehr frei gewesen ist. Noch ein guter Autor, der jetzt bei Rowohlt ist, sogar die toten stoßen zu uns.

Heiner empfahl ich Johanniskraut gegen seine Depressionen. Er nahm eine Tablette und sagte, sie habe ihm nichts gebracht. Er müsse das, antwortete ich, über Wochen nehmen, bis es wirkt. Aber ihm widerstrebte grundsätzlich, etwas einzunehmen, von dem man nicht sofort spürbar satt oder besoffen wird. Dann hat er sich die

Harley gekauft. Viel teurer als Johanniskraut. Und er hat einen tollen Roman geschrieben. Das auch.

Hätte er noch die Mail gelesen, die ich zum Zeitpunkt seines Todes an ihn geschrieben habe, mir wäre es leichter ums Herz. Nicht, daß es ihm soviel bedeutet hätte, aber ein wenig doch.

Und ich sage ja auch: *Mir* wäre es leichter ums Herz. Denn meine Mail kam einfach zu spät. Der Tod ist nur ein Problem für diejenigen, die man zurückläßt.

Heiners Unfall hat sich übrigens anders zugetragen, als ichs im letzten Tagebuch geschrieben habe, damals wußte ichs nicht besser.

Er kam von der Spur ab, als er am Tank seines Motorrads rumfummelte, stieß mit einem Golf Cabrio zusammen, rammte sich das eigene Lenkrad in den Bauch, verblutete. Nix mit Lastwagen. Und seine Eltern, die kurz nach ihm das Olchinger Bierzelt verlassen hatten, standen im Stau, den Heiners Unfall verursacht hat, sahen in der Ferne den Rettungshubschrauber kommen, landen und davonfliegen, dachten sich nichts Böses dabei.

Auf seinem Begräbnis sah ich einen Kranz mit dem Schleifentext: *Von Mori-Mori für den tollsten Hecht von Pasing.*

*

Wirkliche Veränderungen in Richtung sozialer Gerechtigkeit wird es global nur als generöse Geste von oben geben, höchstens in Bananenrepubliken durch Gewalt von unten, selbst dann nicht dauerhaft. Das Kapital ist viel zu mächtig, das Proletariat im Zweifelsfall zu korrupt, das Bürgertum zu sicherheitsbedürftig.

Andererseits muß man dem Kapital durchaus Interesse daran unterstellen, irgendwann auch in Eritrea Einkaufszentren zu eröffnen. Überspitzt gesagt. Wer Geld hat, will immer noch mehr, kann sich jedoch so etwas wie Moral leisten. Moral ist ein Luxusgut. Die Konzerne sind keine Aliens mit Ameisenstaatsstruktur, ihre Chefetagen bestehen aus Individuen, die nicht unbedingt altimperialistischen Klischees entsprechen müssen. Hinzu kommt die technische Entwicklung. Die ganze Welt wird zum Supermarkt werden. Warum denn auch nicht, wenn Energie praktisch umsonst zu haben sein wird? Wenn alte Ressourcen auszubeuten überhaupt keinen Sinn mehr ergibt.

14. 3.

Blättern in einem Gedichtband. Mit der Angst, vormals Verehrtes könne eingebüßt haben. Hat es aber nicht.

Heutzutage benutzen einige Idioten die denunziant gemeinte Feststellung, dieser und jener schreibe, als halte er Charles Bukowski immer noch für einen großen Lyriker, um sich im Unterschied zu diesem und jenem als Träger höherer Weihen darzustellen. Ich halte Bukowski, übrigens neben Rilke, Jandl, Morgenstern, Gernhardt und Brecht, für einen der kunstvollsten, zärtlichsten, ausdrucksstärksten Lyriker des 20.Jahrhunderts, der neben unzähligen großartigen Gedichten auch einen der allerbesten Romane überhaupt, *Ham on Rye*, geschrieben hat.

Disqualifiziert mich das im Urteil eines Idioten? Vermutlich – und warum sollte mich das stören? In der Lyrik gibt es noch etliche Schlachten zu schlagen. Sehen wir mal Deutschland an:

Reichlich überschätzt: *(Hier hundert berühmte Namen einsetzen.)*
Unerträglich: *(Der Rest.)*

Lyrik kommt nicht an beim Publikum, weil sie zu 98 % so schlecht ist, also ist alles völlig in Ordnung und die Diagnose erschreckend simpel bzw. einfach erschreckend.

*

Zur Zeit gibt es etliche Talente, die ihre Gedichte mit krassen Zeilenbrüchen, gesuchten Reimen, prätentiösen Neologismen, sinnlosen sprachlichen Devianzen beladen und entstellen, dazu überstülpen sie gern eine hübsche Idee mit einem hermetischen Kondom, aus Angst vor Verständlichkeit, die sie dummen Rezensenten zuvorkommend als Symptom der Trivialität mißinterpretieren. Denen möchte man zurufen: Kein Schwein interessiert sich für sowas, beziehungsweise: Nur Schweine interessieren sich für sowas. Habt den Mut, für Menschen zu schreiben!

Die Angst vor der Verständlichkeit ist oft genug verständlich. Zu häufig würde man zu erkennen geben, daß sich da sehr wenig Substanz formal aufgebretzelt hat. Nuttig ist das. Popeln im Arsch der Sprache. Sätze aufs Skelett abnagen, Knochen falsch zusammenleimen, kein Fleisch darauf, nur Scheiße, hingehn dann, sich schamlos brüsten mit dem Voodookram – eklig.

15. 3.

UC ist ein achtdimensionierter Raum, mit mehreren zusammengesperrten Handlungsvarianten, die sich langsam vermischen. Mehrere auktoriale Erzähler, aber auf abgestuft hierarchischen Meta-Ebenen. Unklar, welches Glied der Befehlskette sozusagen die Wahrheit vertritt. Und eine Wahrheit wäre zu wenig für die Logik dieses Textes.

Zum Schluß werden sogar die Akteure gegeneinander ausgetauscht, denn sie sind als Schatten des jeweiligen Kontrahenten angelegt.

Ausgehend von diversen Knotenpunkten haben sich mehrere Realitäten entwickelt – je nachdem z. B. ob Arndt Ala einen Abschiedsbrief geschrieben hat oder umgekehrt.

Sibylle hält sich für eine Verbrecherin. Tatsächlich hat sie die Tat aber nur in ihrer eigenen kleinen Welt begangen. Die anderen sind nicht automatisch freigesprochen. Und all das ergibt, wenn man sich lang genug damit beschäftigt, eine stringente neue Hyperlogik, eine Ahnung von einem neuen Weltbild. Zum Schluß sind alle Toten lebendig und alle Lebenden tot.

Das ist ein Text, der alles verspricht, alles abverlangt – und mehr noch bereithält für den, der sich auf die Reise macht, sich dem UC ausliefert. Es war das größte Wagnis meiner Karriere, und ich hab es, wenn auch mit Glück, geschafft. Ich kann das sagen, ich bin, wenigstens im Moment, der einzige, der das beurteilen kann.

16. 3.

Man muß vergeben können
heißt ja nicht:
man muß vergeben.
Man könnte. Wie so oft, besteht
der Reiz im Potential,
nicht in der Aktion.
Mit Möglichkeiten läßt sich
spielen. Möglichkeiten, die
man vergibt, kehren nie wieder zurück.

Meist vergibt man nicht aus Edelmut und Größe, sondern aus Bequemlichkeit, aus Faulheit, die sich nicht länger herumquälen will mit einer Rache, zu der der nötige Mut, mit einem Haß, zu dem die nötige Inbrunst fehlt. Vergebung, wo sie kein strategisches Moment enthält, ist oft eine Nebenwirkung der Resignation, die nur Idioten mit Weisheit verwechseln.

Jemandem zu vergeben kommt immer gönnerisch daher und

bedeutet doch nur, den Feind seiner Würde, seiner Wertschätzung zu berauben, die letzte emotionale Bindung zu ihm zu lösen. Indem man nachgibt, nimmt man die Pose des Klügeren ein, verhöhnt den Gegner, zwingt ihm eine sentimentale Attitüde auf.

Weisheit ist die Klugheit der Toten. Sie gehört nicht, paßt auch nicht ins Leben. Lebendige Weise sind selbsterschaffene Untote, die am Spiel des Lebens nicht mehr teilnehmen und sich darauf sogar noch was einbilden. Solchen Menschen, die sich der Gnade beraubt haben, Fehler zu machen, sollte man keinerlei Gehör schenken, sie haben Erde und Menschen nicht begriffen. Taumeln als fleischloses Ärgernis über das Spielfeld einer komplexen Komödie der Irrungen.

17. 3.

Irak-Krieg kommt ins Rollen. Wohlgemerkt: Es würde genügen, wenn Saddam ins Exil ginge, kein Tropfen Blut müßte fließen, nicht einmal seines. Wie muß ein Mensch beschaffen sein, der dem eigenen Volk ein solches Opfer nicht erspart. Im Wissen, daß er militärisch ohne Chance ist.

19. 3., Totenmittwoch

An manchen Tagen hat man ein besonders Verhältnis zum Tod, er kündigt sich an, man weiß, daß er einem näher sein wird als sonst. Zum Beispiel letzten September, als Bea und ich in Ahrenshoop an der Ostsee waren. Ich wachte morgens auf, schwermütig, und wußte, daß es ein gefährlicher Tag werden würde, hatte geträumt, daß der Tod an die Tür klopft.

»Sollten wir dann nicht zu Hause bleiben?« fragte Bea, und ich meinte, nein, man könne nirgendwohin fliehen. Was so ganz aber nicht zu stimmen scheint.

Wir sahen uns an diesem Tag Wismar an, ein Schmuckstück, liefen zwei Stunden in der Altstadt herum, wollten dann wieder zurück. Plötzlich war da erneut dieses eigenartige Gefühl, und ich sagte, obwohl ich ganz fußwund war: »Laß uns noch ne Runde drehen.«

Wir drehten noch eine Runde, erst danach fuhren wir auf die A19 und gerieten vor Rostock-Südstadt in einen Stau. Die A19 war gesperrt. Ein sechsundsiebzigjähriger Mercedesfahrer war in ein Stauende, genauer: in einen stillstehenden KIA gerast; der Mercedesfahrer und vier junge Frauen kamen dabei ums Leben. Das erfuhren wir am Abend aus den Nachrichten. Ein würdeloses Ende. Bea stellt sich aus diesem Grund bei einem plötzlichen Stau immer ganz rechts in die Reihe und behält den Rückspiegel im Auge. Vielleicht erhöht das die Chancen. Egal.

Wir stehen also da vor Rostock-Südstadt im Stau – und hätten wir in Wismar nicht noch eine Runde gedreht, ich bin mir sicher, es hätte uns erwischt. Man kann es nicht wissen, aber ich weiß es einfach. Zwischen den beiden auseinanderrückenden Staureihen hindurch rollen die Wagen von *Abschlepp-Harry* zum Unfallort vor.

Dann – sehr bedrückender Anblick, alle drehen die Musik leiser – der Leichenwagen der Firma *Diskret*. Er bleibt genau zwischen uns und einem Lastwagen stecken. Der grau uniformierte Fahrer steigt aus und klopft beim Lastwagenfahrer an die Tür. Fragt ihn, ob er ihm den Weg auf die Standspur freimachen könne. *»Da vorn wartet massig Kundschaft auf mich!«*

Ebenso der Tag im letzten Juli mit Su, als ich morgens ähnlich trübsinnig gewesen war. Wir unternahmen eine Radtour, fuhren am Südstern-Friedhof genau in der Minute vorbei, als drinnen eine

Frau erstochen wurde, von einem Irren, ohne jedes erkennbare Motiv. Wir radelten am Friedhof vorbei, zum sehr sehenswerten Flughafen Tempelhof, von dort auf den Platz der Luftbrücke, an einem Hochhaus entlang Richtung Mehring-Damm. Liegt was auf dem Gehsteig. Ich fahre fast drüber. Ein Selbstmörder hat sich aus dem neunten Stock gestürzt, keine fünf Minuten zuvor. Hätte ich am Flughafen nicht kurz mit Bea telefoniert, wär der Kerl auf mich draufgeflogen oder zumindest direkt neben mir auf den Beton geklatscht, kaum weniger appetitlich. Sein Kopf war vom Aufprall wie eine Melone geplatzt, zeigte quer übers Schädeldach einen breit klaffenden Spalt, nur wars darin nicht weiß oder rot, sondern ganz dunkel, als wäre er zwischen den Ohren hohl gewesen. Wären Spinnen aus dem Spalt gekrochen, es hätte mich auch nicht weiter gewundert.

20. 3., Donnerstag
Hölderlins Geburtstag

Um 3.30 die ersten »Enthauptungs«-Bomben auf Bagdad. Saddam sollte gezielt ausgelöscht werden, das ist mißlungen. In Berlin demonstrieren 50 000 Schüler gegen den Krieg. Alle wissen, was gut ist, sogar schon die Fünfzehnjährigen. Letztes Jahr hat sich diese geisteskranke Sechzehnjährige an einen Castor-Transport gekettet und wurde dafür als Heldin gefeiert, weil ja sowas von engagiert und so. Sechzehnjährige gehören auf die Schulbank. Die haben sich nirgendwo anzuketten. Die haben noch keine eigene Meinung zu haben, und wenn doch, dann sollen sie sie für sich behalten. Ich möchte von Meinungen Sechzehnjähriger nicht belästigt werden.

*

Zapping. In der Talkshow von Maybrit Illner aufgeschnappt:

Ein Exiliraker: *»Die Mehrheit des irakischen Volkes wünscht sich, von Saddam befreit zu werden.«*

Alice Schwarzer: *»Aber Ihre eigene Mutter ist doch in Bagdad, nicht wahr?«*

21. 3.

Mittags Fahrt nach Leipzig, an weiten Kiefern- und Birkenwäldern entlang und Äckern, die in der Sonne glänzen. Immer noch kalt.

Mit uns im Zug sitzt T. K., dem ich nun in keiner Weise begegnen möchte.

Von allen widerlichen Kontakten mit der Journaille war der mit ihm der widerlichste.

Ekliger Philister, vorne Schleim, hinten Galle, intrigant, böse, dumm, brutal. Trägt seine alberne Zettelkastenhalbbildung wie einen Schrein vor sich her. Kulturloser Angeber, leidenschaftlicher Adabei. Gewürm, das sich allen Ernstes für herrenmenschlich erhaben hält. Ein Kretin. Ohne Stil und Geschmack und Humor. Jede Eiterbeule ist sympathischer. Ich will so etwas einfach nicht mehr Guten Tag sagen müssen. Sehe weg, als das vorbeigeht und Blickkontakt sucht.

Später läuft das sogar hinter uns her und nimmt im selben Hotel Logis. Ich lasse mir ganz schnell den Zimmerschlüssel geben und drehe mich nicht um. Seine abstoßende Fresse schwebte mir bei der Zeichnung des Herrn Mucos aus UC vor. Nur geriet selbst Mucos mir reichhaltiger als Frankenstein dieser Homunkel.

*

Manche Leute haben einen geistigen Horizont vom Radius null. Diesen nennen sie Standpunkt.

*

Alles geht
seinen Gang
meinen ich.

22. 3.

Beim Frühstück glotzt mir Tilman Schleim hinterher. Ich fürchte jeden Moment, daß er fragt, ob er sich an unseren Tisch setzen darf. Halte ein trockenes »Nein!« bereit. Zum Glück läuft er lieber Judith H. hinterher und stößt ein anmutiges »Hach!« aus.

*

Auf der Messe Radek getroffen, dank ihm Daniel Kehlmann kennengelernt. Angenehm.

Auch Heike wiedergesehen. Das Kind hat Spuren hinterlassen. Wieso auch nicht? Kinder hinterlassen Spuren.

25. 3.

Dienstag. Er.Salz.Heim.Liebling.

Morgens, wenn eine sackschlappe Liderschwere unabgestützt über die Augäpfel schwappt, das Zungenknäuel sich in die hinterste Rachenhöhle zurückgezogen hat, vertrocknet, und dünnes Licht als biblische Strafe durch jede Jalousienritze quillt. Im Nacken hocken, dicht aneinander gedrängt, erwerbslose Saufzwerge und frieren. Ihr Zähneklappern am Ohr, wanke ich ins Bad. Der Schönste im Land, sagt der Spiegel, sei ich eh nie gewesen, dennoch: ich solle ihn nicht so anstarren, davon werde er blind.

Das letzte sein, was meinem Spiegel zu sehen vergönnt ist, möchte ich nicht. Er war einst ein gewissenlos begeisterter, dankbarer Spiegel, der das Glas von mir nicht voll bekam. Jetzt sei eben alles anders, sagt er, immer ist alles anders als früher, Naturgesetz. Kurz, er will meinen Anblick nicht mehr dulden, ihm könnten, bei sparsamer Verwendung, noch etliche zighundert Jahre vergönnt sein; warum soll er, fragt er, seine Jugend mit etwas wie mir belasten?

Wohl wahr. Ich sehe das ein. Aber schade ist das schon, oder? Freilich sei das schade, sagt der Spiegel, zum Wehmütig-Rumsülzen könne ich in die Kirche gehen, nach Sanssouci oder sonstwohin, wo bunter Pfeffer wächst und Milch und Honig fließen. Mein Badezimmerspiegel neigt neuerdings zum Strengsein.

Im Treppenhaus spielen Kinder Lärmball. Sie stürmen dabei vom vierten Stock ins Erdgeschoß und treten einen Ball gegen möglichst viele Wohnungstüren. Mir fällt dabei der schöne in Deutschland verbotenene Film *Deathrace 2000* ein, bei dem die Teilnehmer eines Autorennens quer durch Amerika rasen und für jedes überfahrene Kind einen Extra-Punkte-Bonus bekommen. Prompt hält der Tag seine erste Idee bereit. Diktaphon läuft.

Ganz neues Modell:

Leute, die Kinder kriegen, müssen Kindergeld blechen. Davon werden die Renten bezahlt.

Die Leute würden weniger Kinder kriegen. Mehr Rentner würden verhungern.

Allen geholfen.

Super.

So ungefähr klingen die meisten meiner Tagesanfangsideen. Erst im Abstand einiger Stunden nehmen sie satirischen Charakter an. Aber eher widerwillig.

Später am Morgen, wenn ich meine kleine Stadtwohnung verlasse, spreize ich die Flügel, stoße mich von der letzten Treppenstufe ab und segle über das Netzwerk der Straßen, um zum Beispiel im Karstadt irgend etwas zu kaufen. Ich weiß, daß ich in einem Erkerzimmer hocken müßte, über der Lektüre angegilbter Schriften, um noch viel intertextuellere Texte für immer weniger Leser zu schreiben, aber ich fliege lieber einkaufen. Zu Fuß und mit U-Bahn wäre ich schneller. Die Flügel spreize ich einmal täglich, damit sie nicht zusammenwachsen, darüber hinaus, um meinen zweiundachtzig Jahre alten polnischen Hausmeister zu beeindrucken. Er freut sich wirklich jedesmal daran, lacht und klatscht, vermutlich leidet er an Alzheimer. Nein, tut er nicht, ein bißchen vergeßlich ist er wohl, ansonsten die gute Seele im Karrée. Sollte er doch unter Alzheimer leiden, wäre er gewiß mein Lieblingsalzheimer, erstens, weil mir sonst keiner persönlich bekannt ist, zweitens, weil mir das Wort gefällt, wenngleich es leicht despektierlich nach Barneygeröll- und Pappenheimer klingt. Seisdrum. Weswegen sollte man Alzheimer*patient* sagen, wenn man Patient weglassen kann? Ist ja kein Ehrentitel, oder? Hinzu kommt: Wörter, die vollständig in kleinere Wörter zerlegbar sind, haben so was an sich. *Er. Salz. Heim. Liebling.* Bilden Sie daraus einen Begriff. Das hat so was an sich, aus dem sich rein gar nichts Gescheites machen läßt. Das weiß ich, und dennoch schreibe ich es in mein Notizbuch, wo es für viele Jahre, gar Jahrzehnte unbenutzt herumstehen dürfte. Wenn ich Glück habe, gibt es einmal einen Studenten, der in meinem Notizbuch forschen und an ihm verzweifeln wird.

Er. Salz. Heim. Liebling.

Was hat er sich da bloß gedacht, wird der Student sich da denken.

Vielleicht der Plot einer religiösen Kurzgeschichte: Gott bietet dem auf dem toten Meer umherirrenden Jesus an, heimzukehren, bevor der ganze Prüfungsstreß beginnt, er sei doch sein Liebling, sein einziger Sohn. (Der einzige? Woher weiß man das denn? Ach so, weil es nicht geschrieben steht.)

Oder eine profane Beziehungstragödie: Er hat sich bei der Nachbarin Salz geliehen und dabei sein wahres Zuhause entdeckt, das immer nur eine Wohnungstür und zwei Lärmballspieler entfernt lag, während die verlassene Sie um ihren Liebling weint. Naja.

Der arme Student.

Darf es denn wahr sein, daß ich Mitleid empfinde mit einem Studenten, den es noch nicht gibt, den es höchstens geben wird, wenn ich viel Glück habe, mich also freuen müßte? Eine recht widersinnige Situation, die man noch nicht mal wem erzählen darf, sonst heißt es gleich: *Ja, deine Sorgen möchte ich haben.*

Fast jeder möchte meine Sorgen haben, ob er dazu befähigt ist oder nicht. Uns sogenannten Wolkenkuckucksheimern neidet man einfach alles. Eine momentan arbeitslose Freundin nennt mich häufig ihren Wolkenkuckuck. Aus ihrem Mund klingt das niedlich, deshalb erhebe ich keinen Einspruch. Dabei sind nur einige meiner Sorgen verschroben. Es gibt andere, die, wenn ich sie verschenken möchte, wohl ähnlich beliebt wären wie Wolkenkuckucksüberraschungseier in Nestern ausnahmsweise nicht völlig tumber Teichrohrsängerweibchen. Darf man in dem Zusammenhang von Teichrohrsänger*innen* sprechen? Oder müßte präziser von Teichrohrsänger*müttern* die Rede sein?

Meine Sorgen möchtest du haben? Dann, ohnehin momentan arbeitslose Freundin, trag doch mal den Müll runter.

Im Karstadt kennt mich die Kassiererin, bei der ich Zeitung und Zigaretten kaufe, bei der ich alle fünf Wochen den Fünfwochenlottoschein löse, persönlich. Ich weiß nicht, woher. Sie spricht mich stets dann mit meinem Namen an, wenn ein frisches Buch von mir im Handel ist oder wenn ich, was selten geschieht, in einem großen Magazin ein Interview gegeben habe.

Ach, guten Morgen, Herr K.!

Dann dieser Blick, leicht zwinkernd, zustimmend, verschwörerisch.

Ich gebe selten Interviews in großen Magazinen, aus Prinzip. Alle drei Jahre, das ist okay, öfter nicht. Nun ist es zum Glück so, daß große Magazine mich gerade mal alle vier bis fünf Jahre um ein Interview bitten, von daher bleibt mein Prinzip ähnlich strikt gewahrt wie der Keuschheitsschwur einer leprakranken Totenbettgerontin. Die Magazine und ich – alle sind wir zufrieden. Naja.

Lieber wäre mir allerdings, ich hätte nicht so viele Profilneurosen, weniger Zukunftsangst, bekäme jeden Tag Interviewanfragen, *Er! Liebling! Salz! Heim!* und ich könnte täglich aufs neue ablehnen. Wäre dem so, würde ich winseln und klagen und meiner Entourage in den wunden Ohren liegen: *den ganzen Tag verplempere ich mit immer weniger höflich zu nennenden Absagen an die großen Magazine und ziehe mir einen schwierigen Ruf zu.*

Aber weil alles wunderbar ist, wie es ist, ist es nicht zufriedenstellend. Die Karstadtkassiererin läßt mich jedenfalls deutlich spüren, wann ich für sie einen Namen habe und wann nicht. Einmal habe ich gehört, wie in der U-Bahn jemand hinter mir sagte: *»Das ist der Typ, der wo das Buch zu dem Film geschrieben hat, wo die nackte Frau auf dem Plakat den Pudel zwischen den Beinen hat, mit Til Schweiger.«*

»Ach, DER ist das?«

Wenn ich aktuell keinen Namen habe, läßt die Karstadtkassiererin es mich wissen, sieht mich leicht enttäuscht an, tut geradezu, als würde sie mich nicht kennen. Ohne einen Ton zu sagen, sagt sie mir zwischen die Augen: *Sie haben ja mal einen Namen gehabt, und jetzt – jetzt kaufen Sie Ihre Zeitung bei mir, als wär da nichts gewesen, wo ich doch so viel Hoffnung in Sie gesetzt hab, damals, als Sie einen Namen hatten und damit umherspaziert sind, so, als ob Sie jeder kennen müßte. Und ich – ich habe Sie gekannt und hab dazu auch gestanden. Vor Kollegen und Verwandten. Den kenne ich, der kauft immer bei mir seine Zeitung. Genau. Wie ist es mir gedankt worden? Na Schwamm drüber, nehmen Sie Ihre Zeitung, Abmarsch, und tun Sie nicht so, als wären Sie noch wer, der nächste bitte.*

Ich vermute, daß man mich narzißtisch und paranoid nennen wird, aber genau so, oder entfernt ähnlich, funktioniert das Gehirn dieser Karstadtverkäuferin, die vermutlich dieses oder jenes Interview in größeren Magazinen, nie aber ein Buch von mir gelesen hat.

Ich würde ihr gerne eines schenken. Aber da hätte ich Angst, daß sie zur Kollegin oder Verwandten ihres Vertrauens rennt und raunt: *»Sieh dir das an! SIEH dir das an! Jetzt verschenkt der seine Bücher, damit sie noch wer liest. Und dafür hab ich eben sogar noch DANKE sagen müssen!«* Meine Sorgen möchte ich haben, dennoch würde ich dieser Dame gerne mitteilen, daß es mich freut, wenn sie mich mit Namen anspricht, auch wenn es mir völlig egal sein kann, was sie über mich denkt. Immerhin denkt eine mir Fremde über mich nach. Derlei geistige Aktivität rührt mich bis tief ins Knochenmark, wo das Rühren langsam in ein Bohren und Wühlen übergeht.

Jemand mußte Josef K. verleumdet haben, heißt es bei Franz K. in dessen Roman *Der Prozeß*. Wie Franz K. ausgerechnet auf Josef kam? Im kakanischen Kaiserreich fiel das vermutlich leichter als heute, wo die Kombination Franz-Josef einem höchstens noch am Münchner Flughafen begegnet. Österreich-Ungarn als Kombination. Um Himmels willen. Niedergehender Ideenschauer diverser nichtsnutziger Niedrigideen. Man muß sich die Frisur von derlei Assoziationsscheiß freischaufeln. Freizeit feiern.

Der Nachmittag eines Tunichtguts besteht in der Hauptsache

darin, nichts Gutes zu tun und Spaß dabei zu haben. Dem Nachmittag einer Tiefkühlpizza klar vorzuziehen. Aber jede Tiefkühlpizza hat ihren apotheotischen Moment, ihren jüngsten Tag, an dem sie gleichsam das Fegefeuer durchquert und aufersteht, an dem sie zur Rechenschaft gezogen, erhitzt und verspeist wird. Selbst wenn sie nicht verspeist, stattdessen wegen Haltbarkeitsübertretung oder Geschmacklosigkeit im Abfall entsorgt werden sollte, bekommt sie ihren finalen Richterspruch, meinetwegen auch einen deprimierenden. Wen scheren die Gefühle einer Tiefkühlpizza?

Kaum schreibe ich dies nieder, wird mir mulmig. Das Rhetorische meiner Frage sinkt gegen null. Bestimmt gibt es auch hierzulande Menschen, die sich bei ihrem Essen entschuldigen. Also schön – in deren Gebete eingeschlossen, mögen alle zu Unrecht verworfenen Tiefkühlgerichte Frieden finden. Ich bin dafür.

Der Tunichtgut, um zu ihm zurückzukehren, will sich mit diversen Sinnlosigkeiten gerade so erwärmen, daß er dem inneren Frost einen Kurzzeitfrühling vortäuschen kann. Er will, sanft von mauem Spaß in die Nacht getragen, die unerträglichen Längen eines zwanglosen Tages vermeiden. Den Schlaf nicht gerechnet, besteht der Tag eines Tunichtguts immer noch aus drei Wagneropern ohne Musik. Da steht man leicht wo rum. Die Musik kann man selber zubereiten. Liest Zeitung dazu, ißt die Tiefkühlpizza, entscheidet sich nach langem inneren Disput dafür, den Müll doch nicht hinunterzutragen. Bleiben nur noch zweieinhalb Wagneropern. Nebenbei finde ich es verwerflich bis unverschämt, daß manche Menschen den Begriff Wagneroper als Synonym für überzogene Länge gebrauchen. Schließlich hat der Meister aus Dresden seine Opern genau so lang konzipiert, damit ein Drittel des öden Tages abgetötet wird. Von Herzen dankbar sollte man ihm dafür sein. Früher hatten die Tage nämlich noch 27 Stunden, und Symphoniekonzerte dauerten vier davon, darunter hätte das Publikum gemeutert und sich für dumm verkauft gewähnt. Heute können die Wilden nicht wenig Kunst genug bekommen. Traurig ist das. Beschämend. Die Ochlokratie der hämorrhoiden Inkontinenten, mit einem geistigen Fassungsvolumen, das jenes ihrer Blasen noch weit unterschreitet. Aber bitte, ich bin Tunichtgut, kein Kulturpessimist. Es gibt zum Beispiel *Bonaqua*, das von der Werbung sogenannte *24-Stunden-Wasser*. Das nenne ich unverfroren bis radikal ehrlich. Darin könnte man einen ersten Gegentrend zu vielem erkennen. Wenn man möchte.

Im Gegensatz zu vielen Zwangstunichtguten handle ich bewußt und beschränke den Zeitraum meiner Nichtguttaten auf den Nachmittag. Wozu? Vielleicht, weil ich ein immerfaules Kind gewesen bin, das mit dem Verplempern einiger Stunden seine preußische Erziehung verhöhnen, sie sich aus den Knochen schaben möchte? Das wäre kleingeistig und rachsüchtig, ein viel zu großer Tribut ex negativo. Es ist auch nicht so, daß ich Volk& Umwelt die Möglichkeit geben möchte, mit mir in *befruchtenden Zufallskontakt* zu treten. Igitt. Die Wahrheit ist ein toter Hund, der anderswo begraben liegt.

Ich kann es mir leisten, müde zu sein, und gehe abends selten aus. Zwischen zweiundzwanzig Uhr und Mitternacht sitze ich meistens am Schreibtisch, und obwohl ich das nicht als Arbeit bezeichnen möchte, würde ich gerne die Stunden davor als Müßiggang verstanden wissen. Ich rede mir ein, daß Mußestunden etwas Tolles sein müssen, nur weil sie, als ich Kind war, mal das Allertollste waren. Die Stunden mit Muße zu füllen ist Schwerstarbeit, ich bin vielleicht nicht der allerbeste Tunichtgut, gebe mir aber Mühe. Wenn schönes Wetter draußen wartet, wie ein Haustier, das Gassi geführt werden möchte, ist Zeitverplempern kein Problem. Ich schwinge mich aufs Fahrrad und sehe drittklassigen Boulespielern zu, unterhalte mich mit Alkoholikern, Postboten im Privatstreik, eloquenten Rentnerinnen und anderen Wagnerzulangfindern. Mit hübschen

Frauen mich zu unterhalten, würde ich insgeheim sinnvoller Arbeit zurechnen, daher unterlasse ich das. Fahre mit dem Rad durch die Stadt, immer gibt es irgendwo Schaufenster, mit Dingen darin, deren Notwendigkeit, von mir besessen zu werden, vorher noch erschreckend unklar gewesen ist. Im Sommer, when the livin' is easy und so, da geht die Zeit rum, beinahe ohne Tunichtgut-Zutun, das regelt sich von selbst. Und wenn es schneit oder regnet, kalt oder grau ist? Dann ist das livin' not so easy, das Tunichtguttun fällt in die Kategorie der Zumutungen und Exerzitien.

Zerquält, von dramaturgischen Prämissen beladen, erscheint mir dann mein Handeln oft.

Ich sitze zum Beispiel am Bahnhof, dem Knotenpunkt der Stadt, weil dort die vielen Züge da und dorthin undsoweiter, und warte, daß etwas geschieht, was mich amüsieren könnte. Ich sitze wie ein Angler vor einer sehr großen Pfütze, die sehr schön schillert. Zur Not kann man sich im Bahnhofsdunstkreis Amüsantes kaufen, dieser oder jener Art, aber gekauft hab ich heute ja schon. Jetzt will ich umsonst.

Für umsonst bekommt man meist nicht viel. Man muß schwer obachtgeben und Geduld aufbringen. Heute nicht. Heute habe ich seltenes Glück.

Eine Frau, etwa dreißig, gepflegt, gutaussehend, mit zwei Koffern, steht auf dem Bahnsteig vor dem Getränkeautomaten, wirft eine Zwei-Euro-Münze ein, zieht sich eine Dose Apfelschorle, wartet darauf, daß der Automat ihr einen Euro zurückgibt. Tut der aber nicht. Der bitterböse Automat. Ich sehe jener Dame zu. Man wird mich für leicht schwabbeldiwauwau bis schwer schubiduhuhu halten, aber ich glaube, ihrem Gesicht alle Gehirnmanöver ansehen und wortgetreu ablesen zu können. Synchronisation einschalten, Band ab:

»Ich könnte ja noch eine Dose Apfelschorle ziehen, aber dann habe ich zwei Dosen, soviel trinke ich nicht, dann müßte ich die ganze Zeit die schwere Dose mit rumschleppen, die meine kleine Handtasche ausbeult, und zu kalt ist die Dose, um sie in der Jackentasche zu tragen, aber ich kann mich doch nicht so türken lassen, warum gibt der Automat kein Restgeld heraus, das ist Betrug, ich möchte am liebsten die schon gezogene Dose wieder hineinschieben und mein 2-Euro-Stück zurückhaben, so wütend macht mich das. Ich könnte freilich die zweite Dose ziehen und hier auf den Boden stellen, damit jemand etwas davon hat, aber wer hebt eine Dose vom Boden auf? Ich möchte keine Menschen unterstützen, die Lebensmittel vom Boden aufheben. Ich könnte sie den Umstehenden anbieten, aber das ist mir peinlich, wer bin ich denn, daß ich Dosen feilhalte? Mein Kontoguthaben auf diesem Automaten beträgt aber noch einen Euro, wenn ich einfach weggehe, dann wird jemand schon was dafür bekommen. Hinter mir steht ja schon einer, nein, mit dem möchte ich jetzt kein Gespräch anfangen, das ist ein komischer Punk. Ich gehe einfach weg. Aber der Punk wird womöglich denken, die blöde reiche Kuh hat sich von einem Automaten übers Ohr hauen lassen, das wäre mir peinlich. Oder der Punk sprintet mir nach und sagt, Frau, Sie haben da nochn Euro Guthaben, dann sag ich, ist schon okay, dann sagt er: Na, Sie müssens ja haben. Oder schlimmer, er sagt: Na, du mußt es ja haben, oder er sagt den Umstehenden: Na, die muß es ja haben. Was mach ich bloß?«

Von wegen schwabbeldiwauwau. All das scheint sich im Kopf der Dame abgespielt zu haben. Man nenne mich einen Phantasten, aber: Wie ist die Motivation ihrer Handlungsweise anders zu verstehen, wenn sie sich eine zweite Dose Apfelschorle zieht, sich vom Automaten ein paar Schritte entfernt, sich nach allen Seiten umguckt, um dann die zweite Dose diskret in den Abfalleimer fallen zu lassen?

Hm? Na?

Mancher Leute Alltag ist relativ kompliziert und mit Problemen unvorhersehbarer Natur gesäumt. Die Apfelschorlenbeseitigungsdame glaubte, für diesmal eine diskret-elegante Lösung gefunden zu haben. Nur mit mir hat sie nicht gerechnet. Ich hab mir ihre Adresse gemerkt, die auf dem Schild eines der beiden Koffer zu lesen war, mit denen sie den Zug zum Flughafen bestieg. Ich werde ihr, schon aus Dankbarkeit, diesen Text senden.

Im wesentlichen wars das. Meine Sorgen möchten Sie haben? Kriegen Sie aber nicht. Mein Tagwerk ist getan. Ich gehe heim, öffne eine Flasche *Headcleaner* und schreibe die Beute des Tages auf, zupfe das bunte Gewölle in Form, übertreibe ein bißchen, dichte mir Flügel an und morgen verscherbel ichs an ein großes Magazin. So einfach. Meine momentan arbeitslose Freundin würde sagen: So nem Wolkenkuckuck wird eben alles abgekauft, soll er mal bloß nicht übermütig werden! Werd ich nicht. Trag du den Abfall runter, ich öffne den Schampus derweil. (Einmal Abfall runtertragen kostet eine Flasche Schampus, zur Zeit ist eben alles teuer.)

26. 3.

Dinge im Zimmer:

Die halbe Erkennungsmarke eines mir unbekannten Soldaten, gefunden in Ost-Berliner Hausmüll des Jahres 1992. Anhand der Nummer könnte ich den Namen des Toten erfahren. Ich habe nie gefragt.

Siebzehn Jahre alte Marzipanschweine, verstaubt und verfärbt, längst nicht mehr genießbar. Ein Geschenk von Beatrice, ohne besonderen Anlaß. Ich wollte die beiden Tiere damals nicht einfach profan aufessen. Sie jetzt, wo sie verformt sind und häßlich, wegzuwerfen, brächte selbstverständlich Unglück. Ich werde sie wohl bis an mein Lebensende behalten.

Ein gerahmtes Foto der Sängerin Gwyneth Jones als Marschallin, mit herzlicher Widmung.

Ich war verliebt in ihre Stimme von 1982 bis 1988, bis diese geliebte Stimme kippte und nur mehr kultiviertes Schreien war. Aber davor warf ich ihr oft Blumen zu, einmal sogar zehn Sträuße, bis heute Platzrekord in der Münchner Oper. Es waren allesamt billige Moosröschen, aber ich war bitterarm, und die Geste zählt.

Eine Bleistiftzeichnung, gemalt von Beatrice zum 11. 7. 87. Das Blatt zeigt King Kong, er trägt einen Geburtstagsstrauß gepflückter Türme – Big Ben, Tour Eiffel und den schiefen von Pisa.

Ein rostiges Gartengerät, wohl eine Art Setzeisen, in der (wohl unbeabsichtigten) Form eines Männlichkeitssymbols (Kreis mit herausragendem Pfeil).

Wurde von mir entwedet aus dem Garten der Stauffenbergs bei meinem ersten und einzigen Besuch in Wilflingen.

Ein dreiarmiger Kerzenhalter aus Silber, mit drei roten Stummeln diverser Länge. Aus der Zeit, da wir die Nacht noch mit Kerzenlicht und Gedichten erhellten.

Im Kühlschrank – zwei Geschenke. 0,2 Liter-Fläschchen Asbach-Uralt. Das eine stammt von meinem 19., das andere von meinem 24. Geburtstag. Im viel zu feuchten, weil fast nie abgetauten Kühlschrank lösten sich bald die Etiketten ab, nun weiß ich nicht, welches Fläschchen welches ist. Was es mir unmöglich macht, eines der beiden zu öffnen.

Meinen neunzehnten Geburtstag im Garten der Frau Bertram,

als wir Tristan hörten und Stachelbeeren pflückten, als ich ein Mädchen küßte, deren linke Brust halb so groß war wie die rechte, als mein Lateinlehrer mir einen Büchergutschein über DM 100 schenkte, den ich bei der Buchhandlung erfolgreich in Bargeld umtauschen konnte, dieses Fest vergesse ich nie.

Ein blauer runder Keramikaschenbecher voll zerlaufenem roten Kerzenwachs. Folge eines Lichtes, das ich vor dem In-Schlaf-Sinken zu löschen vergaß. Im Wachs erstarrt liegen eine Faschingszigarette (die per feuerfarbener Stanniolspitze Glut vortäuscht), ein Stück nicht zerschmolzenes Siegelwachs, ein Röllchen Tesafilm und ein Tipp-Ex-Blättchen. Stilleben, das gewollt aussieht, es aber nicht war. Das Tipp-Ex stammt noch von meiner ersten Schreibmaschine, die ich zur Konfirmation bekam. Das Stückchen Siegelwachs entstammt der Hinterlassenschaft meiner Tante Kunigunde, deren Tod in *Fette Welt* erwähnt ist.

Und tausend andere Dinge.

Ein gottverdammtes Museum. Es gab eine Zeit, als ich viel weggeschmissen habe, was ich nun bereue. Irgendwann ist man alt und um jede Eselsbrücke in die Vergangenheit froh.

Meine Vergangenheit ist so prachtvoll. Jede Vergangenheit ist prachtvoll. Allein der Umstand, vergangen zu sein, schenkt jeder Zeit ein Kleid mit Purpurschleppe, egal, was sie enthielt. Geheiligt sei, was vorbei ist, überschaubar.

27. 3., Donnerstag

Lektüre: Kehlmann. *Ich und Kaminski.* Hervorragend. Klug, witzig, bissig, mit großem Talent für Dialoge, wunderbar komponiert, dabei ganz leicht zu lesen, unbelastet von substanzlosen Tricks.

Die Figur des Sebastian Zöllner ist sehr realistisch und häufig anzutreffen im Kulturbetrieb. Von wegen Satire.

28. 3., Freitag
Hummeltag

Morgen, so höre ich, erscheint der erste Verriß von UC, in der FAZ. Anderes hätte mich gewundert, ich rechnete mit viel Gegenwind, und dennoch: Der erste Verriß eines Buches ist immer etwas Unerwartetes, besonders bei diesem Buch. Obwohl man den Betrieb zur Genüge kennt, hält man es bis dahin doch für unmöglich, daß irgend jemand ein solches Buch verreißen könnte.

24°. Langer Spaziergang oberhalb des Germeringer Baggersees. Nicht weit davon entfernt, schon im Wald, stand früher eine Villa. Sie besaß ein quadratisches Schwimmbecken, dessen gemauerte Beckenränder man vor 15 Jahren noch betrachten konnte. Jetzt sind nicht einmal die übrig, nur der noch leidlich quadratische Tümpel weist auf ehemalige Bewohntheit hin, gespenstisch, wunderbar, schilfumrandet, mit Erlen, deren Äste beschwörend über der Wasseroberfläche hängen.

29. 3., Samstag

Walter sendet Zwischenlob über UC, ist bei der Hälfte angelangt, findet das Seminar sensationell, das Ganze »einschüchternd« und erzählt, er arbeite seit einem Jahr an einem Plot, der von Kurthes stammen könnte. »Die steinerne Dimension«. Nicht die einzige Ähnlichkeit zwischen unsren Arbeiten: Die Heldin aus *Rumo* heißt Rala, die aus UC Ala.

*

Der Verriß in der FAZ ist derart blöd-schlaumeierisches Geschreibsel.

Ich würde mich in den Roman gestohlen haben, um meinen Figuren mal die Frauen ausspannen zu können. Aha. Auf diesem Niveau. Softpornographische Exkurse? Wie bitte? Der Rezensent mag solche Art von Literatur einfach nicht, das merkt man. Die Handlung versteht er kaum auf der Oberfläche. Urteilt etwas als nicht sonderlich originell ab (das Spiel mit Doppelgängern), das in meinem Roman gar nicht drin ist, das er nur hineininterpretiert. Wo Esoterik im Buch vorkommt, sehr selten, ist sie klar als solche gebrandmarkt. Er schreibt, mein Roman enthalte Esoterik. So ist die FAZ: vergibt ihre Rezensionen immer konträr zu den Vorlieben der Kritiker. Was erreicht man damit? Daß Leute unsicheres Gewäsch über Gattungen schreiben, von denen sie nur gehört haben.

Großartige Kritik im *Standard*, was für Österreich sehr wichtig ist.

*

In der Stadt zur Literaturhandlung Moths, wollte den Foer kaufen, wurde erkannt und gefragt, ob ich meine UCs signieren möchte, man habe dann auch einen signierten Foer für mich. Na gut. Die wirklich reizenden Damen gaben mir auch noch 40 % Rabatt. Also habe ich heute den »Geniestreich« eines Vierundzwanzigjährigen angelesen, bis Seite 120. Und ich war vorher überzeugt, der Roman tauge nichts, nicht nur deshalb, weil er mein direkter Marktkonkurrent ist. Aber im Moment, wo ich das Buch auf den Schoß nahm, beschloß ich, objektiv zu sein und den Zeilen nichts Böses in den Weg zu legen. Und siehe da: Das Buch taugt etwas. Witzig, prall, originell. Aber es ist nervtötend ohne Ende. Unökonomisch, redundant. Das Buch eines Vierundzwanzigjährigen, der seine helle

Freude an formalen Spielereien, barocker Fülle, mannigfaltigen Sprachdeformationen hat, auf die man mit 30 spätestens verzichtet, weil man auf das Wesentliche zusteuern muß. Ein Lektor hätte das alles um mindestens ein Drittel eindampfen müssen. Witze mit verrückten Hündinnen. Witze auf der Basis von Verständigungsschwierigkeiten. Situationskomik eines Vegetariers im Fleischfreßland. Jüdische Witze, die sich nur ein jüdischer Schriftsteller leisten kann. Soap im schweren Mantel der Holocaust-Literatur. Alles bizarr, skurril, kurios. Das ist einfach. Eine Literatur, die nur aus Tricks besteht, manche sind dreckig, manche witzig, manche nett, aber alles nur gottverdammte Tricks, die einem in diesem Alter zu Hunderten in den Schoß fallen – und das Feuilleton fällt auf die Knie davor.

31. 3., Montag

ich muß mir sofort einen runterholen, möchtest du zusehen? wenn du mir zusiehst, kommt es mir schneller. zeigst du mir deine möse, kommt es mir ganz schnell.

das mädchen: wenn du willst, kannst du in meinen mund abspritzen, es wär mir eine große ehre. ich leck dir auch die eier, sauge deinen schwanz tief ein und liebkose dein arschloch.

Ja, *das* war ein guter Traum. Leider nicht in diesem Monat. Stattdessen: Ich träumte, daß ich bei Aldi an der Kasse stehe, und die fette Türkin sieht mich schräg an, weil ich ungarische Forint vor sie hinlege, um für den Räuchermatjes zu bezahlen. Sie sagt: Das sind Forint. Ich: Der Matjes kommt sicher aus Polen. Sie: Ich bin Türkin, nicht Polin. Ich: Das habe ich nicht bestritten. Sie: Das wär ja noch schöner. Ich: Man muß das anders sehen. Sie: Wie denn?

Ich: Weiß ich nicht. Eine hundertellenlange Schlange hinter

mir: *Arschloch, Euro, Arschloch, Euro!* Ich: Das sind doch soviel mehr Forint als Matjes. Gnade, bitte! Die Schlange: *Kreuzigt ihn, kreuzigt ihn!*

Ich rettete mich vor dem Zugriff des erzürnten Pöbels durch schnelles Erwachen und starrte ratlos an die Decke.

*

Die neue Céline-Übersetzung der Reise mag ja ihre volle Berechtigung haben, aber schade ist es schon, daß manche Wendungen, die mich stark geprägt haben, nun zum Aussterben verdammt sind. Der berühmte Schluß: … damit niemand mehr davon berichten kann …

ist tausendmal schöner als: … damit das alles ein Ende hat.

*

Irgendwo im Internet lese ich:

Dieser Satz kein Verb.

Wenn man das, was obigem Satz fehlt, in ihn einsetzen würde, verlöre er seinen Sinn.

Sein Sinn liegt im Defizit. Im Unrichtigen.

Vieles gewinnt durch ein Defizit an zusätzlichem Sinn, aber hier ist etwas *einzig und allein* durch sein Defizit zu Sinn gekommen. Das fasziniert mich.

*

Nachmittags Fahrt nach Straubing, ab Neufahrn mit der Gäubodenbahn, was ein bißchen wirkt, als würde man im Ungarn des späten 19. Jahrhunderts durch die Puszta tuckern.

Herrliches Wetter, Straubing ist pittoresk, sehr langer ovaler Marktplatz, 8. Jahrhundert, die Sonne gleißt parallel zur Längsachse unter einem blaublauen Himmel. Lese Foer weiter, frage mich, ob ich ungerecht war. Das Buch ist schon sehr gut. Das Überbordende sollte man vielleicht gutmütig als Dreingabe oder Plazenta nehmen, aber das gelingt mir nicht. Die Stelle *»Ich bin Trachimbrod«* von großer Wirkung. Andererseits: So vieles, was ein Lektor, oder viel eher der Autor selbst, einfach hätte streichen können, müssen. Und das Kuriose wird ab einem gewissen Grad ärgerlich und albern. In diesem guten Buch würde ein viel größeres stecken.

*

Lesung schwach. Ich kam nicht in Fahrt. Habe wohl auch zu harte Stellen ausgewählt, fühlte Beklommenheit im Publikum. Dreißig Leute. Bin nicht mehr gewohnt, in der Provinz zu lesen. Der sehr freundliche Buchhändler sagt, das sei eine stattliche Zahl, bei Genazino warens nur zwölf.

*

um kurz nach zehn zurück mit der bahn. umsteigen um kurz vor elf in obertraubling.

finsterste prärie. zwei bahngleise, kein licht. hier soll ein zug anhalten? und an welchem der beiden gleise? kein mensch weit und breit. sternenhimmel. der zug kommt nicht. welches gleis wähle ich? gleis eins oder zwei? ich sehe nach links und rechts, bin bereit, schnell über die schienen zu springen, wenn ich sehen kann, daß ich auf der falschen seite stehe. es ist so dunkel. so dunkel wie in trachimbrod. komm, zug! es ist die letzte möglichkeit, heute noch nach haus zu kommen. verdammt. fünf minuten verspätung. sechs. sieben. die sterne. ein kojote heult. nein, das ist erfunden. es ist ganz still. völlig lautlos.

lautlos. und nacht. heimweh.

Da kommt ein Zug! Und ich winke ihm, bitte ihn, mich aufzunehmen, stehe auf dem richtigen Gleis, uff.

*

Zuglektüre: Foer. Und ich war doch nicht ungerecht. Die letzten 100 Seiten sind grau-en-haft. Öde, im eigenen Saft redundant dünstend, altklug, mit blöden Einsichten aus dritter Hand (»Liebe gibt es nicht. Nur das Ende von Liebe«) und wahllos eingesetzten nichtsnutzigen Formtricks, scheinbar rauschhaft, dabei immer so musterschülerisch verkniffen-schlau kalkuliert, es ist mit Holocaustgrauen geschickt garnierter Kitsch. Katzengold. Vegetarier-Prosa. Oh, ich weiß, welches Pferd den Autor da geritten hat. Nach zwei Dritteln war ihm klar, daß er einen guten, einen sehr ordentlichen Text hatte, dem er nur noch ein akzeptables Ende verpassen mußte, aber er fand keins, beziehungsweise hatte er immer noch eine Kleinigkeit zu erzählen und noch eine, also erschafft er die Welt neu, steuert er noch ein Kapitel bei, noch eine Volte, noch einen Querverweis, noch ein Weltengleichnis, bis der völlig überladene Text in absoluten Schwachsinn mündet, aber der junge Schriftsteller hat seinen Kreator-Rausch gehabt.

Immerhin, ich wäre auf das letzte Drittel nicht so sauer, wenn nicht –

… aber in diesem Moment kommen von einer entfernten Turmuhr zwölf tiefe Glockenschläge.

damit niemand mehr davon berichten muß …

APRIL 2004

2. April, Freitag

Der Frühling ist da, und ich habe alle Termine abgesagt. Ein Tag Ruhe. Alle Projekte liegen stummgeschaltet auf dem Schreibtisch. Ein Berg lautloser Vorwürfe. Einkaufsbummel in der Stadt. Bei Dichtung & Wahrheit Wein gekauft. Sophie Rois und Ulrich Mühe haben für die Amouren zugesagt, aber ich jubiliere über solche Zusagen nur mehr vorsichtig. Während der Heimfahrt legt eine neue Signalstörung das S-Bahn-Netz lahm. Diese andauernden Drittweltzustände im Nahverkehr sind kaum noch zu ertragen. Danach: der Freitagsverkehr auf der Römerstraße. Es ist »ein Saugraus«, sagt Bea.

Auf Premiere ein schlechter Horrorfilm, über einen Killer-Aufzug in einem Manhattener Hochhaus. Unklar, warum der Aufzug seine Insassen umbringt, die ihm doch gar nichts getan haben. Eine Gymnastikgruppe schwangerer Frauen betritt nichtsahnend den Aufzug.

Bea: »Fette Beute.«

Passend dazu: In den USA kann man künftig wegen Doppelmordes angeklagt werden, wenn man eine Schwangere tötet. Alte Witze werden Realität.

*

Die wilden Hunde von Pompeii bilden, denke ich, einen recht graziösen Abschluß meines Werks. Im Tagebuch Mai erstmals erwähnt, kommt dieses Projekt in diesem April, nach zwölf Jahren, zu letzter Form und Gestalt. Beatrice hatte die Idee. Seltsam: Die Idee lag also zwölf Jahre zur freien Verfügung herum, und niemand hat sie mir geklaut. Moers meinte, der Stoff sei wie ein Sechser im

Lotto. Kann schon sein, aber ich habe möglicherweise etwas daraus gemacht, das zwischen allen Zielgruppen landen wird, vielleicht sogar mit Absicht.

In den Hunden kommt einiges vor, was in jenem Genre sonst penibel vermieden wird. Schlüpfrigkeiten, Liebesgeschichten, pubertäre Gewaltfaszination, rasante Perspektivwechsel, derbes Vokabular, Euthanasieproblematik, Gewalt mit Folgen, Tod und echte Tragik, die auch ganz lautere Charaktere trifft, schuldfreie alte Vegetarier wie blinde Welpen. Nein, ein Kinderbuch ist das nicht. Noch nicht. Hier gibt es keine verniedlichte Welt, keine Rücksichtnahme auf zarte Seelen. Eventuelle Kinder werden aber als Leser ernst genommen, werden nicht für dumm verkauft – und dafür werden sie sich irgendwann – hoffentlich – dankbar zeigen. Anders gesagt: Wenn ich was für Kinder schreibe, dann nur, damit die Biester schneller erwachsen werden.

*

Eine kleine Grippe genügt, damit man wieder weiß, welch Privileg es ist, gesund am Schreibtisch sitzen und dichten zu dürfen, in einer warmen Stube, mit Zigaretten und Wein und guter Musik. Der Himmel.

Manchmal schreibe ich undankbar vor mich hin, vielleicht aus reiner Strategie, um vor nicht so glücklichen Lesern mit meinem geglückten Leben nicht allzusehr zu prahlen.

Man soll den Tag nicht vor dem Abend loben – Quatsch. Der Tag war groß, der Abend ist egal. Wird er zu schlimm, beendet man ihn. Soviel Heldenmut werde sogar ich aufbringen.

Philosophieren heißt Sterben lernen. (Montaigne, ähnlich auch schon bei Cicero.) Quatsch, der Satz. Was das Sterben betrifft, ist jedes Wesen ein Naturtalent. Den Tod zu besiegen und ihn dennoch zu akzeptieren – so müßte das Ziel benannt sein.

Und ein Wunder schimmert mir entgegen: Ich bekomme, nach soviel Jahren, endlich mal eine euphorische Kritik in der NZZ. Zu *Strom*. Ach, ist das nett. Sofort bin ich versöhnt. So leicht geht das. Eben wollte ich noch schreiben, daß durch das Hinscheiden der Andrea K. der Durchschnitts-IQ der Menschheit um knapp zwei Punkte zulegen würde. Aber das stimmt selbstverständlich nicht, deshalb lösche ich es.

*

Abends müffelt das ganze Haus nach deutschem Klischee. Neuerdings eins meiner Lieblingsessen: Schlachtschüsselspaghetti. Blut- und Leberwurst in zweimal aufgewärmtem Sauerkraut. Plus Spaghetti. Sieht aus wie Dünnpfiff mit Bandwurmtreffen.

Ein wenig Aceto Balsamico ins Sauerkraut, und das Magenrumpeln hält sich in Grenzen.

Warum erfährt man einen solch nützlichen Tip so spät erst im Leben? Ebenso, daß einem Knoblauch darmgastechnisch nichts mehr ausmacht, wenn man zwischen Schälen und Braten die Zehe längsteilt und den Trieb (samt Membran!) herausnimmt. Warum steht das nirgends geschrieben? Jetzt ja.

*

Motto der Hunde:

Nichts, was Gestalt hat, behält sie. Aus Liebe zum ständigen Wandel formt die Natur alles um. Entwirft es stets neu, zwar verändert – doch in der Weite des Kosmos, glaubt mir, geht nichts je verloren.

Die alte Übersetzung lautete:

Keines verbleibt in derselben Gestalt, und Veränderung liebend
Schafft die Natur stets neu aus anderen andere Formen
Und in der Weite der Welt geht nichts, das glaubt mir, verloren.
(Johann Heinrich Voß)

Es gäbe noch so viel antike Schönheit, die einfach mal in korrektes Deutsch übertragen werden müßte.

4. April, Sonntag

Pissende und kackende Wesen können nicht piß- und kackfrei denken. Die Säulenheiligen, die angeblich vierzig Jahre lang nichts aßen, wollten nur vierzig Jahre lang nicht kacken. *Einfach nur überleben, das ist, was zählt,* sagt der Feldherr Narses in einem Kostümschinken, *alles andere ist Eitelkeit und krankhafter Ehrgeiz.*

*

Daniel ist ein sagenhaftes Talent. Wieso Talent? Wo er bereits ein großer Autor ist. Weil er, wie ich glaube, noch viel mehr Zukunft hat, als er schon Gegenwart besitzt. Der Kerl ist 28 Jahre alt. Wo stand ich mit 28? Nicht annähernd dort, wo er heute steht.

Der Mob schimpft, aber Tatsache ist – in keinen zwei Dezennien der deutschen Literaturgeschichte sind so viele große Bücher erschienen wie in den letzten beiden.

Fast alles aus dem einstigen Kanon ist maßlos überschätzt, schlicht schwach oder unlesbar geworden.

Döblins Alexanderplatz zum Beispiel – ein sicher für seine Zeit enorm wichtiges, bahnbrechendes, zeichensetzendes, maßgebliches

Buch. Heute geht es einem nach der Hälfte nur noch auf die Nerven, man hat die Masche begriffen, liest heraus, wo Genie am Werk gewesen ist, wo der Suff aushilfsweise eingesprungen ist – und am allerschlimmsten – man weiß, wie heutzutage noch viel mehr daraus zu machen wäre.

*

Nachmittags Illustrationen bearbeitet. Bzw. Bea dabei beobachtet und rumkommandiert. Langwierige Fummelei mit den hunderttausend möglichen Filtern im Photoshop.

Wir haben einfach viel zuwenig Vorlagen aus Pompeii für die Illustrationen.

»Am liebsten würd ich dich nochmal runterschicken.«

Bea: »Ich würde zuviel Porto kosten.«

*

Um 17 Uhr *Das Haus am Eaton Place*. Serie, die ich zuletzt als Zwölfjähriger mit meinen Eltern zusammen gesehen habe. Immer noch stark. Perfekt ausgeleuchtete Charaktere, charmant inszeniert – und doch wundert mich meine ungebrochene Affinität zu jenen goldgilbigen Schlaglichtern einer als durchaus angenehm geschilderten Klassengesellschaft.

Jenen Folgen, die im WWI spiegeln, kann man immerhin kaum Verklärendes nachsagen, und das ist der Punkt: Eine glaubwürdige Serie, die unter Verwendung der dramatischen Knotenpunkte jener Jahrzehnte so etwas wie die Seele einer Ära einfängt, ohne sie zu karikieren oder ihre Schandflecken zu verleugnen. Zum Beispiel die Schikane des Londoner Mobs gegenüber eingewanderten, längst assimilierten Deutschen im Jahr 1915. Würde man in einer Unterhaltungsserie, und das ist sie trotz allem, nicht erwarten. Englisches Pendant zur *Löwengrube*.

*

Telefonat mit Marcel, der grünes Licht für die Buchgestaltung gibt und an den Genreunüblichkeiten der Hunde nichts mehr zu beanstanden hat, was mich sehr froh stimmt.

Wie man das Buch den Vertretern verkaufen soll? »Man muß es ihnen zu lesen geben.«

Gute Idee.

*

In der Not verwandelt sich nichts schneller als Freundschaft, Gefahr entwertet alle Verträge.

Wie stark früher das Motiv der Kameradschaft überstrapaziert wurde, bis zur völligen Sinnlosigkeit.

Zum Beispiel *Raumschiff Enterprise* – ich habe diese Serie einst wie keine andere geliebt, dennoch gab es immer wieder Szenarien, die mich verrückt gemacht haben – meist sah das so aus: Kirk und fünf Mann Besatzung irren auf einem fremden Planeten herum, einer aus der Crew ist verlorengegangen, und nur aus einem völlig irrationalen Antrieb gefährdet Kirk das Leben der anderen, um den einen verlorengegangenen zu retten, was stets auch gelingt. Im wirklichen Leben funktioniert sowas nicht. Da siegt regelmäßig und grob die Wahrscheinlichkeit, endet Unvernunft in der Katastrophe.

*

Da fällt mir etwas schwer Verdrängtes ein. Beim Schreiben von *Fette Welt* hab ich zuletzt daran gedacht, hab es dort aber nicht aufgeschrieben, ich weiß nicht genau warum, wohl, weil mir der Zusammenhang mit meiner späteren Denkart nicht klargeworden ist.

Die fiese Clique aus der Weißnichtmehrwiesiehieß-Straße, jedenfalls eine sehr nahe Straße, keine hundert Meter, dennoch Welten entfernt. Das waren ein paar Jugos oder Türken, keine Ahnung, der

Unterschied existierte damals nicht. Sie faszinierten mich, weil sie nur vier Jahre älter waren als ich, doch in meinen Augen fast erwachsen. Hin und wieder sah ich ihren Freizeitvergnügungen zu. Sie spielten nie Fußball oder sonst was in der Art, sie lungerten herum oder taten verborgene Dinge, was sich nach mordswas anhört und vielleicht so viel gar nicht war. Mir schien es so, als unterstützten sie ihre Familien, wären bereits in den Unterhaltsplan ihrer Sippe einbezogen gewesen, weniger vage kann ich das nicht formulieren, die Erinnerung ist nicht sehr stark und auf wenige kurze Szenen beschränkt.

Wir Kinder aus der verbürgerlichten Parallelstraße hatten Angst vor ihnen, das ist sicher, und die Zeiten, als wir aufeinander mit Erbsenpistolen schossen, als wir noch Spaßkriege führen konnten, ohne einander zu verstehen, als nachgeahmte Schießgeräusche genügten – sie lagen real nur ein paar Monate zurück, in gefühlter Zeit jedoch Jahrzehnte.

Einmal aber fuhr ich mit dem Rad aus meiner Welt heraus in ihre. Es waren Jugos, glaube ich, damals waren es noch Jugos, weder Serben noch Kroaten noch Bosnier. Einfach Jugos.

Kinder einer etwas bräunlicheren Hautfarbe als meine.

Mit einem Orangennetz hatten sie den flugunfähigen Spatz auf dem Radweg festgemacht, mit Tesafilm festgeklebt, und weil der Tesafilm nicht klebte auf dem Asphalt, die Enden des Netzes mit Reißnägeln in den hitzeweichen Boden getrieben. Der Vogel flatterte und piepste.

Protestierte.

Sie fuhren mit Bonanza-Rädern über ihn, um zu sehen, inwieplatt sie ihn zerquetschen konnten.

Ich war zu klein, um mich gegen diese blutgierigen Jugendlichen durchzusetzen oder Widerspruch auch nur zu wagen.

Aber schon damals sagte eine Stimme in mir: *Der Spatz stirbt ohnehin, besser so, als von einer Katze gefressen zu werden, er wird ein schnelles Ende haben.*

Vielleicht prägte mich jenes Ereignis derart, daß mein Pragmatismus sich künftig gegen jedwede irrationale Emotion durchzusetzen wußte. Noch heute sehe ich den Spatz genau vor mir.

Ein plattgefahrenes Etwas, der Kopf im letzten Schrei erstarrt, der Rest eine Lache Blut mit braunen Federn. Ich war sechs Jahre alt.

5. April, Montag

16 Uhr. Endlich Rom. Welcher Duft! Und das Licht. Heimat. Gegrüßt seid, ihr lazischen Schafe! Es ist so schön, so schön. Wir singen im Zug zur Tiburtina leise, lustig-seltsame Duette. *Es steigen viele Menschen aus dem Zug,* singe ich. *Da oben, schau, kreist eine Möwe.* Singt Beatrice. Ergibt überhaupt keinen Sinn, aber einen rhythmisch bezirzenden Kanon. Wie ich diese Stadt liebe. Ich mußte unbedingt zum Ende dieser Tagebuchreihe noch mal zurück, zwar nur als Kulanzgast der Massimo, in einem winzigen Zimmerchen ohne Tisch – aber hier sein dürfen ist genug. Abends stellt man mir den Brunnensaal zum Schreiben zur Verfügung. Die rundum erneuerte Villa M. hat prima vista an Charme eingebüßt – alles so edel, glatt, so schick beleuchtet, die Möbel so neu und noch ohne eingesessene Geschichten. Egal, das wird sich geben. Vollmond. Der Abendhimmel ein Rausch aus Blau und Braun und lichterfülltem Grau. Und wie herrlich ist es, im altvertrauten GS an der Via XXI Aprile einkaufen zu gehen, es sitzen da noch immer dieselben Kassiererinnen, ich erkenne fast alle wieder, sie waren die ganze Zeit über hier und haben ihren Job getan, traurig eigentlich, aber es macht mich glücklich. Ach, wenn je ein reicher Mäzen das lesen sollte und Lust hat, etwas Sinnvolles und Edles zu tun, mir eine Wohnung in Rom zu schenken, ich würde sie annehmen und ihn preisen, auf Knien dankbar würde ich sein.

Wenn ich Idiot damals auf dem Bewerbungsbogen statt dem

halben Jahr ein ganzes Jahr angekreuzt hätte, wäre ich wohl auch ein ganzes Jahr hier gewesen. Aber das hätte wenig zur Sache getan, hätte ihr wohl eher etwas genommen. Das Bewußtsein danach wäre das gleiche gewesen. Zeit ist unwichtig. Was man aus ihr zieht, das zählt.

*

Beim Mitternachtsgang sah ich eine Frau, vermutlich Künstlerin, aus dem Studio 3 treten, wollte sie ansprechen, war nicht schnell genug, sie warf die Tür hinter sich wieder zu. Ich hätte gerne einen kurzen Blick hinein getan. Immer mit dem unterschwelligen Gefühl – das ist meins, mein Studio, was haben Sie darin verloren? Was habe ich dort nicht alles gefunden. Diese Zeit kommt nicht wieder. Das alte Kabuff mit dem Tischkicker existiert nicht mehr, der Kicker steht jetzt zusammen mit der Tischtennisplatte in einem fürchterlich kahlen Raum ohne Atmosphäre. Es liegt ja zu einem großen Prozentsatz an den Spielern, Räume atmosphärisch zu gestalten. Aber diesen? Keine Ahnung, wozu der Umbau nötig gewesen ist. Muß sehr viel Geld verschlungen haben. Auch damals schon – was heißt damals? – gerade fünf Jahre her – wußte es mir niemand zu sagen.

Hier läßt sich auf intimste Weise eins sein mit der Zeit und ihren Rändern, der Vergänglichkeit und der Ewigkeit. Dem Liebespaar, das sich, über unsere Dummköpfe hinweg, Botschaften zuruft.

*

Wäre ich zwanzig Jahre früher geboren worden, hätte ich immer noch die alte, immerhin elektrische Schreibmaschine vor mir. In der Urzeit wars gar eine mechanische. Ihr Klappern zwang mich dazu, tagsüber zu arbeiten, sonst hätte sich der Vermieter beschwert. Heute ganz und gar nicht mehr vorstellbar – und es wäre ja doch irgendwie gegangen. Notfalls mit dem Federkiel. Die Bedingungen wären anders gewesen, das Produkt am Ende dasselbe.

Da bin ich mir sicher.

In künftigen Jahrzehnten werden künftige Schriftsteller ihre Gedanken nicht mal mehr laut vor sich hersagen müssen und sich darüber wundern, wie das war, in jenen finsteren Zeiten, als jeder Buchstabe noch einen Tastendruck erfordert hat.

Texte werden entstehen, die adäquat selbst wirrste Träume wiedergeben können. Aber im Ende wird nichts auf dem Papier erscheinen, was nicht zuvor in einem Kopf enthalten war.

6. April, Dienstag

Im *Spiegel* lese ich eine Meldung, derzufolge die Datierung des Todeseintritts anhand der Madenentwicklung am Leichnam viel unzuverlässiger sein soll als bisher geschätzt. Devianzen von bis zu 80 %. Im einen Jahr haben die Maden den Leichnam nach neun Wochen verlassen, im anderen schon nach vier Wochen, bei äußerlich ähnlichen Verhältnissen. Hab ich mir schon immer gedacht. Jawohl, schon immer! Habs auch laut geäußert – aber von Wissenschaftlern nur mildeste Blicke geerntet. Dabei muß man, um in so einer Sache eine begründete Meinung zu haben, kein Wissenschaftler sein, muß einfach nur ein wenig Erfahrung mit dynamischen biochemischen Prozessen besitzen. Ich möchte nicht wissen, wie viele Unschuldige im Gefängnis hocken aufgrund einer von so vielen diversen Faktoren abhängigen Diagnose.

Das ist ein Übel, nicht nur auf forensischem Gebiet weit verbreitet: das Dogma der Wahrscheinlichkeit. Auch in der Archäologie, Anthropologie und – besonders schlimm – in den Biographien bedeutender Persönlichkeiten wird oft aus sehr wenig auf nahezu alles geschlossen. Weil sonst ja nichts zur Verfügung steht.

Findet man im Köckenmöddinger einen einzigen Topf, in dem ausschließlich Spuren pflanzlicher Nahrung nachzuweisen sind, geht man von einer Horde Vegetarier aus. Und wenn der Topf nun ausgerechnet dem gehörte, der keine Zähne mehr hatte, um Fleisch zu kauen? Oder nehmen wir das Beispiel eines Menschen, von dem ein Gemälde überliefert, daß er den Stift in der linken Hand trug. Der gilt fortan als Linkshänder, obwohl er vielleicht nur dieses eine Mal dem Maler zuliebe den Stift in die Linke nahm. Er hat einen bösen Brief an eine Geliebte geschrieben. Fortan gilt die Beziehung als gescheitert, obgleich vielleicht aufgrund dessen Bösartigkeit genau jener Brief überdauert hat, all die tausend anderen, sehr liebevollen, nicht. Usw. Fast täglich liest man von solch dreisten Schlußfolgerungen, mit denen Ignoranz durch Arroganz ersetzt wird. In der Kriminalgeschichte wimmelt es von kruden Beweisführungen, denen der falsche Glaube zugrunde liegt, daß Menschen alles, was sie tun, immer auf ein und dieselbe Weise tun. Stimmt eben nicht.

*

H. schickt eine interessante Mail, die praktisch genommen einen, wenn auch verteufelt schwer zu realisierenden Romanstoff darstellt:

Ein zehnjähriges Mädchen – Fünftkläßlerin – verliebt sich (oder zumindest das, was sie dafür hält) in ihren Lateinlehrer. Dieser hat gerade eine Tochter bekommen von seiner Frau, die er wider besseres Wissen und unehrlich zu seinen Gefühlen geheiratet hat, weil er seinem Vater auf dem Totenbett versprochen hat, die Beziehung zu legalisieren. Die Schülerin hält über die Jahre an ihren ihr liebgewordenen schwärmerischen Gefühlen fest, verweigert sich jedem Kontakt zu Gleichaltrigen, und der Lateinlehrer (er unterrichtet auch Erdkunde), der sich ohnehin für unwiderstehlich hält, fühlt sich zunehmend geschmeichelt: Als Lehrer hat er seine Trophäe, die seine Eigenliebe kitzelt. Und auch seine Frau erzählt die Geschichte mit einem gewissen Wohlgefallen, dass ihr Mann immer wieder Anrufe bekomme, deren er sich mit aller Mühe zu erwehren versuche: Da seht mal, wie begehrt mein Mann ist.

Mittlerweile kam's, wie's kommen musste: Die Ehe gerät in die Krise, denn der unwiderstehliche Mann verbrachte seine Freizeit lieber in den Bergen als bei seinen nunmehr zwei Kindern und seiner Frau. Das kleine zehnjährige Mädchen ist unterdessen 15 geworden, schließlich 18, und in der Abiturzeitung wird sie bereits als Rivalin der verehelichten Frau Lateinlehrer gehandelt. Und nun: Frau zieht aus der gemeinsamen Eigentumswohnung, und das Mädel, nun 20 Jahre alt, zieht zu ihrem Kindheitsschwarm, auf den sie in zielstrebiger Hartnäckigkeit 10 Jahre gewartet hat. Nun darf sie ihn uneingeschränkt aus der Nähe bewundern und streichelt sein Ego, dessen Größe und unauslöschliche Jugendlichkeit die Welt einfach nicht hinlänglich zu würdigen bereit ist. Und Frau sieht aus ihrer neu bezogenen Mietwohnung dem Convivium ihres Mannes mit der Gespielin in der zur Hälfte von ihr finanzierten Wohnung zu, wo im Flur noch die Familien- und Kinderfotos an den Wänden hängen.

So weit ist die Geschichte bis jetzt gediehen, alles Tatsache, nichts dazuerfunden.

*

In Olevano sahen wir einen streunenden Hund, der unserer Vorstellung vom Zottel Cola sehr nahekam. Ich fotografierte ihn. Cola hat im Buch eine klaffende Wunde am linken Vorderlauf. Der Hund drehte sich kokett und fotogen zu uns herum – und sein linker Vorderlauf zeigte eine klaffende Wunde. Da wird man zum gläubigen Thomas für den Moment. Und ob man an Zeichen und Wunder glaubt oder nicht, sobald man es aufschreibt, wird einem der Glaube unterstellt. Wo man dergleichen doch aufschreiben muß. Das hat sich jene Wunde, auch ohne dazugehöriges Wunder, einfach verdient.

Ich bin ein sehr skeptischer Mensch, der alle auftretenden Omen und Zeichen rein spielerisch als solche wahrnimmt. Allein, um mich hin und wieder ins antike Denken hineinzuversetzen, als Ornament, als neue Facette, als Bereicherung des inneren Spektrums. Daraus auf mich in toto zu schließen hieße, mich auf eine Ebene zu verengen, zu plätten.

Oder, um es mit dem Satz zu sagen, mit dem ich neulich einen Leserbrief beantwortet habe:

Alles, was Sie über mich zu wissen glauben, entnehmen Sie ja ausschließlich dem, was ich irgendwo geschrieben habe. Es ehrt – und beleidigt mich auch –, daß Sie meinen Texten so blind, so leichtgläubig vertrauen.

*

Nach den Anschlägen von Madrid überall verschärfte Sicherheitsvorkehrungen, Rom gilt als das nächste Ziel. Gestern zufällig miterlebt – eine ältere Frau nahm einen sehr alten Freund abends um neun mit auf ihr Hotelzimmer – der Greis mußte an der Rezeption seine Papiere hinterlassen. Direktive der Polizei. Islamisten kriechen unter jeder Kühlschranktür hervor, wegen jedem vergessenen Gepäckstück werden Bahnhöfe stundenlang abgesperrt.

Man möchte einwenden: Verflucht, das sind ein paar durchgeknallte Hochgebirgsziegenficker, frei jeder Basisaufklärung, bar jeder Mindestratio, von denen dürfen wir uns den Alltag nicht versauen lassen. Auch wenn sie Homepages betreiben, es sind Anachronismen, die wir in die Zeit zurückschicken müssen, aus der sie kommen.

Aber in Indonesien wird erfolgreich Wahlkampf mit der Forderung betrieben, Küsse jeglicher Art in der Öffentlichkeit zu verbieten. Pfeif auf Indonesien!

200 Tote in Madrid – was sind 200 Tote? Sicher, 200 Tote zuviel, an der Harmlosigkeit unserer Ära gemessen immerhin bemerkens-

wert – und scheinbar genug, um uns deswegen verrückt zu machen. Das darf nicht sein.

Die »Märtyrer« – dreistes Wort für Selbstmordattentäter – sprengen sich, so erhoffen sie es wenigstens, direkt hinein ins Paradies, an den strengen Engeln Munkar und Nakir vorbei in zwei Gärten mit Quellen reinen Wassers, mit Blumen und Früchten. Mit Polsterkissen aus golddurchwirkter Seide, darauf räkeln sich Jungfrauen mit keusch niedergesenkten Blicken, die zuvor weder von Menschen noch von Dschinnies berührt wurden, und, wie die 78. Sure verspricht, mit schwellenden Brüsten und im gleichen Alter wie der gottesfürchtige Krieger. Es ist also besser, sich mit 20 in die Luft zu sprengen als mit 50.

Von derlei pubertärem Gedankengut wird die zivilisierte Welt im dritten Jahrtausend erschüttert.

Neulich, das war ein Bild der Schönheit und Hoffnung, als ein Palästinenserknabe beim Grenzübertritt einfach beschloß, nicht sterben zu wollen, für die Jungfrauen noch zu klein zu sein, als er den Sprengstoffgürtel ablegte, aufgab und sich den israelischen Soldaten nackt zeigte.

Paradiesischer Anblick, diese Rückverwandlung einer Waffe in einen Menschen.

Der Islam ist noch etwas simpler gestrickt als die restlichen monotheistischen Religionen, und momentan, nach dem Sieg des religionsbezogenen Islamismus über den säkularen arabischen Nationalismus, deutlich gefährlicher als die anderen. Man muß aus der Festung des Erreichten auf sowas herabschauen, darf nicht aus falscher Toleranz Appeasement betreiben, man muß sich den Stolz aufs Abendland bewahren, selbst wo es derzeit zu Selbstzweifeln Anlaß genug gibt, muß zusammenstehen und wider die bärtigen Tiere aus dem Sumpf Blitze der Verachtung schleudern, muß, wo die Gefahr zu groß wird, Reißleinen ziehen. Die Liebe zu Gott, zu welchem auch immer, ist ein sehr machtvoller Antrieb, ein von der Liebe zu sich selbst und zum Mitmenschen unbehinderter Moloch, den man nicht unterschätzen darf, den man, bei aller gebotenen Gelassenheit, ohne Mitleid vernichten muß, wo er die Freiheit bedroht. Sonst wird Europa fallen wie Rom unter den Barbaren, und tausend neue Jahre der Dunkelheit stünden uns bevor. Das darf nicht passieren, laßt das nicht zu!

Wo sich die Demokratie verbietet, Dummes dumm zu nennen, aus politischer Korrektheit, gräbt sie sich ihr Grab.

Freiheit ist immer die Freiheit des Freierdenkenden.

7. April, Mittwoch

Geblättert in den Produkten der jüngst in der Massimo wohnhaften Lyriker. Unglaublich, daß solches Zeug heutzutage noch gedruckt – und sogar gefördert wird.

Per Mail outet sich Daniel als Fan der SF-Serie *Babylon 5* – wie wir ja auch. Schön, so eine Geschmacksverwandtschaft, wie ein Zuckerpuzzlestück ins Bild der inneren Vorliebenlogik.

An schickt ein ewig langes Mail aus New York, wo sie bei einem Enkel von Hofmannsthal zu Gast ist. Im Wohnzimmer hängen Originale von Christo, Haring und Klimt, es ist eine Art Open House, zum Essen kommen arme Künstler, ohne sich ansagen zu müssen. Ein Stück guter alter Zeit. Die Neunziger werden inzwischen immer öfter als goldene Jahre betrachtet, vor Al Kaida, Börsencrash, Superstarsearching, Theatersterben und Sozialabbau. Während sie von innen her oft als Phase der Stagnation beurteilt wurden. Anything ging, aber nie so recht vorwärts.

Für mich war es das Jahrzehnt der Produktion, eine Dekade erfüllender Arbeit. Was außen um mich her geschah, fand ich oft kaum der Rede wert, aber wenn man die ersten Tagebücher nachliest, klingt vieles bereits erklärungsbedürftig, also muß sich einiges an gesellschaftlichem Wandel vollzogen haben. Zensur gibt es kaum noch, sexuell ist vieles libertiner, selbstverständlicher geworden, ob Schwulenehe oder Porno, die Hochkultur hat ihren verblasenen Nimbus abgelegt, es existieren neben dem Bekenntnis zur humanistischen Bildung ganz neue, wenn auch beunruhigende Formen der Intellektualität, die indes ernst genommen werden, werden müssen, aufgrund ihrer künstlerischen Ergebnisse. Die allgemein bewußt gewordenen Spielarten der Ironie haben im Gegenzug auch ein neu facettiertes Pathos ermöglicht, Literatur verlor an Papier, gewann Emotion zurück. Erzählen ist wieder selbstverständlicher Impetus des Schreibens.

Heute in der Bibliothek der Massimo nachgeblättert: Bis 1992 gab es noch ein groß aufgemachtes Druckerzeugnis: Das jeweilige Jahresbuch, in dem die Gäste der Villa vorgestellt wurden. So eine fast sakral zu nennende Ehre war das bis dato gewesen, die, in gewissen Kreisen relevant, schriftlich fixiert, verbreitet und diskutiert wurde.

Künstlern, die jeglichen Kontakt zum Publikum verloren hatten, wurden noch Futternischen zugewiesen, wo sie sich ohne Rücksicht auf Verkäuflichkeit austoben und satt essen konnten,

Eremiten letzter elitärer Zirkel, um nicht zu sagen: Gegenwelten. Das alles ist vorbei, und meistenteils scheint es wenig bedauerlich. In der Musik hat sich das Verlangen nach Tonalität weitgehend durchgesetzt, ehemals als reaktionär geltende Positionen sind nun federführend, die Avantgardisten von einst verkriechen sich in entlegensten Burgen, die sie krampfhaft verteidigen, obwohl deren Existenz kaum noch jemanden interessiert oder auch nur auffällt. Zu Beginn der Neunziger standen Erzähler noch unter dem Verdacht des Publikumsopportunismus. Heute eine kaum mehr vorstellbare Diskussion. Alles, wofür ich gekämpft habe, ergab sich von selbst, als geradezu selbstverständlich. Das freut mich einerseits. Andererseits verlächerlicht es a posteriori den Kampf, so, als habe man nur mit den Wölfen geheult und Grundvernünftiges vertreten, was ja keine Kunst sein kann, eher das Fischen im Aquarium.

Aber ich habe Kunst nie mit dem Begriff der Radikalität verbunden. Radikalität ermöglicht Ausbrüche aus der Konvention. Ich empfand mich stets als verlorengegangene Mitte einer aus dem Gleichgewicht geratenen, an die Ränder getriebenen Kunst. Als Gleichgewicht, das zwischen zu eroberndem Neuland und gesellschaftlicher Relevanz herrschen muß. Eine gewisse Popularität gehört dazu, nicht zuviel, nicht so viel, daß man als Künstler abhängig vom Beifall werden darf. Aber den Beifall nicht von vornherein als Verdachtsmoment abzutun, sondern, nach kritischer Prüfung, als Zustimmung von der Basis zu begreifen – das war mir wichtig. Eine Basis als Adressat zu besitzen, nicht, worauf Glücksritter abzielen, die breite Masse, nein, aber einen Trupp ausgehungerter Seelenverwandter, der gewillt blieb, Kunst mit allen Sinnen zu genießen, dafür aber auch ein wenig Mühe aufzuwenden. Diese Anhängerschaft wollte ich mir erobern. Ihr sollte mein Werk durchaus conveniren, ja, gefallen. Ich wollte sie zum Weinen bringen und zum Lachen, anfangs haben viele das lächerlich und traurig genannt, die um Himmels willen nichts darstellen wollten, was dem Hofnarren einer Gesellschaft ähneln könnte. Aber der Hofnarr, sofern er die Wahrheit vertreten darf, scheint mir die einzig erstrebenswerte Position am Hofe. Wenn er dabei nicht zum Zirkusdirektor verkommt, der auf Befehl illustre Sensationen, Ergötzlichkeiten anliefern muß.

Wer sich radikal verortet, marginalisiert sich. Wer Ratio für sich beansprucht, positioniert sich in der ihm subjektiven Mitte. Die Mitte leidet unter dem Ruch des Mittelmaßes, der Unentschlossenheit, des Biederen, dabei ist sie der gefährlichste Standpunkt, nimmt man dort doch automatisch einen Zweifrontenkrieg äußerster Angriffsfläche in Kauf.

8. April, Donnerstag

Als wir mit dem Bus zur Piazza Venezia fuhren, plötzlich ein lautes Geräusch (ich dachte zuerst an eine Explosion) und entsetzte Schreie der Mitreisenden. Was ist passiert? Ein Moped ist unter den Bus geraten, der uns in der engen Straße entgegenkam. Vom Moped ist nur Schrott geblieben, der Fahrer (die Fahrerin? trägt Helm und Jeans) steht von der Straße auf, torkelt, wedelt mit beiden Armen, setzt sich auf den Gehsteig. Unser Bus, obwohl am Unfall unbeteiligt, hält außerplanmäßig, um Schaulustige hinauszulassen, fährt dann weiter, aber nur zögerlich.

Es war dem Fahrer anzusehen, daß er gern noch ein wenig gewartet hätte, um sich ein komplettes Bild vom Vorfall zu machen. Mir ging es ähnlich, aber ich muß zu meinen Gunsten wie auch zu meiner Überraschung sagen, daß die vermeintliche Schaulust reinem Mitgefühl entsprang, dem Wunsch, hinzuzueilen und zu helfen, ich glaube, vielen anderen Passagieren ging es genauso. Der Mitmensch als solcher erschien mir in diesem Moment als solidarisches, empfindsames Wesen.

Ob die jüngsten Terroranschläge das bewirkt haben? Mag hergeholt klingen.

Su meint hingegen, die Italiener wären nun eben genau so, im Moment der Gefahr mutiere die Meute zur vielköpfigen Familie.

Viele von Blauregen überwucherte Gebäude.

Karfreitag ist im katholischen Italien ein ganz normaler Arbeitstag, alle Geschäfte und Märkte haben geöffnet. Wir sehen uns mal wieder Berninis Meisterwerk an, die Ekstase der heiligen Therese in der Kirche Sta. Maria della Vittoria. Auf dem Kapellengeländer liegt, mehrsprachig, ein Ausschnitt ihrer Memoiren, das Protokoll einer religiös hergeleiteten Orgasmuserfahrung. Laut katholischer Deutung erlebte sie keine direkt sexuellen Wonnen, sondern die Gnade der Transverberation (mystischer Ausdruck für die Durchbohrung des Herzens).

Im Heiligenlexikon steht:

Ein Seraph erschien ihr an einem Augusttag und betupfte sie mit einem glühenden Pfeil. Der Schmerz sei so süß gewesen, daß sie wünschte, immer so getupft zu werden. Dieses Ereignis wird in Spanien als »Fest der Bepfeilung« gefeiert.

Muß ich mir merken. »Geiles Bepfeilungsfest gehabt?«

»Och joo ...«

*

Heute der erste Jahrestag der Befreiung des Irak von Saddam Hussein. Ein Grund zum Feiern.

Etwas Grundböses wurde da beendet, eine Republik der Angst und der Folterknechte. Als Außenminister Fischer behauptete, die Entwicklung im Irak hätte ihm in seiner Ablehnung des Krieges recht gegeben, wurde mir übel. Eine Alternative zu erwähnen, hat er sich gespart. Saddam hätte den vom »alten Europa« geforderten Frieden als »Mutter aller Siege« gefeiert, hätte, als moderner Saladin besungen, weiterhin den Führungsanspruch in der arabischen Welt reklamiert, hätte nach dem Fall der Flugverbotszone die irakischen Kurden mit seiner Rache verfolgt. Die faschistische Baath-

Partei hätte weitere Massengräber gefüllt. Aber hierzulande kommen die letzten Idioten wieder hinterm Ofen hervor, versteift in pseudomoralischer Besserwisserei, nehmen jeden Anschlag gegen Amerikaner, oder wen auch immer, als Bestätigung ihrer These, der Krieg sei ein Fehler gewesen. Das ist so bodenlos dumm, so widerwärtig – naiv? So naiv kann man gar nicht sein.

Daß die Amerikaner den Krieg gewonnen, den Frieden aber grob fahrlässig verloren haben, steht auf einem anderen Blatt.

*

Als wir auf dem Münchner Rollfeld landen, fragt sich Bea, ob wir per Bus zum Terminal fahren oder einen Rüssel bekommen. Einen *Rüssel*? Sie meint einen *Finger*.

»Heißt das so?«

»Glaub schon. Finger, ja.«

»Rüssel finde ich passender. Rüssel sind hohl, Finger nicht.«

Einleuchtend. Von nun an also Rüssel.

*

Im Dezember 1998 unternahm ich mit dem Linienbus einen Ausflug in einen der südlichen Vororte Roms, es war windig, wurde früh dunkel. Nach einem etliche Kilometer langen und absolut ziellosen Spaziergang fand ich zwischen den meist ärmlichen Häuserreihen keine Haltestelle mehr, von der aus eine Buslinie zurück ins Zentrum fuhr. Um mich her wuchs ein seltsam dunkelhelles, warmkaltes Zwischenreich, voll alter, grünblauer, ausgelagerter Geschichten, die gleich mir zurück ins Zentrum Roms wollten. Ich spürte sie körperlich, ohne ihre Details zu verstehen, wie man aus abstrakten Bildern mit dem Auge schwammige und meist fragwürdige Botschaften destilliert. Überall sah ich Menschen, die sich gemächlich vor mir in Sicherheit brachten. Bevor man irgendeinem von ihnen Fragen stellen konnte, verschwanden sie stumm hinter willfährig zuklappenden Türen. Es gab hier auch Läden, die Dinge verkauften, doch alle waren, in dem Moment, da ich sie betreten wollte, verschlossen. Irgendwann kam ich an eine Art Verknüpfungspunkt, der nicht offiziell als Haltestelle deklariert war, die Konjunktion war mehr empfunden als wirklich existent. Als ob ich mich ausdrücklich und endgültig entscheiden müßte, erneut zurück ins Leben zu wollen. Auf mein flehentlich gebrülltes Ja hin kam ein Bus und brachte mich zum Corso, das war eine außerordentliche Fahrt, die ich sehr genoß. Dem Reich der Gespenster noch einmal entronnen, sah ich meine Zukunft voraus. Verfluchte mich für meine Liebe zum Dasein, denn diese würde dafür Verantwortung tragen, daß ich verurteilt sein werde, nach meinem Leben einsam als Gespenst in den Vororten Roms herumzugeistern, statt friedvoll endgelagert in irgendeinem Grab einfach nur zu verfaulen, traumlos und frei.

11. April, Ostersonntag

Bea, entdecke ich grade, hat für ihr neues LaraCroftLevel bisher fünfzigmal (zehnmal in fünf Kritikkategorien) die Höchstnote 10,0 bekommen. Und – aha – hat der *Tribune* ein Interview gegeben. Ihr erstes Interview. Und erzählt mir sowas nicht.

Als wir letzthin durch das gar nicht mehr unhübsche Halle gingen, erzählte mir Ralf Meyer die Geschichte einer Frau, die 1989 von ihren hundert Mark Begrüßungsgeld auf dem Großmarkt Bananen (!) gekauft hat, diese im Osten *verkauft*, für das Geld neue Bananen usw. Innerhalb von drei Jahren besaß sie schließlich fünf Drogerien, verkaufte die für 5 Millionen Mark und wanderte nach *Jerusalem* aus. So einfach geht das, reitet man auf der richtigen Welle. Hoppla. Jetzt, wo ich diese Geschichte niederschreibe, fällt mir auf, daß jene Frau nicht irgendwohin ausgewandert ist, sondern nach Jerusalem, da liegt es nahe, daß sie Jüdin war. Also könnte jemand auf die Idee kommen, ich würde hier ein Klischee bemühen, das des geschäftstüchtigen Juden. Ist mir zuvor überhaupt nicht in den Sinn gekommen. Jetzt hingegen fühle ich mich gezwungen, darüber zu palavern, was bedeutet das?

12. April, Montag

Krämerisch, die Wichtigkeit der Literatur daran zu messen, ob sie etwaige Massen erreicht.

Massen sind amorph, fangen nirgends an, hören nirgends auf. Mit dem Einzelnen ist zu rechnen.

Es gibt Literatur, die es darauf anlegt, zwei oder drei Menschen zu erreichen – und damit viel größere Wirkung erzielt – wenn es nur die richtigen sind. Gewisses Material veröffentlicht man gar nicht für alle, sondern nur, damit es vorhanden bleibt, bis ein anderer damit den nächsten Schritt tut.

Daß einem ein solcher Gedanke den Vorwurf des Selbstbetrugs einbringt, ist in Ordnung. Er gründet sich auf heute noch nicht nachprüfbare, vorhergesehene, vielmehr vorausgeträumte Wirkungen. Treffen diese nicht ein, steht man nicht etwa blöd da, man steht überhaupt nicht mehr da, niemanden kümmert es. In diesem Fall kann man behaupten, daß der Selbstbetrug ein galanter Weg gewesen ist, niemanden verbrecherisch mit hinabzureißen. In den Abgrund, den jede Idee (jede Brücke) unter sich freischaufelt.

13. April, Dienstag

Habe mir trotz leerer Kassen einen gefrorenen Lobster gekauft, gekocht und verspeist. Als wärs ein verwundeter Teil von mir gewesen. Den man, um ihn zu vergessen, essen muß. Fleisch aus den Schalen brechen, kauen, verdauen. Schamanisch.

Themen des Tages sind die Unruhen im Irak und – beinahe gleichberechtigt wichtig – die Seitensprünge des David Beckham. Ich will nichts über den Sex anderer wissen, sei denn, der Betreffende vertreibt ihn preiswert per Homevideo. Sex ist gut, mehr Sex ist besser, jeder sollte soviel Sex haben, wie er für richtig hält. Alles andere ist Doris Day, geht mich nichts an. Ich warte auf den ersten Prominenten, der sich vor die Medien hinstellt und sagt: »Ich habe Sex, so viel ich will und kriegen kann, und das ist völlig natürlich.«

Und sollte ihm die Frage gestellt werden: »Aber was sagt Ihre Frau dazu?«, müßte er antworten: »Wohl bekomms!« Und die Frau, sollte man ihr ein Mikro unter den Mund halten, könnte als einzigen Kommentar drauf spucken, dann wären Idylle und Verwirrung komplett.

Ich berichte über den Lobster, den ich gekauft, aufgetaut, geknackt und gebraten habe, um ein majestätisch schönes Tier seiner Totenwürde zu berauben.

Bea faßt zusammen: »Du hast ihm die Eingeweide rausgerissen und in deine gestopft.«

*

Milchgeld ist so ein schönes altes Wort, das staubig-gilbige Bilder evoziert, von lichtlosen Dörfern, alten Gemäuern und Fingern, die abgegriffene Kupfermünzen zählen.

Neuerdings entschuldigen sich die Leute mimisch dafür, wenn ihnen versehentlich ein etwas entlegeneres Fremdwort entfährt. Als wärs ein Rülpser oder Furz gewesen. Man entschuldigt sich dafür, den Mittelstreifen des Grundwortschatzes überfahren zu haben, weist jeden Verdacht der Intellektualität von sich. Vergäße man das, würde sofort ein Proll verbal heranrollen und einem flüstern, wie stolz er inzwischen auf sich ist.

14. April, Mittwoch

Die SZ bittet 16:45 um ein kurzes Statement zu meinem jüngst erschienenen Zigarettenroman. Das auch noch schnell, nämlich spätestens bis 17:15.

Rauchen kann tödlich sein – Aber genaugenommen kann so ziemlich alles tödlich sein. *Rauchen kann göttlich sein.* Ginge es um die Wahrheit, müßte auch das vermerkt werden. Vielleicht auf jeder vierten Packung. Oder neunten.

Aber es geht ja nicht um Wahrheit, sondern um blanken Terror zugunsten der Volksgesundheit. Dagegen muß angeschrieben werden. Mein Zigarettenroman ist aktiver Widerstand. Als ich ihn verfaßt habe, hingen zwei gekreuzte Maschinenpistolen über meinem Schreibtisch. Eine ist heruntergefallen, das hat weh getan, aber egal.

*

Der Zigarettenroman kann über jede Schachtel französischen Formats gestülpt werden und verdeckt so die ekelhaften Ermahnungen der Gesundheitsapostel. Das muß ich erwähnen, falls man in zehn Jahren dergleichen nicht mehr kennt. Ich finde ihn mit 2 Euro etwas zu teuer und bezweifle, ob sich die Edition der Blumenbar durchsetzt. Deshalb hier Asyl für den Zigarettenroman. Er heißt:

ZEHN MÄDCHEN

Seit Herr J. an einem hellen Sonntag ausgerechnet hatte, wieviel Geld einzusparen wäre, wenn er, statt dreimal im Monat den Peripheriepuff zu besuchen, es jeweils bei häuslicher Handarbeit beließe, betrachtete er seine Hände mit Stolz, fast Ehrfurcht, und gab, nach und nach, jedem seiner Finger den Namen einer Frau.

Er genoß es, wenn abends, vor den Tagesthemen, Yvonne in seiner Nase nach Restpopeln forschte, nachdem von der dicken Dorthe die Grobarbeit erledigt worden war. Manchmal inszenierte er einen eifersüchtigen Streit zwischen Carla und Annegret, sah den ineinander verschlungenen Ringfingern stundenlang beim Kämpfen zu. Mit Wollust und Leidenschaft feuerte er mal Carla, mal Annegret an. Fast alle dieser Kämpfe endeten irgendwann unentschieden. Herr J. liebte seine Mädchen gleichermaßen und achtete darauf, keine herabzusetzen.

»Süße kleine Yvonne«, hörte man ihn säuseln, sofern an Sommerabenden die Balkontür weit genug offenstand, »willst du das bitte tun für mich? Bitte!«

Yvonne schwenkte ihr Köpfchen erst ganz schnell hin und her, ließ sich zuletzt aber doch zu allerlei überreden.

Beim Einkaufen, zum Beispiel an der Fleischtheke im Supermarkt, kam es vor, daß Herr J. auf einen Kalbsbraten deutete, an seinem Arm schmunzelnd entlangsah und flüsterte: »Wie gierig ihr wieder seid!«

Die Metzgerin gab gegenüber dem herbeieilenden Marktleiter an, Herr J. habe seine Finger wie Schlangen bewegt, obszön gelächelt und habe sie – die Metzgerin – offensichtlich hypnotisieren wollen. Der Marktleiter erklärte sich für überfordert, der Vorfall blieb ohne Konsequenzen.

Herr J., der als Kassier angestellt war, ging baldmöglichst in Frühpension. Er könne es, O-Ton, nicht länger ertragen, daß seine Mädchen sich für ihn krumm machten, sich am ganzen Körper Schwielen holten und Metallallergien vom Kleingeldzählen. Wenn Herr J. auf der Park-

bank saß und sich mit einem Zahnstocher die Nägel säuberte, hörten vorbeilaufende Jogger ihn oft befremdliche Dinge äußern:

»Ach nein, Monique, wo hast du dich nur wieder herumgetrieben, könntest dich ruhig mal waschen hinterher ...« Oder: »Von mir kann das nicht stammen, Lissy, halt deine Ritze sauber! Nein, du bekommst es von mir nicht mehr mit dem Mund gemacht.«

In seinen letzten Jahren wurde Herr J. nur noch mit Handschuhen gesehen, selbst im Hochsommer. Die Eifersucht setzte ihm so übel zu, daß er den bloßen Verdacht, seine Mädchen könnten anderen Männern hinterherzwinkern, nicht ertragen konnte. Glücklich war er nur zu Hause auf dem Sofa, im Kreis seiner Lieben, wo am Weihnachtsabend ein Schlaganfall alle elf in derselben Sekunde dahinraffte.

*

Auf Freundlichkeit reagiere ich zuerst überrascht, dann freundlich.

An Menschen, die mir freundlich gesinnt sind, finde ich fast alles schön. Aus Dankbarkeit.

Ich bin froh um jeden Menschen, der mir freundlich begegnet.

Freundlichkeit ist unnatürlich. Ein Luxus oder eine Strategie.

Oder ein Geschenk.

Jeder mittelmäßige Mensch kann, will er unbedingt etwas Außerordentliches erreichen, ein gütiger, freundlicher Mensch sein.

*

Beckmann zu Gast bei Schirrmacher, umgekehrt, egal. Hörte das Wort: *Lebenszeitmillionär*. Das ist jemand, der es schafft, eine Million Stunden zu leben. Dazu muß man 114 Jahre alt werden. Ich kann das erst nicht glauben, muß nachrechnen. Tausend mal tausend Stunden, das hört sich nach viel weniger an, das ist eine Zahl, die man noch in Symbolen visualisieren kann. Erschreckend.

*

Bei Arbeit an der Erzählung Benennungsproblem: Ab wann genau gilt ein Loch als Grab? Erst dann, wenn man einen Kadaver darin hinterlegt, oder bereits ab dem Moment, in dem man das Loch aushebt, um darin später einen Kadaver (welcher Art auch immer) zur letzten Ruhe zu betten? Zählt ein faktischer Inhalt, oder die bloße Intention, vom ersten Spatenstich an?

Kann eine kaum dreißig Zentimeter tiefe Kuhle schon als *Grab* bezeichnet werden? Als Grab im Werden? Reicht gar die ausgesuchte Stelle hin, an der man zu *graben* beginnt? *Grabstätte*. Dieses Wort benötigt keinerlei Füllmasse, ist ein Ausweg, Kompromiß, Umschreibung, Umschiffung des Problems.

*

Ist es zu abwegig, den Ersten Weltkrieg als Folge eines inneren Drangs zu deuten, die in rasendem Tempo sich entwickelt habende Technik endlich auch auf dem Schlachtfeld auszuprobieren? Wahrscheinlich, aber als Facette der Motivsuche scheint die These nützlich, wenigstens reizvoll.

15. April, Donnerstag

fettfeiste kaloriendämonen, gevatter eisbein, graf gorgonzola (»gorgo«) und sahnetort, der schreckliche, sehen wutentbrannt dem dichter beim sich mäßigen zu, schreien: *weshalb? abnehmen kann er doch, wenn er tot ist, dann endlos.*

der dichter aber stellt sich auf die waage und liest eine zahl, als wärs ein schönes gedicht, wie nur er selbst es schreiben kann.

*

Der jüngste *Ring* der Staatsoper Stuttgart ist auf DVD erhältlich. Noch zu teuer.

Habe mir wenigstens eine CD gekauft mit weiteren Sonaten für Solovioline von Ysaÿe.

Bea: »Können wir uns das momentan leisten?«

»Hat nur fünf Euro gekostet.«

»Ist aber auch nur *eine* Violine drauf.«

*

Das Wort *Opferkonkurrenz* habe ich erst vor kurzem kennengelernt, bei der Debatte, die Salomon Korn nach der Rede der litauischen Außenministerin ausgelöst hat. (Welche angeblich die Verbrechen der Nazis durch den Vergleich mit Verbrechen Stalins relativiert haben soll.) *Opferkonkurrenz.* An sich sinnvolles Wort mit – auf dieser Ebene – obszönem Beiklang. Da kommt mir eine Art Catwalk der Historie in den Sinn, den die Opfer auf- und abmarschieren und drum streiten, wer von ihnen am ermordetsten aussieht.

Klezmermusik wird auch durch den Holocaust nicht besser.

*

Im Neuaufguß von *Dawn of the Dead* verteidigt ein eben Vater gewordener Mann seine tote, schon zum Zombie mutierte Frau und erschießt gar (»Willst du meine Familie zerstören?«) die Gesunde, die das einfach nur rational Notwendige erledigen will.

Auffallend – solche Rollen werden in Hollywood sehr oft mit Schwarzen besetzt. Rassismus pur. Man achte mal darauf, auch in Filmen mit weniger dramatischer Handlung. Sobald es eine Komparsenrolle der schlichteren Denkungsart gibt, die den meist weißen Protagonisten mit überzogener Bürokratie, Akkuratesse oder Gesetzesbuchstabentreue behindert, vulgo verlangsamt oder schlicht nervt, wird diese zu 80 % von einem oder einer Schwarzen gespielt.

16. April, Freitag

Im Berliner Wochenblatt eine Anzeige, deren Inhalt mir sowohl Bea wie Su zuerst partout nicht glauben wollen. Ist aber kein Witz. Anzeige des Bestattungsinstituts Berolina:

Sarg-Discount. *Einäscherung Euro 525,– zzgl. amtlicher Gebühren. Unsere Antwort auf die Streichung des gesetzlichen Sterbegeldes. Wir laden Sie ein zur* ***kostenfreien BESICHTIGUNGSFAHRT*** *des von uns genutzten Krematoriums in Tschechien:*

Tagestour zum Krematorium Vysochanske/Chomotov. Besichtigung mit anschließender Urnen-Beisetzung auf dem Friedhof am ***MITTWOCH 21. APRIL 2004****.*

Bei einem ***Imbiss*** *gibt es die Möglichkeit zu einem Informationsgespräch.*

Bitte schnelle Anmeldung unter 030/xxxxxx. Teilnahme nach Eingang der Buchung.

Bea meint, das erinnere sie an etwas von Moers, irgendwelche Kaffeefahrten in die Nervenheilanstalten des Salzkammerguts, aber das hier sei noch besser.

*

Su kommt um sieben vorbei, auf ein paar Pasta und Jauch. Hat keine Ruhe, steht unter Strom, hält es auf dem Sofa nicht aus, zieht früh wieder ab. Noch fünf Tage bis Abgabe ihrer Doktorarbeit. Die drei Kapern, die ich ihr in die Pasta geschmuggelt habe, bleiben vorwurfsvoll auf dem Tellergrund liegen, wie eine Linie grüner Perlen auf blankem Weiß. Sie ist glücklich, weil sie weiß, daß dieser ganze Mist in einer Woche hinter ihr liegen wird.

Anhand eines Fotos im Tagesspiegel: Beigbeder schreibt genau so, wie er aussieht. Wenn man darüber nachdenkt: Viele Schriftsteller schreiben ungefähr so, wie sie aussehen. Nicht alle, Flaubert schrieb hundertmal besser, als er aussah, Ingeborg Bachmann sah besser aus, als sie schrieb, und sie sah weißgott nicht gut aus, blödes Beispiel, heikles Thema.

17. April, Samstag

Ohne Namen zu nennen, wozu ich Lust hätte: Was derzeit in Deutschland an Lyrik gefeiert wird, ist meistens der Rede nicht wert, das kann man nicht laut und oft genug sagen. Regelmäßig wird das Mittelmäßigste gefördert, nur weil die Jurys paritätisch halb mit Idioten, halb mit Geisteskranken besetzt sind.

Bei all meinen Charakterschwächen: Ich freue mich über jedes neue gute Gedicht, egal, ob es von mir ist oder nicht. Anderen geht das anders. Lyriker, so das Klischee, können Lyriker nicht ausstehen, es scheint was dran zu sein. Wenn ich was nicht ausstehen kann, ist es Neid, Wut oder Eifersucht, die den Blick für Qualität trübt. Schwer auf den Magen schlägt mir, wenn ein großer Künstler sich als menschlicher *Riesenzwerg* erweist. Aber deshalb seine Texte schwächer zu finden, das fiele mir im Alptraum nicht ein. Anderen schon.

*

Kleiner Anhaltspunkt: Wenn ein Dichter unter ein Gedicht Entstehungsort und Datum schreibt, ist es ein schlechter, bestenfalls unreifer Dichter, das ist sicherer als festverzinsliche Wertpapiere.

Sonne. Vor dem U-Bahnhof Gneisenaustraße sitzt in der Wiese ein junges Mädchen und liest *Fette Welt*. Der Anblick ist einfach großartig. So müßten alle jungen Menschen in der Wiese sitzen, mit einem meiner Bücher in Händen. Ich starre ein bißchen zu lange hin, sie starrt zurück, fühlt sich durch mein Lächeln wohl belästigt, ich gehe hin und frage: »Wie gefällt dir das Buch?«

»Sehr gut!«

Der Tag ist gerettet. Ich schreibe ihr *Für Nora* hinein, ein schöner Name, sie sagt *Wow, cool!* und erzählt, daß ihr Freund es ihr gestern zum Geburtstag geschenkt hat.

18. April, Sonntag

Ein Mail von Tom:

Ich stimme dir sofort zu – KILL BILL 1 war, neben Punch-Drunk Love, der maßgebliche Film 2003. Und das sage ich, wo ich gerade in diesem Augenblick in Beverly Hills aus dem Kino komme und Teil 2 gesehen habe. Ich werde aber schweigen, um Deine Vorfreude so lebendig wie möglich zuhalten.

Ferner schreibt er:

... im Prinzip ist Hollywood ja nichts ausser viel zu vielen Menschen, die aus wenig viel machen, vor allem aus wenig Arbeit viel Beschäftigung generieren. Und Zeit vernichten, unter anderem meine. Die Bundesregierung könnte sich von diesen Strukturen hier inspirieren lassen, wie man den Arbeitsmarkt revolutioniert, – und jeder fühlt sich auch noch wichtig obendrein! Eigentlich optimal, das System. Ich muss trotzdem wieder schnell hier weg, denn es macht mich krank, wenn ich länger als 3 Tage hier sein muss.

*

Im Darmtrakt der Stadt immer das alte Spiel: Angenommen, dieser vollbesetzte U-Bahn-Waggon würde durch einen schweren Sturm auf die offene See hinausgetrieben –

Welche der Frauen würde ich mir als Gefährtin wählen? Welche bekommen?

Welcher der Männer würde mir meinen Führungsanspruch streitig machen? Welchen würden wir als ersten essen in der Not?

In Gesichtern lesen, die keine Ahnung haben von dem, was in mir wühlt. Diese unbekümmerten Menschen.

*

käme wer und schlösse ein geschäft ab mit mir – daß alles von mir bliebe, aber anonym, ich stimmte dem sofort, ohne jedes zögern zu.

19. April, Montag

Das Geschwätz überall, das Palaver, in den Supermärkten und Bahnhofshallen, im Fernsehen, in den Zeitungen, Stadtmagazinen, auch in den Büchern. Lese im Tagesspiegelarchiv eine Eloge von Maike F. auf einen Roman der Kennedy – diese Frau kann nicht mal loben, nicht mal überzeugend kreischen, nicht mal, wenn sie in Ekstase war oder einer Art Ekstase – was so jemand halt erreichen kann. Sie möchte preisen und verführen und schreibt derart substanzlos hingestammeltes Geseier, daß ich von dem mir unbekannten Roman der Kennedy angewidert bin, obwohl der kaum etwas dafür kann, daß er von Maike F. geliebt wird.

Auffallend heute das Fehlen des Wortes *Männerphantasie*. Sonst kommt in beinahe jeder Rezension von Maike F. mindestens einmal das Wort Männerphantasie vor. Maikes Welt muß aus wilden und grausamen Männerphantasien bestehen – sie selbst darin ein blinder Fleck, das Auge des Orkans.

T. Bernhard hat geschrieben, wie er ausgesehen hat. Erstaunlich: er hat dreißigjährig schon so geschrieben, wie er mit sechzig ausgesehen hat. Manchmal hat er sogar so geschrieben, wie er mit 90 ausgesehen hätte. Heute noch mal im *Untergeher* nachgeprüft: man könnte diesen schlechten Roman von 150 Seiten auf zehn Seiten zusammenkürzen. Wäre immer noch nicht gut, aber weniger schlecht, weil schlicht weniger ... Nur Schund, nur Masche, nur Tricks – ein Autor, der Angst vor der Sprache hat, der sie kaserniert, uniformiert und strammstehen läßt. Immer panisch, daß sich diese Leibwache aus gemaßregelter Sprache gegen ihn erhebt, daß die Rache der Sprache mit gezücktem Bajonett auf ihn zustürmt.

*

Auch etwas, das ich nicht begreife: Warum gibt man Dingen nicht schönere Formen, wenn diese ohne Steigerung der Produktionskosten möglich wären? Warum kann man für eine Billigweste kein Schnittmuster von Armani nehmen? Warum kann man ein ordinäres Messingbesteck nicht in einem alten Art-Déco-Design auf den Markt bringen? Man müßte nur die Stanzformen ein wenig abändern und könnte sich damit dämlich verdienen. Aber es wird nicht oder viel zuwenig gemacht, und keiner kann mir erklären, wieso.

*

Ob nicht die Gefahr bestünde, fragte Rilke Hofmannsthal, der ihn zu einer Lesung nach Wien einlud, daß *häßliche Menschen* anwesend seien?

Nein, antwortete Hofmannsthal, er könne für die Buchhandlung garantieren, *häßliche Menschen* verkehrten dort nicht.

Ich überlege noch, ob ich Rilkes Frage oder Hofmannsthals Antwort bizarrer finden soll.

Picasso, erzählte mir Daniel auch noch, sah ein schönes Haus, zeichnete das Haus, verkaufte die Zeichnung und kaufte das Haus. Das ist Bildmacht.

Dosenbierleptosomen, die bleichen schmalen Fressen vom Wind verzerrt zu unabsichtlich obszönen Fratzen, wiegen ihre für Dosenbiergräber auffallend dürren Gestelle, stehen so rum, tätowiert, beschwipste menschliche Zitterpappeln in fleckigen Jeans und Turnschuhen *(Schultheiss)*, manchmal Cowboystiefeln *(Becks)*. Von ihren Stammparkbänken des Paul-Lincke-Ufers aus echauffieren sich schaumweingesättigte Witwen über Rotweinpenner und deren kackende Hunde. Der Alkohol und seine Hierarchien.

Die vielen kleinen Schlupflöcher der Stadt, manche kosten Geld und sind behaart. Es gibt sie an jeder Ecke zu kaufen, man könnte sich preiswert ins Koma ficken, hätte man den Mut dazu. Die wahre Währung der Stadt ist die Ostmöse ohne Preisbindung, die, wie ein ewighungriger, immerbettelnder Klingelbeutel, das Terrain der westlichen Unbefriedigung durchtaucht. Eroberungsfeldzug mit blondierten Sexuallebensmitteln. Die Okkupanten lassen ihre lächerlichen Schnappmesser längst in der Tasche, senden statt dessen ihre Freßmösen aus, die Schwänze beißen an. Beinahe schade um all die bildungsbürgerliche Literatur, deren immanente Sexualität einst im Schwitzofen der Sublimation zum Wort gerann, anders schätzen die verklemmten deutschen Leser Erotik ja kaum. Aber diese Literatur wird bald Nachwuchsprobleme haben, jeder noch so schüchterne Lyriker aus dem kleinsten Taunusdorf bedient sich hier irgendwann am großen Buffet, mutiert zur zufriedenen Sau, kriegt keine einzige steife Zeile mehr hoch.

*

Zu Führers Geburtstag laufen im Sender XXP die Dokumentationen von SPIEGEL TV über das Dritte Reich in Farbe. Da wird vom Alltagsschnappschuß und Badespaß bis zur Erhängung oder

Panzerschlacht einfach alles gezeigt – und das Faszinierende, Unerklärliche für mich ist: Die Farbe verharmlost, entdramatisiert die Bilder bzw. die gezeigten Geschehnisse ungemein, jeder Vorgang bekommt einen nüchternen Anstrich.

Wieso unerklärlich, ist doch klar, die Bilder werden ahistorisch, gehen ihrem mythischen Rahmen aus Schwarzweiß verloren, kommen einem ungewohnt vertraut vor.

So einfach ist es nicht. Dann müßten sie einem ja gerade noch mehr auf den Leib rücken, müßten um so schrecklicher werden. Oder? Muß nachdenken, kann nicht nachdenken. Naja, bei einer Panzerschlacht zum Beispiel ist unser inneres Vorstellungsarchiv auf schnelle Schnitte getrimmt, auf rasche Abfolgen von Sprengvorgängen, auf größte filmische Dramatik eben. Während die Wirklichkeit viel langsamer und magerer aussieht: Endloses Manövrieren, Nachladen, Steckenbleiben, Warten auf einen Treffer – das, meint der Herr Oberspielleiter, an dessen Fäden wir alle hängen, könnte schleppend wirken.

Niemand sieht sich alte Schmidt-Folgen an. Niemand. Sie sind meistens auch nicht mehr arg witzig. Das bedeutet, daß die Zeit aus einem Phänomen wie Schmidt sehr schnell herauswächst. Und in dreißig Jahren bleibt nichts als ein nackter Name, so wie *Kulenkampff*, mit dem ich selber nichts mehr verbinde, der Name, der wie ein Türschild an irgendeiner Medienära hängt, die somit benannt, portioniert und abgelegt ist.

Es gab die Schmidt-Zeit, jetzt haben wir die Jauch-Zeit, beides Phasen im mittelspäten Gottschalk. Das Gottschalk ist ein erstaunlich langes Medienzeitalter, alle Achtung.

*

1933 fünfzehn sein.

Ich wäre damals sicher auch Kommunist gewesen.

Ich wäre damals sicher auch Faschist gewesen.
Eins von beiden, nichts dazwischen, und was ich
geworden wäre, hätten die Bücher festgelegt, die
mir vorher zur Verfügung standen. Je nachdem.
Weshalb unterschätzt man Literatur?
Und warum, fragt die Naivität, wärst du
damals nicht einfach Demokrat gewesen?
Mit 15? Hätte es nicht auch dafür
geeignete Bücher gegeben?
Hätte es, aber sehr ungeile.
Mit 15 muß man extrem sein,
später kann man sich
immer noch zügeln.

*

Bevor man sich nicht intensiv mit dem Widerpart seiner eigenen Sozialisation auseinandergesetzt hat, ihn verstanden und sich ihm probehalber anverwandelt hat, bevor man nicht dessen Problematiken und Ekstasen verinnerlicht und in sich eine zweite und dritte Persönlichkeit erschaffen hat, sollte man als jung und dumm und unschuldig gelten.

21. April, Mittwoch

Jemand, der einen Text wie den *Untergeher* geschrieben hat, kann meinem Gefühl nach von Musik nur wenig Ahnung gehabt haben. Obwohl: TB »hat Gesang studiert«, steht in seiner Kurzbiographie. Ich frage Daniel per Mail, ob er Genaueres weiß, speziell, ob TB Klavier spielen konnte oder nicht. Daniel meldet sich keine Stunde später – aus Venedig:

Ob Bernhard Klavierspielen konnte bzw. was er konnte und was nicht, darueber liegt ein dichter Nebel. Er bezieht sich ja sehr gerne auf Buecher, deren Autoren fuer ihn blosse Namen sind (Kant, Schopenhauer, Wittgenstein), gibt vor, sie alle gelesen zu haben, sagt aber nicht ein Wort, das den Schluss zuliesse, er wuerde auch nur eine einzige Seite davon kennen. Trotzdem behaupten die Verehrer natuerlich, er haette das alles ganz genau studiert. Ebenso duerfte es mit der Musik sein. Ob er wirklich Klavierspielen konnte, wage ich stark zu bezweifeln, Du wirst aber sicher Adepten finden, die beschwoeren, er haette gespielt wie Glenn Gould (der uebrigens im »Untergeher« auch nur ein Name ist, eine Chiffre fuer Virtuosentum; man erfaehrt in dem Buch nicht das geringste ueber Gould als Person oder Pianist oder ueber die Musik ueberhaupt). Mir sagte neulich ein renommierter Musikwissenschaftler, dass er immer wieder erstaunt sei ueber die drastischen musikalischen Irrtuemer Bernhards – manchmal verwechsle der sogar Symphonien von Mendelssohn und Mozart –, die so auffaellig waeren, dass er, als Verehrer, sich ja gar nicht vorstellen koenne, er habe das nicht absichtlich gemacht. Ich musste laecheln. Er verstand und laechelte auch. Ein schoener Moment.

22. April, Donnerstag

Paris Hilton, eine Art Langbeinzombie in Hübsch, regt sich darüber auf, nur Platz 38 auf der Liste der *most sexiest women alive* zu belegen. Wie kommt dieses Mädel bloß zu der Meinung, überhaupt auf irgendeine Liste zu gehören, es sei denn vielleicht der Dumm&Reich-Kombinationswertung. Sowas Schaufensterpuppenhaftes würde ich nicht ficken, wenn es für einen guten Zweck nackt und gebückt im Weg rumstünde und dadurch auch noch vom Krebs geheilt würde.

Na gut, dann vielleicht, bin ja kein Unmensch.

Tom wiedergesehen, nach genau einem Jahr. Seine Freundin Marie seh ich auch zum ersten Mal. Die hat er zum ersten Mal getroffen an jenem Abend vor einem Jahr, als er vorher mit Su und mir im Oki essen war. Tom wirkt trotz Jetlag sehr entspannt, lebensfroh, positiv ausgelastet. Am 3. August beginnt der Dreh zum *Parfüm* in Kroatien und Frankreich. Er äußert sich noch mal sehr lobend zu *Kill Bill 2*, den ich so gerne schon gesehen hätte, aber ich darf ihn nicht alleine sehen, Bea hat mir sonst Schläge angedroht.

Ich könnte ihn mir ja trotzdem ansehen, alleine, nichts davon sagen und dann mit Bea ein zweites Mal. Aber sowas – und das erstaunt mich selbst – fände ich schlimm, beziehungsmoralisch gesehen.

23. April, Freitag

Lustiges Phänomen: Kommentare zu älteren Tagebüchern im aktuellen Tagebuch, so in der Mail von Daniel:

Venedig war schön. Etwas verregnet, aber doch lohnend, wie immer. Ein Nachtrag übrigens, ich glaube zu Deinem August- oder September-Tagebuch. Du betrachtest da, vielleicht sogar ohnehin in Venedig (deswegen fiel es mir gerade ein), einen Keuschheitsgürtel und fragst Dich, wie man so etwas je tragen konnte ohne Verletzungen und tödlich septische Infektionen. Die Antwort: Du hast recht, man konnte nicht. Nach neuen Forschungen wurde nie ein Keuschheitsgürtel getragen. Die Dinger, die in den Museen gezeigt werden, sind Folkloregegenstände, die keine Frau je anwenden mußte. Mit den Gürteln ist es wie mit dem Jus primae noctis; – Mythen der frühen Aufklärung.

24. April, Samstag

Beatrice meldet eine Anfrage von Suhrkamp, ob ich eine Auswahl der besten Gedichte Robert Gernhardts editieren möchte. Er selbst habe mich dafür vorgeschlagen. Blicke da nicht recht durch – für meinen ihm zugesandten letzten Gedichtband hat er mir nie gedankt. Hab aber gleich zugesagt. Selbstverständlich.*

25. April, Sonntag

Auf der letzten Buchmesse eine Anekdote über vollendete Schlagfertigkeit erlebt, die ging so: Sehr spät sitzt an einem Tisch eine Frau mit Brille. Kommt ein schwer angetrunkener Mann zu dem Tisch, beugt sich herab und fragt: *»Sagnsemal, ham Fraun mit Brille eigentlich auch maln Orgasmus?«*

Schaut die Frau zu ihm auf und erwidert: *»Wenn ich keinen krich, nehm ich se ab.«*

das heiße zucken im rückenmark, wenn man bemerkt, etwas irgendwo liegengelassen zu haben.

und die strenge kälte im kopf, wenn man einsehen muß, daß es für immer verloren bleiben wird. die scham über eigene unachtsamkeit. ein halbes jahr lang macht man sich über den verlust gedanken, stilisiert ihn, wo man von ihm lassen müßte.

* Ein Sammelband der hundert besten Gedichte in der Suhrkamp Bibliothek der Klassiker war Gernhardts Herzenswunsch und für mich eine Art Ritterschlag.
Der Auftrag wurde erledigt, ich stellte hundert Gedichte zusammen, tippte sie ab, Gernhardt gab sein Placet dazu – und starb. Sofort nach Gernhardts Tod stellte der Suhrkamp-Verlag ohne Angabe von Gründen das Projekt ein.

seltenes phänomen: nach einem halben jahr taucht der verlorene gegenstand oder satz oder sonstwas wieder auf und erweist sich als gar nicht so toll – dafür müßte ein eigenes wort geschaffen werden, für diese empfindung zwischen erleichterung und enttäuschung.

*

obs nicht angebracht sei, fragt mein innerer pikbube, die herzdame bei der hand zu nehmen zum sprung über die letzte kante ins freie, als krönenden abschluß? elegant wärs, souverän, dem alter die lange nase zu zeigen, sich all dem elend schlicht zu entziehen. verkaufsfördernd wär es ja auch, der legendenbildung zuträglich. und wäre doch verrat an dem, was die pikkönigskunst so eindringlich gepredigt hat. die kunst ernst zu nehmen, solange man sie betreibt, sie heiter zu nehmen, hinterher, als leichtentzündlich, schnell vergänglich – während jeder tag, den man erleben darf, ein stolzes schloß in der provence aufwiegt.

Idioten, die früher sterben, um ein wenig länger im Gespräch zu bleiben.

So weit darf Inszenierung nicht gehen. Eine echte Flucht – ja. Reine Drückebergerei – nein.

Den eigenen Tod ins Leihhaus bringen, um dafür ein paar Jährchen zu bekommen. Wers nötig hat. Wo etwas aus Gefallsucht geschieht, sind die Grenzen meines Verständnisses schwer verletzt. Um so peinigender, wenn naive Jugendliche sich genau solche Typen zu Vorbildern wählen.

Wichtig ist, während man auf etwas hofft, bereits etwas anderes in Arbeit zu haben, auf daß sich die Krankheit Hoffnung sogleich übertragen, in irgendein neues Exil retten kann.

Das Schaffen, einst als Blitzkrieg begonnen, verwandelt sich immer mehr in ein Rückzugsgefecht.

Parallel zu Unter den Linden gibt es die winzige Rosmarinstraße. Warum, frage ich mich, werden so selten Straßen nach Früchten oder Gewürzen benannt? Damit sie nicht mit kolonialistischen Handelswegen verwechselt werden? Als ich Su darauf ansprach, meinte sie lachend, langsam hätte ich wohl wirklich alle Themen durch.

Naja.

Su hat mich drauf aufmerksam gemacht: Giovanni Ribisi heißt übersetzt Johannes Johannisbeere.

27. April, Dienstag

Eben in Kreuzberg kam mir ein erregter bärtiger Radfahrer entgegen, der laut schrie, während er strampelte: *Ich bin ich! Ihr könnt alle verrecken!*

Aha, dachte ich. Spätentwickler. Was er rief – so unsympathisch das klingt, aber im Werden jedes Individuums ist das ein wichtiger notwendiger Einschnitt, mehr sogar, eine erste Reifeprüfung und Errungenschaft – der Verzicht auf jede Selbstunterordnung. Der Befreiungsschlag. Die Lust und der dazu gehörende Mut, sich zum Mittelpunkt der Welt zu erklären. Bruch mit allen tradierten und anerzogenen Werten, Gesetzen, Heiligenbildchen und Maßregelungen. Hatte ich etwa mit vierzehn, angefeuert von Nietzsche. Erst von diesem Punkt aus, von null an sozusagen, beginnt autarkes Denken, das sich später ohne Schande mit der Welt und ihren größeren Bildern auch wieder versöhnen, den großen, wahren Gesetzen unterordnen kann.

*

Oder die Geldfrage – ich verstehe Fußballer nicht, die drei Millionen im Jahr bekommen und den ihnen lieb gewordenen Verein verlassen, nur weil sie woanders vier Millionen bekommen, das ist so schwach und widerwärtig. Bestes Beispiel: Lizarazu verläßt den FCB, weil der ihm zwanzig Prozent weniger Gehalt zahlen will. Das ist bei einem Fünfunddreißigjährigen doch keine Beleidigung. Warum hat ein Fußballer von der Größe Lizarazus, der alles erreicht hat, alles, nicht die Größe erreicht, das zu akzeptieren, warum wechselt er lieber irgendwohin, wo er doch, sagt er wenigstens, in München sieben wundervolle Jahre verlebt hat?

28. April, Mittwoch

Wir gehen zu zweit in *Monster*. Unsre Strähne hält. Cineastisch kein großer, aber solider Film, mit fabelhaften Darstellungen durch Charlize Theron und Christina Ricci. Die Figur der Serienmörderin ist präzise ausbalanciert, erweckt genauso viel Mitgefühl wie Abscheu. Der Oscar für Theron war mehr als verdient. Es ist in solchen Fällen oft von Wahrhaftigkeit die Rede. Als ob man täglichen Umgang mit SerienmörderInnen hätte und das beurteilen könnte. Mit Wahrhaftigkeit ist meist nur die Überzeugungskraft gemeint, die eine Figur ausübt. Also die Verführungskraft einer Illusion. Dennoch ist Wahrhaftigkeit kein leeres Wort. Sie entsteht nicht allein durch die Verführung, sondern auch durch eine instinktive Näherung an die Abgründe, die jeder in sich trägt, ob er je an ihnen geschnuppert, sie ausgelebt oder, wie in den meisten Fällen, erschrokken zugeschüttet hat.

Ich höre ab und an den mir verhaßten Satz: *Wer ist schon unschuldig?* Meistens äußern ihn widerwärtige Kreaturen in mittelmäßigen Filmen.

Grundsätzlich glaube ich, daß die allermeisten Menschen recht unschuldig sind, gemessen an real vollbrachten Missetaten. Das

Gegenteil zu behaupten hieße, pathetisch zu floskeln und selbstgerecht das Böse in einem zu relativieren.

Theron, alias Aileen Wuornos, wird genau in dem Moment zum Monster, wo sie zu ihrem letzten Opfer, einem hilfsbereiten, ganz unschuldigen Mann, sagt: *Ich kann Sie nicht laufen lassen.*

Eine simple, egomanische Lüge, sie könnte ihn sehr wohl laufen lassen, könnte, statt ihn, sich selbst erschießen. Kann eine klare Entscheidung zwischen Gut und Böse treffen. Kein Selbsterhaltungstrieb, nicht mal die vage Liebe zu Selby taugen als überzeugend mildernde Umstände. Wuornos belügt *ihr Opfer, sich selbst* und *Gott*, mit dem sie zuvor laut eigener Aussage gut klargekommen ist. Sie handelt gegen ihr selbsterstelltes Wertesystem. Alle vorherigen Taten hätte sie sich vergeben können. Hätte *man* ihr vergeben können. Mit dieser Szene wird der Film zu einem sublimen, sicher unbeabsichtigten Plädoyer für die Todesstrafe, denn die Exekution jener Mörderin wird dem Zuschauer als gerecht oder wenigstens hinnehmbar suggeriert, wie sehr sich die Ratio des Todesstrafengegners dagegen hinterher auch wehren mag.

Plädoyer für die Todesstrafe ist zu hart, sagen wir so: Ein Film, mit dem Befürworter der Todesstrafe gut leben können.

*

Etwas, was ich nie kapiert habe: Der Bösewicht legt an und schießt seinen Pfeil ins Zentrum der Scheibe. Dann kommt der Held, legt an, schießt und spaltet mit seinem Pfeil den Pfeil des Bösewichts. Und wird als Sieger umjubelt. Wieso? Es haben doch beide das gleiche Ergebnis erzielt. Das müßte als Unentschieden gewertet werden.

Michael schreibt, mein Urteil zu TB sei zu hart, einige frühe Texte, z. B. *Gehen,* seien gar nicht so schlecht. Daniel widerspricht sogleich, *Gehen* sei ein besonders schlimmer Humorversuch.

Ich ertappe mich dabei, Kunst immer danach zu beurteilen, ob sie *mir* was gibt, wo sie doch genausogut eine Medizin für ganz andere Krankheitsbilder beinhalten könnte.

*

Roman Holidays mit Cary Grant statt Gregory Peck, wie ursprünglich vorgesehen – was wäre das geworden? Man kann es sich ganz gut vorstellen, zu einem Urteil reicht es nicht.

Roman Holidays – zu deutsch *Ein Herz und eine Krone* – für mich die einzige Schwarzweißschmonzette der 50er, die nichts, überhaupt nichts von ihrem Zauber eingebüßt hat.

*

Man sollte die Frauen öfter um Verzeihung bitten. Bittet man die Frauen um Verzeihung, verzeihen sie einem, sogar, wenn man überhaupt nichts angestellt hat.

– nauze!
– nauze?
– du bist mir kein schwert!

*

Neulich in Berlin hab ich einen angetrunkenen Kritiker gesehen, er kam auf mich zu, begrüßte mich und sagte bald darauf: *Denk daran, ich hab mehrere Bücher von dir rezensiert!*

Ich wußte erst nicht, was er mir damit sagen wollte. Es stimmte, er hatte *Melodien* enthusiastisch, wenn auch dümmlich besprochen, zwei der Bücher, die später kamen, verrissen – ach so – jetzt begriff ich – er wollte, daß ich ihm dafür *dankbar* war. Jemand, der sich zur ernstgemeinten Behauptung verstieg, ich sei nicht fähig zu Humor und Ironie, wollte von mir ein *Dankeschön* hören, weil er sich über Jahre hinweg sozusagen mit mir *beschäftigt* hatte. So funktionierte dessen Gehirn. Auf gewisse Weise hatte er damit aus seiner Sicht sogar recht.

Man muß als Autor dankbar sein, wahrgenommen zu werden, auf welche Art auch immer.

Jeder, der auf Erden wandelt, begreift sich als Geschenk an dieselbe. Ich habs verstanden.

Gibt eben gute Geschenke und solche, die man nicht umtauschen kann.

*

ich hörte in den grotten heimlich zu, wie dem leben die tiefsten fragen gestellt und vom leben die weisesten antworten gegeben wurden, ich aber war siegesbeschickert und kann nur berichten: die menge x ging von a nach b, die menge y von b nach a.

besser mit guten fragen abzugehen,
als mit antworten, die nichts taugen.

30. April, Freitag

Bald wars das. Beatrice fliegt mittags nach München zurück, ich bleibe noch einige Tage hier, um zu arbeiten.

Der letzte, allerletzte Tagebuchtag. Wie ich mich fühle? Von einer Last befreit, um eine Waffe beraubt. Euphorisch, traurig, alles dazwischen.

*

Die Tagebücher sind die einzigen Texte, in denen das erzählende ICH wirklich ich bin.

Wenn sie enden, verschwinde ich. Verstumme. Das ist eine Art Tod. Den Rest erfährt man vielleicht stichpunktartig aus Zeitungen.

Marcel ruft an, beschwört mich, das Tagebuch weiterzuführen, einfach noch einen zweiten Zyklus anzuhängen. Schön, wenn man vom Verlag (der mit den Tagebüchern kein Geschäft macht) dieses Angebot bekommt, auch wenn man nicht im Traum daran denkt.

Marcel wird im Oktober Vater eines Jungen. Also auch er noch.

*

Meinen Freunden: Alles. Auch jenen, die es nicht mehr sind, bin ich dankbar, daß sie es überhaupt einmal waren.

Den anderen: Frieden. Ewige Ruhe, baldmöglichst.

*

die zwölf, die mich am öftesten zu trösten wußten:

monteverdi bach mozart beethoven schubert wagner verdi bruckner mussorgski mahler puccini strauss.

ungerecht gegenüber all den anderen, die es knapp nicht ins große dutzend geschafft haben. eben läuft die fünfte von sibelius, gefolgt von nielsens unauslöschlicher.

Die Hunde sind in dieser Minute fertig und sehr schön geworden. Verdammt schön.

Kunst ist die Verwandlung von Ungeheuerlichem in Selbstverständliches und umgekehrt.

*

Alle großen Künstler sind überbewertet. Außer mir. ;-)

Manchmal fragen mich gutmeinende Menschen, ob mir denn nicht bewußt sei, daß dieser oder jener selbstbeweihräuchernde Text aus den Tagebüchern zu Spott und Häme geradezu einlade. Wer so etwas fragt, hat nichts verstanden. Natürlich ist mir bewußt, wie ich bescheidener und sympathischer wirken könnte. Aber die Sache ist doch so: Spott und Häme gehen mich bald nichts mehr an, spätestens wenn ich tot bin. Ein Tagebuchautor darf sich nicht um sowas kümmern, er muß sich nur fragen: *Ist das, was da steht, wahr?*

In Wahrheit ist kaum ein Künstler bescheiden, aber die meisten täuschen zähneknirschend Bescheidenheit vor. Das ist mir zuwider, lieber gebe ich mich der Lächerlichkeit preis, als mich der Lüge zeihen zu lassen.

Tagebücher werden um so uninteressanter, je verfälschter sie sind. Und da in meiner Weltsicht fast jeder Mensch zu den relativ normalen Menschen zählt, ist alles, was einer an Wahrem über sich aufschreibt, exemplarisch und erhellend.

*

Das Land liebt mich, ich weiß es. In Deutschland wird man halt anders geliebt als irgendwo sonst. Aus lauter Sorge, man könne ein anderer werden, als man ist, wird man in Deutschland erst mal getötet. Danach aber zeigt sich die Liebe unverstellt. Wenn die Deutschen in irgend etwas vorbildlich sind, dann darin, wie sie ihre Kunstmumien konservieren. Sie müssen ihnen zu diesem Zweck vorher bei lebendigem Leib das Gehirn aus der Nase ziehen, das gehört dazu, sie finden überhaupt nichts Unanständiges dabei.

*

Täglich begegne ich dem letzten Dreck in Menschengestalt – die Gegenwart ist eine widerlich breite Bühne, auf der wirklich alles kurz mal vortanzen darf. Und nicht immer erfährt es jene Ablehnung, jenen Ekel, den es wohl verdient hätte. Die Gegenwart ist ein Mutmachareal für den letzten Müll, der nicht sterben will, obwohl für dessen Weiterleben kein noch so heruntergekommener Gott den kleinen Finger ins Feuer legen würde.

Alles, was ich eben geschrieben habe, wird ein widerlicher Mensch einmal über mich schreiben. Das ist von allem das Ungeheuerlichste.

*

Es gibt nichts mehr zu sagen, außer: Es gibt nichts mehr zu sagen.

Das kann man nicht oft genug betonen. Aber das hab ich ja immer gesagt.

Und dann kam doch noch was.

*

gut, daß alles endet.
irgendein ende ist gut.
jedes ende ist logisch.

*

fertig.
klingt wie: mama, abwischen!
dennoch: fertig.